U0717293

【传世经典 文白对照】

太平广记

七

卷二五八至卷二九六

〔宋〕李昉 等 编

高光 王小克 主编

中華書局

目录

第七册

卷第二百六十　嗤鄙三

卷第二百六十一　嗤鄙四

卷第二百六十五　轻薄一

卷第二百六十六　轻薄二

卷第二百六十七　酷暴一

卷第二百七十一　妇人二

卷第二百七十二　妇人三

卷第二百七十七　梦二

卷第二百七十八　梦三

卷第二百八十一　梦六

卷第二百八十二　梦七

卷第二百八十三　巫附厌咒

卷第二百九十二　神二

卷第二百九十三　神三

卷第二百九十四　神四

卷第二百九十五　神五

卷第二百九十六　神六

卷第二百五十八

嗤鄙一

魏人钻火

魏人夜暴疾，命门人钻火。是夕阴瞑，督迫颇急。门人忿然曰："君责人亦大无理。今暗如漆，何以不把火照我？当得觅钻火具，然后易得耳。"孔文举闻之曰："责人当以其方也。"出《笑林》。

齐俊士

《汉书·王莽赞》云："紫色蛙声，余分闰位。"谓以伪乱真。颜之推常言："吾近共人读书，与言及王莽形状，有一俊士自许知史学，名价甚高，乃云：'王莽非直鸱目虎吻，亦紫色蛙声。'"出《颜氏家训》。

元魏臣

元魏之世，在洛京时，有一才学重臣，新得《史记》音，

魏人钻火

三国时，有个魏国人夜晚突然得了重病，叫门人钻木取火。这天夜里特别阴暗，他督促得很急迫。门人愤然道："你责备人也太无理了。现在夜黑如漆，为何不拿火来给我照照？先能够找到钻火用的工具，之后才容易得到火。"孔文举听说这件事后说："责备人应当讲究方法才行。"出自《笑林》。

齐俊士

《汉书》中《王莽传》的最后部分写道："紫色蛙声，余分闰位。"谓以伪乱真。颜之推常说："我近来和人一道读书，在跟他们谈到王莽的相貌时，有位俊士自称熟知史学，名声很高，他说：'王莽不只长着鹰眼虎嘴，而且紫脸蛙声。'"出自《颜氏家训》。

元魏臣

北魏时，京都洛阳有才学的大官，对《史记》的字音有新发现，

而颇纰误。及见颛顼字为许绿，错作许缘。其人遂谓朝士言："从来谬音专旭，当专翻耳。"此人先有高明，翕然行信。期年之后，更有硕儒，苦相究讨，方知误焉。出《颜氏家训》。

并州士族

北齐并州有士族，好为可笑诗赋，轻蔑邢魏诸公。众共嘲弄，虚相称赞，必击牛酾酒延之。其妻明鉴人也，泣而谏之。此人叹曰："才华不为妻子所容，何况行路。"至死不觉。出《颜氏家训》。

高敖曹

高敖曹常为《杂诗》三首云："冢子地握槊，星宿天围棋。开坛瓮张口，卷席床剥皮。"又："相送重相送，相送至桥头。培堆两眼泪，难按满胸愁。"又："桃生毛弹子，瓠长棒槌儿。墙欹壁亚肚，河冻水生皮。"出《启颜录》。

梁权贵

梁有一权贵，读误本《蜀都赋》，注解"蹲鸱，芋也"，而为"羊"字。后有人饷羊肉，答书云："损惠蹲鸱。"举朝惊骇，不解事义。久后寻绎，方知如此。出《颜氏家训》。

柳謇之

隋内史舍人河东柳謇之，奏事好错。尝有周家公主，表请出家。謇之奏云："周家公主上表，求作道人。"上大笑。

其实他的发现很多都是错误的。他见颛顼的顼字拼作"许绿"，便错误地拼作"许缘"，于是他就对朝士们说："从来'颛顼'二字就错误地读成'专旭'，应当读作'专翾'才对。"此人既然先有了高明，其他人也只好跟着念"专翾"。一年之后，有一位更有学问的人，与他苦苦地探讨研究，他才知道自己错了。出自《颜氏家训》。

并州士族

北齐并州有个读书人，专好写一些令人发笑的诗赋，而且鄙视邢邵、魏收等有学问人。人们经常嘲弄他，如果有人虚假地称赞几句，他一定会杀牛斟酒招待人家。他的妻子是个明白人，曾含着眼泪苦苦地规劝他。此人却感叹道："有才华的人，自己的妻子都容忍不得，何况路人了。"至死也未醒悟。出自《颜氏家训》。

高敖曹

高敖曹曾经写《杂诗》三首说"冢子地握槊，星宿天围棋。开坛瓮张口，卷席床剥皮。"又："相送重相送，相送至桥头。培堆两眼泪，难按满胸愁。"又："桃生毛弹子，瓠长棒槌儿。墙欹壁亚肚，河冻水生皮。"出自《启颜录》。

梁权贵

梁朝时有一位权贵，读了一篇有错误的《蜀都赋》，注解中将"蹲鸱，芋也"中的"芋"，解释为"羊"。后来有人要请他去吃羊肉，他在回复的信笺中写道："损惠蹲鸱。"满朝的官员听说后无不感到惊讶，不解其意。过了很久，找出了原因，才知道是这么回事。出自《颜氏家训》。

柳謇之

隋朝时，有一位内史舍人，河东人柳謇之，在朝堂奏事的时候经常出错。有一次，周氏的一位公主要出嫁，需要奏请皇上。柳謇之向皇上奏道："周氏公主上表，求作道人。"皇上大笑。

及出，虞仆射庆则问之曰："奏事若为错。"骞之复错答曰："周家公主，欲得还俗。"骞之历位光禄卿。

阮嵩

唐贞观中，桂阳令阮嵩，妻阎氏，极妒。嵩在厅会客饮，召女奴歌，阎被发跣足袒臂，拔刀至席。诸客惊散，嵩伏床下，女奴狼狈而奔。刺史崔邈为嵩作考词云："妇强夫弱，内刚外柔。一妻不能禁止，百姓如何整肃？妻既礼教不修，夫又精神何在？考下。"省符，解见任。出《朝野佥载》。

郝象贤

唐郝象贤，侍中处俊之孙，顿丘令南容之子也，弱冠。诸友生为之字曰宠之，每于父前称字。父绐之曰："汝朋友极贤，吾为汝设馔，可命之也。"翌日，象贤因邀致十数人，南容引生与之饮，谓曰："谚云：'三公后，出死狗。'小儿诚愚，劳诸君制字，损南容之身尚可，岂可波及侍中也？"因泣涕，众惭而退。宠之者，反语为痴种也。出《朝野佥载》。

朱前疑

周朱前疑浅钝无识，容貌极丑。上书云："臣梦见陛下八百岁。"即授拾遗，俄迁郎中。出使回，又上书云："闻嵩山唱万岁声。"即赐绯鱼袋，未入五品，于绿衫上带之，朝野莫不怪笑。后契丹反，有敕京官出马一匹供军者，即酬五品。

退出朝堂后，仆射虞庆则问他道："你上奏的事情好像说错了。"柳骞之又错误地回答说："啊，周氏公主，想要还俗。"柳骞之还做过光禄卿。

阮嵩

唐朝贞观年间，有一个桂阳县令叫阮嵩，他的妻子阎氏忌妒心极强。阮嵩在客厅里与客人饮酒时，把一个女仆叫来为大家唱歌助兴，阎氏便披头散发光脚袒臂持刀冲进客厅。客人们惊慌散去，阮嵩吓得藏于床下，女仆狼狈而逃。在对官吏进行考课的时候，刺史崔邈给阮嵩的鉴定中写道："妇强夫弱，内刚外柔。一妻不能禁止，百姓如何整肃？妻既礼教不修，夫又精神何在？考为下等。"经吏部审核符合事实，阮嵩被解除现职。出自《朝野佥载》。

郝象贤

唐朝的郝象贤，是侍中郝处俊的孙子，顿丘县令郝南容的儿子，二十岁。朋友们给他取字宠之，每次在其父亲面前喊他的字。父亲便哄骗他说："你的朋友们很贤明，我为你设宴，可以把他们请来。"第二天，郝象贤邀请到十几个人，郝南容与他们一起饮酒，他对郝象贤的朋友说："谚语云：'三公后，出死狗。'小儿确实很愚痴，有劳各位给他取字了，损害我南容倒没什么，怎可以波及侍中呢？"于是哭了起来，众人惭愧而去。所谓宠之，反话讲是痴种。出自《朝野佥载》。

朱前疑

后周朝时，有个叫朱前疑的人，浅薄迟钝而又无知，相貌也很丑陋。他向皇上上书道："臣梦见陛下活八百岁。"于是被授予拾遗，不久又升为郎中。出使归来，又上书写道："我听到嵩山有唱万岁的声音。"于是又赐给他绯鱼袋，未入五品，在绿色官服上佩带一个相当五品的绯鱼袋，朝野没有不笑他的。后来契丹人反叛，皇上下令京官如果献给军队一匹马，就可得到五品官阶。

前疑买马纳讫，表索绯。上怒，批其状："即放归丘园。"愤恚而卒。出《朝野佥载》。

张由古

唐张由古有吏才而无学术，累历台省。尝于众中，叹班固有大才，而文章不入《文选》。或谓之曰："《两都赋》《燕山铭》《典引》等，并入《文选》，何为言无？"由古曰："此并班孟坚文章，何关班固事？"闻者掩口而笑。又谓同官曰："昨买得《王僧襦集》，盖僧孺也。大有道理。"杜文范知其误，应声曰："文范亦买得《佛袍集》，倍胜《僧襦集》。"由古竟不知觉。累迁司计员外，以罪放于庭州。时中书令许敬宗综理诏狱，帖召之。由古喜，至则为所责，惧而手战，笏坠于地，口不能言。初为殿中正班，以尚书郎有错立者，谓引驾曰："员外郎小儿难共语，可鼻冲上打。"朝士鄙之。出《大唐新语》。

侯思正

唐侯思正出自皂隶，言音不正，以告变授侍书御史。按制狱，苛酷日甚。尝按中丞魏元忠曰："急承白司马，不然，即吃孟青。"白司马者，洛阳有坂，号曰白司马坂。孟青者，将军姓孟名青，曾杖杀琅琊王冲者也。思正闾巷庸人，常以此言逼诸囚。元忠辞气不屈，思正怒而倒曳之。元忠徐起曰："我薄命，如乘恶驴而坠，脚为镫所挂，遂被贼曳耳。"

朱前疑买了马送去后，上表索要绯色官服。皇上大怒，在其状文上批道："立即放归田园。"前疑愤恨而死。出自《朝野佥载》。

张由古

唐朝人张由古有做官的能力但没有学问，多年历位台省官职。曾在众人之中感叹说班固虽是个很有才能的人，可他的文章却未被收入《文选》。有人对他说："《两都赋》《燕山铭》《典引》等一起收入了《文选》，怎么能说没有呢？"张由古说："这些都是班孟坚（班固的字）的文章，与班固有什么关系？"听到他的话的人都掩嘴而笑。又对同僚们说："昨天买到一套《王僧襦集》，大概应是僧孺。讲得很有些道理。"杜文范知道他又弄错了，随声说道："我也买到一套《佛袍集》，大大胜过《僧襦集》。"张由古竟不知道是怎么回事。张由古一直升至司计员外，后因获罚被流放庭州。当时中书令许敬宗治理诏狱，便写了帖子把他召回来。张由古十分欢喜，当他来见许敬宗时，却受到责难，惧怕得双手战抖，把笏板都掉在了地上，嘴里一句话也说不出来。当时由古被授予殿中正班，因有位尚书郎在上殿时站错了位置，他便对领驾的长官说："跟这个员外郎小儿没什么好讲的，就该把他倒提起来狠打。"朝官们都很鄙视他。出自《大唐新语》。

侯思正

唐代时有个叫侯思正的人，当过衙役，说话时吐字音不正，他因告发别人叛变而被授予侍书御史。他在审理皇上交办的案子时，十分刻毒残酷。曾经在审问中丞魏元忠时说："快受板，不然，吃棍杖。"白司马是洛阳有坂，人们称它叫白司马坂。孟青是姓孟名青的将军，曾用棍棒打死了琅玡王冲。侯思正是巷里中的平庸之辈，因而常用这样的话去威逼囚徒。但是魏元忠在语言和气度上均未屈服，侯思正气怒而将他大头朝下地倒拖。魏元忠慢慢地站起来道："算我运气不好，就好像是骑了头恶驴被摔了下来，可是脚还被挂在鞍镫上，于是被这贼好顿拖拉。"

思正大怒，又曳之曰："汝拒捍制使，奏斩之。"元忠曰："侯思正，汝今为国家御史，须识礼仪轻重。如此须魏元忠头，何不以锯截去！无为抑我反。奈何佩服朱绂，亲衔天命，不能行正道之事，乃言白司马孟青，是何言也？若非魏元忠，无人仰教！"思正惊起，悚怍曰："思正死罪，实不解，幸蒙中丞见教。"乃引上阶，礼坐而问之。元忠徐就坐自若。又思正言音不正，时断屠杀，思正曰："今断屠杀，鸡、古梨反。鱼、愚。猪、计。驴萎。俱居。不得吃，苦豉反。谓空吃米弭。面，灭之去声。如檽齐。何得饱？"侍御史霍献可笑之。思正诉于则天。则天怒谓献可曰："我知思正不识字，我已用之，卿笑何也？"献可具言鸡猪之事，则天亦大笑。思正尝命作笼饼，谓膳者曰："与我作笼饼，可缩葱作。"比市笼饼，葱多而肉少，故令缩葱加肉也。时人号为"缩葱侍御史"。时来俊臣弃故妻，奏逼娶太原王庆诜女，思正亦奏请娶赵郡李自挹女，敕政事商量。凤阁侍郎李昭德抚掌谓诸相曰："大可笑！大可笑！"诸相问之，昭德曰："往年来俊臣贼劫王庆诜女，已大辱国。今日此奴又请娶李自挹女，无乃复辱国耶？"事遂寝。竟为李昭德榜杀之。出《御史台记》。

王及善

唐王及善才行庸猥，风神钝浊。为内史时，人号为"鸠集

侯思正听后大怒，又把他拖了一阵，道："你竟敢抗拒皇上派来的人，我要上奏把你杀了。"魏元忠道："侯思正，你如今是国家的御史，必须知道礼仪轻重。你这样需要我魏元忠的头颅，为什么不干脆拿锯来截去！用不着逼我反抗。你身穿朱绂官服，担负着上边的使命，不能正确地履行自己的职责，却说什么'白司马孟青'，这是什么话？若不是我魏元忠，没人会对你指教！"侯思正惊慌地站起来，害怕而又惭愧地说："思正该死，我真的不明白这些，多亏了魏中丞的指教。"于是他把魏思正领上台阶，按照礼数请其坐下并寻问。魏元忠也慢慢地坐下，神情自若。侯思正语音不正，有段时间禁止屠宰，侯思正道："现在禁止屠宰，鸡（说成gī）、鱼（说成愚）、猪（说成计）、驴（说成蒌）俱（说成居）不得吃（说成kǐ），光吃米（说成弭）、面（说成灭），怎么能吃饱？"侍御史霍献可听到后忍不住笑了。侯思正便把他告到了武则天那里。武则天愤怒地对霍献可说道："我知道思正不识字，既然我已经任用他了，你为什么还要嘲笑他呢？"献可便把"鸡猪"之事学了一遍，武则天也不禁大笑。侯思正叫人作笼饼，他对厨师说："给我做笼饼时，可少些放葱。"因为他去市场买的笼饼葱多肉少，所以让厨师少些葱多加肉。当时人们称他为缩葱侍御史。那时还有个叫来俊臣的人，抛弃了原配妻子，上奏皇上非要娶太原王庆诜的女儿不可，侯思正此时也奏请要娶赵郡李自挹的女儿，皇上下敕让政事堂商议。凤阁侍郎李昭德拍着手对各位宰相说："太可笑了！太可笑了！"宰相们问他怎么回事，他说："之前来俊臣贼劫王庆诜的女儿，已经大为辱国了（暗喻臣娶王女）。今日此奴又请娶李自挹的女儿（唐皇帝也李姓），这不是又一次辱国吗？"于是这件事被阻止。后来侯思正竟被李昭德榜杀。出自《御史台记》。

王及善

唐朝时有个叫王及善的人，才学平庸，行为猥琐，精神迟钝，头脑十分不清醒。在任中书令的时候，人们说他是"雉鸠落在

凤池”。俄迁文昌右相，无他政，但不许令史之驴入台，终日迫逐，无时暂舍。时人号“驱驴宰相”。出《朝野佥载》。

逯仁杰

周朝有逯仁杰，河阳人。自地官令史出尚书，改天下帐式，颇甚繁细，法令滋章。每村立社官，仍置平直老三员，掌簿案，设锁钥。十羊九牧，人皆散逃。而宰相浅识，以为万代皆可行，授仁杰地官郎中。数年，百姓苦之，其法遂寝。出《朝野佥载》。

袁　琰

周考功令史袁琰，国忌，众人聚会，充录事勾当。遂判曰：“曹司繁闹，无时暂闲。不因国忌之辰，无以展其欢笑。”合坐嗤之。出《朝野佥载》。

台中语

周夏官侍郎侯知一，年老，敕放致仕。上表不伏，于朝堂踊跃驰走，以示轻便。张悰丁忧，自请起复。吏部主事高筠，母丧，亲戚为举哀，筠曰：“我不能作孝。”员外郎张栖贞，被讼，诈遭母忧，不肯起对。时台中为之语曰：“侯知一不伏致仕，张悰自请起复，高筠不肯作孝，张栖贞情愿遭忧。皆非名教中人，并是王化外物。兽心人面，不其然乎？”出《朝野佥载》。

凤凰池（中书省又称凤阁）”。不久又迁转文昌台（尚书省）任右相，身为宰相不去处理国家大政，只去监管令史的驴子是否进入了都省的官署，并且整天都在监督驱赶，从不暂停。因而人们又称他为“驱驴宰相”。出自《朝野佥载》。

逯仁杰

武周朝时有个叫逯仁杰的人，是河阳人。从地官令史出任尚书，一改全国租税账式，规定十分繁细，法令之下又派生出许多条文。规定每村必须设一社官，而且仍然保留旧有人员，掌管各种账簿案卷，并要求上锁。一时间在乡间村吏泛滥成灾，十羊九牧，百姓纷纷散逃。可是宰相见识浅薄，认为这是万代可行的好政策，因而授予逯仁杰户部郎中的官职。实行数年后，百姓以此为苦，这项法令才逐渐停止。出自《朝野佥载》。

袁琰

武周时，吏部考功司的令史袁琰，在禁止娱乐的国忌日里，与众人聚会，他在酒席上监酒令主赏罚。其状子上判道：“司曹官署里总是很繁闹，没有一时间歇。没有因国忌之时，就不展现其欢乐。”在座的人都嘲笑他。出自《朝野佥载》。

台中语

武周朝的兵部侍郎侯知一，在他年老的时候，皇上下敕让他退休。他上表不服老，并在朝堂里跳跃奔走，以表现自己敏捷轻便。张悰在丁忧期间，自己请求复职。吏部主事高筠的母亲去世，亲戚要举办丧礼，高筠说：“我不能守孝。”员外郎张栖贞被人起诉，他却骗人说自己正遭母忧守孝，不肯去答辩。当时台中对此批语道：“侯知一不伏致仕，张悰自请起复，高筠不肯作孝，张栖贞情愿遭忧。这些人都是没有教养的人，全是些礼教之外的东西。人面而兽心，不正是这样的吗？”出自《朝野佥载》。

沈子荣

周天官选人沈子荣诵判二百道，试日不下笔。人问之，荣曰："无非命也，今日诵判，无一相当，有一道迹同，人名又别。"至来年选，判水硙，又不下笔。人问之，曰："我诵水硙，乃是蓝田，今问之富平，如何下笔？"闻者莫不抚掌焉。出《朝野佥载》。

武懿宗

周则天内宴甚乐，河内王懿宗忽然起奏曰："臣急告君，子急告父。"则天大惊，引前问之，对曰："臣封物，承前府家自征。近敕州县征送，大有损折。"则天大怒，仰观屋椽，良久曰："朕诸亲饮正乐，汝是亲王，为三二百户封，几惊杀我，不堪作王。"令曳下。懿宗免冠拜伏，诸王救之曰："懿宗愚钝，无意矣。"上乃释之。出《朝野佥载》。

张　衡

周张衡，令史出身，位至四品，加一阶，合入三品，已团甲。因退朝，路旁见蒸饼新熟，遂市其一，马上食之，被御史弹奏。则天降敕："流外出身，不许入三品。"遂落甲。出《朝野佥载》。

李良弼

周右拾遗李良弼，自矜唇颊，好谈玄理，请使北蕃说骨笃禄。匈奴以木盘盛粪饲之，临以白刃。弼惧，食一盘并尽，

沈子荣

武周时，吏部候选官员沈子荣，背诵评判了二百道题，可是考试那天一直没动笔。有人问他怎么不答，他说："无非是运气不佳，今日的题目，没有一个与我准备的相同，有一道题中讲述的事迹倒跟我知道的是相同的，可是其中的人名又不同。"到第二年又参加考试，题目是关于水磨的，沈子荣又未动笔。人们问他时，他说："我能答的水磨是蓝田县的，今天问的是富平的水磨，我如何下笔？"听到的人没有不拍掌大笑的。出自《朝野佥载》。

武懿宗

武周时武则天赐宴招待内亲，正喝的高兴时，河内王武懿宗忽然奏道："臣有急事要禀告君主，子有急事要禀告父亲。"武则天一听大惊，急招引他到跟前询问，武懿宗道："臣的封地，从前都是由我家府直接征收税赋。近来皇上下令由州县征送，这样一来就大有折扣。"武则天听后大怒，她仰望屋椽，很久才说道："我的亲属们正喝得高兴，你是亲王，竟为了区区三二百户的封赏之事，几乎吓死我，不配做王。"于是下令让人拉下去。武懿宗脱帽拜倒在地，各位亲王请救道："懿宗愚蠢迟钝，完全是无意的。"武则天这才宽恕释放了他。出自《朝野佥载》。

张　衡

武周朝人张衡，令史出身，官阶达到四品，又给他加了一阶，应当进入三品，已经团甲。退朝时，他在路旁看见有人卖刚熟的蒸饼，就买了一张马上吃了，因此被御史检举揭发。武则天下敕道："流外出身，不许入三品。"于是落甲。出自《朝野佥载》。

李良弼

武周朝，右拾遗李良弼因能说会道而自负，好谈论些玄奥的道理，他曾请求出使北蕃去游说骨笃禄。匈奴木盘盛上粪便让他吃，并用刀逼迫他。李良弼害怕，将一盘粪便吃了个干净，

乃放还。人讥之曰："李拾遗能拾突厥之遗。"出为真源令，秩满，还瀛州。遇契丹贼孙万荣，使何阿小取沧、瀛、冀具入。良弼谓鹿城令李怀璧曰："孙者胡孙，即是猕猴，难可当也。万字者有草，即是草中藏。"劝怀璧降。何阿小授怀璧三品将军。阿小败，怀璧及良弼父子四人，并为河内王武懿宗斩之。出《朝野佥载》。

来子珣

唐来子珣，则天委之按制狱，多希旨。赐姓武氏，字家臣。丁父忧起复，累加游击将军右羽林军中郎将。常衣锦半臂，言笑自若，朝士诮之。谕德张元一好讥谑，曰："岂有武家儿，为你来家老翁制服耶？"出《御史台记》。

阎知微

周春官尚书阎知微庸琐驽怯，使入蕃，受默啜封为汉可汗。贼入恒定，遣知微先往赵州招慰。将将军陈令英等守城西面，知微谓令英曰："陈将军何不早降下，可汗兵到然后降者，剪土无遗。"令英不答。知微城下连手踏歌，称"万岁乐"。令英曰："尚书国家八座，受委非轻，翻为贼踏歌，无惭也。"知微仍唱曰："万岁乐，万岁年，不自由，万岁乐。"时人鄙之。出《朝野佥载》。

崔 湜

唐崔湜为吏部侍郎，贪纵。兄凭弟力，父挟子威，咸受嘱求，赃污狼籍。父挹，为司乐，受选人钱，湜不之知也，

然后才被放回来。人们都讥笑他说:“李拾遗能拾突厥人的遗。”后自朝中外放任真源县令,届满后回瀛州。遇上契丹孙万荣派遣何阿小攻取沧州、瀛州、冀州等地。李良弼对鹿城县令李怀璧说:“孙,乃胡孙,就是猕猴,遇上大难可以抵挡。万(萬)字有草,就是在草中藏身。”劝怀璧投降契丹。何阿小授予李怀璧三品将军官职。何阿小失败后,李怀璧、李良弼父子四人均被河内王武懿宗斩首。出自《朝野佥载》。

来子珣

唐代人来子珣,常被武则天委派审理案子,他也多能迎合上意。武则天便赐他武姓,字家臣。父丧丁忧后又重新复职,官职累累相加,从游击将军到右羽林军中郎将。他经常半臂套着锦衣,谈笑自若,朝官们因此讥诮他。谕德张元一喜好讽人,他说:“哪有武家的儿郎,为来家的老头子服丧的?”出自《御史台记》。

阎知微

武周朝时礼部尚书阎知微,猥琐怯懦而又才智低劣,派他出使北蕃时,接受了默啜给他的封号汉可汗。后来蕃人侵入恒定,朝廷派他先去赵州慰劳前方将士。将军陈令英等守在城的西面,阎知微对陈令英说道:“陈将军何不尽早投诚,如果可汗的兵到了之后再投降,就会死无葬身之地。”陈令英不回答。阎知微便在城下拉着手踏着足唱起“万岁乐”。陈令英道:“尚书是国家的重臣,你受到的恩遇和委托已算不轻,可你反而去为蕃贼唱歌,这是不知羞耻。”阎知微仍然唱道:“万岁乐,万岁年,不自由,万岁乐。”当时的人们都十分鄙视他。出自《朝野佥载》。

崔　湜

唐朝崔湜为吏部侍郎,为人贪婪而放纵。他的父兄都凭借他的势力,接受请托,贪赃受贿,声名狼藉。他的父亲崔挹,任司乐,曾接受了一个选人的一笔贿赂,可是崔湜并不知道这件事,

长名放之，其人诉曰："公亲将赂去，何为不与官?"湜曰："所亲为谁? 吾捉取鞭杀。"曰："鞭即遭忧。"湜大怒惭。主上以湜父年老，瓜初熟，赐一颗。湜以瓜遗妾，不及其父，朝野诮之。时崔、岑、郑愔，并为吏部，京中谣之曰："岑义獠子后，崔湜令公孙，三人相比接，莫贺咄最浑。"出《朝野佥载》。

权龙襄

唐左卫将军权龙襄性褊急，常自矜能诗。通天年中，为沧州刺史，初到，乃为诗呈州官曰："遥看沧海城，杨柳郁青青。中央一群汉，聚坐打杯觥。"诸公谢曰："公有逸才。"襄曰："不敢，趁韵而已。"又《秋日述怀》曰："檐前飞七百，雪白后园强。饱食房里侧，家粪集野蜋。"参军不晓，请释，襄曰："鹞子檐前飞，值七百文。洗衫挂后园，干白如雪。饱食房中侧卧，家里便转，集得野泽蜣螂。"谈者嗤之。皇太子宴，夏日赋诗："严霜白浩浩，明月赤团团。"太子援笔为赞曰："龙襄才子，秦州人士。明月昼耀，严霜夏起。如此诗章，趁韵而已。"襄以张易之事，出为容山府折冲。神龙中追入，乃上诗曰："无事向容山，今日向东都。陛下敕进来，今作右金吾。"又为《喜雨》诗曰："暗去也没雨，明来也没云。日头赫赤出，地上绿氲氤。"为瀛州刺史日，新过岁，京中数人附书曰："改年多感，敬想同之。"正新唤官人集云："有诏改年号为多感元年。"将书呈判司已下，众人大笑。龙襄复侧听，怪赦书来迟。高阳博野两县，竞地陈牒，

公布名单时此人落选，那人质问崔湜道："你的亲属收了我贿赂，为什么不给我官职?"崔湜道："这个亲属是谁？我要把他抓来用鞭子抽死。"那选人道："用鞭子抽死他你就会遭丁忧。"崔湜很生气又很惭愧。皇上因为崔湜的父亲年岁已老，在瓜刚刚成熟的时候，便赏赐了一个。可崔湜都把瓜给了自己的小老婆，没有送他的父亲，朝内外都讥诮他。当时崔湜、岑义、郑愔一起在吏部做官，京城里有歌谣咏道："岑义獠子后，崔湜令公孙，三人相比接，莫贺咄最浑。"出自《朝野佥载》。

权龙襄

唐代左卫将军权龙襄，性情急躁而肚量窄小，经常自夸能写诗。通天年间，被任命为沧州刺史，刚上任，便写诗给州官们看，诗写道："遥看沧海城，杨柳郁青青。中央一群汉，聚坐打杯觥。"各位官员都称赞道："你有超群的才华。"龙襄说："不敢当，凑韵而已。"又作《秋日述怀》诗道："檐前飞七百，雪白后园强。饱食房里侧，家粪集野蜋。"参军不明白，请他解释，他说："鹞鹰在屋檐前飞旋，能值七百文钱。洗过的衣衫凉挂在后园，晒干后洁白如雪。吃饱了饭就在房子里侧身躺卧，家里的粪便，必然会招来野泡子里的屎壳郎。"谈到这件事的人无不嘲笑他的。皇太子赐宴，正好是夏天，他赋诗道："严霜白浩浩，明月赤团团。"皇太子题写"赞"道："龙襄才子，秦州人士。明月昼耀，严霜夏起。如此诗章，趁韵而已。"他曾受张易之事牵连，被派出去做了容山府折冲。到神龙年间又被调回京师，于是给皇上写诗道："无事向容山，今日向东都。陛下敕进来，今作右金吾。"又作《喜雨》诗道："暗去也没雨，明来也没云。日头赫赤出，地上绿氲氲。"任瀛州刺史时，有一年春节刚过，京城中数人写信跟他说："改年多感，敬想同之。"意谓新的一年，感叹良多，想必你也一样。正月里他把所有官员都召集来说道："有诏改年号为多感元年。"并把书信拿给判司以下看，众人大笑。他侧耳听到人们的哄笑时，又怪敕书迟迟不到。高阳、博野两县为了争夺土地，都状书各自的理由，

龙襄乃判曰："两县竞地，非州不裁。既是两县，于理无妨付司。权龙襄示。"典曰："比来长官判事，皆不著姓。"龙襄曰："余人不解，若不著姓，知我是谁家浪驴也。"龙襄不知忌日，谓府史曰："何名私忌？"对曰："父母亡日，请假，独坐房中不出。"襄至日，于房中静坐，有青狗突入，龙襄大怒曰："冲破我忌。"更陈牒，改作明朝，好作忌日。谈者笑之。出《朝野佥载》。

权龙襄判状道："两县争地盘，不是本州府不予裁决。既是两个县的事，按理应交付主管部门去裁判。权龙襄示。"典吏说："近来长官判事，皆不写姓。"龙襄曰："其他人不清楚的，若不写姓，知道我是谁家的浪驴。"权龙襄不知道什么叫忌日，问府史道："什么叫私忌?"府史道："父母死亡时，要告假在家，独坐房中不能出门。"后来在他遇上丧忧之时，便在房中一人静坐，不巧有只黑狗突然闯入，权龙襄大怒，道："冲破我的忌日。"于是更换请假文牒，改为明天再作忌日。谈论的人莫不大笑。出自《朝野佥载》。

卷第二百五十九

嗤鄙二

苏味道

唐苏味道初拜相，有门人问曰："天下方事之殷，相公何以燮和？"味道无言，但以手摸床棱而已。时谓模棱宰相也。出《卢氏杂记》。

李师旦

唐李师旦，新丰人也，任会稽尉。国忌日废务，饮酒唱歌杖人，为吏所讼。御史苏味道按之，俱不承引。味道厉而谓曰："公为官，奈何不守法，而违犯若是？"将罪之，师旦请更问，乃叹曰："饮酒法所不禁，况饮药酒耶。挽歌乃是哀思。挞人吏事缘急速。侍御何谴为？"味道曰："此反白为黑汉，不能绳之。"出《御史台记》。

苏味道

唐代人苏味道刚刚被任命为宰相时，他的门人问道："天下正是多事之秋，请问相公如何使国家协调和平？"苏味道一声不出，只是用手摸着床的框棱。因而那时都称他为模棱宰相。出自《卢氏杂记》。

李师旦

唐朝的李师旦，是新丰人，任会稽县尉。在国忌日的时候，旷废职务，还饮酒唱歌以杖打人，因而被其他官吏告发。御史苏味道来审理此案，他一概不承认。苏味道严厉地对他说："你身为官员，怎么能不守法规，而要违纪到这般地步？"快要定罪的时候，李师旦请求重新问一下，他颇有感叹地说道："法律并没有禁止饮酒，何况我饮的是药酒。我唱挽歌那恰是表达我的哀思。打人是因为公事急速，需要紧急。侍御史为什么要谴责我呢？"苏味道说道："这真是个颠倒黑白的汉子，看来是不能定罪了。"出自《御史台记》。

霍献可

唐霍献可，贵乡人也。父毓，岐州司法。献可有文学，好诙谐，累迁至侍御史左司员外。则天法峻，多不自保，竞希旨以为忠。献可头触玉阶，请杀狄仁杰、裴行本。裴即献可堂舅也。既损额，以绿帛裹于巾下，常令露出，冀则天以为忠。时人比之李子慎。子慎，则天朝诬告其舅，加游击将军。母见其著绯衫，以面覆床，涕泪不胜曰："此是汝舅血染者耶！"出《御史台记》。

袁守一

唐袁守一性行浅促，时人号为"料斗凫翁鸡"，任万年尉。雍州长史窦怀贞每欲鞭之，乃于中书令宗楚客门，饷生菜，除监察。怀贞未之知也，贞高揖曰："驾欲出，公作如此检校。"袁守一即弹之。月余，贞除左台御史大夫，守一请假，不敢出，乞解。贞呼而慰之，守一兢惕不已。楚客知之，为除右台御史，于朝堂抗衡于贞曰："与公罗师。"罗师者，市郭儿语，无交涉也。无何，客以反诛，守一以其党，配流端州。出《朝野佥载》。

崔泰之

唐黄门侍郎崔泰之哭特进李峤诗曰："台阁神仙地，衣冠君子乡。昨朝犹对坐，今日忽云亡。魂随司命鬼，魄逐见阎王。此时罢欢笑，无复向朝堂。"出《朝野佥载》。

霍献可

唐代人霍献可，是贵乡人。他的父亲名霍毓，任岐州司法。霍献可有才学，喜好开玩笑，官至侍御史左司员外。武则天时的法规是很严酷的，许多人都不能自保，都争相迎合其旨意以表忠心。霍献可头触玉阶，请求处死狄仁杰、裴行本。裴行本是献可的堂舅。献可额头磕破后，就用绿帛头巾缠盖在上面，可是还会将伤口常常露在外面，希望武则天能看到他的忠心。当时人们都把霍献可比作李子慎。李子慎是个什么人呢？武则天时，李子慎曾诬告自己的舅舅，并因此被加授游击将军。李子慎的母亲看见他穿上红色官服，把脸埋在床上，痛哭流涕喊道："这红袍是用你舅舅的血染成的啊！"出自《御史台记》。

袁守一

唐代人袁守一心胸狭窄，目光短浅，只顾眼前，当时人们称他为"料斗凫翁鸡"，任万年县尉。雍州长史窦怀贞多次想要鞭挞他，于是投于中书令宗楚客门下，常给宗楚送生菜，不久任命他作监察御史。怀贞不知道他与宗楚客的关系，便高高拱手为礼道："皇上车驾要准备外出，你就这样做检校。"袁守一立刻弹劾窦怀贞。过了一个多月，窦怀贞被任命为左台御史大夫，袁守一便告假在家，不敢出来，并乞求希望和解。窦怀贞把他叫来安慰他，袁守一竟吓得战战兢兢惊恐不已。宗楚客知道这些事后，有一次为任命右台御史之事，在朝堂上与窦怀贞对抗起来，宗楚客说："与公罗师。"罗师，是市井俚语，意思是互不交涉。没过多久，宗楚客因谋反罪被诛杀，袁守一也因是其同党，被发配流放到端州。出自《朝野佥载》。

崔泰之

唐朝黄门侍郎崔泰之在哭特进李峤的诗中写道："台阁神仙地，衣冠君子乡。昨朝犹对坐，今日忽云亡。魂随司命鬼，魄逐见阎王。此时罢欢笑，无复向朝堂。"出自《朝野佥载》。

陆余庆

唐尚书右丞陆余庆转洛州长史，其子嘲之曰："陆余庆，笔头无力嘴头硬，一朝受辞讼，十日判不竟。"送案褥下。余庆得而读之曰："必是那狗！"遂鞭之。出《朝野佥载》。

孙彦高

周定州刺史孙彦高，被突厥围城数十重，不敢诣厅，文符须征发者，于小窗接入，锁州宅门。及贼登垒，乃入匮中藏，令奴曰："牢掌钥匙，贼来索，慎勿与。"昔有愚人，入京选，皮袋被贼盗去，其人曰："贼偷我袋，将终不得我物用。"或问其故，答曰："钥匙今在我衣带上，彼将何物开之。"此孙彦高之流也。出《朝野佥载》。

出使御史

唐御史出使，久绝滋味。至驿，或窃脯腊置于食，伪叱侍者撤之，侍者去而后徐食。此往往而有，殊失举措也。尝有御史，所留不多，不觉侍者见之，对曰："干肉驿家颇有，请吏留。"御史深自愧焉。亦有膳者烂煮肉，以汁作羹，御史伪不知而食之。或羹中遇肉，乃责庖人。或值新庖人，未闲应答，但谢曰罗漏，言以罗滤之漏也。神龙中，韩琬与路元毂、郑元父充判官，至莱州，亲睹此事，相顾而笑。仆射魏元忠时任中丞，谓琬之曰："元忠任监察，至驿，干肉鸡子

陆余庆

唐朝时，尚书右丞陆余庆转任洛州长史，他的儿子嘲讽他写道："陆余庆，笔头无力嘴头硬，一朝受辞讼，十日判不竟。"然后把这首讽刺歌谣放在案几的垫子下面。陆余庆看完后道："一定是那狗干的！"便追出去鞭挞他。出自《朝野佥载》。

孙彦高

武周朝孙彦高任定州刺史时，被突厥人围城数十层，孙彦高吓得不敢到厅堂去办理公务，有来办理文符书函需征集人力物资事宜的，都是从小窗户接进来，州署的大门紧锁着。等到突厥人开始登上城墙时，他便藏进柜子里，命令家奴道："一定要牢牢地掌握好钥匙，敌人来索取，千万不能给。"过去有个愚蠢的人，到京城参选，可是装东西的皮袋被贼盗去，那个人道："贼虽然偷去我的袋子，可是终将不会得到我的东西。"有人问其缘故，他说："钥匙现在还挂在我的衣带上，他拿什么去打开锁呀。"这人与孙彦高都是一路人物。出自《朝野佥载》。

出使御史

唐朝时御史被派出去办案，很长时间未尝有滋味的菜肴。因此每到驿站，就有人偷来各种肉干放到饭菜里，然后假装发怒把侍候的人打发出去，等侍候的人一走便慢慢地吃起来。此事常常发生，这种举动是很失当的。曾经有个御史，碗里还剩下一些肉干时，不小心被侍候的人看见了，侍者说道："驿站里有很多肉干，请多放些。"御史深感惭愧。也有时，给他们做饭的人会把肉煮得稀烂，然后把煮肉汤给他们做成羹吃，御史假装不知道就吃了。有时羹中遇上了肉，御史便责备几句厨师。有人遇上新厨，不知怎样应答，只是道歉说罗漏了，说是在用罗过滤的时候漏下来的。神龙年间，韩琬、路元毂、郑元父当判官时，他们到莱州，都亲眼见过此事，也都是相顾而笑。仆射魏元忠当时还任御史中丞，他对韩琬说："我在任监察御史时，到了驿站，干肉鸡蛋

并食之，未亏于宪司之重，盖盗之深失国士体。”魏公之言当矣，但不食不窃，岂不美欤。出《御史台记》。

韩琬

唐韩琬与张昌宗、王本立，同游太学。博士姓张，即昌宗之从叔，精五经，懵于时事。畜一鸡，呼为勃公子，爱之不已。每讲经，辄集于学徒中。或攫破书，比逐之，必被嗔责曰：“此有五德，汝何轻之？”昌宗尝为此鸡被杖。本立与琬，颇不平之，曰：“腐儒不解事，为公杀此鸡。”张生素取学徒回残食料。本立以业长，乃见问合否。本立曰：“明文案即得。”张生喜，每日受之，皆立文案。他日，张生请假，本立举牒，数鸡罪，杀而食之。及张生归学，不见鸡，惊曰：“吾勃公子何在？”左右报本立杀之，大怒云：“索案来，索案来。”见数鸡之罪，曰：“纵如此，亦不合死。”本立曰：“鸡不比人，不可加笞杖，正合杀。”张以手再三拍案曰：“勃公子，有案时，更知何道？”当时长安，以有案，动曰为实。故知耽玩经史者，宜详时事。不然，何古人号为愚儒、朴儒、腐儒、竖儒耶？亦可贻诫子弟。出《御史台记》。

赵仁奖

唐赵仁奖，河南人也，得贩于殖业坊王戎墓北，善歌《黄獐》。与宦官有旧，因所托附，景龙中，乃负薪诣阙，遂得召见。云：“负薪助国家调鼎。”即日台拜焉。睿宗朝，左

都吃过，未损宪司威望，这种偷盗实在有失国士的体面。”魏公的话很恰当，如果不吃也不窃，岂不更好。出自《御史台记》。

韩琬

唐朝时，韩琬、张昌宗、王本立一起在太学学习。有个授课的博士姓张，是张昌宗的从叔，此人精通五经，但是对世事很糊涂。他养了一只鸡，起名叫勃公子，对它十分宠爱。每次来讲课，总是把鸡放在学生之中。有时候抓破了学生的书，要赶它，就会被张博士责怪道："此有五德，你为何轻视？"昌宗还曾因这只鸡被杖责过。王本立和韩琬对这事都很气愤，说："腐儒不明事理，我们一定为你杀了这只鸡。"张博士平时都是拿学生们剩余的饭菜作饲料。王本立因是业长，先去问过这样是不是合适。王本立说："在文案上写明就可以了。"张博士很高兴，每天接受了谁的食料，都写在文案上。有一天，张博士告假不在，王本立举起文案，历数鸡的罪状，将其杀了，然后吃掉。等到张生回来，发现鸡没了，惊呼："我的勃公子在哪里？"左右告诉他让王本立给杀了，他大怒道："把文案拿来，把文案拿来。"他看见文案上历数的鸡的罪状，道："纵然如此，也不应当杀死啊。"王本立道："鸡不像人，不能杖罚，正应当杀。"张博士的手不住地拍着桌子道："勃公子怎么知道立有文案？"当时在长安，很讲究有案作根据，只要有案可查，就说是事实。由此可知，沉溺于经史的人，也应该悉知世事。不然，为什么古人把他们称作愚儒、朴儒、腐儒、竖儒呢？这也可以遗留下来告诫后人。出自《御史台记》。

赵仁奖

唐朝时有个人叫赵仁奖，河南人，在殖业坊王戎墓北做小买卖，很善于唱一首名叫《黄獐》的歌曲。他与一宦官有老交情，因此托付这名宦官助他一臂之力，在那人的帮助下，于唐中宗景龙年间，背负柴草到宫廷请求见皇上，得到召见。他说："负薪是为了帮助国家治理。"当天便任职于御史台。到睿宗朝，被降职

授上蔡丞。使于京，访寻台中旧列，妄事欢洽。御史倪若水谓杨茂直曰："此庸汉，妄为傝茸。"乃奏之。中书令姚崇曰："此是《黄獐》汉耶。"授当州悉当尉，驰驿发遣。仁奖在台，既无余能，唯以《黄獐》自炫。宋务先题之曰："赵奖出王戎幕下，入朱博台中。舍彼负薪，登兹列柏。行人不避骢马，坐客唯听《黄獐》。"时崔宣一使于都，仁奖附书于家，题云："西京赵御史书。附到洛州殖业坊王戎墓北第一铺。付妻一娘。"宣一以书示朝士。初其左授上蔡，潘好礼自上蔡令拜御史，仁奖赠诗曰："令乘骢马去，丞脱绣衣来。"当时讶之，或以为假手。仁奖初拜监察，谢朝贵，但云："有幸把公马足。"时朝士相随，遇一胡负两束柴，曰："此胡合拜殿中。"或问其由，答曰："赵仁奖负一束而拜监察，此负两束，固合授殿中。"出《御史台记》。

姜师度

唐姜师度好奇诡。为沧州刺史，兼按察，造枪车运粮，开河筑堰，州县鼎沸。于鲁城界内，种稻置屯，穗蟹食尽，又差夫打蟹。苦之，歌曰："鲁地一种稻，一概被水沫。年年索蟹夫，百姓不可活。"又为陕州刺史，以永丰仓米运将，别征三钱，计以为费。一夕忽云得计，立注楼，从仓建槽，直至于河，长数千丈。而令放米，其不快处，具大把推之，

任命为上蔡县丞。出使到京城时，去拜访台中的老同事，胡乱行事，到处欢聚。御史倪若水对杨茂直说："这是个庸俗之人，胡作非为而又卑劣无能。"于是上书弹劾。中书令姚崇说："这就是会唱《黄獐》的那个人。"再改任当州悉当县尉，把他立即派送出去。赵仁奖在御史台任职期间，没有别的能力，唯独以会唱《黄獐》而自我炫耀。宋务先曾写他道："赵仁奖出自王戎的幕下，进入朱门台院之中。是舍得自背柴草这样的劳役之举，才登上此御史台。行路时人们不避他的马，坐下时人们都来听他的《黄獐》歌。"当时崔宣一正巧到京城去，赵仁奖便让他给家人捎了一封信，那信封上写道："西京长安赵御史书。捎到洛州殖业坊王戎墓北第一铺，送妻一娘。"崔宣一曾把信给朝官们看过。当初赵仁奖降职授上蔡丞时，潘好礼正好由上蔡县令调任为御史，仁奖赠诗道："令乘骢马去，丞脱绣衣来。"当时人们看到此诗很觉惊讶，有人认为是借他人之手而写。仁奖初任监察御史时，去向朝中权贵道谢，只是说："有幸握住了你的马足。"当时有朝士们相随同往，恰遇一个胡人背着两捆柴草走过来，一朝士说："这个胡人应当授以殿中御史。"有人问他理由，他答道："赵仁奖背了一捆柴草便授以监察御史，此人背了两捆，当然应授殿中（殿中御史比监察御史高一品级）。"出自《御史台记》。

姜师度

唐朝人姜师度，喜好办些离奇古怪的事。他任沧州刺史兼按察史时，下令制造枪车运输粮食，开凿河道，修筑堤坝，一时间州县惊恐不安，民怨沸腾。他又在鲁城县内开垦水田种稻，结果稻穗都被螃蟹吃尽，只好又差遣大批农夫去抓蟹。老百姓苦于应付，当时流传一首歌谣："鲁地一种稻，一概被水沫。年年索蟹夫，百姓不可活。"又他在任陕州刺史时，要运走永丰仓的米，每户再另征三钱，合起来作为运费。有一天忽然说得到妙计，于是建起了注楼，并从粮仓开始建槽，一直建到河边，有数千丈长。让人从粮库往下放米，有流动不快的地方，便安排人力往前推，

米皆损耗，多为粉末。兼风激扬，凡一函失米百石，而动即千万数。遣典庾者偿之，家产皆竭。复遣输户自量，至有偿数十斛者。甚害人，方停之。出《朝野佥载》。

成敬奇

唐成敬奇有俊才，天策中，诣阙自陈，请日试文章三十道。则天乃命王勃试之，授校书郎，累拜监察大理正，与紫微令姚崇连亲。崇尝有疾，敬奇造宅省焉，对崇涕泪。怀中置生雀数头，乃一一持出，请崇手执之而后释。祝云："愿令公速愈也。"崇勉从之。既出，崇鄙其谀媚，谓子弟曰："此泪从何而来？"自兹不复礼也。出《御史台记》。

石惠泰

唐岐王府参军石惠泰，与监察御史李全交诗曰："御史非长任，参军不久居。待君迁转后，此职还到余。"因竞放牒往来，全交为之判十余纸以报之，乃假手于拾遗张九龄。出《朝野佥载》。

冯光震

唐率府兵曹参军冯光震入集贤院，校《文选》。尝注"蹲鸱"云："蹲鸱者，今之芋子，即是著毛萝卜也。"萧令闻之，拊掌大笑。出《谭宾录》。

李谨度

唐御史中丞李谨度，宋璟引致之。遭母丧，不肯举发哀。讣到，皆匿之。官寮苦其无用，令本贯瀛州，申谨度母死，

米损耗很多，很多变成粉末。加上大风吹扬，大概传送一函损米百石，动不动就上千万。他命令管理仓库的人赔偿，他们的家产很快耗光了。他又令运送的人自己计算该赔偿多少，以致有的人赔偿数十斛。因此事太害人才停下来。出自《朝野佥载》。

成敬奇

唐朝人成敬奇有才能，天策年间，自己到朝堂向皇帝陈述，请求一天之内考他文章三十道题。武则天命王勃考他，被任命为校书郎，后来连续升到监察大理正，与中书令姚崇结了亲。有一次姚崇生了病，成敬奇到家中去探望，对着姚崇涕泪横流。他怀中放着几只活鸟，一一掏出，请姚崇用手握住然后再放飞。并祝颂道："愿令公尽快痊愈。"姚崇勉强听从了。等成敬奇走了，姚崇很鄙视他的阿谀谄媚，对子弟们说："他的泪从何而来？"从此不再以礼仪相待他。出自《御史台记》。

石惠泰

唐朝时，岐王府参军石惠泰在给监察御史李全交的诗中写道："御史非长任，参军不久居。待君迁转后，此职还到余。"由于可借助经常有文书案卷往来之便，李全交给他写了十几篇批评文章回报他，这些文章都借拾遗张九龄之手代作。出自《朝野佥载》。

冯光震

唐朝率府兵曹参军冯光震进入集贤院，校注《文选》。有一次，他在注解"蹲鸱"一词时写道："蹲鸱者，今称之为芋子，就是长毛的萝卜。"萧令听说了这件事，拍掌大笑。出自《谭宾录》。

李谨度

唐朝御史中丞李谨度，是由宋璟引荐的。他的母亲去世了，他却不肯去哀悼奔丧。讣告寄到后，他就藏了起来。同僚们苦于他在朝中没有什么作用，就让他的本籍瀛州官府申告李谨度母死，

尚书省牒御史台，然后哭。其庸猥皆此类也。出《朝野佥载》。

三　秽

唐王怡为中丞，宪台之秽；姜晦为掌选侍郎，吏部之秽；崔泰之为黄门侍郎，门下之秽。号为京师三秽。出《朝野佥载》。

阳　滔

唐阳滔为中书舍人。时促命制敕，令史持库钥他适，无旧本捡寻，乃斫窗取得之。时人号为“斫窗舍人”。出《朝野佥载》。

常定宗

唐国子祭酒辛弘智诗云：“君为河边草，逢春心剩生。妾如台上镜，照得始分明。”同房学士常定宗，为改“始”字为“转”字，遂争此诗，皆云我作。乃下牒，见博士罗道宗，判云：“昔五字定表，以理切称奇。今一言竞诗，取词多为主。诗归弘智，‘转’还定宗。以状牒知，任为公验。”出《朝野佥载》。

张玄靖

唐张玄靖，陕人也，自左卫仓曹拜监察，性非敦厚。因附会慕容宝节而迁。时有两张监察，号玄靖为小张。初入台，呼同列长年为兄，及选殿中，则不复兄矣。宝节既诛，颇不自安，复呼旧列为兄。监察杜文范，因使还，会郑仁恭方

直到尚书省的文书发到御史台，他才哀哭。他就是这样一个卑俗猥劣的人。出自《朝野佥载》。

三　秽

唐朝王怡任御史中丞，被称为宪台之秽；姜晦任主持选拔的侍郎，被称为吏部之秽；崔泰之任黄门侍郎，被称为门下之秽。当时这三人被称之为京师三秽。出自《朝野佥载》。

阳　滔

唐朝时，阳滔为中书舍人。有一次，皇上急令他起草诏书，可是拿着库房钥匙的令史去了别处，找不到人，就取不出旧的稿本参考，于是他立刻砍断窗框进入库房取了出来。当时人们称之为"斫窗舍人"。出自《朝野佥载》。

常定宗

唐朝时，有个国子祭酒辛弘智写诗道："君为河边草，逢春心剩生。妾如台上镜，照得始分明。"同房的学士常定宗，只因为将其中的"始"字改为"转"字，就要争夺这首诗，两人都说是自己写的。下文给博士罗道宗，博士罗道宗裁断道："过去五个字是衡定的标准，以说理深刻为奇。今天一个字就要夺诗，取字数多的为诗的主人。诗归属弘智，'转'字还给定宗。将此状文发放周知，任凭公众验证。"出自《朝野佥载》。

张玄靖

唐朝时，有个叫张玄靖的，是陕州人，他自左卫仓曹升任为监察御史，此人为人并不忠厚老实。由于追随巴结慕容宝节而得到升迁。当时台中有两个张监察，因而人们称呼玄靖为小张。他刚到御史台时，称呼同事们年长的为兄，等升为殿中御史，就不再称兄了。后来慕容宝节获罪被杀，他因此惴惴不安，于是又称老同事为兄。监察御史杜文范刚刚出使回来，赶上郑仁恭正要

出使,问台中事意,恭答曰:“宝节败后,小张复呼我曹为兄矣。”时人以为谈笑。出《御史台记》。

出使,他问仁恭最近台中有什么值得一提的事,仁恭道:“宝节败落后,小张又呼我辈为兄了。”当时人们都以此为笑谈。出自《御史台记》。

卷第二百六十

嗤鄙三

公羊传

有甲欲谒见邑宰，问左右曰："令何所好？"或语曰："好《公羊传》。"后入见，令问："君读何书？"答曰："唯业《公羊传》。"试问："谁杀陈他者？"甲良久对曰："平生实不杀陈他。"令察谬误，因复戏之曰："君不杀陈他，请是谁杀？"于是太怖，徒跣走出，人问其故，乃大语曰："见明府，便以死事见访，后直不敢复来，遇赦当出耳。"出《笑林》。

李文礼

唐李文礼，顿丘人也，好学有文华，累迁至扬州司马，而质性迟缓，不甚精审。时在扬州，有吏自京还，得长史家书，云姊亡，请择日发之。文礼忽闻姊亡，乃大号恸。吏

公羊传

有一个人想要去拜访县令，问身边的人道："县官有什么喜好？"有人答道："喜欢《公羊传》这部书。"后来去拜见时，县令问："你读过什么书？"他答道："唯独研读过《公羊传》。"县令又问："请问是谁杀的陈他？"那个人良久才答道："我平生实在未曾杀死陈他。"县令觉察到他的错误，索性再戏弄他道："你没杀陈他，请问是谁杀的？"于是那人十分恐惧，光着脚丫子便走了出来，有人问他原因，他大声说道："一见县令，便拿杀人的事来追问我，以后可不敢再来了，遇到赦免当然就赶紧出来了。"出自《笑林》。

李文礼

唐朝人李文礼，是顿丘人，好学而有文采，官至扬州司马，但此人性情迟钝，对什么事都不太精细审慎。在扬州时，有一个小吏从京城回来，给长史捎来一封家信，说姐姐亡故，让他选个日子启程回去。文礼一听说姐姐亡故，便号啕恸哭起来。那小吏

伺其便，复白曰："是长史姊。"文礼久而徐问曰："是长史姊耶？"吏曰："是。"文礼曰："我无姊，向亦怪矣。"出《御史台记》。

殷安

唐逸士殷安，冀州信都人。谓薛黄门曰："自古圣贤，数不过五人。伏羲八卦，穷天地之旨。一也。"乃屈一指。"神农植百谷，济万人之命。二也。"乃屈二指。"周公制礼作乐，百代常行。三也。"乃屈三指。"孔子前知无穷，却知无极，拔乎其萃，出乎其类。四也。"乃屈四指。"自此之后，无屈得指者。"良久乃曰："并我五也。"遂屈五指。而疏籍卿相，男徵谏曰："卿相尊重，大人稍敬之。"安曰："汝亦堪为宰相。"徵曰："小子何敢。"安曰："汝肥头大面，不识今古，噇徒江切。食无意智，不作宰相而何？"其轻物也皆此类。

姓房人

唐有姓房人，好矜门地，但有姓房为官，必认云亲属。知识疾其如此，乃谓之曰："丰邑公相，丰邑坊在上都，是凶肆，出方相也。是君何亲？"曰："是某乙再从伯父。"人大笑曰："君既是方相侄儿，只堪吓鬼。"出《启颜录》。

元宗逵

唐元宗逵为果州司马，有婢死，处分直典云："逵家老婢死，驱使来久，为觅一棺木殡之。逵初到家贫，不能买得新者，

等他安静下来，才又告诉他说：“是长史的姐姐。”文礼过了一会儿才慢慢问道：“是长史的姐姐?”那小吏说：“是”。文礼道：“我没有姐姐，先前就感到奇怪了。”出自《御史台记》。

殷安

唐代有个逸士叫殷安，冀州信都人。他对薛黄门说：“自古以来，称得上圣贤的超不过五个人。伏羲始创八卦，穷尽了天地的旨意。这是一。”屈下一指。“神农始种百谷，救济了万人性命。这是二。”屈下第二个手指。“周公制订了礼乐，世代相传。这是三。”屈下第三个手指。“孔子知识渊博，无穷无尽，出类拔萃。这是四。”屈下第四个手指。“从这以后，没有人能够得上屈手指的。”过了一会儿才说：“加上我是五个。”于是屈下了第五个手指。殷安疏远、轻视高官卿相，男徵劝谏道：“卿相是值得尊重的人，大人也该稍尊敬他们。”殷安道“你也可以做宰相。”男徵道：“我哪里敢当。”殷安道：“看你肥头大脸，不懂今古，只知道狂吃狂喝，并且没有才智，不做宰相做什么?”那些轻世傲物的人都是这一类的人。

姓房人

唐朝时，有个姓房的人很喜欢炫耀自己的门第，只要有姓房的当官，他必定说其人是自己的亲属。有熟悉他的人很看不起他这一点，就对他说：“丰邑坊的方相丰邑坊在上都，是凶肆，出方相。是你的什么亲戚?”那姓房的人说：“是我的再从伯父。”问话的人大笑道：“你既然是方相的侄儿，只能去做吓唬鬼的事情了。”出自《启颜录》。

元宗逵

唐朝时，元宗逵任果州司马，他家的奴婢死了，安排直典道：“我家的老佣人去世了，在我家听使唤多年了，我应该为其找一口棺材埋葬了。可是我刚刚来到这里，家中贫困，不能买新的，

但得一经用者,充事即得。亦不须道逵买,云君家自有须。"直典出门说之,一州以为口实。出《大唐新语》。

独孤守忠

唐杭州参军独孤守忠领租船赴都,夜半,急追集船人,更无他语,乃曰:"逆风必不得张帆。"众大哂焉。出《朝野佥载》。

王 熊

唐王熊为泽州都督。府法曹断略粮贼,惟各决杖一百,通判,熊曰:"总略几人?"法曹曰:"略七人。"熊曰:"略七人合决七百。"法曹曲断,府司科罪。时人哂之。前尹正义为都督,公平,后熊来替。百姓歌曰:"前得尹佛子,后得王癞獭。判事驴咬瓜,唤人牛嚼铁。见钱满面喜,无镪从头喝。常逢饿夜叉,百姓不可活。"出《朝野佥载》。

麹崇裕

唐冀州参军麹崇裕《送司功入京》诗曰:"崇裕有幸会,得遇明流行。司士向京去,旷野哭声哀。"司功曰:"大才士,先生其谁?"曰:"吴儿博士,教此声韵。"司功曰:"师明弟子哲。"出《朝野佥载》。

梁士会

唐滑州灵昌尉梁士会,官科乌翎,里正不送,举牒判曰:"官唤乌翎,何物里正,不送乌翎。"佐使曰:"公大好判,

只要个已经用过的，能将就办了事就行。也不要说是我买，就说是你家自己需用。”直典出门后就把此事说出去了，成为一州人的话柄。出自《大唐新语》。

独孤守忠

唐朝时，杭州参军独孤守忠领押送租的船队去京城，到了半夜，把掌船人紧急集合起来，别的话没说，只说道：“逆风一定不能张帆。”众人大笑。出自《朝野佥载》。

王　熊

唐朝时，王熊曾任泽州都督。都督府的法曹审判抢掠粮食的盗贼，每个人各判杖挞一百，向他通告判罪情况，他问道：“总共有几人？”法曹回答：“七人。”他说：“行抢的七人合起来应挨杖七百。”法曹只好依照他的不正确的说法改判，府司便依此给他们七人量刑。当时人们都嗤笑这件事。以前尹正义曾任泽州都督，他是很公平的，后来王熊被派来接替了他。百姓们编出歌谣道：“前得尹佛子，后得王癞獭。判事驴咬瓜，唤人牛嚼铁。见钱满面喜，无镪从头喝。常逢饿夜叉，百姓不可活。”出自《朝野佥载》。

麹崇裕

唐朝时，冀州参军麹崇裕写了一首《送司功入京》诗，他写道：“崇裕有幸会，得遇明流行。司士向京去，旷野哭声哀。”司功问道：“大才子，教你写诗的先生是谁？”麹崇裕说：“一位吴地的少年博士，教我这声韵。”司功道：“真是老师高明，学生就明智啊。”出自《朝野佥载》。

梁士会

唐朝时，滑州灵昌县尉梁士会，有一次官府征收乌翎，里正没有及时送来，他就拿起公文，在上批复道：“官府要乌翎，里正什么东西，敢不送乌翎。”佐使道：“您的判书批语写得太好了，

乌翎太多。"会索笔曰："官唤乌翎，何物里正，不送雁翅。"有识之士，闻而笑之。出《朝野佥载》。

张怀庆

唐李义府尝赋诗曰："镂月成歌扇，裁云作舞衣。自怜回雪影，好取洛川归。"有枣强尉张怀庆好偷名士文章，乃为诗曰："生情镂月为歌扇，出意裁云作舞衣。照镜自怜回雪影，来时好取洛川归。"时人谓之语曰："活剥王昌龄，生吞郭正一。"出《大唐新语》。

康訔

唐玄宗既用牛仙客为相，颇忧时议不叶，因访于高力士："用仙客相，外议以为如何？"力士曰："仙客出于胥吏，非宰相器。"上大怒曰："即当用康訔。"盖上一时恚怒之词，举其极不可者。或有窃报訔，以为上之于君，恩渥颇深，行当为相矣。訔闻之，以为信然。翌日，盛服趋朝，既就列，延颈北望，冀有成命。观之者无不掩口。然时论亦以长者目焉。訔为将作大匠，多巧思，尤能知地。尝谓人曰："我居是宅中，不为宰相耶？"闻之者益为嗤笑。今新昌里西北牛相第，即訔宅也。出《明皇杂录》。

征君

唐肃宗之代，急于贤良，下诏搜山林草泽，有怀才抱德及匡时霸国者，皆可爵而任之。有征君自灵武，衣草衣，蹑芒屩，诣于国门。肃宗闻之喜曰："果有贤士应募矣。"遂召对，

就是乌翎太多。”梁士会又提笔写道：“官府要乌翎，里正什么东西，敢不送雁翅。”有识之士听到后都嗤笑他。出自《朝野佥载》。

张怀庆

唐朝时，李义府曾写过一首诗道：“镂月成歌扇，裁云作舞衣。自怜回雪影，好取洛川归。”枣强县尉张怀庆好偷名家的文章，他也写诗道：“生情镂月为歌扇，出意裁云作舞衣。照镜自怜回雪影，来时好取洛川归。”当人们评价他说：“活剥王昌龄，生吞郭正一。”出自《大唐新语》。

康 謇

唐玄宗启用牛仙客做宰相，很担心时论不赞成，因而询问高力士道：“任命仙客为宰相，你以为外面的议论会如何？”高力士道：“仙客出身胥吏，不是宰相的材料。”玄宗大怒：“那就该用康謇。”大概是玄宗一时愤怒说的话，举了一个最不可用的人。可是被人听到并偷偷告诉了康謇，他还以为玄宗对康謇恩泽很深，真的要举康为宰相了。康謇听说后，也信以为真。第二天便盛装去上朝，站在班列里，他一直伸着脖子向北张望，希望皇帝有旨意下达。见到的人无不掩口讥笑。然而当时的舆论也都是以长者来看待他。康謇任将作大匠，有许多奇巧的心思，尤其擅长利用地形。他曾对人讲：“我居住在一片宅第的中央，还能不当宰相？”听到的人越发讥笑他。现在新昌里西北牛宰相的府第，就是康謇的旧宅。出自《明皇杂录》。

征 君

唐肃宗时期，急需贤良人才，于是下诏搜寻隐身于山林草泽的贤人，凡是有才华、德行，以及可以挽救危难时局而使国家称霸于世的人，都可以授予爵位并任命官职。有一个征君，他身穿草衣，脚蹬草鞋，从灵武来到了京都长安。肃宗听到此事后非常高兴地说：“果然有贤士响应招募啊。”于是召见他来回答问题，

访时事得失，卒无一辞。但再三瞻望圣颜而奏曰："微臣有所见，陛下知之乎？"对曰："不知。"奏曰："臣见陛下圣颜，瘦于在灵武时。"帝曰："宵旰所劳，以至于是。"侍臣有匿笑不禁者。及退，更无他言。帝知其妄人也，恐闭将来贤路，僶俛除授一邑宰。洎将寒食，京兆司逐县索杏仁，以备贡奉。闻之，大为不可，独力抗之，遂诣阙请对。京兆司亦惧此征君必有异见，将奈之何。及召对，奏曰："陛下要寒节杏仁，今臣敲将来，乌复进浑杏仁。"上哈而遣之，竟不置其罪。出《玉堂闲话》。

李佐

唐李佐，山东名族。少时因安史之乱，失其父。后佐进士擢第，有令名，官为京兆少尹。阴求其父。有识者告后，往迎之于鬻凶器家，归而奉养。如是累月。一旦，父召佐谓曰："汝孝行绝世，然吾三十年在此党中，昨从汝来，未与流辈谢绝。汝可具大猪五头，白醪数斛，蒜虀数瓮，薄饼十拌，开设中堂，吾与群党一酬申款，则无恨矣。"佐恭承其教，数日乃具。父散召两市善薤歌者百人至，初即列坐堂中，久乃杂讴，及暮皆醉。众扶佐父登榻，而薤歌一声，凡百齐和。俄然相扶父出，不知所在。行路观者亿万。明日，佐弃家人入山，数日而卒。出《独异志》。

肃宗询问他时事得失，直到最后也未回答一句话。只是一次又一次地观望肃宗的脸并奏道："微臣有个发现，陛下知道吗？"肃宗道："不知道。"征君接着道："臣看出陛下的脸比在灵武时消瘦多了。"肃宗道："宵衣旰食，以至于此。"左右侍臣有忍俊不禁的。直到他从朝堂中退出来，再没说别的话。皇帝知道这是个无知妄为的人，可是怕封闭以后贤良应召之路，只好勉强授予他县令之职。将要到寒食节的时候，京兆司到各县去搜集杏仁，以向皇帝贡奉。征君听说此事，说大为不可，极力抗拒，于是又到朝堂请求与皇上对话。京兆司也怕此人有不同的见解，拿他没办法。到了召他去答对时，他奏道："陛下要寒食节用的杏仁，今天臣已敲开取出，不用再进贡那些囫囵杏仁了。"皇上只咳嗽一声便把他送走，终究没有将其治罪。出自《玉堂闲话》。

李佐

唐朝人李佐，是山东的豪门势族。少年时因安史之乱，他的父亲与家人失散。李佐后来考中了进士，有美名，官授京兆少尹。他私下寻找父亲。有知道的人告诉他后，便到一家卖棺材和陪葬物的铺子里去把父亲接回来奉养。这样过几个月。有一天，父亲把他叫过来对他说："你的孝顺，这世上没有人可比，但是我三十年一直在那伙人中间，前些日子我跟你回来，也没有与那些人道谢告别一下。你可以准备肥猪五头，白酒数斛，蒜苗韭菜等数瓮，薄饼十盘，把宴席设在庭院，我好酬谢众人，并一诉衷肠，这样也就没有什么遗憾了。"李佐恭敬地接受了父亲的指教，数日后一切准备就绪。他的父亲召集市场中善唱挽歌的上百人来家，一开始还只是安坐在庭院中，过了些时候便杂乱地唱起来，到了晚上大家全醉了。众人扶李佐父亲上床，他唱了一声挽歌，所有人便一起合唱起来。接着人们又扶着他父亲走出庭院，不知去向。一路上有亿万人观看。第二天，李佐丢下家人进入大山里，数日后死去了。出自《独异志》。

元载 常衮

唐代宗以庶务毕委宰相，而元载专政，益乱国典。非良金重宝，趑趄左道，不得出入于朝廷。及常衮为相，虽贿赂不行，而介僻自专，失于分别，故升陟多失。或同列进拟稍繁，别谓之沓伯。是时京师语曰："常无分别元好钱，贤者愚，愚者贤。"崔祐甫素公直，因众中唱言："朝廷上下相蒙，善恶同致。清曹峻府，为鼠辈养资考，岂裨皇化耶？"出《杜阳杂编》。

崔 阡

唐顺宗在东宫，韦渠荐崔阡。拜谕德，为侍书。阡触事面墙，对东宫曰："臣山野鄙人，不识朝典，见陛下合称臣否？"东宫曰："卿是宫僚，自合知也。"出《嘉话录》。

黎 幹

唐代宗朝，京兆尹黎幹以久旱，祈雨于朱雀门街。造土龙，悉召城中巫觋，舞于龙所。幹与巫觋更舞，观者骇笑。弥月不雨，又请祷于文宣王庙。上闻之曰："丘之祷久矣。"命毁土龙，罢祈雨，减膳节用，以听天命。及是甘泽乃足。出《卢氏杂说》。

崔叔清

唐杜佑镇淮南，进崔叔清诗百篇。德宗谓使者："此恶诗，焉用进？"时人呼为"准敕恶诗"。出《国史补》。

元载　常衮

唐代宗把国家的各种政务完全委托给宰相去办理，而宰相元载专权，使国家的典章制度越来越混乱。不送良金重宝，不是大力行贿或不搞邪门歪道的人，是不能出入于朝廷的。到常衮任宰相时，虽然他不受贿赂，但是他孤僻而独断专行，由于他不能分别好坏，所以在提拔选用人才上多有失误。有的同僚找他商量事稍稍频繁了些，就称人家是冗沓的人。当时京城里舆论说："常无分别元好钱，贤者愚，愚者贤。"崔祐甫一向公道正直，他曾在众人中大声说道："朝廷上下昏昧，善恶不分。本来是清廉严峻的官府，如今变成了鼠辈们养尊处优之地，这怎么能有助于皇上的教化呢？"出自《杜阳杂编》。

崔　阡

唐顺宗在东宫为太子时，韦渠向他推荐了崔阡。于是任命崔阡为谕德，后又为侍书。崔阡遇事面墙反省，对太子说："臣是山野鄙人，不懂得朝廷的典章规矩，见到陛下时我是不是应当称臣？"太子说："你是东宫僚属，自己应该知道。"出自《嘉话录》。

黎　幹

唐代宗朝时，久旱无雨，京兆尹黎幹便在朱雀门街求雨。他建造了一条土龙，召集来城里所有的巫师，舞于建土龙的地方。黎幹与巫师们轮番跳舞，围观的人又惊又笑。可是整整一个月也没下雨，于是又祈祷于文宣王庙。代宗听说后说道："向孔子祈祷的时间够长了。"于是下令毁掉土龙，停止求雨，节用膳食，听从天命。这样做了之后，反倒甘雨足降。出自《卢氏杂说》。

崔叔清

唐朝杜佑镇守淮南时，向皇帝进献了一百篇崔叔清写的诗。德宗对使者说："这种恶劣的诗，哪里还用得着进献？"当时的人都把崔叔清的诗称为"准敕恶诗"。出自《国史补》。

常 愿

唐刘禹锡云：贞元中，武臣常愿，好作本色语。曾谓余曰："昔在奉天，为行营都虞候。圣人门，都有几个贤郎。"他悉如此。且曰："奉天城斗许大，更被朱泚吃兵马楦，危如累鸡子。今抛向南衙，被公措大伟。龁邓。"邓把将他官职去。至永贞初，禹锡为御史监察，见常愿摄事在焉，因谓之曰："更敢道纥邓否？"曰："死罪死罪。"出《嘉话录》。

刘士荣

唐于頔之镇襄阳也，朝廷姑息，除其子方为太常丞。頔让之，表曰："刘元佐儿士荣以佐之功，先朝为太常丞。时臣与士荣同登朝列，见其凡劣，实鄙之。今臣功名不如元佐，男某凡劣，不若士荣，若授此爵，更为叨忝。"德宗令将其表宣示百寮。时士荣为南衙将军，目睹其表。有浑鐻者，锡之客也。时镐宴客饮酒，更为令曰："征近日凡劣，不得即雨。"鐻曰："刘士荣。"镐曰："于方。"镐谓席人曰："诸公并须精除。"出《嘉话录》。

袁德师

唐窦群与袁德师同在浙西幕，窦群知尉。尝嗔堂子曰："须送伯禽。"问德师曰："会否？"曰："某乙亦不到如此，也还曾把书读，何乃相轻。"诘之："且伯禽何人？"德师曰："只是古之堂子也。"满座人哂。出《嘉话录》。

常　愿

唐朝时，刘禹锡说过这样一件事：贞元年间，有个武将叫常愿，特别喜欢说些本行的行话。他曾对我说："以前在奉天时，我是行营都虞候。圣人门，都有几个贤郎。"他的话大概都是这样。还说："奉天城像斗那么大，被朱泚的兵马填得满满的，就像垒鸡蛋。如今抛向南衙，反被士大夫轻视。真想咬上司邓某一口。"邓后来把他官职夺去。到永贞初年，禹锡为御史监察，见常愿在那里管事，对他说道："还敢说咬邓吗？"回答说："不敢说了，不敢说了，死罪死罪。"出自《嘉话录》。

刘士荣

唐朝时，于頔镇守襄阳，朝廷对他很宽容优待，任命他的儿子于方为太常丞。于頔推让，上表道："刘元佐的儿子刘士荣，因为他的父亲功勋卓越，在先朝被授予太常丞一职。当时我与刘士荣曾一起在登朝的队列，看见他十分平凡顽劣，着实令人鄙视。如今我的功绩和名声都不如刘元佐，儿子也很平庸低劣，还不如刘士荣，若接受了此官，更觉得是叨扰而深感愧疚。"德宗下令将他的表公示给百官看。当时刘士荣任南衙将军，亲眼看见过此表。有个叫浑鐬的人，是锡的客人，有一天鎬宴请客人，饮酒时出酒令道："征召近日平庸恶劣的人，不得立即下雨。"鐬猜道："刘士荣。"鎬说："于方。"鎬对在座的客人说道："各位必须合力清除。"出自《嘉话录》。

袁德师

唐朝时，窦群与袁德师一起在浙西幕府，窦群任尉职。有一次窦群责怪妓女说："须送伯禽（伯禽为周公的儿子）！"然后又问袁德师道："明白不明白这是什么意思？"袁德师道："我还不致如此，也还曾读过书吧，为何要这样轻视人。"窦群又追问："那么伯禽是什么人呢？"袁德师道："伯禽不过是古代的妓女。"在座的人没有不讥笑他的。出自《嘉话录》。

蒋乂

唐蒋乂撰《宰臣录》，每拜一相，旬月必献传卷，故为物议所嗤。出《国史补》。

崔损

唐崔损，性极谨慎。每奏对，不敢有所发扬。两省清要，皆历践之，在位无称于人。身居宰相，母野殡，不言展墓，不议迁祔。姊为尼，没于近寺，终丧不临。士君子罪之，过为恭逊，不止于容身，而卒用此中上意。窃大位者八年，上知物议不叶，然怜而厚之。出《谭宾录》。

蒋乂

唐朝时，蒋乂撰写《宰臣录》，朝廷每拜一个宰相，只有一个月的时间他必会献上这位宰相的传记，所以被众人议论和嘲笑。出自《国史补》。

崔损

唐代人崔损，性情极为谨慎。每次在朝堂奏答，不敢有一点儿发挥。中书省、门下省这两处清贵显要之地，他都登临过，可是没做过什么值得人们称道的事。身居宰相之位，母亲死后葬于荒野，从不说到墓地去看，也不议论迁殡合葬的事。姐姐出家为尼，死于附近的寺院，一直到办完丧事他也没去看看。许多正人君子都怪罪他，认为他过分地谦恭，不止是为了安身，而是想以此来让皇上中意。窃居高位八年，皇上知道舆论对他不满，然而仍然怜爱而厚待他。出自《谭宾录》。

卷第二百六十一

嗤鄙四

张茂昭

唐张茂昭为节镇，频吃人肉。及除统军，到京，班中有人问曰："闻尚书在镇好人肉，虚实？"昭笑曰："人肉腥而且肕，争堪吃。"出《卢氏杂说》。

王　播

唐淮南节度王播，以钱十万贯，赂遗恩倖，以图内授。谏议大夫独孤朗、张仲方，起居郎孔敏行、柳公权，起居舍人宋申锡，补阙韦仁实、刘敦儒，拾遗李景让、薛延□等数人，前一日，诣延英抗论其事。后之贿迁，其徒实繁，自外官至内学士、三司使，皆有定价，因此致位者不少。近有县令、录事参军，亦列肆鬻之。至有白身便为宰守者。然所至多为四方诸侯不放上，有以知其来也。俾不遵王命，抑

张茂昭

唐朝张茂昭为节度使，常吃人肉。等到被任命为统军来到京城，同僚中有人问："听说尚书在节镇时喜欢吃人肉，是真是假？"张茂昭笑着说："人肉又腥又腻，怎能吃。"出自《卢氏杂说》。

王　播

唐朝时，淮南节度使王播用十万贯钱贿赂皇上宠幸的近臣，想调到中央做官。谏议大夫独孤郎、张仲方，起居郎孔敏行、柳公权，起居舍人宋中锡，补阙韦仁实、刘敦儒，拾遗李景让、薛延□等数人，前一天，已在延英殿争论过这件事。而后送钱授官，这样的人越来越多，从外官到内学士、三司使等，都有定价，因此得到官位的人不在少数。近来还有县令、录事参军这些官职，也定价出卖。以致竟有未经科举也没有官资的白丁便一下子当了县宰郡守的。但是这种人到地方去任职，常常都受到冷遇，因为都知道他们的来历。因而不遵守王命的事也时有发生，这是

有由焉。岂时之重利耶？而谏省任非其人耶？未尝以一字整顿颓纲。深所未谕。出《卢氏杂说》。

李秀才

唐郎中李播典蕲州日，有李生称举子来谒。会播有疾病，子弟见之，览所投诗卷，咸播之诗也。既退，呈于播，惊曰："此昔应举时所行卷也，唯易其名矣。"明日，遣其子邀李生，从容诘之曰："奉大人咨问，此卷莫非秀才有制乎？"李生闻语，色已变曰："是吾平生苦心所著，非谬也。"子又曰："此是大人文战时卷也，兼笺翰未更，却请秀才不妄言。"遽曰："某向来诚为诳耳，二十年前，实于京辇书肆中，以百钱赎得，殊不知是贤尊郎中佳制，下情不胜恐悚。"子复闻于播，笑曰："此盖无能之辈耳，亦何怪乎。饥穷若是，实可哀也。"遂沾以生饩，令子延食于书斋。数日后，辞他适，遗之缣缯。是日播方引见。李生拜谢前事毕，又云："某执郎中盛卷，游于江淮间，已二十载矣。今欲希见惠，可乎？所贵光扬旅寓。"播曰："此乃某昔岁未成事所怀之者，今日老为郡牧，无用处，便奉献可矣。"亦无愧色，旋置袖中。播又曰："秀才今拟何之？"生云："将往江陵，谒表丈卢尚书耳。"播曰："贤表丈任何官？"曰："见为荆南节度使。"播曰："名何也？"对曰："名弘宣。"播拍手大笑曰："秀才又错也，荆门卢尚书，是某亲表丈。"生惭悸失次，乃复进曰："诚君郎中之言，则并荆南表丈，一时曲取。"于是再拜

有一定因果关系的。难道是那时的人太重利了？难道谏省所任非人？不然，为什么没有任何行动整顿纲纪。实在让人不明白。出自《卢氏杂说》。

李秀才

唐朝的郎中李播在蕲州任职时，有一个姓李的举子来拜见。正巧李播有病，子弟们会见了他，看过他拿来的诗卷，上面全是李播的诗。这位李秀才走后，他们把诗稿拿给李播看，李播惊讶地说："这都是我当年应举时的答卷啊，只是改了人名。"第二天，李播让儿子去邀请李秀才，李播的儿子向李秀才追问道："我父亲让我问一下，这些诗是不是秀才写的？"李秀才听到此话，脸色已变，道："这是我平生用尽苦心才写出来的，不会有错。"李播的儿子又道："这是我父亲参加考试时的答卷，而纸张笔迹都没有更改，还是请秀才不要再胡言了。"李秀才马上说："我之前确实是欺骗你了，二十年前，我在京城的书店以一百钱买到这些，真不知是你父亲的佳作，我的心情不胜恐慌。"李播的儿子又把这些说给父亲听，李播笑道："此人大概是个无能之辈，也没什么可责怪的。饥饿穷困到这样，实在可悲啊。"于是送了些粮食给他，并让儿子在书房设宴招待他。几天以后，告别去他处，又送他一些丝绸。这天李播才接见了他。李秀才拜谢了前边的事之后又道："我拿着郎中的卷子，游历于江淮之间，已有二十年了。今希望能赠送给我，可以吗？也使它的光彩能发扬于旅途。"李播道："这还是我从前未成事时的胸怀和志向，如今年老又做了郡牧，已没有用处了，就送与你吧。"李秀才竟毫无愧色，旋即放于袖筒里。李播又问道："秀才打算到哪里去？"李秀才说："想到江陵去拜见表丈卢尚书。"李播道："你表丈任什么官职？"李秀才道："现为荆南节度使。"李播道："叫什么名字？"李秀才答道："名叫弘宣。"李播拍手大笑道："秀才又错了，荆门卢尚书是我的亲表丈。"李秀才惭愧恐惧而语无伦次，又进一步说道："郎中的话是对的，那是你和我共同的荆南表丈，刚才我是曲意取悦。"于是拜了两拜

而走出。播叹曰:“世上有如此人耶!”蕲间悉话为笑端。出《大唐新语》。

姓严人

唐京兆尹庞严,及第后,从事寿春。有江淮举人姓严,是登科记误本,倒书庞严姓名,遂赁舟丐食就谒。时郡中止有一判官,亦更不问其氏,便诣门投刺,称从侄。庞之族人甚少,览刺极喜,延纳勤勤,款曲同食。语及族人,都非庞氏之事,庞方讶之。因问:“至竟郎君何姓?”曰:“某姓严。”庞抚掌大笑曰:“君误矣!严自名严,预君何事?”挥之令去,而犹自谓不误,从容而退。出《因话录》。

王初昆弟

唐长庆太和中,王初、王哲,俱中科名。其父仲舒显于时。二子初宦,不为秘书省官,以家讳故也。既而私相议曰:“若遵典礼避私讳,而吾昆弟不得为中书舍人、中书侍郎、列部尚书。”乃相与改讳,只言仲字可矣。又为宣武军堂书记,识者曰:“二子逆天忤神,不永。”未几相次殒谢。出《独异志》。

李据

唐李据,宰相绛之侄。生绮纨间,曾不知书,门荫调补渑池丞。因岁节,索鱼不得,怒追渔师,云:“缘獭暴,不敢打鱼。”判云:“俯临新岁,猛兽惊人,渔网至宽,疏而不漏。放。”

就走出去了。李播感叹道:“世上竟有这样的人!”蕲州都把此事作为笑谈。出自《大唐新语》。

姓严人

唐朝时,京兆尹庞严,中选后到寿春任职。可是在登科的记录簿上发生了错误,把庞严的姓名颠倒写了,由于这个原因,有个姓严的江淮举人,便租了一条船一路讨饭来拜见他。当时郡府中只有一个判官在那里,也不问那个人的姓氏,便到庞严那里去送名帖,说这个人是他的从侄。庞严同族的人很少,看过名帖很高兴,于是频频地邀请送礼,殷勤地招待他一起吃饭。然而讲起家族中的人时,那个人说的都不是庞家人的事,庞严有些诧异。于是问道:“你到底姓什么?”那人说:“我姓严。”庞严拍掌大笑说:“你错了!我的名字叫严,与你有什么关系?”挥手让姓严的人出去,而姓严的人仍说自己没错,从容而去。出自《因话录》

王初昆弟

唐朝的长庆、太和年间,王初、王哲兄弟俩先后中举登科。他们的父亲王仲舒在当时名声显赫。两个儿子最初做官,都不在秘书省任职,这是因为家讳的原因。因此兄弟俩私下商议道:“如果遵守典章礼制回避名讳的话,那么我们兄弟就不能做中书舍人、中书侍郎及各部尚书了。”于是改讳,只说父名讳一个仲字。以后他们兄弟中有人当了宣武军堂书记,认识他们的人说:“仲舒的两个儿子违背天道触犯神灵,不会活长久的。”没过多久,两人相继死去。出自《独异志》。

李　据

唐代人李据,是宰相李绛的侄子。生于贵族之家,又不读书,因门荫当了渑池县丞。因过年时没有要到鱼,怒气冲冲,追问渔父,渔人回复道:“因为獭凶暴,不敢去打鱼。”李据裁断道:“新春来到,猛兽惊扰百姓。渔网是很宽,但疏而不漏。驱逐。”

又祇承人请假，状后判云："白日黄昏须到，夜即平明放归。"祇承人竟不敢去。又判决祇承人："如此痴顽，岂合吃杖，决五下。"人有语曰："岂合吃杖，不合决他。"李曰："公何会，'岂'是助语，共之乎者也何别。"出《卢氏杂说》。

教坊人

唐有人衣绯，于中书门候宰相求官。人问前任，答曰："属教坊，作西方师子左脚来三十年。"出《卢氏杂说》。

南海祭文宣王

自广南祭海十数州，多不立文宣王庙。有刺史不知礼，将释奠。即署一胥吏为文宣王亚圣，鞠躬候于门外。或进止不如仪，即判云："文宣、亚圣决若干下。"出《岭南异物志》。

太常寺

唐有判太常寺，行事礼官祭圆丘，至时不到者，判云："太常大寺，实自伽蓝。圆丘小僧，不合无礼。"出《传载》。

柳氏婢

唐仆射柳仲郢镇郪城，有婢失意，于成都鬻之。刺史盖巨源西川大校，累典支郡，居苦竹溪。女侩以婢导，以巨源尝其技巧。他日，巨源窗窥，柳婢侍左。通衢有鬻绫罗者，召之就宅。盖于束缣内，选择边幅，舒卷掠之，第其厚薄，

又有一次，一个杂役要请假，他在假条的下边批复道："白日黄昏须到，夜即平明放归。"杂役最终不敢走。于是他又裁决道："如此愚顽，岂（哪里）合（应该）吃杖，判定五下！"有人告诉他："岂合吃杖，就是不应该判定杖打。"李据道："你懂什么，'岂'是助词，与之乎者也一样，它们哪里有什么差别。"出自《卢氏杂说》。

教坊人

唐朝时，有个人身穿红色衣裳在中书省等候宰相，想要求个官做。有人问他以前任过何职，他答道："以前在教坊，专门扮演西方狮子的左脚，干了三十年。"出自《卢氏杂说》。

南海祭文宣王

在广南沿海有十几个州只祭海，一般都不修孔庙。有一个州刺史不懂这里的礼俗，要设馔肴祭奠孔圣人。他安排了一个小官吏充当文宣王、亚圣，恭敬地守候在门外。有的人来祭祀时举止不合礼制，刺史就判定道："由文宣王、亚圣决定杖责若干下。"出自《岭南异物志》。

太常寺

唐朝判太常寺官员，作为行事礼官去祭祀圆丘，对于届时未到的人，他裁断道："太常是个大机构，也等于是个大寺庙。而圆丘不过是个小僧，不能无礼。"出自《传载》。

柳氏婢

唐朝时，仆射柳仲郢镇守郪城，他有一个女婢使用着不可心，便把她卖到成都。刺史盖巨源原是西川的一名大校，在好几个郡做过长官，居住于苦竹溪。女人贩子把女婢带到其家，让巨源来评品她侍候人的技艺。有一天，盖巨源站在家中向外看，女仆侍候其左右。大街上恰有一个卖绸缎的，盖巨源就把他叫进宅屋来。盖巨源在那些绸缎中挑挑拣拣，打开卷起，评价厚薄，

酬酢可否。柳婢失声而仆,似中风,命扶之而去,都无言语,但令还女侩家。翌日而瘳,诘其所苦,青衣曰:“某虽贱人,曾为仆射婢,死则死矣,安能事卖绫绢牙郎乎!”蜀都闻之,皆嗟叹世族之家,率由礼则。出《北梦琐言》。

韩昶

唐韩昶,名父之子也。虽教有义方,而性颇暗劣,尝为集贤校理。史传中有说金根车处,皆臆断之曰:“岂其误欤,必金银车。”悉改根字为银字。至除拾遗,果为谏院不受。

王智兴

唐王智兴为汴师,有举人投谒。便□诗卷智兴□□□□□□子谓鹤膝也遂善待之。兼□□□□□□□□□□□□书举子明年落第,智兴极怒。□□□应□官□□□□□□士□有得者以其例大故□□□□□举□□□□□□汴州一日致宴。忽□秀才□□□□□□□□□□□□饮□冬必更奉荐□□□□□□□□□□□□□明□见诸判官曰智兴咬□□□□□□□□□□□□□□□□□□□□□□□□□□□□□□□□□

韦氏子

□□□□□微□侄流□□□□□□□□□□□□□□□□□□□□衣裳满身□□□□□□□□□□□□□□□□□□□□微召前□□□□□□□□□□□□□□□□□□□□□□劄□□□□□□□□□□□□□□□□□□而□显曰□□□□□□□□□□□□□□□□□□诗□□

讨价还价。柳家婢女突然失声大叫仆倒在地上，看着像中风了一样，他赶紧让人搀扶出去，再也没说什么，只是命令将女婢退回女人贩子家。第二天，那女婢病好了，人们追问她昨天有什么苦处，女婢道："我虽是下贱人，可毕竟曾是仆射家的女仆，死也就死了吧，怎么能去侍候一个卖绸缎的小贩子呢！"成都的人们听说这件事之后，都感叹这些世代显贵的家族，竟是这样遵循墨守礼制。出自《北梦琐言》。

韩　昶

唐时的韩昶，父亲是有名的韩愈。虽家教颇有方，但他生性顽劣，曾经做过集贤院校理。他看到书上有"金根车"的记录，便想当然认为："一定是作者笔误，应为金银车。"便把根全部改成了银。后来被任命为拾遗，但谏院坚决不肯接受。

王智兴

韦氏子

□□□□□□□□□□□□□□

令狐绹

宣宗以政事委令狐绹，君臣道契，人无间然。舍人刘蜕者，每讦其短，密奏之。宣宗留中，但以其事规于令狐绹，而不言其失。其间以丞相子不拔解就试疏，略云“号曰无解进士”。又以子弟纳贿疏云：“白日之下，见金而不见人。”令狐憾之，乃俾一人为其书吏，谨事之。刘托以腹心，都不疑虑，因为经业举人致名第，受赂十万，为此吏所告，由是贬焉。君子曰：“彭城公将欲律人，先须洁己。安有自负脏污，而发人之短乎？宜其不跻大位也。”先是令狐自以单族，每欲繁其宗，与崔、卢抗衡，凡是当家，率皆引进，皇籍有不得官者，欲进状，请改姓令狐，时人以此少之。出《北梦琐言》。

郑　光

唐郑光除河中节度。宣宗问曰：“卿在凤翔，判官是何人？”光曰：“冯三。”上不之会。枢密使奏曰：“是冯衮，臣曾充使至彼，知之。”上曰：“便与冯三为副使。”及罢河中归，又诏对，上曰：“卿在河中事大好。”光对曰：“臣须开始得。”又更对他事，曰：“不得，臣须裂始得。”上大笑。后朝臣每遇延英，入阁候对，多以“开始”为号。时裴思谦郎中为节判，顷客于河中，到使院，裴曰：“某在身官爵，为尚书削尽。”皆谓不以本官呼之。光在河中时，遇国忌行香，

令狐绹

唐宣宗把朝中的政务大事委托给令狐绹，君臣之间很投合，密切无间。舍人刘蜕经常揭发令狐绹的短处，写了奏章秘密地交给皇上。宣宗扣留未发，就事论事地告诫令狐绹，也不追究他的过失。密奏中有揭发宰相令狐绹的儿子未经地方选拔而直接参加科举考试的事，被人称为“无解进士”。还有他的子弟受贿的事，说：“白日之下，见金而不见人。”令狐绹对此事怀恨在心，于是派了一人去当刘蜕的书吏，叮嘱他谨慎行事。刘蜕把此人当作心腹，毫不怀疑，后来刘蜕帮一个经业举人中选并受贿十万，被这个书吏告发，因此被贬职。君子曰：“彭城公将欲律人，先须洁己。哪里有自身都不干净，还要揭发别人短处的？难怪其升不到高位。”那时令狐在朝中只是单族，他常常想要把令狐家族繁盛起来，好跟崔、卢家族抗衡，因此凡是本家族的人，他都引荐到朝廷，甚至皇族中有未得到官的，想要向上申诉，也要改姓令狐，因此当时很多人瞧不起令狐绹。出自《北梦琐言》。

郑光

唐朝时，郑光被授予河中节度使。宣宗问道：“你在凤翔，判官是谁？”郑光说：“冯三。”皇上未会见过这个人。枢密使奏道：“是冯兖，我曾出使到过那里，知道此事。”皇上道：“那就任冯三为节度副使吧。”等到郑光罢任河中回朝，宣宗又召见他来问话，皇上说：“你在河中期间事情都办得很好。”郑光答道：“臣刚开始有些眉目。”又换答别的事，郑光说：“不得，臣还没开始办。”皇上大笑。后来朝臣们每逢去延英殿，入殿等候与皇上对话，多以“开始”为代称。当时裴思谦郎中在某节度使处任判官，不久也客居于河中，后到使院任职，裴思谦说：“我身上的官职，都被郑尚书削除干净了。”因为郑光从来不用官爵与他打招呼。因此人们都不以本官职称呼他。郑光在河中时，遇上国忌日到寺中上香，

便为判官及屈诸客就寺宴饮。征令，时薛起居保逊，为客在坐。光把酒曰："某改令，身上取果子名。"云："膔脐。"他人皆寻思不得，至薛还令，云："脚杏。"满座大笑。出《卢氏杂说》。

郑畋 卢携

唐宰相郑畋、卢携亲表，同在中书，因公事不协，更相诟詈，乃至以砚相掷，时人谓宰相斗击。以此俱出官。出《北梦琐言》。

郑 綮

唐宰相郑綮虽有诗名，本无廊庙之望。时王纲已紊，四方多故，才既无取，言必依违。太原兵至渭北，天子震恐，渴求破贼术。綮奏："请于文宣王谥号中加一'哲'字。"率此类也。同列以其忝窃，每讥侮之。出《北梦琐言》。

郑 准

唐荥阳郑准以文笔依荆州成汭。常欲自比陈、阮，集其所作为十卷，号《刘表军书》。而辞体不雅，至如祝朝贵书云："中书舍人草麻，通事舍人曰可。"又贺襄州赵洪嗣袭书云："不沐浴佩玉为石祁兆，不登山取符而无恤封。"是显言其庶贱也。应举日诗卷，题《水牛》曰："护犊横身立，逢人揭尾跳。"朝士以为大笑。出《北梦琐言》。

便在寺中同判官及客人设宴饮酒。席上行酒令，当时起居舍人薛保逊作为客人也在席上。郑光举杯说："我来出令，这酒令的二字取自身体，又要和水果有关。"郑光先说："腿脐。"别人都想不出，轮到薛保逊还令时说："脚杏。"满座大笑。出自《卢氏杂说》。

郑畋　卢携

唐朝时，宰相郑畋和卢携是亲表兄弟，同在中书省，因公事不和，一再互相大骂，以至抛砚相击，当时人们说他们是宰相斗击。他们因此都被贬出京城。出自《北梦琐言》。

郑　綮

唐朝时的宰相郑綮，虽然诗很有名气，但本来也没有希望在朝廷担任要职。当时的王法朝纲已经紊乱，天下多事，人才无处选取，奉行命令阳奉阴违，如此才给了郑綮机会。太原方面兵至渭北时，天子十分恐惧，渴求破敌良策。郑綮启奏道："请于文宣王（孔子）的谥号中加上一个'哲'字。"都是些此类事情。同僚们都认为他很不称职，经常讥讽侮辱他。出自《北梦琐言》。

郑　准

唐朝荥阳人郑准，因文笔不错做了荆州成汭的门客。他常想将自己比作陈平、阮籍一类的人物，把自己的作品收集起来装订成十卷，称名为《刘表军书》。然而文章很不雅，如在祝颂朝中贵要的书札中写道："中书舍人不过是个草拟诏书的人，而通事舍人只是在有来进谒或朝贡的使节时说句'可'。"又还在祝贺襄州赵洪世袭官职的贺书中写道："不沐浴佩玉为石祁兆，不登山取符而无恤封。"这是明显地说他身份卑微。参加科举考试时，写了一首《水牛》诗，诗道："护犊横身立，逢人揭尾跳。"朝官们因此而大笑。出自《北梦琐言》。

张氏子

唐张裼有五子，文蔚、彝、宪、济美、仁龟，皆有名第，至宰辅丞郎。一子忘其名，少年闻说，壁鱼入道经函中，因蠹蚀神仙字，身有五色，人能取壁鱼吞之，以致神仙而上升。张子感之，乃书神仙字，碎剪置于瓶中，捉壁鱼以投之，冀其蠹蚀，亦欲吞之，遂成心疾。每一发，竟月不食，言词粗秽，都无所避。其家扃闭而守之，候其愈，既如常。而倍食一月食料，须品味而饫之。岁久方卒。是知心灵物也，一伤神气，善犹不可，况为恶乎？即刘阚吞人，张子吞神仙，善恶不同，其伤一也。出《北梦琐言》。

刘义方

唐刘义方，东府解试《貂蝉冠赋》，韵脚以“审之厚薄”。义方赋成云：“某于厚字韵，有一联破的。”乃吟曰：“悬之于壁，有类乎兜鍪。戴之于头，又同乎席帽。莫后反。”无不以为欢笑。

郑群玉

唐东市铁行，有范生，卜举人连中成败，每卦一缣。秀才郑群玉短于呈试，家寄海滨，颇有生涯，献赋之来，下视同辈，意在必取，仆马鲜华。遂赍缗三千，并江南所出，诣范生。范喜于异礼，卦成乃曰：“秀才万全矣。”群玉之气益高。比入试，又多赍珍品，烹之坐享，以至继烛。

张氏子

唐朝人张裼，有五个儿子，他们叫张文蔚、张彝、张宪、张济美和张仁龟，都先后应试及第，官至宰、辅、丞、郎等。其中有一个儿子，名字不详，少年时听说，蠹虫钻进装道经的套子时，因唆食了神仙二字，身上会出现五种颜色，人要能捉取蠹虫吃掉，就能成为神仙上天。张裼的这个儿子对此很动心，于是就写了神仙二字，剪碎后放到瓶子里，又捉了只蠹虫放进去，希望它能唆食二字，然后他好吞了蠹虫，此事使他得了心病。每一发作，竟一个月不吃饭，而且语言粗鲁肮脏，不知避讳。他的家人只好把门紧紧关上守着他，等到痊愈，一切就像往常。可是却吃得特别多，是一个月的好几倍，而且什么东西都要吃个饱。这样一直过了许多年才死去。因此能知道心是一种灵物，一旦伤了神气，即使是善念都不可，更何况是恶念？这就是所谓刘阙吞人，张子吞神仙，他们虽善恶不同，但伤害都是一样的。出自《北梦琐言》。

刘义方

唐朝刘义方，去参加东府举行的考试，试题是《貂蝉冠赋》，韵脚为"审之厚薄"。刘义方写完赋之后对人说："我用的是'厚'字韵，用一联就切中要害。"于是他吟咏道："悬之于壁，有类乎兜鍪。戴之于头，又同乎席帽。莫后反。"人们无不大笑。

郑群玉

唐朝时，长安东市的铁行中有个范生，专能占卜举人应试的成败，每卦收一匹绢。有个秀才郑群玉不擅长写文状（旧时应试人先要交一份本人写的文状，以用来与试卷的笔迹对照而区别真伪），家住在海滨，很富有，这次来献赋，傲视同辈，意在必取，仆人车马鲜艳华丽。带钱三千缗和江南土特产到了范生那里。范生看他送了那么多的贵重礼物很高兴，卦成之后范生道："秀才应举万无一失了！"这使群玉的傲气更加高涨。到了考试那天，他又带足了珍馐，只是坐在那里享受美味，一直到掌灯时刻。

见诸会赋，多有写净者，乃步于庭曰："吾今下笔，一字不得生。铁行范生，须一打二十。"突明，竟掣白而去。出《乾𦠆子》。

梅权衡

唐梅权衡，吴人也。入试不持书策，人皆谓奇才。及府题出《青玉案赋》，以"油然易直子谅之心"为韵，场中竞讲论如何押"谅"字。权衡于庭树下，以短棰画地起草。日晡，权衡诗赋成。张季遐前趋，请权衡所纳赋押"谅"字，以为师模。权衡乃大言曰："押字须商量，争应进士举？"季遐且谦以薄劣，乃率数十人请益。权衡曰："此韵难押，诸公且厅上坐，听某押处解否。"遂朗吟曰："恍兮惚兮，其中有物；惚兮恍兮，其中有谅。犬蹲其傍，鸱拂其上。"权衡又讲："青玉案者，是食案，所以言犬蹲其傍，鸱拂其上也。"众大笑。出《乾𦠆子》。

李云翰

周咸通中，举人李云翰行《口脂赋》，又罗虬诗云："窗前远岫悬生碧，帘外残霞挂熟红。"又李罕《披云雾见青天》诗："颜回似青天。"皆遭主司庭责面遣。举子中有每年撰无名子。前有举人露布，后皇甫松作《齐夔凌纂要》，又李云翰作《吴王□□李谒天帝记》，无名子。萧相知举年，裴裕所制尤名，近千余首，裕遂罢举。是年，卢庸连旁文宣王庙前哭半日。

看见大多数人都答完了试卷，他便走出考场到庭院中说道："我今天握笔，连一个字也写不出来。铁行范生，该打你二十大板。"忽然好像明白了什么，竟然拿着白卷走了。出自《乾膘子》。

梅权衡

唐朝时有个叫梅权衡的，是吴地人。入场考试不带书册，人们都称他是奇才。等到试题出来，作《青玉案赋》，以"油然易直子谅之心"为韵，考场内纷纷议论如何押"谅"字韵。权衡便在院庭的树下用短鞭画地起草。傍晚，权衡的诗赋就写出来了。张季遐走到他跟前，请权衡讲讲在他的赋中怎样押"谅"字韵，愿以他为楷模。权衡便不客气地说道："押韵的事还需商量，也来争着参加进士考试?"张季遐一再谦虚地说见识浅陋，还领着数十人向他请教。权衡道："此韵很难押，请各位到厅上坐，听听我的押韵怎么样。"于是大声吟咏道："恍兮惚兮，其中有物；惚兮恍兮，其中有谅。犬蹲其傍，鸱拂其上。"权衡进一步讲解道："这个青玉案，是个吃饭用的案几，所以说狗蹲在它的旁边，鹰掠过它的上边。"众人大笑。出自《乾膘子》。

李云翰

武周咸通年间，举人李云翰曾写《口脂赋》，又罗虬写诗道："窗前远岫悬生碧，帘外残霞挂熟红。"又李罕写《披云雾见青天》诗道："颜回似青天。"都遭到主考官当面斥责。举子中每年都有人在试卷上写无名子。之前每次考试都张贴公告，公布举子姓名，后来皇甫松写《齐夔凌纂要》，李云翰写《吴王□□李谒天帝记》，均隐匿其真名。在萧相主持科举考试的那年，裴裕所写的诗最有名气，将近有千余首，但被罢免参选的资格。这年，卢庸在孔庙前哭了半天。

卷第二百六十二

嗤鄙五

崔　育

唐□□□前进士崔育以中原乱离,客于边上,亦□□□□□□闻辄事轻薄。刺郡者亦是朝僚。多勉而□□□□□□□牛带竹笠,大如雨席。仍牛前遣挝角。村□□□□□□□城郭士女随观,谓之精怪。每谒州郡骑□□□□□□□哈之者怒之者相半。至则投刺。其名衔□□□□□□□□□耽酒嗜肉,怜葱爱蒜。不得已而□□□□□□□□悬宰视之如土木。藩帅郡侯奈之不可。□□□□□□州民脔其肉,族其家,盖轻薄之所致也。

宇文翃

唐进士宇文翃,深慕上科。有女及笄,国色。朝中令及第者,求之不得。时窦年四十余,方谋继室,兄回为谏议,能为人致登第。遂娉女与璠,为言于回矣,果有所获。

崔　育

宇文翃

唐朝进士宇文翃，贪慕科举甲等。他的女儿已成年，容貌出众。朝中许多人求之不得。当时窦璠已四十多岁，正要续妻，他的哥哥窦回在朝中任谏议大夫，执掌科举大权。于是宇文翃把女儿嫁给了窦璠，窦璠把他的事告诉了窦回，结果如愿以偿。

相公韦公说即有中表甚鄙之。因滑台杜志名,时有丧遭火,几爇棺柩,家人云老鼠尾曳火入库内,因而延燎。杜谓宇文曰:"鱼将化龙,雷为烧尾。近日老鼠亦有烧尾之事。"用以讥之。出《北梦琐言》。

韩　简

唐魏博节度使韩简性粗质,每对文士,不晓其说,心常耻之,乃召一孝廉讲《论语》。至《为政》篇,翌日谓诸从事曰:"仆近方知古人淳朴,年至三十,方能行立。"外有闻者,无不绝倒。出《北梦琐言》。

胡　令

奉先县有令,姓胡,忘其名。渎货靳食,僻好博奕。邑寄张巡官,好尚既同,往来颇洽。每会棋,必自旦及暮,品格既停,略无厌倦。然宰君时入中门,少顷,又来对棋。如是日日,早入晚归,未尝设食于张,不胜饥冻。潜知之。时入盖自食而复出,及暮辞宰曰:"且去也,极是叨铁。"胡唯唯而已。张去,胡忽思之曰:"此人相别云'极是叨铁',出何文谭?"急令追之。既至,问:"明公适云'极是叨铁',其义安在?"张复款坐,谓曰:"长官岂不知有'叨铁'耶?"曰:"不知。"曰:"还见冶炉家,置一铁穳长杖乎? 只此是。炉中猛火炎炽,铁汁或未销融,使此杖时时于炉中橦猛火了,

相公韦说与他有中表之亲，也很鄙视他的这种行为。当时滑台杜志名，办丧事遭火灾，几乎把棺柩烧毁，家人说是老鼠尾巴带着火星进了库房，从而使火蔓延开。杜志名对宇文翃说道："鱼将成为龙的时候，会打雷烧掉其尾。近日竟然老鼠也有烧尾的事。"以此来讽刺他。出自《北梦琐言》。

韩简

唐朝时，魏博节度使韩简，性格粗犷，不通文墨，每次与文人们对话都不明白人家说些什么，内心总觉得很羞愧，于是请来一个孝廉为他讲解《论语》。讲到了《为政》篇，第二天他便对下属们说："我近来才知道古代的人是很淳朴的，年龄到了三十岁才刚刚站立行走。"这些话传到外边，听到的人都笑得直不起腰来。出自《北梦琐言》。

胡令

奉先县曾有一个姓胡的县令，已不详其名字了。此人贪财而又吝啬，特别喜好下棋。寄居于城里的张巡官，爱好与他相同，因此往来很融洽。每次来下棋，必是从早一直下到晚，高低不相上下，丝毫不觉厌倦。然而胡县令有时进入中门，过一会儿，再出来继续下棋。就这样一天又一天，早来晚走，胡县令也没有让张巡官吃过一顿饭，张巡官自然会觉得十分饥寒。后来张巡官终于发现了这个秘密。有一天他又进入中门去吃一通再出来下棋，到了晚上张巡官向县令告辞说："我走了，极是叨铁。"胡县令也只是顺嘴答应了几句。等张巡官走后，他忽然想到："此人告别的时候说'极是叨铁'，出于哪篇文章？"于是立即叫人追回来。等把张巡官追回来之后，胡县令便问他："刚才说的'极是叨铁'是什么意思？"张巡官慢慢地坐下来对他说道："长官难道还不知'叨铁'吗？"胡县令说："不知道。"张巡官说："你有没有见过炼铁的人家有一种铁制的长棍？就是这个。熔炉里烈火炽热，铁水有时没有熔化，就使用这种铁棍时常探进炉中去捅火烧，

却出来，移时又橦猛火了，却出来，只此是‘叨铁’也。”言讫而去。胡入室，话于妻子。再三思之，方知讽其每日自入，嚹猛火了，却出来棋也。凡靳食倦客之士，时人多以此讽之。出《玉堂闲话》。

杨　铮

蜀秀才杨铮，铮，音竹觥反，自言杨铮不均，驷马奔郑，是以字奔郑。行恶思，或故作落韵，或丑秽语，取人笑玩。装修卷轴，投谒王侯门，到者无不逢迎。雄藩火幕，争驰车马迎之。铮每行，仆马甚盛，平头骑从骡，携书袋。偏郡小邑，尤更精意承事之，虑其谤渎。黔南节度使王茂权，聪明，有文武才。四方负艺之士，罔不集其门。召铮至，饬东阁，尽礼待之。时令贡恶诗，以为欢笑。诸客请召，有不得次者，以为怏怏。茂权一日忽屏从谓之曰：“秀才客子，当州必欲咨留，相伴至罢镇同归，可乎？如可，则当奉为卜娶，所居奉留。”铮欣然从之。权令媒氏与问名某氏之属。至于成迎，筵宴为备焉。仍邀诸从事赴会，铮亲见女容质异常端丽。及成礼，遽遭殴辱，左右婢仆，皆是扶同共相毁詈，不胜其苦。乃是茂权诈饬无须少年数辈，皆浓装艳服以给之。然后茂权自赴会大笑。此后复就茂权，屡自乞一邑。初有难色，宾从其谘，方许之。遂命给莔署。及期治行李，择良日辞谢。本邑迎候人力，自衙门外至通衢。忽有二健步，

之后退出来，过一会儿再用它去捅捅火，再退出来，这就是‘叨铁’。”说完便走了。胡县令进到屋里，把此话说给妻子。再三思考，方明白这是在讽刺自己每天进厨房猛吃一顿，退出来再下棋这件事。当时，凡是有舍不得给客人吃饭而让人家饿肚疲劳的人，人们都用这句话去讽刺他。出自《玉堂闲话》。

杨铮

四川有个秀才叫杨铮，铮，音竹觥反，自称杨铮不均，驷马奔郑，故以奔郑为字。尽想些坏点子作弄人，或者在诗赋中故意失韵，或者是秽语脏话连篇，拿人开玩笑。拿着自己的书画作品去拜访王侯官僚，凡是去的地方，无不隆重迎接。就是那些很有雄威的藩镇幕府，也是争相以车马接迎。他每次出行，仆人和乘马都装饰得很华丽，仆人骑骡与他并肩而行，为他带着装书的袋子。地处偏僻的郡或小县，尤其更加精心接待侍候他，主要是怕他进行诽谤和亵渎。黔南节度使王茂权，很聪明，又是文武全才。四方身负技艺的名士，无不聚集于他的门下。他召见了杨铮，并叫人收拾东阁给他住，以礼相待。时常让他献来恶诗，以此作为笑料。其他门客也想被召见，却排上号，因此很不快活。有一天，茂权忽然屏退随从对杨铮说：“秀才，本州想要留下你，希望你能伴我到罢任后同归故里，可以吗？如果可以，我就给你娶一门亲，东阁仍留给你居住。”杨铮欣然从命。于是茂权让媒人去问清楚女方的姓名宗属等。到了成亲那天，宴席非常丰盛。还邀请了各位佐官从事来参加婚礼，杨铮亲眼见过那女子，容貌端庄美丽。可是刚举行过婚礼，就遭到她的殴打辱骂，而且左右婢仆，都是帮她一起对他进行毁訾谩骂，使他不胜其苦。其实这是茂权让几个少年人假扮的，让他们浓妆艳服以欺骗杨铮。茂权来到，看到这场面只是大笑。此后杨铮多次来找茂权，每次都乞求让他到一小城去任长官。茂权一开始表示不好办，后身边宾客也帮着杨铮，才准许。于是命他到蔺署。杨铮打点了行李，选择吉日起程告别。那一天，县城迎接他的人从衙门外一直排到大街上。忽然有两个人疾步而来，

手执一牒，当街趋拽下马，夺去中带，云："有府断，摄官送狱，荷校灭耳！"茂权遂诈作计，赠遗二夫，令脱逃而遁。潜藏旬日，方召出之。军州大以为笑。出《王氏见闻》。

谢柴书

唐有内大臣学作别纸言语。凤翔节度使寄柴数车，回书谢云："蒙惠也，愚若干。"出《卢氏杂说》。

郡　牧

唐有膏粱子出刺，郡人迎候甚至，前任与之设交代之礼，仪无阙者，二礼生具头冠礼衣，相其宾主，升降揖让。而新牧巑岏踧踖，敛容低视，不敢正面对礼生。及礼毕，使人再三传语，慰劳感谢，皆莫涯其意。翌日，于内阁，从礼生从容，生极惶恐，罔知去就。既坐，嚬蹙低语曰："贤尊安否？"礼生唯唯。又曰："顷年营大事时，极烦贤尊心力。"生亦瞢然。及罢，有亲知细询之，乃曰："此礼生缘方相子弟，昔曾使他家君，是以再三感谢。"且士流中亦有故为轻薄者，亦有昧于菽爽，不能分别者。信而有之。出《玉堂闲话》。

张咸光

梁龙德年，有贫衣冠张咸光，游丐无度。于梁宋之间，复有刘月明者，与咸光相类。常怀匕箸，每游贵门，即遭

手中拿着令帖，在大街上当众把他拖下马来，夺去他的巾带，说道："我们有官府的判决书，来拘捕你入狱，要给你带上刑枷！"这也是王茂权施用的欺骗之计，杨铮给那两人送了钱物，才脱逃而出。一直潜藏了十天，才叫他出来。军州人以此为笑料。出自《王氏见闻》。

谢柴书

唐时宫内有个大臣学写告别话。凤翔节度使送他几车柴禾，他回信谢道："承蒙恩惠，我也愚笨很多。"出自《卢氏杂说》。

郡　牧

唐朝时，有个富豪家的儿子出任刺史，郡城里很多人都出来迎接，前任刺史为他安排了交接仪式，仪式的程序应有尽有，两个礼生都按照礼制头顶礼冠身着礼服，分别相伴宾主，宾主升降进退都以礼作揖让请。而新上任的刺史像登临险峰那样很不安的样子，他紧绷着脸，眼睛一直看着脚下，不敢正面对着礼生。等到仪式完毕，他派人再三传话，表示慰劳和感谢，人们都没有揣度到他是什么意思。第二天，在官府内，新刺史很从容地跟随上那个礼生，礼生很惶恐，不知其意。等到坐下，刺史才皱着眉低声说道："你家的长辈们可安好？"礼生恭敬地答应着。刺史又道："近年办理大事时，烦劳你家长辈用了心力。"此话让礼生感到糊涂。事后，有亲近的人去详细询问，他才说："这个礼生是方相的后辈，以前我家办丧事曾用过他父亲，因此才对他再三感谢。"如今在读书人之中也有故作轻薄的人，也有愚笨到连菽豆都辨认不出来的人。对于神鬼，你信就有。出自《玉堂闲话》。

张咸光

后梁朝龙德年间，有一个贫穷的读书人叫张咸光，他到处去行乞讨食。在梁宋一带，还有个叫刘月明的，与张咸光是一样的人。张咸光的怀中经常揣着食具，每次到豪门去讨要，都要遭到

虐戏。方飧则夺其匕箸，则袖中出而用之。梁驸马温积谏议，权判开封府事，咸光忽遍诣豪门告别，问其所诣，则曰："往投温谏议也。"问有何绍介而往，答曰："顷年大承记录，此行必厚遇也。大谏尝制《碣山潜龙宫上梁文》云：馒头似碗，胡饼如笠。畅杀刘月明主簿，喜杀张咸光秀才。以此知必承顾盼。"闻者绝倒。出《玉堂闲话》。

长须僧

三蜀有长须长老，自言是宰相孔谦子，莫知谁何。不剃发须，皓然垂腹。拥百余众，自江湖入蜀。所在氓俗，瞻骇仪表，争相腾践而礼其足。凡所经由，倾城而出，河目海口，人莫之测。至蜀，螺钹迎焉。先谒枢密使宋光嗣，因问曰："师何不剃须？"答曰："落发除烦恼，留髭表丈夫。"宋大恚曰："吾无髭，岂是老婆耶？"遂揖出，俟剃却髭，即引朝见。徒众既多，旬日盘桓，不得已剃髭而入。徒众耻其失节，悉各散亡。伪蜀主问曰："远闻师有长须之号，何得如是？"对曰："臣在江湖，尝闻陛下已证须陀洹果，是以和须而来；今见陛下将证阿那舍果，是以剃须而见。"少主初未喻，首肯之。及近臣解释，大为欢笑。后住持静乱寺，数为大众论讼，有上足，以不谨获罪。伶人藏柯曲深慕空门，而不知其中猥细。谓是清静，舍俗落发。谨事瓶钵，渐见秽滥，

虐待和戏弄。刚要吃饭便抢下他的食具，他便从袖筒里再拿出一个来用。当听说驸马、谏议大夫温积去主管开封府时，张咸光便忽然到各豪门贵宅去告别，问他要到哪里去，他说："去投奔温谏议。"问他是由何人介绍而去，他说："承蒙他近年在文章中提到我，此行必有厚遇。温谏议曾写的《碣山潜龙宫上梁文》中说：馒头似碗，胡饼如斗笠。欢畅死了刘月明主簿，喜欢死了张咸光秀才。由此可以知道一定会蒙受他的赏赐。"听到的人笑得直不起腰。出自《玉堂闲话》。

长须僧

三蜀有一个长胡子的老和尚，自称是宰相孔谦的儿子，没人知道他到底是谁。因不剃胡子，长长的白胡须一直垂到肚子上。有一百多人一直跟随着他，沿江湖进入蜀地。各地的百姓都争着来看他不凡的仪表，还争先恐后地向他行礼膜拜。凡是他所经过的地方，百姓都是倾城而出，他圣贤般的相貌，让人觉得其深不可测。到了蜀地，吹起螺号、击响大钹隆重地迎接他。他先去拜见了枢密使宋光嗣，宋光嗣借机问他："大师为何不剃胡须？"他答道："落发除烦恼，留髭表丈夫。"宋光嗣大为恼恨，道："我就没有胡子，难道我是个老太婆吗？"于是他只好作揖出来，等他剃去胡子，宋光嗣才会领他入朝拜见蜀主。徒弟们很多，他犹豫徘徊了十来天，实在不得已才剃掉胡子去觐见。这时，徒弟们因耻于他失去气节，都各自散去了。伪蜀主问他道："很早就听说大师有长须的称号，怎么这样了？"他回答道："臣在江湖上曾听说陛下已证须陀洹果，所以是留着胡子来的；现在知道陛下将证阿那舍果，所以就剃掉了胡子来见。"蜀少主开始没有听明白，只是点头表示同意。等到近臣解释清楚后，便大笑起来。后来他做了静乱寺的住持，曾多次为众人讲解佛经，他有一个高徒，因为品行不严而获罪。有一个叫藏柯曲的艺人，很仰慕佛门，但不知道其中的下流事。还以为是清静之地，便舍俗为僧。他一直是严格地按戒律饮食，然而渐渐地发现其中的污秽和淫滥，

诟詈而出。以袈裟挂于寺门曰："吾比厌俗尘，投身清洁之地，以涤其业鄣。今大师之门，甚于花柳曲，吾不能为之。"遂复归于乐籍。蜀人谓师曰："一事南无，折却长须。"出《王氏见闻》。

道流

□□□□□任兴元节判。离秦州乡地，未及岁年，忽有来寻师者。赍亲表施州刺史刘缄封，衣紫而来，兼言往洋州求索。询其行止，云："某忝窃乡关之分，先于秦州西升观，入道多年。"遂沉吟思之，当离乡日，观中无此道流，深感其命服所求。其人亦匆匆而过。旬月间，自洋源回，薄有所获。告辞之意，亦甚挥遽。遂设计延伫，拂榻止之。夜静，沃以醲醪数瓯，然后徐询之曰："尊师身边紫绶，自何而得？宜以直诚相告。"对曰："此是先和尚命服，传而衣之。乃是广修寺著紫僧弟子，师既殂，乃舍空门，投西升观入道，便以紫衣而服之。"自谓传得本师衣钵，岂有道士窃衣先和尚紫衣？未之前闻。出《玉堂闲话》。

三妄人

孙光宪在蜀时，曾到资州，见应贞观李道士。话州有姓赵人，闭关却扫，以廊庙自期。都虞候阎普敬异之，躬自趋谒。阎魁梧丈夫，赵生迎门，愕眙良久，罄折叙寒温曰："伏惟貔貅。"阎乃质于先容者，俾询之，赵生曰："若云熊罴，即须宰相之才，方当此语。阎公止于都头已来，只销呼

大骂而走。他把袈裟挂在寺院的大门上说："我很厌烦俗尘，才亲投身于清洁之地，以洗涤那些罪恶。可是今见大师之门，胜过花柳之巷，我再也不能待下去了。"于是又恢复乐籍。蜀人对长老说："一事无成，还丢了自己那把长须。"出自《王氏见闻》。

道流

□□□□□任兴元节度判官。他离开秦州家乡还不到一年，忽然来了一个寻找师父的人。此人带了亲戚施州刺史刘缄的信件，身着紫色衣服，并说还要到洋州去求化。再问他别的情况，他说："我有幸愧居于你的家乡，早些年便到了秦州的西升观，已入道多年了。"于是节度判官沉吟着回忆，自己离开家乡的时候，西升观并没有这个道士，尤其感到奇怪的是，他身上穿的这件紫色袈裟是从哪里来的。那个人也只是匆匆而过。可是不到一个月，道士从洋源回来，只是稍有收获。告辞之意，也很急切。节度判官一再挽留他，打扫好房间让他住下。夜深人静，打来几瓯烈酒对饮，后来又慢慢地问道："尊师身上的紫衣，是从哪里得到的？请真诚地告诉我。"道士回答说："这是先和尚的命服，是他传给我的。我本是广修寺著紫和尚的弟子，师父死后，我便舍弃空门，投奔西升观入了道家，因此便穿上了这身紫色衣服。"他自称是先师传与了他衣钵，可是哪里有道士得到和尚师父遗赠的紫衣的？真是前所未闻。出自《玉堂闲话》。

三妄人

孙光宪在蜀地时，曾去过资州，见过应贞观的李道士。李道士说本州有个姓赵的读书人，闭门谢客，以朝廷高官为自己的目标。都虞候阎普敬觉得这人很怪，便亲自去拜访他。阎普敬身材魁梧，又很有大丈夫气概，赵生开门迎接时，惊愕地看了他很久，赵生十分恭敬地寒暄道："伏惟貔貅。"阎普敬对于这样的评价有疑问，就派人去问个明白，赵生道："如说是熊罴，必须是宰相之才，才能用这样词语。阎公只不过是个都头而已了，只配称

为貔貅。”人闻咸笑之。又一士自称张舍人，诉于光宪曰：“兄长以术惑我心神。”宪谓曰：“得非蛊毒厌胜之术耶?”张曰：“非也。乃用鬼谷子捭阖，捭破我心神，至今患心风不禁。”又江陵颜云，偶收诸葛亮兵书，自言可用十万军，吞并四海。每至论兵，必攘袂叱咤，若对大敌。时人谓之“检谱角觝”也。时有行军王副使，幽燕旧将，声闻宇内。颜生候谒，称是同人，自言大志不伸。丧良友也，每恸哭焉。出《北梦琐言》。

周韦二子

周韦巽，太尉昭度之子也。尪懦昏钝，率由婢妪。仕伪蜀王氏，以事旧优容之，因至卿监。或为同列所讥，云：“三公门前出死鼠。”巽曰：“死鼠门前出三公。”周即蜀相周博雅之子，为王氏驸马都尉，性识庸鄙。国亡后，与贫丐者为伍，俾一人先导爵里于阛阓酒肆，有哀之者，日获三二百钱，即与其徒饮啖而已。咸嗟叹之。出《北梦琐言》。

不识镜

有民妻不识镜，夫市之而归。妻取照之，惊告其母曰：“某郎又索一妇归也。”其母亦照曰：“又领亲家母来也。”出《笑林》。

啮　鼻

甲与乙斗争，甲啮下乙鼻，官吏欲断之，甲称乙自啮落，

为貔貅。"人们听说后都笑了。又有一个人，自称张舍人，他告诉孙光宪说："兄长用法术迷惑我的心神。"孙光宪问他："是不是用蛊毒或者诅咒之术？"张舍人说："不是。他是用鬼谷子的捭阖法扯破我的心神，直到现在仍患有心风不禁症。"还有个人，是江陵的颜云，偶然得到一本诸葛亮的兵书，便自言可用十万兵吞并天下。每次谈论到兵法，必会挽起袖子大喊大叫，如临大敌。当时人们都说他是"检谱角觝"。当时有一位行军王副使，是幽燕一带的老将领，声望传遍天下。颜云曾去拜访过，声称与人家志同道合，说只可惜自己空有大志而没有机会伸展。王副使死后，他觉得自己失去了最好的朋友，经常悲痛地大哭。出自《北梦琐言》。

周韦二子

周韦巽，是太尉周昭度的儿子。懦弱愚钝，做任何事都听从婢女的。他在伪蜀主的朝廷做官，因他过去侍奉过伪蜀主而有老交情，伪蜀主对他很宽容，因此官至卿监。同僚中有人讽刺他说："三公门前出死鼠。"他却回击说："死鼠门前出三公。"还有个姓周的人，是伪蜀宰相周博雅的儿子，还是伪蜀主的驸马都尉，此人庸俗鄙贱。伪蜀国灭亡后，他便与乞丐为伍，由一个丐头带领着，到那些店铺、茶楼、酒肆去求乞，有怜悯他们的，就会施舍些钱财，每天可得二三百钱，然后就与他的那帮难兄难弟们去大吃大喝一顿。人们对他都感叹不已。出自《北梦琐言》。

不识镜

有个人的妻子不认得镜子，丈夫买了一个拿回来。妻子拿过来一照，吃惊地告诉她的母亲说："我丈夫又取回来一个媳妇。"她母亲也去照了照，说道："还把亲家母领来了。"出自《笑林》。

啮　鼻

甲与乙两人打架，甲把乙的鼻子咬坏了，两人吵到官府，有个官吏正想要给他们断案，甲却说是乙自己咬坏了鼻子嫁祸他，

吏曰："夫人鼻高耳口低，岂能就啮之乎？"甲曰："他踏床子就啮之。"出《笑林》。

助丧礼

有人吊丧，并欲赍物助之，问人可与何等物。答曰："钱布帛。任君所有尔。"因赍大豆一斛，置孝子前，谓曰："无可有，以大豆一斛相助。"孝子哭孤穷奈何，曰："造豉。"孝子又哭孤穷，曰："适得便穷，更送一石。"出《笑林》。

外学归

甲父母在，出学三年而归，舅氏问其学何得，并序别父久。乃答曰："渭阳之思，过于秦康。"既而父数之："尔学奚益？"答曰："少失过庭之训，故学无益。"出《笑林》。

行吊

伧人欲相共吊丧，各不知仪，一人言粗习，谓同伴曰："汝随我举止。"既至丧所，旧习者在前，伏席上，余者一一相髡于背。而为首者，以足触詈曰："痴物！"诸人亦为仪当尔，各以足相踏曰："痴物！"最后者近孝子，亦踏孝子而曰："痴物！"出《笑林》。

痴婿

有痴婿，妇翁死，妇教以行吊礼。于路值水，乃脱袜

官吏说:“人的鼻子在高处,而嘴在低处,怎么能够咬到它呢?”甲说:“他是登上床去咬的。”出自《笑林》。

助丧礼

有个人要去吊丧,并想要送些礼物帮助他们,向别人打听可以送些什么东西。别人告诉他:“钱或者布帛,不管任何东西只要你有都可。”于是送去一斛大豆,放在孝子面前,对孝子说:“没有可以拿的,送一斛大豆帮帮你吧。”孝子哭述自己的贫穷,并说不知道这大豆有什么用处,那人说:“你可以做豆豉。”可孝子还哭诉穷困,那人道:“你这样穷困,我再送一石大豆给你。”出自《笑林》。

外学归

某人的父母都在世,去外地学习了三年回来,舅舅问他这三年学习有什么收获,并说了一些他离家太久的话。他回答道:“对舅舅的思念,超过秦康公。”接着父亲一一列举了他的不是,并问道:“你都学到了什么有益的东西?”他回答说:“小时候得不到父教,所以学业没有长进。”出自《笑林》。

行　吊

几个粗人要一起去吊丧,可是谁也不懂得吊丧的礼节,其中有一人说自己略懂一些,便对同伴们说:“你们都随着我做就行了。”到了办丧事的人家后,那个人走在最前面,他先趴在席子上,其余的人也随着他依次趴在后面,那个人用脚蹬了后边的人一下骂道:“蠢物!”大家都以为礼节就该是这样,每个人都蹬了一脚后边的人道:“蠢物!”最后边的人紧挨着孝子,也蹬孝子一脚说:“蠢物!”出自《笑林》。

痴　婿

有一个傻女婿,他的岳父去世了,他要去吊丧,媳妇怕他出错,在家仔细地把吊丧礼节教给他。路上遇河,他就脱袜子

而渡，惟遗一袜。又睹林中鸠鸣云：“嚪鸪嚪鸪。”而私诵之，都忘吊礼。及至，乃以有袜一足立，而缩其跣者，但云：“嚪鸪嚪鸪。”孝子皆笑。又曰：“莫笑莫笑，如拾得袜，即还我。”出《笑林》。

鲁人执竿

鲁有执长竿入城门者，初竖执之，不可入，横执之，亦不可入。计无所出。俄有老父至曰：“吾非圣人，但见事多矣。何不以锯中截而入？”遂依而截之。出《笑林》。

齐人学瑟

齐人就赵人学瑟，因之先调，胶柱而归，三年不成一曲。齐人怪之，有从赵来者，问其意，方知向人之愚。出《笑林》。

市 马

洛中有大寮，世籍膏粱，不分牝牡。偶市一马，都莫知其妍媸。为驵侩所欺曰：“此马不唯驯良，齿及二十余岁，合直两马之资。况行不动尘，可谓驯良之甚也。”遂多金以市之。侩既倍获利，临去又曰：“此马兼有榅桲牙出也。”于是大喜。诘旦乘出，如鹅鸭之行。及至家，矜衒曰：“此马不唯驯熟，兼饶得果子牙两所。”复召侩，别赠二十。出《玉堂闲话》。

蹚过去，可是不慎丢了一只。他又看到林子里的鸠鸟在"鹡鸪鹡鸪"地叫，就默默地记住鸟的叫声，而把吊孝的礼节全忘光了。到了丈人家，他便用穿着袜子的那只脚站地，把没穿袜子的那只脚缩起来，只是说："鹡鸪鹡鸪。"孝子们也都笑了。可他还一本正经地说道："不要笑，不要笑，如果有人拾到我的袜子，就快点儿还给我。"出自《笑林》。

鲁人执竿

鲁地有一人要拿长木杆进城门，一开始是竖着拿，怎么也进不去，后来又横着拿，也是进不去。他实在想不出什么办法了。一会儿过来一个老头对他说："我倒不是圣人，但是见的事很多了。你为什么不把它用锯从中间截断再进啊？"于是那人就依照老人说的把木杆截断了。出自《笑林》。

齐人学瑟

一个齐人跟一个赵人学弹瑟，他为了记住先前的调子，就把调节音调的钮柱用胶粘死而回来，回来后三年弹不成一首曲子。齐人十分奇怪，有从赵地来的人，就去问了问怎么回事，这才知道跟前这个人是何等愚笨。出自《笑林》。

市　马

洛阳城里有个大官，世代都是富豪，分不清牲畜的公母。偶然间买了一匹马，却不知道这马的好坏。当时马贩子欺骗他说："这匹马不仅十分驯良，而且牙口才二十多岁，合起来能值两匹马的价钱。何况走起路来一点也不会扬起灰尘，可以说是驯良得很。"于是便以大价钱买下。马贩子也获得了成倍的利钱，临走时马贩子又说："这马还生了两颗果子牙。"于是他非常高兴。第二天早晨他骑上这匹马出去，走起路来简直像鹅鸭一样。回到家里，他炫耀道："这马不光是驯良，还多两颗果子牙。"于是又把马贩子找来，另赠送二十钱。出自《玉堂闲话》。

昭应书生

唐有德音，搜访怀才抱器不求闻达者。有人于昭应，逢一书人，奔驰入京。问求何事，答曰："将应不求闻达科。"出《因话录》。

昭应书生

唐朝时，皇帝颁下恩诏，要遍访那些怀才抱器而又不求闻达于世的人。有人在昭应遇到一个书生，快马奔驰进入京城。问他来京有何事，他说："我是来应试'不求闻达'科的。"出自《因话录》。

卷第二百六十三
无赖一

刘诚之

唐天授年，彭城刘诚之，粗险不调，高言庳语，凌上忽下，恐吓财物，口无关钥，妄说祆灾。从万年县尉常彦玮，索钱一百千。云："我是刘果毅，当与富贵。"彦玮进状告之。上令二给使先入彦玮房中，下帘坐窗下听之。有顷，诚之及卢千仞至，于厅上坐，谈话。彦玮引之说国家长短，无所忌讳，给使一一纸笔抄之以进。上怒，令金吾捕捉。亲问之，具承。遂腰斩诚之，千仞处绞，授彦玮侍御史。出《朝野佥载》。

宗玄成

唐老三卫宗玄成，邢州南和人，祖齐黄门侍郎。玄成性粗猛，禀气凶豪，凌轹乡村，横行州县。纪王为邢州刺史，

刘诚之

唐朝天授年间，有个彭城人刘诚之，粗野险恶又与人不合，忽而豪言，忽而卑语，欺上瞒下，恐吓诈取财物，口无约束，妖言惑众。他从万年县尉常彦玮那儿勒索十万钱，说："我是刘果毅，可以使你富贵。"常彦玮向皇上进呈文状控告了他。皇上派出两个内侍先到常彦玮的屋子里，放下门帘坐在窗下监听。过了一会儿，刘诚之和卢千仞便来了，他们坐在厅里说话。常彦玮便引导他们对国家说长道短，他们竟毫无顾忌，二内侍把他们所言一一记录下呈送给皇上。皇上一看大怒，命令执金吾官立即把他们捕来。皇上亲自问案，他们全都承认。最终腰斩了刘诚之，绞死了卢千仞，任命常彦玮为侍御史。出自《朝野佥载》。

宗玄成

唐朝时，有一个侍卫武官叫宗玄成，他是邢州南和人，他的祖父宗齐当过黄门侍郎。此人性格粗野残暴，凶狠蛮横，随意逞强欺凌乡村百姓，横行于州府县衙。纪王当时任邢州刺史，

玄成与之抗行。李备为南和令，闻之，每降阶引接。分庭抗礼，务在招延，养成其恶。属河朔失稔，开仓赈给，玄成依势，作威乡墅，强乞粟一石。备与客对，不命，玄成乃门外扬声，奋臂直入。备集门内典正一百余人，举牒推穷，强乞是实。初令项上著镤，后却镤上著枷，文案既周，且决六十，杖下气绝。无敢言者。出《朝野佥载》。

孟神爽

孟神爽，扬州人，禀性狼戾，执心鸩毒。巡市索物，应声即来；入邸须钱，随口而至。长史县令，高揖待之，丞尉判司，颔之而已。张潜为扬州刺史，闻其暴乱，遣江都县令店上捉来，拖入府门，高声唱速付法曹李广业推鞫。密事并虚，准敕决百，杖下卒。出《朝野佥载》。

飞骑席人

则天之废庐陵也，飞骑十余人于客户坊同饮，有一人曰："早知今日无功赏，不及扶竖庐陵。"席上一人起出，北门进状告之。席未散，并擒送羽林，鞫问皆实。告者授五品，言者斩，自余知反不告，坐绞。出《朝野佥载》。

韩令珪

周令史韩令珪耐羞耻，厚貌强梁。王公贵人，皆呼次第。

玄成竟与他抗衡。李备为南和县令，每次听说玄成要来，都要走到台阶下去迎接。与他分庭抗礼，想通过恭敬地延请，养成他的恶习。有一年，河朔地区闹灾荒，官府开仓救济灾民，玄成依仗自己的势力，在村子里作威作福，强行向李备索要一石救灾粮。李备正接待客人，不让他进门，他就在门外大喊大叫，挥舞着拳头闯了进来。李备在院内集合典正等一百余人，举着文状一一追问其罪责，夺灾粮的事完全属实。起初下令给他的脖子上锁，后来又令去掉锁上枷，文案详细周全后，判决杖罚六十，宗玄成在棍棒下断气。没有人敢出来替他说话。出自《朝野佥载》。

孟神爽

孟神爽，是扬州人，此人禀性凶残狠毒，用心险恶毒辣。在集市上索要东西，卖主立即就给；到店铺说声需要钱，马上就送到。长史县令，对他都是以礼相待，他见到丞尉判司，只是点点头而已。当时张潜任扬州刺史，听说他如此凶恶妄为，便派遣江都县令把他从一家店铺中捉来，将他拖入府门，刺史大声说速交司法官李广业审讯。查清了事实，依法将其杖刑一百，孟神爽在棍棒下死去。出自《朝野佥载》。

飞骑席人

武则天废唐中宗李显为庐陵王，有十几个禁军卫士在一家客店饮酒时，其中一人说道："早知道今日得不到功赏，不如去扶持庐陵王。"酒席上有一个人走了出去，去玄武门进状告发。酒席还没散，这些人就被一起捉到羽林军处，经审问全属实。告状的人授五品官衔，说那句话的人处斩，其余的人属于知道反叛而不告发，处以绞刑。出自《朝野佥载》。

韩令珪

武周时有个令史叫韩令珪，此人十分厚颜无耻，虽然外貌忠厚，而实际上凶狠残暴。见了王公贵人，都称呼人家的排行。

平生未面，亦强干之。曾选，于陆元方下引铨。时舍人王勮夺情，与陆同厅而坐。珪佯惊曰："未见王五。"勮便降阶悯然，令珪嚬眉蹙刺，相慰而去。陆与王有旧，对面留住，问勮是谁，莫之识也。后吓人事败，于朝堂决杖。遥呼河内王曰："大哥何不相救？"懿宗目之曰："我不识汝。"催杖苦鞭，杖下取死。出《朝野佥载》。

李宏

唐李宏，汴州浚仪人也。凶悖无赖，狠戾不仁。每高鞍壮马，巡坊历店，吓庸调租船纲典，动盈数百贯。强贷商人巨万，竟无一还。商旅惊波，行纲侧胆。任正理为汴州刺史，上十余日，遣手力捉来，责情决六十，杖下而死。工商客生，酣饮相欢。远近闻之，莫不称快。出《朝野佥载》。

长孙昕

唐长孙昕，皇后之妹夫。与妻表兄杨仙玉乘马二十余骑，并列瓜挝，于街中行。御史大夫李杰在坊内参姨母，僮仆在门外。昕与仙郎，使奴打杰左右。杰出来，并波按顿。须臾，金吾及万年县官并到，送县禁之。昕妻父王开府，将二百百骑，劫昕等去。杰与金吾、万年，以状闻上，奉敕断昕杀，积杖至数百而卒。出《朝野佥载》。

张易之兄弟

张易之兄弟骄贵，强夺庄宅奴婢姬妾，不可胜数。

即使是从未见过面的人，他也恃强去冒犯人家。他曾去参加铨选，当时由陆元方主持推荐授官的事。当时舍人王勮遇丧，与陆元方一起坐在厅内。韩令珪便装作惊讶地说：“怎么没见到王五呀。”王勮立即面带忧愁地走过来，令珪也装出一副颦眉蹙额的忧愁貌，对他安慰几句便走了。陆元方与王勮有旧交，把王勮留住，问他是谁，勮说不认识。后来韩令珪威吓别人的事败露，在朝堂上对他执行杖刑。他在很远地方还呼叫河内王说：“大哥，为什么不来救我？”河内王武懿宗看了看他说：“我不认识你。”催促执杖人狠打，韩令珪被杖刑而死。出自《朝野佥载》。

李　宏

唐朝时，有个叫李宏的，是汴州浚仪人。此人是个凶恶忤逆的无赖，狠毒而不讲仁义。经常骑着高头大马，游荡于作坊商店，恐吓押送租税的小吏，动不动就叫人交他数百贯钱。他强行向商人借钱上万，却从未偿还过。商人战战兢兢，押解小吏对其侧目而视。任正理当了汴州刺史后，上任十几天，便派手下的小吏把他捉来，问明案情后判杖刑六十，李宏被棍棒打死。工商界的人士，都饮酒欢庆。远近闻听，没有不称快的。出自《朝野佥载》。

长孙昕

唐朝人长孙昕，是皇后的妹夫。他和妻表兄杨仙玉与二十多人并列骑马穿行于大街上。此时御史大夫李杰正到坊内来探望姨母，他的随从留在门口。长孙昕和杨仙玉指使奴仆殴打李杰的随从。李杰出来，也被殴打一顿。过了一会儿，金吾和万年县官一起来到，把他们送到县衙囚禁起来。长孙昕的岳父王开府带了二百多骑士又把他们劫走。李杰与金吾及万年县官诉状于皇上，皇上下旨判长孙昕死刑，杖挞数百而死。出自《朝野佥载》。

张易之兄弟

张易之的兄弟骄奢淫逸，强夺庄园和奴仆姬妾不可胜数。

昌期于万年县街内行，逢一女人，婿抱儿相逐。昌期马鞭拨其头巾，女妇骂之。昌期顾谓奴曰："横驮将来。"婿投匦三四状，并不出。昌期捉送万年县，诬以他罪，决死之。昌仪常谓人曰："丈夫当如此，今时千人推我不能倒，及其败也，万人擎我不能起。"俄而事败，兄弟俱斩。出《朝野佥载》。

权怀恩

唐邢州刺史权怀恩，无赖。除洛州长史，州差参军刘犬子迎，至怀州路次拜。怀恩突过，不与语。步趁二百余步，亦不遣乘马。犬子觉不似，乃自上马驰之。至驿，令脱靴讫，谓曰："洛州几个参军？"对曰："正员六人，员外一人。"怀恩曰："何得有员外？"对曰："余一员，遣与长史脱靴。"怀恩惊曰："君谁家儿？"对曰："阿父为仆射。"怀恩怃然而去。仆射刘仁轨谓曰："公草里刺史，至神州，不可以造次。参军虽卑微，岂可令脱靴耶？"怀恩惭，请假不复出，旬日为益州刺史。出《朝野佥载》。

宋之逊

唐洛阳丞宋之逊，太常主簿之问弟，罗织杀驸马王同皎。初，之逊谄附张易之兄弟，出为兖州司仓，遂亡而归，王同皎匿之于小房。同皎慷慨之士也，忿逆韦与武三思乱国，

张昌期在万年县大街上行走时，遇到一个女人，她的丈夫抱着孩子紧随其后。昌期便用马鞭杆去拨弄人家的头巾，那女人怒气冲冲地痛骂他。他便回头对奴仆说："把她横在马上驮走。"女人的丈夫投寄了三四份状文，媳妇也未放回来。昌期反而将丈夫捉拿到万年县衙，诬以他罪，最终将其处死。昌仪常对人讲："大丈夫就是这样，今天千人想推倒我却推不倒，到了败落的时候，万人举我也举不起来。"不久他们的恶行败露，兄弟俩都被斩首。出自《朝野佥载》。

权怀恩

唐朝时，邢州刺史权怀恩是个无赖。他被任命为洛州长史后，州府派遣参军刘犬子迎接他，走到怀州路时，刘犬子停下来迎候并向他致礼。权怀恩从他跟前冲过去，一句话都没说。刘犬子一直追赶了二百多步，也不让他上马。刘犬子觉得此人不像是来上任的权怀恩，便自己上马而去。到了驿站，权怀恩命刘犬子给自己脱掉靴子，并问："洛州有几个参军？"刘犬子说："正员六人，正员之外一人。"权怀恩问："怎么还用了员外的参军？"刘犬子说："多出一人来，好派他给长史脱靴子啊。"权怀恩一听此人口气有些惊诧地问："你是谁的儿子？"刘犬子说："我父亲是仆射。"权怀恩茫然若失地走了。后仆射刘仁轨对他说："你不过是个草野间的普通刺史，到了京都，不可以鲁莽行事。参军的官职虽小，可是怎么能命令人家给自己脱靴子呢？"权怀恩很觉惭愧，请假不再上任，十天后，任命他为益州刺史。出自《朝野佥载》。

宋之逊

唐朝时，洛阳县丞宋之逊，是太常寺主簿宋之问的弟弟，他曾罗织罪名，诬陷害死了驸马王同皎。最初，宋之逊谄媚攀附张易之兄弟，因而出任为兖州司仓，张易之兄弟事败处死后，他私自离职偷着逃回来，王同皎把他藏到家中一间小房里。王同皎是一位充满正义之气的君子，他十分憎恨韦氏和武三思乱国，

与一二所亲论之，每至切齿。之逊于帘下窃听之，遣侄昙，上书告之，以希韦之旨。武三思等果大怒，奏诛同皎之党。兄弟并授五品官，之逊为光禄丞，之问为鸿胪丞，昙为尚衣奉御。天下怨之，皆相谓曰："之问等绯衫，王同皎血染也。"诛逆韦之后，之逊等长流岭南。客谓浮休子曰："来俊臣之徒如何？"对曰："昔有师子王于深山，获一豺，将食之。豺曰：'请为王送二鹿以自赎。'师子王喜。周年之后，无可送，王曰：'汝杀众生亦已多，今次到汝，汝其图之？'豺默然无应，遂齚杀之。俊臣之辈，何异豺也。"出《朝野佥载》。

张幹等

上都市肆恶少，率髡而肤劄，备众物形状。恃诸军，张拳强劫，至有以蛇售酒，捉羊甲击人者。京兆尹薛元赏，上三日，令里长潜捕，约三十余人，悉杖杀，尸于市。市人有点青者，皆炙灭之。时大宁坊力者张幹，劄左膊曰"生不怕京兆尹"，右膊曰"死不畏阎罗王"。又有王力奴，以钱五千召劄工，可胸腹为山亭院，池榭、草木、鸟兽，无不悉具，细若设色。公悉杖杀之。又贼赵武建，劄一百六处番印盘鹊等，右膊刺言："野鸡滩头宿，朝朝被鹘捎。忽惊飞入水，留命到今朝。"又高陵县捉得镂身者宋元素，劄七十一处，刺左臂曰："昔日已前家未贫，千金不惜结交亲。及至恓惶觅知己，行尽关山无一人。"右膊上劄瓠芦，上劄出人首，如傀儡戏有郭公者。县吏不解，问之，言胡芦精也。出《酉阳杂俎》。

曾跟一两个知近的人谈论过，每次谈论起都表现出切齿痛恨样子。宋之逊便在帘后偷听，之后指使侄子宋昙上书告发，以求韦氏下旨恩赏。武三思等果然大怒，上奏诛灭王同皎及其同伙。于是宋家兄弟都被授予五品官，任命宋之逊为光禄丞，宋之问为鸿胪丞，宋昙为尚衣奉御。天下都怨恨他们，人们都说："宋之问等人的红色官袍，是用王同皎的鲜血染成的。"诛灭韦氏之后，宋之逊等被长期流放于岭南。有个客人问浮休子："来俊臣这个人如何？"他回答说："从前，有个狮王在深山里捕到一只豺，要吃掉它。豺说：'我愿为大王送上两头鹿来赎出我自己。'狮王大喜。可一年以后，什么也没送来，狮王道：'你杀死的众生已经够多的了，今天轮到你了，你还有什么图谋？'豺默然无声，于是狮王将它吃掉。来俊臣之流，与豺狼有什么两样。"出自《朝野佥载》。

张幹等

京都市场中的恶少，全都剃光了头并文身，各种物类的形状都有。他们还依仗军队的势力，强抢财物，甚至还有用蛇去换酒、用吃剩下的羊骨打人的。京兆尹薛元赏上任三天后，便下令里长秘捕，约有三十多人，全部被乱杖打死，尸体弃于街上。市人中凡有文身的，都吓得把它烫掉了。当时有个在大宁坊干活的张幹，左臂上刺的字是"生不怕京兆尹"，右臂上刺的是"死不怕阎罗王"。还有个叫王力奴的人，出钱五千招扎工，在胸腹上刺出山园水池、楼榭、鸟兽等，无所不有，细致逼真就像上了颜色。他们一起都被杖杀。还有个强盗赵武建，在身上刺了一百六十处野兽的爪印和盘旋的喜鹊等，在右臂上刺字道："野鸡滩头宿，朝朝被鹘捎。忽惊飞入水，留命到今朝。"又在高陵县捉到一个文身人宋元素，在身上刺了七十一处，并在左臂上刺字道："昔日已前家未贫，千金不惜结交亲。及至恓惶觅知己，行尽关山无一人。"右臂上刺了一个葫芦，葫芦的上面刺了一个人头，那人头就像木偶戏中郭公。县官不解其意，便问他，他说是葫芦精。出自《酉阳杂俎》。

彭先觉

周御史彭先觉，无面目。如意年中，断屠极急，先觉知巡事。定鼎门草车翻，得两羖羊，门家告御史。先觉进状奏请："合宫尉刘缅专当屠，不觉察，决一顿杖。肉付南衙官人食。"缅惶恐，缝新裈待罪。明日，则天批曰："御史彭先觉，奏决刘缅，不须，其肉乞缅吃却。"举朝称快。先觉于是乎惭。出《朝野佥载》。

张　德

周长寿中，断屠极切。左拾遗张德，妻诞一男，秘宰一口羊宴客。其日，命诸遗补。杜肃私囊一餤肉，进状告之。至明日，在朝前，则天谓张德曰："郎妻诞一男，大欢喜。"德拜谢。则天又谓曰："然何处得肉？"德叩头称死罪。则天曰："朕断屠，吉凶不预。卿命客，亦须择交。无赖之人，不须共聚集。"出肃状以示之，肃流汗浃背。举朝唾其面。

士子吞舍利

唐洛中，顷年有僧，以数粒所谓舍利者，贮于琉璃器中，昼夜香火。檀越之礼，日无虚焉。有士子迫于寒馁，因请僧，愿得舍利，掌而观之。僧遂出瓶授与，遽即吞之。僧惶骇如狂，复虑闻之于外。士子曰："与吾几钱，当服药出之。"僧喜闻，遂赠二百缗。乃服巴豆，僧下泻取濯而收之。出《尚书故事》。

彭先觉

武周朝御史彭先觉，是个没脸没皮的家伙。如意年间，严禁屠宰牲畜，当时彭先觉正主管巡察监督之事。定鼎门因一辆草车翻倒，掉下了两只羊，护门人便将此事告到御史那里。于是彭先觉就向皇帝进呈奏书："宫尉刘缅本当负责禁屠宰之事，但并没有觉察到这件事，应惩他吃一顿棍棒。而羊肉要送给尚书省的官员们吃。"刘缅很害怕，新做了一条裤子等待挨打。第二天，武则天批示道："御史彭先觉奏书判决刘缅一事不妥，羊肉应给刘缅吃。"举朝称快。彭先觉因此很羞惭。出自《朝野佥载》。

张　德

武周朝长寿年间，武则天下令严禁屠宰牲畜。左拾遗张德的妻子生了一个男孩，便偷偷地杀了一头羊宴请宾客。那天，他请来了各位拾遗补阙。杜肃偷偷地藏了一块羊肉，之后便写了状文向皇帝告发。第二天，在朝堂上，武则天对张德说："你的妻子生了一个男孩，真是大喜啊。"张德向武则天拜谢。武则天又道："可是肉从哪里弄到的？"张德叩头连称死罪。武则天道："我禁止宰杀牲畜，是吉是凶难以预测。可是你邀请客人，也该有选择地交往。无赖之人，不能一起聚会。"拿出杜肃的状文给大家看，杜肃羞愧得汗流浃背。满朝官员都往他脸上唾唾沫。

士子吞舍利

唐朝时，在洛阳，前几年有个和尚把几粒舍利放在琉璃瓶中，日夜香火不断地祭祀。施主送的礼物，没有一天断过。有一个读书人，迫于饥寒，便去请求和尚，说想要把舍利放在手上看一看。和尚于是取出来拿给他看，那人接过舍利就一口吞进肚里。和尚惊恐如狂，又怕外面的人知道这件事。那个书生道："你给我一些钱，我就服药把它快点泻出来。"和尚听到很高兴，于是送给他二百缗钱。他便服下巴豆，那和尚等他泻下来后取出来清洗干净又收藏起来。出自《尚书故事》。

刘子振

刘子振，蒲人。颇富学业，而不知大体，尤好凌轹同道，诋讦公卿。不耻干索州县，稍不如意，立致寒暑。以至就试明庭，稠人广众，罕有与立谈者。刘允章知举岁，患举子纳卷繁多，榜云："纳卷不得过三卷。"子振纳四十轴，因之大掇凶誉。原缺出处，今见《摭言》。

荆州鬻劄者

荆州贞元中，市中有鬻劄者，有印，上簇针为众物状，如蟾蝎鸟兽，随人所欲。一印之，刷以石墨，疮愈后，细于随永印。出《酉阳杂俎》。

刘子振

刘子振，蒲州人。很有学问，然而不识大体，尤其喜好欺凌同僚，诋毁攻击那些身居高位的大官。他甚至不知羞耻地向州官县令们索要财物，稍不满意，便立即对人家冷嘲热讽。因而他去朝廷应试的时候，那么多人，却很少有人与他交谈。那一年是刘允章主持科举考试之事，因他忧虑举子们交上来的试卷太多，就张榜写道："交上来的卷子不能超过三卷。"但刘子振却交了四十轴，因此遭到狠狠地责备。原缺出处，今见《摭言》。

荆州鬻劄者

唐朝贞元年间，在荆州的集市上，有给人文身的，他的工具制作的像印章，印上用一簇小针围出各种东西的形状，飞禽走兽应有尽有。用那札具在皮肤上刺印之后，再刷上石墨，等刺伤好了疮痂脱落之后，那印上去的图形就永久地保留下来。出自《酉阳杂俎》。

卷第二百六十四

无赖二

南荒人娶妇

南荒之人娶妇，或有喜他室之女者，率少年，持刀挺，往趋虚路以侦之，候其过，即擒缚，拥归为妻。间一二月，复与妻偕，首罪于妻之父兄。常俗谓缚妇女婿。非有父母丧，不复归其家。出《投荒杂录》。

赵　高

李夷简，元和末在蜀。蜀市人赵高好斗，尝入狱。满背镂毗沙门天王，吏欲杖背，见之辄止。转为坊市害。左右言于李，李大怒，擒就厅前，索新造筋棒，题径三寸，叱杖家打天王，尽则已，数三十余不死。经旬日，但袒而历门，乞修理破功德钱。出《酉阳杂俎》。

南荒人娶妇

南方荒蛮之地的人娶媳妇，有人喜欢上别人家的女子，便率领上一群年轻人，手持刀枪棍棒，悄悄地跑到那里，在没人的路上藏起来并进行侦探，等那女子从这里路过，就将她捉住绑上，抱回去之后就成了他的妻子。中间隔上一两个月，再偕同妻子一起，到娘家向妻子的父兄赔罪。俗称绑媳妇的女婿。此后不是遇上父母丧事，妻子是不能回娘家的。出自《投荒杂录》。

赵　高

李夷简，唐朝元和末年在蜀地任职。蜀地的百姓赵高十分好斗，曾被关押进监狱。他整个后脊背刺着一个毗沙门天王图像，衙吏要杖罚其背，见到此图总是不得不停止。逃避了杖罚，他出去之后又成为街市中一害。手下人把此事告诉了李夷简，李夷简大怒，把赵高捉拿到堂上，取来新做的筋竹棒，直径就有三寸，喝令提杖的人打天王，已杖罚够数，痛打三十余杖竟未打死。过了十天，赵高光着背来到各家，讨取修理毁坏图像的功德钱。出自《酉阳杂俎》。

韦少卿

蜀小将韦少卿，韦表微堂兄也。少不喜书，嗜好劄青。其叔父尝令解衣视之，胸上劄一树，树杪鸟集数十，其下悬镜，其鼻系，有人止于侧牵之。叔不解，问焉，少卿笑曰："叔曾读张燕公诗否？'挽镜寒鸦集'也。"出《酉阳杂俎》。

葛　清

荆州街子葛清，勇，自颈已下，遍劄白居易诗。段成式尝与荆客陈至，呼观之，令其自解，背上亦能暗记。反手指其劄处，至"不是花中偏爱菊"，则有一人持杯临菊丛。"黄夹缬窠寒有叶"，则指一树，树上挂缬，缬窠胜绝细。凡劄三十余首，体无完肤，陈至呼为"白舍人行诗图"也。出《酉阳杂俎》。

三王子

杨虞卿为京兆尹时，市里有三王子，力能揭巨石。遍身图劄，体无完肤。前后合抵死数四，皆匿军以免。会有过，杨令所由数人捕获，闭关杖杀之。判云："刺劄四肢，口称王子，何须讯问，便合当辜。"出《酉阳杂俎》。

乐从训

王铎落都统，除滑州节度，寻罢镇。以河北安静，于杨全玖有旧，避地浮阳，与其幕客从行，皆朝中士子。及过

韦少卿

蜀地有一小将韦少卿，是韦表微的堂兄。年少而不愿意读书，嗜好文身。他的叔父让他脱下上衣要看看，只见胸上刺了一棵大树，树梢落着数十只鸟，树下悬着一个镜子，镜鼻儿上扯出一条绳，有一个人在一侧牵着绳子的另一头。他叔父不明白其中的意思，便问他，少卿笑着说："叔父曾读过张燕公的诗吗？这就是'挽镜寒鸦集'啊。"出自《酉阳杂俎》。

葛　清

在荆州的大街上有一个人叫葛清，很勇敢，从脖子往下，全都刺满了白居易的诗。段成式曾与来荆州的游客陈至把他叫来观看，让他自己解释那些图案的意思，他连后背上的也能牢记不误。背过手去一一指出所在，到"不是花中偏爱菊"那里，有一人端着酒杯站在菊丛旁。到"黄夹缬窠寒有叶"之处，他指着一棵树让大家仔细看，那树上挂着印有花纹的织锦，那锦上的花纹十分细密。一共刺了三十多首诗，真是体无完肤了，陈至称他是"白舍人流动的诗图"。出自《酉阳杂俎》。

三王子

杨虞卿任京兆尹时，市内有个叫三王子的，力气很大，能举起巨石。全身却刺着图案，体无完肤。前后合起来已判过三四次死刑了，可是每次都潜藏到军队而躲过去。恰巧他又犯了错，杨虞卿命令数人去逮捕，捕获之后即刻关上门将他杖杀。他在判状上写道："刺扎四肢，口称王子，哪里需要审讯，这种人不会无辜。"出自《酉阳杂俎》。

乐从训

王铎失去了都统职务后，被任命为滑州节度使，不久又被罢职。因为河北安全平静，并与杨全玖有旧交情，为避灾而移居浮阳，他与宾客幕僚一起同行，这些人都是朝中的士大夫。途经

魏，乐彦祯礼之甚至。铎之行李甚侈，从客侍姬，有辇下升平之故态。彦祯有子曰从训，素无赖，爱其车马姬妾，以问其父之幕客李山甫。以咸通中数举不第，尤私愤于中朝贵达，因劝从训图之。伺铎至甘陵，以轻骑数百，尽掠其橐装姬仆而还，宾客皆遇害。及奏朝廷云："得贝州报，某日杀却一人，姓王名令公。"其凶诞也如此。彦祯父子，寻为乱军所杀。出《北梦琐言》。

张从晦

梁祖图霸之初，寿州刺史江彦温以郡归我，乃遣亲吏张从晦劳其勤。而从晦无赖酣酒，有饮徒何藏耀者与之偕，甚昵狎。从晦致命于郡，彦温大张乐，邀不至，乃与藏耀食于主将家，彦温果疑恐曰："汴王谋我矣。不然，何使者之如是也？"乃杀其主将，连诛数十人，而以状白其事。既而又疑惧曰："诉其腹心，亡我族。"乃自缢而死。梁祖大怒，按其事，腰斩从晦，留何藏耀，裂其禁械，斩于寿春市。出《北梦琐言》。

李仁矩

后唐明宗皇帝时，董璋授东川，将有跋扈之心。于时遣客省使李仁矩出使潼梓，仁矩北节使下小校，骤居内职，性好狎邪。元戎张筵，以疾辞不至，乃与营妓曲宴。璋闻

魏州时，乐彦祯给予隆重的礼遇。王铎携带的物品十分奢华，并有众多的从客姬妾，大有之前歌舞升平的旧貌。乐彦祯有个儿子叫从训，平素就是个无赖，他十分爱慕这些车马姬妾，于是征询于他父亲的幕客李山甫。李山甫曾在咸通年间多次应试而落榜，心中尤其憎恨朝廷中的达官贵戚，因而劝从训谋取。等到王铎行至甘陵，他便率数百轻骑兵，抢夺了所有的财物行装和姬妾而归，随从的宾客全都被杀死。等到上奏朝廷，在给朝廷的公文中写道："得到贝州的报告，某日有一人被杀，这个人姓王名令公。"其凶残荒诞竟达到这种地步。乐彦祯父子不久便在乱军中被杀。出自《北梦琐言》。

张从晦

五代时，后梁太祖谋取霸权的初期，寿州刺史江彦温携带所辖之地归顺太祖，于是太祖便派遣自己的亲信官员张从晦去向他表示慰劳感谢。而张从晦是好酗酒的无赖，还有个酒徒何藏耀陪同他一起前往，两人的关系超出正常的亲近。张从晦带着使命来到寿州，江彦温锣鼓喧天地迎接他，当江彦温设宴邀请他时，他竟然未来，却与何藏耀一起到江彦温的主将家去吃饭，江彦温生疑，并恐惧地说："看来汴王（指梁太祖）要谋害我啊。不然的话，为什么他的使者会这样呢？"于是便杀了那个主将，又接连杀死数十人，并写下文字说明了这件事。既而又疑惧道："我控诉的是太祖的心腹，他肯定要杀我全家。"之后便上吊而死。梁太祖大怒，亲自审问了这件事，腰斩张从晦，暂留何藏耀，劈裂禁锢他的枷锁，将他斩于寿春城大街上。出自《北梦琐言》。

李仁矩

后唐明宗皇帝时，董璋任职于东川，存有骄横霸道之心。当时朝中派遣客省使李仁矩出使潼梓，李仁矩原是北方节度使手下的一个下级军官，刚刚到宫内任职，轻佻而又不正派。董璋设宴邀请他，他推辞生病不来，其实是跟营妓在欢宴。董璋听说后

甚怒，索马诣馆，遽欲害之。仁矩鞹足端简迎门，璋怒稍解。他日作叛，两川举兵，并由仁矩献谋于安重诲之所致也。出《北梦琐言》。

李罕之

李罕之，河阳人也。少为桑门无赖，所至不容，曾乞食于滑州酸枣县，自旦及晡，无与之者，掷钵于地，毁僧衣，投河阳诸葛爽为卒。罕之即僧号，便以为名。素多力，或与人相殴，殴其左颊，右颊血流。爽寻署为小校，每遣讨贼，无不擒之。蒲绛之北，有摩云山，设堡于上，号摩云寨，前后不能攻取，时罕之下焉，由此号“李摩云”。累历郡侯、河南尹、节将，官至侍中。卒于汴州，亦荆南成汭之流也。自唐仕梁。出《北梦琐言》。

韩伸

有韩伸者，渠州人也。善饮博，长于灼龟，游谒王侯之门。常怀一龟壳，隔宿先灼一龟。来日之兆吉，即博；不吉即已。又或云某方位去吉，即往之；诸方纵人牵之不去。即取人钱货，如征赤债。或经年忘其家而不归，多于花柳之间落魄。其妻怒甚，时复自来耻顿，驱趁而同归。如是往往有之。又尝游谒于东川，经年不归。忽一日，聚其博徒，挈饮妓而致幽会，夜坐洽乐之际，其妻又自家领女仆一两人

大怒，骑马立即赶到客馆，想立刻就把他杀掉。可是见到仁矩正裹足捧着手板恭敬地迎候于门前，气怒便有些消解。后来董璋叛乱，两川举兵讨逆，都是由于李仁矩向安重晦献计才有所准备的。出自《北梦琐言》。

李罕之

李罕之，是河阳人。少年时就当了和尚，是个无赖，不管到哪儿去都不接纳他，曾在滑州酸枣县讨过饭，可是从早到晚，没有人送给他吃的，于是他把钵盂扔在地上，毁掉袈裟，投奔河阳的诸葛爽当了兵。罕之本是他的僧号，他把僧号做了自己的名字。他平素很有力气，有时跟人打架，打人家的左脸颊，右脸颊都能冒出血来。诸葛爽很快给他安排了小校的职位，每次派他出去讨伐贼寇，没有不被他活捉回来的。在蒲绛的北边，有一座摩云山，贼寇在山上设有堡垒，号称摩云寨，不论从前边还是从后边，都无法攻克，可却被李罕之攻破了，由此被称作"李摩云"。此后历任郡侯、河南尹、节度使，官一直做到侍中。死在汴州，此人也属于荆南成汭之流的人物。唐朝灭亡后又到后梁去当官。出自《北梦琐言》。

韩 伸

韩伸，渠州人。善于饮酒赌博，也很擅长烧龟板占卜，他四处游历，拜访王侯权贵之家。他常常怀揣一个龟壳，头一天先烧一龟壳占卜。如果明天显示出吉兆，就去赌；不吉利则不赌。或者显示出去哪个方向赌博吉利，立即就去；其他方向即使有人来拉他也不去。索取人家的钱财，就像征讨债务一样一扫而光。有时候竟一年年地忘了自己的家而不回来，多是在花街柳巷鬼混。他的妻子十分气怒，多次找上来羞辱他，驱赶他一起回去。这样的事经常发生。有一回，他又游荡于东川，一年多没有回去。忽然有一天，他正聚集赌徒，携带着陪酒的妓女在一处幽会，晚上正坐在一起欢乐之时，他的妻子又带着一两个女仆

潜至。匿于邻舍，俟其夜会筵合，遂持棒伺于暗处。伸不知觉，遂塌声唱《池水清》，声不绝，脑后一棒，打落幞头，扑灭灯烛。伸即窜于饭床之下，有同坐客，暗中遭鞭挞一顿，不胜其苦。□后遣二青衣，把髻子牵行，一步一棒决之，骂曰："这老汉，□落魄不归也！"无何，牵至烛下照之，乃是同坐客。其良人尚□头潜于饭床之下。蜀人大以为欢笑矣，时辈呼韩为"池水清"。出《王氏见闻》。

李令

渚宫有李令者，自宰延安。本狡猾之徒也，强为篇章而干谒。时有归评事，任江陵鹾院，常怀恤士之心。李令既识归君，累求救贷，而悉皆允诺。又曰："某寻亲湖外，辄假舍而安家族。"归君亦愍诺之。李且乘舟而去，不二旬，其妻遣仆使告丐粝粮，归亦拯其乏绝。李忽寄书于鹾院，情况款密，是异寻常。书中有赠家室等诗一首，意欲组织归君。归君悔恨而不能自明，与武陵渠江之务，以糊其口焉。举士沈擢每述于同院众宾，用兹戒慎也。李令寄其妻诗曰："有人教我向衡阳，一度思归一断肠。为报艳妻兼少女，与吾觅取朗州场。"出《云溪友议》。

孟弘微

唐孟弘微郎中诞妄不拘。宣宗朝，因次对曰："陛下何以不知有臣？不以文字召用？"上怒曰："卿何人斯，朕耳冷，

偷偷地找上来。她先藏在邻居家，等到晚上他们聚在一起饮酒作乐时，她便手持木棒在暗处监视。韩伸一点儿没觉察到，还在踏着拍节唱《池水清》，歌声不断，突然脑后挨了一棒，打落了他的头巾，又扑灭了灯火。韩伸立即钻到饭桌下边，有个与他坐在一起的人，在黑暗中遭到一顿揍，吃尽了苦头。随后她又让两个女仆牵着那个人的发髻行走，走一步打一棒子，并骂道："你这汉子，到处鬼混，就是不回家！"不多时，把他牵到灯下一照，才知道是那个同席的人。她的丈夫还仍然藏在饭桌下。蜀人以此为乐，当时人们都把韩伸叫作"池水清"。出自《王氏见闻》。

李令

江陵有个叫李令的人，开始在延安任职，后调任过来。他是个很狡猾的人，勉强写了几篇文章便到处求见拜访。当时有个姓归的评事，任职于江陵鹾院，常怀有一种爱惜救济读书人的心意。李令结识了归君，便一次又一次地向他请求救济或借钱，归评事全都应许。有一次李令对他说："我要到外地去寻访亲戚，想向您借房安置家眷。"归君也答应了他。李令坐船走了，不到二十天，他的妻子便让仆人来求要干粮，归君仍旧对她的贫困给予了救济。有一天李令忽然寄到鹾院一封信，样子十分机密，与平时不一样。信中还有赠给家室的一首诗，暗示要罗织罪名陷害归君。归君十分悔恨而又讲不清楚，只好将武陵渠江的职务给他，以便能堵住他的嘴。举人沈擢常常对鹾院的人们讲起这件事，以此来告诫大家交友千万要谨慎。李令寄给他妻子的诗是这样写的："有人教我向衡阳，一度思归一断肠。为报艳妻兼少女，与吾觅取朗州场。"出自《云溪友议》。

孟弘微

唐朝的郎中孟弘微，是个荒诞虚妄、无拘无束的人。宣宗朝时，有一回他回答皇帝问话说："陛下为什么不知道我？为什么不看重我的文才而重用？"皇帝怒道："你是什么人，我耳朵不灵，

不知有卿！”翌日，上谓宰臣曰：“此人噪妄，欲求翰林学士，大容易哉！”于是宰臣归中书，贬其官，示小惩也。又尝忿狷，挤其弟落井，外议喧然。乃致书告亲友曰：“悬身井半，风言沸腾。尺水丈波，古今常事。”与郑讽邻居，讽为南海从事。因墙颓，侵入墙界五六丈。知宅者有状，请退其所侵。判其状曰：“海隅从事，少有生还。地势尖斜，打墙夹入。”平生操履，率皆如此，不遭摈弃，幸矣哉。出《北梦琐言》。

僧 鸾

僧鸾有逸才而无拘检，早岁称乡衔，谒薛能于嘉州。能以其颠率，难为举子，乃俾出家。自于百尺丈像前披剃，不肯师于常僧也。后入京，为文章供奉，赐紫。柳玭甚爱其才，租庸张濬，亦曾加敬，盛言其可大用。由是反初，号鲜于凤，修刺谒柳，柳鄙之不接。又谒张，张也拒之。于是失望，而为李铤江西判官。后为西班小将军，竟于黄州遇害。出《北梦琐言》。

路德延

河中判官路德延，相国岩之侄，岳之子，时谓才俊，擢进士第，西平王朱友谦幕寮。放恣凌傲，主公容之。友谦背梁，乞于晋阳。并使初至，礼遇方谨，路公筵上，言语及之。

不知道有你这么个人！”第二天，皇帝对宰相说：“此人鼓噪虚妄，想当翰林学士，想得太容易了！”于是宰相们把此事交由中书省处理，贬了他的官，示以小小的惩罚。又有一回，由于他性情急躁，极易怒，把他的弟弟挤到了井里，外面的议论声很大。他便写信告诉亲友们说：“他不过只是身子悬在了井的半空，外面的传言就沸沸扬扬了。本来只有一尺深的水，硬要掀起一丈高的浪，这是古今常有的事。”他与郑讽是邻居，郑讽是南海从事。由于围墙倒塌，他便乘机多占人家院地五六丈。管理房子的人给他写了文书，请他退回所占之地。他在文书上写的回答词是：“在天涯海角当从事官的，很少有能活着回来的。因为地势斜歪，砌墙的时候不得不从邻居的院地砌过去。”平生的操行，就是这样，没有被抛弃，也就算万幸了。出自《北梦琐言》。

僧　鸾

僧鸾具有超人的才智，而行为却无拘无束，早些年称乡衔，去嘉州拜见薛能。薛能认为他太癫狂，不能当举子去应试，随后他便出家当了和尚。他自己在一个百尺高的石佛像前剃度为僧，不肯拜普通的和尚为师。后来他去了京城，当了文章供奉，并赐紫。柳玭很爱惜他的才能，租庸张濬也曾倍加地敬重他，盛赞他可以重用。于是又露出他原来的样子，自号鲜于凤，当他再次递了名帖去拜见柳玭时，柳玭不接待他。又去拜见张濬，张濬也拒绝了他。因而他很失望，去投奔江西李铤当了判官。后来当了西班小将军，最终在黄州遇害。出自《北梦琐言》。

路德延

河中节度使府的判官路德延，是宰相路岩的侄子，路岳的儿子，当时被称为才学出众的人，曾考中进士，后来做了西平王朱友谦的幕僚。此人放纵狂傲，但主公都宽容了他。后来朱友谦背叛了后梁，求助于晋阳。并州节度使刚刚到来时，路德延在礼节上还较为谨慎，后来在宴席上，他讲的话触怒了并州节度使。

友谦忧愤，因投德延于黄河，以纾祸也。先是纪纲之仆近判官入谒幕次，遂有请易舍之说，盖义兄弟同处，不欲闻郎官秽谈也。路子得非其人也！出《北梦琐言》。

萧希甫

萧希甫进士及第，有文才口辩，多机数。梁时不得意，弃母妻渡河，易姓名为皇甫校书。庄宗即位于魏州，征希甫知制诰。庄宗平汴、洛，希甫奉诏宣慰青、齐，方知其母死妻嫁，乃持服于魏州。时议者戏引李陵书云："老母终堂，生妻去室。"后为谏议大夫。性褊忿，躁于进取，疏宰臣豆卢革、韦说，至于贬斥。又以毁訾宰相，责授岚州司马焉。出《北梦琐言》。

朱友谦很忧愤，因而把路德延投进了黄河，以便解除祸患。在这之前管理纲纪的官吏都要经过判官住处进入府中，接着他就请求换一处居舍，去和他的结义兄弟住在一起，免得听那些郎官们嘈杂的秽语脏话。路德延不会做人！出自《北梦琐言》。

萧希甫

萧希甫考中过进士，很有文才和口才，也很有心机。在后梁很不得志，于是丢下母亲和妻子渡黄河而去，并改名换姓叫皇甫校书。后唐庄宗在魏州即位时，选用萧希甫任知制诰。庄宗平定汴洛后，希甫奉命去安抚青齐之地，才知道自己的母亲已死，妻子也改嫁，于是在魏州穿起了丧服。当时议论他的人引用李陵的话讽刺他说："老母终堂，生妻去室。"后来做了谏议大夫。因他性情狭小急躁，急于高升，便上书陈述宰相豆卢革、韦说的过失，结果遭到贬斥。又因为他犯了毁誉宰相的罪，被处罚而贬为岚州司马。出自《北梦琐言》。

卷第二百六十五

轻薄一

余闻藏书家有宋刻盖缺七卷云，其三卷余考之得十之七，已付之梓。其四卷仅十之二三。博洽君子其明以语我，庶几为全书云。隆庆改元秋七月朔日十山谈恺志。本卷原缺，谈氏初印本有此卷，不知据何本补入。后印本将此卷抽去，另采他书补入十二条，故文末不注出处。并于卷首附增识语，以示区别。今将初印本附录于后，以资参考。

刘　祥

刘祥，东莞莒人也。宋世，解褐为征西行参军。少好文学，性韵刚疏，轻言肆行，不避高下。司徒褚渊入朝，以腰扇障日，祥从侧过曰："作如此举止，羞面见人，扇障何益？"渊曰："寒士不逊。"祥曰："不能杀袁刘，安得免寒士？"永明初，迁长沙谘议参军。撰《宋书》，讥斥禅代。王俭密

刘　祥

刘祥，东莞莒人。南北朝宋时出来做官，为征西行参军。从小就喜欢文学，性情固执粗野，说话刻薄而又任意妄为，从来不避讳身份的高低尊卑。有一次司徒褚渊上朝时用腰扇遮着日光走路，刘祥从他身边过去，便说："你这样的举止，好像是害怕见人，用扇子遮挡对你有什么好处呢?"司徒褚渊道："你这低微的读书人，这样讲话可太放肆无礼了。"刘祥说："不杀死袁粲和刘宗，怎么能不沦为贫士?"齐朝永明初期，转任长沙谘议参军。曾撰写《宋书》，书中对让出帝位的事加以讽刺贬斥。王俭秘密地

以启闻，上衔而不问。兄整，官广州卒，祥就整妻求还资。撰连珠，多肆讥讪。事闻，上别遣敕祥曰："卿素无行检，朝野所悉，轻弃骨肉，侮蔑兄嫂，此是卿家行不足，乃无关他人。卿才识所知，盖何足论？位涉清途，于分非屈。何意轻肆口哕，诋目朝士，造席立言，必以贬裁为口实。冀卿年齿已大，能自感励，日望悛革。如此所闻，转更增甚，喧议朝廷。不避尊师，肆口极辞，彰暴物听。近见卿连珠，寄意悖慢，弥不可长。原卿性命，令卿万里思譽，若能改革，当令卿还。"后至广州，终日纵酒，病卒。未注出处，谈氏引自《南齐书·刘祥传》。

东莞刘祥，恃才傲物，尝谓一驴曰："汝努力如汝辈，已为令仆矣。"复作连珠讥讽朝廷，寻被诛。出《谈薮》，据谈氏初印本附录。

刘孝绰

刘孝绰，彭城人。幼聪敏，七岁能属文。舅中书郎王融深赏异之，每言天下文章，若无我，当归阿士。阿士，孝绰小字也。与到洽友善，同侍东宫。孝绰自以才优于洽，每于宴坐，嗤鄙其文。洽衔之。孝绰为廷尉正，携妾入官府，其母犹停私宅。洽为御史中丞，劾奏之，坐免官。高祖为藉用诗，奉诏作者数十人，孝绰尤工。即日敕起为谘议，后迁黄门侍郎。坐受赇为饷者所讼，左迁。孝绰少有盛名，

把此事奏告给皇上，皇上虽怨恨在心但并未追问他。刘祥的哥哥刘整在广州当官，死于任上，刘祥便去找刘整的妻子付债。并写连珠体文章大加嘲弄诽谤。皇上听说此事后，下诏令对刘祥说："你向来不讲操行，朝野共知，随意遗弃骨肉，侮蔑自己的兄嫂，这些都是你的不足之处，与他人并无关系。你的才华识见，有什么值得一提？位列清要的仕途，并没有委屈你的身份。你口吐恶言诋毁朝臣，著书立说，都是把史实进行删减篡改后作为材料。你的年纪已不小了，希望你能以此受到感触而勉励自己，不断洗心革面。我所听到的关于你的这些事，越来越多，朝廷议论纷纷。你还竟然不避讳尊长老师，信口胡言，公开损害人家的名誉。近来又看到你的连珠体文章，其中的意思违逆傲慢，更不能令人容忍。今宽恕你留你一条性命，命令你到万里之外的地方去思过，如果你能改悔，自然会叫你回来。"后来他到了广州，终日酗酒，病死。未注出处，谈氏引自《南齐书·刘祥传》。

东莞人刘祥，依仗自己有才学而傲视一切，曾对一头驴说："你应该更加努力，就像那些人一样，那才能去当尚书令或仆射。"后来又作连珠体文章讥讽朝廷，不久便被处死。出自《谈薮》，根据谈氏初印本附录。

刘孝绰

刘孝绰，彭城人。从小就很聪明，七岁便能写文章。他的舅舅中书侍郎王融十分赏识他，常说当今天下的文章，如果没有我，就要数阿士写得最好了。阿士是刘孝绰的小名。孝绰与到洽是好朋友，一起在东宫任职。孝绰自以为才学优于到洽，因而每次宴会，都要讥笑到洽的文章。到洽很怨恨他。孝绰任廷尉正时，把小妾带进了官府，而把自己的母亲留在家里。到洽当时任御史中丞，于是向皇上揭发了他的罪过，他因此获罪被免职。后梁高祖曾出题征诗，奉命参加的作者有数十人，孝绰是其中最优秀的。当日便下令起用他任谘议，后来又转任黄门侍郎。又因收受贿赂被人告发，受到降职处分。孝绰少年时就很有名气，

而仗气负才，多所凌忽。有不合意，极言诋訾。领军臧盾、太府卿沈僧果等，并被时遇，孝绰尤轻之。每于朝集会，同处公卿间，无所与语，反呼驺卒，访道涂间事，由此多忤。

梁刘孝绰轻薄到溉，溉本灌园者。溉谓孝绰曰："某宅东家有好地，拟买，被本主不肯，何计得之？"孝绰曰："卿何不多辇其粪置其墉下以苦之？"溉怨恨。孝绰竟被伤害。出《嘉话录》，据谈氏初印本附录。

许敬宗

许敬宗，新城人。武德初，太宗闻其名，召补学士。文德皇后丧，百官衰绖。率更令欧阳询，状貌丑异，众共指之，敬宗见而大笑，为御史所劾，左授洪州司马。累迁给事中、兼修国史、礼部尚书。嫁女于蛮酋冯盎之子，多纳金宝，为有司所劾，左授郑州刺史。永徽间，复拜礼部尚书。帝将立昭仪，大臣切谏。敬宗阴揣帝私，即妄言曰："田舍子賸获十斛麦，尚欲更故妇。天子富有四海，立一后，谓之何哉？"帝意遂定。第舍华僭，至造连楼，使诸妓走其上，纵酒奏乐自娱。及卒，博士袁思古议曰："敬宗位以才升，历居清级。然弃长子于荒徼，嫁少女于夷落。闻诗学礼，事绝于趋庭。纳采问名，惟闻于黩货。请谥为'缪'。"

依仗有才学而十分任性,常常是盛气凌人。凡有不合自己心意的人或事,便极力诋毁。领军臧盾、太府卿沈僧果等,都是因赶上时机而得到官职的,孝绰尤其轻蔑他们。每次在朝中集合会面,虽然一起做官,但从不与他们说话,反而称他们为马夫,询问些道路上的事,因此他得罪了很多人。

梁朝的刘孝绰很瞧不起到洽,到洽原来是个农夫。有一次他问孝绰:"我的房子东边有一块好地,我打算买下来,可是地的主人不肯卖给我,你有什么妙计能让我得到这块好地?"孝绰道:"你何不多送些粪便堆在他的墙下让他吃些苦头呢?"到洽十分怨恨他,结果后来孝绰受到他的报复。

出自《嘉话录》,据谈氏初印本附录。

许敬宗

许敬宗,新城人。武德年初,唐太宗听到了他的名气,便招他入朝补授为学士。文德皇后死去时,文武百官都穿丧服系丧带。率更令欧阳询穿戴上后,样子十分难看怪异,人们都指责他,敬宗看见后却大笑,被御史检举,降职为洪州司马。他历任给事中、兼修国史和礼部尚书之职。他把女儿嫁给了蛮人酋长冯盎的儿子,接收了大量的金银财宝,被有关部门告发,又降职为郑州刺史。永徽年间,复任礼部尚书。皇帝想要立一个妃子为昭仪,大臣们都恳切地劝阻。许敬宗暗中揣摩到皇帝的心意,便胡说道:"一个农夫要是有十斛麦子,还想换换原来的老婆呢。天子拥有一个国家,立一个后妃,有什么可说的?"于是皇帝拿定了主意。许敬宗的住宅十分奢华,并且建造了互相连通的楼房,让一些妓女来往于楼上,纵酒奏曲而自我享乐。到他死后,博士袁思古议论道:"敬宗是以他的才能得到官位的,而且历居清贵枢要之职。但是他竟把自己的长子丢弃在荒凉的边疆,把自己的女儿嫁到蛮人的部落。他们本该学习些诗文和礼节,他没有尽到父教的责任。对于女儿的婚姻大事,只是听人家用多少钱财来交换。请将他的谥号定为'缪'吧。"

唐许敬宗性轻，见人多忘之，或谓其不聪。曰："卿自难识，若是曹、刘、沈、谢，暗中摸索著亦可识。"出《国史纂异》，据谈氏初印本附录。

盈川令

杨炯，华阴人。幼聪敏博学，以神童举，与王勃、卢照邻、骆宾王齐名。尝谓人曰："吾愧在卢前，耻居王后。"当时以为然。拜校书郎，为崇文馆学士。则天初，坐事左转梓州司法参军，秩满，授盈川令。炯为政残酷，人吏动不如意，辄搒杀之。又所居府舍，多进士亭台，皆书榜额，为之美名，大为远近所笑。

唐衢州盈川县令杨炯，词学优长，恃才简倨，不容于时。每见朝官，目为麒麟楦许怨，人问其故，杨曰："今餔乐假弄麒麟者，刻画头角，修饰皮毛，覆之驴上，巡场而走。及脱皮褐，还是驴马。无德而衣朱紫者，与驴覆麟皮何别矣？"出《朝野佥载》，据谈氏初印本附录。

崔　湜

崔湜，仁师之子。弟澄、液，兄莅，并有文翰，列居清要。每私宴，自比王谢之家。谓人曰："吾门户及出身历官，未尝不为第一。大丈夫当先据要路以制人，岂能默默

唐朝人许敬宗性情十分轻薄狂傲，见到的人，多是说忘记是谁了，或者说自己耳朵不好使。常常说："你是很难记住的，如果你是曹植、刘桢、沈约、谢朓，即使在暗中摸索也可以认出来。"出自《国史纂异》，根据谈氏初印本附录。

盈川令

杨炯，华阴人。幼年时就很聪明博学，他因是神童而被举荐，与王勃、卢照邻、骆宾王齐名。可他曾对人说："我排在卢照邻之前感到很羞愧，但排在王勃之后又觉得是一种耻辱。"当时都认为是这样的。杨炯曾任校书郎，后任崇文馆学士。武则天执政初期，他因事获罪而降职为梓州司法参军，任职期满后，又被任命为盈川县令。杨炯为政十分严酷，吏役们一旦不合他的心意，动不动就下令用棍棒打死。在他居住的宅第中，修建了许多进士亭台，上面都挂着名人写的匾额，以此用来为自己扬名，颇为人们所讥笑。

唐朝衢州盈川县令杨炯，颇有词学特长，依仗自己有才学而很傲慢，不与时事相合。每次见到朝廷中的官员，都称他们是麒麟楦许怨，有人问他是什么原因，杨炯说："如今餔乐耍弄假麒麟的人，就是刻画一个麒麟头和角，装饰一张麒麟的毛皮，然后披裹在驴身上，沿着场地而行走。等到褪下了那层假皮，仍然还是驴马。没有德行而穿着红色紫色官服的人，跟驴披裹上麒麟的皮有何区别？"出自《朝野佥载》，根据谈氏初印本附录。

崔　湜

崔湜，是崔仁师之子。他的两个弟弟名叫崔澄、崔液，哥哥名叫崔莅，都很有文才，都先后得到清贵枢要的官职。每次私下宴会，他都把自家比作六朝时王家、谢家那样的高门望族。他对人说："我们家无论讲门第、出身，还是官职，没有不是第一的。大丈夫就应该先占据要害之地，从而掌握控制他人，怎么能默默地

受制于人?”湜执政时,年三十六,尝暮出端门,下天津,马上赋诗曰:“春还上林苑,花满洛阳城。”张说见之叹曰:“文与位固可致,其年不可及也。”后附韦后,比相,又附太平公主。门下客献《海鸥赋》以讽,湜称善而不悛。萧至忠诛,流岭外赐死。

崔湜之为中书令,张嘉真为舍人,湜轻之,常呼为张底。后曾量数事,意皆出人右。湜惊美久之,谓同列曰:“知否张底乃我辈一般人,此终是其坐处。”湜死后十余年,河东竟为中书令。出《国史纂异》,据谈氏初印本附录。

杜审言

杜审言,襄阳人。擢进士,为隰城尉。恃才高,以傲世见疾。苏味道为天官侍郎,审言集判出,为人曰:“味道必死。”人惊问故,答曰:“彼见吾判,必羞死。”又尝语人曰:“吾文章当得屈宋作衙官,吾笔当得王羲之北面。”其矜诞类此。后病甚,宋之问等候之,答曰:“甚为造化小儿相苦,尚何言?然吾在,久压公等。今且死,固大慰,但恨不见替人云。”

杜审言初举进士,恃才謇傲,甚为时辈所妒。苏味道为天官侍郎,审言参选试,判后谓人曰:“苏味道必死。”人问其故,审言曰:“见吾判即当羞死矣。”又问人曰:“吾之文章合得屈宋作衙官,书迹合得王羲之北面。”

受别人的控制?"崔湜在朝中掌权时,才三十六岁,他曾在傍晚出了端门,直下天津桥,在马背上咏诗道:"春还上林苑,花满洛阳城。"张说见到他时感叹说:"文才和职位固然可以赶上他,可年龄不如他了。"后来依附于韦后,成为宰相,又依附于太平公主。有门客献了一篇《海鸥赋》讽刺他,崔湜说好,可是并未悔改。萧至忠被杀后,崔湜也被流放岭南,并被赐死。

崔湜任中书令时,张嘉真为中书舍人,崔湜很轻视他,常把他叫作张底。后来崔湜用几件事来测试他,张嘉真的主意都在他人之上。崔湜惊异赞美了很长时间,他对同僚们说:"你们知不知道,张底可是跟我们一样有才能的人,这个位置终将是他坐的地方。"崔湜死后十多年,张嘉真便当了中书令。出自《国史纂异》,根据谈氏初印本附录。

杜审言

杜审言,襄阳人。中了进士后,当了隰城县尉。他依仗自己才学高而傲岸自大,瞧不起别人,以至抑郁成病。苏味道任吏部侍郎时,杜审言参加铨选结束后,便对人讲:"味道必死。"人们很吃惊地问他原因,他说:"他看了我的判词,肯定会羞愧而死。"又曾对人说:"我的文章比得上屈原、宋玉,而只当了个衙官,我的书法与王羲之相比也要在他之上。"他竟是如此狂傲自大。后来病重,宋之问去问候他,他竟说:"我很被那些走运的小儿们忌恨,还有什么可说的呢?然而由于我的存在,也把你们大家久久地压在了下边。如今我要死了,人们当然会感到快慰,但遗憾的是尚未见到能替代我的人出现。"

杜审言刚刚考中进士时,便依仗自己有才学而狂傲自大,因而很为当时的人们所忌恨。苏味道任吏部侍郎时,杜审言参加铨选考试,答完卷子后便对人讲:"苏味道必死。"人们问他原因,杜审言说:"他看见我的判词便会当即羞愧而死。"又对人说:"我的文章可以跟屈原、宋玉相比,而只做了个衙官,我的书法跟王羲之的比起来甚至在他之上。"

其矜诞如此。贬吉州司户。司马周季重、员外司户郭若讷共构审言罪状，系狱，将因事杀之。既而季重等酣宴，审言子并年十三，怀刃以击季重，重中创而死，并亦为左右所杀。出《宾谭录》，据谈氏初印本附录。

杜甫

杜甫，审言之孙。少贫不自振，客吴越齐赵间。举进士不第。天宝间，奏赋三篇，帝奇之，使待制集贤院。数上赋颂，因寓自称道："且言先臣恕、预以来，承儒守官十一世，迨审言以文章显。臣赖绪业，自七岁属辞，且四十年。然衣不盖体，常寄食于人，窃恐转死沟壑。伏惟天子哀怜之，若令执先世故事，则臣之述作，虽不足鼓吹六经，至沉郁顿挫，随时敏给，杨雄、枚皋，可企及也。有臣如此，陛下其忍弃之？"禄山乱，天子入蜀，甫避走三川。会严武节度剑南，往依焉。武以世旧，待甫甚善，亲至其家。甫见之，或时不巾。而性褊躁傲诞，尝醉登武床，瞪视曰："严挺之乃有此儿。"武亦暴猛，外若不为忤，中衔之。好论天下大事，高而不切，然数尝寇乱，挺节无所污。为诗歌，情不忘君，人怜其忠云。

杜工部甫在蜀，醉后登严武之案，厉声问武曰："公是严挺之儿否？"武色变，甫复曰："仆乃杜审言儿。"

他竟是如此狂傲。被贬为吉州司户。司马周季重和员外司户郭若纳一起捏造杜审言的罪状,使他下狱,将要借此杀他。不久季重等在一起宴会,杜审言的儿子杜并当时才十三岁,便在怀中藏着刀去刺杀他,季重被刺中而死,杜并也被左右所杀。出自《宾谭录》,根据谈氏初印本附录。

杜甫

杜甫,杜审言的孙子。少年时家贫不能维持生计,客游于吴越齐赵各地。曾去考进士但未中举。天宝年间,他向皇帝献赋三篇,皇帝对他的作品感到惊奇,便让他到集贤院等待诏命。他曾多次献上自己的赋、颂,并寄言自述道:"自先辈杜恕、杜预以来,十一代人都是遵奉儒教守职分的,到杜审言时以文章著称。我凭借祖辈的遗业,从七岁开始写诗文,将近四十年。然而一直衣不遮体,经常寄食于他人,私下里常惊恐哪天死于沟壑之中。承蒙天子对我的同情和怜爱,假如能让我从事先辈的事业,我的著作,虽然不能充分地宣扬六经,以达到含蕴深刻、婉转曲折,敏锐地反映时事那样的程度,但是像杨雄、枚皋那样的水平还是赶得上的。有这样的臣子,皇上还忍心抛弃他吗?"安禄山叛乱,皇帝到了蜀地,杜甫也因避乱去了三川。恰好严武为剑南节度使,便前去依靠他。严武因与杜甫有世交,因而对待杜甫非常好,亲自去他家看望过。杜甫去见严武,有时连头巾都不戴。杜甫性情狭小急躁而狂傲放荡,有一次曾喝醉酒登上严武的案几,瞪起双目喊道:"严挺之竟然有这样的儿子。"严武也是个性情暴烈的人,外表表现出好像没有被冒犯的样子,然而内心却很怨恨他。杜甫好高谈阔论天下大事,水平很高而不切实际,曾多次饱尝敌寇的战乱,一直坚守节操而没有任何污点。他在诗歌创作中,从来没有忘记君主的恩情,人们都很怜惜他的忠贞。

工部员外郎杜甫在蜀地的时候,曾经在喝醉酒后登上严武的案几,厉声地问严武道:"你是不是严挺之的儿子?"严武很生气,神色大变,杜甫又说道:"我是杜审言的儿子。"

武少解矣。出《摭言》，据谈氏初印本附录。

陈通方

陈通方登正元进士第，与王播同年。播年五十六，通方甚少，因期集，抚播背曰："王老奉赠一第。"言其日暮途穷，及第同赠官也。播恨之。后通方丁家难，辛苦万状。播捷三科，为正郎，判盐铁。方穷悴求助，不甚给之。时李虚中为副使，通方以诗为汲引云："应念路傍憔悴翼，昔年乔木幸同迁。"播不得已，荐为江南院官。

陈通方，闽县人。真元十年顾少连下进士及第，时属公道大开，采掇孤俊。通方年二十五，第四人及第，以其年少名高，轻薄自负。与王播同年，王时年五十六，通方薄其成事后时，因期集戏附其背曰："王老王老，奉赠一第。"言其日暮途远，及第同赠官也。王曰："拟应三篇。"通方又曰："王老一之谓甚，其可再乎？"王心每贮之。通方寻值家艰还归，王果累捷高科，官渐达矣。通方后履人事入关，王已丞郎判监铁。通方穷悴寡坐，不知王素衔其言，投之求救。同年李虚中时为副使，通方亦有诗扣之，求为汲引云："应念路傍憔悴翼，昔年乔木幸同迁。"王不得已，署之江西院官。赴职未及其所，又改为浙东院。仅至半程，又

严武这才有些消怒。出自《摭言》，根据谈氏初印本附录。

陈通方

陈通方贞元年间考中进士，与王播同一年及第。王播当时已五十六岁，而陈通方还很年轻，在聚会时，陈通方拍着王播的后背说："王老奉赠一第。"意思是说王播的年龄和学问已经到了日暮途穷的地步，才考中并授官。王播对他怀恨在心。后来陈通方遇上家里有丧事而归去，处境万般艰苦。而这期间王播连登三科，官正郎，判盐铁。陈通方穷困憔悴来请求帮助，王播不愿帮他的忙。此时李虚中为节度副使，陈通方便写诗向他表达提携之意，诗中写道："应念路傍憔悴翼，昔年乔木幸同迁。"王播不得已，举荐他当了江南院官。

陈通方，闽县人。贞元十年登进士第，排名在顾少连之后，当时选拔人才是大开公平之道，广招有独特才能的俊杰。陈通方当时只有二十五岁，在登第的进士中名列第四位，因他年少名高，便很自负。他与王播是同年考中的，王播当时已五十六岁，通方很看不起他，觉得他不会成什么气候，在一次聚会时他拍着王播的后背戏弄道："王老王老，再白送你一榜吧。"意思是说他年龄很大，才能快尽了，可道路还很远，刚及第可能就要因去世赠官。王播说："我可以应你三篇文章比一比。"陈通方道："王老能写一篇就很不错了，怎可让你再写呢？"王播把这些话都记在心里。陈通方不久遇上老人丧事回家，此后王播却一直铨选中试，官位渐渐显达。陈通方后来为求人做官来到关中时，王播已为丞郎判盐铁。陈通方穷苦而孤独，他并不知王播记恨他的话，便投到王播门上请求援助。他们同一年考中进士的李虚中此时也当上节度副使，陈通方也有诗与他唱和，诗中有求他提拔之意："应念路傍憔悴翼，昔年乔木幸同迁。"王播不得已，安排他去当江西院官。陈通方去上任还未走到衙署，又让他改任浙东院。可是仅仅行了一半路程，又

改与南陵院。如是往复数四，困踬日甚。退省其咎，谓甥侄曰："吾偶戏谑，不知王生遽为深憾。人之于言，岂合容易哉。"寻植王真拜，礼分悬绝，追谢无地，怅望病终。出《闽川名士传》，据谈氏初印本附录。

李贺

李贺，唐诸王孙也。年七岁，元和中，以歌诗著名。韩退之、皇甫湜览贺所作奇之，相谓曰："若是古人，吾曹有不知者；若是今人，岂有不知之理。"因连骑造门请见。贺总角荷衣而出。二公面试一篇，贺承命欣然，操觚染翰，傍若无人，题曰《高轩过》。二公大惊，以所乘马联镳而还。元稹以明经中第，愿与贺交。贺见刺曰："明经及第，何事来见李贺？"稹惭而退。未几制策登科，为礼部郎官，乃议贺父名晋，不合举进士，时辈从而排之，贺竟不第。

按唐李公藩尝缀贺歌诗，为之叙未成，知贺有外兄，与贺有笔研旧，召见，托以搜采放失。其人诺且请曰："某尽记贺篇咏，然黯改处多，愿得公所辑视之，当为是正。"公喜，并付之，弥年绝迹。复召诘之，乃云："某与贺中表，自幼同处，恨其倨忽，常思报之。今幸得公所藏，并旧有者，悉投堰中矣。"公大恚，叱出之。

改任南陵院。如此反复多次，日子一天比一天困厄，难以为继。于是陈通方退回家中反省自己的过失，后来他对外甥和侄子们说："我不过是偶尔的戏谑一番，不料王播竟然深深地怀恨在心。为人讲话，怎能够完全合意呢。"不久王播试官期满授予实官，地位礼分就相差悬殊了，想要去道歉都找不到地方，后来陈通方在怅然失望中病逝。出自《闽川名士传》，根据谈氏初印本附录。

李贺

李贺，唐宗室的后裔。七岁时，元和年间，便以诗歌而著名。韩愈、皇甫湜看到他的作品都感到很惊奇，他们说："假如是古人写的，我们就有不知道的作者；如是今人，岂有不去结识的道理。"于是两人并马到李贺家去相见。尚未成年的李贺束着两个发角穿着小孩儿的衣裳迎出来。二公当场让他写一篇，李贺欣然接受，挥笔蘸墨，旁若无人，题目为《高轩过》。二公大为惊讶，并骑而回。元稹是以明经中第的，他很希望与李贺结交。当李贺见到元稹递来的名帖时说道："一个考中明经科的人，有什么事来见我李贺？"元稹惭愧而去。不久元稹又在制策科登第，官授礼部郎中，便上奏说李贺父亲的名字"晋"与进士的"进"音同相讳，因而儿子不能参加进士科考试，当时其他人也顺从此话而一起排挤他，因此李贺最终没有及第。

按：唐代的李公藩曾缀集过李贺的诗歌，想把他的诗编辑成卷而未成，他知道李贺有一个表兄，过去曾抄录过李贺的作品，于是召见了他，托付他帮助搜集失散的作品。那个人答应后说道："我全部抄录了李贺的诗歌，但是涂改的地方太多，希望能看看你收集编辑好的作品，以便订正。"李公藩大喜，全都拿给了他，可是整整一年也未见到那人的踪迹。又把他叫来追问，那个人道："我与李贺是中表兄弟，从小便在一起，可是我怨恨他太傲慢，常常想报复他。如今正巧得到你收藏的作品，连同我原有的，全部投进了河堤里。"李公藩大怒，将他呵斥出去。

元和中，进士李贺善为歌篇，韩愈深所知重，于缙绅间每为延誉，由此声华藉甚。时元稹年少，以明经擢第一，攻篇什，常交结于贺。一日执贽造门，贺览刺不容遽入，仆者谓曰："明经及第，何事来看李贺？"稹无复致情，惭愤而退。其后日左拾遗制策登科，日当要路，及为礼部郎中。因议贺祖讳晋，不合应举，贺亦以轻薄为时辈所排，遂致撼轲。韩愈惜其才，为著《讳辩》录明之，然竟不成名。出《剧谈录》，据谈氏初印本附录。

李群玉

李群玉，澧州人。好吹笙，常使家僮吹之。性喜食鹅。及授校书郎，即归故里。卢肇送诗云："妙吹应诺凤，工书定得鹅。"题《黄陵庙》诗有曰："黄陵庙前春已空，子规啼血泪春风。不知精爽落何处，疑是行云秋色中。"群玉自以为春空便到秋色，踟蹰欲改，恍若有物，告以二年之兆。至浔阳，具述其事于段成式。群玉亡后，成式哭之诗曰："酒里诗中三十年，纵横唐突世喧喧。明时不作祢衡死，傲尽公卿归九泉。"

李群玉字文山，性轻率，多侮戏人。常假江陵幕客书求丐于澧州刺史艾乙。李谓艾曰："小生病且甚矣，幸使君痛救之。"李以戏其性之僻也。群玉以其轻脱而济之不厚矣。出《北梦琐言》，据谈氏初印本附录。

唐朝元和年间，有位进士李贺很擅长写诗，韩愈对他十分赏识器重，经常在士大夫中间传扬他的名誉，由此使他的声誉越来越光耀盛大。当时元稹还很年轻，应试明经科考中了第一名，他也钻研诗歌创作，常想与李贺交结。有一天元稹带着礼物去拜访李贺，李贺看过名帖后竟不准他进来，仆人对元稹说："一个考中明经科的人，有什么事来见李贺啊？"元稹没有再向他致以情意，羞愧愤恨而归。后来元稹从左拾遗的位置上再应试制策而登科，位居要害之地，当了礼部郎中。因此元稹上奏说李贺父亲名字中的"晋"与进士的"进"相讳，不能参加应试，李贺也曾因为轻浮刻薄而被其他人所排斥，因而造成他一生不得志。韩愈爱惜他的才学，曾写《讳辩》为他明辨，然而终究不能登第。出自《剧谈录》，根据谈氏初印本附录。

李群玉

李群玉，澧州人。喜欢吹笙，也常让家童吹笙。还喜欢吃鹅肉。官任校书郎，马上就回归故里了。卢肇赠他诗道："妙吹应诺凤，工书定得鹅。"李群玉曾写过一首诗《黄陵庙》道："黄陵庙前春已空，子规啼血泪春风。不知精爽落何处，疑是行云秋色中。"李群玉后来觉得开始是春色，最后是秋色，有些不妥，迟迟疑疑想要修改，因而心里总有什么东西压着。请假休息两年。到了浔阳，他把此事从头至尾说给了段成式。群玉死后，段成式写悼诗道："酒里诗中三十年，纵横唐突世喧喧。明时不作祢衡死，傲尽公卿归九泉。"

李群玉，字文山，性情很轻率，常侮辱戏谑他人。曾经用江陵幕客的化名写信给澧州刺史艾乙，请求经济上的帮助。他对艾乙说："小生病得很重啊，希望你能怜悯救济。"李群玉这样做是戏弄人家的性格孤僻。李群玉因为他的轻佻不稳重，没有得到过很大的帮助。出自《北梦琐言》，根据谈氏初印本附录。

冯　涓

大中四年，进士冯涓登第，榜中文誉最高。是岁新罗国起楼，厚赍金帛，奏请撰记，时人荣之。初官京兆府参军，恩地即杜相审权也。杜有江西之拜，制书未行，先召长乐公密话，垂延辟之命，欲以南昌笺奏任之，戒令勿泄。长乐公拜谢，辞出宅，速鞭而归。于通衢遇友人郑賨，见其喜形于色，驻马恳诘，长乐遽以恩地之辟告之。荥阳寻捧刺诣京兆门谒贺，具言得于冯先辈也。京兆嗟愤，而鄙其浅露。洎制下开幕，冯不预焉，心绪忧疑，莫知所以。廉车发日，自灞桥乘肩舆，门生咸在长乐拜别，京兆公长揖冯曰："勉旃！"由是嚣浮之誉，遍于搢绅，竟不通显。中间又涉交通中贵，愈招清议，官止祠部郎中、眉州刺史。仕蜀，至御史大夫。原缺出处，谈氏初印本文同，注出《北梦琐言》。

温庭筠

温庭筠，太原人。大中初，应进士，苦心研席，长于诗赋。然士行尘杂，不修边幅，能逐弦吹之音，为恻艳之词。公卿家无赖子弟裴诚、令狐缟之徒，相与蒲饮，酣醉终日，由是累年不第。徐商镇襄阳，往依之，署为巡官。咸通中，失意归江东，路由广陵，心怨令狐绹在位时，不为成名。既至，与新进少年狂游侠，愈久不刺谒，又乞索于扬子院。醉

冯涓

唐朝大中四年，冯涓考中进士，在榜上所有的人中要数他的文章声誉最高了。这一年新罗国修建大楼，派人带了许多金银绸缎，请求让冯涓写记叙文章，当时人们都很称赞他。最初官任京兆府参军，依靠的是宰相杜审权。杜审权将要被派往江西任职，皇帝的命令未下之前，杜审权先找来长乐公密谈，告诉他想要奏请圣上让他当南昌府长官，并告诫千万不要把此事泄漏出去。长乐公拜谢，辞别出门，快马而归。在回去的大路上，遇见了友人郑赉，郑賨见他喜形于色，便停住马恳切地追问有什么好事，长乐公竟把杜审权要去新辟的幕府任职一事告诉了他。很快便有荥阳县官拿着名帖到京兆府来拜访祝贺，称此事是从冯先辈那里听到的。京兆尹一听十分气愤，很鄙视冯涓的浅陋。等到诏书下来开建幕府时，没有让冯涓参加，他心情很忧郁，不知道什么原因。启程的那天，从灞桥开始乘坐肩舆，门生都在长乐拜别，京兆公拱手对冯涓道："还是多努力吧！"由此冯涓轻浮的名声，传遍了士大夫之间，竟然不能升任高官。后来又涉及交结宫内显贵的宦官一事，更招致人们对他的指责议论，官止于祠部郎中、眉州刺史。后来又为官于蜀地，官至御史大夫。原缺出处，谈氏初印本与本文相同，注出自《北梦琐言》。

温庭筠

温庭筠，太原人。大中初年，去应考进士，他苦心钻研，很擅长诗赋创作。但混行于尘俗琐事之中，不注意自己的穿着仪容，会使用各种器乐演奏乐曲，能创作清美艳丽的诗词。温庭筠常与贵族家无赖子弟裴诚、令狐缟之徒，聚在一起喝酒，甚至终日醉酒不醒，因此他连年应试而不能及第。徐商镇守襄阳时，温庭筠过去投依他，被安排当了一个巡官。咸通年间，温庭筠因不得志而又回到江东，路经广陵时，心里怨恨令狐绹执政期间不让自己登科。来到这里后，便与新登科的青年人到处狂游，好长时间也不去投帖拜访令狐绹，并还向扬子院讨要救济。又因喝醉了酒

而犯夜，为虞候所系，败面折齿，方迁扬州。诉之令狐绹，捕虞候治之，极言庭筠狭邪丑迹。自是污行闻于京师。

开明中，温庭筠才名藉甚，然而罕拘细行，以文为货，识者鄙之。无何执政间复有恶奏庭筠搅扰场屋，出随州方城县尉。时中书舍人裴坦当制，忸怩含毫久之。时有老吏在厕，因讯之升黜。对曰："舍人合为责词，何者？入策进士与望州长马齐资。"坦释然，故有泽畔长沙之比。庭筠之任，文士争为词送，唯记唐夫得其尤曰："何事明时泣玉频，长安不见杏园春。凤凰诏下虽沾命，鹦鹉才高却累身。且饮醁醽消积恨，莫辞黄绶拂行尘。方城若比长沙远，游隔千山与万津。"出《摭言》，据谈氏初印本附录。

陈磻叟

陈磻叟者，父名岵，当有词学，尤溺于内典。长庆中，尝注《维摩经》进上，有中旨，令与好官。执政谓岵因内道场僧进经，颇抑挫之，止授少列而已。磻叟形质短小，长喙疏齿，尤富文学，自负王佐之才。大言骋辩，虽接对相公，旁若无人。复自料非名教之器，弱冠度为道士，隶名于昊天观。咸通中，降圣之辰，二教论议，而黄衣屡奔，上小不怿。宣下，令后辈新入内道场，有能折冲浮图者，论以自荐，磻叟摄衣奉诏。时释门为主论，自误引《涅槃经》疏，磻叟应声叱之曰："皇帝山呼大庆，阿师口称献寿，而经引《涅槃》，

而违反宵禁，被虞候拘囚，落得脸破牙断，才回到扬州。他将此事告诉了令狐绹，绹立即下令拘捕虞候治罪，而虞候讲述了庭筠的狎邪丑恶行为。从此温庭筠的恶劣行为传遍京师。

开明年间，温庭筠的才气名声很大，然而他不拘小节，拿自己的诗文换钱，认识的人都很瞧不起他。不久朝官们又有恶奏说温庭筠搅闹考场，因而让他出任随州方城县尉。正好是中书舍人裴坦起草诏书，他忸怩嘲笔许久不肯下笔。当时有个老吏在旁边，便问他对温庭筠是提升还是罢免。老吏说："您应该责备他，为何？因为入策进士与望州长史的名望地位是一样的。"裴坦这才消除了疑虑，因此才有了泽畔长沙之比。温庭筠前去赴任，文人们争相写诗为他送行，这里只把写得最好的唐夫的诗记录下来："何事明时泣玉频，长安不见杏园春。凤凰诏下虽沾命，鹦鹉才高却累身。且饮醁醽消积恨，莫辞黄绶拂行尘。方城若比长沙远，游隔千山与万津。"出自《摭言》，据谈氏初印本附录。

陈磻叟

陈磻叟，父亲陈岵，具有很高的文学水平，尤其沉溺于佛经的研究。唐朝长庆年间，陈岵曾把自己注释的《维摩经》进献给皇帝，皇帝下旨，命令给他好官做。但宰臣认为陈岵是通过寺院中的和尚进献的经书，便极力压制他，只授予他簿尉之类的小官。磻叟身材矮小，嘴长牙稀，富有才学，自认为有辅佐帝王的才能。滔滔不绝地论辩，即使与相国宰臣对话，也旁若无人。然而他又觉得自己不是有名望有教化的人，因此二十岁便出家当了道士，隶属于昊天观。咸通年间，皇帝寿辰之日，佛、道两教来论议，当时道教一方屡屡受挫，皇帝有些不悦。宣下圣旨，让那些晚辈的道士们进到这个讲经议论的场所来，如果有能辩倒佛教一方的人，可以自荐，磻叟整理了一下衣裳响应诏命。当时佛门为主论，他们引用了《涅槃经》，磻叟随即驳斥道："今日皇帝大庆，阿师也说是来祝寿的，然而引用的经典却是《涅槃》，

犯大不敬。"以其僧谓磻叟不通佛书,既而错愕,殆至颠坠。自是连挫数辈,圣颜大悦,左右呼万岁,其日帘前赐紫衣一袭。磻叟由是恣其轻侮,高流宿德多患之,潜闻上听,云:"磻叟衣冠子弟,不愿在官帔,颇思理一邑以自效耳。"于是中旨授至德县令。磻叟莅事,未经考秩,抛官,诣阙上封事。通义刘公引为羽翼,非时召对数刻,磻叟所陈数十节,侵宄时病。复曰:"臣请破边瑊家,可以赡军一二年。"上问:"边瑊何人?"对曰:"宰相路岩亲吏。"既而大为岩恚怒。翌日,敕以磻叟诬罔上听,讦斥大臣,除名为民,流爱州。磻叟虽至颠蹶,不敢以其道自屈。素有重坠之疾,历聘藩后,率以肩舆造犀庑,所至无不仰止。及岩贬,磻叟得量移为邓州司马。时属广明庚子之后,刘巨容起徐将,得襄阳,不能知磻叟,待以巡属一州佐耳。磻叟沿汉南下,中途与巨容幕吏书云:"已出无礼之乡,渐入逍遥之境。"巨容得之大怒,遣步健十余辈,移牒潭鄂,追捕磻叟。时天下丧乱,无人为堤防,既而为卒伍所凌。全家溯汉,至贾堑后,门三十余口,无噍类矣。原缺出处,谈氏初印本文同,注出《摭言》。

薛能

薛能,会昌间进士,自负过高,从事西川日,每短诸葛功业,为诗曰:"阵图谁许可,庙貌我揶揄。"又云:"焚却蜀书宜不读,武侯无可律吾身。"讥李白曰:"我生若在开元日,争遣名为李翰林。"又曰:"李白终无取,陶潜固不刊。"

这是犯了大不敬罪。"那个和尚本以为磻叟不懂佛书,听了之后十分惊恐错愕,几乎到了坠倒的地步。磻叟自此连连挫败了几个僧人,皇帝非常高兴,左右高呼万岁,皇帝当天就在帘前赐给他一件紫衣。磻叟自此便很放纵,轻浮傲慢,一些德高望重之人都很厌恨他,因此有人把他的事密奏皇帝,说:"磻叟本是士大夫子弟,他不愿意仅仅穿件官服,很想自己去治理一个县。"于是皇帝下旨任命他去当至德县令。陈磻叟到位主事,未满任期,便抛弃官职,来到朝殿向皇帝递上密封的奏章。通义刘公将他引为同党,皇帝突然召见他对话数刻时间,磻叟所陈述的数十条,完全切中时弊。又说:"臣请求抄边瑊的家,没收的财产可供养军队一两年。"皇帝问:"边瑊是谁?"磻叟答道:"是宰相路岩最亲信的官吏。"因而路岩对他非常愤恨。第二天,下诏说磻叟欺骗皇上,攻击大臣,削职为民,流放爱州。陈磻叟虽然从高处跌坠下来,但他没有顺着这条道屈服滑落下去。他平时有重坠的疾病,多次被请到各藩镇幕府,一般都是用轿舆抬到廊檐之下,所到之处无不敬仰期望。等到路岩遭贬,磻叟得到赦免而酌情授予邓州司马。当时是广明庚子年之后,刘巨容起事不久,攻占襄阳,不能重用磻叟,只让他做了个州佐。磻叟沿汉水南下,中途他写给刘巨容的幕吏一封信说:"已出无礼之乡,渐入逍遥之境。"刘巨容得到此信后大怒,派遣十几名善行的兵卒,赶到潭、鄂之地,去追捕陈磻叟。当时天下大乱,处处都没有管束防卫,兵卒们很快便追上了他。此时他的全家也逆汉水而上去迎他,行到贾堑后,共三十多口人,没有一个能活下来。原缺出处,谈氏初印本与本文相同,注释说出自《摭言》。

薛能

薛能,会昌年间的进士,自视甚高,在西川任从事时,经常诋毁诸葛亮的功业,他写诗道:"阵图谁许可,庙貌我揶揄。"又写道:"焚却蜀书宜不读,武侯无可律吾身。"讥讽李白道:"我生若在开元日,争遣名为李翰林。"又道:"李白终无取,陶潜固不刊。"

自题其集云:“诗源何代失澄清,处处狂波污后生。常感道孤吟有泪,却缘风坏语无情。难甘恶少欺韩信,枉被诸侯杀祢衡。纵到缑山也无益,四方联络尽蛙声。”放诞如此。后军乱被害。

薛能以文章自负,而累出戎镇,常郁郁叹息,因有《谢诗淮南寄天柱茶》。其落句云:“粗官乞与直抛却,赖有诗情合得尝。”意以节将为“粗官”也。镇许昌日,幕吏咸集,因令其子姳韃参诸幕客,幕客惊怪,能曰:“俾渠消灾。”时人以为轻薄。出《北梦琐言》,据谈氏初印本附录。

高逢休

顾云,大顺中,制同羊昭业等十人修史。云在江淮,遇高逢休谏议。时刘子长仆射清名雅誉,充塞搢绅,其弟崇望复在中书。云以逢休与子长旧交,将造门,希致先容,逢休许之久矣。云临期请书,逢休授之一函,甚草创。云微有惑,因潜起阅之。凡一幅,并不言云,但曰:“羊昭业拟将一尺三寸汗脚,踏他烧残龙尾道。懿宗皇帝虽薄德,不任被前件人罗织。执大政者亦大悠悠。”云吁叹而已。原缺出处,谈氏初印本文同,注出《摭言》。

汲师

汲师,滑州人也,自溧水尉拜监察御史。时大夫李乾祐为万年令,师按县狱,乾祐差池而出晚,师怒,

在自己的诗文集上题诗道:“诗源何代失澄清,处处狂波污后生。常感道孤吟有泪,却缘风坏语无情。难甘恶少欺韩信,枉被诸侯杀祢衡。纵到缑山也无益,四方联络尽蛙声。”竟然轻浮虚妄到如此地步。后来因军队叛乱而被杀。

薛能以其文章写得好而很自负,曾多次出任各地军府,经常郁郁寡欢叹息不已,因而写过《谢诗淮南寄天柱茶》一诗。诗的最后两句写道:“粗官乞与直抛却,赖有诗情合得尝。”意思是节度使也不过是“粗官”罢了。镇守许昌时,他把幕府的官吏们都召集在一起,命令他的儿子姳鞬参拜各位幕客,幕客很觉惊异奇怪,薛能说:“这是让他消灾。”当时人们认为他很轻薄。出自《北梦琐言》,根据谈氏初印本附录。

高逢休

顾云,唐大顺年间,皇帝诏命他与羊昭业等十人撰写史书。顾云在江淮遇见谏议大夫高逢休。当时仆射刘子长高洁美好的声誉传遍了整个士大夫阶层,他的弟弟崇望又在中书省。顾云因为知道高逢休与刘子长是老朋友,他想要去登门拜访刘子长,希望高逢休先给刘子长写封信引介一下,高逢休答应好长时间了。顾云临行前请他快把引介信写来,高逢休给了他一封,但是草草写就。顾云有些疑惑,于是躲起来偷偷地阅读。只见满篇信纸上,并未谈顾云,而只写道:“羊昭业打算用他一尺三寸的汗脚,去走那条已被烧毁的龙尾道。懿宗皇帝虽然缺少德行,但也不能让上述那个人任意修史虚构罪名。掌大权的人也应该从大处去看。”顾云看后只能感叹而已。原缺出处,谈氏初印本与文相同,并注释出自《摭言》。

汲 师

汲师,滑州人,他从溧水县尉提拔为监察御史。当时大夫李乾祐任万年县令,汲师去巡视万年县的刑狱时,李乾祐因出现差错,出来迎接的晚了,汲师因受到怠慢很生气,

不顾而出。衔之。乾祐寻巡察。韦务静与师乡里，充乾祐判官。会制书拜乾祐中丞，乾祐顾谓务静曰："邑子可出矣，足下可入矣。"遂左授新乐令。性躁率，时直长李冲寂，即高宗从弟也，微有犯。师将弹而谓之，呼冲寂为弟。冲寂谓之曰："冲寂主上从弟，公姓汲，于皇家何亲，而见呼为弟？"师惭而止。尝监享太庙，责署官，将弹之。署官彻晓伺其失，汲履赤舄如厕，共讦之，乃止。出《御史台记》，原缺，据谈氏初印本附录。

崔骈

李德裕退朝归第，多与亲表裴璟无间破体笑，与李多询以内外新事。李问更有何说，裴曰："别无新事，但昨日坡下郎官集送某郎官出牧江湖，饮饯邮亭，人客甚众。有仓部白员外末至，崔骈郎中作录事，下四筹。白自以卑秩，人乘凌兢，更不敢固辞。上次酌四大器，白连引三器讫，余一持之，而请第四器名。崔郎中云，亦别无事，但何必要到处出脱。时白踉跄仆于下座，竟不饮而去。坐上有笑者，有缩颈者，但不知此官人今日起得否？"李闻之大怒，曰："何由可耐，不斯言必有之乎？"曰："固然。"又问弟知白员外所止否，璟曰："是人在某坊某曲。"李曰："为某传语白员外，请至宅。"

没有去看便走了。乾祐记恨在心。乾祐不久也到各地去巡察。韦务静与汲师是同乡,他在乾祐手下任判官。这时正好皇帝下诏任命李乾祐为御史中丞,他对韦务静说:"你的同乡要下去,你要上来了。"于是汲师被降职为新乐县令。汲师性格浮躁而轻率,当时的直长李冲寂,是唐高宗的从弟,犯了些小过错。汲师将要弹劾他,将他叫来,称呼冲寂为弟。冲寂对他说:"我是皇上的从弟,你姓汲,与皇家是什么亲戚,见面就称我为弟?"汲师很惭愧,不再弹劾冲寂了。他还曾去监察过太庙的祭祀活动,他斥责了那里的官员,并要对其进行弹劾。那里的官员通宵侦查他的过失,发现汲师穿着红鞋去过厕所,他们一起揭发了此事,他才不得不停止弹劾。出自《御史台记》,原缺,据谈氏初印本附录。

崔骈

李德裕退朝回到家里,常常与表弟裴璟亲密忘形地谈笑,李德裕多是问一些朝野内外的新鲜事。这一天李又问还有什么事值得一说,裴璟道:"别的倒没什么新鲜事了,但是昨天坡下的郎官们一起欢送某郎官出任江湖,他们在邮亭为他饯行,去的人很多。有个仓部的白员外最后到,当时郎中崔骈做监督大家饮酒的录事,便罚他连干四杯。白本来就觉得自己官职低,受到别人的欺压自然是战战兢兢,更不敢坚决推辞。依次给他倒满了四大杯,白员外连饮三杯后,端起了剩余的一杯,请求说明罚这第四杯的含义。崔郎中道,别的事倒也没有什么,可你何必要到处开脱。当时白员外便踉跄倒在座位上,没有喝这杯酒便走了。在座的人有的大笑,有的畏缩,只是不知这个官人今天还能不能挺得住。"李德裕一听大怒道:"还有什么能比此更难令人忍受的,不知道你所说的是否确有其事?"裴璟道:"确实。"他又问裴璟知不知白员外的住处,裴璟道:"此人住在某坊某曲。"李德裕道:"你去把我的话告诉白员外,请他到我家来趟。"

白捧命又忧恐，比至，李曰："久欲从容，中外事并，然旬朔不要出人事。"既而白授翰林学士，崔骈汾州刺史，续改洺州刺史，流落外任，不复更游郎署，终鸿胪卿。出《芝田录》，原缺，据谈氏初印本附录。

西川人

蜀东西川之人，常互相轻薄。西川人言："梓州者，乃我东门之草市也，岂得与我为耦哉？"节度柳仲郢闻之，为幕客曰："吾立朝三十年，清华备历，今日始得与西川作市令。"闻者皆笑之。故世言东西两川人多轻薄。出《北梦琐言》，原缺，据谈氏初印本附录。

河中幕客

相国刘瞻父景，连州人。少为汉南郑司徒掌笺奏。因题商山驿厕泉石，郑大奇之，勉以进修，俾前驿换麻衣执贽见之。后致解荐，擢进士第，历台省。瞻孤平有艺，虽登第，不预急流。任大理评事，日馇粥不给。尝于安国寺相识僧处求餐，留所业文数轴置在僧几。致仕军容刘玄翼游寺，见瞻文卷，甚奇之。怜其贫窭，厚有济恤。又知其连山人，朝无强授，谓僧曰："其虽闲弃，必能为此人致宰相。"尔后授河中少尹，幕寮有贵族浮薄者，蔑视之。一旦有命征人，府尹祖之，

白员外接到通知后很忧惧，等他到来时，李德裕道："很久前就想对官员做些调整调动了，朝内朝外要一并考虑，在十天或一个月之内便会有人事变动。"不久白员外被授予翰林学士，崔骈被任命为汾州刺史，之后又改为洺州刺史，一直流落在外地任职，没有再回到郎官的官署，临终前任鸿胪卿。出自《芝田录》，原缺，据谈氏初印本附录。

西川人

在蜀地，东川西川的人经常互相轻视。西川有人说："梓州不过是我东门之外的集市，怎么能与我西川相提并论呢？"节度使柳仲郢听到此话后，对幕客说："我在朝中从政三十年，历任过各种清高显贵的官职，今日才有幸在西川做了个集市令。"听到人都大笑。所以世人都说东西两川人都很轻薄。出自《北梦琐言》，原缺，据谈氏初印本附录。

河中幕客

宰相刘瞻，父亲名景，连州人。年轻时在汉南郑司徒幕府执掌表奏之事。他曾在商山驿站旁的泉石上题词，郑司徒看见后十分惊异，勉励他不断进取，并让之前驿站的官吏换上麻衣拿着礼品去拜见他。后来被推荐，考中了进士，在各台省任过职。刘瞻孤单贫寒但很有才能，他虽考中了进士，但并没有急流猛进。在担任大理评事时，每天连顿稠一点的粥都喝不上。他曾到安国寺一个认识的和尚那里去求食，把自己写作的数卷文章放在了和尚的桌子上。已经退休的军容使刘玄翼来寺游览时，看见了刘瞻的作品，很惊奇。他很怜悯刘瞻的贫寒，给了刘瞻很多救济。又知刘瞻是连山人，朝廷还没有重用，玄翼便对那和尚说："我虽然离职闲居了，但一定能让此人官至宰相。"此后便被任命为河中少尹，幕客中有些贵族出身的轻薄者，很蔑视他。有一天突然皇帝下诏召他入朝做官，府尹为他举行了隆重饯行仪式，

前之轻薄幕客呼瞻为“尹公”。曰:“归朝作何官职?”瞻对曰:“得路即作宰相。”同舍郎大笑之,在席亦有异其言者。瞻自是以水部员外知制诰,旋入翰林,以致大拜也。出《北梦琐言》,原缺,据谈氏初印本附录。

崔昭符

皮日休,南海郑愚门生。春关内尝宴于曲江,醉寝于别榻。衣囊书笥,罗列傍侧,率皆新饰。同年崔昭符,镣之子,固蔑视之矣。亦醉,更衣见日休,谓其素所熟狎者,即伺问,且欲戏之。日休僮仆遽前欲呼之,昭符之其日休也,曰:“勿呼之,渠方宗会矣,以其囊笥皆皮也。”时人传之以为口实。日休尝游江汉间,时刘允章镇江夏。幕中有穆判官者,允章亲也,或谮日休薄焉。允章素使酒,一日方宴,忽怒曰:“君何以薄穆判官乎?君知身之所来否?鹦鹉洲在此,即黄祖沉祢衡之所也。”一席为之惧,日休南涕而已。出《玉泉子》,原缺,据谈氏初印本附录。

又

一说东都留守刘允章,文学之宗,气颇高介。后进循常之士,罕有敢及门者。咸通中,自礼部侍郎授鄂州观察使。明年皮日休登第,将归觐于苏台,路由江夏,困投刺焉。刘待之甚厚,至于饔饩有加等。

从前那些轻视他的幕客都称他为“尹公”。问他说:“到朝廷里做什么官?”刘瞻答道:“仕途顺利就做宰相。”与他一起共事的人都大笑,在座的人也有对他的话感到奇异的。刘瞻很快便从水部员外升任为知制诰,旋即又进入翰林院,直至授以大任。出自《北梦琐言》,原缺,据谈氏初印本附录。

崔昭符

皮日休,是南海郑愚的门生。考中进士后,在曲江参加宴会,结果喝得大醉而睡在了别处。他的装衣裳的袋子和装书的箱子都堆放在床上,这些东西都是他新置的。同科进士崔昭符,即崔镣的儿子,一直很蔑视他。崔昭符也喝醉了,去换衣裳的时候看见了皮日休,他觉得皮日休是平素所熟悉亲密的人,就在那里守候,并想要戏弄他。皮日休的僮仆急忙上前要叫醒他,崔昭符走到日休跟前,说:“不要叫他了,他正在与家人相会呢,这些衣囊书都是他的皮。”这事传出去,成为当时人的谈资。日休曾游历于长江汉水之间,当时刘允章镇守江夏。幕府中有个穆判官,是刘允章的亲戚,他对刘允章说了日休的坏话,说他鄙薄自己。刘允章平时常饮酒,有一天刚刚开宴,忽然大怒道:“你为什么看不起穆判官?你知道你来的是什么地方吗?鹦鹉洲就在此处,就是当年黄祖把祢衡推下水淹死的地方。”全席人都脸露惧色,皮日休只能暗暗流泪。出自《玉泉子》,原缺,据谈氏初印本附录。

又

还有一种说法,说东都留守刘允章,是当时的文学泰斗,眼光非常高,十分高傲。晚辈中普通的读书人,很少有人敢去登门拜访的。咸通年间,由礼部侍郎调任鄂州观察使。第二年皮日休考中了进士,从京城回姑苏,去看望父母,路经江夏时,便递上名帖去拜见刘允章。刘允章待他非常优厚,酒食丰盛,以宰杀牲畜这样的大礼来接待他。

留连累日。仍致宴于黄鹤楼以命之，监军使与参佐悉集后，日休方赴召，已酒酣矣。既登楼，刘以其末至，复乘酒应命，心薄之。及酒数行，而日休吐论纷扰，顿亡礼敬。刘作色谓曰：“吴儿勿恃蕞尔之才，且可主席。”日休答曰：“大夫岂南岳诸刘乎？何倨贵如是。”刘大怒，戟手遥指而诟曰：“皮日休，知鹦鹉洲是祢衡死处无？”日休不敢答，但嵬峨如醉，掌客者扶出。翌日微服而遁于浙左。出《三水小牍》，原缺，据谈氏初印本附录。

温定

乾符四年，新进士曲江春宴，甲于常年。有温定者，久困场籍，坦率自恣，尤愤时之浮薄，因设奇以侮之。至其日，蒙衣肩舆，金翠之饰，敻出于众，侍婢皆称是，徘徊于柳阴之下。俄顷诸公自露棚移乐登鹢首，既而谓是豪贵，其中姝丽必矣，因遣促舟而进，莫不注视于此，或肆调谑不已。群兴方酣，定乃于帘间垂足定膝，胫极伟而长毳，众忽睹之，皆掩袂亟命回舟避之。或曰：“此必温定也。”出《摭言》，原缺，据谈氏初印本附录。

日休在这里逗留了些时间。有一天刘允章在黄鹤楼设宴并邀请他参加，监军使和参佐等人都到来后，日休才到，而且已经喝醉了。等他登上楼，刘允章便因他迟到，又带着酒气赴命，很鄙视他。等到酒过数巡，日休便开始语无伦次，也立刻忘掉礼节。刘允章面露不悦地对他说道："吴地的小儿，不要仗着自己那点儿才能，就要做这里的主席。"日休回答说："大夫难道是南岳那个姓刘的吗？为何这般显贵傲慢。"刘允章大怒，指着他骂道："皮日休，你知不知道鹦鹉洲是祢衡死的地方？"日休不敢回答，只是摇晃着身子，掌管接待的人立即把他搀扶出去。第二天他便换了便装逃到浙左。出自《三水小牍》，原缺，据谈氏初印本附录。

温定

唐朝乾符四年，新榜进士在曲江举行宴会，这次宴会要好于往年。有个叫温定的，已经多次困扰于科举了，此人坦直而无拘无束，尤其对当时的轻浮风气十分气愤，于是想出一个妙计要羞辱一下那些轻浮者们。到了春宴那天，他蒙着头乘坐进轿舆，并用金银首饰装点了一番，远远地出现在众人前方，还带着一群对他言听计从的奴婢，在柳荫下漫步徘徊。很快那些人都从露棚中出来登上了船头，一会儿说轿舆必是来自豪门显贵之家，里边必定是坐着一个美人，于是催促船只快些向那里驶进，所有人的目光没有不注视着那里的，有的人甚至不住地调笑戏谑。正当他们兴致酣畅的时候，温定便把腿脚从帘子里伸出来，那截小腿极粗壮并长满了长毛，众人突然看到这样一条腿，都用衣袖掩起面孔并命令赶快调回船头躲避开。有人说："这个人肯定是温定。"出自《摭言》，原缺，据谈氏初印本附录。

卷第二百六十六

轻薄二

姚岩杰

姚岩杰，梁公元崇之裔孙也。童丱聪悟绝伦，弱冠博通坟典，慕班固、司马迁之为人，时称大儒。常以诗酒放游江左，尤肆凌忽先达，旁若无人。唐乾符中，颜摽典鄱阳郡，鞠场公宇初构，请岩杰纪其事。文成，粲然千余言，摽欲删去二字，岩杰不从。摽怒，时已刊石，命碎其碑。岩杰以篇纪之曰："为报颜公识我么，我心唯只与天那。眼前俗物关情大，醉后青山入意多。冯子每嫌弹铗恨，甯生休唱饭牛歌。圣朝若为苍生计，合有公车到薜萝。"卢肇牧歙州，岩杰在婺源，先以著述寄肇。肇知其使酒，以手书褒美，赠以布帛。辞云："兵火之后，郡中凋敝，无以奉迎大贤。"岩杰复以长笺激之，肇不得已，迓至郡斋，礼若公卿。而姚傲睨自如。肇以篇咏夸于岩杰曰："明月照巴天。"岩

姚岩杰

姚岩杰，是梁公姚元崇的远代子孙。童年时便聪明绝伦，二十岁时就已精通三坟五典，很仰慕班固、司马迁，当时他被人们称为大儒。经常以诗酒为伴狂放地游历于江左，尤其喜欢肆意凌侮前辈，简直是旁若无人。唐朝乾符年间，颜摽主管鄱阳郡，球场的大厅刚刚落成时，邀请岩杰撰文记载此事。文章写成了，文采斐然，颜摽想要删去两个字，岩杰不肯依从。颜摽大怒，当时已把文字镌刻在石碑上，颜摽下令砸碎了那块石碑。岩杰便写诗记述了此事，他写道："为报颜公识我么，我心唯只与天那。眼前俗物关情大，醉后青山入意多。冯子每嫌弹铗恨，甯生休唱饭牛歌。圣朝若为苍生计，合有公车到薜萝。"卢肇任歙州牧时，岩杰在婺源，他先把自己的作品寄给卢肇。卢肇知道他酗酒任性，便写信给予了赞美，赠送了布匹绸缎。信中推辞道："战乱之后，郡中衰败，没有什么可以用来接待大贤的。"岩杰又写了一封长信刺激他，卢肇无可奈何，只好把他接到了郡府，并且给予公卿一样的礼遇。而岩杰仍旧是那样的傲慢而目空一切。卢肇把自己很得意的一首诗给岩杰看，其中有一句："明月照巴天。"岩

杰笑曰："明月照一天，奈何独言'巴天'耶？"肇惭甚。无何，会于江亭，时蒯希逸在席。卢请目前取事为酒令，尾有乐器之名。肇令曰："远望渔舟，不阔尺八。"岩杰遂饮酒一翕，凭栏呕哕。须臾，即席，还令曰："凭栏一吐，已觉空喉。"其侮慢倨傲如此。出《摭言》。

朝士使朔方

□□□□□□□□□□□□□□□□□□□□□□□□□□□□□□□□□□□□□跳索百戏俱呈。使臣观之如不见。□意其不足为欢笑□□别非□胡腾使臣仰视拓拔。又斜眄胡腾。遂敛衽恭□□□位视有若惭□□之貌。逡巡舞罢，趋而前谢曰，已蒙相公排置宴筵，百戏娱乐，更不令烦贤郎□□歌舞颇□□□再三辞谢。盖见拓拔中有与胡腾鼻相类，乃呼作贤郎。以此轻薄之。出《玉堂闲话》。

薛保逊

薛保逊，名家子。恃才与地，凡所评品，士子以之升降，时号为浮薄。相国夏侯孜尤恶之。其堂弟因名保厚以异之，由是不睦。内子卢氏，与其良人保逊，操尚略同。季父薛监来省，卢氏出参，俟其去后，命水涤门阈。薛监知而甚怒，经宰相疏之。保逊因论授澧州司马，凡七年不代。夏侯公出镇，魏谟相登庸，方有征拜，而殒于郡。愚曾睹薛文数幅，其一云："饯交亲于灞上，止逆旅氏，见数物象人。语之口辄动，皆云江、淮、岭表州县官也。呜呼，天子生民，

杰笑道："应该是明月照一天，怎么只说巴天呢？"卢肇很觉羞惭。不久，他们在江亭聚会，当时蒯希逸也在座。卢肇请大家各取眼前之事物为题材行酒令，并要求在句尾必须说一乐器名称。卢肇起令道："远望渔舟，不阔八尺。"岩杰于是饮酒一杯，之后又扶着栏杆吐了出去。一会儿即席还令道："凭栏一吐，已觉空喉。"此人竟是如此的轻浮傲慢。出自《摭言》。

朝士使朔方

薛保逊

薛保逊，出身于名门望族。他依仗自己的才学和地位，经常评点别人的作品，把那些作品的作者随意拔高贬低，当时被人们称为浮薄。宰相夏侯孜尤其厌恶他。他的堂弟因而取名保厚，以表示与他不同，所以堂兄弟之间的关系也不和睦。妻子卢氏，与她的丈夫保逊的品行大略相同。叔父薛监来看望他们，卢氏出来迎见，可是等他一走，卢氏便让婢仆用水冲洗门槛儿。薛监知道此事后十分气怒，后来经宰相从中疏通才肯罢休。保逊因写了一篇策论，被贬为澧州司马，一去七年没有改任。直到夏侯孜出任方镇，魏谟当了宰相，方得到重新起用，最终死于郡职。我曾看到过几篇薛保逊的文章，其中一篇写道："在灞上为朋友饯行，走到宾馆之处，忽然看见几个像人一样的怪物。说话时嘴还能动，都说是江淮岭南的州县官。呜呼！天子教养的人，

为此辈笞挞！”又《观优》云：“绯胡推宰，莽转而出，众人皆笑，唯保逊不会。”其轻物率皆此类也。卢虔灌罢夔州，以其近亲，径至澧州慰省。还至邮亭，回望而哭曰：“岂意薛保逊，一旦接军事李判官，打《杨柳枝》乎！”出《北梦琐言》。

薛昭纬罗九皋附

唐薛昭纬，即保逊之子也，恃才傲物，有父风。每入朝省，弄笏而行，旁若无人。又好唱《浣沙溪》词。知举后，有一门生辞归乡里，临歧献规曰：“侍郎重德，某既受恩。尔后不弄笏唱《浣沙溪》词，某幸甚也。”时人谓之至言。有一吏，尝学其行步揖逊，薛知之，乃召谓曰：“试于庭前学，得似，即恕汝罪。”于是下帘，拥姬妾而观。小吏安详傲然，举动酷似，笑而舍之。

路侍中在蜀，尝夏日纳凉于毬场厅中。使院小吏罗九皋，裹巾步履，有似裴条。侍中遥见促召，逼视方知其非，因笞之。出《北梦琐言》。

又

薛昭纬使于梁国，谕以传禅。梁祖令客将约回，乃谓谒者曰：“大君有命，无容却回。”速辔前迈，既至夷门，梁祖不获已而出迎接，见其标韵词辨，方始改观。自是宴接，莫不款曲。一日，梁祖话及鹰鹞，薛盛言鸷鸟之俊，梁祖欣然。

竟遭到这些人的抽打！”又有《观优》写道：“穿着红衣的胡人推着宰，莽转着圈出来，众人都笑，唯有保逊不笑。”他傲视一切如同此类。卢虔灌罢任夔州，因与他是近亲，直奔澧州去慰问他。回来走到邮亭时，回望一眼哭道：“怎么能够想到，薛保逊一旦接替了李判官，就去打《杨柳枝》呢！”出自《北梦琐言》。

薛昭纬罗九皋附

唐朝的薛昭纬，是薛保逊的儿子，依仗自己有才学而傲视一切，颇有父亲的风范。每次入朝或到台省去，总是手中玩弄着笏板而行，旁若无人。又好唱《浣沙溪》。主持科举之事后，有一个门生要告辞回家，到歧路分手时门生进言规劝道：“侍郎有厚德，使我受到你的恩惠。以后你要能不再玩弄笏板不再唱《浣沙溪》，那便是我最大的希望了。”当时人们都认为这是最真实的话。有一个小官吏，曾学过他走路及拱手揖让的样子，薛昭纬知道此事后，便把他叫来对他说：“你在庭院里再学一学，学得像，就饶恕了你的罪错。”于是放下竹门帘，拥着他的姬妾在屋内观看。小官吏从容稳重，没有一点惧色，举动十分相像，昭纬大笑并将他放走。

路侍中在蜀地时，曾在一个夏日去球场的大厅里乘凉。有个使院小吏罗九皋，他裹的头巾和走路的姿态，都很像裴条。侍中远远望见便赶紧把他叫来，等到跟前细看才知道他并不是裴条，于是鞭打了罗九皋。出自《北梦琐言》。

又

薛昭纬出使梁国，传达皇帝禅让的旨意。梁祖传令不见，派人将他阻拦回去，他对传达命令的人说道：“天子有命，不能退回。”于是快马前进，很快就到了夷门外，梁祖不得已，只好出来迎接，梁祖见他很有文采而且又能言善辩，才改变了对他的看法。自此宴请款待，没有不尽心不周到的地方。有一天，梁祖谈到了鹞鹰，薛昭纬便赞美鸷鸟是如何的出众，梁祖十分高兴。

谓其亦曾放弄，归馆后，以鹞子为赠。薛致书感谢，仍对来人戒僮仆曰："令公所赐，直须爱惜，可以纸裹，安鞲袋中。"闻者笑之。出《北梦琐言》。

剧燕

剧燕，蒲坂人也，工为雅正诗。时王重荣镇河中，燕投赠王曰："祇向国门安四海，不离乡井拜三公。"重荣甚礼重之。为人多纵，陵轹诸从事，竟为正平之祸。原缺出处，今见唐《摭言》十。

韦薛轻高氏

江陵高季昌唐末为荆南留后时，宰相韦说、郑珏，舅甥姻娅也。朱梁太祖时皆得制方面。高氏以贵公子任行军司马，常以歌筵酒馔款待数公。日常宴聚，求取无恒，皆优待之。后庄宗过河，奄有中原，天下震惧。高王单骑入觐，韦、郑二公，继登台席，中朝士族子弟，多不达时变，复存旧态。薛泽除补阙，韦荆除春秋博士，皆赐绯，咸有德色，匆匆办装，即俟归朝，视行军蔑如也。李载仁，韦说之甥，除秘书郎。刘诜，郑珏之妹夫也，除毛诗博士，赐绯。尔后韦屡督李入京，高氏欲津置之。载仁迁延，自以先德遗戒，不欲依舅氏，但不能显言，竟不离高氏门馆。刘诜无他才望，性嗜酒，口受新命，殊无行意，日于高氏，情敬不衰，然则美酝肥羜之所引也，无何以疾终。高氏赡给孤遗，颇亦周至。未间，洛下有变，明宗入统，南方强侯，人要姑息，韦、郑二

他还说曾经放过，回到客馆，梁祖差人送来鹞鹰。薛昭纬致信表示感谢，并当着来人告诫童仆道："这是令公所赐之物，必须爱惜，可用纸包起来，放在袋子里。"听说的人都笑了。出自《北梦琐言》。

剧　燕

剧燕，蒲坂人，很擅长写高雅的诗歌。当时王重荣镇守河中，剧燕投赠给王重荣的诗中写道："祇向国门安四海，不离乡井拜三公。"王重荣十分礼让尊重他。但他做人很放任恣纵，居然欺压幕府中的各位从事官员，后来遇到跟祢衡一样的下场。原缺出处，今见唐《摭言》十。

韦薛轻高氏

江陵人高季昌唐末任荆南节度使留后时，韦说、郑珏均为朝中宰相，韦说与郑珏是舅甥亲戚关系。到后梁太祖朝，他们又得到重用。高氏以贵公子身份当了行军司马，常以歌筵酒馔来款待各位宾朋。平时来参加宴会，或来求取的并无固定的人，不论是谁都很优待。后来后唐庄宗过了黄河，占有了中原，天下都很震惊。高王单骑去觐见，而韦、郑二公，继续当了宰相，国内的贵族子弟，多数都没有适应时代的变化，也还保持着原来的态度。此时薛泽则被任命为补阙，韦荆被任命为春秋博士，都赐绯，脸上呈现出受到皇恩的得意之色，匆忙置办服装，等待进朝上任，而对行军司马高氏十分蔑视。李载仁，是韦说的外甥，被任命为秘书郎。刘诜，是郑珏的妹夫，被任命为毛诗博士，并赐绯。尔后韦说多次督促李载仁进京上任，高氏想要从水路上送他。李载仁一再拖延，牢记着前辈的告诫，不想依从舅父，但又不能明说，最终没有离开高家的客馆。刘诜没有才气和名望，特别喜好喝酒，嘴上虽答应接受任命，但一点没有启程的意思，每天仍然在高家，情谊不减，那是由于美酒肥肉的吸引，不久因病而死。高氏为他赡养遗孤，照顾十分周到。不久，洛阳事变，明宗入主中原，南方的一些势力强大起来，需要人安抚，韦说、郑珏二

相皆罢去，韦、薛尚跧荆楚。明年，保最嗣袭，辟李为掌记。他日，录其长息为子婿，第三子皆奏官，一门朱紫铧如也。刘诜三子，迭加任遇，三孙女适高氏子弟，向三十年，享其禄食，亦足称也。韦荆寂寞而卒，薛泽摄宰而终。岂自掇乎？亦命也夫。出《北梦琐言》。

胡翙

有胡翙者，佐幕大藩，有文学称，善草军书，动皆中意。时大驾西幸，中原宿兵，岐秦二藩，最为巨屏。其飞书走檄，交骋诸夏，莫不伏其笔舌也。时大帅年幼，生杀之柄，断在贰军张筠。其宣辞假荆州任，在张同，张同为察巡。翙常少其帅，蔑视同辈不为礼。帅因藉其才，不甚加责，但令谕之而已，其轻薄自如也。常因公宴，翙被酒呼张筠曰："张十六。"张十六者，筠第行也。数以语言诋筠，因帅故但衔之。他日往荆州诣张同，同仆不识，问从者，曰："胡大夫翙。"至厅，已脱衫矣。同闻翙来，欲厚之，因命家人精意具馔。同遽出迎见，忽报曰："大夫已去矣。"同复步至厅，但见双椅间遗不洁而去，卒不留一辞。同亦笑而衔之。张无能加害，时帅请翙聘于大梁，翙门下客陈评事者从行。筠密赂陈，令伺其不法。入梁果恣虚诞，或以所见密闻梁王，

宰相都被罢官，韦荆、薛泽尚可蜷缩于荆楚之地。第二年，保最继位，任命李载仁为掌记。后来，他的长子被招为驸马，三子也一同授官，满门朱衣紫绶华贵兴旺。刘诜的三个儿子，也不断受到恩遇而屡屡升官，三个孙女嫁给了高家子弟，将近三十年，享受高官厚禄，也足以值得称赞了。而韦荆却在寂寞中死去，薛泽在摄宰的位置上死去。这难道不是自取吗？也可以说是命运的安排吧。出自《北梦琐言》。

胡翙

胡翙，在一个势力强大的藩镇幕府中担任幕僚，素以文字著称，尤其善于撰写军事文书，每次写出的文书都很令人满意。当时皇帝已去了西部，在中原驻守的军队中，岐、秦二藩镇，就成为最大最重要的屏障。各种文告飞来走去，在中原不断地交换，没有不敬服他的文章的。那时大帅年纪尚幼，生杀大权，完全掌握在节度副使张筠的手中。他宣布自己在荆州任职，其实那里只是张同代管，张同当时是幕府中的察巡官。胡翙常常轻视大帅，更蔑视同僚因而不尊重他们。大帅因要借用他的才能，不太责备他，只是告示他而已，因而他的轻薄一直未受到约束。在宴会上，胡翙酒酣后经常得意忘形也称呼张筠道："张十六！"十六是张筠在家族兄弟中的排行。他还多次诋毁过张筠，由于大帅的原因，张筠只是在心里怨恨他。后来胡翙去荆州到了张同那里，张同的仆人不认识他，向随从的人打听，说："胡翙大夫。"这时胡翙到大厅，已脱去外衣。张同听说胡翙到来，想要好好地接待他，因此告诉家人要精心地准备各种佳肴饭食。可是等张同出来迎见时，忽然有人禀报说："大夫已经走了。"张同又来到大厅，只见胡翙在两个椅子中间留下一片便溺物而去，没有留下一句话。张同也笑，却恨在心里。张筠一直不能对他下手陷害，正巧当时大帅请胡翙出使后梁，而胡翙的门下客陈评事随行。张筠便私下贿赂陈评事，让他监视胡翙的不法行为。到了后梁，胡翙果然很放纵荒唐，有时还把自己的所闻所见偷偷地告诉梁王，

皆为陈疏记之。洎归，帅知其狂率，亦优容之。陈于是受教，构成其恶，具以乖僻草藁，袖而白帅。帅方被酒，闻之大怒，遂尽室拥出，坑于平戎谷口，更无噍类。帅醒知之，大惊，痛惜者久之。沉思移时曰："杀汝者副使，非我为之。"后草军书不称旨，则泣而思之。此过亦非在筠，盖翙自掇尔。王仁裕尝过平戎谷，有诗吊之曰："立马荒郊满目愁，伊人何罪死林丘。风号古木悲长在，雨湿寒莎泪暗流。莫道文章为众嫉，只应轻薄是身仇。不缘魂寄孤山下，此地堪名鹦鹉洲。"出《王氏见闻》。

轻薄士流

唐朝有轻薄士流出刺一郡，郡人集其歌乐百戏以迓之。至有吞刀吐刀、吹竹按丝、走圆跳索、歌喉舞腰，殊似不见。州人曰："我使君清峻，无以悦之。"相顾忧戚。忽一日，盛夏登楼，遽令命乐。郡人喜曰："使君非不好乐也。"及至楼下，遂令色色引上，其弦匏戛击之类迭进，皆叱去不用。有吹笙者，末后至，喜曰："我比只要此一色。"问："此一物何名?"曰："名笙，可吹之。"乐工甚有德色，方欲调弄，数声，遽止之曰："不要动指，只一直吹之。"乐工亦禀之。遂令临槛长吹，自午及申，乃呼左右，可赐与酒令退曰："吾谁要曲调，只藉尔唤风耳。"复一日入山召乐人，比至，怒目叱之曰："只要长脚女人。"乐部忙然退出，不知其所以。遂遣六七妇人约束长脚，鼓笛而入。乃顾诸妇升大树，

这些全被陈评事一一记录下来。等到回来，大帅虽然知道了他的狂妄轻率，但还是宽容了他。陈评事于是又接受张筠的教诲，将他的罪状一一列举，藏在袖筒里，伺机交给大帅。大帅当时正好酒醉，听到之后大怒，下令把他的全家推出去，活埋在平戎谷口，没有一个能活下来的。大帅酒醒知道此事后，大为震惊，痛惜了很长时间。他沉思了一段时间道："杀你的人是副使，不是我。"后来每当起草的军事文书不合旨意，便哭而思念起胡翙。其实此过也不在于张筠，那都是胡翙自取。王仁裕曾路过平戎谷，写过一首悼念他的诗："立马荒郊满目愁，伊人何罪死林丘。风号古木悲长在，雨湿寒莎泪暗流。莫道文章为众嫉，只应轻薄是身仇。不缘魂寄孤山下，此地堪名鹦鹉洲。"出自《王氏见闻》。

轻薄士流

唐朝时，有一个轻薄文人出任某郡刺史，官府的人召集了歌乐百戏来迎接他。其中有吞刀吐刀的，有吹竹按弦的，有跑圈跳绳的，有歌唱舞蹈的，他都视而不见。州人议论道："看来我们的刺史太清高，没有什么能使他高兴。"人们相顾而忧伤。忽然有一天，正值盛夏，刺史去登楼，急令奏乐。官府的人高兴地说道："看来刺史不是不喜欢音乐。"等乐手们来到楼下，便下令要一个一个地领上来，其中弦、管、弹、击之类逐一而进，可全被呵斥退出不用。唯有吹笙的人，最后一个上去，刺史喜道："我只要这一种乐器。"并问："此物叫什么名？"乐手告诉他："名称叫笙，可以吹。"乐手很有得意之色，刚刚试了试调，吹了几声，刺史立即制止了他，说："你不用动手指头，只是一直吹下去。"乐手按照他的吩咐去做。又叫他到栏杆跟前去长吹，从午时一直吹到申时，叫来随从，命赐予乐工酒后再叫他回去，并说："我不是要听曲子，只是要借你唤来爽风而已。"又有一天进到山中，要招请乐手们来，等乐手们来到了，刺史又怒目呵斥道："我只要长脚女人。"演奏的人茫然而出，也不知道刺史要做什么。之后派去了六七个长脚女人，她们吹笛而入。刺史让这些女人爬上大树，

各持笼子令摘树果。其辈薄徒事,如此者甚多。

张翱

唐乾宁中,宿州刺史陈璠以军旅出身,擅行威断。进士张翱恃才傲物。席上调璠宠妓张小泰,怒,揖起付吏,责其无礼。状云:"有张翱兮,寓止淮阴,来绮席兮,放恣胸襟。"璠益怒云:"据此分析,合吃几下?"又云:"只此两句,合吃三下五下,切求一笑,宜费乎千金万金。"竟鞭背而卒。出刘山甫《闲谈》,词多不载。出《北梦琐言》。

卢程

卢程擢进士第,为庄皇帝河东判官,建国后命相。无他才业,唯以氏族傲物。任圜常以公事入谒,程乌纱隐几,谓圜曰:"公是虫豸,辄来唐突。"圜惭愕,骤告庄宗,大怒,俾杀之,为卢质救解获免。自是出中书,时人切齿焉。江陵在唐世,号衣冠薮泽,人言琵琶多于饭甑,措大多于鲫鱼。有邑宰卢生,每于枝江县差船入府,舟子常苦之。一旦王仙芝兵火,卢生为船人挑其筋,系于船舷,放流而死。大凡无艺子弟,率以门阀轻薄,广明之乱,遭罹甚多,咸自致也。出《北梦琐言》。

每人提一只筐给他摘取树上的果子。这个人尽干些轻薄徒劳的事,像这样的事还有很多。

张翱

唐朝乾宁年间,军旅出身的宿州刺史陈璠,独断专行。进士张翱依仗自己有才能傲视一切。有一次在宴席上张翱调戏了陈璠的宠妓张小泰,陈璠大怒,把张翱囚禁起来交给官吏,以责罚其无礼行为。后来在审理他的状文中写道:“张翱,暂居淮阴,来参加盛美的宴会,放浪恣肆。”陈璠见到此状文,更加生气,道:“如果照此对他量刑,应该杖责多少下?”又说道:“就这么两句话,也只能打他三下五下的,那不过是极力求得一笑而已,还要花费这么大的力气干什么。”最终被鞭背而死。此故事出自刘山甫的《闲谈》,因文章很长而不多转载。出自《北梦琐言》

卢程

卢程考中进士后,在庄宗当年还任河东节度使的幕府中当了判官,后来在庄宗建立的后唐朝被任命为宰相。没有什么才能,唯独以家族的显贵而蔑视一切。任圜常因公事去拜见他,有一次卢程把乌纱帽藏在案几下,对任圜说道:“你是一条虫子,突然来到这里。”任圜十分羞愧惊愕,立即把此事禀告庄宗,庄宗大怒,下令斩杀他,由于卢质的求救才算获免。自然是被赶出了中书省,当时人们对他十分痛恨。江陵在唐朝时,号称是士大夫聚集的地方,人们都说琵琶多于蒸饭的甑子,失意的读书人多于鲫鱼。有个县令叫卢生,每次到枝江县衙去都要坐船而抓人家的公差,船夫为此而苦恼。忽然有一天王仙芝起事烧起战火,卢生被船夫挑断了筋,拴在船边,投进江里被淹死。大凡没有才能的子弟,都是以门第的显贵而轻薄,这些人在广明年间的战乱中,有很多人遭难,这都是自己导致的。出自《北梦琐言》。

崔秘

天成二年，潘环以军功授棣牧，素无宾客，或有人荐崔秘者，博陵之士子也，举止闲雅，词翰亦工。潘一见甚喜，上馆以待之，经宿不复往，潘访之不获，既而辟一书生乃往。后荐主见而诘之，崔曰："潘公虽勤厚，鼻柱之左有疮，脓血常流，每被熏灼，腥秽难可堪。目之为白死汉也。"荐主大咍。崔之不顾名实而为轻薄也。盖潘常中流矢于面，骨衔其镞，故负重伤。医疗至经年，其镞自出，其疮成漏，终身不痊。出《玉堂闲话》。

王先主遭轻薄

韦昭度招讨陈敬瑄时，蜀帅顾彦晖为副，王先主为都指挥使。三府各署幕寮，皆是朝达子弟，视王先主蔑如也。先主侍从，髡发行婊，黥面札腕，如一部鬼神。其辈以先主兢肃，顾公详缓，一时失笑而散。先主归营，左右以此为言，亦自大笑。他日克鄚城，轻薄幕寮，皆害之。出《北梦琐言》。

蒋贻恭

蒋贻恭者好嘲咏，频以此痛遭槚楚，竟不能改。蜀中士子好着袜头裤，蒋谓之曰："仁贤既裹将仕郎头，何为作散子将脚也？"皆类此。蒋生虽嗜嘲咏，然谈笑儒雅，凡被讥刺，皆轻薄之徒，以此搢绅中恶之。官至令佐而卒。出《北梦琐言》。

崔　秘

后唐天成二年，潘环因为有战功而被授予棣州牧，他平素没有宾客，有人给他推荐了崔秘，崔秘是博陵的学子，举止高雅，又擅长诗文。潘环一见他便很喜欢，用上等的待遇对待他，但崔秘住了一宿就走了，潘环怎么也找不到他，就辟了一个书生去做事。后来推荐人见到崔秘时追问他这件事，崔秘说："潘公虽然殷勤厚道，可他鼻子左边有疮，脓血常流不止，每次见到他觉得很熏人，那种腥味和肮脏实在难以让人忍受。在我看来他就是白死汉。"推荐他的人对他大为讥笑。崔秘是个不顾名声和实际而枉为轻薄的人。潘环的脸上曾中过流箭，箭头刺进了骨头里，因而负了重伤。经过一年的治疗，箭头出来了，可是那伤变成了漏，终身不能痊愈。出自《玉堂闲话》。

王先主遭轻薄

韦昭度讨伐陈敬瑄时，蜀帅顾彦晖为副都指挥使，先主王建为都指挥使。三府中各自安置的幕僚，都是朝中显贵的子弟，他们都很瞧不起王先主。王先主的侍从，剃光了头发，面上有字，手腕上有刺青，简直像个凶神。那群人看到王先主严肃庄重，顾彦晖安详迟缓，不自禁地大笑然后散去。先主回到营帐，左右又说起这件事，先主自己也大笑。后来攻克了郪城，那些轻薄的幕僚，全都被杀掉了。出自《北梦琐言》。

蒋贻恭

蒋贻恭很喜欢作讽刺诗，因此常常遭到痛打，可他始终没有改掉。蜀地的书生好穿袜头裤，蒋贻恭对他们说："你这些仁贤之士，缠裹着将仕郎的头巾，为何又把江湖散人的袜子穿在脚上呢？"他的讽刺全都类似这样。蒋贻恭虽然喜好嘲咏，但是谈笑很文雅，凡是被他讽刺的，都是一些轻薄之徒，因此士大夫不喜欢他。官做到令佐而死去。出自《北梦琐言》。

卷第二百六十七

酷暴一

麻　秋

后赵石勒将麻秋者，太原胡人也，植性虓险鸩毒。有儿啼，母辄恐之麻胡来，啼声绝。至今以为故事。出《朝野佥载》。

宋幼帝

明帝崩，昱嗣位，是为幼帝。幼帝狂暴，恣行诛戮，出入无度。从者并执铤、矛、锥、锯自随，有忤意，击脑椎阴，刺心剖腹之诛，日有数十。孝武帝二十八子，明帝杀其十六，余皆帝杀之，子孙无在朝者。出《谈薮》。

高　洋

北齐高洋，以光武中兴为诛刘氏不尽，于是大诛诸元，

麻　秋

后赵石勒手下的将领麻秋，是驻守太原的胡人，此人性情残暴阴险而又毒辣。如果有孩子哭，母亲就吓唬说麻胡来了，哭声立刻就止住了。至今还作为故事在流传。出自《朝野佥载》。

宋幼帝

南北朝时，宋明帝死去，刘昱继位，这就是幼帝。幼帝性情狂暴，恣意杀人，出入无常。随从都拿着矛、锥子、刀锯等跟在后边，谁要稍不顺他心意，便被击打脑袋和脊椎，或刺心剖腹杀了他，遭他毒打或杀戮的人每天都有几十个。孝武帝有二十八个儿子，被明帝杀死十六个，余下的都被幼帝杀掉了，孝武帝的子孙没有一个留在朝廷的。出自《谈薮》。

高　洋

北齐文宣帝高洋，认为当年诛杀刘氏家族不彻底，所以才有了刘秀的"光武中兴"，东汉的建立，于是就大杀元氏各家，

死者千余，弃之漳水。有捕鱼者得爪甲，为之元郎鱼，人不忍食之。唯元峦、元长春、元景安，三家免诛。峦以其女为常山王妃，春、安等以其多力善射故也。景安兄景皓曰："宁为玉碎，不作瓦全。"景安奏其言，帝复杀之。自是元氏子孙，老幼贵贱无遗矣。出《谈薮》。

南阳王

北齐南阳王入朝，上问何以为乐。王曰："致蝎最乐。"遂收蝎，一宿得五斗。置大浴斛中，令一人脱衣而入，被蝎所螫，宛转号叫，苦痛不可言。食顷而死，帝与王看之极喜。出《朝野佥载》。

朱　粲

隋末荒乱，狂贼朱粲起于襄、邓间。岁饥，米斛万钱，亦无得处，人民相食。粲乃驱男女小大，仰一大铜钟，可二百石，煮人肉以喂贼。生灵歼于此矣。原缺出处，明抄本作出《朝野佥载》。

陈承亲

周恩州刺史陈承亲，岭南大首领也，专使子弟兵劫江。有一县令从安南来，承亲凭买二婢，令有难色。承亲每日重设邀屈，甚殷勤。送别江亭，即遣子弟兵从后劫杀，尽取财物，将其妻及女至州。妻叩头求作婢，不许，亦缢杀之，

杀死一千多人，都扔进漳河。有捕鱼人捕捞到爪甲鱼，称它元郎鱼，人们都不忍心吃。元氏宗族中唯有元峦、元长春、元景安三家免遭屠杀。元峦是因为他女儿为常山王妃，长春、景安是因为力气大，善于射箭等缘故。景安的哥哥景皓说："宁为玉碎，不作瓦全。"景安将此话奏于皇帝，高洋再次诛杀元氏。自此元氏家族的子孙，老少贵贱没有一个留下来。出自《谈薮》。

南阳王

北齐时南阳王到朝廷去，皇帝问他什么事可以作乐。南阳王说："把人扔到蝎子堆里最有乐趣。"于是皇帝下令收集蝎子，一夜之间便得到五斗。他们把这些蝎子倒进一个大浴盆里，再命令一人脱去衣服跳进去，那人被蝎子所蜇，辗转号叫，痛苦得难以用语言形容。一顿饭的工夫，那人死了，而皇帝与南阳王却看得极为开心。出自《朝野佥载》。

朱　粲

隋末战乱四起，狂盗朱粲趁机在襄州、邓州一带拉起队伍。正值灾年，一斛米要一万钱，可是也没有地方能买到，百姓甚至开始吃人肉。朱粲于是驱赶来一群男女老少，把一口大铜钟掀翻过来，那钟足可容二百石粮食，煮人肉喂养他的强徒。百姓生灵竟然这样被消灭了。原缺出处，明抄本作出自《朝野佥载》。

陈承亲

武周朝时，恩州刺史陈承亲其实是岭南的一个强盗首领，他专门派遣子弟兵在江上抢劫来往客商。有一个县令从安南回来路经这里，陈承亲硬要买他的两个婢女，县令表现出很不情愿的意思。陈承亲每天都设盛宴邀请他来参加，招待十分殷勤。县令离去时还送别于江亭，但随即便派子弟兵从后而追上去劫杀，抢走了所有财物，并将县令的妻子和女儿抢进官署。县令的妻子给他磕头央求做他的婢女，陈承亲不准许，还用绳子勒死她，

取其女。前后官人家过，承亲礼遇厚者，必随后劫杀，无有免者。出《朝野佥载》。

薛　震

周杭州临安尉薛震好食人肉。有债主及奴诣临安，于客舍，遂饮之醉。杀而脔之，以水银和煎，并骨消尽。后又欲食其妇，妇觉而遁。县令诘得其情，申州，录事奏，奉敕杖杀之。出《朝野佥载》。

陈元光

周岭南首陈元光设客，令一袍裤行酒。光怒，令曳出，遂杀之。须臾烂煮，以食诸客。后呈其二手，客惧，攫喉而吐。出《摭言》。

独孤庄

周瀛州刺史独孤庄酷虐，有贼问不承，庄引前曰："若健儿，一一具吐，放汝。"遂还巾带，贼并吐之，诸官以为必放。顷庄曰："将我作具来。"乃一铁钩，长尺余，甚铦利。以绳挂于树间，谓贼曰："汝不闻健儿钩下死？"令以胲钩之，遣壮士掣其绳，则钩出于脑矣。谓司法曰："此法何如？"答曰："吊民伐罪，深得其宜。"庄大笑。后庄左降施州

只把县令的女儿留下来作侍女。在这前后,如有当官的人家路过这里,陈承亲一定先是优厚殷勤地接待,随后再派人追上去劫杀,没有一个幸免的。出自《朝野佥载》

薛震

武周朝杭州临安县尉薛震喜好吃人肉。有一个债主带着他的仆人到临安来,在客栈里,喝酒喝醉了。薛震便将此人杀死并切成肉块,然后洒上水银进行煎炖,连骨头一齐消失。后来又想要吃那个人的媳妇,那女人觉察后逃走了。县令追问清楚此事后,便上报给州里,州录事再上报给皇帝,最后奉皇帝的命令将薛震用杖打死。出自《朝野佥载》

陈元光

武周朝岭南一带的首领陈元光设宴待客,让一个朋友为大家斟酒劝饮。陈元光因对他某一事不满而大怒,立刻命令把他拉出去,然后把他杀掉。不一会儿便把他煮得烂熟,用来给各位客人吃。后来突然出现了那个人的两只手,客人们大惊,纷纷用手去抠自己的嗓子把肉呕吐出来。出自《摭言》。

独狐庄

武周朝瀛州刺史独孤庄极为残暴,有个盗贼在审问的时候不肯认罪,独孤庄叫人把盗贼领到他这儿来,说:“你要是个壮士,全都说出来,我就放了你。”于是归还给他头巾和衣带,盗贼便全部坦白了,官员们都以为一定会释放他。少顷独孤庄又道:“把我的用具拿来。”这是一个铁钩子,有一尺多长,非常锋利。他用一条绳子把铁钩子挂在树枝上,对盗贼说:“你难道没有听说过壮士钩下死?”他叫人用铁钩子钩住那盗贼的下巴颏,派一壮汉去拉绳子的另一头,铁钩便立即从盗贼的脑顶穿出来。独孤庄对州司法说:“这刑法怎么样?”司法回道:“吊起来惩治罪犯,再合适不过了。”独孤庄一听大笑。后来独孤庄被降职为施州

刺史，染病，唯忆人肉。部下有奴婢死者，遣人割肋下肉食之。岁余卒。出《朝野佥载》。

索元礼

周推事使索元礼，时人号为索使。讯囚作铁笼头，䰇呼角反。其头，仍加楔焉，多至脑裂髓出。又为凤晒翅、猕猴钻火等。以椽关手足而转之，并研骨至碎。又悬囚于梁下，以石缒头。其酷法如此。元礼故胡人，薛师之假父，后坐赃贿，流死岭南。出《朝野佥载》。

罗织人

周来俊臣罗织人罪，皆先进状，敕依奏，即籍没。徐有功出死囚，亦先进状，某人罪合免，敕依，然后断雪。有功好出罪，皆先奉进止，非是自专。张汤探人主之情，盖为此也。出《谈薮》。

元　楷

唐羽林将军元楷，三代告密得官。男彦玮，告刘诚之破家，彦玮处侍御。先天二年，七月三日，楷以反逆诛，家口配岭南。所谓“积恶之家，必有余殃”也。出《朝野佥载》。

武承嗣

周补阙乔知之有婢碧玉姝艳，能歌舞，有文章。知之

刺史，当他得了病时，唯一思念的是人肉。他的部下有奴婢死了，就派人去割死者肋下肉来吃。一年后死去。出自《朝野佥载》

索元礼

武周朝时，推事使索元礼，当时人们都叫他索使。他为了审讯囚犯便做了个铁笼头，把它戴在囚犯的头上，然后再往里加楔子，大多数人都脑裂浆出。还有凤晒翅、猕猴钻火等刑法。猕猴钻火就是把一根椽木绑在囚犯的手脚上，然后推着椽木转圈，直到把那人的骨头磨碎。他还把囚犯吊在房梁上，再用绳子绑一块大石头缒在囚犯的头上。他的酷刑全都是如此。索元礼原来是胡人，是薛师的义父，后来因贪污受贿被流放岭南，并死在那里。出自《朝野佥载》

罗织人

武周朝时，来俊臣专干虚构罪名进行陷害的事，他都是先写好文状上奏皇帝，皇帝下诏准奏后，便去没收人家的财产。徐有功为人解除死罪，也是先上奏皇帝，说明某人应该免除死罪，皇帝准奏，然后再裁断为他昭雪洗冤。徐有功好免罪，也都是用先上奏皇帝来决定处分的办法，并不是自己独断专行。张汤常去探望天子，就是因为此事。出自《谈薮》。

元　楷

唐朝的羽林将军元楷，三代人都是靠告密得官。他的儿子元彦玮，密告刘诚之并使他家破人亡，彦玮因此得到侍御史之官。先天二年七月三日，元楷以反判之罪被杀，全家被发配岭南。这就是所说的“积恶之家，必有余殃”。出自《朝野佥载》

武承嗣

武周朝的补阙乔知之，他有一个婢女叫碧玉，碧玉生得娇艳美丽，并且多才多艺，能歌善舞，写得一手好文章。乔知之

特幸，为之不婚。伪魏王武承嗣暂借教姬人妆梳，纳之，更不放还。知之乃作《绿珠怨》以寄之焉。其词曰："石家金谷重新声，明珠十斛买娉婷。此日可怜偏自许，此时歌舞得人情。君家闺阁不曾观，好将歌舞借人看。意气雄豪非分理，骄矜势力横相干。辞君去君终不忍，徒劳掩袂伤铅粉。百年离恨在高楼，一代容颜为君尽。"碧玉得诗，饮泣不食三日，投井而死。承嗣出其尸，于裙带上得诗，大怒，乃讽罗织人告之。遂斩知之于南市，破家籍没。出《朝野佥载》。

张易之兄弟

周张易之为控鹤监，弟昌宗为秘书监，昌仪为洛阳令。竞为豪侈。易之为大铁笼，置鹅鸭于其内，当中爇炭火，铜盆贮五味汁。鹅鸭绕火走，渴即饮汁，火炙痛旋转，表里皆熟，毛落尽，肉赤烘烘乃死。昌宗活系驴于小室内，爇炭火，置五味汁，如前法。昌仪取铁橛钉入地，缚狗四足于橛上，放鹰鹞，活按其肉食，肉尽而狗未死，号叫酸楚，不复忍听。易之曾过昌仪，忆马肠，仪取从骑，破肋取肠，良久方死。后诛易之、昌宗等，百姓脔割其肉，肥白如猪肪，煎炙而食。昌仪打双脚折，抉取心肝而后死，斩其首送都。时云狗马报。出《朝野佥载》。

特别宠爱她，为此他甚至没有婚娶。伪魏王武承嗣将她暂时借去，让她教他的姬妾们梳妆，去了之后便将其纳为妾，再也不放她回来了。乔知之于是写了首诗《绿珠怨》寄给碧玉。诗写道："石家金谷重新声，明珠十斛买娉婷。此日可怜偏自许，此时歌舞得人情。君家闺阁不曾观，好将歌舞借人看。意气雄豪非分理，骄矜势力横相干。辞君去君终不忍，徒劳掩袂伤铅粉。百年离恨在高楼，一代容颜为君尽。"碧玉得到诗后，大哭一场，并且绝食三天，最后投井而死。武承嗣捞出碧玉的尸体，在她的裙带上得到此诗，非常生气，便指使别人虚构罪状控告乔知之。最终在南市斩杀了乔知之，并没收了他的全部财产。出自《朝野佥载》

张易之兄弟

武周朝时，张易之为控鹤监，他的弟弟昌宗为秘书监、昌仪任洛阳县令。他们相互争比奢侈。张易之做了一个大铁笼子，把鹅鸭放在里边，在笼子当中烧炭火，又在一个铜盆内倒入五味汁。鹅鸭绕着炭火行走，烤得渴了就去喝五味汁，火烤的痛了自然会在里面转圈地跑，这样不多久表里都烤熟了，毛也会脱落干尽，直到肉被烤得赤烘烘的才死去。昌宗是把一头活驴拴在一个小屋子里，烘起炭火，再放一盆五味汁，方法与前边所讲的一样。昌仪是在地上钉上四个铁橛子，把狗的四只爪子绑在橛子上，然后放出鹰鹞，把狗按在下面吃它的活肉，把肉都吃尽了狗还没死，那狗的号叫声极为酸楚，让人再也不忍听下去。有一次张易之路过昌仪家，很想吃马肠，昌仪便牵来手下人的乘骑，破开马的肋骨取出肠子，过了很长时间马才死去。后来易之、昌宗等被诛杀，老百姓把他们的肉切成小块，那肉又肥又白就像猪的脂肪，被人们煎烤而吃掉。昌仪是先被打折了两个脚腕，再摘出他的心肝，之后才死去，然后砍下他的头送往京都。当时人们说这是他们残害那些狗和马的报应。出自《朝野佥载》。

郝象贤

郝象贤，处俊孙也。武后宿怒其祖，戮及其孙。象贤临刑，极骂而死。自此法司恐是，将杀人，必先以木丸塞口，然后加刑。出《谈宾录》。

周　兴

周秋官侍郎周兴推劾残忍，法外苦楚，无所不为，时人号"牛头阿婆"，百姓怨谤。兴乃榜门判曰："被告之人，问皆称枉。斩决之后，咸悉无言。"出《朝野佥载》。

侯思止

周侍御史侯思止，醴泉卖饼食人也。罗告，准例酬五品。于上前索御史，上曰："卿不识字。"对曰："獬豸岂识字，但为国触罪人而已。"遂授之。凡推勘，杀戮甚众，更无余语，唯谓囚徒曰："不用你书言笔语，止还我白司马。若不肯来俊，即与你孟青。"横遭苦楚，非命者不可胜数。白司马者，北邙山白司马坂也。来俊者，中丞来俊臣也。孟青者，将军孟青棒也。后坐私畜锦，朝堂决杀之。出《朝野佥载》。

来俊臣

来俊臣，雍人也。父操，松州长史。俊臣少诡谲无赖，反覆险诐，残忍荒慝，举世无比。则天朝，罗告诸王贵臣，

郝象贤

郝象贤，是郝处俊的孙子。武则天一向怨怒他的祖父，在惩处郝处俊的时候也连累到他的孙子。郝象贤在临刑时，破口大骂而死。自此，法司官怕再发生这样的事，每次杀人的时候，一定先把一个木球塞进犯人的嘴里，然后再行刑。出自《谈宾录》。

周　兴

武周朝的刑部侍郎周兴在审讯犯人的时候十分残忍，他在刑罚之外又施用令犯人痛苦的各种手段，无所不用其极，当时人们称他为“牛头阿婆”，百姓对他极为怨恨。周兴就在他家的门上贴出告示写道：“所有被审讯过的被告，只要询问都说冤枉。被斩杀之后，全都无话可说。”出自《朝野佥载》

侯思止

武周朝侍御史侯思止，原来只是醴泉县卖饼的小生意人。因他罗织罪名对别人进行了诬告，竟依照先例被授予五品官衔。他曾在皇帝面前请求给他御史之职，皇帝说：“你不认识字。”侯思止回答说：“獬豸哪里识字，可是它可以为了国家用角去顶那些犯了罪的人。”于是皇帝授予他御史。每次审问案子，侯思止都要杀死很多人，他从来没有多余的话，只是对囚徒说：“不用你书言笔语，只还我白司马。若是不肯来俊，那就给你孟青。”囚徒们惨遭痛苦，被他折磨死的不计其数。所谓白司马，是北邙山的白司马坂。来俊，是指御史中丞来俊臣。孟青，是指将军孟青使用过的木棒。后来侯思止因犯下私自积蓄锦缎之罪，在朝廷上被判决杀掉。出自《朝野佥载》。

来俊臣

来俊臣，雍州人。父亲来操，曾任松州长史。来俊臣少年时起就是诡谲奸诈、反复无常、凶险邪恶、残忍荒唐，而且举世无双的家伙。在武则天朝，他因罗织罪名，诬告陷害各亲王大臣，

授朝散大夫，拜侍御史，按制狱。少不会意者，必牵引之，前后坐族，灭千余家。朝廷累息，无敢言者，道路以目。与侍御史王弘义、侯思止腹心，罗告衣冠，无间春夏，诛斩人不绝。时于丽景门内置制狱，亦号为新开门，但入新开门，百不全一。弘义戏谓丽景门为"例竟门"，言入此门例竟也。

俊臣与其党朱南山等十余辈，造《告密罗织经》数千言，皆有条贯支节张本，布置事状由绪，令其党告之，或投匦以闻，则天多委俊臣按问。俊臣别造枷，号为"突地吼"。遭其枷者，轮转于地，斯须闷绝矣。又作枷有十，号棒名"见即承"。复有铁圈笼头，当讯囚，圈中下楔。其余名号数十，大略如此也。囚人无贵贱，必先列枷棒于地，召囚前曰："此是作具。"见之魂胆飞越，无不自诬者。则天重其爵赏以酬之，故更竞劝为酷矣！由是告密之徒，纷然道路，名流僶俛，阅日而已。朝士因朝，默遭掩袭，至于族灭，与其家诀曰："不知重相见否。"

天授中，春官尚书狄仁杰、天官侍郎任令晖、文昌右丞卢献等五人，并为其罗告。俊臣既以族人家为功，欲引人承反。乃奏请降敕，一问即承同首例，得减死。以胁仁杰等，

被授予朝散大夫，拜侍御史，负责刑狱。只要稍不合他的心意，一定会给人致罪，坐连其族，灭千余家。满朝文武大臣只是长叹，没有人敢站出来说话，大家在路上遇到他，只是以目示意，不敢交谈。他与自己的亲信侍御史王弘义、侯思止一起，专诬告那些士大夫们，不论是春季夏季，杀人不断。当时在丽景门内设置了监狱，丽景门也叫作新开门，只要进入新开门，一百人里也难活下来一个人。王弘义则把丽景门戏称为“例竟门”，意思是说凡是进入此门的人，小命都得完蛋。

来俊臣还与他的党羽朱南山等十几个人，编制了《告密罗织经》，共有几千字，都是预先有系统地按内容分列成细目，还写明了怎样罗织犯罪人的事实和缘由，命令他的党羽照此去告发，有时也把密告信投于匦院而让皇帝知道，这种案子武则天多是委派来俊臣去审理。来俊臣另外制造了一种刑具，叫作“突地吼”。凡是上了这种突地吼枷的，要在地上不住地转圈，很快便会晕倒。他又制造了十几个枷，称名为“见即承”。还有铁圈笼头，审讯囚犯时，在圈中加上楔子。其余还有各种名号的刑具数十种，大致都是如此。囚犯不分其原来的身份贵贱，一律是先把枷棒放在地上，再把他叫到跟前对他说：“这就是刑具。”见到刑具的人立即魂飞魄散，没有不自己诬陷自己的。而武则天又以高官厚禄给予重赏，因此这些酷吏争比看谁更为残酷！因而告密的人，在大街上纷然皆是，因而正直的名流，仅度日而已，什么事也不敢做。朝官们因为要去上朝，不定何时便会遭到袭击，一旦被抓走便可能落得全家族被杀的结果，因此在与家人告别时便说：“不知道还能不能再相见？”

武则天天授年间，礼部尚书狄仁杰、吏部侍郎任令晖、文昌右丞卢献等五人，同时遭到他们的诬告。来俊臣心里盘算着想要牵连更多的人，以扩大自己的功业，因此想要引导这五人承认自己犯了谋反罪。他先奏请皇帝批准，说是在审讯时，只要一查问就承认自己有反叛罪，可按照自首来处理，这样还可以减免本应判决的死罪。来俊臣便以此办法来威胁狄仁杰等人，

令承反。杰款曰:“大周革命,万物惟新,唐室旧臣,甘从诛戮,反是实。”俊臣乃少宽之。其判官王德寿谓杰曰:“尚书事已尔,且得减死。寿今业已受驱策,意欲求少阶级,凭尚书牵杨执柔可乎?”杰曰:“若之何?”寿曰:“尚书昔在春官,执柔任某司员外,引之可也。”杰曰:“皇天后土,遣狄仁杰行此事耶!”以头触柱,血流被面。德寿惧而谢焉。

仁杰既承反,所司待日行刑,不复严防,得凭首者求笔砚。折被头帛书之,叙冤苦,置于绵衣中。遣谓德寿曰:“时方热,请赴家人去其绵。”德寿不复疑也。家人得衣中书,杰子光远持之称变,得召见。则天览之惘然,召问俊臣曰:“卿言仁杰等承反,今其子弟讼冤何也?”俊臣曰:“此等何能自伏其罪?臣寝处之甚安,亦不去其巾带。”则天令通事舍人周綝往视之。俊臣遂命狱人,令假杰等巾带,行立于西,命綝视之。惧俊臣,莫敢西顾,但视东唯诺而已。俊臣令綝少留,附进状。乃令判官妄为杰等作谢死表,代署而进之。凤阁侍郎乐思诲男,年八九岁,其家已族,且隶于司农,上变得召见,言俊臣等苛毒,愿陛下假条反状以付之,无大小皆如状矣。则天意少解,乃召见杰等曰:“卿承反何也?”杰等曰:“向不承,已死于枷棒矣!”则天曰:“何为作谢死表?”杰等曰:“无。”因以表示之,乃知其代署,因释此五家。

让他们承认有罪。狄仁杰诚恳地说道:“大周朝革命,万事维新,唐室的旧臣,甘愿听从诛杀,反叛是事实。”来俊臣才稍微从宽处置。判官王德寿对狄杰仁说:“尚书的事已结束,并且减免了死罪。我今天也是受人驱使,想要升一下官职,凭借尚书来牵连杨执柔可以吗?”仁杰道:“要我怎么办?”德寿说:“尚书从前在礼部,而杨执柔为司员外,你牵连他一下就可以了。”狄仁杰道:“皇天后土啊,竟然让我狄仁杰干这种事!”随后一头撞在柱子上,鲜血覆盖了他的脸颊。王德寿恐惧地告辞了。

狄仁杰已承认了谋反罪,主管部门只是等待行刑的日期,对他不再严防,因此他从看守那里借得笔砚。他拆了被子在帛上面书写起来,述说自己的冤枉和遭受的痛苦,然后藏在棉衣内。他叫人告诉王德寿说:“现在天很热了,请通知家人来把我的棉衣取走。”王德寿已不再怀疑他。家人得到了棉衣中的书信,仁杰的儿子光远拿着信说事情有变化,得到了召见。武则天看过信后有些不知所以,便把来俊臣叫来问道:“你说仁杰等已认罪,为什么今天他的儿子又来诉冤?”来俊臣道:“这样的人哪肯服罪呢? 臣让他坐卧休息得十分安稳,甚至连他们的头巾衣带也未去掉。”武则天命令通事舍人周綝去视察。来俊臣命狱卒穿上狄仁杰的巾、带,让他在西侧随便行走站立,表演给周綝看。周綝惧怕来俊臣,不敢向西看,只望着东面唯唯诺诺地答应而已。来俊臣让周綝暂且留步,让他捎去一份文状。这是他命判官假冒狄仁杰等人写的谢死表,上面还署着他们的名字。凤阁侍郎乐思诲的儿子,八九岁时,家里遭遇灭族祸,现在司农寺暂为差役,皇帝对他家过去的事改变了看法因而召见他,他向武则天讲述了来俊臣的苛刻狠毒,希望陛下把那些称反叛的假状子一一对照,结果不分大人小孩都是一个样。武则天心里稍微明白了些,于是召见狄仁杰等问道:“你们为什么要承认反叛呢?”狄仁杰等回答说:“假如不承认,早死在枷棒下了!”武则天又问:“为什么要写谢死表呢?”狄仁杰等答道:“没写过。”武则天拿出谢死表让他们看,才知道那是别人代写的,于是释放了他们。

俊臣复奏大将军张虔勗，大将军给使范云仙，于洛阳牧院。虔勗等不堪苦，自讼于国有功，言辞颇厉，俊臣命卫士乱刀斫杀之。云仙亦言历事先朝，称使司冤苦，俊臣命截去其舌。士庶破胆，无敢言者。

俊臣累坐赃，出同州参军，逼夺同列参军妻，仍辱其母，莫敢言者。寻授河南尉，累迁太仆卿。则天赐其奴婢十人，当受于司农。时西番酋长大将军斛瑟罗，家有细婢善歌舞，俊臣且止司农赐，令其党罗告斛瑟罗反，将图其婢。诸酋长诣阙，割耳剺面，讼冤者数十人，乃得不族。时綦连耀与刘思礼等有议，长安尉吉顼知之，以语俊臣。俊臣发之，连坐族者数十。俊臣恃擅其功，复罗遘顼。顼得召见庭诉，仅而免。

俊臣先逼取太原王庆诜女。俊臣素与河东卫遂忠有旧，忠名行虽不著，然好学，有词辨。酒酣诣俊臣，俊臣方与妻族宴集，应门者妄云已出矣。遂忠知妄，入其家，慢骂辱之。俊臣耻其亲族，命殴击反接。既而免之，自此构隙。俊臣将罗告武氏诸伪王及太平公主、张易之等，遂忠发之。则天屡保持，而诸武及公主可惧，共毁之，乃弃市。国人无少长皆怨恨，竞剐其肉，斯须而尽。则天觉悟，降敕曰：“来俊臣，闾巷小人，轻险有素，以其颇申纠谪，当谓微效款诚。

来俊臣还诬告过大将军张虔勗、大将军给使范云仙，在洛阳州官署里将他们逮捕。虔勗等不堪忍受痛苦，上书自诉对于国家有功，义正词严，来俊臣竟命令卫士将其乱刀砍死。范云仙也说自己做了几朝的官，忠心耿耿，声言司法官对他惩治的冤枉和痛苦，来俊臣就下令割去了他的舌头。士子和庶民见此都吓破了胆，没有人敢站出来说话。

来俊臣屡犯贪赃罪，被贬到同州任参军，在那里他曾强夺一个参军同僚的妻子，并污辱了他的母亲，也没有敢说话的。不久又授予他河南县尉，一直升任为太仆卿。武则天曾赐给他十个奴婢，他本该去司农领取。当时西番酋长大将军斛瑟罗的家中有小婢能歌善舞，来俊臣则拒绝了司农寺的恩赐，让他的党羽诬告斛瑟罗谋反，用意是想要谋取他的婢女。后来各酋长来到朝廷，个个割耳破面，诉冤的有数十人，因而才没有被灭族。那时綦连耀与刘思礼等对朝廷有些议论，长安县尉吉顼知道这件事，便告诉了来俊臣。来俊臣告发了此事，有数十人受到牵连而被灭族。来俊臣仗势想要独揽此功，又对吉顼罗织罪名。后来吉顼得到召见在朝廷作了申诉，最终得以幸免。

来俊臣威逼强娶了太原王庆诜的女儿。来俊臣平素与河东卫遂忠有交情，卫遂忠的名望虽不显赫，但是很好学，很有辩驳之才。有一天卫遂忠醉酒之后到来俊臣家去，当时来俊臣正与妻子的家人设宴聚会，守门人欺骗他说来俊臣出去了。卫遂忠知道是假话，便闯了进去，把来俊臣谩骂羞辱一顿。来俊臣因在亲戚面前遭人谩骂而感到羞耻，便命人殴打他并把他反绑起来。很快又放了他，但是从此结下仇隙。来俊臣将要罗织罪名诬告武姓各王以及太平公主、张易之等人时，卫遂忠揭穿了他的阴谋。尽管武则天一再保护他，但武姓各王及太平公主很有威力，一起诋毁进攻他，于是将他斩于闹市并陈尸示众。百姓无论老少都憎恨他，争相去剐他的肉，很快就把他的肉割净了。武则天后来醒悟，下诏书道："来俊臣本是里巷中的小人，向来轻薄险恶，因为他屡屡保证改正缺点和过失，就想让他为国稍微出力。

诸王等磐石宗枝，必期毁败。南北衙文武将相，咸拟倾危。宜加赤族之诛，以雪苍生之愤。”既族之，无问士庶男女，相庆于道路。咸曰：“自此后卧，乃背得著床，不尔，朝不谋夕矣！”出《御史台记》。

各位王侯是国家基础，却将要毁在他的手里。南北衙的文武将相们，也因他岌岌可危。那就应该将他全族诛杀，从而解除人们的愤恨。”来俊臣灭族之后，不论士子庶民，还是男人女人，大家都在大街上相互庆贺。人们都说：“从此以后，就能睡个好觉了，不然的话，真是朝不保夕啊！”出自《御史台记》。

卷第二百六十八

酷暴二

吉　项

周明堂尉吉项，夜与监察御史王助同宿。王助以亲故，为说綦连耀男大觉、小觉，云应两角麒麟也。耀字光翟，言光宅天下也。项明日录状付来俊臣，敕差河内王懿宗推，诛王助等四十一人，皆破家。后俊臣犯事，司刑断死，进状三日不出，朝野怪之。上入苑，吉项拢马。上问在外有何事意，项奏曰："臣幸预控鹤，为陛下耳目。在外唯怪来俊臣状不出。"上曰："俊臣于国有功，朕思之耳。"项奏曰："于安远告虺贞反，其事并验，今贞为成州司马。俊臣聚结不逞，诬遘贤良，赃贿如山，冤魂满路，国之贼也，何足惜哉？"上令状出，诛俊臣于西市，敕追于安远还，除尚食奉御。项有力焉，除项中丞，赐绯。项理綦连耀事，以为己功，

吉　项

武周朝明堂尉吉顼，夜里与监察御史王助住在一起。王助与綦连耀是亲戚，便对他说了一些綦家琐事，说綦连耀的两个儿子大觉和小觉，名字暗应麒麟的两只角。而耀字是光翟组成，意为占据整个天下。吉顼把他的话记录下来交给了来俊臣，皇帝下诏将此案交河内王武懿宗审理，结果诛杀王助等四十一人，全部没收家产。后来来俊臣犯了事，刑部判决他死刑，可状子进呈给皇帝三天也不批复，朝野都觉得奇怪。武则天到一处园林去，吉顼为她牵马。武则天问他外面有什么事，吉顼奏道："我有幸在控鹤监任职，做了陛下的耳目。现在外边唯独奇怪来俊臣的状子为何不批复。"武则天说："来俊臣对国家有功，我正在考虑这件事。"吉顼又奏道："于安远曾告发虺贞反叛，他的事实已经验证，可是现在虺贞仍为成州司马。来俊臣聚结这样的不逞之徒，诬陷贤良，贪赃受贿堆积如山，到处都有屈死的冤魂，是个国贼，哪里值得惋惜？"武则天立即下令，将来俊臣斩于西市，并下敕追于安远回京，授予他尚食奉御之职。吉顼因有功，授予他御史中丞，并赐绯色官服。吉顼自认为在处理綦连耀一案时有功，

授天官侍郎平章事，与河内王竞，出为温州司马卒。出《朝野佥载》。

成王千里

唐成王千里使岭南，取大蛇，长八九尺，以绳缚口，横于门限之下。州县参谒者，呼令入门，但知直视，无复瞻仰，踏蛇而惊，惶惧僵仆，被蛇绕数匝，良久解之，以为戏笑。又取龟及鳖，令人脱衣，纵龟等啮其体，终不肯放，死而后已。其人酸痛号呼，不可复言。王与姬妾共看，以为玩乐。然后以竹刺龟鳖口，遂啮竹而放人。艾灸鳖背，灸痛乃放口。人被惊者，皆失魂，至死不平复矣。原缺出处，明抄本作出《朝野佥载》。

张亶

唐朔方总管张亶好杀。时有突厥投化，亶乃作檄文，骂默啜，言词甚不逊。书其腹背，凿其肌肤，涅之以墨，灸之以火，不胜楚痛，日夜作虫鸟鸣，然后送与默啜。字者宣讫，脔而杀之。匈奴怨望，不敢降。出《朝野佥载》。

王旭

唐殿中侍御史王旭，括宅中及别宅女妇风声目色，有不承者，以绳勒其阴，令壮士弹竹击之，酸痛不可忍。倒悬

因此在朝中任命天官侍郎平章事一职时,与河内王武懿宗相竞争,结果被贬为温州司马,后死在那里。出自《朝野佥载》。

成王千里

唐朝时,成王千里出使岭南,取回一条大蛇,有八九尺长,他用绳子绑住蛇嘴,把它横放在门槛下边。州县有来参拜他的官员,他便叫他们进门来,那些人只知照直向前看,不能上下乱瞅,踏到蛇身上便会大吃一惊,恐慌地扑倒在地上,于是就被大蛇紧紧地缠绕数圈,良久才会松开,他以此来戏弄取笑别人。他还会拿来龟和鳖,叫人脱去衣服,使龟鳖去咬那人的身体,龟鳖只要咬住便始终不放,一直到死去。被咬的人疼痛得狂呼乱叫,不可言状。成王和姬妾们在一旁观看,以此来玩乐开心。之后再用竹竿子刺龟鳖的嘴,于是龟鳖去咬竹竿而放开人。或者用点燃的艾蒿去烫鳖的脊背,烫得痛了它就松口了。受到惊吓的人,都被吓得失魂落魄,直到死也不能恢复正常。原缺出处,明抄本作出自《朝野佥载》。

张亶

唐朝时,朔方总管张亶好杀人。当时有突厥人来投诚,张亶于是写檄文,痛骂默啜可汗,语言极为不逊。之后再把檄文写在降人的前腹和后背上,用凿子把写在肌肤上的字划破,染上墨汁,再用火去烤,使他极为疼痛,那人像虫鸟鸣叫一样日夜不停地哼叫,然后再送回默啜可汗处。檄文展示完毕后,再用刀子把降人的肉一片一片割下来把他杀死。匈奴人对他极为怨恨,都不敢来投降。出自《朝野佥载》。

王旭

唐朝时的殿中侍御史王旭,搜括自己家及别人家的侍女聚众淫乐,有不肯应承的,便用绳子勒她的阴部,然后叫壮士用竹棍击打,使那些不顺从的女子们疼痛得难以忍受。他曾经倒悬

一女妇，以石縋其发，遣证与长安尉房恒奸，经三日不承。女妇曰："侍御如此苦毒，儿死，必诉于冥司。若配入宫，必申于主上，终不相放。"旭惭惧，乃舍之。出《朝野佥载》。

京师三豹

唐监察御史李嵩、李全交、殿中王旭，京师号为三豹。嵩为赤黧豹，交为白额豹，旭为黑豹，皆狠虐不轨，鸩毒无仪，体性狂疏，精神惨刻。每讯囚，必铺棘卧，削竹签指，方梁压髁，碎瓦揩膝。遣作仙人献果、玉女登梯、犊子悬拘、驴儿拔橛、凤皇晒翅、狝猴钻火、上麦索、下阑单。人不聊生，囚皆乞死。肆情锻炼，证是为非，任意指麾，传空为实。周公、孔子，请伏杀人；伯夷、叔齐，求其劫罪。讯劾干堑，水必有期；推鞫湿泥，尘非不久。来俊臣乞为弟子，索元礼求作门生。被追者皆相谓曰："牵羊付虎，未有出期。缚鼠与猫，终无脱日。妻子永别，朋友长辞。"京人相要，作咒曰："若违心负教，横遭三豹。"其毒害也如此。出《朝野佥载》。

张孝嵩

京兆人高丽家贫，于御史台替勋官递送文牒。其时令史作伪帖，付高丽追人，拟吓钱。事败，令史逃亡，追讨不获。御史张孝嵩捉高丽拷，膝骨落地，两脚俱挛，抑遣代令史

一个女子，又在她的头发上缒上一块石头，逼她承认与长安县尉房恒通奸，可是把她折磨了三天，她也不肯顺从。那女子道："侍御史竟是这般恶毒，我就是死了，也要告到阴曹地府。如果我被选送入宫，一定要申诉于皇上，我永远不会放过你的。"王旭十分惭愧惧怕，只好放了这女子。出自《朝野佥载》。

京师三豹

唐朝的监察御史李嵩、李全交和殿中侍御史王旭，被京城的人称为三豹。李嵩叫赤黧豹，李全交叫白额豹，王旭叫黑豹，他们都极暴虐而不守法度，极狠毒而无法无天，体性放荡不羁，心神歹毒刻薄。每次审讯囚犯，都要铺上荆棘让囚犯躺卧，或削竹签刺他的指甲缝，或用方型梁木压他的胯骨，或让他跪碎瓦片。他们把这些酷刑叫作仙人献果、玉女登梯、犊子悬拘、驴儿拔橛、凤凰晒翅、猕猴钻火、上麦索、下阑单。民不聊生，囚徒们都求一死。他们肆意罗织罪名，颠倒是非，任意指控，无中生有。这样审讯，即使周公、孔子在世，也会服罪说杀了人；伯夷、叔齐也会说自己犯了抢劫罪。即使审讯的是干壕，总有一天会有水的；审讯的是湿泥，也会有尘土飞进来的。他们这三个人，即使是最歹毒的来俊臣也会乞求做他们的弟子，最残忍的索元礼也会请求做他们的门徒。凡是被审讯的都相互说道："这是把牵着的羊送给了老虎，不会有出去的日子。是绑了老鼠送给猫，永远不会有逃脱的那一天了。妻儿永别，朋友长辞。"京城里的人在相互立约时，作咒语都说："如果我违背自己的良心辜负了你，就会遭遇三豹。"他们竟是这样的恶毒。出自《朝野佥载》。

张孝嵩

京兆人高丽家里很穷，在御史台为勋官们传送文书。当时有个令史做了假帖子，让高丽去递送，打算用它去诈骗钱财。事情败露，令史逃走，没有追捕到。御史张孝嵩便把高丽捉来拷打，打得他膝骨落地，两只脚痉挛抽缩在一起，还要叫他代替令史

承伪。准法断死讫。大理卿状上，故事，准名例律，笃疾不合加刑。孝嵩勃然作色曰：“脚挛何废造伪？”命两人舁上市斩之。出《朝野佥载》。

王弘义

王弘义，衡水人也，告变授游击将军。天授中，拜御史，与俊臣罗告衣冠。俊臣败，义亦流于岭南。妄称敕追，时胡元礼以御史使岭南，次于襄邓，会而按之，弘义词穷，乃谓曰：“与公气类。”元礼曰：“足下昔任御史，礼任洛阳尉；礼今任御史，公乃流囚。复何气类？”乃榜杀之。弘义每暑月系囚，必于小房中，积蒿而施毡褥，遭之者，斯须气将绝矣，苟自诬或他引，则易于别房。俊臣常行移牒，州县慑惧，自矜曰：“我之文牒，有如狼毒冶葛也。”弘义尝于乡里求旁舍瓜，瓜主吝之。义乃状言，瓜园中有白兔。县吏会人捕逐，斯须苗尽矣。内史李昭德曰：“昔闻苍鹰狱吏，今见白兔御史。”出《御史台记》。

谢　祐

周黔府都督谢祐凶险忍毒。则天朝，徙曹王于黔中，祐吓云：“则天赐自尽，祐亲奉进止，更无别敕。”王怖而缢死。后祐于平阁上卧，婢妾十余人同宿，夜不觉刺客截祐首去。后曹王破家，簿录事，得祐首漆之，题谢祐字，以为

承担伪造之罪。最后按照律法判他死刑。大理卿上了一份状文，之前的判案，按照典章制度，重度残疾的人是不该加刑的。张孝嵩勃然大怒道："脚残废难道能不追究他行骗？"于是命令两个人把他抬到街市上斩杀了。出自《朝野佥载》。

王弘义

王弘义，衡水人，因为揭发了反叛而被授予游击将军。天授年间，被任命为御史，与来俊臣一起专干诬告士大夫的勾当。来俊臣事败被处死，王弘义也被流放到岭南。后来他谎称皇帝下令要追他回京，当时御史胡元礼被派遣到岭南，暂住于襄邓，找到他查问这件事，王弘义无话可讲，便对他说："别忘了，我跟你可是一样的人啊。"胡元礼道："你当年任御史，我任洛阳县尉；而我今天任御史，你却是个被流放的囚犯。这怎么能说是一样的人呢？"于是将他杀死。王弘义每年酷暑季节拘留囚犯时，都是把人关在一个小房子里，里面堆上蒿子并铺上毡褥，关进去的人，很快就被熏呛得喘不上气来，于是便会随意地诬陷自己或牵连别人，然后再给他换到别的房间去。来俊臣常给人发放文书，州县官员十分害怕，他常自我夸耀说："我的文书，就像狼毒、野葛一样。"王弘义曾在家乡向临舍的人要瓜，瓜主对他很吝啬。王弘义便上告说，瓜园里有白兔。县吏便立即集合人去追捕，霎时间瓜秧被扫荡一空。内史李昭德说："过去常听说有苍鹰狱卒，今日看到了白兔御史。"出自《御史台记》。

谢　祐

武周时黔府都督谢祐十分凶险狠毒。武则天称帝后，把曹王迁移到黔中，有一天谢祐恐吓他道："武则天赐你自尽，我奉命亲自监督你，再没说别的。"曹王很害怕而上吊自尽。谢祐在平阁上睡觉，与十几个婢妾在一起，可是竟在一天夜里不知不觉地被刺客把头割掉拿走了。后来曹王被抄家，在登记财务的时候，发现了谢祐的头骨，已经涂上了漆，上写谢祐二字，是用它做了

秽器，方知王子令刺客杀之。出《朝野佥载》。

河内王懿宗

周默啜贼之陷恒定州。和亲使杨齐庄，敕授三品，入匈奴，遂没贼。将至赵州，襄公段瓒同没，唤庄共出走。庄惧不敢发，瓒遂先归。则天赏之，复旧任。齐庄寻至，敕付河内王懿宗鞫问。庄曰："昔有人相庄，位至三品，有刀箭厄。庄走出被赶，斫射不死，走得脱来。愿王哀之。"懿宗性酷毒，奏庄初怀犹豫，请杀之。敕依。引至天津桥南，于卫士铺鼓格上，缚磔手足，令段瓒先射，三发皆中。又段瑾射之中，又令诸司百官射，箭如猬毛，仍气喋喋然微动。即以刀当心直下，破至阴，剖取心掷地，仍趌趌跳数十回。懿宗之忍毒也如此。出《朝野佥载》。

酷　吏

来俊臣、侯思止、王弘义、郭霸等数十人，为推官。俊臣父操，与乡人蔡本善。本与操樗蒱，赢本钱数十万。本无以酬，遂将其妻冯折。及至操家，已有娠，而产俊臣于禾州。犯盗，遂因密告，则天以为忠，累拜侍御史。按制狱，无不会意，拜左台中丞。道路以目，与侯思止等，以告事为罗织。则天于丽景门侧，别置推院，令俊臣等按之。但入

盛大小便的家什，此时才知道是曹王的儿子派刺客杀了他。出自《朝野佥载》。

河内王懿宗

武周朝时，默啜贼攻陷了恒定州。和亲使杨齐庄，皇帝下诏授予他三品官阶，出使到匈奴，结果沦落于敌手。将要到赵州时，遇到了沦于敌营的襄公段瓒，段瓒招呼杨齐庄一起逃走。杨齐庄惧怕而不敢行动，段瓒先归来。武则天赏赐了他，恢复了他原来的职务。杨齐庄不久也归来，武则天下令交由河内王武懿宗审讯。杨齐庄道："以前是有人给我相面，说我位至三品，有刀箭厄。我逃出的时候曾被追赶，刀砍箭射未死，才算逃脱出来。希望您能给予怜悯。"武懿宗性情残酷而又阴毒，他上奏皇帝说杨齐庄刚刚沦入敌营时曾犹豫动摇过，请求杀了他。皇帝下敕依准。于是把他拉到天津桥南，将他绑在柱子上，命令段瓒第一个举弓射他，三箭全中。又命段瓘再射也射中，最后下命诸司百官一齐射，杨齐庄身上的箭简直如刺猬身上的刺毛，但仍然在喘息着微微扭动。懿宗又用刀插进他的胸口，一直豁到阴部，然后又剖出心来抛在地上，那心在地上还跳动了几十下。武懿宗竟然如此残忍狠毒。出自《朝野佥载》。

酷　吏

来俊臣、侯思止、王弘义、郭霸等数十人，为推官。来俊臣的父亲来操，与同乡人蔡本相善。蔡本和来操赌博，来操赢了蔡本数万钱。蔡本没钱偿还，便用自己的妻子冯氏顶债。等去了来操家，冯氏已经怀孕，在禾州生下了来俊臣。来俊臣曾因偷盗犯法，由于他上书密告，武则天认为他很忠诚，便屡屡提拔使他当了侍御史。审理皇帝交办的案子，而且没有不合意的，后来又授予他左台中丞。人们慑于其暴政，路上相见，以目示意，不敢言，与侯思止等一起，专干诬告和罗织罪名的勾当。武则天还在丽景门的一侧，另设推院，命令来俊臣等在此审讯犯人。只要进入

新开门，百不全一，弘义戏为例竟门。俊臣与其党朱南山等，造《罗织经》一卷。每鞫囚，无轻重，先以醋灌鼻。禁地牢中，以火围绕，绝其粮，多抽衣絮以啖之。将有赦，必先尽杀其囚。又作大枷凡十，一曰定百脉，二曰喘不得，三曰突地吼，四曰著即承，五曰失魂胆，六曰实同反，七曰反是实，八曰死猪愁，九曰求得死，十曰求破家。遭其枷者，闷转于地，莫不自诬。则天尤赏之。朝士每入朝，多与妻子诀别。

及禁狄仁杰，仁杰置书于绵衣中，请狱吏付家人。家人得之，讼于则天。则天令验之，果冤。问仁杰何以自诬，对曰："若不承反，即已死于枷棒矣。"俊臣后坐赃，御史劾之，除殿中丞，又拜中丞。复坐赃，出为同州参军，夺同列参军妻。旋为合宫尉，又拜洛阳令。复图西番酋长阿史那斛瑟罗婢，称其谋反。其党蒡面诣阙讼之，得免。将告诸武、太平公主，乃反为其所发，弃市，人竞脔其肉。中宗诏酷吏并配流远恶处，子孙不得仕进。

周兴累为司刑少卿，上疏请除李家属籍，后徙岭表，为仇人所杀。傅游艺除左补阙，上书言武氏合革命，拜给事中，又为鸾台平章事。天授元年，改姓武氏。梦登湛露殿，陈于所亲，及事发伏诛。游艺一年内，青绿绯紫皆遍转，号为"四时仕宦"。请则天置六道使，死后竟从其言。于是万国俊、丘神勣皆酷虐。思止告舒王元名反，授游击将军。

新开门，一百个人没有一个能保住活命的，王弘义戏称这里叫“例竟门”。来俊臣还与其党羽朱南山等，造了一册《罗织经》。每次审讯囚犯，不论罪行轻重，先给犯人往鼻子里灌醋。在牢房中，用火把犯人围在当中，不给饭吃，犯人多是抽衣服中的棉絮吃下去充饥。每次将要有大赦时，他们便提前把囚犯杀尽。他们还制作了十个大枷，一叫定百脉，二叫喘不得，三叫突地吼，四叫著即承，五叫失魂胆，六叫实同反，七叫反是实，八叫死猪愁，九叫求得死，十叫求破家。凡遭受枷刑的人，都会疼得翻滚，喘息不止，没有不自己诬陷自己的。武则天对这些尤为赞赏。朝官们每次上朝，都要和妻儿老小作生死告别。

在囚禁狄仁杰的时候，狄仁杰把一封上告信藏在棉衣里，请狱卒将棉衣送给家人。家人得到信后，上诉于武则天。武则天派人去验证，果然是冤案。她问狄仁杰为什么要自己诬陷自己，狄仁杰道：“若不承认谋反，早已死在枷棒下了。”来俊臣后来犯了贪赃罪，被御史揭发，降职为殿中丞，不久又任命他为御史中丞。后来又犯贪赃罪，被贬为同州参军，在那里强占了同僚参军的妻子。再为合官尉，后来又为洛阳令。为谋取西番酋长阿史那斛瑟罗的婢女，便说其要谋反。斛瑟罗的朋友们用刀划破面孔到朝廷来申诉，才幸免遭难。来俊臣又想要诬告武氏诸王和太平公主，结果反被他们抢先一步告发，被押到街市上斩首示众，人们争相割他的肉。后来中宗下诏把酷吏发配流放到最边远最恶劣的地方去，他们的子弟不得做官。

周兴官至司刑少卿，他上疏请求废除李氏的族籍，后被发配到岭南，最终被仇人所杀。傅游艺任左补阙时，上书说武则天应当革命，之后便被任命为给事中，接着又升任鸾台平章事。天授元年，赐予他武姓。他在梦中登上湛露殿，并把此事说给了亲戚，事情被告发后被处死。傅游艺一年之内，青、绿、绯、紫四种官服全穿了一遍，被称为“四时仕宦”。他曾请求武则天设六道使，死后他可以去应其所言了。正因为酷吏得宠，于是万国俊、丘神勣等争相残酷暴虐。侯思止告发舒王谋反，被授予游击将军。

初元礼教思止,上必问侯大不识字,但云:“獬豸岂识字,只能触邪。”果问而对,则天大悦,授左台侍御史。又教,上若问要宅,得赐没官者,但云:“臣恶其名,不愿居止。”上又悦。尝按魏元忠曰:“急承白司马,不然吃孟青。”孟青者,姓孟名青,即杀琅邪王冲者也,白司马,坂名。思止庸奴,常以此语吓元忠。元忠不挠,思止以其拒制命,倒曳之。元忠曰:“我如乘恶驴而坠,为镫所挂。”思止又怒,欲奏斩之。元忠曰:“汝为御史,须识礼数。若要元忠头,便将去,何必以锯截将。”思止惊悚,与之坐。思止言音不正,霍献可笑之,思止怒,奏之。则天知,亦大笑。

时俊臣逼娶太原王庆诜女,思止亦奏娶赵郡李自挹女,昭德抚掌谓诸宰相曰:“往年来俊臣贼劫王庆诜女,已大辱国。今此奴又请索李自挹女,无乃又辱乎?”竟为昭德榜杀。万国俊按岭南,流人三百余人,拥于水次,一时杀之。来子珣除右台监察,时朝士有不著靴带而朝者,必弹之曰:“臣闻束带立于朝。”举朝大噱。后赐武氏家臣,多按制狱,常衣锦半臂。郭霸应革命举,为监察,又为侍御史。见则天曰:“往年征除敬业,臣愿抽其筋、食其肉、饮其血、绝其髓。”上大悦。人呼为“郭四其”。御史大夫魏元忠患病,霸请尝其粪,元忠不许,竟尝之曰:“其味苦,病即愈。”元忠以其佞,大恶之。尝推芳州刺史索思微,微不胜其捶拷

初元礼教给侯思止，皇帝一定会说你不识字，你可以说："獬豸哪里识字，可它能用角顶坏人。"皇帝果然这样问了他而他照此做了回答，武则天极为欢喜，授予他左台侍御史。又教给他说，皇帝如果问要不要住宅，赐予你没收充公的，你只要说："臣厌恶他们的名声，不愿去居住。"这样问答后武则天又很喜悦。他曾审讯魏元忠说："快承认就去白司马，不然就吃孟青的棒子。"所谓孟青，是个姓孟名青的将军，他曾棒杀过琅邪王冲，白司马是洛阳郊外的山坡名。侯思止是个庸才，常以此话吓唬元忠。元忠没有屈服，侯思止便以他拒绝接受皇帝命令的罪名，倒过来拖他。魏元忠说："我就像骑了一头恶驴而坠地，脚被驴镫挂住。"侯思止又怒，准备奏请皇帝将他处斩。魏元忠道："你是御史，须懂得礼数。如想要我的头，拿去好了，何必还要用锯来截。"侯思止惊惧，与他同坐。侯思止语音不正，霍献可讥笑他，他很生气，奏与皇帝。武则天听说后也大笑。

当时来俊臣曾经逼娶太原王庆诜的女儿，侯思止也上奏要娶赵郡李自挹的女儿，李昭德拍着手对各位宰相道："当年来俊臣强娶王庆诜的女儿，已经使国家蒙受极大的耻辱。如今此奴又来央求求娶李自挹的女儿，这不是又要使国家蒙受耻辱吗？"后来侯思止被李昭德榜杀。万国俊到岭南巡察，他把流放在那里的三百余人，集合在水边，一齐杀死。来子珣任右台监察御史，当时有朝官上朝时靴子未系鞋带，他一定会纠弹说："我听说束带立于朝。"满朝大笑。后来赐他为武氏的家臣，多是审理皇帝交办的案子，他经常穿着锦袍却露出半个胳膊。郭霸是由于响应了武氏革命而被推举上来的，先是授予监察御史，后又升为侍御史。有一次他见到武则天说："那年征讨徐敬业，我真想抽他的筋，食他的肉，饮他的血，绝他的髓。"武则天听后极为欢喜。人们都称他为"郭四其"。御史大夫魏元忠患病，郭霸请求尝一尝他的粪便，魏元忠不准，他最终还是尝了，并说："味道很苦，病很快就会好。"魏元忠看不惯他那套巧言谄媚的样子，因而很厌恶他。他曾审讯过芳州刺史索思徵，索思徵忍受不了他的拷打

而死。后屡见思微，遂设斋转经。俄见思微止于庭曰："汝陷我，今来取汝。"霸恐惧，遂自刳腹而卒。时洛桥初成，人便之，则天问人曰："外有何好事？"舍人张元一素滑稽，曰："喜洛桥成，幸郭霸死。"出《神异经》。

杨务廉

唐杨务廉，孝和时，造长宁安乐宅仓库成，特授将作大匠，坐赃数千万免官。又上章，奏开陕州三门，凿山烧石，岩侧施栈道牵船。河流湍急，所顾夫并未与价直，苟牵绳一断，栈梁一绝，则扑杀数十人，取顾夫钱籴米充数，即注夫逃走，下本贯，禁父母妻子。其牵船夫，皆令系二瓠于胸背，落栈著石，百无一存。道路悲号，声动山谷，皆称杨务廉为人妖。天生此妖，以破残百姓。出《朝野佥载》。

李全交

唐监察御史李全交等，以罗织酷虐为业，台中号为"人头罗刹"。殿中王旭，号为"鬼面夜叉"。讯囚引枷柄向前，名为"驴驹拔橛"；缚枷头著树，名曰"犊子悬车"；两手捧枷，累砖于上，号为"仙人献果"；立高木之上，枷柄向后拗之，名"玉女登梯"。拷郴州典廖福、司门令史张性，并求神狐魅，皆遣唤鹤作凤，证蛇成龙也。出《朝野佥载》。

而死。后来他屡屡见到索思微，于是设斋转经。一会儿看见索思微站在庭院里对他说："你陷害了我，今天我来捉拿你。"郭霸极为恐惧，便剖腹自杀。当时洛阳桥刚刚建成，人们走着很方便，武则天问道："外边有什么好事啊？"舍人张元一平时很滑稽，说："高兴洛桥建成，庆幸郭霸死去。"出自《神异经》。

杨务廉

唐代人杨务廉，孝和年间，建成了长宁安乐宅仓库，皇帝特授予他将作大匠一职，后来因他贪赃数千万而被免职。以后他又上书，奏请在陕州三门开道，开山凿石，在悬崖上架起栈道供纤夫行走。那里的河水十分湍急，所有雇用来的民工都不给工钱，假如牵绳一断，或者栈桥一折，就击杀数十人，然后用这些民工的工钱买成粮食来顶上这些死者的数目，并注明这些人是逃走的，通知当地官衙，囚禁他们的父老妻儿。对于拉船的纤夫，则命令在每个人的前胸后背拴上砣子，一旦落栈着石，百人之中也难活一人。整个道路都响着悲痛的号叫声，声音振动了山谷，人们都把杨务廉称作人妖。天生此妖，来残害百姓。出自《朝野佥载》。

李全交

唐朝时，监察御史李全交等，专以残酷暴虐，罗织罪名构陷他人为业务，被御史台的人称为"人头罗刹"。殿中侍御史王旭，被称为"鬼面夜叉"。在审讯犯人的时候，他们让犯人牵着枷柄向前走，叫作"驴驹拔橛"；给犯人上枷并把他们的脑袋绑在树上，起名叫"犊子悬车"；两手捧枷，并在上面摞砖，称为"仙人献果"；让犯人站在木桩上，将他的枷柄向后别弯的，取名"玉女登梯"。在拷打郴州刺史廖福、司门令史张性时，他们求神拜鬼，并把鹤叫作凤，颠倒黑白，诬陷成罪。出自《朝野佥载》。

卷第二百六十九

酷暴三

胡元礼

唐胡元礼，定城人也。进士擢第，累授洛阳尉。则天朝，右台员外监察，寻即真，加朝请大夫。丁忧免，起复，寻检校秋官郎中，累迁司刑少卿、滑州刺史、广州都督。性残忍深刻，不可以情祈。时李日知任司刑丞，每按狱，务从宽。元礼屡折之，日知终不易。尝出一死囚，元礼异，判杀之，与日知往复，至于再三。元礼怒，命府吏谓曰："元礼不离刑曹，此囚无活法。"日知命报曰："日知不离刑曹，此囚无死法。"竟以两状申，日知果直。时人忌元礼之苛刻，尝于宣仁门外，为冤家罗辱于泥中，幸金吾救助。敕榜仇者百，台中罚元礼五千，以其辱台也。出《御史台记》。

胡元礼

唐朝的胡元礼，是定城人。进士出身，逐渐做到洛阳尉。到武则天时，授予他右御史台员外监察，不久便授予他正员御史，并加朝请大夫衔。丁忧免除后，重新起用，不久便任检校秋官郎中，后历任司刑少卿、滑州刺史、广州都督等职。他的性情极为残忍刻薄，不可以情相求。当时李日知任司刑丞，每次审查案子，他都从宽处理。尽管被胡元礼屡屡驳回，而李日知也始终不改判。李日知曾免除一个囚犯的死刑，胡元礼不同意，判死刑，案子在两人之间往来复去，双方坚持再三。胡元礼怒，命令府吏告诉李日知说："元礼只要不离开刑曹，此囚就没有活刑。"李日知也命人去回报他说："日知只要不离开刑曹，此犯就不会判死刑。"最终将两份判决书一起上报，李日知果然正确。当时的人们都很憎恨胡元礼的苛刻，有一次在宣仁门外，胡元礼遭到仇人的侮辱而被推进泥坑中，幸亏得到禁卫军的救助。皇帝下令杖罚那个仇人一百下，而御史台向胡元礼罚款五千，因为他败坏了御史台的声誉。出自《御史台记》。

诬刘如璿恶党

刘如璿事亲以孝闻。解褐唐昌尉累迁乾封尉，为侍御史，转吏部员外。则天朝，自夏官郎中，左授都城令，转南郑令，迁司仆、司农少卿、秋官侍郎。时来俊臣党人，与司刑府史姓樊者不协，诬以反诛之。其子讼冤于朝堂，无敢理者，乃援刀自刳其腹。朝士莫不目而悚惕，璿不觉唧唧而泪下。俊臣奏云："党恶，下诏狱。"璿诉曰："年老，因遇风而泪下。"俊臣劾之曰："目下涓涓之泪，乍可因风。口称唧唧之声，如何取雪？处以绞刑。"则天特流于瀼州。子景宪讼冤，得征还，复秋官侍郎。辞疾，授兖州都督。好著述，文集四十卷行于代。俊臣但苛虐，无文，其劾乃郑愔之词也。出《御史台记》。

宋昱 韦儇

李林甫是姜皎外甥，杨国忠是张易之外甥。杨国忠为剑南，召募使远赴泸南，粮少路险，常无回者。其剑南行人，每岁，令宋昱、韦儇为御史，迫促郡县征之。人知必死，郡县无以应命。乃设诡计，诈令僧设斋，或于要路转变，其众中有单贫者，即缚之。置密室中，授以絮衣，连枷作队，急递赴役。出《谭宾录》。

萧颖士

萧颖士性异常严酷。昔有一仆，事之十余载，颖士每

诬刘如璿恶党

刘如璿侍奉双亲一向以孝顺闻名。入仕便当了唐昌县尉，任满再转任乾封县尉，后任侍御史，转任吏部员外。到了武则天朝，由夏官郎中降职为都城令，转任南郑令，后升任为司仆、司农少卿及秋官侍郎。当时来俊臣的一个党羽，与司刑府史一个姓樊的人不和，便诬陷他要谋反而杀了他。他的儿子到朝堂诉冤，没有敢理会的，于是便剖腹自尽。朝官们看到后没有不恐惧的，刘如璿不禁泪如雨下。来俊臣上奏道："他是同党，也是个邪恶分子，应该下诏捕他入狱。"刘如璿申诉说："我年纪大了，是因为遇上风才落泪的。"来俊臣又揭发道："眼睛流泪涓涓不止，尚且可以说是因为风吹的。口中还发出唧唧之声，这又如何洗刷掉？就当处以绞刑。"武则天仅仅把他流放于瀼州。后来刘知璿的儿子刘景宪上诉申冤，才得到征召而还朝，并恢复了他的秋官侍郎之职。刘如璿以疾病推辞，又授予他兖州都督。刘如璿喜欢写作，有文集四十卷流行于世。而来俊臣只是严酷暴虐，没有文采，他在揭发别人的时候，也只能说出像郑愔之流说的那种词语而已。出自《御史台记》。

宋昱　韦儇

李林甫是姜皎的外甥，杨国忠是张易之的外甥。杨国忠治理剑南，从当地招募役夫远赴泸南服役，由于粮少而又道路险阻，常常是有去无回。剑南的官员每年都要让宋昱、韦儇为御史，去督促各郡县征募。人们知道一去必死，各郡县都不回应这个命令。宋、韦二人便设下诡计，假令僧人设斋，然后在要路或转弯之处，选择众人之中那些孤单的穷困者，立即绑走。然后把他们安置在密室里，发给他们棉衣，再给他们带上枷，并把枷串联起来站成队，立即驱赶他们去赴役。出自《谭宾录》。

萧颖士

萧颖士性情残酷。他曾有一仆人，侍候其十几年，颖士常

一棰楚百余，不堪其苦。人或激之择木，其仆曰："我非不能他从，迟留者，乃爱其才耳。"出《摭言》。

李希烈

建中中□李希烈攻汴州，城未陷，驱百姓妇女及辎重，以实壕堑，谓之湿梢。出《传载》。

卢杞

殿中侍御史郑詹与张镒厚善，每伺卢杞昼寝，辄诣镒。杞知之，他日，杞假寐佯熟，伺詹果来，知与镒偶语，杞遽至镒阁中，詹趋避。杞遂言密事，镒曰："殿中郑侍御在此。"杞佯愕曰："向者所言，非他人所宜闻也。"后深劾詹之罪，以排严郢。三司使方按二人，狱犹未具，而杞已奏杀詹黜郢。中外侧目。出《谭宾录》。

襄样节度

襄阳人善为漆器，天下取法，谓之襄样。及于司空为帅，多暴。郑元镇河中，亦暴，远近呼为襄样节度。出《国史补》。

史牟

史牟榷盐于解县，初变榷法，以中朝廷。有外甥十余岁，从牟检畦，拾盐一颗以归。牟知，立杖杀之。其姊哭而出救，已不及矣。出《国史补》。

用棍棒抽打他一百多下，只因心情不快，仆人痛苦得难以忍受。有人鼓动他再换一个主人，那个仆人说："我不是不可以到别处去，长期地留在这里，是因为我很爱他的才能。"出自《摭言》。

李希烈

唐朝建中年间，李希烈攻打汴州，城未攻克，便驱赶百姓妇女连同军用物资一起，充填城壕，称之为湿梢。出自《传载》。

卢　杞

殿中侍御史郑詹与张镒十分要好，经常等到卢杞午睡时，拜访张镒。卢杞发现了此事，有一天，他假装睡熟，等到郑詹来，知道他们俩正在私语，他便突然来到张镒的房中，郑詹急忙躲避起来。卢杞于是说要谈一件机密之事，张镒道："殿中郑侍御在这里。"卢杞装作惊愕地说："如果像你说的，那么这事不应该让别人听到。"后来他极力地揭发郑詹的罪错，目的是排挤严郢的势力。三司使刚刚审讯郑詹和严郢，还没定案判刑，卢杞就已经奏请皇帝杀了郑詹，罢免严郢。朝廷内外为之侧目。出自《谭宾录》。

襄样节度

襄阳人很善于油漆家具，天下各地都学习他们的样子，人们都称为襄样。等到主管司空，有很多暴行。当时郑元镇守河中，也很残暴，远近都称他为襄样节度使。出自《国史补》。

史　牟

史牟在解县管理盐的专卖，当时刚刚改变了盐的专卖制度，以符合朝廷需要。他有一个十几岁的外甥，跟着他去检查盐田，回来时拾了一颗盐粒。史牟知道了，便立刻将外甥杖杀。当他的姐姐哭着跑来相救时，已经来不及了。出自《国史补》。

李绅

李绅以旧宰相镇一方，恣威权。凡戮有罪，犹待秋分，永宁吴尉弟湘，无辜盛夏被杀。崔元藻衔德裕斥己，即翻其辞，因言御史覆狱还，皆对天子，别白是非。权轧天下，使不得对，具狱不付有司，但用绅奏而置湘死。是时德裕已失权，而宗闵故党令狐绹、崔铉、白敏中，皆当路，因是逞憾，以利诱动元藻等，使三司结绅，杖钺作藩，虐杀良平，准神龙诏书，酷吏殁者，官爵皆夺，子孙不得进宦。绅虽亡，请从春秋戮死者之比。诏削绅三官，子孙不得仕，贬德裕等。擢汝纳左拾遗，元藻武功令。始绅以文艺、节操见用，然所至务为威烈，或陷暴刻，故卒坐湘冤云。

唐李绅既治淮南，决吴湘狱。持法峻，犯者无宥，狡吏奸豪潜形叠迹。然出于独见，寮佐莫敢言。评事李元将弟仲将侨寓江都，李公羁旅时，每馆于元将而叔呼焉。荣达后，元将称弟称侄皆不悦，及为孙，方似相容。又有崔巡官居郑圃，与绅同年之旧，特来谒。才及旅次，家仆与市人竞。诘其所以，仆曰："宣州馆驿崔巡官下。"仆与市人皆抵极法，令捕崔至，曰："昔常识君，到此何不相见？"崔叩头谢曰："适憩旅舍，日已迟晚，相公尊重，非时不敢具陈毕礼，伏希哀怜，获

李　绅

李绅因以旧宰相的身份镇守一方，因而恣意逞权威。凡斩杀罪犯，都要等到秋分的时候，而永宁吴尉的弟弟吴湘，却正当盛夏之时便被无罪斩杀。崔元藻因怀恨德裕排斥他，就推翻了原来的口供，因而便说，御史核实完案子回来，都应向皇帝禀告，以分辨清楚案子中的是非。可是有的人权势威慑天下，使御史不能回禀皇帝，案卷也不给主管刑狱的官员，只是由李绅上奏便将吴湘处死了。这时德裕已失去权势，而宗闵原来的党羽令狐绹、崔铉、白敏中等，都充任了要职，想要借此解恨，便以利来引诱打动元藻等，并让三司追罪李绅，依仗权威、武力坐镇一方，虐杀良民百姓，以神龙年间皇帝诏书为准，酷吏已死了的，官职爵位也要剥夺，子孙不得做官。李绅虽然已死，也请求与过去被处死的人同样处理。结果皇帝下令，削去李绅的官爵，子孙不得做官，给德裕等人降职处分。提拔汝纳为左拾遗，崔元藻为武功令。开始时李绅因他的文才、品行得到朝廷重用，然而他处事威烈，有时显得苛暴，因而才仓促地促成了吴湘冤案。

唐朝时，李绅治理淮南，先判决了吴湘的案件。他执法极为严厉，对于犯了罪的人绝不宽恕，因而那些狡猾的官吏和奸诈的土豪都隐藏起自己的行迹。然而慑于他的暴烈，幕僚们没有敢告诉他这些情况的。评事李元将的弟弟李仲将寄居于江都，李绅长期寄居于那里时，每次见到元将都称呼为叔。而当他荣华显达后，李元将称自己是兄弟是侄儿他都不高兴，等到称自己为孙子，他才勉强接受。有一个崔巡官住在郑圃，他与李绅有同年及第之谊，特地来拜访他。刚刚到了旅馆，家仆与一个百姓争斗起来。李绅追问那个家仆是干什么的，奴仆说："是宣州馆驿崔巡官的仆人。"他把那仆人和百姓都处以极刑，并下令把崔巡官捕来，说："过去我认识你，既然来到这里，为何不来相见？"崔叩头谢罪说："刚刚来到旅馆歇下，天色已经晚了，相公是尊贵的人，不适当的时候是不敢来倾诉尽礼的，希望能给予怜悯，放我

归乡里。”遂縻之，具罪笞二十，送过秣陵。貌若死灰，莫敢恸哭。时人相谓曰：“李公宗叔翻为孙子，故人忽作流囚。”于是邑客黎人，惧罹不测，渡江淮者众矣。主吏启曰：“户口逃亡不少。”绅曰：“汝不见掬麦乎？秀者在下，粃粊随流者不必报来。”忽有少年，势似疏简，自云辛氏子，谒绅，晤对间未甚周至。先是白尚书寄元相公诗曰：“闷劝迂辛酒，闲吟短李诗。”盖谓辛丘度性迂嗜酒，李绅短而能诗。辛氏即丘度子也。谓李曰：“小子每忆白二十二丈诗：‘闷劝畴昔酒，闲吟二十丈诗。’”李笑曰：“辛大有此狂儿，吾敢不存旧矣？”凡是官族，相抉辛氏子之能忤诞。丞相之受侮，刚肠暂屈乎。又有一曹官到任，仪质颇似府公，李见而恶之。书其状曰：“着青把笏，也请料钱。睹此形骸，足可伤叹。”左右皆窃笑焉。又宿将有过请罚，绅云：“老兵倚恃年老而刑不加，若在军门，一百也决。”竟不免检槚楚。出《云溪友议》，据谈氏初印本附录。

胡淛

潘之南七十里至办州，为陵水郡。办之守曰胡淛，故淮西吴少诚之卒。鸱张荒陬，多法河朔叛将所为。且好蹴鞠，南方马痹小，不善驰骋，淛每召将吏鞠，且患马之不习，便更命夷民十余辈肩舆。淛辇挥杖，

回家乡去。”李绅还是把他绑起来，定罪杖打二十，押送出秣陵。崔巡官已面如死灰，也不敢大哭一声。当时人们相互说道：“李绅的族叔反过来做了他的孙子，李绅的友人忽然做了被他流放的囚犯。”于是市民百姓，都害怕遭遇不测的苦难，便有很多人渡过长江淮河而离去。他的属官告诉他说：“住户百姓逃走的已经不少了。”李绅道：“你见过用手捧麦子吗？饱满颗粒总是下面，那些秕糠随风而去，不必报来。”忽然有一个少年，行为狂放，自称辛氏的儿子，前来拜访李绅，见面对话时对他不够周到。先是吟白居易寄给元稹的诗道：“闷劝迂辛酒，闲吟短李诗。”大概是说辛丘度性子迂腐而嗜酒，李绅个子矮而会写诗。辛氏就是辛丘度的儿子。他又对李绅说道：“经常想起白二十二丈的诗：‘闷劝畴昔酒，闲吟二十丈诗。’”李绅笑道：“辛长兄有这样一个狂妄的儿子，我敢不与他保持老交情吗？”凡是官宦之家，都学辛氏子放荡不羁对待李绅。丞相这次受辱，也只好使自己刚烈的性子暂时委屈一下了。有一个曹官刚刚上任，那人的容貌体态气质都很像李绅，李绅见到他却很厌恶。对他的形象描写道：“穿件黑官服拿着个笏板，也想到这来拿俸禄。看见这副形体，就足以令人悲哀叹息的了。”左右看了都偷着发笑。有一个老将领因犯了过失来向他请求惩罚，李绅道：“老兵依仗着自己年老就认为不会被处以刑罚，如果是在军营中，应该判你杖罚一百。”最终没有免除对他的鞭打。出自《云溪友议》，据谈氏初印本附录。

胡淛

潘州向南七十里就到办州，属陵水郡。办州太守胡淛，曾是淮西吴少诚的士兵。他们在荒山野岭中极为嚣张，经常效法河朔叛将行为。他很喜欢踢球，但是南方的马矮小，不善于奔驰，胡淛每次召集武将和官吏踢球，都担心马不习惯，便命令十几个土著用轿抬着比赛。胡淛挥着鞭子，

肩者且走且击，旋环如风。稍息，澍即以策叩其背，亟纪力反。鞭亟走，用为笑乐。嘻！澍一叛卒耳，彼虽夷獠，天子之民也。天意岂使可封者受毒痛于可诛者乎？澍之不道，弹人刳孕，斯近之矣。岂命吏者以远人为刍狗耶？何其用斯人也毒虐一方之民哉？后一岁，澍以罪闻，诏流于九直。自办五十里至罗州为招义郡，郡旁海，海有煮海场三。然郡民盗煮，亦不能禁。郡多蜜，洁白如雪。出《投荒杂录》，原缺，据谈氏初印本附录。

韦公幹

崖州东南四十里至琼山郡，太守统兵五百人，兼儋、崖、振、万、安五郡招讨使。凡五郡租赋，一供于招讨使。四郡之隶于琼，琼隶广海中。五州岁赋，廉使不得有一缗，悉以给琼。军用军食，仍仰给于海北诸郡。每广州易帅，仍赐钱五十万以犒饫。琼守虽海渚，岁得金钱，南边经略使不能及。郡守韦公幹者，贪而且酷，掠良家子为臧获，如驱犬豕。有女奴四百人，执业者太半，有织花缣文纱者、有伸角为器者、有镕锻金银者、有攻珍木为什具者。其家如市，日考月课，唯恐不程。公幹前为爱州刺史，境有马援铜柱，公幹推镕，

抬轿人一边跑他还一边用鞭子抽打，飞奔旋转如风。抬轿人稍有懈怠，胡淛就用鞭子抽打他们的后背，他越是加急地抽打，抬轿人越是加急地奔跑，他便以此为乐趣，嬉笑不止。噫！胡淛不过是个叛变过来的士兵而已，那些人虽然是当地的土著，也是天子的百姓。天意怎么能让本该受封的人忍受本该杀死的人给予的痛苦呢？胡淛惨无人道，与用弹弓射人，用刀剖开孕妇的肚子的纣王是一类人。哪有人会让官吏把远方的百姓当作家犬呢？又为什么用这样的人来治理虐待一方民众呢？过了一年，胡淛获罪，皇帝下诏将他流放到九直。自办州起经五十里地便到了罗州的招义郡，招义临海，海边有三个煮盐场。然而百姓都私下煮盐，官府也无法禁止。这里还盛产蜂蜜，洁白如雪。出自《投荒杂录》，原缺，据谈氏初印本附录。

韦公幹

崖州东南四十里便是琼山郡，郡太守手下有五百士兵，太守还兼儋、崖、振、万、安五郡招讨使。这五个郡收上来的田租赋税，都一起交给招讨使。其他四郡隶属于琼山郡，琼山郡则属于广海中。五州每年收上来的赋税，廉使不能得一缗，全部交给琼山郡。而军队给养，仍要依赖于海北各郡供给。每当广州更换主帅，还要赏赐五十万钱用以犒劳军队。琼山郡守虽然只是管理着小海岛，然而他每年得到的金钱，是南方的经略使也比不上的。这个郡守就是韦公幹。此人贪婪而残酷，抢掠良家子弟作他的奴婢，对他们如同驱使猪狗一样。他共有女奴四百人，其中大多数都在为他做工，有织花缣文纱的，有把兽角拉直做成容器的，有冶炼锻造金银的，有把珍贵的木材加工成家具的。他的家简直像商贸集市一样，对于这些做工的女奴们，每天每月都要考核，唯恐她们完不成任务。韦公幹在这之前曾任爱州刺史，州属境内有东汉名将马援留下的铜柱，他想要把它推倒熔炼，

货与贾胡。土人不知伏波所铸，且谓神物，哭曰："使君果坏是，吾属为海神所杀矣。"公幹不听，百姓奔诉于都护韩约。约遗书责辱之，乃止。既牧琼，多乌文呿㖤，皆奇木也，公幹驱木工沿海探伐，至有不中程以斤自刃者。前一岁，公幹以韩约婿受代，命二大舟，一实乌文器杂以银，一实呿陁器杂为金，浮海东去，且令健卒护行。将抵广，木既坚实，金且重，未数百里，二舟俱覆，不知几万万也。书曰："货勃而入，亦勃而出。公幹不道，残人以得货，竭夷獠之膏血以自厚，徒秽其名，曾不得少有其利。阴祸阴匿，苟脱人诛，将鬼得诛也。"出《投荒杂录》，原缺，据谈氏初印本附录。

陈延美

卷首目录有陈延美一条，谈氏初印本并缺。

赵思绾

贼臣赵思绾自倡乱至败，凡食人肝六十六，无非面剖而脍之，至食欲尽，犹宛转叫呼。而戮者人亦一二万。嗟呼！倘非名所仗皇威而劓之，则孰能剪灭黔黎之猰貐？出《玉堂闲话》，原缺，据谈氏初印本附录。

安道进

有安道进者，即故云州帅重霸季弟，河东人也，

卖给经商的胡人。当地人不知道这是伏波将军铸造的，认为它是神物，哭着求道："假如你真的要把它毁坏了，我们的家族将都要被海神杀死。"韦公幹不听，百姓便急忙去向都护韩约申诉。韩约写信斥责了他，才算停止。管理琼山之后，见这里生长着很多乌木和呿陀，这都是珍奇木种，便驱赶木工沿海去寻找砍伐，催促急迫，以致有的人完不成任务或没伐到合格的木头而用斧子自杀。前一年，韦公幹的职位被韩约的女婿替代，他便命令准备两只大船，一只装满乌木并杂以银器，一只装满呿陀木并混着金子，漂海东去，并命令强壮的士兵为他护航。将要到达广州时，大概是船上的木头坚实，金银很重，驶行不到几百里，两只船就全覆没了，损失的价值不知有几万万。有人写道："钱财不合情理地进来，也会不合情理地出去。韦公幹不人道，是残害了别人而得到的钱财，是榨尽了当地土著人的膏血而养肥了自己，只能是白白地脏污了自己的名声，不能得到一点利益。阴祸必然是隐藏的，即使他逃脱了被人杀死的命运，最终也将会被鬼杀死。"出自《投荒杂录》，原缺，据谈氏初印本附录。

陈延美

卷首目录有陈延美一条，谈氏初印本并缺。

赵思绾

乱臣赵思绾从叛乱到失败，共吃人肝六十六个，而且都是当面把人肝剖出来吃掉，直到快吃干净了，人还在凄厉地呼叫。被他杀戮的人也有一两万。啊！假如不是名义上依仗皇威而将他剿除，那么有谁能够消灭这个平民百姓身边的怪兽呢？出自《玉堂闲话》，原缺，据谈氏初印本附录。

安道进

安道进，是原云州主帅安重霸的最小的弟弟，河东人，

性凶险。庄宗潜龙时，为小校，常佩剑列于翊卫。忽一日拔而玩之，谓人曰："此剑也，可以剸钟切玉，孰敢当吾锋铓？"旁有一人曰："此又是何利器，妄此夸谭。假使吾引颈承之，安能快断乎？"道进曰："真能引颈乎？"此人以为戏言，乃引颈而前，遂一挥而断，旁人皆惊散。道进携剑，日夜南驰，投于梁主。梁主壮之，俾隶淮之镇戍。有掌庾吏，进谓曰："古人谓洞其七札为能，吾之铦镞，可彻其十札矣。尔辈安知之？"吏轻之曰："使我开襟俟之，能彻吾腹乎？"安曰："试敢开襟否？"吏即开其襟，道进一发而殪之，利镞径过，植于墙上。安蓄一犬一婢，遂挈而南奔。昼则从于卢荻中，夜则望星斗而窜。又时看眼中神光，光多处为利方，光少处为不利，既能伏气，遂绝粒。经时抵江湖间，左挈婢，右携犬，而辙浮渡，殊无所损。淮帅得之，擢为裨将，赐与甚丰。时兄重霸事蜀，亦为列校，闻弟在吴，乃告王。蜀主王嘉其意，发一介以请之。迨至蜀，亦为主将，后领兵戍于天水营长道县。重霸为招讨马步使，驻于秦亭县。民有爱子，托之于安，命之曰厅子。道进适往户外，厅子偶经行于寝之前。安疑之，大怒，遂腰斩而投于井。其家号诉于霸，传送招讨使

性情十分凶险。后唐庄宗没有登位时，他只是一名小校，常常佩剑排列于侍卫兵中。有一天忽然拔出剑来玩弄，并对人说："这把剑，可以削铁切玉，谁敢阻挡它的锋利？"旁边有一个人道："你这是什么锋利的武器，竟然狂妄地说此大话。假如我把脖子伸过来承接着，能一下子砍断吗？"安道进道："你真能把脖子伸过来吗？"这个人以为他只是开玩笑，就把脖子伸到他跟前，他一挥剑把那人的脖子砍断，旁边的人全都惊慌失散。安道进带上剑，日夜兼程地向南奔驰，投向了后梁的君主。梁主很欣赏他，便让他去淮河一带戍守边界。有一个掌管粮仓的官吏，安道进对他说："古人说能穿透七层铠甲铁片就是好的射手，我锋利的箭头，可以穿透十层。你哪里懂得这些啊。"那个官吏很轻蔑地说："假使我敞开衣襟等在这里，你能用它穿过我的肚子吗？"安道进说："你敢敞开衣襟试试吗？"那官吏真就敞开了怀，安道进一箭把他射死，锋利的箭头径直穿过他的肚子，插在墙上。安道进平时蓄养着一只狗和一个婢女，于是又带着他们向南奔去。白天纵横于芦苇中，夜晚就望着星斗辨别着方向而逃窜。同时又时常察看狗眼中的光亮，光色强时代表前方安全，光亮暗时则需要小心，并且还要屏气凝神，有时还会断粮。不久便来到江湖之间，他左手提着婢女，右手牵着狗，顺河渡水，竟无一丧生。淮南的主帅得到他，提升他为副将，对他赏赐也十分丰厚。当时他的哥哥安重霸正服务于蜀国，已经是高级将领，听说自己的弟弟在吴地，便告诉了蜀主。蜀主赞成他的意思，派了一个人去请。安道进来到蜀国，也做了主将，后来率兵戍军于天水营长道县。此时安重霸做了招讨马步使，驻守于秦亭县。有一个百姓，将爱子托付给安道进，他给取名叫厅子。有一天安道进正好到屋外去，厅子偶然经过了他的卧室前面。他便对厅子产生了怀疑，于是大怒，竟然把厅子拦腰斩断并把尸首投到井里。厅子的家人向安重霸哭诉此事，安重霸把安道进转送给招讨使

王公。至于南梁，王公不忍加害，表救活之。及憾其元昆，又欲害其家族，兄家闲卜户防之。蜀破，道进东归，明宗补为诸州马步军都指挥使。后有过，鞭背卒。出《玉堂闲话》，原缺，据谈氏初印本附录。

王公。到了南梁，王公不忍加害他，向梁王上表救了他一命。后来他十分怨恨他的长兄，又想要杀害他大哥的全家，他大哥只好加强防护。后蜀灭亡后，安道进又东归后唐，后唐明宗任命他为诸州马步军都指挥使。后来又犯下罪过，被鞭打而死。出自《玉堂闲话》，原缺，据谈氏初印本附录。

卷第二百七十

妇人一

此卷宋板原缺，予考家藏诸书得十一人补之，其余缺文尚俟他日，十山谈恺志。本卷原缺，谈氏初印本有此卷，未知所出，后印本撤出。附增识语云云，今将初印本此卷附录于后，以资参考。

洗　氏

洗氏，高凉人。世为南越首领，部落十余万。幼贤明，在父母家，能抚循部众，压服诸越。高凉太守冯宝闻其志行，娉为妻。每与夫宝，参决词讼，政令有序。侯景反，都督萧勃征兵入援，遣刺史李迁仕召宝。宝欲往，氏疑其反，止之。后果反。宝卒，岭表大乱，氏怀集之，百越晏然。子仆尚幼，以氏功封信都侯，诏册氏为高凉郡太夫人，赍绣幰油络驷马安车，鼓吹麾幢旌节，如刺史之仪。仆卒，百越号夫人为圣母。王仲宣反，夫人帅师败之。亲披甲乘马，

洗　氏

洗氏，高凉人。世代为南越首领，部落有十余万人。洗氏自幼贤惠聪明，未出嫁时，就能安抚部落民众，压服各方越人。高凉太守冯宝听说了她的志向和操守，娶为妻子。她常与丈夫冯宝一起，参与决策诉讼，使这里的行政措施和法令井然有序。侯景反叛，都督萧勃调集军队支援，并派遣刺史李迁仕去召见冯宝。冯宝想要前往，洗氏怀疑他也要反叛，就阻拦了冯宝。后来果然反叛。冯宝死后，岭南大乱，洗氏又使人们归顺于她，百越之地平静下来。当时洗氏的儿子冯仆还小，但由于洗氏的功劳封他为信都侯，皇帝下诏书册封洗氏为高凉郡太夫人，赏赐一驾挂着刺绣帷幔，悬垂着丝质网绳套，着四匹马的安车，鼓乐喧天，仪仗旗帜飘拂，并持有旌节，如同刺史的规格。冯仆死后，百越称夫人为圣母。王仲宣反叛，夫人率师平乱。她还披甲骑马，

巡抚诸州,岭南悉定。封谯国夫人,幕府署长史,官属给印章,便宜行事,皇后赐以首饰及宴服一袭。时番州总管赵讷贪虐,黎獠多亡叛,夫人上封事论之,敕夫人招慰。夫人亲载诏书,自称使者,历十余州,宣述德意,所过皆降。文帝赐夫人临振县汤沐邑,卒谥诚敬。

洗氏,高州保宁人也。身长七尺,多智谋,有三人之力,两乳长二尺余。或冒热远行,两乳搭在肩上。秦末五岭丧乱,洗氏点集军丁,固护乡里,蛮夷酋长不敢侵轶。及赵陀称王,遍霸岭表,洗氏乃赍军装物用二百担入觐,赵陀大慰悦。与之言时政及论兵法,智辩纵横,陀竟不能折。扙委其治高梁,恩威振物,邻郡赖之。今南道多洗姓,多其枝流也。出《岭表录异》,据谈氏初印本附录。

卫敬瑜妻

卫敬瑜妻,年十六而夫亡。父母舅姑欲嫁之,乃截耳为誓,不许。户有巢燕,常双飞,后忽孤飞,女感其偏栖,乃以缕系脚为志。后岁,此燕果复来,犹带前缕。妻为诗曰:“昔年无偶去,今春又独归。故人恩义重,不忍更双飞。”原缺出处,许刻本作出《南雍州记》。

周迪妻

周迪妻某氏。迪善贾,往来广陵,会毕师铎乱,人相略卖以食。迪饥将绝,妻曰:“今欲归,不两全,君亲在,不可

亲自安抚各州，岭南一带全部安定。又被册封为谯国夫人，幕府中的长史，及所属官吏都授给印章，遇事不必先上奏，可以自行决断处置，皇后还赐予她各种首饰及一套宴礼服。当时番州总管赵讷十分贪婪残暴，当地土著纷纷逃亡或反叛，夫人上了一份章奏要求给他论罪，皇帝下诏让夫人对当地的民众进行安抚并招之归顺。夫人亲自带着诏书，自称是朝廷的使者，经历了十几个州，宣扬讲述皇帝的恩德，她所经过的地方全都归顺。文帝赐给夫人临振县汤沐邑，死后谥号为城敬。

洗氏是高州保宁人。身高七尺，很有智谋，有三个人的力气，两只乳房长二尺多，有时冒着酷暑远行，便把两只乳房搭在肩上。秦朝末期五岭之地起祸乱，洗氏招集兵丁，固守家乡，部落酋长不敢侵袭。等到赵陀称王，占据整个岭南地区时，洗氏便带着二百担军装和物资去拜见，赵陀极为喜悦。洗氏与他谈时政论兵法，智谋和辩才都纵横自如，赵陀竟辩驳不倒她。委托她治理高梁之地，她的恩威震动了远近的民众，相邻的州郡都依附于她。如今岭南多洗姓，大多数是她的后代。出自《岭表录异》，据谈氏初印本附录。

卫敬瑜妻

卫敬瑜的妻子，十六岁时就死了丈夫。父母及公婆都打算让她改嫁，她割掉耳朵立誓，决不改嫁。她家住着一窝燕子，经常是双双伴飞，后来忽然变成了单飞燕，此女有感于它的孤处，便用一根丝线系在它的脚上做记号。第二年，这只燕子果然又飞回来，还带着以前的丝线。她写诗道："昔年无偶去，今春又独归。故人恩义重，不忍更双飞。"原缺出处，许刻本作出自《南雍州记》。

周迪妻

周迪的妻子某氏。周迪善于经商，往来于广陵，正遇上毕师铎叛乱，人们互相掠卖，杀了充饥。周迪粮尽将绝，妻子道："如今想要回去，就不能两全了，你的双亲还在世，我们二人不能

并死。愿见卖以济君行。”迪不忍，妻固与诣肆，售得数千钱以奉迪。至城门，守者谁何，疑其诒，与迪至肆问状，见妻首已在于枅矣，迪裹余体归葬之。未注出处，谈氏引自《新唐书》。

邹待徵妻

邹待徵妻薄者，武康尉自牧之女也。从待徵官江阴，袁晁乱，待徵解印窜匿，薄为贼所掠，将污之，不从。语家媪，使报待徵曰：“我义不辱。”即死于水。贼去，得其尸，义声动江南。闻人李华作《哀节妇赋》曰：“昔岁群盗并起，横行海浙。江阴万户，化为凝血。无石不焚，无玉不折。峨峨薄媛，炯然名节。自牧之子，邹徵之妻。玉德兰姿，女之英兮。邹也避祸，伏于榛莽。婉如之宾，执为囚虏。匍匐泥沙，极望无睹。出授官之告，托垂白之姥。姥感夫人，爰达邹君。兵解求尸，在于江滨。哀风起为连波，痛气结为孤云。凫雁为之哀鸣，日月为之蒙昏。端标移景而恒直，劲芳贯霜而犹存。知子莫如父，诚哉长者之言。”未注出处，谈氏引自《新唐书》。

窦烈女

奉天县窦氏二女伯娘、仲娘，虽长于村野，而幼有志操。住与邠州接界，永泰中，草贼数千人持兵刃，入其村落，行剽劫。闻二女有容色。姊年十九，妹年十六，藏于岩窟间。贼徒拟为逼辱，乃先曳伯娘出，行数十步，又曳仲娘出，贼相顾自慰。行临深谷，伯娘曰：“我岂受贼污辱！”

一起死。只希望把我卖掉以便救济你返回去。”周迪不忍心，妻子决然地来到贩卖人口的店铺，卖钱数千都送予周迪。走到城门的时候，守门人盘查审问，怀疑他撒谎，便与周迪去店铺核实，此时看见妻子的头已经置于横梁木上，周迪包裹起剩余的尸骨，归来后把她埋葬了。未注出处，谈氏引自《新唐书》。

邹待徵妻

邹待徵的妻子名字叫薄，是武康尉自牧的女儿。邹待徵到江阴做官，薄也跟随而去，正赶上袁晁叛乱，邹待徵扔掉官印逃跑躲避，然而薄被敌人抢走了，敌人想要污辱她，薄不依从。她告诉家里的一个老女仆，让女仆告诉待徵说：“我坚守节义绝对没有受到侮辱。”然后投水而死。敌人退走后，人们得到了她的尸体，她的声誉传遍了江南。听说此事后，有个叫李华的人写了一篇《哀节妇赋》，诗写道：“昔岁群盗并起，横行海浙。江阴万户，化为凝血。无石不焚，无玉不折。峨峨薄媛，炯然名节。自牧之子，邹徵之妻。玉德兰姿，女之英兮。邹也避祸，伏于榛莽。婉如之宾，执为囚虏。匍匐泥沙，极望无睹。出授官之告，托垂白之姥。姥感夫人，爰达邹君。兵解求尸，在于江滨。哀风起为连波，痛气结为孤云。凫雁为之哀鸣，日月为之蒙昏。端标移景而恒直，劲芳贯霜而犹存。知子莫如父，诚哉长者之言。”未注出处，谈氏引自《新唐书》。

窦烈女

奉天县窦氏有两女，叫伯娘、仲娘，虽然生长在乡村荒野，但自幼便有志向和节操。她们居住在与邠州接界的地方，唐朝永泰年间，有草贼数千人手持兵器，进入她们的村落，进行抢劫。他们听说这两个女子很有姿色。当时姐姐十九岁，妹妹十六岁，藏在岩洞里。贼徒们想要强行污辱她们，先从洞中拽出伯娘，走了数十步，又拽出了仲娘，贼徒们相互望了望，心中都很满意。走到深谷边上，伯娘说了声：“我怎能受你们这些强盗的污辱！”

乃投之于谷。贼方惊骇，仲娘又投于谷。谷深数百尺，姊寻卒，仲娘脚拆面破，血流被体，气绝良久而苏，贼义之而去。京兆尹第五琦感其贞烈，奏之，诏旌表门闾，长免丁役，二女葬事官给。京兆尹曹陆海，首赋以美之。未注出处，谈氏引自《唐书烈女传》。

烈女姓窦氏，小字桂娘。父良，建中初为汴州户曹掾。桂娘美颜色，读书甚有文。李希烈破汴州，使甲士至良门取桂娘去。将出门，顾其父曰："慎无戚戚，必能灭贼，使大人取富贵于天子。"桂娘既以才色在希烈侧，复能巧曲取信，凡希烈之密，虽妻子不知者，悉皆得闻。希烈归蔡州，桂娘尝谓希烈曰："忠而勇，一军莫如陈仙奇。其妻窦氏，仙奇宠且信之，愿得相往来，以姊妹叙齿，因徐说之，以坚仙奇之心。"希烈然之，因以姊事仙奇妻。尝间谓曰："贼凶残不道，迟晚必败，姊因早图遗种之地。"仙奇妻然之。兴元元年四月，希烈暴死，其子不发丧，欲尽诛老将校，俾少者代之。计未决，有献含桃者。桂娘曰希烈子："请分遗仙奇妻，且以示无事于外。"因为蜡帛书曰："前日已死，殡在后堂。欲诛大臣，须自为计。"次朱染帛丸如含桃。仙奇发丸见之，言于薛育曰："两日称疾，但怪乐曲杂发，尽夜不绝，此乃有谋未定，示暇于外，事不疑矣。"明日，仙奇、薛育各以所部兵噪于衙门，请见希烈。

便跳下深谷去。强盗们还在惊惧中,仲娘也跟着跳下去了。谷深有数百尺,姐姐很快就死去了,仲娘摔得脚断脸破,遍身流血,断气很久又曾苏醒过来,强盗佩服她的节义,作罢而去。京兆尹第五琦感叹二女的贞烈,便奏于皇帝,皇帝下诏表彰了她们的家族,并永久免除丁役,二女的丧事花费全部由官家付给。京兆尹曹陆海,头一个写赋赞美她们。

烈女姓窦,字桂娘。父名良,唐朝建中初为汴州户曹。桂娘生得很美,从小读书,很有文采。李希烈攻破汴州,派兵到窦家把桂娘抢走。快要走出门的时候,桂娘回头对父亲说:"多加慎重不要悲伤,我一定能灭掉这些贼寇,让大人在天子那里取得富贵。"桂娘以才能和姿色伴随在李希烈身边,她很快就巧妙地取得了李希烈的信任,凡是李希烈的机密,连他的妻子都不知道的,桂娘全都能够听到。李希烈要回蔡州时,桂娘曾对他说:"要论忠诚和勇敢,全军谁也不如陈仙奇。他的妻子窦氏,陈仙奇是极宠爱信任的,我希望能与她互相往来,以姊妹相论,好对她慢慢劝说,以便使陈仙奇的心更坚定。"李希烈答应了她,于是桂娘把陈仙奇的妻子当作姐姐来事奉。桂娘曾为离间李、陈之间的关系而对她说:"李贼凶残无道,早晚会失败,姐姐应该及早谋划投奔的地方。"仙奇的妻子同意这样做。兴元元年四月,李希烈暴死,他的儿子迟迟不公布,他打算全部杀掉那些老将校,让少壮派取代。计谋尚未决定时,来了一个进献樱桃的人。桂娘对李希烈的儿子说:"请你分出一些赠送给仙奇的妻子,以此向外表示一切正常。"于是她借机写了一封蜡丸书信:"李希烈前日已死,灵柩停放在后堂。其子打算诛杀各大臣,你们自己要想好计谋。"接着用红色把蜡丸染得如樱桃一样。仙奇看到蜡丸后,告诉薛育说:"两天来一直对外称病,却演奏一些奇怪乐曲,彻夜不停,看来是有计谋没有定下来,这是想对外表示出空闲无事,好让人们不生疑。"第二天,陈仙奇、薛育各自派兵到衙门喧哗,请求拜见希烈。

烈子迫出拜，愿去伪号，一如李纳。仙奇曰："尔悖逆，天子有命。"因斩希烈妻及子函七首以献，陈尸于市。后两月，吴少诚杀仙奇，知桂娘谋，因亦杀之。出《樊川集》，原缺，据谈氏初印本附录。

郑神佐女

大中五年，兖州瑕丘县人郑神佐女，年二十四，先许适驰雄牙官李玄庆。神佐亦为官健，戍庆州。时党项叛，神佐战死，其母先亡，无子。女以父战殁边城，无由得还，乃剪发坏形，自往庆州，护父丧还，至瑕丘县进贤乡马青村，与母合葬。便庐于坟所，手植松桧，誓不适人。节度使萧俶以状奏之曰："伏以闾里之中，罕知礼教，女子之性，尤昧义方。郑氏女痛结穷泉，哀深陟岵，投身沙碛，归父遗骸。远自边陲，得还闾里。感蓼莪以积恨，守丘墓以誓心，克彰孝理之仁，足励贞方之节。"诏旌表门闾。□赞曰："政教隆平，男忠女贞。礼以自防，义不苟生。彤管有炜，兰闺振声。关雎合雅，始号文明。"未注出处，谈氏引自《唐书·列女传》。

卢夫人

卢夫人，房玄龄妻也。玄龄微时，病且死，诿曰："吾病革，君年少，不可寡居，善事后人。"卢泣入帷中，剔一目示玄龄，明无他。会玄龄良愈，礼之终身。□按《妒妇记》，亦

李希烈的儿子被迫出来拜见，并愿意去掉楚帝伪号，如李纳一样仍称节度使。陈仙奇道："你等叛逆，天子有令让我杀你。"于是斩了李希烈的妻子、儿子等七人的头献给朝廷，并把他们的尸体陈于大街上示众。两个月后，吴少诚杀了陈仙奇，他知道前事出于桂娘的谋划，于是也杀了桂娘。出自《樊川集》，原缺，据谈氏初印本附录。

郑神佐女

唐朝大中五年，兖州瑕丘县郑神佐的女儿，二十四岁，已答应嫁给驰雄牙官李玄庆。郑神佐也是个当兵的，戍守于庆州。当时党项叛乱，郑神佐战死，郑女的母亲也早已死去，他们没有男孩。郑女因为父亲战死在边城，再也无法回来，便剪去头发毁掉相貌，独自一人前往庆州，护送父亲的遗体回来，将遗体运送到瑕丘县进贤乡马青村，与母亲合葬。之后她便住在坟地，亲手栽种松柏，发誓永不嫁人。节度使萧俶将此事写成文状奏予皇帝说："乡里之中，很少有人懂得礼教，而乡村女子的本性，尤其不明白做人的正道。但是郑氏女子悲痛地建造坟墓，伤心地翻山越岭，投身于沙漠，收回了父亲的遗骨。从遥远边陲，回到了故乡。悼念亡亲的悲郁之情越积越深，决心守护坟墓而发誓不再嫁人，应该表彰这种孝道精神，鼓励这种忠贞的节操。"皇帝下诏表彰了她的家庭。并赞扬道："政教隆平，男忠女贞。礼以自防，义不苟生。彤管有炜，兰闺振声。关雎合雅，始号文明。"未注出处，谈氏引自《唐书·列女传》。

卢夫人

卢夫人，房玄龄的妻子。房玄龄地位卑微时，有一次他病得将要死了，对她托言道："我病得快要死了，你还年轻，不可守寡，你要好好侍奉那个后来人。"卢夫人哭着进入帷帐中，剜出一只眼珠示于房玄龄，以证明自己不会有二心。恰巧房玄龄的病康复了，房玄龄对她终身都很敬重。可是考察《妒妇记》，那里面也

有夫人，何贤于微时而妒于荣显邪？予于是而有感。原缺出处，许刻本作出《朝野佥载》。

符凤妻

玉英，唐时符凤妻也，尤姝美。凤以罪徙儋州，至南海，为獠贼所杀，胁玉英私之。对曰："一妇人不足以事众男子，请推一长者。"贼然之，乃请更衣。有顷，盛服立于舟上，骂曰："受贼辱，不如死。"遂自沉于海。原缺出处，许刻本作出《朝野佥载》。

吕荣

许升妻吕氏字荣。升少为博徒，不理操行。荣尝躬勤家业，以奉养其姑。数劝升修学，每有不善，辄流涕进规。荣父积忿疾升，乃呼荣，欲改嫁之。荣叹曰："命之所遭，义无离贰。"终不肯归。升感激自励，乃寻师远学，遂以成名。寻被本州辟命，行至寿春，为盗所杀。刺史尹耀捕盗得之，荣迎丧于路，闻而诣州，请甘心仇人，耀听之。荣乃手断其头，以祭升灵。后郡遭寇贼，贼欲犯之，荣逾垣走，贼拔刀追之，贼曰："从我则生，不从我则死。"荣曰："义不以身受辱。"寇虏遂杀之。是日，疾风暴雨，雷电晦冥，贼惶惧，叩头谢罪，乃殡葬之。

封景文

殷保晦妻，封敖孙也，名绚字景文，能文章草隶。保晦

有卢夫人，为什么在房玄龄卑微的时候很贤惠，显赫时便有了妒忌之心呢？我对此很有些感慨。原缺出处，许刻本作出自《朝野佥载》。

符凤妻

玉英，唐朝时符凤的妻子，生得十分美丽。符凤因获罪而被流放于儋州，走到南海时，被当地的土著杀死，他们威胁玉英顺从他们。玉英道："我一个人侍奉不了这么多男子，请推举出一个首领来。"强盗们答应了她，便请她去换衣服。过了一会儿，玉英身着盛服站在船上，骂道："受贼人的污辱，不如一死。"于是跳入海中。原缺出处，许刻本作出自《朝野佥载》。

吕　荣

许升的妻子吕氏字荣。许升年轻时是个赌徒，不修养自己的品行。吕荣曾经亲自去操持家里的产业，以便奉养她的婆母，她多次劝许升钻研学业，许升每次有不良行为，她就流着眼泪对他进言规劝。吕荣的父亲长期积蓄的愤恨终于爆发出来，于是要叫回吕荣打算让她改嫁。吕荣叹息道："这是命中应有的遭遇，在道义上也是不该离异再嫁的。"始终不肯回去。许升因此受到感动而自勉自励，于是到外地去求师学习，终于取得功名。不久被本州征召，走到寿春时，被强盗杀害。刺史尹耀捕捉到了那个盗贼，吕荣去大路迎丧的时候，听说捕到了盗贼，便来到州府，请求戮杀仇人，尹耀答应了她的要求。吕荣便亲手砍下盗贼的头，祭奠亡灵。后来郡内遭遇寇贼，强盗们想要侵犯她，她越墙而走，强盗持刀将她追获，说："从我则生，不从我则死。"吕荣说："为了节操道义，绝不让身子受到污辱。"强盗于是将她杀死。这一天，刮起了大风，下起了暴雨，雷击电闪，强盗恐慌了，立即叩头谢罪，并把她埋葬了。

封景文

殷保晦之妻是封敖的孙女，名绚字景文，文章书法都好。保晦

历校书郎，黄巢入长安，共匿兰陵里。明日，保晦逃，贼悦封色，欲取之，固拒。贼诱悦万词，不答。贼怒勃然曰："从则生，不然，正膏我剑。"封骂曰："我公卿子，守正而死，犹生也。"终不从逆贼手，遂遇害。保晦归，左右曰："夫人死矣。"保晦号而绝。未注出处，谈氏引自《新唐书》。

高彦昭女

高愍女名妹妹，父彦昭，事正己，及纳拒命，质其妻子，使守濮阳。建中二年，挈城归河南都统刘玄佐，屠其家。时女七岁，母李怜其幼，请免死为婢，许之，女不肯曰："母兄皆不免，何赖而生？"母兄将被刑，遍拜四方，女问故，答曰："神可祈也。"女曰："我家以忠义诛，神尚何知而拜之？"问父在所，西向哭，再拜就死。德宗骇叹，诏太常谥曰"愍"，诸儒争为之诔。彦昭从玄佐救宁陵，复汴州，授颍州刺史，朝廷录其忠。居州二十年不徙，卒赠陕州都督。原缺出处，许刻本作出《广德神异录》。

李诞女

东越闽中有庸岭，高数十里，其下北隰中，有大蛇，长七八丈，围一丈，土俗常惧。东治都尉及属城长吏多有死者，祭以牛羊，故不得福。或与人梦，或喻巫祝，欲得啖童女年十二三者。都尉、令长患之，共求

任校书郎时，黄巢进入长安，夫妻一起藏于兰陵。第二天，殷保晦逃走，贼人喜欢景文的美色，想要娶她，被她严词拒绝。贼人说了好多话诱惑她，封景文仍不答应。贼人勃然大怒道："从我则生，不然的话，正好用你来润滑一下我的剑。"封景文骂道："我乃是公卿之后，守节而死，虽死犹生。"最终不肯依从贼人，于是被杀害。殷保晦回来后，身边的人告诉他说："夫人死了。"殷保晦痛哭而死去。未注出处，谈氏引自《新唐书》。

高彦昭女

高愍女，原名叫妹妹，父亲高彦昭，为人行事十分端正，等到李纳违抗中央命令，扣留下他的妻子儿女为人质，派他去驻守濮阳。唐朝建中二年，高彦昭带着城池归附河南都统刘玄佐，因而他的家属要全被屠杀。当时他的女儿才七岁，母亲李氏可怜她还年幼，请求免她一死去做婢女，他们答应了她的要求，可是女儿不肯，说道："母亲哥哥都不免死，还依靠谁活着？"母亲和哥哥将要被执行，于是遍拜四方，女儿问为何要拜，回答说："这是向神祷告乞求。"女儿道："我们家是因为忠义而被杀，神怎么会不知道？还要去向神祷告？"她问父亲在哪里，便面向西方痛哭，拜了两拜后赴死。德宗对此女很惊叹，下诏由太常博士为此女立谥号为"愍"，许多儒士都争相为她写悼念文章。后来高彦昭随刘玄佐援救宁陵，收复汴州，被授予颍州刺史，朝廷记载了他的忠君事迹。他在颍州任职二十年从未迁调，死后追赠为陕州都督。原缺出处，许刻本作出自《广德神异录》。

李诞女

东越的闽中有一座庸岭，高几十里，在岭北沼泽中，有一条大蛇，长有七八丈，盘起来也有一丈，当地人很怕它。东治的都尉以及所属县邑的长吏多有被蛇咬死的，虽用牛羊祭祀，仍然不太平。大蛇或者给人托梦，或者告诉巫师，说想吃十二三岁的童女。都尉、令长都很担忧，到处去寻找

人家生婢子兼有罪家女养之。至八月朝,祭送蛇穴口,蛇辄夜出吞啮之,累年如此,前后已用九女。一岁将祀之,募索未得。将乐县李诞家有六女无男,其小女名寄,应募欲行,父母不听。寄曰:“父母无相留。今惟生六女,无有一男,虽有如无。女无缇萦济父母之功,既不能供养,徒费衣食,生无所益,不如早死。卖寄之身,可得少钱以供父母,岂不善耶?”父母慈怜不听去,终不可禁止。寄乃行,请好剑及咋蛇犬。至八月朝,便诣庙中坐,怀剑将犬,先作数石米糍蜜麨以置穴口。蛇夜便出,头大如囷,目如二尺镜,闻糍香气,先啖食之。寄便放犬,犬就啮咋,寄从后斫,蛇因踊出,至庭而死。寄入视穴,得其九女髑髅,悉举出,咤言曰:“汝曹怯弱,为蛇所食,甚可哀愍!”于是寄女缓步而归。越王闻之,聘寄为后,拜其父为将乐令,母及姊皆有赐赏。自是东治无复妖邪之法,其歌谣至今存焉。出《法苑珠林》,原缺,据谈氏初印本附录。

义成妻

汉源县人义成妻,壮年无子,夫死将葬,及先殡时,含毒药酒,至未入墓时,抚棺吞之而死,乃为合葬焉。时以状闻,有诏赐帛。事见常璩《国志》。出《黎州国经》,原缺,据谈氏初印本附录。

婢奴生的或罪犯家的小姑娘，领来收养着。到了八月初，便祭送到蛇洞口，蛇到晚上就出来将她吞食了，年年如此，前后已送去了九个童女。有一年，快要到祭礼的日期了，可是没有找到童女。将乐县李诞家有六个女儿，没有一个男儿，他的小女儿名叫李寄，应招要去，父母不让。李寄道："父母不要相留。如今只生了我们六个女儿，没有一个男儿，你们虽有孩子也像没有一样。我没有缇萦救父那样的功劳，既然不能供养父母，白白地浪费衣服粮食，活着也对家庭无益，不如早点死了。把我卖了，还可以得一点钱用来供养父母，这不是一件好事吗？"父母疼爱她仍然不让她去，然而最终没能禁止。李寄出发前，要了一把好剑和一条吃蛇的猛犬。到了八月初，便到庙中坐，怀中藏着剑，还领着狗，她先把几石用蜂蜜炒的糍粑放在洞口。到了晚上蛇便出来了，那蛇头大如斗，眼睛如二尺镜，闻到糍粑的香味，先去吞食。这时李寄放出狗，那狗扑上去便咬，李寄随后冲上去用剑砍杀，那蛇于是窜出洞来，到了庙的庭院便死了。李寄到洞中去察看，见到那九个童女的骷髅骨，她把骨头拿到洞外，悲痛地说："你们太怯弱了，全都被蛇吃掉，实在太可怜了！"于是李寄缓步而归。越王听说此事后，娶李寄为王后，授予她父亲将乐令，母亲及姐姐们也都有赏赐。从此东冶之地再也没有妖邪作乱，赞颂李寄的歌谣至今还在流传。出自《法苑珠林》，原缺，据谈氏初印本附录。

义成妻

汉源县人义成的妻子，到了壮年也没生孩子，丈夫死了将要埋葬，在没有下葬之前，她先含上一口毒酒，等到就要入墓时，她抚着棺材吞酒而死，于是把他们合葬在一起。当时皇帝从上奏的文书中知道了这件事，下诏书赐予布帛。此事见于常璩《国志》。出自《黎州国经》，原缺，据谈氏初印本附录。

魏知古妻

唐工部尚书魏知古，性雅正，善属文，年七十，卒于位。妻苏氏不哭，比至，香水洗浴，唅袭讫，举声一恸而绝，与尚书同日合丧。时奇其节，以为前代未之有。原缺，据谈氏初印本附录。

侯四娘

至德元年，史思明未平，卫州有妇人侯四娘等三人，刺血谒于军前，愿入义营讨贼。出《独异志》，原缺，据谈氏初印本附录。

郑路女

郑路昆仲有为江外官者，维舟江渚，群偷奄至，即以所有金帛罗列岸上，而恣贼运取。贼一不犯，曰："但得侍御小娘子足矣。"其女则美色，贼潜知之矣。骨肉相顾，不知所以答，女欣然请行。其贼即具小舟，载之而去。谓贼曰："君虽为偷，得无所居与亲属焉？然吾家衣冠族也，既为汝妻，岂以无礼见逼？若达所止，一会亲族，以托好仇足矣。"贼曰："诺。"又指所偕来二婢曰："公既以偷为名，此婢不当有，为公计，不若归吾家。"贼以貌美，其言且顺，顾已无不可者，即自鼓其棹，载二婢而去。女于是赴江而死。出《玉泉子》，原缺，据谈氏初印本附录。

魏知古妻

唐朝时，工部尚书魏知古，性格文雅正直，善于写文章。七十岁时，死于任上。他的妻子苏氏并未哭泣，她来到之后，先是用香水为他擦洗身子，再给他口中含上玉，换好衣裳之后，痛哭一声而死去，与尚书同日合葬。当时人们十分惊奇她的节操，认为这是从前没有过的。原缺，据谈氏初印本附录。

侯四娘

唐朝至德元年，史思明叛乱尚未平息，卫州有侯四娘等三名妇女，刺血为誓拜于军前，要求加入正义之师去讨贼。出自《独异志》，原缺，据谈氏初印本附录。

郑路女

郑路的兄弟有到江南去做官的，他们把船停泊在江边，突然来了一群强盗，他们就把所有的金帛等贵重物品都陈放在岸上，任贼人随便拿取。可是贼人却一件不要，说："只要得到侍御史的小娘子就满足了。"郑女是个美人，贼人已在暗中打听清楚。亲人面面相顾，不知如何回答为妥，而郑女却欣然同意随他而去。那贼立刻准备好小船，载她而去。郑女对那贼人道："你虽然以偷盗为生，可是也会有住处和亲属吧？我家是士大夫家族，既然要做你的妻子了，怎么能对我无礼相逼呢？如果到了住所，见到你的亲属，就说我是你的妻子吧。"那贼人说："行。"郑女又指着带来的两个婢女道："你既然以偷为生，就不该有这些婢女，为你打算，不如把她们送回我家吧。"那贼人因为她貌美，并且言语也很顺从，回头看了看觉得没有什么不可，便亲自划桨，载着两个婢女走了。郑女于是趁机跳江而死。出自《玉泉子》，原缺，据谈氏初印本附录。

邹仆妻

梁末龙德壬午岁，襄州都军务邹景温移职于徐，亦绾都军之务。有劲仆，失其姓名。自恃拳勇，独与妻策驴以路。至宋州东芒砀泽，素多贼盗，行旅或孤，则鲜有获免者。其日与妻偕憩于陂之半双柳树下，大咤曰："闻此素多豪客，岂无一人与吾曹决胜负乎！"言粗毕，有五六盗自丛薄间跃出，一夫自后双手交抱，搏而仆之，其徒遽扼其喉，抽短刃以断之。斯仆随身兵刃，略无所施，盖掩其不备也。唯妻在侧，殊无惶骇，但矫而大呼曰："快哉！今日方雪吾之耻也。吾比良家之子，遭其俘掠，以致于此。孰谓无神明也！"贼谓诚至而不杀，与行李并二驴驱以南迈。近五六十里，至亳之北界，达孤庄南而息焉。庄之门有器甲，盖近戍巡警之卒也。其妇遂径入村人之中堂，盗亦谓其谋食，不疑也。乃泣拜其总首，且告其夫适遭屠戮之状。总首闻之，潜召其徒，俱时执缚，唯一盗得逸。械送亳城，咸弃于市。其妇则返襄阳，还削为尼，誓终焉之志。出《玉堂闲话》，原缺，据谈氏初印本附录。

歌者妇

南中有大帅，世袭爵位，然颇恣横。有善歌者，与其夫自北而至，颇有容色，帅闻而召之。每入，辄与其夫偕至，更唱迭和，曲有余态。帅欲私之，妇拒而不许。

邹仆妻

后梁末期龙德壬午年，襄州都军务邹景温调职去徐州，仍然掌管都军之务。他有一个很强健的仆人，姓名已不详。仗着自己勇猛有力，便独自与妻子骑驴上路。走到宋州东芒的砀泽，这里平素多有强盗，单独路经这里的人，很少能免于被抢劫杀害。这天他便与妻子在坡旁的柳树下歇息，他大声讲道："听说此地平素多有豪客，怎么没一个敢来与我决一胜负啊！"话音刚落，便有五六个强盗从树丛中跳出来，一人从后边用双手将他抱住，与他搏斗并把他扑倒，强盗的伙伴便立即按住他的脖子，抽短刀将其斩断。这个仆人随身携带的武器，丝毫没有用上，是乘其不备而袭击的。他的妻子在旁边，没有表现出一点惊慌，只是故意喊道："痛快！今天才洗刷掉我的耻辱。我本是良家之女，遭到他的抢掠，才到了这里。谁说没有神明啊！"强盗们认为她很真诚而没有杀她，带着她和行李并赶着两头驴一起向南走去。走了将近五六十里，到了亳城的北界，在一个庄子的南面停下休息。庄子的大门前有兵器，大概附近有巡查警戒之人。那妇人便径直走到村民的家中，强盗们也认为她去要吃的，没有怀疑她。妇人哭着拜见了村中的总首，并且讲述了她的丈夫遭屠杀的情况。总首听说后，秘密地召集他手下的人，一起把他们拘捕绑上，只有一人逃走。然后给他们戴上刑具押送亳城，他们都被斩首于市并陈尸示众。那妇人则返回襄阳，削发为尼，发誓为丈夫终身守节。出自《玉堂闲话》，原缺，据谈氏初印本附录。

歌者妇

南中有一个大帅，世袭爵位，十分放纵蛮横。有善于唱歌的女子，与她的丈夫从北方来，那女子很有姿色，大帅听说后便召见了她。每次到大帅府第，总是与丈夫一起来，轮唱和声，歌声回旋缭绕。大帅想要得到她，女子拒而不允。

帅密遣人害其夫而置妇于别室，多其珠翠，以悦其意。逾年往诣之，妇亦欣然接待，情甚婉娈。及就榻，妇忽出白刃于袖中，擒帅而欲刺之。帅掣肘而逸，妇逐之。适有二奴居前阖其扉，由是获免。旋遣人执之，已自断其颈矣。出《玉堂闲话》，原缺，据谈氏初印本附录。

大帅便秘密地派人害死她的丈夫，并把她安置于别室，还为她置办了珍珠翡翠等许多首饰，以取悦她。一年之后大帅到她那里去，那女子也欣然接待，而且情意十分缠绵。等到上了床，那女子突然从衣袖中拔出一柄雪亮的匕首，按住大帅想要刺杀他。大帅拉住她的胳膊抽身逃走，那女子便去追他。正好有两个奴仆在她到来之前抢先关上大门，因此幸免逃脱。随后大帅便派人捉拿她，但那女子已自刎而死。

出自《玉堂闲话》，原缺，据谈氏初印本附录。

卷第二百七十一

妇人二

贤妇

徐才人

徐氏名惠，坚之女也，生五月能言。唐太宗以为才人，特迁为充容。军旅未宁，上疏谏修宫室，词甚典美，上然之。原缺出处，明抄本作出《大事神异运》。

卢氏

狄仁杰之为相也，有卢氏堂姨居于午桥南别墅。姨止有一子，而未尝来都城亲戚家。仁杰每伏腊晦朔，修礼甚谨。常经雪后休假，仁杰因候卢姨安否。适表弟挟弓矢，

贤妇

徐才人

徐惠是徐坚的女儿，出生后五个月就能说话。唐太宗把她选为宫中的才人，又特意将她迁升为充容。战事尚未平息，徐惠便给太宗上疏，劝谏他不要修建宫室，她写的奏章文辞极为典雅华美，皇上欣然采纳了她的建议。原缺出处，明抄本作出《大事神异运》。

卢　氏

狄仁杰为宰相时，有一个姓卢的堂姨居住在午桥南别墅。堂姨有个独生儿子，从来没来过都城的亲戚家。狄仁杰每逢伏腊、初一、十五，都很注意修身养礼，祭祀祖先。经常雪后或休假之日，到庄园看望卢姨。有一次正赶上表弟腋下挟着弓箭，

携雉兔而来归，进膳于母，顾揖仁杰，意甚轻简。仁杰因启于姨曰："某今为相，表弟有何乐从，愿悉力从其旨。"姨曰："相自贵。尔姨止有一子，不欲令其事女主。"仁杰大惭而退。出《松窗杂录》。

董氏

则天朝，太仆卿来俊臣之强盛，朝官侧目，上林令侯敏偏事之。其妻董氏谏止之曰："俊臣国贼也，势不久。一朝事坏，奸党先遭，君可敬而远之。"敏稍稍而退。俊臣怒，出为涪州武隆令。敏欲弃官归，董氏曰："速去，莫求住。"遂行。至州，投刺参州将，错题一张纸，州将展看，尾后有字，大怒曰："修名不了，何以为县令？"不放上，敏忧闷无已。董氏曰："但住，莫求去。"停五十日，忠州贼破武隆，杀旧县令，略家口并尽，敏以不计上获全。后俊臣诛，逐其党流岭南，敏又获免。出《朝野佥载》。

高叡妻

赵州刺史高叡妻秦氏。默啜贼破定州部，至赵州，长史已下，开门纳贼。叡计无所出，与秦氏仰药而诈死。舁至啜所，良久，啜以金狮子带紫袍示之曰："降，我与尔官，

手里拎着山雉野兔从外面回家，他进屋后就侍候母亲用饭，又一面向旁边的狄仁杰随便地打招呼致意，并不把这位当朝宰相十分放在心上。仁杰便向堂姨说："我现在是朝廷宰相，表弟喜欢干什么，我一定尽力让他如愿以偿。"卢姨说："宰相的权势自然是极为显贵的。你姨只有这么一个儿子，我不想叫他去侍候女皇。"狄仁杰听了，心里十分羞愧，立刻退了出来。出自《松窗杂录》。

董　氏

武则天当朝时，太仆卿来俊臣权势显赫，专横跋扈，朝廷官员为之侧目，而上林令侯敏却偏偏与他靠近。侯敏的妻子董氏劝诫他道："来俊臣是个国贼，他的权势不会长久的。有朝一日他垮了台，他的同伙就要首先遭到制裁，您应当对他敬而远之。"侯敏听了妻子的话，渐渐与来俊臣疏远了。来俊臣对此十分恼怒，立即将侯敏逐出朝廷，贬为涪州武隆令。侯敏不愿赴任，想弃官留在家里，董氏说："要速速离京赴任，不要希求留在这里。"侯敏便带着家眷启程。到了涪州府衙，投名帖去拜访参州将，却错写在一张纸上，州将打开看时，看到最后有文字，便大怒道："你的名帖都写不好，怎么做县令？"不放他去上任，侯敏非常忧闷。妻子董氏说："只管住在这里，不要企求去上任。"住了五十天，忠州的叛贼攻破了武隆县城，杀死了原来的县令，连他的家眷也都被杀死，侯敏一家则因未能及时上任而保全了性命。后来，来俊臣被杀，他的同党也被逐出朝廷流放到岭南，侯敏又一次免受灾祸。出《朝野佥载》。

高叡妻

赵州刺史高叡的妻子是秦氏。当默啜贼攻破定州守兵，兵临赵州城下时，长史以下的官吏都去打开城门，迎接贼兵入城。高叡无计挽回局势，便与妻子秦氏仰卧在床上服药装死。他俩被抬到默啜的住处，过了好长时间，默啜手里拿着绣着金狮子的绶带紫袍展示给他看，说："如果你答应投降，我就给你大官做，

不降即死。”叡视而无言，但顾其妇秦氏。秦氏曰：“受国恩，报在此。今日受贼一品，何足为荣。”俱合眼不语。经两日，贼知不可屈，乃杀之。出《朝野佥载》。

崔敬女

唐冀州长史吉懋，欲为男顼娶南宫县丞崔敬女，敬不许。因有故，胁以求亲，敬惧而许之。择日下函，并花车，卒至门首。敬妻郑氏初不知，抱女大哭曰：“我家门户底不曾有吉郎。”女坚卧不起，其小女白其母曰：“父有急难，杀身救解，设令为婢，尚不合辞，姓望之门，何足为耻？姊若不可，儿自当之。”遂登车而去。顼迁平章事，贤妻达节，谈者荣之。顼坐与河内王武懿宗争竞，出为温州司马而卒。出《朝野佥载》。

李畬母

监察御史李畬母清素贞洁。畬请禄，米送至宅，母遣量之，剩三石。问其故，令史曰：“御史例不概。”又问：“车脚钱几？”又曰：“御史例不还脚车钱。”母怒，令送所剩米及脚钱以责畬。畬乃追仓官科罪。诸御史皆有惭色。出《朝野佥载》。

不投降就杀死你。”高叡看了看没有说话，只是转过脸去看妻子秦氏。秦氏说：“平生蒙受国恩，报答就在此时。今日接受贼人的一品高官，哪里值得荣耀。”说完，夫妻两人闭上眼睛一言不发。两天后，逆贼知道他们不会屈服，便把他们杀害了。出《朝野佥载》。

崔敬女

唐朝冀州长史吉懋，想要给儿子吉顼娶南宫县丞崔敬的女儿当媳妇，崔敬没有答应。吉懋用过失威胁崔敬，强行求亲，崔敬害怕了，只好答应了这门亲事。吉懋选择良辰吉日下了婚帖，并派花车前来迎亲，花车来到了崔敬的门前。崔敬妻子郑氏原先不知道这回事，便抱着女儿大声哭道：“我们家门里从来没有这个姓吉的女婿。”要做新娘子的那个女儿则躺在床上坚决不起来，这时，崔敬的小女儿便对母亲说：“父亲如今有危急的事，我们应当舍身解救，即使是让我们去做奴婢，都不会拒绝，对方是名门望族，有什么可耻辱的？姐姐如果不同意这门亲事，我愿意代替她去。”说完便登上花车走了。吉顼迁升为平章事，贤惠的妻子通情达理，人们交口称赞他们的美满姻缘。吉顼后来因与河内王武懿宗争权，获罪被贬，离开朝廷出任温州司马，最后死在那里。出《朝野佥载》。

李畬母

监察御史李畬的母亲为人清白正派。一次，李畬发放俸禄，禄米由差役送到家里，母亲令人称量，结果多出三石。询问多出来的原因，差役说：“御史的禄米出库时一向不将高出斗口的部分刮平。”母亲又问：“应付多少车脚钱？”差役又说：“给御史家送禄米一向不收车脚钱。”李母生气了，命人送还多出的米与车脚钱，以此责备李畬。李畬得知后便追问仓库官员，并且治了他的罪。各位御史见此情景，脸上都现出羞愧的神色。出《朝野佥载》。

卢献女

文昌左丞卢献第二女,先适郑氏。其夫早亡,誓不再醮。姿容端秀,颜调甚高。姊夫羽林将军李思冲,姊亡之后,奏请续亲,许之,兄弟并不敢白。思冲择日备礼,贽币甚盛,执致就宅。卢氏拒关,抗声詈曰:"老奴,我非汝匹也。"乃逾垣至所亲家,截发。冲奏之,敕不夺其志。后为尼,甚精进。出《朝野佥载》。

邓廉妻

沧州弓高邓廉妻李氏女,嫁未周年而廉卒。李年十八,守志,设灵几,每日三上食临哭,布衣蔬食六七年。忽夜梦一男子,容止甚都,欲求李氏为偶,李氏睡中不许之。自后每夜梦见,李氏竟不受。以为精魅,书符咒禁,终莫能绝。李氏叹曰:"吾誓不移节,而为此所挠,盖吾容貌未衰故也。"乃援刀截发,麻衣不濯,蓬鬓不理,垢面灰身。其鬼又谢李氏曰:"夫人竹柏之操,不可夺也。"自是不复梦见。郡守旌其门闾,至今尚有节妇里。出《朝野佥载》。

肃宗朝公主

肃宗宴于宫中,女优弄假戏,有绿衣秉简为参军者。天宝末,蕃将阿布思伏法,其妻配掖庭,善为优,因隶乐工,

卢献女

文昌左丞卢献的二女儿，先许配给郑氏。丈夫早早去世，她便立誓不再改嫁。她姿色秀丽容貌端正，格调十分高雅。她有个姐夫叫李思冲，是羽林将军，姐姐去世之后他便奏请续弦，卢献的二女儿便被许给了他，兄弟们知道此事后，谁也不敢对她说。李思冲选好日子置备了丰厚的聘礼，带上聘礼登门拜访。卢献的二女儿却把他拒之于门外，并且高声骂道："老奴才，我可不是你的配偶。"于是跳墙出去，到了亲戚家，剪去了满头秀发。李思冲将此事奏禀皇上，皇上下令不改变她的决心。后来她出家当了尼姑，潜心修行，颇有所得。出《朝野佥载》。

邓廉妻

沧州弓高人邓廉娶妻李氏，结婚不满一年邓廉就去世了。李氏年方十八，矢志守节，为丈夫的亡灵摆设牌位，每天三时供奉饭菜并在灵前哀哭，一连六七年总是身穿布衣素服不吃腥荤。忽于一夜梦见一位男子，容貌举止甚为端庄笃诚，欲求李氏作自己的配偶，李氏在梦中没有应许他。从此以后，李氏每天夜晚都能梦见他，但始终未接受他的请求。李氏以为他是个精魂鬼魅，便写了符咒驱除他，结果未能除掉。李氏感慨地说："我发誓不变节，却为此事屡屡干扰，大概是我的容貌尚未衰老的缘故吧。"于是用刀割断了秀发，身上的麻布衣服从不洗涤，头发凌乱也不梳理，脸上身上布满了尘垢。那个鬼魅便在梦中向李氏道歉说："夫人的节操真如松竹一般坚定，你的志向无法改变。"从此再也梦不见他了。郡守知道此事后表彰了她的家族，至今仍有节妇里。出《朝野佥载》。

肃宗朝公主

唐肃宗在宫中聚会宴乐，命令女伶人们化妆演戏，剧中有一个身穿绿衣，手持简板的参军。天宝末年时，蕃将阿布思依法被处死刑，他的妻子被充侍在宫廷，因为擅长演戏，就归在乐工，

是以遂令为参军之戏。公主谏曰："禁中妓女不少，何必须得此人？使阿布思真逆人耶，其妻亦同刑人，不合近至尊之座。若果冤横，又岂忍使其妻与群优杂处，为笑谑之具哉！妾虽至愚，深以为不可。"上亦悯恻，遂罢戏而免阿布思之妻。由是贤重公主。公主即柳晟之母也。出《因话录》。

潘炎妻

潘炎侍郎，德宗时为翰林学士，恩渥极其异。妻刘晏女也。京尹某有故伺候，累日不得见，乃遗阍者三百缣。夫人知之，谓潘曰："岂为人臣，而京尹愿一谒见，遗奴三百缣，其危可知也。"遽劝潘公避位。子孟阳初为户部侍郎，夫人忧惕，谓曰："以尔人材，而在丞郎之位，吾惧祸必之至也。"户部解喻再三，乃曰："不然，试会尔同列，吾观之。"因遍招深熟者。客至，夫人垂帘视之。既罢会，喜曰："皆尔俦也，不足忧矣。"问："末座惨绿少年何人也？"曰："补阙杜黄裳。"夫人曰："此人全别，必是有名卿相。"出《幽闲鼓吹》。

刘皇后

后唐太祖至州上源驿之变，太祖愤恨，欲回军攻之，刘皇后时随军行，谓太祖曰："公为国讨贼，而以杯酒私忿，若攻城，即曲在于我，不如回师，自有朝廷可以论列。"于是班师。天复中，周德威为汴军所败，三军溃散。汴军乘我，太

所以让她来演参军戏。公主劝告肃宗道："皇宫里的歌妓很多，为什么偏要这个人来扮演？如果阿布思真是叛逆的话，他的妻子也是同样受刑的人，不宜靠近皇上身边。如果他是冤枉的，那又怎能忍心让他的妻子与歌妓们混在一起，充当笑乐的工具呢！我虽然非常愚昧，但深以为此事不合情理。"皇上听了，也动了恻隐之心，于是停止演戏，赦免了阿布思的妻子。由此更加敬重公主。公主即柳晟之母。出《因话录》。

潘炎妻

侍郎潘炎，唐德宗时任翰林学士，受到极为深厚的恩宠。他的妻子是刘晏的女儿。一位京尹有事要见潘炎，一连几天未能见到，便向守门人赠送了三百匹细绢。夫人知道此事后，对潘炎说道："哪有身为大臣，连京尹见一面都要送给奴婢三百匹细绢的道理，你的危险可想而知。"她急劝丈夫潘炎辞去官位。儿子孟阳刚被任命为户部侍郎时，夫人非常担忧，对他说："以你的才能而得坐侍郎职位，我害怕有灾祸临头。"户部衙门再三催促孟阳上任，夫人便道："不行，把你的同辈请来聚会，我见一下他们。"儿子便将交往深厚的人都找了来。客人来到后，夫人垂下帘子在一旁仔细地观察了一番。聚会结束后，夫人高兴地对儿子说："他们都是和你差不多的人，用不着担忧了。"夫人问："坐在末位的那位身着惨绿衣服的少年是谁？"孟阳答道："那是补阙杜黄裳。"夫人说："这个人跟别人都不一样，将来一定是位有名的卿相。"出自《幽闲鼓吹》。

刘皇后

后唐太祖在至州上源驿之变中失败，十分恼火，想要回军攻打朱全忠，刘皇后当时正随军行进，便对太祖说："您为国讨伐贼寇，若以杯酒之微的个人恩怨而去攻城，过错就在我们一边，不如收兵回师，是非功过自有朝廷判定。"太祖于是收兵回师。天复年间，周德威被汴军打败，部队四散溃逃。汴军乘机追杀，太

祖危惧，与德威议出保云州。刘皇后曰："妾闻王欲弃城而入外藩，谁为此画？"曰："存信辈所言。"刘后曰："存信本北蕃牧羊儿也，焉顾成败？王常笑王行瑜弃城失势，被人屠割，今复欲效之也。王顷岁避难达靼，几遭陷害，赖遇朝廷多事，方得复归。今一旦出城，便有不测之变，焉能远及北蕃？"遂止。居数日，亡散之士复集，军城安堵。刘后之力也。出《北梦琐言》。

河池妇人

梁祖攻围岐陇之年，引兵至于凤翔。秦师李茂贞，遣戎校李继朗统众救之，至则大捷，生降七千余人。及旋军，于河池县掠获一少妇，甚有颜色。继朗悦之，寝处于兵幕之下。西迈十五余程，每欲逼之，即云："我姑严夫妒，请以死代之。"戎师怒，胁之以威，终莫能屈。师笑而悯之，竟不能犯，使人送还其家。出《玉堂闲话》。

贺氏

兖州有民家妇姓贺氏，里人谓之织女。父母以农为业，其丈夫则负担贩卖，往来于郡。贺初为妇，未浃旬，其夫出外。每出，数年方至，至则数日复出。其所获利，蓄别妇于他所，不以一钱济家。贺知之，每夫还，欣然奉事，未尝形于颜色。夫惭愧不自得，更非理殴骂之，妇亦不之酬对。其姑已老且病，凛馁切骨。妇佣织以资之，所得佣直，

祖很恐惧，便与德威商量退守云州。刘皇后说："我听说您要弃城去往别的藩镇，这是谁的主意？"太祖道："这是存信他们的意见。"刘皇后说："存信本是北蕃的牧羊小儿，哪管我们的成败？您常常耻笑王行瑜当初因为弃城而丢掉了根基，结果被人宰割，如今竟要去效法他。您前些年避难于鞑靼，屡遭陷害，幸因朝廷多事，才得重新返回来。如今一旦出城，就会发生难以预料的变故，怎么能去遥远的北蕃呢？"太祖于是放弃了出城的计划。过了几天，逃散的人又渐渐聚集了起来，城里安居如故。这都是刘皇后的功劳。出自《北梦琐言》。

河池妇人

当年梁祖攻打岐陇的时候，领兵来到凤翔。秦军李茂贞派戎校李继朗率众救援，秦军一到即获大捷，活捉梁兵七千余人。李继朗率兵凯旋途中，在河池县抢到一位少妇，很有姿色。继郎很喜欢她，把她安排在军营之中。往西行进了十五天，每当逼她就范之时，她便说："我婆婆管束极严，丈夫嫉妒心极重，请赐我一死。"李继朗非常恼怒，强行胁迫其就范，但一直没能使她屈服。李继朗转怒为笑，并对她表示同情，最终没有冒犯她，派人将她送回了家。出自《玉堂闲话》。

贺　氏

兖州有一户百姓，妇媳姓贺，邻里叫她织女。贺氏的父母以务农为生，丈夫是挑担的商贩，常年往来于郡城之间。贺氏初嫁为新妇时，未满十天丈夫就外出经商。每次外出都是一连几年才回家，在家里住不了几天就又外出了。他用经商挣来的钱在外面养了别的女人，不给家接济一个钱。贺氏知道这件事后，每当丈夫回家，她依然殷勤侍奉，脸上没有丝毫不快。丈夫的心中有些惭愧，不知道怎样处理，反而又无缘无故地辱骂贺氏，贺氏亦从不生气地与他对骂。婆婆年老且有疾病缠身，经受着饥寒的煎迫。媳妇贺氏便给人家织布挣钱接济家用，挣得的工钱，

尽归其姑，己则寒馁。姑又不慈，日有凌虐。妇益加恭敬，下气怡声，以悦其意，终无怨叹。夫尝挈所爱至家，贺以女弟呼之，略无愠色。贺为妇二十余年，其夫无半年在家，而能勤力奉养，始终无怨，可谓贤孝矣。出《玉堂闲话》。

才妇

谢道韫

王凝之妻谢道韫。王献之与客谈义不胜，道韫遣婢白曰："请与小郎解围。"乃施青绫步障自蔽，与客谈，客不能屈。出《独异志》。

杨容华

杨盈川侄女曰容华，幼善属文，尝为《新妆》诗，好事者多传之。诗曰："宿鸟惊眠罢，房栊乘晓开。凤钗金作缕，鸾镜玉为台。妆似临池出，人疑月下来。自怜终不见，欲去复徘徊。"出《朝野佥载》。

上官昭容

唐上官昭容之方娠，母郑氏梦神人畀之大秤，以此可称量天下。生弥月，郑弄之曰："尔非秤量天下乎？"孩哑应之曰："是。"襁中遇家祸，入掖庭。年十四，聪达敏识，才华无比。天后闻而试之，援笔立成，皆如宿构。自通天后，建景龙前，恒掌宸翰。其军国谋猷，杀生大柄，多其决。至若

全部交给婆婆，宁可自己挨冻受饿。婆婆又不知心疼儿媳，天天虐待她。贺氏生怕老人生气，更加毕恭毕敬，整日低声下气，和颜悦色，以遂其心意，讨她喜欢，自己从无怨言。丈夫时常把情人领到家里，贺氏便以妹妹相称，脸上毫无怨恨。贺氏做媳妇二十多年，丈夫在家的日子不到半年，而她仍能勉力奉养老人侍候丈夫，从来没有怨言，真是贤惠孝顺。出自《玉堂闲话》。

才妇

谢道韫

王凝之的妻子是谢道韫。王献之在家里与一位客人谈论义理，始终辩论不过这位客人，道韫打发使女告诉献之道："请让我来为小郎解围。"于是用青色绫缎做的屏风遮住自己，隔着幛子与客人辩论起来，这位客人不能辩过她。出自《独异志》。

杨容华

杨盈川的侄女叫杨容华，自幼擅长诗文，容华曾写过一首《新妆》诗，好事者争相传诵。这首诗写道："宿鸟惊眠罢，房栊乘晓开。凤钗金作缕，鸾镜玉为台。妆似临池出，人疑月下来。自怜终不见，欲去复徘徊。"出自《朝野佥载》。

上官昭容

唐朝的上官昭容，母亲刚怀她时，曾梦见有个神仙投给她一杆极大的秤，神仙说用它可以称量天下。昭容满月之时，母亲郑氏逗弄她道："你就是称量天下的人吗？"小孩咿咿呀呀地答道："是。"孩提之时家中遇难，上官昭容便被配入官廷。上官昭容十四岁时，聪明颖达，敏捷博识，显示出无比的才华。则天皇后听说后便要考考她，只见她提笔即书，文章立成，全像早就构思好了一般。从武周通天年间到唐中宗景龙年间，她一直掌管诏命文告工作。朝廷的军国大计，生杀大事，大多由她来裁决。至若

幽求英隽，郁兴词藻。国有好文之士，朝希不学之臣。二十年间，野无遗逸，此其力也。而晚年颇外通朋党，轻弄权势，朝廷畏之矣。玄宗平难，被诛。出《景龙文馆记》。

张　氏

燕文贞公张说，其女嫁卢氏。尝谓舅求官，候父朝下而问焉。父不语，但指搘床龟而示之。女拜而归室，告其夫曰："舅得詹事矣。"出《传载》。

杜羔妻

杜羔妻刘氏善为诗。羔累举不中第，乃归。将至家，妻即先寄诗与之曰："良人的的有奇才，何事年年被放回。如今妾面羞君面，君到来时近夜来。"羔见诗，即时回去，竟登第。出《玉泉子》。

张睽妻

会昌中，边将张睽防戍十有余年。其妻侯氏，绣回文作龟形诗，诣阙进上。诗曰："睽离已是十秋强，对镜那堪重理妆。闻雁几回修尺素，见霜先为制衣裳。开箱叠练先垂泪，拂杵调砧更断肠。绣作龟形献天子，愿教征客早还乡。"敕赐绢三百匹，以彰才美。出《抒情诗》。

关图妹

关图有一妹甚聪惠，文学书札，罔不动人。图常语同僚曰："某家有一进士，所恨不栉耳。"后寓居江陵。有鹾贾

搜求人才，网罗擅长文辞的词客文人，她更是竭尽其力。一时间，国内多有好文之士，朝廷少有不学之臣。二十余年，民间出现路无拾遗的升平景象，这都是她善于辅佐朝政的功劳。然而晚年之时她却多与宫外朋党沟通，玩弄权术，成为朝廷的危险人物。唐玄宗平息祸乱时，其被杀掉。出自《景龙文馆记》。

张 氏

燕文贞公张说的女儿嫁给了一家姓卢的。她说过要给公公求一个官职，等到父亲退朝回家时便向他打听。父亲不说话，只是指着支撑床的龟向她示意。女儿领悟其意，拜谢父亲而回，告诉丈夫说："公公得到了詹事的官位。"出自《传载》。

杜羔妻

杜羔的妻子擅长写诗。杜羔屡次参加科举都没有及第，打算作罢回家。快要到家时，妻子写好一首诗寄给他，诗中写道："良人的的有奇才，何事年年被放回。如今妾面羞君面，君到来时近夜来。"杜羔看了此诗，立即返回，最终考中了。出自《玉泉子》。

张睽妻

唐武宗会昌年间，边将张睽戍守边防长达十几年未能回家。妻子侯氏绣回文作龟形诗，表达自己思念丈夫的心情，绣成之后进宫献给皇上。诗中写道："睽离已是十秋强，对镜那堪重理妆。闻雁几回修尺素，见霜先为制衣裳。开箱叠练先垂泪，拂杵调砧更断肠。绣作龟形献天子，愿教征客早还乡。"皇上为了表彰她的才华，敕令赐绢三百匹。出自《抒情诗》。

关图妹

关图有一个妹妹，十分聪明贤惠，她所写的文章和书信，无不情辞并茂，生动感人。关图常常跟同僚们说："我家有一个进士，只可惜是个女子。"后来关图家客居于江陵。有一个盐商，

常某者，囊畜千金，三峡人也，亦家于江陵。深结托图，图亦以长者待之。数载，常公殂，有一子，状貌颇有儒雅之风纪，而略晓文墨，图竟以其妹妻之，则常修也。关氏乃与修读书，习二十余年，才学优博，越绝流辈。咸通六年登科，座主司空李公蔚也。初江东罗隐下第东归，有诗别修云："六载辛勤九陌中，却寻歧路五湖东。名惭桂苑一枝绿，绘忆松江满棹红。浮世到头须适性，男儿何必尽成功。惟应鲍叔深知我，他日蒲帆百尺风。"又《广陵秋夜读修所赋三篇》，复吟寄修云："入蜀还吴三首诗，藏于箧笥重于师。剑关夜读相如听，瓜步秋吟炀帝悲。物景也知输健笔，时情谁不许高枝。明年二月东风里，江岛闲人慰所思。"修名望若此，关氏亦有助焉。后修卒，关氏自为文祭之，时人竟相传写。出《南楚新闻》。

鱼玄机

女道士鱼玄机字惠兰，甚有才思。咸通中，适李亿补阙，后爱衰下山，隶咸宜观为道士。诗曰："易求无价宝，难得有心郎。"又云："蕙兰销歇归春圃，杨柳东西绊客舟。"自是纵怀，乃倡妇也。竟以杀侍婢，为京尹温璋杀之。有集行于世。出《北梦琐言》。

牛肃女

牛肃长女曰应贞，适弘农杨唐源。少而聪颖，经耳必诵。年十三，凡诵佛经三百余卷，儒书子史又数百余卷，亲族惊异之。初应贞未读《左传》，方拟授之，而夜初眠中，忽

姓常，积蓄了很多钱，是三峡人，也定居在江陵。此人与关图交情深厚，关图也把他当长辈对待。几年之后，常公去世了，他有个儿子，相貌风度颇为儒雅，而且略通文墨，关图就把自己的妹妹嫁给他做妻子，此人就是后来很有名气的常修。关图妹妹嫁过去后，便与常修一起读书，刻苦修习二十余年，常修的才学十分渊博，远远超过了同辈人。咸通六年科举及第，主考官是司空李公蔚。江东举子罗隐落第之后返回故乡，临别有诗赠常修道："六载辛勤九陌中，却寻歧路五湖东。名惭桂苑一枝绿，绘忆松江满棹红。浮世到头须适性，男儿何必尽成功。惟应鲍叔深知我，他日蒲帆百尺风。"他还有一首《广陵秋夜读修所赋三篇》，同样流露出对常修才华的敬重，写成之后也寄给了常修，诗中写道："入蜀还吴三首诗，藏于箧笥重于师。剑关夜读相如听，瓜步秋吟炀帝悲。物景也知输健笔，时情谁不许高枝。明年二月东风里，江岛闲人慰所思。"常修的名望如此之高，与妻子关氏的帮助分不开。后来常修去世，关氏亲自动笔写了一篇祭文，此文被当时的人竞相传抄。出自《南楚新闻》。

鱼玄机

女道士鱼玄机，字惠兰，很有文才。唐懿宗咸通年间，她嫁给了补阙李亿，后因李亿不再爱她，她便离开李亿，到咸宜观当了道士。她曾写诗悲叹自己的身世道："易求无价宝，难得有心郎。"又说："蕙兰销歇归春圃，杨柳东西绊客舟。"自此之后，她放浪情怀，成为一个娼妇。后来竟然杀死侍婢，被京尹温璋杀掉。鱼玄机有诗文集流行于世。出自《北梦琐言》。

牛肃女

牛肃的长女叫应贞，嫁给了弘农杨唐源。应贞在少年时就特别聪明，听过就能记诵。十三岁时，能背诵佛经三百余卷，儒家经书及诸子、史书一百多卷，亲族非常惊异。应贞以前未读过《左传》，正要教授给她，而她却在一天夜晚刚刚睡下时，忽然

诵《春秋》。起惠公元妃孟子卒,终智伯贪而复,故韩魏反而丧之,凡三十卷,一字无遗,天晓而毕。当诵时,若有教之者,或相酬和。其父惊骇,数呼之,都不答。诵已而觉,问何故,亦不知。试令开卷,则已精熟矣,问不答。著文章百余首。后遂学穷三教,博涉多能。每夜中眠熟,与文人谈论文,皆古之知名者,往来答难,或称王弼、郑玄、王衍、陆机,辩论烽起。或与文人论文,皆古之知名者。或论文章、谈名理,往往数夜不已。年二十四而卒。

今采其文《魍魉问影赋》,著干篇。其序曰:"庚辰岁,予婴沉痛之疾,不起者十旬。毁顿精神,羸悴形体。药物救疗,有加无瘳。感庄子有魍魉责影之义,故假之为赋,庶解疾焉。魍魉问于予影曰:'君英达之人,聪明之子,学包六艺,文兼百氏,赜道家之秘言,探释部之幽旨;既虔恭于中馈,又希慕于前史;不矫枉以干名,不毁物而成己。伊淑德之如此,即精神之足恃。何故羸厥姿貌,沮其精神,烦冤枕席,憔悴衣巾?子惟形兮是寄,形与子兮相亲。何不诲之以崇德,而教之以自伦,异莱妻之乐道,殊鸿妇之安贫。岂痼疾而无生赖,将微贱而欲忘身。今节变岁移,腊终春首。照晴光于郊甸,动暄气于梅柳。水解冻而绕轩,风扇和而入牖。固可蠲忧释疾,怡神养寿。何默尔无营,自贻伊咎。'仆于是勃然而应曰:'子居于无人之域,游乎魑魅之乡。

背诵起《春秋》来。从鲁惠公、元妃、孟子之死开始，直背到智伯因贪心而覆灭，韩魏两国背叛消灭智伯为止，共计三十卷，一字不漏，一直背到天亮才停止。她在背诵的时候，好像有人在一句一句地教她，或者是跟谁在对谈。父亲非常震惊，几次喊叫她，一直不回答。背完了才醒过来，问她原因，她也不知道。出一份试卷给她，内容已经十分精熟了，再问她什么也不回答。应贞共写下文章一百余篇。后来，她所学习的范围，穷极儒、释、道三教，广泛涉猎，博识多能。每到夜晚熟睡时，就在睡眠中与文人谈论文章，交谈的对方都是从前的知名人物，往来对答的，有王弼、郑玄、王衍、陆机等，而且时时出现辩论的高潮。有时则与从前的知名人物谈论文章的得失。就这样，有时论文章，有时谈名理，一谈就是数夜不止。应贞在二十四岁时就去世了。

现在收集到她的文章《魍魉问影赋》若干篇。此文的序言写道："庚辰之年，我患重病在床，长达一百天之久不能下地走动。疾病使我精神萎靡不振，身体疲弱憔悴。利用药物治疗，又使病痛有增无减。有感于《庄子》曾有'魍魉责影'之义，因成《魍魉问影》之赋，借此也许能够解除一些病痛吧。魍魉问我的影子道：'你乃英达之人，聪明之子，学问包揽六艺，文章兼通百家，深谙道家之秘言，探得释教之幽旨；既谨守着为妇之道，又希慕于治国安邦的大道理；不矫前人之枉获取殊名，不毁现成之物显露自己。如此贤淑忠恕之德，足可为精神之支柱。为何这样姿貌疲弱、精神沮丧，以至烦冤于枕席之上，憔悴于衣巾之中呢？外表是精神的寄托，精神与外表相亲相依。你为什么不教形体崇尚德行，自享天伦之乐，而使它不同于莱妻之乐道、鸿妇之安贫。岂能痼疾缠身就不想生存，身处微贱就想轻生。如今节令变移，冬去春回。阳光普照大地，暖气吹拂梅柳。冰雪融化为春水在房前潺潺流淌，空气煽动着和风徐徐送进窗里。所有这些均能消除忧愁减轻病痛，怡悦精神延年益寿。你为什么沉默不语、无所事事，给形体造成痛苦呢？'听了魍魉的这一通责问，我便愤然而起，与它争辩道：'你居住在无人的地方，游荡在鬼魅的故乡。

形既图于夏鼎，名又著于蒙庄。何所见之不博，何所谈之不长。夫影依日而生，像因人而见。岂言谈之足晓，何节物之能辨。随晦明以兴灭，逐形骸以迁变。以愚夫畏影，而蒙鄙之性以彰；智者视阴，而迟暮之心可见。伊美恶兮由己，影何辜而遇谴？且予闻至道之精窈兮冥，至道之极昏兮默。达人委性命之修短，君子任时运之通塞。悔吝不能缠，荣耀不能惑。丧之不以为丧，得之不以为得。君子何乃怒予之不赏芳春，责予之不贵华饰。且吾之秉操，奚子智之能测。'言未卒，魍魉惕然而惊，叹而起曰：'仆生于绝域之外，长于荒遐之境，未晓智者之处身，是以造君而问影。既谈玄之至妙，请终身以藏屏。'"

初应贞梦裂书而食之，每梦食数十卷，则文体一变。如是非一，遂工为赋颂。文名曰遗芳。出《记闻》。

慎　氏

慎氏，北陵虔亭儒家之女也。三史严灌夫因游览，遂结姻好，同载归蕲春。经十余年无嗣息，灌夫乃拾其过而出妻，令归二浙。慎氏慨然登舟，亲戚临流相送，妻乃为诗以诀灌夫。灌夫览之凄感，遂为妇道如初。慎氏诗曰："当时心事已相关，雨散云飞一饷间。便是孤帆从此去，不堪重上望夫山。"出《云溪友议》。

你的形状图画在夏鼎上面，名字记载于庄子的篇章。你的见闻却如此不够广博，言谈却如此不漂亮。影因有了日光而生，像因有了本人而现。这里的微妙道理岂是言谈能说清，凭借一两件东西就辨得明的？影子随着日光的晦与明而或灭或兴，外形随人体的变更而变易。愚人怕见影，愚昧不明之劣性得以显扬；智者看到影，迟暮之心顿生。或赞美或厌恶，全由各人自己而定，影本身有何过错而受你的谴责？况且，我听说，至道之精神在于深邃奥妙，至道之极致在于只能意会不能言传。通达之人听任性命之或长或短，有识之士不在乎时运之顺利或阻塞。他们不为苦恼所纠缠，不为荣耀所迷惑。失掉什么不以为失，得到什么不以为得。你为什么竟然对我不赏芳春而恼怒，对我不看重华饰而加以谴责。另外，我的志向和操守，哪是你的智力所能理解的。'话还没说完，魍魉便惊讶地站了起来，叹道：'我生于没有人烟的境外，长在荒远的地方，根本不懂得智者处身的志向和操守，所以前来问影。您谈到的玄理既然如此深奥微妙，我愿意终生藏匿，不再出面骚扰。'"

当年，应贞做过一个梦，梦到自己把书撕碎了吞食下去，每次做梦能吞食几十卷，下次做梦则又换一种文体来吞食。这样的梦做了不知有多少次，于是她便能写很漂亮的赋、颂等文章。她的笔名叫遗芳。出自《记闻》。

慎氏

慎氏是北陵虔亭一个儒生家的女儿。三史严灌夫到那里游玩时，同她结为夫妻，同年两人一起回到了蕲春。过了十多年，慎氏没有生儿育女，灌夫便挑了她一个小过错，将其休了，让她回到二浙老家。慎氏毅然地登上舟船，亲戚们都来到江边送别，此时慎氏题了一首离别诗，与严灌夫诀别。灌夫看了此诗深受感动，于是撕毁休书，夫妻和好如初。慎氏的这首诗写道："当时心事已相关，雨散云飞一饷间。便是孤帆从此去，不堪重上望夫山。"出自《云溪友议》。

薛 媛

濠梁人南楚材者旅游陈颍。岁久，颍守慕其仪范，将欲以子妻之。楚材家有妻，以受知于颍牧，忽不思义，而辄已诺之。遂遣家仆归取琴书，似无返旧之心。或谓求道青城，访僧衡岳，不复留心于名宦也。其妻薛媛善书画，妙属文，亦微知其意，乃对镜图其形，并诗四韵以寄之。楚材得妻真及诗，甚惭，遽有隽不疑之让，夫妇遂偕老焉。里语曰："当时妇弃夫，今日夫弃妇。若不逞丹青，空房应独自。"薛媛《写真寄夫》诗曰："欲下丹青笔，先拈宝镜端。已经颜索寞，渐觉鬓凋残。泪眼描将易，愁肠写出难。恐君浑忘却，时展画图看。"出《云溪友议》。

孙 氏

乐昌孙氏，进士孟昌期之内子，善为诗。一旦并焚其集，以为才思非妇人之事，自是专以妇道内治。孙有《代夫赠人白蜡烛》诗曰："景胜银釭香比兰，一条白玉逼人寒。他时紫禁春风夜，醉草天书仔细看。"又有《闻琴》诗曰："玉指朱弦轧复清，湘妃愁怨最难听。初疑飒飒凉风动，又似萧萧暮雨零。近若流泉来碧嶂，远如玄鹤下青冥。夜深弹罢堪惆怅，雾湿丛兰月满庭。"又《谢人送酒》诗曰："诗将清酒寄愁人，澄彻甘香气味真。好是绿窗风月夜，一杯摇荡满怀春。"出《北梦琐言》。

薛　媛

濠梁人南楚材在陈颍游玩。日子久了，颍州太守因为敬慕楚材的仪表风范，便想把女儿许给他做妻子。楚材家里已经有了妻子，只因受到颍州太守的知遇，便忽然忘记了夫妻的情义，竟然答应了这门亲事。于是打发身边的家仆回家去取琴书，似乎已经无意回老家了。并且让人捎信告诉妻子，自己要去青城求道，去衡山访僧，已对仕途功名不感兴趣了。妻子薛媛擅长书画，而且能诗善文，她心里已经多少知道丈夫的心意，便对着镜子画了自己的形象，连同新写的四首诗一块寄给了丈夫。楚材收到妻子的画像与诗之后，心里很觉惭愧，就像隽不疑那样辞绝了太守，夫妻于是恩爱如初，白头偕老。乡亲们为此事传颂着四句顺口溜儿："当时妇弃夫，今日夫弃妇。若不逞丹青，空房应独自。"薛媛的《写真寄夫》诗写道："欲下丹青笔，先拈宝镜端。已经颜索寞，渐觉鬓凋残。泪眼描将易，愁肠写出难。恐君浑忘却，时展画图看。"出自《云溪友议》。

孙　氏

乐昌人孙氏，是进士孟昌期的妻子，擅长写诗。一天，她把自己的诗集全烧了，因为她觉得能文善诗本非女人家的事，从此之后，她便遵守妇人之道，专心治理家务。孙氏有一首《代夫赠人白蜡烛》诗写道："景胜银釭香比兰，一条白玉逼人寒。他时紫禁春风夜，醉草天书仔细看。"又有《闻琴》一诗写道："玉指朱弦轧复清，湘妃愁怨最难听。初疑飒飒凉风动，又似萧萧暮雨零。近若流泉来碧嶂，远如玄鹤下青冥。夜深弹罢堪惆怅，雾湿丛兰月满庭。"还有一首《谢人送酒》诗道："诗将清酒寄愁人，澄彻甘香气味真。好是绿窗风月夜，一杯摇荡满怀春。"出自《北梦琐言》。

卷第二百七十二
妇人三

美妇人

夷　光

越谋灭吴，畜天下奇宝、美人、异味，以进于吴。得阴峰之瑶，古皇之骥，湘沅之鳝；又有美女，一名夷光，二名修明。以贡于吴。吴处于椒花之房，贯细珠以为帘幌，朝下以蔽景，夕卷以待月。二人当轩并坐，理镜靓妆于珠幌之内，窃窥者莫不动心惊魂，谓之"神人"。吴王夫差目之，若双鸾之在轻雾，沚水之漾秋蕖。妖惑既深，怠于国政。及越兵入国，乃抱二人以逃吴苑。越军既入，见二人在竹树下，

美妇人

夷 光

越王为了灭掉吴国，搜集天下的奇宝、美人和异味，用来进献给吴王。搜集到北山的美玉，有巢氏的骏马，湘江沅水出产的鳝鱼；还有美女夷光和修明。派人将这些全部贡献给了吴王。吴王将夷光和修明这两名美女安置到建筑别致、装饰华美的房子里，将细小的珠子串起来作为门窗的帘子，早上放下帘子遮蔽太阳，晚上则卷起帘子以望明月。两位美人临窗而坐，隔着帘子便见她们对镜梳妆，偷偷观看她们的人无不心魂动荡，都说她们是神仙。在吴王夫差的眼里，她们就像一对鸾鸟在薄雾之中比翼而飞，又像露出水面的两朵莲花。夫差为她们的姿色所迷惑，懒于上朝处理国事。等到越王发兵攻入吴国，他便抱起两名美女逃到吴苑。越军进入吴苑时，看见两位美人正在竹林下面，

皆言“神女”，望而不侵。今吴城蛇门内有折株，尚为祠神女之处。出《王子年拾遗记》。

丽 娟

汉武帝所幸宫人，名曰丽娟，年始十四。玉肤柔软，吹气如兰，身轻弱，不欲衣缨拂，恐伤为痕。每歌，李延年和之。于□芝生殿旁，唱回风之曲，庭中树为之翻落。常致娟于琉璃帐，恐垢污体也。常以衣带系娟被，闭于重幕中，恐随风起。娟以琥珀为佩，置衣裾里，不使人知，乃言骨节自鸣，相与为神怪也。出《洞冥记》。

赵飞燕

汉赵飞燕体轻腰弱，善行步进退。女弟昭仪，不能及也。但弱骨丰肌，尤笑语。二人并色如红玉，当时第一，擅殊宠后宫。出《西京杂记》。

薛灵芸

魏文帝所爱美人薛灵芸，常山人也。父名邺，为酂乡亭长，母陈氏，随邺舍于亭傍居。生穷贱，至夜，每聚邻妇绩，以麻藁自照。灵芸年十五，容貌绝世，闾中少年多以夜时来窥，终不得见。咸熙元年，谷习出守常山郡，闻亭长有美女而家甚贫。时文帝选良家子女，以入六宫，习以千金宝赂聘之。既得，便以献文帝。灵芸闻别父母，歔欷累日，

他们都说这是两位仙女，只是远远地观望着，而不敢有任何侵犯她们的行动。如今吴国都城的蛇门内有一棵折断的树，那就是人们供奉祭祀她们的地方。

丽娟

丽娟是汉武帝宠幸的一位宫女，年仅十四。皮肤白皙柔润，呼气犹如兰花吐芳，身体轻柔弱不禁风，似乎经不住衣带的弹拂，生怕碰伤肌肤留下伤痕。她每次唱歌都由乐师李延年伴奏。在□芝生殿旁唱回风之曲时，庭院的树叶都被振荡得纷纷飞落。武帝常常把丽娟安置在琉璃帐内，深恐尘垢玷污了她的身体。又总是用衣带系住丽娟的锦被，把她关闭在重重帷幕之中，生怕她被风刮起来。丽娟用琥珀做成环佩，放在衣裙里面，不让别人知道，环佩发出声响时她就对别人说是自己的骨节发出的声音，周围的人都以为她是神怪。出自《洞冥记》。

赵飞燕

汉朝的赵飞燕身体轻盈腰肢柔软，善以轻曼的步态行路和起舞。她的妹妹昭仪比不上她。但昭仪骨骼细弱肌肤丰润，特别能说笑。姊妹二人都有红玉般的光彩姿色，是当时最美的佳人，占尽了皇上的宠爱。出自《西京杂记》。

薛灵芸

魏文帝宠爱的美人薛灵芸是常山人。父亲薛邺为鄮乡亭长，母亲陈氏，跟随薛邺住在亭旁的房子里。薛邺家境贫寒，每天夜晚，灵芸和母亲与邻居妇女聚在一起纺线，用麻绳与草辫点火照明。灵芸十五岁时，容貌秀丽绝伦，乡间少年大都在夜晚前来偷看，但是一直见不到她的面。咸熙元年，谷习出任常山郡太守，听说亭长薛邺有位美女而且家境十分贫寒。当时文帝正在挑选良家女子进宫，谷习便用千金巨资将灵芸聘去。得到后想把她献给文帝。灵芸听说要跟父母分手，一连几天长吁短叹，

泪下沾衣。至升车就路之时，以玉唾壶盛泪壶中，即如红色。既发常山，及至京师，壶中泪凝如血。帝遣车十乘，以迎灵芸。车皆镂金为轮，丹画其毂。轭前有杂宝，为龙凤衔百子铃，锵和鸣，响于林野。驾青色骈蹄之牛，日行三百里。此牛尸涂国所献，足如马蹄也。道侧烧石叶之香，此石重叠，状如云母，其气辟恶厉之疾，腹题国所献也。

灵芸未至京师数十里，膏烛之光，相续不灭，车徒噎路，尘起蔽于星月，时人谓为“尘霄”。又筑土为台，基高三十丈，列烛于台下，而名曰“烛台”，远望如列星之坠地。又于大道之傍，一里致一铜表，高五尺，以志里数。故行者歌曰：“青槐夹道多尘埃，龙楼凤阙望崔嵬。清风细雨杂香来，土上出金火照台。”此上七字，是妖辞也。时为铜柱，以志里数于道侧，是“土上出金”之义；以烛致台，而则火在土下之义。汉火德王，魏土德王，火伏而土兴也，土上出金，魏灭而晋兴也。灵芸未至京师十里，帝乘雕玉之辇，以望车徒之盛，叹曰：“昔者言‘朝为行云，暮为行雨’，今非云非雨，非朝非暮。”因改灵芸之名为“夜来”。入宫乘宠爱，外国献火珠龙鸾之钗，帝曰：“明珠翡翠尚不胜，况乎龙凤之重！”乃止而不进。夜来妙于女功，虽处于深帷重幄之内，不用灯烛，裁制立成。非夜来所缝制，帝不服也。宫中号曰“针神”。出《王子年拾遗记》。

泪水湿透了衣襟。待到上车起程的时候，便在车上用玉制痰盂盛装眼泪，白玉痰盂都被泪水染成了红色。从常山出发直至京都，盂内的泪水便凝结如浓血。文帝派了十辆车出城迎接灵芸。车轮镶嵌着镂金图案，车毂图画着鲜艳的油彩。车栏前面也有各种珠宝装饰，悬挂的是龙凤衔百子的宝铃，行进途中铃声和鸣，响彻林野。驾车的是青色双蹄的牛，每天能走三百里路。这牛是尸涂国进献给朝廷的，牛脚像马蹄子一样。大路两旁焚烧起石叶香，这种石头层层叠叠状如云母，焚烧放出的香气能祛除瘟疫等疾病，这是腹题国进献的物产。

灵芸距离京城还有几十里远，沿途便点起了绵延不绝的烛光，赶车的徒众拥挤在路上，尘土飞扬遮蔽了星月的光芒，当时人们称此为"尘霄"。沿途又筑起了高达三十丈的土台，台下燃起一排排蜡烛，此台名为"烛台"，远远望去有如一排排星辰落在地上。在大道旁边，每隔一里埋设一根五尺高的铜柱，用以标志里程。所以走路的人唱道："青槐夹道多尘埃，龙楼凤阙望崔嵬。清风细雨杂香来，土上出金火照台。"以上七字，是妖辞。当时在道旁树立铜柱以计里程，这就是"土上出金"所指的意思；而"火照台"的意思就是火在土的下面，指的是由一排排蜡烛映照着土台。汉代是火德王，魏代是土德王，"火照台"即火伏而土兴，也就是汉亡而魏兴，"土上出金"则隐喻魏灭而晋兴。当灵芸距离京城不到十里远时，魏文帝乘坐雕玉专车，观望车队与人群的盛况，看罢叹道："前人形容说'朝为行云，暮为行雨'，如今是非云非雨，非朝非暮。"于是将灵芸的名字改为"夜来"。夜来入宫后加倍地受到宠爱，有位外国使臣为夜来进献上镶嵌着明珠龙凤的宝钗，文帝便说："佩带较轻的明珠翡翠钗都有些不胜其重，何况这么重的龙凤钗呢！"于是没让送进后宫。夜来的针线活极为巧妙，虽然住在重重帷幕之中，不用灯烛照明，一件衣服很快就能裁制而成，所以凡不是夜来缝制的衣服，文帝一概不穿。宫里的人都称她为"针神"。出自《王子年拾遗记》。

孙亮姬朝姝

孙亮作绿琉璃屏风，甚薄而莹澈，每于月下清夜舒之。尝爱宠四姬，皆振古绝色：一名朝姝，二名丽居，三名洛珍，四名洁华。使四人坐屏风内，而外望之，如无隔，唯香气不通于外。为四人合四气香，此香殊方异国所献，凡经岁践蹑宴息之处，香气沾衣，历年弥盛，百浣不歇，因名百濯香。或以人名香，故有朝姝、丽居、洛珍、洁华香。亮每游，此四人皆同与席，使来侍，皆以香名前后为次，不得相乱。所居室为“思香媚寝”。出《王子年拾遗记》。

蜀甘后

蜀先主甘后，沛人，生于贱微。里中相者云：“此女后贵，位极宫掖。”及后生而体貌特异，年至十八，玉质柔肌，态媚容冶。先主致后于白绡帐中，于户外望者，如月下聚雪。河南献玉人，高三尺，乃取玉人致后侧，昼则讲说军谋，夕则拥后而玩玉人。常称玉之所贵，比德君子，况为人形，而可不玩乎？甘后与玉人洁白齐润，观者殆相乱惑。嬖宠者非唯嫉甘后，而亦妒玉人。后常欲琢毁坏之，乃戒先主曰：“昔子罕不以玉为宝，《春秋》美之，今吴、魏未灭，安以妖玩经怀？凡诬惑生疑，勿复进焉。”先主乃撤玉人像，

孙亮姬朝姝

孙亮制作了绿琉璃屏风，薄薄的琉璃片晶莹透澈，他常常在清凉的夜晚于月光下面将屏风展开。孙亮有四个深受宠爱的姬妾，都是绝代佳丽：第一个名叫朝姝，第二个名叫丽居，第三个名叫洛珍，第四个名叫洁华。他让四人坐在屏风后面，自己从前面观望，就像中间没有隔着什么东西似的，看得清清楚楚，只是后面的香气透不过来。这是四名佳人合在一起散发出来的一股香气，这种香由远方异域所献，凡是经常践踏、宴请、睡眠的地方，常用此香，这种香气沾上衣服，时间越久香味越浓，洗涤百遍也不减退，所以起名叫百濯香。有人以人名称呼这种香，于是就有朝姝香、丽居香、洛珍香、洁华香。孙亮出游时总是带上这四位美人，与自己一起赴筵席，让她们侍奉自己时，也都以香名的先后次序依次排列，不许颠倒。他的居室叫作“思香媚寝”。出自《王子年拾遗记》。

蜀甘后

蜀先主刘备的甘皇后是沛县人，出生于贫贱之家。乡里的算命相面先生说：“这个女孩以后必然富贵，地位可及后宫之尊。”后来她出落得体貌形态极为出众，十八岁时，玉质柔肌，体态妩媚，容貌艳冶。先主将甘后安置在洁白透明的纱帐内，站在窗外望过去，就像月光笼罩下的晶莹的雪人。河南进献了一个身高三尺的玉石人，先主便将它放在甘后的身边，白天与大臣议论军国大计，夜晚则拥抱着甘后而玩弄玉人。人们常说玉之可贵，堪与贤德的君子相比，况且又是人形的美玉，怎么可以不把玩呢？甘后与玉人同样的洁白滋润，看见的人都分不清彼此。向先主邀宠的人不仅仅嫉妒甘后，而且也嫉妒玉人。甘后也时常想把玉人毁坏，便告诫先主道：“从前子罕不把玉当作珍宝，受到《春秋》的赞美，如今东吴与魏尚未灭掉，怎么能将蛊惑人的玩物整日放在心上呢？凡属这类东西和事情必能引起物议和疑窦，不应再让这类东西献进宫中了。”先主于是撤去了玉人像，

嬖者皆退。当时君子以甘后为神智妇人。出《王子年拾遗记》。

石崇婢翾风

石季伦所爱婢，名翾风，魏末于胡中买得之。年始十岁，使房内养之，至年十五，无有比其容貌，特以姿态见美。妙别玉声，能观金色。石氏之富，财比王家，骄侈当世。珍宝瑰奇，视如瓦砾，聚如粪土，皆殊方异国所得，莫有辨识其处者。使翾风别其声色，并知其所出之地，言："西方北方，玉声沉重而性温润，佩服益人性灵；东方南方，玉声清洁而性清凉，佩服者利人精神。"石氏侍人美艳者数千人，翾风最以文辞擅爱。石崇常语之曰："吾百年之后，当指白日，以汝为殉。"答曰："生爱死离，不如无爱，妾得为殉，身其何朽！"于是弥见宠爱。

崇常择美容姿相类者数十人，装饰衣服，大小一等，使忽视不相分别，常侍于侧。使翾风调玉以付工人，为倒龙之佩，萦金为凤冠之钗，刻玉为倒龙之势，铸金像凤凰之形。结袖绕楹而舞，昼夜相接，谓之"常舞"。若有所召者，不呼姓名，悉听佩声，视钗色，玉声轻者居前，金色艳者居后，以为行次而进也。使数十人各含异香，使行而笑语，则口气从风而扬。又筛沉水之香如尘末，布致象床上，使所爱践之无迹，即赐珍珠百粒；若有迹者，则节其饮食，令体轻弱。

将其他争宠的人也都屏退了。当时的贤人君子认为甘后是一位很有头脑的妇人。出自《王子年拾遗记》。

石崇婢翾风

石崇有个宠爱的婢女名叫翾风，魏朝末年在胡人手中买得。当时她才十岁，石崇便放在家里养着，十五岁时就长成一副无与伦比的秀丽容貌，尤其以体态优美出众。她能分辨玉石的好坏、金子的成色。石崇家里极富，财产可比王侯之家，生活骄奢冠于当世。珍奇珠宝在他眼里视如瓦砾，堆积如粪土，这些东西都从遥远的异国他乡得来，没人能够识别出处。若让翾风辨别其声色，都能道出它们的产地，她说："西方与北方出产的玉石，声音沉重而性质温润，佩戴在身上能益人性灵；东方与南方出产的玉石，声音清爽而性质清凉，佩带在身上则利人精神。"石崇家的侍女姿容娇艳者有几千人，翾风因擅长文辞最受宠爱。石崇经常对她说："指着青天白日发誓，我死之后，一定用你殉葬。"她答道："活着时相爱死了后就得分离，莫不如别爱我，我若能够为您殉葬，身体怎么会腐朽！"于是翾风益加受到宠爱。

石崇经常挑选姿容美丽而相貌相似的侍女几十人，发饰服装的规格尺寸完全一样，让人骤然间看去无法分别，然后叫她们在身边侍奉。还吩咐翾风将玉石调配给工人，让他们制作倒龙形玉佩，编织金丝为凤冠上的金钗，将玉石雕刻成龙体倒立的姿势，用金子铸造成凤凰的形状。让这几十名侍女佩带上这样的玉佩与金钗，手拉着手绕着殿堂上的柱子翩翩起舞，昼夜相接，永不间断，将此舞叫作"常舞"。如果要招呼她们时，不喊姓名，一律让翾风根据她们的玉佩声音和金钗的颜色，使玉佩声较轻的排在前面，金钗颜色鲜艳的排在后面，按照顺序依次走上前来。还让这几十人嘴里都含上奇异的香料，使她们在走路时说着笑着行进，吐出的香气便随风飘扬。又将沉水香筛成粉末，撒在象牙床上，如果宠爱的婢女经过时没留下痕迹，石崇就赐给她珍珠百粒；如果谁留下了痕迹，则让她减少饮食以减轻体重。

乃闺中相戏曰："尔非细骨轻躯，那得百粒真珠？"

及翾风年至三十，妙年者争嫉之，或言"胡女不可为群"，竞相排毁。崇受谮润之言，即退翾风为房老，使主群少。乃怀怨怼而作五言诗，诗曰："春华谁不羡？卒伤秋落时。哽咽追自泣，鄙退岂所期？桂芬徒自蠹，失爱在蛾眉。坐见芳时歇，憔悴空自嗤。"石氏房中并歌此为乐曲，至晋末乃止。出《王子年拾遗记》。

浙东舞女

宝历二年，浙东贡舞女二人：一曰飞燕，一曰轻凤。修眉黟首，兰气融冶。冬不纩衣，夏无汗体。所食多荔枝榧实，金屑龙脑之类。带轻金之冠，轶罗衣无缝而成。其文织巧，人未能识。轻金冠以金丝结之，为鸾鹤之状，仍饰以五彩细珠，玲珑相续，可高一尺，秤之无三二钱，上更琢玉芙蓉以为顶。二女歌舞台，每夜歌舞一发，如鸾凤之音，百鸟莫不翔集其上，及于庭际。舞态艳逸，非人间所有。每歌罢，上令内人藏之金屋宝帐，盖恐风日故也。由是宫中女曰："宝帐香重重，一双红芙蓉。"出《杜阳杂编》。

妒妇

车武子妻

俗说，车武子妻大妒。呼其妇兄宿，取一绛裙衣，挂屏风上。

所以那些女孩子中间便流传着一句戏言:“你骨骼不细,身体不轻,哪能得到百粒珍珠?”

在翾风已到三十岁时,妙龄侍女便嫉妒起她来,有人散布说“翾风乃胡人女子,不可与她靠近”,大家争相诋毁和排挤她。石崇听了这些话后,就远离了翾风,让她担任房老,管理一群少女。翾风于是心怀怨愤,作了一首五言诗,借以抒发自己的辛酸与不平,诗中说道:“春华谁不美? 卒伤秋落时。哽咽追自泣,鄙退岂所期? 桂芬徒自蠹,失爱在蛾眉。坐见芳时歇,憔悴空自嗤。”石崇家的人把此诗谱上曲子当歌唱,直到晋朝末年才停止。出自《王子年拾遗记》。

浙东舞女

唐敬宗宝历二年,浙东向宫中进献舞女二人:一个叫飞燕,一个叫轻凤。她们都是细长的眉毛油黑的头发,浑身散发着幽兰的香气。冬天不用穿棉衣,夏季身上不流汗。吃的食物多是荔枝与香榧,以及金屑龙脑之类。头戴很轻的金冠,身着无缝的罗衣。衣服的织纹精细纤巧,人们都未见过。金冠是以金丝结成的,呈鸾鹤形状,又以五彩细珠装饰起来,玲珑相接,有一尺来高,称量一下也不过二三钱重,上面又有玉雕的芙蓉作为冠顶。两个舞女常在台上歌舞,每当夜晚歌舞起来,歌声犹如鸾凤和鸣,百鸟听了全部飞来,落满庭院。优美神奇的舞姿,也非人间所有。每当歌舞结束,皇上便令内侍把她们藏在金屋宝帐之中,大概是怕风吹日晒着她们的缘故。于是宫中的女子们便道:“宝帐香重重,一双红芙蓉。”出自《杜阳杂编》。

妒妇

车武子妻

民间都说,车武子的妻子是个大妒妇。一天晚上,车武子把大舅哥招呼到自己房里休息,将一件绛色裙子挂在了屏风上。

其妇拔刀径上床，发被，乃其兄也，惭而退。出《要录》。

段氏

临济有妒妇津。传言晋太始中，刘伯玉妻段氏字明光，性妒忌。伯玉尝于妻前诵《洛神赋》，语其妻曰："取妇得如此，吾无憾焉。"明光曰："君何得以水神美而欲轻我？吾死何患不为水神。"其夜乃自沉而死。死后七日，梦见与伯玉曰："君本愿神，吾今得为神矣。"伯玉遂终身不复渡水。有妇人渡此津者，皆坏衣枉妆，然后敢济。不尔，风波暴发。丑妇虽妆饰而渡，其神亦不妒也。妇人渡河无风浪者，以为丑不能致水神。丑妇讳之，莫不皆自毁形容，以塞嗤笑也。故齐人语曰："欲求好妇，立在津口。妇人水傍，好丑自彰。"出《酉阳杂俎》。

王导妻

王导妻曹氏甚妒忌，制丞相不得有侍御，乃至左右小人，有妍少者，必加诮责。乃密营别馆，众妾罗列，有数男。曹氏知，大惊恚，乃将黄门及婢二十人，人持食刀，欲出讨寻。王公遽命驾，患迟，乃亲以麈尾柄助御者打牛，狼狈奔驰，乃得先至。司徒蔡谟闻，乃诣王谓曰："朝廷欲加公九锡，知否？"王自叙谋志，蔡曰："不闻余物，惟闻短辕犊车，长柄麈尾耳。"导大惭。出《妒记》。

他的妻子看见裙子后，提刀直奔屏风后的床上，掀开被子一看，原来是自己的哥哥，这才羞愧地退了出去。出自《要录》。

段氏

临济有个叫妒妇津的渡口。传说晋朝泰始年间，刘伯玉的妻子段明光，生性妒忌。伯玉曾在妻子的面前诵读《洛神赋》，他对妻子说："要能讨到这样漂亮的女人，我就终生无憾了。"明光说："您怎么能因为水神生的美而轻视我？我死了何愁不成为水神。"当夜她就跳水而死了。死后第七天，她在梦中对伯玉说："您本来是喜欢水神的，我现在已经成为水神了。"伯玉于是终身不再从这条河上渡过。从此之后，凡有女人从这个渡口过河，必须先把衣饰弄乱，粉妆擦去，船夫才敢让她上船。若不如此，行至水中就会有风浪大作。相貌丑陋的女人，梳妆打扮好再渡河，里面的水神也不妒忌她。凡是不弄坏衣妆而渡河不引发风浪的女人，皆因相貌丑陋而不能招致水神的妒忌。丑女人过河时，因为怕人说她丑，所以无不主动破坏自己的形象，借以避免人们的嗤笑。由此，当地人流传着这样的话："若求好媳妇，立在河渡口。女人到河旁，美丑自分明。"出自《酉阳杂俎》。

王导妻

王导的妻子曹氏，生性十分妒忌，限制丞相，不得娶妾，甚至身边的奴仆之中有几个长相好看的，她也必定严加责问。王导便背着妻子，在外面布置了一个安乐窝，那里有娇妾成群，而且还生了好几个男孩。曹氏得知后，大为惊怒，于是率领太监及婢女二十余人，各持菜刀一把，准备前往。王导立即命令备车，害怕延误时间，他便亲自用拂尘的手柄帮助车夫拼命打牛赶路，急急忙忙奔跑，终于抢先到达。司徒蔡谟听说后，便到王导面前对他说："朝廷要加九锡给您，知道不知道？"王导就讲述了他的大计志向，蔡谟说："我没听说其他事情，只听说有短辕的牛车，长柄的拂尘。"王导羞愧得无地自容。出自《妒记》。

杜兰香

杜兰香降张硕。硕妻无子，取妾。妻妒无已，硕谓香："如此云何?"香曰："此易治耳。"言卒而硕妻患创委顿。硕曰："妻将死如何?"香曰："此创所以治妒，创已亦当瘥。"数日之间，创损而妻无妒心，遂生数男。出《杜兰香别传》。

任瓌妻

唐初，兵部尚书任瓌，敕赐宫女二，女皆国色。妻妒，烂二女头发秃尽。太宗闻之，令上宫赍金胡瓶酒赐之，云："饮之立死。瓌三品，合置姬媵。尔后不妒，不须饮之；若妒即饮。"柳氏拜敕讫，曰："妾与瓌结发夫妻，俱出微贱，更相辅翼，遂致荣官。瓌今多内嬖，诚不如死。"遂饮尽。然非鸩也，既睡醒。帝谓瓌曰："其性如此，朕亦当畏之。"因诏二女，令别宅安置。出《朝野佥载》。

又房玄龄夫人至妒。太宗将赐美人，屡辞不受。乃令皇后召夫人，语以媵妾之流，令有常制，且司空年近迟暮，帝欲有优崇之意，夫人执心不回。帝乃令谓曰："宁不妒而生？宁妒而死?"曰："妾宁妒而死。"乃遣酌一卮酒与之曰："若然，可饮此一鸩。"一举便尽，无所留难。帝曰："我尚畏见，何况于玄龄乎?"出《国史异纂》。

杜兰香

杜兰香降张硕。张硕妻没有生孩子，于是娶妾。妻子的妒忌没完没了，张硕对兰香说："如此下去，以后怎么办呢？"兰香说："这种妒忌病是很容易治的。"说完之后，张硕妻子因生毒疮而萎靡不振。张硕对兰香说："妻子眼看要死了，怎么办？"兰香说："这种毒疮是用来治疗妒忌病的，疮好了，妒忌病也就会好的。"过了几天，妻子的疮平复了，她的妒忌心也没了，之后还生了几个男孩。出自《杜兰香别传》。

任瓌妻

唐朝初年，兵部尚书任瓌被皇帝赐给了两名宫女，皆有倾国之姿色。妻子十分妒忌，便将宫女的美发烧烂使其变成秃头。太宗听说后，便命宫内太监带着金胡瓶酒前去赐给她，说："饮下此酒立刻就死。任瓌位列三品，合当养婢纳妾。今后你若不再妒忌，可以不饮此酒；如果还要妒忌，那就立即饮下去。"柳氏跪拜接受皇命，礼毕，说道："我与任瓌乃结发夫妻，两人都出身微贱，因相爱互助，于是荣登高位。任瓌如今要多蓄婢妾，与其这样，我实在不如死掉的好。"说罢，随即将酒一饮而尽。但这并非毒酒，柳氏一会就睡醒了。皇帝对任瓌说道："看来夫人秉性如此，无法令其改变，我也惧她三分。"于是诏令将那两名宫女安置在其他宅第。出自《朝野佥载》。

房玄龄的夫人也是极为妒忌。唐太宗要赐给房玄龄美女，玄龄再三推辞而不接受。太宗便令皇后召见玄龄夫人，跟她讲明，皇上赐给大臣婢妾，朝廷是有严格规定的，况且房司空年近迟暮，皇上赐给美女也是对他格外优崇的意思，但是，无论说什么，夫人决不改变心意。太宗便传令对她说："是要不妒忌而活着？还是宁可妒忌而死掉？"夫人说："我愿妒忌而受死。"于是拿了一杯酒给她道："如果是这样，那就饮下这杯毒酒。"夫人举杯一饮而尽，毫无半点犹豫和留恋。太宗说："我尚且害怕看见这种人，何况是房玄龄呢？"出自《国史异纂》。

杨弘武妻

杨弘武为司戎少常伯，高宗谓之曰："某人何因，辄授此职？"对曰："臣妻韦氏性刚悍，昨以此见属，臣若不从，恐有后患。"帝嘉不隐，笑而遣之。出《国史异纂》。

房孺复妻

房孺复妻崔氏性妒忌，左右婢不得浓妆高髻见。给胭脂一豆，粉一钱。有一婢新买，妆稍佳，崔怒谓曰："汝好妆耶？吾为汝妆。"乃令刻其眉，以青填之，烧锞桁，灼其两眼角，皮随焦卷，以朱傅之。及痂落，瘢如妆焉。出《酉阳杂俎》。

李廷璧妻

李廷璧二十年应举，方于蜀中策名，歌篇靡丽，诗韵精能。尝为舒州军倅。其妻猜妒，一日铃阁连宴，三宵不归，妻达意云："来必刃之！"泣告州牧，徙居佛寺，浃辰晦迹，因《咏愁》诗曰："到来难遣去难留，着骨黏心万事休。潘岳愁丝生鬓里，婕妤悲色上眉头。长途诗尽空骑马，远雁声初独倚楼。更有相思不相见，酒醒灯背月如钩。"出《抒情集》。

张裼妻

张裼尚书典晋州，外贮所爱营妓，生一子。其内苏氏妒忌，不敢取归，乃与所善张处士为子。居江津间，常致书题，

杨弘武妻

杨弘武被任命为司戎少常伯，高宗问他道："你为什么愿意担任这个职位？"弘武答道："臣妻韦氏性情刚烈强悍，昨天告诉我这么做，我要是不听，恐有后患。"皇帝称许他不隐瞒家私，笑着叫他退下了。出自《国史异纂》。

房孺复妻

房孺复的妻子崔氏性情妒忌，身边的婢女不许有浓妆艳抹的，也不许盘着高高的发髻。每人只发给豆粒大一点胭脂与一钱粉。有一个婢女是新买来的，不懂得主人的规矩和脾气，装扮得稍稍艳丽了一些，崔氏发现后气恼地对她说："你喜欢化妆是吧？我来为你化化妆。"于是令人剃掉她的眼眉，用青色填上，把锁门用的铁柱烧红了，灼她的两只眼角，皮肉被烧焦卷了起来，随后又用红粉敷上。等到疮痂脱落后，瘢痕处处犹如化的妆。出自《酉阳杂俎》。

李廷璧妻

李廷璧参加科举二十年，才在蜀中及第，他诗歌艳丽，诗韵精巧工整。他曾在舒州做过军副。他的妻子妒忌心很重，一次，廷璧在铃阁接连参加了几个宴会，三宿没有回家，妻子便传话对他说："回家后一定宰了你！"廷璧将此事哭哭啼啼地告诉了州长官，躲进了寺庙里居住，一连十二天没敢露面，于是写下《咏愁》诗一首，诗中写道："到来难遣去难留，着骨黏心万事休。潘岳愁生丝鬓里，婕妤悲色上眉头。长途诗尽空骑马，远雁声初独倚楼。更有相思不相见，酒醒灯背月如钩。"出自《抒情集》。

张褐妻

张褐尚书在执掌晋州时，在外面养了一名喜爱的营妓，生了一个儿子。因妻子苏氏为人妒忌，没敢把这个儿子领回家，便送给好友张处士当儿子。张处士家住在江津，张褐时常去信，

问其存亡，资以钱帛。及渐成长，教其读书。有人告以非处士之子，尔父在朝官高。因窃其父与张处士缄札，不告而遁归京国。褐已死，至宅门，僮仆无有识者，但云江淮郎君，兄弟皆愕然。其嫡母苏夫人泣而谓诸子曰："诚有此子，吾知之矣。我少年无端，致其父子死生永隔，我罪矣。"家眷众泣，取入宅，齿诸兄之列，名仁龟。有文学，修词应进士举，及第，历侍御史。因奉使江浙而死。出《北梦琐言》。

吴宗文

王蜀吴宗文，以功勋继领名郡，少年富贵，其家姬仆乐妓十数辈，皆其精选也。其妻妒，每怏怏不惬其志。忽一日，鼓动趋朝，已行数坊，忽报云"放朝"。遂密戒从者，潜入，遍幸之。至十数辈，遂据腹而卒。出《王氏见闻》。

蜀功臣

蜀有功臣忘其名，其妻妒忌。家畜妓乐甚多，居常即隔绝之。或宴饮，即使隔帘幕奏乐，某未尝见也。其妻左右，常令老丑者侍之。某尝独处，更无侍者，而居第器服盛甚。后妻病甚，语其夫曰："我死，若近婢妾，立当取之。"及属圹，某乃召诸姬，日夜酣饮为乐。有掌衣婢，尤属意，

打听儿子的情况，并且资助给他们钱财。孩子长大后，张处士教他读书。有人告诉他，他不是张处士的儿子，亲生父亲在朝廷做大官。他便偷取了父亲写给张处士的秘信，不告而辞，逃回了京城。此时张裼已经去世，他找到自己家门时，家仆们谁也不认识他，他只说自己是在江淮长大的少爷，但兄弟们听了都感到惊愕。嫡母苏夫人一边流泪一边对儿子们说："确实有他这么个儿子，我是知道的。都怪我年轻时不懂情理，使他们父子永生分离，这都是我的罪过啊。"全家人都伤心地流着泪，把他领进屋里，与各位兄弟按照年龄大小排了行，并取名叫仁龟。仁龟很有文学特长，后以修词科应举中了进士，历任侍御史。后奉命出使江浙，死在那里。出自《北梦琐言》。

吴宗文

前蜀吴宗文以功勋继领名郡，年纪轻轻就过上了富贵荣华的生活，家里有奴婢乐妓十多名，全是他精心挑选的。但他妻子为人妒忌，管束极严，他常因不能与美人们取乐而心情郁闷。忽然有一天，他听到鼓声便急忙赶着上朝，已经走过几条街了，又忽然有人来报告说已经散朝了。他便悄悄告诉随从人员，偷偷地回家，与所有的美女纵情淫乐。一连宠幸十几个人，然后用手按着肚子死掉了。出自《王氏见闻》。

蜀功臣

蜀国有位功臣，忘记叫什么名字了，他的妻子是个妒妇。家里有许多歌妓，日常生活中总不让他与歌妓们在一起。家里举行宴会时，就让歌妓们隔着帘幕奏乐，他从未见过她们的面。妻子身边一直让年老或貌丑的仆人侍奉。他则一人独处，身边根本没有奴婢，他的居室内只有齐全的器具和各式多样的衣服。后来，妻子得了重病，临终前对丈夫说："我死之后，你若亲近婢妾，我会立即来捉你。"妻子下葬后，他便召集起家里的婢妾，日日夜夜地饮酒作乐。有个掌管衣服的婢女，尤其符合他的心意，

即幸之。方寝息，忽有声如霹雳，帷帐皆裂，某因惊成疾而死。出《王氏见闻》。

秦骑将

秦骑将石某者，甚有战功。其妻悍且妒，石常患之。后其妻独处，乃夜遣人刺之。妻手接其刃，号救叫喊。婢妾共击贼，遂折镡而去，竟不能害，妇十指皆伤。后数年，秦亡入蜀，蜀遣石将兵屯于褒梁，复于军中募侠士，就家刺之。褒蜀相去数千里，侠士于是挟刃，怀家书，至其门曰：“褒中信至，令面见夫人。”夫人喜出见，侠拜而授其书，捧接之际，挥刃斫之。妻有一女跃出，举手接刃，相持久之，竟不能害。外人闻而救之，女十指并伤。后十年，蜀亡，归秦邦，竟与其夫偕老，死于牖下。出《玉堂闲话》。

便召她侍寝。刚睡下，忽有霹雳般的巨响，屋内的帘幕全被撕裂，他因惊惧成疾，便死了。出自《王氏见闻》。

秦骑将

秦骑将石某战功赫赫。他的妻子强悍而妒忌，石某常常想除掉她。后来妻子一人独处，他便夜里派人去行刺。妻子用手接住砍来的刀刃，大喊救命。婢妾闻声都赶来捉贼，刺客匆忙逃走，最终未能杀掉妻子，但她的十个手指都受了伤。过了几年，秦灭亡后石某到了蜀地，蜀王派遣石某带兵驻守褒梁，他又在军营里招募侠士到家里刺杀妻子。褒梁距离蜀地几千里，侠士提着刀，带着石某的家信，长途跋涉来到了石某的家，然后说："褒梁来的家信到了，主人命令要面见夫人。"夫人高兴地出来相见，侠士行礼递上书信，在夫人捧接书信之际，侠士挥刀砍去。夫人的女儿跳了出来，举手接住了刀刃，双方相持了好长时间，最终没能杀死夫人。外人听到砍杀声后纷纷相救，女儿的十指全被砍伤了。过了十年，蜀亡，石某回到了秦地，最终与妻子白头偕老，死在家里。出自《玉堂闲话》。

卷第二百七十三

妇人四附妓女

周　皓

太仆卿周皓，贵族子，多力负气。天宝中，皓少年，常结客为花柳之游，竟畜亡命。访城中名姬，如蝇袭膻，无不获者。时靖恭有姬子夜来，稚齿巧笑，歌舞绝伦，贵公子破产迎之。皓时与数辈富者更擅之。会一日，其母白皓曰："某日夜来生日，岂可寂寞乎！"皓与往还，竟求珍货，合钱数十万，会饮其家。乐工贺怀智、纪孩孩，皆一时绝手。扃方合，忽觉击门声甚急。皓戒内勿开。良久，折关而入。有少年紫衣，骑从数十，诟其母，即将军高力士之子也。母与夜来泣拜，诸客将散。皓时血气方刚，且恃其力，顾从者不相敌，因前让其怙势，攘臂格之。紫衣者踣于拳下，且绝其颔骨，大伤流血。皓遂突出。时都亭驿所有魏贞，

周　皓

太仆卿周皓是贵族子弟，力大气盛。天宝年间，周皓正年轻，常常结交宾客一起寻花问柳，收留亡命之徒。他当时遍访城中名妓，犹如苍蝇叮臭肉，没有不到手的。那时靖恭坊有个名妓叫夜来，她很年轻，笑容妩媚，歌声舞姿无人能比，贵公子们倾家荡产也要去请她。当时周皓与几个富家子弟都很想占有她。有一天，鸨母告诉周皓说："某日是夜来的生日，可不能冷落了啊！"周皓与夜来长期交往，因此遍求珍宝，价值几十万钱，到她家聚会宴饮。贺怀智、纪孩孩等名高一时的乐师都到场献技。刚把门关好，忽然听到急切的敲门声，周皓不让屋里的人去开门。过了一会儿，门栓被推断了，外面的人破门而入。有个穿紫衣服的少年，还有几十名骑马的随从，破口大骂鸨母，这位少年就是高力士将军的义子。鸨母与夜来哭哭啼啼地对他跪拜施礼，客人们见状也都准备离去。周皓当时血气方刚，又仗着有浑身的力气，看相从的人不能敌他，就上前指责他们仗势欺人，并捋起袖子与紫衣少年格斗，少年便倒在他的拳下，下巴骨都被打掉了，伤势很重，流血不止。周皓于是夺路而逃。当时都亭驿有位魏贞，

有心义，好养私客。皓以情投之，贞乃藏于妻女间。时有司追捉急切，贞恐踪露，乃夜办装具，腰白金数锭，谓皓曰："汴州周简老，义士也，复与郎君当家，今可依之，且宜谦恭不怠。"周简老盖大侠也，见魏贞书，喜甚。皓因拜之为叔，遂言其状。简老令居一船中，戒无妄出，供与极厚。居岁余，忽听船上哭泣声，皓潜窥之，见一少妇，缟衣甚美，与简老相慰。其夕，简老忽至皓处，问："君婚未？某有表妹，嫁与甲，甲卒无子。今无所归，可事君子。"皓拜谢之。即夕，其表妹归皓。有女二人，男一人，犹在舟中。简老忽语皓："事已息，君貌寝，必无人识者，可游江淮。"乃赠百余千，号哭而别。于是遂免。出《酉阳杂俎》。

李秀兰

李秀兰以女子有才名。初五六岁时，其父抱于庭，作诗咏蔷薇。其末句云："经时未架却，心绪乱纵横。"父恚曰："此女子将来富有文章，然必为失行妇人矣。"竟如其言。出《玉堂闲话》。

又秀兰尝与诸贤会乌程县开元寺。知河间刘长卿有阴疾，谓之曰："山气日夕佳。"长卿对曰："众鸟欣有托。"举坐大笑，论者两美之。秀兰有诗曰："远水浮仙棹，寒星伴使车。"盖五言之佳境也。上方班姬即不足，下比韩英则有余，亦女中之诗豪也。尝赋得《三峡流泉歌》曰："妾家

很重义气，喜爱私下蓄养门客。周皓凭着交情投奔到他家，他便将周皓藏匿在妻子儿女们中间。当时有关部门追捕得很急，魏贞担心暴露周皓的踪迹，便连夜置办行装，让周皓带上几锭银子，叮嘱他说："汴州周简老是位义士，又跟你是本家，如今你可以去投靠他，要谦虚恭敬不要有所怠慢。"周简老是一位大侠，见了魏贞的书信非常高兴。周皓便拜他为叔父，向他讲述了自己的遭遇。简老让他住在一只船里，告诫他不要随便出来，供给他极为丰厚的生活用品。过了一年多，周皓忽然听到船上有哭泣声，便悄悄窥视，见一位少妇，穿着白色孝服，长得很美，简老正在安慰她。这天晚上，简老忽然来到周皓这里，问道："你结婚了吗？我有个表妹，嫁给了一个人，这个人死了，又没有孩子。表妹如今无依无靠，可以侍奉你。"周皓当即向他拜谢。当天夜晚，他就把表妹嫁给了周皓。他们生了两个女儿，一个儿子，也都住在船上。一天简老忽然对周皓说："事情已经平息，你的相貌又不大惹人注意，肯定没人认出你来，可以到江淮一带去漫游。"于是赠给他一百多贯钱，双方痛哭而别。周皓于是逃脱了。出自《酉阳杂俎》。

李秀兰

李秀兰是女子当中有才华名望的人。当初五六岁时，父亲抱着她在院子里，她作了一首咏蔷薇的诗。诗的末句是："经时未架却，心绪乱纵横。"父亲愤怒地说："这女孩子将来会很有文才，然而必定是个行为不检点的女人。"结果真像他说的那样。出自《玉堂闲话》。

另有一说，秀兰曾与众贤才在乌程县开元寺聚会。她知道河间刘长卿有疝气，对他说："山气日夕佳。"长卿对道："众鸟欣有托。"在座的人都大笑，评论者以为双方对答得都很妙。秀兰有一首诗道："远水浮仙棹，寒星伴使车。"大概是五言诗中很美的意境了。她上比班昭尚有不足，下比韩英则实有余，也是女子中一位出类拔萃的诗人了。她曾写过一篇《三峡流泉歌》："妾家

本住巫山云，巫山流水常自闻。王琴弹出转寥夐，直似当时梦中听。三峡迢迢几千里，一时流入深闺里。巨石奔湍指下生，飞波走浪弦中起。初疑喷涌含雷风，又似呜咽流不通。回湍濑曲势将尽，时复滴沥平沙中。忆昔阮公为此曲，能使仲容听不足。一弹既罢又一弹，愿与流泉镇相续。”出《中兴闲气集》。

杜 牧

唐中书舍人杜牧少有逸才，下笔成咏。弱冠擢进士第，复捷制科。牧少隽，性疏野放荡，虽为检刻，而不能自禁。会丞相牛僧孺出镇扬州，辟节度掌书记。牧供职之外，唯以宴游为事。扬州，胜地也，每重城向夕，倡楼之上，常有绛纱灯万数，辉罗耀烈空中。九里三十步街中，珠翠填咽，邈若仙境。牧常出没驰逐其间，无虚夕。复有卒三十人，易服随后，潜护之，僧孺之密教也。而牧自谓得计，人不知之。所至成欢，无不会意。

如是且数年，及征拜侍御史，僧孺于中堂饯，因戒之曰：“以侍御史气概达驭，固当自极夷涂。然常虑风情不节，或至尊体乖和。”牧因谬曰：“某幸常自检守，不至贻尊忧耳。”僧孺笑而不答，即命侍儿取一小书簏，对牧发之，乃街卒之密报也，凡数十百，悉曰：“某夕，杜书记过某家，无恙。”“某夕宴某家，亦如之。”牧对之大惭，因泣拜致谢，而终身感焉。故僧孺之薨，牧为之志，而极言其美，报所知也。

本住巫山云，巫山流水常自闻。玉琴弹出转寥敻，直似当时梦中听。三峡迢迢几千里，一时流入深闺里。巨石奔湍指下生，飞波走浪弦中起。初疑喷涌含雷风，又似呜咽流不通。回湍濑曲势将尽，时复滴沥平沙中。忆昔阮公为此曲，能使仲容听不足。一弹既罢又一弹，愿与流泉镇相续。”出自《中兴闲气集》。

杜 牧

唐中书舍人杜牧年轻时就有过人的才华，落笔就能写下辞章。他二十岁时进士及第，又考中制科。杜牧少年英俊，生性狂放不羁，即使约束克制，也无法真正改变自己。正赶上宰相牛僧孺离开朝廷镇守扬州，召他为节度使掌书记。杜牧在公务之余，只知道宴游娱乐。扬州是个繁华的地方，城内每到傍晚，青楼之上常有上万只红纱灯悬挂起来，灿烂辉煌，照彻夜空。九里三十步的长街上，熙熙攘攘顶珠戴翠的人群，远远望去犹如仙境一般。杜牧就常在这里出没，没有一个晚上不来的。又有兵卒三十人，换上便服尾随在他的身后，暗中保护他，这是牛僧孺秘密派他们这样做的。但杜牧却自以为得意，认为自己的行踪绝无人知晓。其实他到什么地方寻欢作乐，牛僧孺无不心中有数。

就这样过了几年，到他被任命为侍御史时，牛僧孺在正堂设宴为他饯行，席间告诫他说：“以您的气概不凡，本可以前途平坦，一帆风顺。但常常忧虑您在男女之情方面不能控制自己，说不定会影响您贵体的健康。”杜牧假装说：“幸好我尚且能够自我管束，不至于烦您操心。”牛僧孺笑了笑没有说什么，当即让侍仆拿来一只小书箱，在杜牧面前打开，里面是尾随他的那些兵卒的秘报，共有近百份，上面写的内容都是：“某天夜晚，杜书记到了某家，没有出事。”“某天晚上在某家宴饮，也没出事。”杜牧看罢大为惭愧，于是流着泪向牛僧孺礼拜致谢，此后终生感激僧孺。所以在僧孺去世时，杜牧为他作墓志铭，极力表彰其优点，借以报答知遇之恩。

牧既为御史，久之分务洛阳。时李司徒愿罢镇闲居，声妓豪华，为当时第一。洛中名士，咸谒见之。李乃大开宴席，当时朝客高流，无不臻赴。以牧持宪，不敢邀致。牧遣座客达意，愿预斯会，李不得已驰书。方对酒独斟，亦已酣畅，闻命遽来。时会中已饮酒，女妓百余人，皆绝艺殊色。牧独坐南行，瞪目注视，引满三卮，问李云："闻有紫云者，孰是？"李指示之。牧复凝睇良久曰："名不虚得，宜以见惠。"李俯而笑，诸妓皆亦回首破颜。牧又自饮三爵，朗吟而起曰："华堂今日绮筵开，谁唤分司御史来？忽发狂言惊满座，两行红粉一时回。"意气闲逸，旁若无人。牧又自以年渐迟暮，常追赋感旧诗曰："落魄江湖载酒行，楚腰纤细掌中情。三年一觉扬州梦，赢得青楼薄幸名。"又曰："觥船一棹百分空，十载青春不负公。今日鬓丝禅榻伴，茶烟轻扬落花风。"

太和末，牧复自侍御史出佐沈传师江西宣州幕。虽所至辄游，而终无属意，咸以非其所好也。及闻湖州名郡，风物妍好，且多奇色，因甘心游之。湖州刺史某乙，牧素所厚者，颇喻其意。及牧至，每为之曲宴周游。凡优姬倡女，力所能致者，悉为出之。牧注目凝视曰："美矣，未尽善也。"乙复候其意，牧曰："愿得张水嬉，使州人毕观。候四面云合，某当闲行寓目，冀于此际，或有阅焉。"乙大喜，如其言。至日，两岸观者如堵。迨暮，竟无所得。将罢舟舣岸，于丛人中，有里姥引鸦头女，年十余岁。牧熟视曰："此真国色，

杜牧当了侍御史后，长期分管洛阳事务。当时司徒李愿卸任节度使在家闲居，家中歌妓舞女奢华铺张，为一时仅有。洛阳一带的名士都去拜访他。于是李司徒大摆宴席，当时的达官贵人都赶来赴宴。因为杜牧主管法纪，所以没敢邀请他。杜牧让前去赴宴的人致意，说自己愿意赴会，李司徒只好送去了请柬。杜牧此时正对酒独斟，已经喝得很痛快了，听到邀请后立即赶了来。当时宴会已经开饮，场上有歌妓舞女一百余人，都是色艺双绝。杜牧独自坐在南排，瞪大眼睛注视着，喝下满满的三杯之后，问李司徒道："听说有个叫紫云的，她们之中哪一个是？"李司徒便用手指给他看。杜牧又凝神细看了半天，说："果然名不虚传，希望能把她赠给我。"李司徒俯下身子直笑，妓女们也转过脸来笑了。杜牧又自饮三大杯，一边起身一边高声吟道："华堂今日绮筵开，谁唤分司御史来？忽发狂言惊满座，两行红粉一时回。"他意气风发，旁若无人。杜牧还因自觉日渐老去，曾写下感怀旧事的诗篇，诗中写道："落魄江湖载酒行，楚腰纤细掌中情。三年一觉扬州梦，赢得青楼薄幸名。"又写道："觥船一棹百分空，十载青春不负公。今日鬓丝禅榻伴，茶烟轻扬落花风。"

太和末年，杜牧又由侍御史出任江西宣州沈传师的幕僚。虽然所到之处仍是处处宴游，但始终没有他中意的女子，因为都不是他所喜欢的。后来听说湖州是个好地方，风光景物秀丽美好，又有许多绝色女子，于是就去纵情游览。湖州刺史某官平时和杜牧交情深厚，很理解他的心意。等杜牧到了湖州，他便经常为杜牧安排宴会，到处游览。凡是倡优名妓，能找来的，统统放在杜牧面前。杜牧凝神注视一番后说："确实很美，但还没到尽善尽美的程度。"刺史又问他有何要求，杜牧说："希望能搞一个水上游戏，叫全州人都来观看。待四面围满了人时，我要在人群中漫步注目，希望在这时，能有所发现。"刺史大喜，照他的话办。到这天，两岸的观众人山人海。但直到日落，仍然一无所得。正准备停船靠岸时，在人丛之中，有个乡下老妇人领着一个十多岁的小姑娘。杜牧仔细看了看说道："这才是真正的倾国之色，

向诚虚设耳!”因使语其母,将接致舟中,姥女皆惧。牧曰:“且不即纳,当为后期。”姥曰:“他年失信,复当何如?”牧曰:“吾不十年,必守此郡;十年不来,乃从尔所适可也。”母许诺,因以重币结之,为盟而别。

故牧归朝,颇以湖州为念。然以官秩尚卑,殊未敢发。寻拜黄州、池州,又移睦州,皆非意也。牧素与周墀善,会墀为相,乃并以三笺干墀,乞守湖州,意以弟顗目疾,冀于江外疗之。大中三年,始授湖州刺史。比至郡,则已十四年矣,所约者已从人三载,而生三子。牧既即政,函使召之。其母惧其见夺,携幼以同往。牧诘其母曰:“曩既许我矣,何为反之?”母曰:“向约十年,十年不来而后嫁,嫁已三年矣。”牧因取其载词视之,俯首移晷曰:“其词也直,强之不祥。”乃厚为礼而遣之。因赋诗以自伤曰:“自是寻春去校迟,不须惆怅怨芳时。狂风落尽深红色,绿叶成阴子满枝。”出《唐阙史》。

刘禹锡

刘禹锡赴任姑苏,道过扬州。州师杜鸿渐饮之酒,大醉而归驿。稍醒,见二女子在旁,惊非己有也。乃曰:“郎中席上与司空诗,特令二乐妓侍寝。”且醉中之作,都不记忆。

以前的那些统统是虚谈罢了！”于是他让人告诉小姑娘的母亲，要把她们接到船上来，老妇人和小姑娘都害怕了。杜牧便说：“暂且不马上娶她，要在以后约定个日期。”老妇人说：“如果以后说话不算数，又该怎么办？”杜牧说：“不超过十年，我肯定能成为这个郡的郡守；十年之内我不来，那就任你把她嫁给谁都行。”母亲答应了他，杜牧便以重金定了这门亲事，立定盟约之后便分别了。

因此杜牧回朝之后，始终惦念着湖州。但因官职尚低，一直未敢提出请求。不久，他先后出任黄州、池州的刺史，又改任睦州刺史，这都不合他的心意。杜牧与周墀一向交情很好，正赶上周墀任宰相，他便连续三次向周墀投寄书札，请求调任湖州刺史，书札的意思是说自己弟弟杜颉眼睛有病，希望到江南疗养。直到大中三年，才任命他为湖州刺史。等他来到湖州时，已经过了十四年了，原先约定的那个姑娘已经嫁给别人三年，而且生了三个孩子了。杜牧到任后，派人持信去召她。她母亲担心她被抢，带着年幼的孩子一同去见他。杜牧责问她母亲道：“以前既然许给我了，为什么反悔？”母亲说：“以前约定的是十年期限，等了十年不来然后才嫁人的，已经嫁出去三年了。”杜牧于是拿过当初订立的盟书来看了看，低头沉思了一会儿，说道：“她说的都符合事实，勉强她是不好的。”便给了她一份丰厚的礼物让她走了。杜牧因此写诗寄托自己的伤感，诗中写道：“自是寻春去校迟，不须惆怅怨芳时。狂风落尽深红色，绿叶成阴子满枝。”出自《唐阙史》。

刘禹锡

刘禹锡到苏州赴任时，路过扬州。州官杜鸿渐请他喝酒，喝得大醉后回到了驿馆。稍稍清醒后，他发现有两个女子在他的身旁，使他惊异的是，这两个女子并不是自己的人。两个女子便说：“郎中在酒席上与司空对诗，还专门让人派两名乐妓来侍寝。”但那是刘禹锡喝醉之后写的诗，现在自己都记不清怎么回事了。

明旦，修启致谢，杜亦优容之。夫禹锡以郎吏州牧而轻忤三司，岂不过哉？诗曰："高髻云鬟宫样妆，春风一曲杜韦娘。司空见惯寻常事，断尽苏州刺史肠。"出《云溪友议》。

李逢吉

李丞相逢吉性强愎而沉猜多忌，好危人，略无怍色。既为居守，刘禹锡有妓甚丽，为众所知。李恃风望，恣行威福，分务朝官，取容不暇。一旦阴以计夺之，约曰："某日皇城中堂前致宴，应朝贤宠嬖，并请早赴境会。"稍可观瞩者，如期云集。敕阍吏，先放刘家妓从门入。倾都惊异，无敢言者。刘计无所出，惶惑吞声。又翌日，与相善数人谒之，但相见如常，从容久之，并不言境会之所以然者。座中默然，相目而已。既罢，一揖而退。刘叹咤而归，无可奈何，遂愤懑而作四章，以拟《四愁》云尔。"玉钗重合两无缘，鱼在深潭鹤在天。得意紫鸾休舞镜，能言青鸟罢衔笺。金盆已覆难收水，玉轸长抛不续弦。若向蘼芜山下过，遥将红泪洒穷泉。""鸾飞远树栖何处？凤得新巢已去心。红壁尚留香漠漠，碧云初断信沉沉。情知点污投泥玉，犹自经营买笑金。从此山头似人石，丈夫形状泪痕深。""人曾何处更寻看，虽是生离死一般。买笑树边花已老，画眉窗下月犹残。云藏巫峡音容断，路隔星桥过往难。莫怪诗成无泪滴，尽倾东海也须干。""三山不见海沉沉，岂有仙踪更可寻？青鸟去时云路断，姮娥归处月宫深。纱窗遥想春相忆，书幌谁怜夜独吟？料得夜来天上镜，只因偏照两人心。"见《本事诗》。

第二天早上，他写信向杜鸿渐表示歉意，杜鸿渐对此事也很谅解宽容。刘禹锡只是个郎中、州刺史级别的小官，竟在诗中轻慢忤逆三司一级的显官，岂不是太过分了吗？其诗道："高髻云鬟宫样妆，春风一曲杜韦娘。司空见惯寻常事，断尽苏州刺史肠。"出自《云溪友议》。

李逢吉

宰相李逢吉，性格刚愎而又深沉多猜忌，喜欢害人，而且毫无惭愧之意。任东都留守时，刘禹锡有个歌妓十分漂亮，人人都知道。李逢吉倚仗自己的权势，作威作福，朝中分管东都事务的官员，想讨好取悦他都来不及。有一天他要用阴谋诡计夺取刘禹锡的歌妓，便通知大家道："某日于皇城正堂前举行宴会，所有朝廷官员及其宠爱的婢妾，均请尽早到场赴宴。"稍有姿色的婢妾，到那一天便纷纷前来。李逢吉命令守门人，要先把刘禹锡家的歌妓放进门来。大家对此举动都深感惊异，但是谁也不敢说什么。刘禹锡也无计可施，惊恐之余只好忍气吞声。第二天，刘禹锡与几位亲近的人前往拜谒，李逢吉见了他们就像平常一样，待了很长时间，根本不提昨天的宴会到底是怎么回事。在座的人也不敢发问，只有默然相视而已。拜见结束后，便拱手告退。刘禹锡唉声叹气地回了家，无可奈何，于是悲愤地写下四首诗，模仿《四愁》诗而作。他写道："玉钗重合两无缘，鱼在深潭鹤在天。得意紫鸾休舞镜，能言青鸟罢衔笺。金盆已覆难收水，玉轸长抛不续弦。若向蘼芜山下过，遥将红泪洒穷泉。""鸾飞远树栖何处？凤得新巢已去心。红壁尚留香漠漠，碧云初断信沉沉。情知点污投泥玉，犹自经营买笑金。从此山头似人石，丈夫形状泪痕深。""人曾何处更寻看，虽是生离死一般。买笑树边花已老，画眉窗下月犹残。云藏巫峡音容断，路隔星桥过往难。莫怪诗成无泪滴，尽倾东海也须干。""三山不见海沉沉，岂有仙踪更可寻？青鸟去时云路断，姮娥归处月宫深。纱窗遥想春相忆，书幌谁怜夜独吟？料得夜来天上镜，只因偏照两人心。"见《本事诗》。

洛中举人

举子某乙，洛中居人也，偶与乐妓茂英者相识，英年甚小。及乙到江外，偶与饮席遇之，因赠诗曰："忆昔当初过柳楼，茂英年小尚娇羞。隔窗未省闻高语，对镜曾窥学上头。一别中原俱老大，重来南国见风流。弹弦酌酒话前事，零落碧云生暮愁。"举子因谒节使，遂客游留连数月。帅遇之甚厚，宴饮既频，与酒纠谐戏颇洽。一日告辞，帅厚以金帛赆行，复开筵送别。因暗留绝句与纠曰："少插花枝少下筹，须防女伴妒风流。坐中若打占相令，除却尚书莫点头。"因设舞曲遗诗。帅取览之，当时即令人所在送付举子。出《卢氏杂说》。

蔡　京

邕南节度使蔡京过永州，永州刺史郑史与京同年，连以酒乐相邀。座有琼枝者，郑之所爱，而席之最妍。蔡强夺之行，郑莫之竞也。邕南之所为多如此类，为德义者见鄙，终其不悛也。及邕南制御失律，伏法。出《云溪友议》。

武昌妓

韦蟾廉问鄂州，及罢任，宾僚盛陈祖席。蟾遂书《文选》句云："悲莫悲兮生别离，登山临水送将归。"以笺毫授宾从，请续其句。座中怅望，皆思不属。逡巡，女妓泫然起曰："某不才，不敢染翰，欲口占两句。"韦大惊异，令随口写之："武昌无限新栽柳，不见杨花扑面飞。"座客无不嘉叹。

洛中举人

有个参加科举考试的人，在洛阳一带居住，偶然间认识了歌妓茂英，茂英当时年龄很小。后来这位举子到了江南，偶然在一次饮宴中又遇到了茂英，于是赠她一首诗道："忆昔当初过柳楼，茂英年小尚娇羞。隔窗未省闻高语，对镜曾窥学上头。一别中原俱老大，重来南国见风流。弹弦酌酒话前事，零落碧云生暮愁。"举子拜见了节度使，便客居此地，一住就是几个月。节度使以厚礼相待，经常为他设酒宴，席间让茂英担任监酒官，饮酒逗乐极为融洽。一天举子要告辞，节度使赠与丰厚的财物为他送行，又设宴与他道别。席间他悄悄留下一首绝句与茂英道："少插花枝少下筹，须防女伴妒风流。坐中若打占相令，除却尚书莫点头。"茂英为此诗谱写了舞曲。节度使把配了曲的诗拿来看了一遍，当即派人把茂英送到举子那里。出自《卢氏杂说》。

蔡　京

邕南节度使蔡京一次路过永州，永州刺史郑史与蔡京是同科进士，所以频设酒宴邀请他。席间有一个叫琼枝的乐妓，是郑史所宠爱的人，也是在座乐妓中最为娇艳者。蔡京看中后便强行夺了去，郑史没有和他争。蔡京的所作所为大都如此，为有德之人和仁义之士所不齿，而他终其一生恶习不改。后来他在治理邕南时触犯了法律，被处决。出自《云溪友议》。

武昌妓

韦蟾在鄂州任观察使，等他卸任时，宾客幕僚们大摆宴席为他饯行。席间，韦蟾挥笔题写了《文选》中的一句话："悲莫悲兮生别离，登山临水送将归。"然后将纸笔递给宾客僚属，请各位续写下句。在座的各位怅然相望，都感到对不出来。过了一会儿，一个妓女含泪而起道："奴婢不才，不敢随便书写，愿意随口念两句。"韦蟾大为惊异，令人照她口说的写了下来，这两句是："武昌无限新栽柳，不见杨花扑面飞。"在座的客人无不称许赞叹。

韦令唱作《杨柳枝词》，极欢而散。赠数十笺，纳之。翌日共载而发。出《抒情诗》。

韦保衢

韦保衢尝访同人，方坐，李钜新及第，亦继至。保衢以其后先，匿于帷下。既入曰："有客乎？"同人曰："韦保衢秀才，可以出否？"钜新及第，甚自得意，徐曰："出也何妨。"保衢竟不之出。洎衢尚公主为相，李蠙镇岐下，钜方自山北旧从事辟焉。初保衢既登第，独孤云除东川，辟在幕下。乐籍间有佐饮者，副史李甲属意也，时以逼于他适，私期，回将纳焉。保衢既至，不之知，祈于独孤，且请降其籍。李至，意殊不平，每在宴席，辄以语侵保衢。保衢不能容，即携其妓人以去。李益怒之，屡言于云。云不得已，命飞牒追之而回。无何，堂牒追保衢赴辇下，乃尚同昌公主也。李固惧之矣。不日，保衢复入翰林，李闻之，登时而卒。出《玉泉子》。

曹　生

卢常侍铥，牧泸江日，相座嘱一曹生，令署郡职，不免奉之。曹悦营妓名丹霞，卢沮而不许。会饯朝客于短亭，曹献诗曰："拜玉亭间送客忙，此时孤恨感离乡。寻思往岁绝缨事，肯向朱门泣夜长。"卢演为长句，和而勉之曰："桑扈交飞百舌忙，祖亭闻乐倍思乡。樽前有恨惭卑宦，席上无寥爱艳妆。莫为狂花迷眼界，须求真理定心王。

韦蟾令她把这几句唱出来，称作《杨柳枝词》，整个宴会尽欢而散。韦蟾送给歌妓几十幅题笺，并纳她为妾。第二天，他便携带家眷及歌妓出发了。出自《抒情诗》。

韦保衢

韦保衢有一次去同事家里探望，刚刚坐下，新及第的李钜也相继到了。保衢因自己尚未及第反倒先到，于是躲在帐子后面。李钜进屋后问道："家里有客人吗？"这位同事说："韦保衢秀才在这里，可以出来吗？"李钜刚刚及第，正在洋洋得意，慢声说道："出来又有何妨。"保衢终究没有出来。等到保衢迎娶公主、担任宰相时，李蠙镇守岐下，李钜才从过去的山北僚属调往李蠙幕府任职。当初保衢及第后，独孤云镇守东川，保衢便在他幕府中任职。乐妓中有个陪酒的女子，副史李甲看中了，时常逼她嫁给自己，并私下约定，等自己回来就纳为妾。保衢到任后，不知有这种关系，便请求独孤云将此妓女许给他，并除去她的乐籍。李甲回来后，心里极为不满，常在宴席上用言语攻击保衢。保衢无法忍受，便带着这位妓女逃走了。李甲更为恼火，屡次在独孤云面前进言。独孤云迫不得已，便令人带上文书飞马追他回来。没过多久，朝中有文书召保衢赴京师，是去和同昌公主结婚。李甲当然是惧怕公主的。没过几天，保衢又进了翰林院，李甲听说后，立即就死了。出自《玉泉子》。

曹 生

常侍卢钰任泸江地方长官时，宰相将一位曹生嘱托给他，让他在郡里担任点职务，卢钰免不了答应下来。曹生喜欢营妓丹霞，卢钰拒绝了他的请求。一次在短亭为朝廷官员饯行时，曹生于席间献诗道："拜玉亭间送客忙，此时孤恨感离乡。寻思往岁绝缨事，肯向朱门泣夜长。"卢钰接续了一首律诗，与曹生相和并借以勉励他，诗道："桑扈交飞百舌忙，祖亭闻乐倍思乡。樽前有恨惭卑宦，席上无寥爱艳妆。莫为狂花迷眼界，须求真理定心王。

游蜂采掇何时已，只恐多言议短长。”出卢瓌《抒情集》。

罗　虬

罗虬词藻富赡，与宗人隐、邺齐名，咸通乾符中，时号“三罗”。广明庚子乱后，去从鄜州李孝恭。籍中有红儿者，善为音声，常为副戎属意。会副戎聘邻道，虬请红儿歌，而赠之缯彩。孝恭以副车所盻，不令受之。虬怒，拂衣而起。诘旦，手刃红儿。既而思之，乃作绝句百编，号《比红儿诗》，大行于时。出《摭言》。

徐月英

江淮间有徐月英者，名娼也。其送人诗云：“惆怅人间万事违，两人同去一人归。生憎平望亭中水，忍照鸳鸯相背飞。”又云：“枕前泪与阶前雨，隔个窗儿滴到明。”亦有诗集。金陵徐氏诸公子，宠一营妓，卒乃焚之。月英送葬，谓徐公曰：“此娘平生风流，没亦带焰。”时号“美戏”也。出《北梦琐言》。

游蜂采掇何时已，只恐多言议短长。”出自卢瓌《抒情集》。

罗　虬

罗虬的文章词藻富丽华美，与同族人罗隐、罗邺齐名，咸通至乾符年间，一时号称“三罗”。广明庚子之乱以后，罗虬到鄜州去跟从李孝恭。乐妓中有个叫红儿的，擅长音乐，曾被副长官所看中。一次副长官到邻近的藩镇出使，罗虬便请红儿为他唱歌，并赠给她彩绸。孝恭因为她被副长官所看中，不让她接受。罗虬非常生气，拂袖而去。第二天早上，罗虬亲手杀死了红儿。事后时常思念着她，便作绝句上百篇，称为《比红儿诗》，当时极为流行。出自《摭言》。

徐月英

江淮一带有个叫徐月英的，是位名妓。她在赠送别人的诗中写道：“惆怅人间万事违，两人同去一人归。生憎平望亭中水，忍照鸳鸯相背飞。”又写道：“枕前泪与阶前雨，隔个窗儿滴到明。”她还有诗集。金陵徐家的几个公子，宠爱一名营妓，后来这个营妓死了，徐家便把她火化了。徐月英前去送葬时，对徐公说：“这个女人平生风流，死了也带着火焰光彩。”这句话当时被称为“漂亮的戏言”。出自《北梦琐言》。

卷第二百七十四
情感

买粉儿

有人家甚富,止有一男,宠恣过常。游市,见一女子美丽,卖胡粉,爱之。无由自达,乃托买粉,日往市,得粉便去。初无所言,积渐久,女深疑之。明日复来,问曰:"君买此粉,将欲何施?"答曰:"意相爱乐,不敢自达,然恒欲相见,故假此以观姿耳。"女怅然有感,遂相许以私,克以明夕。其夜,安寝堂屋,以俟女来。薄暮果到,男不胜其悦,把臂曰:"宿愿始伸于此!"欢踊遂死。女惶惧不知所以,因遁去,明还粉店。至食时,父母怪男不起,往视,已死矣。当就殡敛,发箧笥中,见百余裹胡粉,大小一积。其母曰:"杀我儿者,必此粉也。"入市遍买胡粉,次此女,比之,手迹如先。遂执问女曰:"何杀我儿?"女闻呜咽,具以实陈。

买粉儿

有一户人家十分富裕，家里有个独生子，非常娇生惯养。一次孩子到市场游逛，看到有个卖香粉的女子长相美丽，很喜欢她。因为无法向对方表达，便假托买香粉，天天去市场，买完香粉就走。开始也不说什么，时间久了，女子十分疑惑。第二天再来时，她便问道："你买了这香粉，要往什么地方用？"他答道："心里喜欢你，自己不敢说，但又总想见到你，所以只能借买香粉的机会来看你的美貌。"女子听了很不好意思，但心里很受感动，于是私下相许，说定明晚相会。第二天晚上，男的睡在正屋，耐心等待女子到来。傍晚女子果然到了，男的不胜欢悦，拉着她的手说："多日的愿望如今终于实现了！"激动得竟死了过去。女子极为惶恐，不知所措，便跑了，天亮时回到了香粉店。到吃饭时，父母见儿子还没起来，感到奇怪，过去一看已经死了。就办理丧事入敛，在儿子的一只箱子里发现一百余包香粉，每包大小都一样。母亲便说："杀死我儿子的，一定是这些香粉。"于是到市场上逐个店铺地买香粉，买到这个女子家时，拿来一比照，与儿子香粉的包装手法完全一样。于是抓着她问道："你为什么杀我儿子？"女子听了呜呜咽咽地哭起来，并把真实经过叙说了一遍。

父母不信,遂以诉官。女曰:“妾岂复吝死!乞一临尸尽哀。”县令许焉。径往,抚之恸哭曰:“不幸致此!若死魂而灵,复何恨哉!”男豁然更生,具说情状。遂为夫妇,子孙繁茂。出《幽明录》。

崔护

博陵崔护,资质甚美,而孤洁寡合,举进士第。清明日,独游都城南。得居人庄,一亩之宫,花木丛萃,寂若无人。扣门久之,有女子自门隙窥之,问曰:“谁耶?”护以姓字对,曰:“寻春独行,酒渴求饮。”女入,以杯水至。开门,设床命坐。独倚小桃斜柯伫立,而意属殊厚。妖姿媚态,绰有余妍。崔以言挑之,不对,彼此目注者久之。崔辞去,送至门,如不胜情而入。崔亦睠盼而归。尔后绝不复至。

及来岁清明日,忽思之,情不可抑,径往寻之。门院如故,而已扃锁之。崔因题诗于左扉曰:“去年今日此门中,人面桃花相映红。人面不知何处去,桃花依旧笑春风。”后数日,偶至都城南,复往寻之。闻其中有哭声,扣门问之,有老父出曰:“君非崔护耶?”曰:“是也。”又哭曰:“君杀吾女!”崔惊怛,莫知所答。父曰:“吾女笄年知书,未适人。自去年已来,常恍惚若有所失。比日与之出,及归,见在左扉有字,读之,入门而病,遂绝食数日而死。吾老矣,惟此一女,所以不嫁者,将求君子,以托吾身。今不幸而殒,

父母不相信她的话，便把此事告到了官府。女子说："我难道还舍不得一死吗！只求让我到尸首前尽尽哀悼之情。"县令答应了她的请求。女子来到死者面前，抚摸着尸体放声痛哭道："想不到竟有如此的不幸！如果你死后魂魄有灵，我又有什么遗憾呢！"男子突然苏醒过来，叙说了事情的原委。两人便结为夫妻，后来子孙满堂。出自《幽明录》。

崔护

博陵崔护，天资十分聪颖，但性情孤傲，很少与人来往，应举进士及第。清明节这天，他一个人去城南郊游。遇到一户庄园，房舍占地一亩，其间花木丛生，静若无人。崔护上前扣门，过了一会儿，有位女子从门缝里瞧了瞧，问道："谁呀？"崔护告诉她自己的姓名，说："我一人出城春游，酒后口渴，来求点水喝。"女子进去端了一杯水来。打开门，设置坐榻请他坐下。她一个人斜靠着小桃树站在那里，对崔护很有情意的样子。她姿色艳丽，神态妩媚，极有风韵。崔护用言语挑逗她，她只是默默不语，两人相互注视了许久。崔护起身告辞，送到门口后，她似有不尽之情地回到屋里。崔护也不住地顾盼，然后怅然而归。此后崔护再也没有去见她。

到第二年清明节，崔护忽然思念起她来，思念之情无法控制，便直奔城南去找她。门庭庄园一如既往，但是大门已上了锁。崔护便在左边一扇门上题诗道："去年今日此门中，人面桃花相映红。人面不知何处去，桃花依旧笑春风。"过了几天，他偶然来到城南，又去寻找那位女子。听到门内有哭声，扣门询问，有位老人出来说："你不是崔护吗？"答道："是。"老人又哭着说："是你杀了我的女儿！"崔护又惊又怕，不知该怎样回答。老人说："我女儿已成年，知书达理，尚未嫁人。从去年以来，经常神情恍惚若有所失。那天陪她出去散心，回家时，见左边门扇上有题字，读完后，进门她就病了，绝食数日便死了。我老了，只有这么一个女儿，迟迟不嫁的原因，就是想找个可靠的君子，以寄托我的终身。如今竟不幸去世，

得非君杀之耶?”又持崔大哭。崔亦感恸,请入哭之。尚俨然在床,崔举其首枕其股,哭而祝曰:“某在斯!”须臾开目,半日复活。老父大喜,遂以女归之。出《本事诗》。

武延嗣

唐武后载初中,左司郎中乔知之有婢名窈娘,艺色为当时第一。知之宠待,为之不婚。武延嗣闻之,求一见,势不可抑。既见即留,无复还理。知之痛愤成疾,因为诗,写以缣素,厚赂阍守,以达窈娘。窈娘得诗悲咽,结三章于裙带,赴井而死。延嗣见诗,遣酷吏诬陷知之,破其家。知之诗曰:“石家金谷重新声,明珠十斛买娉婷。昔日可怜君自许,此时歌舞得人情。君家楼阁不曾难,好将歌舞借人看。富贵雄豪非分理,骄奢势力横相干。别君去君终不忍,徒劳掩袂伤红粉。百年离别在高楼,一代红颜为君尽。”出《本事诗》。

开元制衣女

开元中,颁边军纩衣,制于宫中。有兵士于短袍中得诗曰:“沙场征戍客,寒苦若为眠。战袍经手作,知落阿谁边?蓄意多添线,含情更着绵。今生已过也,结取后身缘。”兵士以诗白于帅,帅进之。玄宗命以诗遍示六宫,曰:“有作者勿隐,吾不罪汝。”有一宫人自言万死。玄宗深悯之,遂以嫁得诗人。仍谓之曰:“我与汝结今身缘。”边人皆感泣。出《本事诗》。

这不是你害死她的吗?”说完又扶着崔护大哭。崔护也十分悲痛,请求进去一哭亡灵。死者仍安然躺在床上,崔护抬起她的头枕在自己的腿上,哭着祷告道:“我在这里!”不一会儿女子睁开了眼睛,过了半天便复活了。老人大为惊喜,便将女儿嫁给了崔护。出自《本事诗》。

武延嗣

唐武则天载初年间,左司郎中乔知之有个婢妾叫窈娘,歌舞技艺与姿色皆为当时第一。乔知之十分宠爱她,并为此不娶妻子。武延嗣听说后,请求见见这位绝代佳人,对她的爱慕无法抑制。见到之后武延嗣便将窈娘据为己有,根本没有退还的意思。乔知之又心疼又气愤,便病倒了,于是作诗,写在白色的细绢上,以重金收买守门人,将此诗送给了窈娘。窈娘得到诗后悲痛哭泣不已,便把这三章诗系在裙带上,投井而死。武延嗣看到此诗后,命酷吏罗织罪名诬陷乔知之,抄了他的家。乔知之在诗中写道:“石家金谷重新声,明珠十斛买娉婷。昔日可怜君自许,此时歌舞得人情。君家楼阁不曾难,好将歌舞借人看。富贵雄豪非分理,骄奢势力横相干。别君去君终不忍,徒劳掩袂伤红粉。百年离别在高楼,一代红颜为君尽。”出自《本事诗》。

开元制衣女

开元年间,有一批发给边防守军的棉衣,是在皇宫里制作的。有个士兵在短袍里面得到一首诗,诗中写道:“沙场征戍客,寒苦若为眠。战袍经手作,知落阿谁边?蓄意多添线,含情更着绵。今生已过也,结取后身缘。”兵士把此诗告诉了统帅,统帅又进呈给朝廷。玄宗命人将此诗在后宫之内普遍传示,并说:“谁作的此诗不要隐瞒,我不怪罪你。”有个宫女主动承认,并自言罪该万死。唐玄宗对她深表同情,便把她嫁给了那个得到诗的人。宫女还对那个士兵说:“我已与你结成了今世姻缘。”边防守军们都被这件事感动得热泪横流。出自《本事诗》。

韦 皋

唐西川节度使韦皋少游江夏，止于姜使君之馆。姜氏孺子曰荆宝，已习二经，虽兄呼于韦，而恭事之礼，如父也。荆宝有小青衣曰玉箫，年才十岁，常令祗侍韦兄。玉箫亦勤于应奉。后二载，姜使君入关求官，家累不行。韦乃易居止头陀寺，荆宝亦时遣玉箫往彼应奉。玉箫年稍长大，因而有情。

时廉使陈常侍得韦季父书云："侄皋久客贵州，切望发遣归觐。"廉使启缄，遗以舟楫服用，仍恐淹留，请不相见，泊舟江濑，俾篙工促行。韦昏暝拭泪，乃裁书以别荆宝。宝顷刻与玉箫俱来，既悲且喜。宝命青衣往从侍之，韦以违觐日久，不敢俱行，乃固辞之。遂与言约："少则五载，多则七年，取玉箫。"因留玉指环一枚，并诗一首遗之。既五年不至，玉箫乃静祷于鹦鹉洲。又逾二年，至八年春，玉箫叹曰："韦家郎君一别七年，是不来矣！"遂绝食而殒。姜氏悯其节操，以玉环著于中指而同殡焉。

后韦镇蜀，到府三日，询鞠狱囚，涤其冤滥，轻重之系，近三百余人。其中一辈，五器所拘，偷视厅事，私语云："仆射是当时韦兄也。"乃厉声曰："仆射，仆射，忆姜家荆宝否？"韦曰："深忆之。""即某是也！"公曰："犯何罪而重系？"答曰："某辞韦之后，寻以明经及第，再选青城县令。家人误爇廨舍库牌印等。"韦曰："家人之犯，固非己尤。"即与雪冤，

韦皋

唐朝西川节度使韦皋年轻时到江夏游览，住在姜使君家里。姜家有个儿子叫荆宝，已经读过两种经书，虽对韦皋以兄相称，但是恭敬侍奉的礼数，就像对待父辈。荆宝有个小丫环叫玉箫，才十岁，荆宝常常让她去侍奉韦皋兄。玉箫侍奉韦皋也很勤快。两年之后，姜使君进京去求官，家属没有跟去。韦皋便迁居到头陀寺中，荆宝仍然时常让玉箫到寺里去听他使唤。玉箫的年龄渐渐大了，两人之间便产生了爱慕之情。

这时，观察使陈常侍接到韦皋叔父的来信说："侄儿韦皋长期客居贵处，恳切盼望让他回家省亲。"观察使看过信后，给韦皋准备了船只和衣物盘缠，又怕他迟迟不肯启程，便告诉他不必见面告别，等船一靠岸，就催促船夫快快起航。韦皋依依不舍，泪眼模糊，于是写信以别荆宝。一会儿荆宝就与玉箫一块儿来了，韦皋见了悲喜交集。荆宝让丫环玉箫随船前往，沿途侍奉韦皋，韦皋因耽误回家省亲已经很久，不敢带她一块儿去，就一再推辞。于是和荆宝约定："少则五年，多则七年，即来娶玉箫。"韦皋留下玉戒指一枚，又写了一首诗赠给了玉箫。过了五年后，韦皋没有来，玉箫便于鹦鹉洲默默祈祷。又过了两年，到第八年春天，玉箫叹道："韦皋郎君走了七年多了，肯定不能回来了！"于是绝食而死。姜家怜悯她的气节，将那只玉戒指戴在她中指上一同安葬了。

后来韦皋镇守西蜀，到任三天，即将关在监狱里的囚犯重新审理，为冤案错案平反昭雪，接受审理的轻罪、重罪者，有近三百人。其中有一个人，身戴重枷上堂审理时，偷偷地向大堂上看了看，悄悄自语道："仆射是我当年的韦皋兄。"于是高声呼喊道："仆射，仆射，还记得当年姜家的荆宝吗？"韦皋说："记忆犹新。""我就是荆宝呀！"韦公道："犯了什么罪受此重刑？"荆宝答道："我与韦兄分别之后，很快便以明经科应举及第，又被选为青城县令。家人不慎，误将官署房舍及仓库牌印等烧毁，于是定罪入狱。"韦公道："家人犯罪，并非你的过错。"当即为他平反雪冤，

仍归墨绶，乃奏眉州牧。敕下，未令赴任，遣人监守。朱绂其荣，且留宾幕。

时属大军之后，草创事繁，凡经数月，方问玉箫何在。姜曰："仆射维舟之夕与伊留约，七载是期。既逾时不至，乃绝食而终。"因吟《留赠玉环》诗云："黄雀衔来已数春，别时留解赠佳人。长江不见鱼书至，为遣相思梦入秦。"韦闻之，益增凄叹。广修经像，以报夙心，且想念之怀，无由再会。时有祖山人者，有少翁之术，能令逝者相亲。但令府公斋戒七日。清夜，玉箫乃至。谢曰："承仆射写经造像之力，旬日便当托生。却后十三年，再为侍妾，以谢鸿恩。"临去微笑曰："丈夫薄情，令人死生隔矣！"

后韦以陇右之功，终德宗之代，理蜀不替。是故年深累迁中书令。天下响附，泸僰归心。因作生日，节镇所贺，皆贡珍奇。独东川卢八座送一歌姬，未当破瓜之年，亦以玉箫为号。观之，乃真姜氏之玉箫也。而中指有肉环隐出，不异留别之玉环也。韦叹曰："吾乃知存殁之分，一往一来。玉箫之言，斯可验矣。"出《云溪友议》。

欧阳詹

欧阳詹字行周，泉州晋江人。弱冠能属文，天纵浩汗。贞元年，登进士第，毕关试，薄游太原。于乐籍中，因有所悦，情甚相得。及归，乃与之盟曰："至都，当相迎耳。"

仍然还给他县令的印绶，并奏请任命他为眉州刺史。皇帝降下诏书，暂不让其赴任，派人代理其职。可以享有高级官员的荣耀，暂且留作韦皋的宾客幕僚。

当时战乱刚刚结束，百废待兴，公务繁忙，过了几个月，韦皋才问起玉箫的下落。荆宝说："仆射上船的那天跟她约定，七年为限，必来娶她。你过期没来，她便绝食而终了。"于是吟诵当初作的《留赠玉环》诗道："黄雀衔来已数春，别时留解赠佳人。长江不见鱼书至，为遣相思梦入秦。"韦皋听罢，更加痛心哀叹。从此之后，他刻苦抄写佛经，大事修造佛像，以表达自己的心愿，他时刻思念玉箫，只恨无缘与她再见。当时有个祖山人，有汉代方士少翁的法术，能让死者与活人见面。他让韦公斋戒七天。在一个清静的深夜，玉箫便飘然而至。见到韦皋后，她施礼致谢道："承蒙仆射写经造像的帮助，十天之后我就会托生降世。再过十三年，便可再次成为您的侍妾，以谢大恩。"临走前她又微笑着说道："都怪丈夫薄情，让我与您死生相隔啊！"

后来韦皋因在陇右的功劳，整个唐德宗在位期间，一直让他治理西蜀。因此，由于年久资深，官职连连进升，直至中书令。各地无不服从于朝廷，西南各族也都人心归附。有一年他过生日举行庆典，各藩镇所送的贺礼，都是当地的珍奇物品。唯独东川卢尚书送来一名歌女，不到十六岁，名字也叫玉箫。韦皋仔细一看，真是姜家那个玉箫。而她的中指上长着一个肉环，与当年分别时所赠的戒指形状相同。韦皋慨然叹息说："我终于懂得了生与死的区分，就是一个去了，一个来了。玉箫死后所说的话，现在可以验证了。"出自《云溪友议》。

欧阳詹

欧阳詹字行周，泉州晋江人。二十岁就能写文章，写得大气磅礴，汪洋恣肆。贞元年间，他进士及第，吏部考试也结束后，他便到太原游览。乐妓中有个他喜欢的人，两人相处得十分亲热。等他要回京城时，便与她约定："回到京城后，我就来接你。"

即洒泣而别,仍赠之诗曰:"驱马渐觉远,回头长路尘。高城已不见,况复城中人。去意既未甘,居情谅多辛。五原东北晋,千里西南秦。一屦不出门,一车无停轮。流萍与系瓠,早晚期相亲。"寻除国子四门助教,住京。籍中者思之不已,经年得疾且甚。乃危妆引髻,刃而匣之,顾谓女弟曰:"吾其死矣。苟欧阳生使至,可以是为信。"又遗之诗曰:"自从别后减容光,半是思郎半恨郎。欲识旧时云髻样,为奴开取缕金箱。"绝笔而逝。及詹使至,女弟如言,径持归京,具白其事。詹启函阅文,又见其诗,一恸而卒。

故孟简赋诗哭之,序曰:闽越之英,惟欧阳生。以能文擢第,爰始一命。食太学之禄,助成均之教,有庸绩矣。我唐贞元年己卯岁,曾献书相府,论大事,风韵清雅,词旨切直。会东方军兴,府县未暇慰荐。久之,倦游太原,还来帝京,卒官灵台。悲夫!生于单贫,以狥名故,心专勤俭,不识声色。及兹筮仕,未知洞房纤腰之为蛊惑。初抵太原,居大将军宴,席上有妓,北方之尤者,屡目于生,生感悦之。留赏累月,以为燕婉之乐,尽在是矣。既而南辕,妓请同行。生曰:"十目所视,不可不畏。"辞焉,请待至都而来迎。许之,乃去。生竟以蹇连,不克如约。过期,命甲遣乘,密往迎妓。妓因积望成疾,不可为也。先夭之夕,剪其云髻,谓侍儿曰:"所欢应访我,当以髻为贶。"甲至得之,以乘空归,

说完洒泪而别，并赠给她一首诗道："驱马渐觉远，回头长路尘。高城已不见，况复城中人。去意既未甘，居情谅多辛。五原东北晋，千里西南秦。一屦不出门，一车无停轮。流萍与系瓠，早晚期相亲。"不久欧阳詹担任国子四门助教，居住在京城里。那个乐妓分手之后十分思念欧阳詹，过了一年便病倒了，而且病得很严重。她便将自己打扮得整整齐齐，然后把发髻剪了下来，装在盒子里，对身边的丫环说："我就要死了。如果欧阳公子派人到这里来，你可将这个盒子作为信物交给他。"又为他留下了一首诗道："自从别后减容光，半是思郎半恨郎。欲识旧时云髻样，为奴开取缕金箱。"写完这首诗她便去世了。等欧阳詹派的人来到时，那位丫环便如实告诉了他，他带着盒子回到京城，讲述了事情的经过。欧阳詹打开盒子看过，又读了那首遗诗，一时悲痛便死去了。

他的朋友孟简写诗表示对欧阳詹的哀悼，诗的序言写道：闽越的英才，当数欧阳詹。因为卓有文才而及第，从此开始为朝廷效命。接受太学的俸禄，协助朝廷办好教育，在任期间卓有劳绩。在我大唐贞元己卯年，欧阳詹曾上书相府，议论国政大事，文风清正典雅，辞旨恳切质直。时值东方战事又起，官府未能及时对他进行勉励和保举。时日既久，他便去太原游览，回到京城不久，便死于任上。可悲啊！欧阳出身贫寒，为求功名，而专心学业，克勤克俭，从不沾染歌舞女色。直到出仕为官，也不知洞房娇妻的诱惑。刚到太原时，在大将军的宴席上，有位北方出名的乐妓，频频注目于欧阳，欧阳为情所动而产生好感。留在太原与她相处数月，认为夫妻间的和谐欢乐，尽在于此了。后来欧阳南归，乐妓请求同行。欧阳说："众目睽睽，不可不畏。"于是告辞，请她等他回到京城后再来迎接。答应后他就走了。欧阳终因有事缠身而延误，不能如期履行约定。过了约定期限，才派人驾车前往，秘密迎接歌妓。歌妓因为长期思念而酿成疾病，已经不行了。临死前，她剪掉自己的发髻，告诉丫环道："心上的人儿会来看望我，届时可以发髻相赠。"使者得到发髻后，驾着空车回来，

授髻于生。生为之恸怨，涉旬而生亦殁。则韩退之作何蕃书，所谓欧阳詹生者也。河南穆玄道访予，常叹息其事。呜呼！钟爱于男女，素其效死，夫亦不蔽也。大凡以时断割，不为丽色所汨，岂若是乎？古乐府诗有《华山畿》，《玉台新咏》有《庐江小吏》，更相死，或类于此。暇日，偶作诗以继之云：

有客非北逐，驱马次太原。太原有佳人，神艳照行云。座上转横波，流光注夫君。夫君意荡漾，即日相交欢。定情非一词，结念誓青山。生死不变易，中诚无间言。此为太学徒，彼属北府官。中夜欲相从，严城限军门。白日欲同居，君畏仁人闻。忽如陇头水，坐作东西分。惊离肠千结，滴泪眼双昏。本达京师回，驾期相追攀。宿约始乖阻，彼忧已缠绵。高髻若黄鹂，危鬓如玉蝉。纤手自整理，剪刀断其根。柔情托侍儿，为我遗所欢。所欢使者来，侍儿因复前。收泪取遗寄，深诚祈为传。封来赠君子，愿言慰穷泉。使者回复命，迟迟蓄悲酸。詹生喜言施，倒屣走迎门。长跪听未毕，惊伤涕涟涟。不饮亦不食，哀心百千端。襟情一夕空，精爽旦日残。哀哉浩然气，溃散归化元。短生虽别离，长夜无阻难。双魂终会合，两剑遂蜿蜒。大夫早通脱，巧笑安能干？防身本苦节，一去何由还？后生莫沉迷，沉迷丧其真。出《闽川名士传》。

薛宜僚

薛宜僚，会昌中为左庶子，充新罗册赠使，由青州泛海。船频阻恶风雨，至登州却漂回，泊青州，邮传一年。节使乌汉真尤加待遇。籍中饮妓段东美者，薛颇属情，连帅置于驿中。是春薛发日，祖筵呜咽流涕，东美亦然。

将发髻交给欧阳。欧阳悲痛悔恨,过了十天也去世了。韩愈在给何蕃的信中,也提到了欧阳詹的事。河南穆玄道拜访我时,也常感叹这件事。唉!男女之间爱得深沉,为爱情献出生命,这也不是什么荒谬的事。大凡能够及时割断感情,不为对方的姿色所诱惑,怎么会出现这类结局呢?古乐府诗有《华山畿》,《玉台新咏》中有《庐江小吏》,男女双方都死于相爱,与欧阳詹的经历有些类似。闲暇之日,笔者曾偶作一诗,将这段故事连贯起来:

有客非北逐,驱马次太原。太原有佳人,神艳照行云。座上转横波,流光注夫君。夫君意荡漾,即日相交欢。定情非一词,结念誓青山。生死不变易,中诚无间言。此为太学徒,彼属北府官。中夜欲相从,严城限军门。白日欲同居,君畏仁人闻。忽如陇头水,坐作东西分。惊离肠千结,滴泪眼双昏。本达京师回,驾期相追攀。宿约始乖阻,彼忧已缠绵。高髻若黄鹂,危鬟如玉蝉。纤手自整理,剪刀断其根。柔情托侍儿,为我遗所欢。所欢使者来,侍儿因复前。收泪取遗寄,深诚祈为传。封来赠君子,愿言慰穷泉。使者回复命,迟迟蓄悲酸。詹生喜言施,倒屣走迎门。长跪听未毕,惊伤涕涟涟。不饮亦不食,哀心百千端。襟情一夕空,精爽旦日残。哀哉浩然气,溃散归化元。短生虽别离,长夜无阻难。双魂终会合,两剑遂蜿蜒。大夫早通脱,巧笑安能干?防身本苦节,一去何由还?后生莫沉迷,沉迷丧其真。出自《闽川名士传》。

薛宜僚

薛宜僚,会昌年间任太子左庶子,充任新罗国册赠使,由青州泛海东渡。船在海上屡遭险恶风浪的袭击,至登州时失去控制而往回漂,停泊在青州,在驿馆住了一年。节度使乌汉真给以十分优厚的待遇。乐妓中有个陪酒的女子叫段东美,薛宜僚对她很中意,节度使把她安置在薛宜僚下榻的驿馆里。这年春天薛宜僚要出发的那天,他在饯行的宴席上痛哭流涕,东美也是如此。

乃于席上留诗曰："阿母桃花方似锦，王孙草色正如烟。不须更向沧溟望，惆怅欢情恰一年。"薛到外国，未行册礼，旌节晓夕有声。旋染疾，谓判官苗甲曰："东美何故频见梦中乎？"数日而卒。苗摄大使行礼。薛旋榇，回及青州，东美乃请告至驿，素服执奠，哀号抚柩，一恸而卒。情缘相感，颇为奇事。出《抒情集》。

戎 昱

韩晋公滉镇浙西，戎昱为部内刺史。郡有酒妓，善歌，色亦闲妙，昱情属甚厚。浙西乐将闻其能，白滉，召置籍中。昱不敢留，俄于湖上为歌词以赠之，且曰："至彼令歌，必首唱是词。"既至，韩为开筵，自持杯，令歌送之，遂唱戎词。曲既终，韩问曰："戎使君于汝寄情耶？"妓悚然起立曰："然。"泪下随言。韩令更衣待命，席上为之忧危。韩召乐将责曰："戎使君名士，留情郡妓，何故不知而召置之，成余之过？"乃十笞之。命妓与百缣，即时归之。其词曰："好去春风湖上亭，柳条藤蔓系人情。黄莺久住浑相恋，欲别频啼四五声。"出《本事诗》。

薛宜僚便于席间留诗道："阿母桃花方似锦，王孙草色正如烟。不须更向沧溟望，惆怅欢情恰一年。"薛宜僚到新罗国后，尚未举行册封典礼，却听见使者的旌旗节杖早晚都发出声响。没过多久他便得了病，对姓苗的判官说："东美怎么常常出现在我的梦中呢？"几天之后他便去世了。苗判官就代为大使举行了册封典礼。薛宜僚的灵柩运回国内，到达青州时，东美便请求来到驿馆，身穿丧服执礼祭奠。抚柩大哭，终因悲痛至极而去世。两人情缘相投而死，实在是件奇事。出自《抒情集》。

戎昱

晋公韩滉镇守浙西，戎昱是其辖内的刺史。郡里有一名侍酒妓女，善于唱歌，姿色也很娴雅美丽，戎昱对她很中意。浙西的乐官听说这位妓女善于唱歌，便告诉了韩滉，将她召来纳入乐妓名册里。戎昱自然不敢挽留，就在湖上写了一首歌词赠给她，并且说："到那里以后，一定要首先唱这曲歌词。"到了浙西后，韩滉为她设宴，自己端起酒杯，令她唱歌陪侍，她便唱起了戎昱赠她的歌词。唱完后，韩滉问道："戎刺史对你很有情义吧？"妓女惶恐地起立答道："是。"边答边流下了眼泪。韩滉让她更衣待命，在座的客人都为她担忧。韩滉召来乐官责问道："戎刺史是一位名士，钟情于这位妓女，为什么不了解这种关系就把她召到我这儿来，酿成了我的过错？"于是打了他十杖。命令赠给那妓女百匹细绢，立即把她送回去。戎昱写的那首歌词是："好去春风湖上亭，柳条藤蔓系人情。黄莺久住浑相恋，欲别频啼四五声。"出自《本事诗》。

卷第二百七十五

童仆奴婢附

韦桃符

隋开皇中，京兆韦衮有奴曰桃符，每征讨将行，有胆力。衮至左卫中郎，以桃符久从驱使，乃放从良。符家有黄牸牛，宰而献之，因问衮乞姓。衮曰："止从我姓为韦氏。"符叩头曰："不敢与郎君同姓。"衮曰："汝但从之，此有深意。"故至今为"黄犊子韦"，即韦庶人，其后也。不许异姓者，盖虑年深代远，子孙或与韦氏通婚，此其意也。出《朝野佥载》。

李　敬

李敬者，本夏侯孜之佣也。孜久厄塞名场，敬寒苦备历。或为其类所引曰："当今北面官人，入则内贵，出则使臣。到所在，打风打雨，尔何不从之？而孜孜事一个

韦桃符

隋朝开皇年间，京兆人韦衮有个奴仆叫桃符，每次出征打仗都带着他随军从行，桃符很有胆识，又有勇力。韦衮官至左卫中郎后，因为桃符多年跟随自己听从差遣，便解除了他的奴仆身份让他成为自由身。桃符家有头黄母牛，他把牛宰了献给韦衮，便问他自己应该姓什么。韦衮说："只能跟我姓韦。"桃符叩头说道："不敢与郎君同姓。"韦衮说："你只管跟着我姓韦，这里面自有深意。"所以如今称为"黄犊子韦"的，即韦皇后这一支，就是桃符的后裔。当时韦衮不许他姓别的姓，大概是担心将来年代久远，桃符的子孙说不定有与韦家通婚的，这就是韦衮所谓的深意。

出自《朝野佥载》。

李 敬

李敬本是夏侯孜的仆人。夏侯孜长年考不中科举，李敬陪伴他备尝饥寒困苦。有其他仆人指点李敬说："当今做官的人，入则为朝廷显贵，出则为地方使臣。到他们那里去，可以凭着关系混吃喝，你何不去跟随这些人？而偏要勤勤恳恳地侍候一个

穷措大，有何长进耳？纵其不然，堂头官人，此辈谓堂吏为官人。丰衣足食，所往无不克。"敬輾然曰："我使头及第，还拟作西川留后官。"众皆非笑。时孜于壁后闻其言。凡十余岁，孜自中书出镇成都。临行，有以邸吏托者，一无所诺。至镇，用敬知进奏，而鞅掌极矣。向之笑者，率多伏敬。初，孜未遇，伶俜风尘，所跨蹇驴，无故坠井。及朝士之门，或逆旅舍，常多龃龉，时人号曰"不利市秀才"，竟登将相。出《摭言》。

武公幹

武公幹者，常事蒯希逸秀才十余岁，异常勤干。洎希逸擢第，幹辞以亲在，乞归就养。希逸坚留不住，既嘉其忠孝，以诗送之，略曰："山险不曾离马后，酒醒长见在床前。"同人醵绢赠行，皆有继和。出《摭言》。

吴行鲁

吴行鲁尚书，彭州人。少年事内官西门思恭，小心畏慎。每夜，常为温溺器以奉之，深得中尉之意。一日为中尉洗足，中尉以足下文理示之曰："如此文，争教不作军容使？"行鲁拜曰："此亦无凭。"西门曰："何也？"鲁曰："若其然者，某亦有之，何为常执仆厮之役？"乃脱履呈之。西门嗟叹，谓曰："汝但忠孝，我当为汝成之。"尔后假以军职，除彭州刺史。卢耽表为西川行军司马，御蛮有功，历东川、

穷书呆子,能有什么长进呢?纵使不去跟这些当大官的,去做个堂头小吏,这类人称堂吏为官人。也落个丰衣足食,要什么有什么。"李敬笑着说:"我家主人及第之后,还要做西川留后官呢。"别人听了都嗤笑他。当时夏侯孜在墙后面听到了这番对话。经过十几年的刻苦奋斗,夏侯孜以宰相身份出任西川节度使。离京赴任时,有要去跟着他做属吏的,他概不应诺。到了成都,只任用李敬掌管向朝廷奏报的事务,处处都要烦劳他。以前嗤笑他的那些人,大都表示敬服。当年夏侯孜未发迹时,孤独地奔波于风尘之中,骑着一头跛驴,又无端跌进井里。每到达官贵人门庭,或者住在旅舍中,常常遇到阻碍和麻烦,当时人称他为"运气不好的秀才",后来竟然官至将相。出自《摭言》。

武公幹

武公幹长期侍奉蒯希逸秀才达十多年,非常勤劳肯干。等到希逸科举及第时,武公幹便以双亲俱在为由,请求回家赡养老人。希逸再三挽留也留不住他,为表彰他的忠孝美德,就写了一首诗送给他,诗中有两句是:"山险不曾离马后,酒醒长见在床前。"他的同事也都凑钱买绢相赠,并且都写诗与希逸唱和。出自《摭言》。

吴行鲁

吴行鲁尚书是彭州人。年轻时侍奉宦官西门思恭,小心谨慎。每当夜晚,常常把便器焐热了再送给他,所以深得西门中尉的欢心。有一天行鲁为中尉洗脚,中尉指着自己的脚底纹对他说:"就凭这样的脚纹,怎能不当上军容使?"行鲁向他施礼道:"这是不能作为凭据的。"西门中尉说:"为什么?"行鲁答道:"如果真是这样的话,我的脚也有这样的纹,为什么我却一直当仆役呢?"于是脱鞋让西门中尉看。西门中尉叹息说:"你只管忠心耿耿地侍奉我,我会成全你的。"后来西门便授给他一个军职,任彭州刺史。卢耽表奏他为西川行军司马,他抗击蛮寇有功,历任东川、

山南二镇节度使。初，行鲁之在东川也，厉图南为西川副使，随府罢，行鲁欲延辟之。厉素薄行鲁，闻之大笑曰："不能剪头刺面，而趋事健儿乎！"自使院乘马，不归私第，直出北郭，家人遽结束而追之。张云为成都少尹，常出轻言，为行鲁鸩杀之。出《北梦琐言》。

李鹄

卢钧子肃，贞简有父风。光化初，华州行在及第。自大寇犯阙途二十年，缙绅靡不褊乏。肃始登第，俄有李鹄者造之，愿佣力。鹄善营利，暇日往往反资于肃，此外未尝以所须为意。肃有旧业在南阳，常令鹄征租。鹄皆如期而至，来往千里，而未尝侵费一金。既及第，鹄奔走如初。及一春事毕，鹄即辞去。出《摭言》。

捧砚

捧砚者，裴至德之家童也。其母曰春红，配驺人高璠而生。一岁时，夏日浴之，裸卧于廊庑间，有卑脚犬曰青花，忽来，啮儿阴食之。春红闻啼声，狼忙而至，则血流盈席矣。赖至德有良药封之，百日如故。明年夏，寝之前轩，青花伺人隙复来，并卵又食讫。宛转于地而死，又以前食之药傅之。及愈为宦者焉。字之曰捧砚，委以内竖之职。

山南两镇的节度使。当初，行鲁节度东川时，厉图南任西川节度副使，当厉图南随着此任幕府的解散而失去官职时，行鲁打算聘请他到东川去任职。但厉图南向来瞧不起行鲁，听说要请他后，放声大笑道："我可不能剪短了头发、在脸上刺了字，去侍候一个当过军卒的人啊！"他从节度使院骑上马，没有回家，直接出了北城门而去，家人知道后急忙打点行李去追赶他。张云是成都少尹，经常说些轻薄话挖苦行鲁，便被行鲁用毒酒杀死了。出自《北梦琐言》。

李鹄

卢钧的儿子卢肃，为人正直简朴，颇有父亲的遗风。光化初年，他在华州行宫科举登第。自从贼寇举兵入犯朝廷，二十年来，士大夫们无不财用匮乏。卢肃刚及第时，有个叫李鹄的来拜访他，愿意被他雇佣。李鹄很善于经营，颇有挣钱之道，平时常常反过来资助卢肃，而且从来不把自己需要什么放在心上。卢肃有一份产业在南阳，常常让李鹄前去收租。李鹄总是如期前往，来回千里路程，从不侵占分文。卢肃及第后，李鹄仍像以往那样为其奔走操劳。直到操办完了一年的事情之后，他才辞职走了。出自《摭言》。

捧砚

捧砚是裴至德的家童。他母亲叫春红，嫁给车夫高播后生的他。一岁的时候，夏天给他洗完澡，让他光溜溜地躺在屋檐下，有一只叫青花的短腿狗忽然走过来，咬下小孩的阴茎来吃了。春红听见孩子哭，急急忙忙地跑过来，鲜血已经流满席子了。幸好裴至德有良药，将伤口敷好，一百天后便愈合了。第二年夏天，小孩子睡在前屋里，青花趁大人不在时，又过去把小孩的两只卵子咬下来吃了。孩子疼得在地下打滚，都快死了，又用先前被咬时的药敷在伤处。等伤口愈合后，他已经成一个小太监了。裴至德给他起了个字号叫捧砚，让他担任宫内侍从之职。

至光启丙午年，十余岁矣。裴使外出，遇盗于郑郊见害。噫！捧砚，童儿也，再残而无恙，裴以一出而不回者，其故何哉？出《三水小牍》。

捧　剑

咸阳郭氏者，殷富之室也，仆媵且众。其间有一苍头，名曰捧剑，不事音乐，尝以望水眺云，不遵驱策。虽每遭鞭捶，终所见违。一旦，忽题诗一篇，其主益怒。诗曰："青鸟衔蒲菊，飞上金井栏。美人恐惊去，不敢卷帘看。"儒士闻而竞观，以为协律之词。其主稍容焉。又题后堂牡丹花曰："一种芳菲出后亭，却输桃李得佳名。谁能为向天人说，从此移根近太清。"捧剑私启宾客曰："愿作夷狄之鬼，耻为世俗苍头。"其后将窜，复留诗曰："珍重郭四郎，临行不得别。晓漏动离心，轻车冒残雪。欲出主人门，零涕暗呜咽。万里隔关山，一心思汉月。"出《云溪友议》。

归　秦

沈询有嬖妾，其妻害之，私以配内竖归秦，询不能禁。既而妾犹侍内，归秦耻之，乃挟刃伺隙，杀询及其夫人于昭仪使衙。是夕，询尝宴府中宾友，乃便歌著词令曰："莫打南来雁，从他向北飞。打时双打取，莫遣两分离。"及归而夫妻并命焉，时咸通四年也。出《北梦琐言》。

段　章

段章，咸通十年事前进士司空图。初，章以自僦为驭者，亦无异于他佣。是年夏，图归蒲久，以乏力，不足赒给，章乃

到光启丙午年时，他已经十多岁了。这年裴至德公使外出，遇上盗贼在郑州郊外被杀害了。唉！捧砚是个小小的家童，两次遭到残害而安全无恙，裴至德一次外出却命丧黄泉，这是什么缘故呢？出自《三水小牍》。”

捧剑

咸阳有个姓郭的，家里很富，仆婢成群。有个奴仆名叫捧剑，不会唱歌奏乐，常常因为欣赏山水和游云，不听从主人驱使。虽然常遭鞭打，始终不肯听话。一天，他忽然写了首诗，主人更为恼怒。他在诗中写道："青鸟衔蒲菊，飞上金井栏。美人恐惊去，不敢卷帘看。"书生们知道后争相传阅，都以为此诗很合格律。主人于是对他稍微宽容了些。他又写了一首以后堂牡丹为题的诗道："一种芳菲出后亭，却输桃李得佳名。谁能为向天人说，从些移根近太清。"捧剑私下告诉宾客说："宁愿作异国他乡之鬼，也不愿作别人的家奴。"后来他要逃跑，又留下一首诗道："珍重郭四郎，临行不得别。晓漏动离心，轻车冒残雪。欲出主人门，零涕暗呜咽。万里隔关山，一心思汉月。"出自《云溪友议》。

归秦

沈询有个爱妾，他妻子很妒忌，私下把她嫁给了太监归秦，沈询制止不了。后来这个爱妾仍然到内室侍奉沈询，归秦感到很耻辱，便带着刀寻找机会，要在昭仪使府衙门杀死沈询及其夫人。这天晚上，沈询宴请府内宾朋，他即席唱了一首小曲道："莫打南来雁，从他向北飞。打时双打取，莫遣两分离。"等他回家后，夫妻二人双双毙命，当时是咸通四年。出自《北梦琐言》。

段章

段章在咸通十年侍奉还未授官的进士司空图。一开始，段章自愿受雇给司空图当车夫，和其他仆人也没什么两样。这年夏天，司空图回到蒲州，日子久了，因为没钱养活仆役，段章便

谢去。广明庚子岁冬十二月，寇犯京，图寓居崇义里。九日，自里豪杨琼所，转匿常平仓下。将出，群盗继至。有拥戈拒门者，熟视良久，乃就持图手曰："某段章也，系掳而来，未能自脱。然顾怀优养之仁，今乃相遇，天也！某所主曰张将军，喜下士，且幸偕往，必亡他。然且决免于暴横矣。"图誓以不辱，章惘然泣下，导至通衢，即别去。图因此得自开远门宵遁。至咸阳桥，复遇榜者韩钧济之，乃抵鄠县，因达于行在。出司空图《段章传》。

上清

贞元壬申岁春三月，丞相窦参居光福里第。月夜，闲步于中庭，有常所宠青衣上清者，乃曰："今启事，须到堂前方敢言之。"窦亟上堂，上清曰："庭树上有人，恐惊郎，请谨避之。"窦曰："陆贽久欲倾夺吾权位，今有人在庭树上，即吾祸之将至矣。且此事将奏与不奏，皆受祸，必窜死于道路。汝于辈流中不可多得，吾身死家破，汝定为宫婢。圣居如顾问，善为我辞焉。"上清泣曰："诚如是，死生以之。"窦下阶大呼曰："树上人应是陆贽使来，能全老夫性命，敢不厚报。"树上人应声而下，乃衣缞粗者也，曰："家有大丧，贫甚，不办葬礼。伏知相公推诚济物，所以卜夜而来，幸相公无怪。"窦曰："某罄所有，堂封绢千匹而已，方拟修私庙次，今日辄赠可矣！"缞粗者拜谢，窦答之如礼。又曰："便辞相公。请左右赍所赐绢，掷于墙外，某先于街中俟之。"

告辞离开了。广明庚子年冬季十二月，贼寇进犯京师，司空图当时住在长安崇义里。九日，他从豪绅杨琼家里转移到常平仓下藏匿。当他要出门时，一群贼军兵士相继到来。有个持枪推门的人，对他仔细打量了半天，便上前拉着他的手说："我是段章，是被他们抓来的，一直没能逃脱。但我时常怀念您从前待我时的仁慈，今天能够相遇，实在是天意啊！我的长官叫张将军，喜欢礼贤下士，暂且和我去投奔他，一定不会有事。这样又可免于遭受横祸。"司空图表示誓不辱节，段章怅然泪下，把他领到大道上，便与他分手了。司空图因此能够从开远门乘夜逃出城去。到了咸阳桥，又遇到船夫韩钧帮助了他，于是到了鄠县，这才到达皇上所在的地方。出自司空图《段章传》。

上　清

贞元壬申年春季三月，宰相窦参住在光福里的家中。在一个月明的夜晚，他漫步于庭院中，有个平日宠爱的奴婢叫上清，对他说："我要告诉您一件事，必须到堂前才敢说出来。"窦参急忙上堂，上清道："院内树上有人，我怕您受惊吓，请您谨慎回避。"窦参说："陆贽早就想夺取我的权位，现在有人在庭院的树上，这是我的灾祸要临头了。而这件事无论是否对皇上奏明，我都要遭殃，定要被放逐而死在途中。你是婢女中不可多得的人，等我身死家破之后，你肯定会入宫去当宫女。那时，圣上如果问起我的事，你要好好为我解释。"上清哭着说："真要如此，我死也要为您效命。"窦参走下台阶大声喊道："树上的人该是陆贽派来的吧，若能保全老夫性命，定当厚报。"树上人应声而下，原来是个身穿粗布丧服的人，他说："我家老人去世，因为十分贫穷，不能操办葬礼。我知道相爷向来诚心接济别人，所以乘夜而来，希望相爷不要见怪。"窦参说："我倾尽所有，家产也不过丝绢一千匹而已，正打算用它修造自家祖庙，今天就赠给你吧！"身穿丧服的人施礼致谢，窦参也以礼回敬。此人又道："马上要告辞相爷。请让手下人拿着赠我的丝绢，扔到墙外，我先到大街上等着。"

窦依其请，命仆人侦其绝踪且久，方敢归寝。

翌日，执金吾先奏其事，窦公得次，又奏之。德宗厉声曰："卿交通节将，蓄养侠刺，位崇台鼎，更欲何求！"窦顿首曰："臣起自刀笔小才，官已至贵，皆陛下奖拔，实不因人。今不幸至此，抑乃仇家所为耳。陛下忽震雷霆之怒，臣便合万死！"中使下殿宣曰："卿且归私第，待候进止。"越月，贬柳州别驾。会宣武节度刘士宁通好于柳州，廉使条疏上闻，德宗曰："交通节将，信而有征。"流窦于驩州，没入家资，一簪不遗身。竟未达流所，诏赐自尽。

上清果隶名掖庭且久，后数年，以善应对，能煎茶，数得在帝左右。德宗谓曰："宫内人数不少，汝大了事，从何得至此？"上清曰："妾本故宰相窦参家女奴，窦参妻早亡，故妾得陪洒埽。乃窦参家破，幸得填宫，既奉龙颜，如在天上。"德宗曰："窦参之罪，不止养侠刺，兼亦甚有赃污，前时纳官银器至多。"上清流涕而言曰："窦参自御史中丞，历度支、户部、盐铁三使，至宰相。首尾六年，月入数十万，前后非时赏赐，当亦不知纪极。乃者彬州送所纳官银器，皆是恩赐。当部录日，妾在郴州，亲见州县希陆贽恩旨尽刮去，所进银器上刻藩镇官衔姓名，诬为赃物。伏乞下验之。"于是宣索窦参没官银器，覆视其刮字处，皆如上清之言。时贞元十二年。德宗又问养侠刺事，上清曰："本实无，此悉是陆贽陷害，使人为之。"德宗至是大悟。因怒陆贽曰：

窦参照他的请求，命令仆人看着，等到此人已经离去好长时间了，自己才敢进屋就寝。

第二天上朝后，执金吾首先奏明了这件事，然后轮到窦参，又上奏了这件事。德宗听后厉声说道："你竟勾结藩镇节帅，蓄养侠士刺客，你已身居宰相高位，还想要求什么！"窦参连连叩头道："臣起自刀笔小吏，如今官位已经极为尊贵，这都是陛下奖掖栽培的结果，实在不是借助别人。如今发生这样不幸的事，恐怕是仇家所为。陛下忽发雷霆之怒，为臣的罪当万死！"太监下殿告诉他说："你暂且回家去，听候裁决发落。"一个月后，窦参被贬为柳州别驾。正赶上宣武节度使刘士宁与柳州互通友好，观察使上疏奏报了皇上，德宗便说："勾结藩镇节帅，已经有事实验证。"于是将窦参流放驩州，没收其全部家产，连头上戴的发簪也不留下。最终未等他到达驩州，就下诏书赐他自尽了。

后来上清果然一直在宫中侍奉，几年后，因为善于应对，又长于煎茶，所以常常能到皇帝身边服侍。德宗对她说："宫中婢女为数不少，只有你这么懂事，你是从什么地方到这里来的？"上清答道："奴婢本是已故宰相窦参家的婢女，窦参妻子早亡，奴婢因此得以照顾他的生活。等到窦参家破之后，有幸将我安排在皇宫，既能侍奉龙颜，妾身如登九天。"德宗说道："窦参之罪，不止于蓄养侠士刺客，同时还有贪赃的事实，以前没收家产时发现的银器非常多。"上清流着泪说道："窦参从任御史中丞起，历任度支、户部、盐铁三使，后来官至宰相。前后六年之久，每月收入数十万，朝廷随时的赏赐，应该也不计其数。当时郴州送来的官府抄没的银器，全是朝廷恩赐的。官府登记入册时我就在现场，亲眼看见州县官吏迎合陆贽的旨意，将银器上的御赐字样全部刮掉，刻下了藩镇的官衔姓名，以便诬告为赃物。请求圣上下令查验。"德宗于是下令要来窦参没收充公的银器，察看上面刮字的地方，全跟上清所说的一样。这时是贞元十二年。德宗又问蓄养侠士刺客一事，上清说："其实并无此事，这全是陆贽为了陷害窦参，指使人做的。"德宗这才恍然大悟。于是怒斥陆贽道：

“老獠奴！我脱却伊绿衫，便与紫着，又常呼伊作‘陆九’。我任使窦参，方称意次，须教我杀却他。及至权入伊手，其为软弱，甚于泥团！”乃下诏雪窦参冤。

时裴延龄探知陆贽恩衰，得恣行媒蘖，乘间攻之。贽竟受谴不回。上清特敕削丹书，度为女道士，终嫁为金忠义妻。

世以陆贽门生名位多显达者，世不可传说，故此事绝无人知。出《异闻集》。

李锜婢

李锜之擒也，侍婢一人随之。锜夜自裂衣襟，书己管摧之功，言为张子良所卖。教侍婢曰：“结之于带。吾若从容赐对，当为宰相，杨、益节度使；若不从容，受极刑矣。我死，汝必入内，上必问汝，汝当以是进。”及锜伏法，京城大雾，三日不解，或闻鬼哭。宪宗又于侍婢得帛书，颇疑其冤，内出黄衣数袭，赐锜及子弟，敕京兆府收葬之。李铦，锜之从父弟也，为宋州刺史。闻锜反状，恸哭，驱妻子奴婢，无老幼，量颈为枷，自拘于观察使。朝廷悯之，因为薄贬。

按李锜宗属亟居重位，颇以尊豪自奉，声色之选，冠绝于时。及浙西之败，配掖庭者，曰郑、曰杜。郑得幸于宪宗，是生宣宗皇帝，实为孝明皇太后。次即杜，杜名秋，亦建康人也，有宠于穆宗。穆宗即位，以为皇子漳王傅姆。太和中，

"老奴才！我脱去你的绿官服，让你穿上大紫袍，又常常称呼你'陆九'。我任用窦参，刚好称我的心意，你却教我杀掉他。以至大权落入你手，你这个人办事软弱无能，连泥团都不如！"德宗便颁下诏书为窦参平反昭雪。

这时裴延龄探知陆贽已经失宠，便极力挑拨是非，乘机攻击陆贽。陆贽最终遭贬被逐，终身不回。德宗皇帝又为上清特颁诏书，度她为女道士，后来嫁给金忠义为妻。

世人因为陆贽的门生故吏多为名位显达的人，有关他的上述事情不可流传，所以此事很少有人知道。出自《异闻集》。

李锜婢

李锜被捕后，有个侍婢跟随着他。他在夜里撕下自己的衣襟，在上面书写自己负责盐铁专卖事务的功绩，申明自己是被张子良出卖的。写完之后告诉侍婢道："把这份状子系在裙带上。我若能从容应对，就会成为宰相，扬州、益州的节度使；如果不能从容应对，就要受极刑了。我死之后，你定能选入内宫，皇上必然会问你，到时候你就把这份状子呈上。"李锜被处决时，京城大雾弥漫，连续三日不散，有人还听到了鬼哭。宪宗又从这位侍婢那里得到了那份状子，心中很怀疑李锜是冤枉的，于是从皇宫里拿出几件专供皇室穿用的黄衣服，赐给李锜及其子弟，又下令京兆府收葬李锜的尸体。李銛是李锜的堂弟，当时任宋州刺史。听说李锜谋反的罪状，失声痛哭，强令妻子儿女及奴婢，无论老幼，一律戴上枷锁，自行拘押到观察使面前，一起接受制裁。朝廷同情他，所以从轻发落，贬得较轻。

李锜的同宗亲属长期官居要职，过着养尊处优的奢华生活，家中的歌妓婢妾，都是当时最漂亮的。等到李锜在浙西败亡之后，被拘押并发配到掖庭宫的婢妾中，有个姓郑的，还有个姓杜的。姓郑的受到唐宪宗宠幸，于是生下了宣宗皇帝，她就是孝明皇太后。其次是那个姓杜的，她名叫杜秋，也是建康人，深得唐穆宗的宠爱。穆宗即位后，用她做皇子漳王的保母。太和年间，

漳王得罪国除，诏赐秋归老故乡。或曰，系帛书者，即杜秋也。而宫闱事秘，世莫得知。夫秋，女婢也，而能以义申锜之冤，且逮事累朝，用物殚极。及其被弃于家也，朝饥不给，故名士闻而伤之。

中书舍人杜牧为诗以谚之曰："荆江水清滑，生女白如脂。其间杜秋者，不劳朱粉施。老濞即山铸，后庭千蛾眉。秋持玉斝醉，与唱《金缕衣》。濞既白首叛，秋亦红泪滋。吴江落日渡，灞上绿杨垂。联裾见天子，盻眄独依依。椒壁悬锦幕，镜奁蟠玉螭。低鬟认新宠，窈袅复融怡。月上白壁门，桂影凉参差。金阶露新重，闲捻紫箫吹。莓苔夹城路，南苑雁初飞。红妆羽林仗，独赐辟邪旗。归来煮豹胎，厌饫不能饴。咸池升日庆，铜雀分香悲。雷音后车远，事往落花时。燕媒得皇子，壮发绿丝丝。画堂亲傅姆，天人相捧持。虎精珠络褓，金盘犀镇帷。长杨射熊罴，武帐弄哑咿。渐抛竹马戏，稍出舞鸡奇。崭崭整冠佩，侍宴坐瑶池。眉宇俨图画，神秀射朝晖。一尺桐偶人，江充知自欺。王幽茅土削，秋放故乡归。觚棱拂斗极，回首尚迟迟。四朝三十载，似梦复疑非。潼关识旧吏，吏鬓已成丝。却唤吴江渡，舟人那得知。归来四邻改，茂苑草菲菲。清血洒不尽，仰天知告谁？寒衣一尺素，夜借邻人机。

"我昨金陵过，闻之为歔欷！自古皆一贯，变化安能推。夏姬灭两国，逃作巫臣妻。西子下姑苏，一舸逐鸱夷。织室魏豹俘，作汉太平基。语置代籍中，两朝尊母仪。光武绍高祖，本系生唐儿。珊瑚破高齐，作婢春黄糜。萧后去扬州，突厥为阏氏。音支。女子固不定，士林亦难期。射钩后呼父，钩翁王者师。无国邀孟子，有人毁仲尼。秦因逐客令，柄归丞相斯。安知魏齐首，见断箦中尸。给丧蹶张辈，庙廊冠峨巍。珥貂七叶贵，何妨戎虏支。

漳王因罪被削去王位，唐文宗颁下诏书让杜秋告老返乡。有人说，当年那位为李锜携带状子的侍婢就是杜秋。只因宫中的事情极为隐秘，世人难以知道。杜秋只是个婢女，却能为了义节申明李锜之冤，况且她连续侍奉几朝皇帝，所用的东西极尽奢华。等她被朝廷弃置回家时，连吃饭都无法保证，因此当时的名士听了都为之伤怀。

中书舍人杜牧写下一首长诗悼念她："荆江水清滑，生女白如脂。其间杜秋者，不劳朱粉施。老濞即山铸，后庭千蛾眉。秋持玉斝醉，与唱《金缕衣》。濞既白首叛，秋亦红泪滋。吴江落日渡，灞上绿杨垂。联锯见天子，盼眄独依依。椒壁悬锦幕，镜奁蟠玉螭。低鬟认新宠，窈袅复融怡。月上白壁门，桂影凉参差。金阶露新重，闲捻紫箫吹。莓苔夹城路，南苑雁初飞。红妆羽林仗，独赐辟邪旗。归来煮豹胎，厌饫不能饴。咸池升日庆，铜雀分香悲。雷音后车远，事往落花时。燕媒得皇子，壮发绿丝丝。画堂亲傅姆，天人相捧持。虎精珠络褓，金盘犀镇帷。长杨射熊罴，武帐弄哑咿。渐抛竹马戏，稍出舞鸡奇。崭崭整冠佩，侍宴坐瑶池。眉宇俨图画，神秀射朝晖。一尺桐偶人，江充知自欺。王幽茅土削，秋放故乡归。觚棱拂斗极，回首尚迟迟。四朝三十载，似梦复疑非。潼关识旧吏，吏鬓已成丝。却唤吴江渡，舟人那得知。归来四邻改，茂苑草菲菲。清血洒不尽，仰天知告谁？寒衣一尺素，夜借邻人机。

"我昨金陵过，闻之为歔欷！自古皆一贯，变化安能推。夏姬灭两国，逃作巫臣妻。西子下姑苏，一舸逐鸱夷。织室魏豹俘，作汉太平基。语置代籍中，两朝尊母仪。光武绍高祖，本系生唐儿。珊瑚破高齐，作婢舂黄糜。萧后去扬州，突厥为阏氏。音支。女子固不定，士林亦难期。射钩后呼父，钓翁王者师。无国邀孟子，有人毁仲尼。秦因逐客令，柄归丞相斯。安知魏齐首，见断箦中尸。给丧蹶张辈，庙廊冠峨巍。珥貂七叶贵，何妨戎虏支。

苏武却生返，邓通终死饥。主张既难测，翻覆亦其宜。地尽有何物？天外复何之？指何为而捉？足何为而驰？耳何为而听？目何为而窥？己身不自晓，此外何思惟。因倾一樽酒，题作《杜秋诗》。愁来独长咏，聊可以自贻。”出《国史补》并《本事诗》。

李福女奴

李福妻裴氏性妒忌，姬侍甚多，福未尝敢属意。镇滑台日，有以女奴献之者，福意欲私之而未果。一日，乘间言于妻曰：“某官已是至节度使矣，然所指使者，不过老仆。夫人待某，无乃薄乎？”裴曰：“然，不能知公意所属何人？”福所指，即献之女奴也，裴许诺。尔后不过执衣侍膳，未尝一得缱绻。福又嘱妻之左右曰：“设夫人沐发，必遽来报我。”既而果有以夫人沐发来告，曰：“夫人沐发。”福即伪言腹痛，召其女奴。其女奴既往，左右以裴方在沐，难可遽已，即告以福所疾。裴以为信然，遽出发盆中，跣问福所苦。福既业以疾为言，即若不可忍状。裴极忧之，由是以药投儿溺中进之。明日，监军使及从事，悉来候问。福即具以事告之，因笑曰：“一事无成，固其分。所苦者，虚咽一瓯溺耳！”闻者无不大笑。出《玉泉子》。

却　要

湖南观察使李庾之女奴，曰却要，美容止，善辞令。朔望通礼谒于亲姻家，惟却要主之。李侍婢数十，莫之偕也。

苏武却生返，邓通终死饥。主张既难测，翻覆亦其宜。地尽有何物？天外复何之？指何为而捉？足何为而驰？耳何为而听？目何为而窥？己身不自晓，此外何思惟。因倾一樽酒，题作《杜秋诗》。愁来独长咏，聊可以自贻。”出自《国史补》及《本事诗》。

李福女奴

李福的妻子裴氏生性妒忌，家里有很多歌妓婢女，李福却从不敢在她们身上打主意。李福镇守滑台期间，有人献给他一个婢女，他打算占为己有，结果事没成。一天，他抽空对妻子说：“我的官职已升到节度使了，但我能使唤的人，却只有几个老仆。夫人对我也太无情了吧？”裴氏说：“那好，只是不知你心里到底对谁有意？”李福所指的就是别人献给他的那个婢女，裴氏答应了他。此后这个婢女不过是给他穿穿衣服、端饭盛菜而已，从未惬意地温存一番。李福又嘱咐妻子身边的仆人说：“如果夫人洗头，一定赶紧来报告我。”不久果然有人来报告说：“夫人正在洗头。”李福就假称肚子痛，召唤那个婢女侍候。婢女过去之后，身边的仆人以为裴氏正在洗头，短时间内不会结束，便告诉她李福肚子痛的消息。裴氏信以为真，急忙把头发从盆里捞出来，光着脚跑去问李福哪里不舒服。李福既然已经自称有病，便立即装出痛不可忍的样子。裴氏见状十分担忧，于是把药放到小孩的尿里，让他喝了下去。第二天，监军使与下属们都来问候。李福便把昨天的事情全部告诉了他们，于是苦笑着说道：“什么事情也没干成，这倒不怎么意外。糟糕的是，白白喝了一壶尿！”听到的人无不捧腹大笑。出《玉泉子》。

却要

湖南观察使李庾有个婢女，名叫却要，容貌美丽举止娴雅，又善于言辞应对。每逢初一、十五要前往亲朋好友家送礼问候时，都要却要一人主持。李家侍婢有好几十人，谁也不能与她相比。

而巧媚才捷，能承顺颜色，姻党亦多怜之。李四子：长曰延禧，次曰延范，次曰延祚，所谓大郎而下五郎也。皆年少狂侠，咸欲蒸却要而不能也。尝遇清明节，时纤月娟娟，庭花烂发，中堂垂绣幕，皆银缸。而却要遇大郎于樱桃花影中，大郎乃持之求偶。却要取茵席授之，曰："可于庭中东南隅，伫立相待，候堂前眠熟，当至。"大郎既去，至廊下，又逢二郎调之。却要复取茵席授之，曰："可于厅中东北隅相待。"二郎既去，又遇三郎束之。却要复取茵席授之，曰："可于厅中西南隅相待。"三郎既去，又五郎遇着，握手不可解。却要亦取茵席授之，曰："可于厅中西北隅相待。"四郎皆去。延禧于厅角中，屏息以待。厅门斜闭，见其三弟比比而至，各趋一隅。心虽讶之，而不敢发。少顷，却要密燃炬，疾向厅事，豁双扉而照之，谓延禧辈曰："阿堵贫儿，争敢向这里觅宿处！"皆弃所携，掩面而走，却要复从而咍之。自是诸子怀惭，不敢失敬。出《三水小牍》。

她又心灵嘴巧反应敏捷，善于察颜观色以讨别人高兴，所以就连亲戚朋友们也都喜欢她。李庚有四个儿子：老大叫延禧，老二叫延范，老三叫延祚，这三个儿子分别是大郎、二郎、三郎，再就是老五了。四位少爷都任性放荡，都想霸占却要而未能成功。有一年清明节，当弯弯的月亮徐徐升起时，庭院里鲜花烂漫，正堂上绣幕低垂，室内银烛摇曳。却要在樱花树下遇到了大少爷，大少爷拉住她向她求爱。却要将草席递给他道："你可到正厅东南角站着等我，等别人睡熟后我就去。"老大走后，却要刚到廊下，又碰上老二动手动脚地调戏她。却要又拿一张草席递给他说："你可在正厅东北角等我。"老二刚走，又被老三缠住。却要又拿一张草席递给他说："你可到正厅西南角等我。"老三刚走，又遇上老五，抓住她的手不放。却要也是拿一张草席塞给他说："你可到正厅西北角等我。"四位少爷都走了。老大延禧在正厅的一角屏心静气地等着。厅门半开，只见三个弟弟一个接一个地走到各个角落。他心里虽然颇为惊疑，但又不敢声张。过了一会儿，却要偷偷点燃蜡烛，奔向正厅，突然打开正厅两扇门，用手里的蜡烛照着，对延禧兄弟们说道："你们这些没出息的小子，怎么到这里来找地方睡觉！"四人都扔下手里拿的草席，捂着脸跑了，却要又跟在他们后面大声嘲笑他们。从此之后李庚的这几个儿子都十分惭愧，再也不敢对却要不尊重了。出自《三水小牍》。

卷第二百七十六

梦一

周昭王

昭王即位三十年，王坐祇明之室，昼而假寐。忽白云蓊郁而起，有人衣服皆毛羽，因名羽人。王梦中与语，问以上仙之术。羽人曰："大王精智未开，求长生久视，不可得也。"王跪而苦请绝欲之教。羽人乃以指画王心，应手即裂。王乃惊悟，而汗湿于衿席，因患心疾，即却膳彻乐。移于旬日，忽见所梦者来，语王曰："先欲易王之心。"

周昭王

周昭王即位三十年了，一天白天，他坐在祇明室里和衣小睡。忽然眼前出现浓密的白云，一个身穿羽毛衣服的人飘然而至，昭王于是叫他羽人。昭王在梦中同羽人对话，问他成仙之术。羽人说："大王灵智未开，想求长生不老，这是不可能的。"昭王跪下来，向羽人苦求摆脱世俗欲望的方法。羽人就用指头在昭王心口一画，心便裂开了。昭王从梦中惊醒，汗水把衣衫和席子都浸湿了，于是便患了心病，不想吃饭也不想听音乐。过了十天，梦中的羽人忽然来到昭王面前，对他说："我想先把大王的心换一下。"

乃出方寸绿囊，中有药，名曰续脉丸补血精散。以手摩王之臆，俄而即愈。王即请此药，贮以玉缶，缄以金绳。以之涂足，则飞天地之外，如游咫尺之内。有得服之，后天而死。出《王子年拾遗记》。

吴夫差

吴王夫差夜梦三黑狗号，以南以北，炊甑无气。及觉，召群臣言梦，群臣不能解，乃召公孙圣。圣被召，与妻诀曰："以恶梦召我，我岂欺心者，必为王所杀。"于是圣至，以所梦告之。圣曰："王无国矣！犬号者，宗庙无主；炊甑无气，不食矣。"王果怒，杀之。及越兵至，王谓左右曰："吾无道，杀公孙圣，汝可呼之。"于是三呼三应。吴卒为越所灭。出《越绝书》。

汉武帝

汉武帝梦大鱼，求去口中钩。明日游昆明池，见一鱼衔钩，帝取钩放之。三日，池滨得明珠一双。出《三秦记》。

司马相如

司马相如，字长卿。将献赋而未知所为，梦一黄衣翁谓之曰："可为《大人赋》，言神仙之事。"赋成以献，帝大嘉赏。出《西京杂记》。

于是拿出一个一寸大小的绿袋子，里边有药，叫续脉丸补血精散。羽人用手按摩昭王的前胸，一会儿昭王的病便好了。昭王请求羽人把药赐给了他，装进玉缶里，并缠上金线。他用这药抹脚，就可以飞到云天外，就像到很近的地方那样容易。谁能服用这种药，谁就能长生不老。出自《王子年拾遗记》。

吴夫差

吴王夫差晚上梦见三只黑狗叫，一会儿向南一会儿向北，锅灶上不见炊烟。他醒来之后，召集群臣说这梦，可是谁也解释不了，于是便召见公孙圣。公孙圣得到消息之后，便与妻子诀别说："大王因为做了噩梦召我去解，可是我又不能说谎，必定被他杀害。"公孙圣来到殿前，夫差将自己做的梦告诉了他。公孙圣说："大王要亡国了！狗叫，说明宗庙没了主人；锅灶不见炊烟，说明粮食已绝。"吴王果然大怒，杀了公孙圣。后来越国兵马杀来，夫差对身边的人说："我是无道之君，杀了公孙圣，你们呼唤他吧。"众人三呼公孙圣，公孙圣果然答应了三声。吴国最终被越国灭掉了。出自《越绝书》。

汉武帝

汉武帝梦见一条大鱼，哀求他替自己摘掉口中的鱼钩。第二天游昆明池的时候，果然看见了一条衔着钩的大鱼，汉武帝于是替它摘下鱼钩，把它放回水中。三天后，在池边拾到了一对明珠。出自《三秦记》。

司马相如

司马相如，字长卿。一天他想作一篇赋献给皇帝，却不知道怎么写好，晚上梦见一位穿黄衣服的老人对他说："你可作《大人赋》，谈谈神仙的事情。"司马相如照老人说的写成一篇赋献给了皇帝，皇帝重重地奖赏了他。出自《西京杂记》。

阴贵人

汉明帝阴贵人，梦食瓜甚美。时燉煌献异瓜种，名穹隆。父老云："有道士从蓬莱得此种，食之不饥。"出《王子年拾遗记》。

张奂

后汉张奂为武威太守。其妻梦帝与印绶，登楼而歌，觉以告奂。奂令占之。曰："夫人方生男，复临此郡，命终此楼。"后生子猛。建安中，为武威太守。杀刺史邯郸商，州兵围急，猛耻见擒，乃登楼自焚而死。出《搜神记》。

郑玄

郑玄师马融，三载无闻，融还之。玄过树阴下假寐，梦一人，以刀开其心，谓曰："子可学矣。"于是寤而即返，遂洞精典籍。后东归，融曰："《诗》《书》《礼》《乐》皆东矣！"出《异苑》。

范迈

林邑谓紫磨金为上金，俗谓之杨迈金。范迈母梦人铺杨迈金席，与其生儿，儿生席色昭晰。后因生儿，名曰范迈，为林邑王。出《林邑记》。

许攸

许攸梦乌衣吏奉漆案，案上有六封文书，拜跪曰："府君当为北斗君，明年七月复有一案，四封文书，云：陈康

阴贵人

汉明帝的妃子阴贵人，做梦吃瓜，味道很美。当时恰巧燉煌献来一种叫穹隆的奇异的瓜种子。老人们说："有位道士从蓬莱得到这种子，吃了它就不再觉得饥饿了。"出自《王子年拾遗记》。

张奂

东汉时张奂任武威太守。他的妻子梦见皇帝给了她一方官印，她便登楼唱起歌来。醒来后她把这件事告诉了张奂。张奂让人占了一卦。那人说："夫人将要生个儿子，日后会来管理此郡，而且会死在这座楼上。"后来张奂的夫人真的生了个儿子，叫张猛。建安年间，果然也做了武威太守。他杀死刺史邯郸商，州兵围攻城池，他耻于被擒，就登楼自焚而死了。出自《搜神记》。

郑玄

郑玄拜马融为师，学了三年还是默默无闻，马融便让他回去。郑玄途中路过一片树荫，便和衣小睡，梦见一个人用刀划开他的心，对他说："你现在可以学习了。"郑玄睡醒后立即返回，不久就把所有的典籍都弄懂弄通了。后来他学成东返。马融叹了口气说："《诗》《书》《礼》《乐》全去东方啦！"出自《异苑》。

范迈

林邑国以紫磨金为上等金，民间叫它杨迈金。范迈的母亲当年梦见一个人铺杨迈金编的席子，跟她生下一个儿子，儿子出生时席子金光四射，十分耀眼。后来，她就给儿子取名范迈，范迈长大以后成了林邑国的国王。出自《林邑记》。

许攸

许攸梦见一位黑衣小吏为他搬来一张漆案，漆案上放着六封文书，那黑衣小吏向他拜跪说："大人应当成为北斗星君。明年七月还会送来一张漆案，上面放着四封文书，文书上写着：陈康

为主簿。”觉后，适康至，曰：“今来当谒。”攸闻益惧。问康曰：“我作道师，死不过作社公；今日得北斗、主簿，余为忝矣。”明年七月，二人同日而死。出《幽明录》。

薛　夏

薛夏，天水人也，博学绝伦。母孕夏之时，梦有人遗一箧衣，云：“夫人必生贤明之子，为帝王所宗。”母记其梦之时。及生夏，年及弱冠，才术过人。魏文帝与之讲论，弥日不息。辞华旨畅，应对如流，无有凝滞。帝曰：“昔公孙龙称为辩捷，而迂诞诬妄；今子所说，非圣人言不谈，则子游、子贡之俦不能过也！若仲尼在魏，复为入室焉。”帝手制书与夏，题云“入室生”。位至秘书丞。居甚贫，帝解御衣以赐之，以符先梦。名冠当时，为一代高士。出《王子年拾遗记》。

蒋　济

魏蒋济为领军也，其妻梦亡儿涕泣言曰：“死生异路。我生时为卿相子孙，今在地下为泰山伍伯，憔悴困辱，不可复言。今太庙西有孙阿者，将召为泰山令。愿母为白领军，嘱阿转我，令得乐处。”言讫，母遂惊寤。以白济，济曰：“梦不足凭耳。”明日，母复梦之，言曰：“我今来迎新君，止在庙下，未发之间，暂得归来。新君明日日中当发，临发多事，不得复归于此。愿重启之，何惜一试验也？”遂说阿形状，言甚备悉。天明，母又为言之曰：“昨又梦如此，虽知梦

当主簿。”醒来后，陈康刚好来了，并且说：“我今天是来拜见你的。”许攸听了更觉害怕。他问陈康说：“我是个道师，死后不过是土地神而已；如今却能当北斗星君，还让您来当主簿，实在受之有愧。”第二年七月，他和陈康在同一天死去。出自《幽明录》。

薛夏

薛夏是天水人，博学多才，举世无双。他母亲怀他的时候，梦见有人送来一箱衣服，说：“你一定能生个贤明的儿子，被帝王所尊崇。”母亲记住了做这个梦的时间。等生下了薛夏，长到二十岁左右时，他就才智过人了。魏文帝与他谈论起来，整日不休息。他言辞华美，思维清晰，应对如流，毫无凝滞。魏文帝说：“当年公孙龙堪称能言善辩、才思敏捷，但他不着边际，荒诞不经；今天你所说的，都是圣人之言，即使子游、子贡之辈也比不了你啊！如果孔老夫子在魏国，也一定会收你为徒的。”魏文帝亲手为他题字，称他“入室生”。后来他官至秘书丞。他家很穷，魏文帝解下自己的衣服赐给他，这与他母亲的梦相符。当时他的名气很大，成为一代高士。出自《王子年拾遗记》。

蒋济

魏国蒋济任领军将军时，他的妻子梦见死去的儿子哭泣着对她说：“我与你们生死相隔。我活着的时候为公卿子弟，如今在阴间却是泰山的小役卒，憔悴不堪，忍辱负重，简直没法说了。现在太庙西边有个叫孙阿的人，将被任命为泰山令。希望母亲转告父亲，嘱咐孙阿给我换个好地方。”儿子说完，母亲便惊醒了。她把这事告诉了蒋济，蒋济却说：“梦不足为信。”第二天，母亲又做了同样的梦，儿子说：“我今天是来迎接新君的，住在太庙下，在出发前的间隙，暂得脱身归来。新君会在明天中午出发，出发之前事务繁多，我就不能再回到这里了。希望您再跟父亲说说，试一试又有何妨？”于是他说出孙阿的模样，说得非常详细。天亮之后，母亲又对丈夫说：“昨天又做了这个梦，虽然知道梦

不足凭,何惜一验之乎?"济乃遣人诣太庙下,推问孙阿,果得之,形状如其梦。济乃涕泣曰:"几负我儿!"于是乃见孙阿,具语其事。阿不惧当死,而喜为泰山令,惟恐济言之不信也,乃谓济曰:"若诚如所言,某之愿也,不知贤郎欲得何职?"济曰:"随地下乐者与之。"阿许诺。言讫遣还。济欲速知其验,从领军门下至庙下,十步安一人,以传阿之消息。辰时传阿心痛,日中传阿亡。济泣曰:"虽哀儿之不幸,见喜亡者之有知。"后月余,母复梦儿来告曰:"已得转为录事矣。"出《列异传》。

周 宣

魏周宣,字孔和,善占梦。或有问宣者:"吾梦刍狗。"宣曰:"君当得美食。"未几,复有梦刍狗。曰:"当堕车折脚。"寻而又云梦刍狗。宣曰:"当有火灾。"后皆如所言。其人曰:"吾实不梦,聊试君耳。三占不同,皆验,何也?"宣曰:"意形于言,便占吉凶。且刍狗者,祭神之物,故君初言梦之,当得美食也。祭祀既毕,则为所轹,当堕车伤折。车轹之后,必载以樵,故云失火。"出《魏志》。

王 戎

王戎梦有人以七枚椹子与之,著衣襟中。既觉得之,占曰:"椹,桑子也。"自后男女大小凡七丧。出《异苑》。

是不足为信的,但也不妨验证一下看看?"蒋济于是派人去太庙周围打听孙阿,果然找到了这个人,模样跟梦中说的一样。蒋济哭泣道:"差一点对不起我儿子啊!"于是他找到孙阿,详细谈了此事。孙阿倒是不怕死,反而很高兴自己能当泰山令,只是担心蒋济的话不可信,于是对蒋济说:"如果真是这样,我当然愿意帮忙,可不知你儿子想干什么?"蒋济说:"你在阴间给他找个轻松点的差事吧。"孙阿答应下来。说完蒋济便让孙阿回去了。蒋济为了快一点得到验证,便从领军将军府门前到庙下,每十步安排一人,传递孙阿的消息。辰时报告说孙阿心口痛,中午就接到了孙阿的死讯。蒋济流泪道:"我虽然为儿子的不幸而悲哀,但也为他泉下有知而感到高兴。"一个多月后,母亲又梦见儿子来告诉她说:"我已经转为抄写文书的官了。"出自《列异传》。

周　宣

魏国的周宣,字孔和,善于解梦。有人对周宣说:"我梦见了草扎的狗。"周宣说:"你会得到美味的食品。"没过多久,那人说自己又梦见了草扎的狗。周宣说:"你会从车上摔下来摔断腿。"又过几天,那人又说自己梦见了草扎的狗。周宣说:"该有火灾。"后来都正如周宣说的那样。那人道:"我其实没有做梦,只是想看看你的本事。三次解梦虽然不同,可都应验了,为什么呢?"周宣说:"人的想法是通过语言表现出来的,凭此就能占卜吉凶。草狗是用来祭祀神灵的,所以你第一次说自己梦见了它,是应该得到美味食品的。祭祀完毕,那草狗就被车轮碾轧,所以你会从车上摔下来摔断腿。车轧之后,只能带回去当柴烧,所以我说你家要失火。"出自《魏志》。

王　戎

王戎梦见有人给他七颗桑椹,他便放在衣襟里。睡醒之后衣服中果然有此物,他占了一卦,结果说:"桑椹,就是桑(丧)子。"此后,他有七个儿女都死了。出自《异苑》。

邹湛

邹湛梦一人拜，自称甄仲舒，求葬。湛觉，思之曰："舍西瓦土中人也。"乃取葬之。复梦其人来拜谢。出《晋书》。

陈桃

虞翻注《易》，上奏曰："臣郡吏陈桃，梦臣与道士相遇，散发粗裘，付《易》六爻，烧其三，以饮臣。臣乞尽吞之。道士言：'《易》在天上，三爻足以。'岂臣受命，应当知也？"出《梦隽》。

吕蒙

吕蒙入吴，王劝其学，乃博览群籍，以《易》为宗。常在孙策坐酣醉，忽于眠中，诵《易》一部。俄而起惊，众人皆问之。蒙云："向梦见伏羲、文王、周公，与我言论世祚兴亡之事，日月广明之道，莫不穷精极妙。未该玄言，故空诵其文耳。"众坐皆知蒙呓诵文也。出《王子年拾遗记》。

王穆

洛阳王穆起兵酒泉，西伐索嘏。长史郭瑀谏，不从。夜梦乘青龙上天，至屋而止。觉叹曰："'屋'字，'尸至'也。龙飞屋上，尸至，吾其死矣。"后果验。出《前凉录》。

张天锡

张天锡在凉州，梦一绿色犬，甚长，从南来欲咋天锡，

邹　湛

邹湛梦见一个人向他跪拜，说自己叫甄仲舒，请求为他安葬。邹湛醒来，心想："'甄仲舒'三个字，就是'予舍西瓦土中人'啊。"于是，他在屋西瓦土中找到一个死人，将他重新安葬了。后来又梦见那人来向他道谢。出自《晋书》。

陈　桃

虞翻注释《易经》，向君王奏道："臣下那个郡有个叫陈桃的小吏，梦见臣与道士相遇，那道士披头散发，穿着破烂的皮衣，给了我《易经》中的六爻，他烧了三爻，让我吞下去。臣请求把另外三爻也吞下去。那道士却说：'《易》道在天上呢，地上有三爻足够了。'难道臣是受了天命，应当懂得《易》道吗？"出自《梦隽》。

吕　蒙

吕蒙来到吴国，吴王劝他多读书，于是他博览群书，并以《易经》为主。他曾在孙策席上喝得酩酊大醉，在睡梦中忽然背诵了《易经》一部。一会儿惊醒，大家都问他怎么回事。吕蒙说："我刚才在梦中见到了伏羲、文王和周公，他们跟我谈论国家兴亡之事，日月普照之理，观点无不精辟绝妙。我无法把那些玄妙的话全部理解，所以仅仅背诵了原文而已。"在座的人于是都知道吕蒙说梦话背诵《易经》这件事了。出自《王子年拾遗记》。

王　穆

洛阳的王穆从酒泉发兵，向西讨伐索嘏。长史郭瑀劝阻，王穆不听。晚上，他梦见自己乘青龙上天，刚到屋顶就停住了。他醒来后叹息道："'屋'字，就是'尸至'。龙飞到屋上，尸至，看来我要死了。"后来果然应验了。出自《前凉录》。

张天锡

张天锡在凉州，梦见一只绿色的狗，很长，从南边来想咬他，

床上避之，乃堕地。后苻坚遣苟苌者，绿地锦袍，从南来，攻入门，大破之。出李产《集异传》。

张骏

凉文王张骏，梦一人鬓眉皓白，自称子俞，曰："地上之事付汝，地下之事付我。"王寤问之，有侯子瑜先死，得其曾孙亮，为祈连令矣。出《燉煌录》。

索充　宋桶

索充梦一虏，脱上衣来诣充。索统占曰："'虏（虜）'去上半，下'男'字也。夷虏阴类，君妻当生男也。"已后果验。

又宋桶梦'内'中有一人著衣，桶一手把两杖，极打之。索统占曰："'内'中有人，是'肉'字也；两杖，箸之象；极打，肉食也。"过三日，过三家，皆得肉食矣。出刘彦明《燉煌录》。

苻坚

苻坚将欲南伐，梦满城出菜，又地东南倾。其占曰："菜多，难为酱也；东南倾，江左不得平也。"出《梦书》。

后赵宣咸

宣咸卒后五年，石虎梦见咸，涕泗嘱其子奋。曰："非心虑所达也。通梦之言而有征，奋今何在？"左右对曰：

他逃到床上躲避，结果却摔到地上。后来苻坚派了叫一个苟苌的，那苟苌就穿着绿色锦袍，从南边率兵杀来，攻进城门，大败张天锡。出自李产《集异传》。

张　骏

凉文王张骏，梦见一个鬓发眉毛皆白的老人，自称子俞，对他说道："地上的事情交给你，地下的事情交给我。"他醒来之后一打听，才知道有个叫侯子瑜的先前死了，他有个曾孙叫侯亮，现在是祈连县令。出自《燉煌录》。

索充　宋桶

索充梦见一个外族人，脱了上衣来拜见自己。索统算了一卦，说："'虏(虜)'字去掉上半身，下边是个'男'字。外族人属于阴类，指你妻子，意思是说你的妻子应该生个男孩儿。"以后果然应验了。

又有一个叫宋桶的人，梦见'内'字里边有个人在穿衣服，宋桶一手拿着两根棍子狠狠打去。索统算了一卦，说："'内'字中有人，分明是'肉'字嘛；两杖，就是筷子的形象；狠狠去打，是要用筷子夹肉吃了。"结果他一连三天，走了三家，都吃到了肉。出自刘彦明《燉煌录》。

苻　坚

苻坚想攻打南方，晚上梦见城里长满蔬菜，而且大地向东南倾斜。占卦人说："菜多，不好做酱(将)啊；大地东南倾斜，说明江东难以平定了。"出自《梦书》。

后赵宣咸

宣咸死后五年，石虎梦见了他，他哭泣着将儿子宣奋托付给石虎。石虎醒后说："这不是我平白能想到的呀。但托梦的话应该是有依据的，宣奋现在在什么地方？"手下人回答说：

"为赵郡守。"于是即擢拜廷尉，为太常。才力不及父，因咸梦而登列卿也。出《赵书》。

张　甲

张甲者，与司徒蔡谟有亲，侨住谟家。暂数宿行，过期不及。谟昼眠，梦甲云："暂行，忽暴病，患心腹痛病，胀满不得吐下，某时死。"谟曰："何以治之？"甲曰："蜘蛛生断去脚，吞之则愈。"谟觉，使人往甲行所验之，果死。出《幽明录》。

张　茂

会稽张茂，尝梦大象，以问万推。曰："君当为大郡，而不能善终。大象者，大兽也，取诸其音，兽者，守也。象以齿焚其身，后必为人所杀。"茂永昌中为吴兴太守，值王敦问鼎，执正不移，敦遣沈充灭之。出《异苑》。

晋明帝

晋明时，献马者梦河神请之。及至，与帝梦同，即投河以奉神。始太傅褚褒，亦好此马。帝云："已与河神。"及褚公卒，军人见公乘此马矣。出孔约《志怪》。

冯孝将

广平太守冯孝将，男马子。梦一女人，年十八九岁，言："我乃前太守徐玄方之女，不幸早亡，亡来四年，为鬼所

"正在赵郡当太守。"于是石虎提拔他为廷尉,又任太常。虽然宣奋的才华能力赶不上父亲,却因父亲托的一个梦而登上列卿之位。出自《赵书》。

张甲

张甲跟司徒蔡谟有亲戚,寄居在蔡谟家中。一次张甲要出门几天,可过了约定的期限也没有回来。一天,蔡谟白天睡着了,梦见张甲对他说:"我刚上路不久,忽然得了急病,心腹疼痛,肚胀想吐又吐不出来,说不定什么时候就死了。"蔡谟问道:"怎么治呢?"张甲答道:"把活蜘蛛的腿弄掉,吞下去就好了。"蔡谟醒来,派人去张甲所在的地方检验,他果然已经死了。出自《幽明录》。

张茂

会稽的张茂,曾经梦见过大象,于是请教万推是何征兆。万推说:"你会管理大郡的,但却不能善终。大象是大兽,取它的谐音,兽就是守。大象因牙齿宝贵却毁坏了生命,将来必被人所杀。"张茂在永昌年间任吴兴郡太守,正值王敦篡政,他刚正不阿,王敦便派沈充把他杀掉了。出自《异苑》。

晋明帝

晋明帝的时候,一位来献马的人梦见河神向他要这匹马。等他赶到殿前一说,恰与晋明帝做的梦一样。于是,这马就被投进河里献给了河神。当初,太傅褚裒也想要这马。晋明帝说:"已经送给河神了。"等到褚裒死后,士兵们看见他骑着那匹马而行。出自孔约《志怪》。

冯孝将

广平太守冯孝将,有个儿子名叫马子。有一天,马子梦见一个女子,年纪十八九岁的样子,对他说:"我是前任太守徐玄方的女儿,不幸夭折,死了四年之后,才知道自己原来是被鬼所

枉杀。按生箓，乃寿至八十余。今听我更生，还为君妻，能见聘否？”马子掘开棺视之，其女已活，遂为夫妇。出《幽明录》。

徐精

晋咸和初，徐精远行，梦与妻寝，有身。明年归，妻果产。后如其言矣。出《幽明录》。

商仲堪

商仲堪在丹徒梦一人曰：“君有济物之心，岂能移我在高燥处？则恩及枯骨矣。”明日，果有一棺逐水。仲堪取而葬之于高冈，酹酒。其夕，梦见其人来拜谢。出《梦隽》。

商灵均

商灵均，义熙中，梦人来缚其身将去，形神乖散。复有一人云：“且置之，须作衡阳，当取之耳。”后除衡阳守，辞不得免，果卒官。出《梦苑》。

桓豁

荆州刺史桓豁所住斋中，见一人长丈余，梦曰：“我龙山之神，来无好意，使君既贞固，我当自去耳。”出《甄异记》。

司马恬

京口新城有邓艾庙，毁已久。晋谯王司马恬为都督，梦一人自称邓公，求治舍宇。恬乃令与修造之。出《异苑》。

屈杀的。按生死簿记载，我能活到八十多岁。现在阎王允许我复生，返回阳间做你妻子，你肯娶我吗?”马子挖出那女子的棺材一看，她已经活了，于是他俩便结为夫妻。出自《幽明录》。

徐精

晋代咸和初年，徐精出远门的时候，梦见和妻子同房，并使她有了身孕。第二年他回到家，妻子果然生下个孩子。后来一问，一切都跟他说的那天做梦的情形一样。出自《幽明录》。

商仲堪

商仲堪在丹徒梦见一个人对他说：“你有济困扶危之心，能否把我挪到一个干燥的高处？这样你就对一具枯骨也有恩了。”第二天，果然顺水漂来一具棺材。商仲堪捞上来，埋葬在山岗上，又用酒祭奠。当晚，商仲堪梦见那人来拜谢他。出自《梦隽》。

商灵均

商灵均在义熙年间做了一个梦，梦见有人来把他绑走了，他吓得魂飞魄散。这时，又有一个人说：“先放了他吧，他还要在衡阳做官，应当在那儿取他。”后来，商灵均被任命为衡阳太守，他想推辞也不行，果然死在衡阳任上。出自《梦苑》。

桓豁

荆州刺史桓豁在自己房中梦见一个人，有一丈多高，对他说道：“我是龙山之神，这次来本不怀好意，但看到你坚贞不移，我只好自己离开。”出自《甄异记》。

司马恬

京口新城有座邓艾庙，毁坏已经好长时间了。晋谯王司马恬当都督时，梦见一个人自称邓艾，请求他帮助修缮房舍。司马恬就派人把那座邓艾庙重新建造起来。出自《异苑》。

贾 弼

河东贾弼为琅琊参军，夜梦一人，瘡䶌大鼻，瞷目，请曰："爱君之貌，换君之头，可乎？"梦中不获已，遂被换去。觉而人见者悉惊走。还家，家人悉藏。自此后能半面笑啼，两手足及口中，各题一笔书之，词翰俱美。出《幽明录》。

王奉先

有贵人亡后，永兴令王奉先梦与之相对如平生。奉先问："远有情色乎？"答云："某日至其家，问婢。"后觉，问其婢，云："此日某梦郎君来。"出《幽明录》。

宗叔林

晋阳守宗叔林得十头鳖，付厨曰："每日以二头作臛。"其夜，梦十丈夫，皂布衣裤褶，扣头求哀。不悟而食二枚。明夜，又梦八人求命。方悟，乃放之。后梦八人来谢。出《搜神记》。

沙门法称

宋沙门法称临终曰："有嵩山人告我，江东刘将军应受天命。吾以三十二璧一饼金为信。"宋祖闻之，命僧惠义往嵩山。七日七夜行道，梦有一长须翁指示。及觉，

贾弼

河东的贾弼做琅琊参军时，晚上梦见一个人，这个人长着大酒糟鼻子，斜眼，向他请求说："我实在是太喜欢你的相貌了，想和你换换脑袋，可以吗？"因为在梦中身不由己，脑袋就被那人换去了。醒来之后，凡是见到他的人全都吓跑了。他回到家，家里人也都吓得躲藏起来。从此以后，他能用半张脸哭笑，两手、两脚及口中可以各拿一支笔写字，写出来的词章都很有文采。出自《幽明录》。

王奉先

有一个地位高贵的人死后，永兴县令王奉先梦见与他相对而坐，跟活着时没什么两样。王奉先问道："人死了还有好色之心吗？"那人答道："哪天你去我家，一问我的婢女便知。"王奉先醒来之后，便赶到他家去问他的婢女，婢女回答说："那天，我梦见郎君回家来了。"出自《幽明录》。

宗叔林

晋阳太守宗叔林得到十只鳖，交给厨师说："每天用两只鳖做肉羹。"当天晚上，他梦见十个汉子，穿着黑色的布衣服，向他叩头并苦苦哀求。宗叔林不明白是怎么回事，就吃了两只鳖。第二天晚上，又梦见八个汉子请求他饶命。这时他才领悟过来，于是把剩下的那八只鳖全放生了。后来，他梦见那八个人前来道谢。出自《搜神记》。

沙门法称

刘宋时的僧人法称临死前说："嵩山上有个人告诉我，江东的刘将军应当接受天命。我以三十二块宝玉和一饼金子为信物。"宋高祖刘裕听说了这事，命令僧人惠义前往嵩山。惠义做法修道七天七夜，梦见一位长胡子的老人指点了他。等他醒来后，

分明忆所在，掘而得之。出《冥祥记》。

刘穆之

刘穆之常渡扬子江宿，梦合两船为舫，上施华盖，仪饰甚盛，以升天。既晓，有一姥问曰："君昨夜有佳梦否？"穆之乃具说之。姥曰："君必位居端揆。"言讫不见。后官至仆射、丹阳尹，以元功也。出《异苑》。

穆之又梦，有人称刘镇军相迎。旦占之曰："吾死矣！今岂有刘镇军耶？"后宋武帝遣人迎，共定大业。武帝时为镇军将军。出《续异记》。

徐羡之

徐羡之为王雄少傅主簿。梦父作谓曰："汝从今已后，勿渡朱雀桁，当贵。"羡之后行半桁，忆先人梦，回马，而以此除主簿。后果为宰相。出《幽明录》。

沈庆之

沈庆之元嘉中始梦牵卤部入厕中。虽忻清道，而甚恶之。或为之解曰："君必贵，然未也。卤部者，富贵之容；厕中，所谓后帝也。君富贵不在今主矣。"后果中焉。出《拾遗录》。

还清楚地记得老人告诉他的那个藏宝的地方，结果一挖，就把那三十二块宝玉和一饼金子全挖了出来。出自《冥祥记》。

刘穆之

刘穆之曾在渡扬子江时，在船上过夜，梦见两只船合拼成一只大船，上面张着华盖，装饰得十分华丽，载着他升天而去。天亮了，有位老妇人问他说："你昨天夜里是不是做了个美梦？"刘穆之就把做的梦详细告诉了她。老妇人说："你一定能当上总揽国政的大官。"老妇人说完就不见了。后来，刘穆之果然官至仆射、丹阳尹，因为他曾立有大功。出自《异苑》。

刘穆之又做了一个梦，有人说有位姓刘的镇军将军迎请他。第二天早晨，他占了一卦后说："我就要死了！现在哪有什么姓刘的镇军将军呢？"后来，宋武帝派人来迎他进宫，与他共商国家大事。宋武帝当时就是镇军将军。出自《续异记》。

徐羡之

徐羡之是少傅王雄的主簿。一天晚上，他梦见父亲脸色严肃地对他说："你从今往后，不要再过朱雀桥，这样就能大富大贵。"后来，羡之有一次上了朱雀桥刚走一半，不由想起父亲托的那个梦，立刻策马返回，他因此被任命为主簿。后来果然当上了宰相。出自《幽明录》。

沈庆之

沈庆之在元嘉年间梦见自己引导着天子仪仗走近厕所里。他虽为自己能给天子开道而高兴，但心里还是很厌恶。有人为他解梦说："你一定会得到富贵，但不是现在。仪仗是富贵的象征，厕所代表后面的皇帝。所以说，你在当今皇帝在位时是得不到富贵的。"后来果然让解梦的人说中了。出自《拾遗录》。

明褱之

元嘉九年，征北参军明褱之有一从者，夜眠大魇。褱之自往唤之，顷间不能应，又失其头髻。三日乃寤。说云："被三人捉足，一人髻之。忽梦见一道人，以丸药与之，如桐子，令以水服之。"及悟，手中有药，服之遂瘥。出《幽明录》。

刘　诞

竟陵刘诞在广陵，左右直眠，梦人告之曰："官须发为稍旄。"则觉已失发矣。如此数十人。出《续异记》。

袁愍孙

袁愍孙，世祖出为海陵守，梦日堕身上。寻而追还，与机密。出《拾遗记》。

刘沙门

刘沙门居彭城，病亡。妻贫儿幼，遭暴风雨，墙宇破坏。其妻泣拥稚子曰："汝爷若在，岂至于此！"其夜梦沙门将数十人料理宅舍，明日完矣。出《甄异记》。

诸仲务

诸仲务一女显姨，嫁为米元宗妻，产亡于家。俗闻产亡者，以墨点面。其母不忍，仲务密自点之，无人见者。元宗为始新县丞，梦妻来上床，分明见新白妆面上有墨点。出《搜神记》。

明褒之

元嘉九年，征北参军明褒之有一个随从，夜晚睡觉时做了个大噩梦。明褒之亲自去叫他，半天却叫不醒，梳在头上的发髻也不见了。他三天之后才醒。他说："我梦见被三个人按住脚，一个人抓住发髻。忽然又梦见一位道士，掏出一丸药给我，那药像一颗梧桐子，道士让我用水把它服下去。"等到醒了，他手中果然有一丸药，他服下之后就正常了。出自《幽明录》。

刘　诞

竟陵人刘诞在广陵时，手下人正在睡觉，梦见有人告诉他说："官府需要头发做长矛和旗帜上的缨。"当他醒来时发现头发不见了。像他这样的还有几十个人。出自《续异记》。

袁愍孙

袁愍孙在世祖朝出任海陵郡守，梦见太阳落到自己身上。世祖不久便把他召回朝廷，让他参掌机密大事。出自《拾遗记》。

刘沙门

刘沙门家住彭城，因病而死。撇下孤儿寡母，又遭遇了一场暴风雨，房子严重损坏。妻子搂着小儿子哭泣着说："你父亲如果还活着，咱们怎么会落到这一步啊！"当夜，她梦见丈夫带领几十人前来修理房子，第二天那房子果然修理好了。出自《甄异记》。

诸仲务

诸仲务有个女儿叫显姨，嫁给米元宗为妻，生孩子时不幸死在家中。老百姓们说，凡因生孩子而死的女人，都应该在她脸上点上墨汁。她的母亲不忍心这样做，诸仲务就悄悄地给她点上，没有让任何人看见。后来，米元宗当上了始新县丞，梦见妻子来到床前，清楚地看见她刚化了素妆的脸上有墨点。自《搜神记》。

孙 氏

有孙氏求官。梦双凤集其两拳,以问占者宋董。曰:“凤凰非梧桐不栖,非竹实不食。卿当大凶,非苴杖,即削杖。”后孙氏果遭母丧。出《集异记》。

桓 誓

桓誓字明期,居豫章时,梅玄龙为太守。先已病矣,誓往看之,语玄龙云:“吾昨夜忽梦见君,着丧衣来迎我。”经数日,复梦如前,云二十八日当拜。二十七日,桓忽中恶,就玄龙索麝香丸。玄龙闻,令作凶具。二十七日,桓亡。二十八日,龙卒。出《续搜神记》。

张 寻

巴西张寻梦庭生一竹,节相似,都为一门。以问竺法度,云:“当暴贵,但不得久矣。”果然如其所言。出《述异记》。

徐 祖

嘉兴徐祖幼孤,叔隗养之如所生。隗病,祖营作甚勤。是夜,梦二人来云:“汝叔应合死也。”祖叩头祈请哀愍。二人云:“念汝如此,为活之。”祖觉,叔乃瘥。出《搜神记》。

孙　氏

有个姓孙的人想当官。一天，他梦见一对凤凰落在自己的两只拳头上，醒来之后他去问算命先生宋董。宋董说："凤凰不是梧桐树不落，不是竹子的果实不吃。看来你要遭大难了，你不是得拿居父丧的苴杖，就是得拿居母丧的削杖。"后来，他果然死了母亲。出自《集异记》。

桓　誓

桓誓字明期，住在豫章的时候，梅玄龙当太守。梅玄龙一直有病在身，桓誓前去看望他，对玄龙说："我昨天晚上忽然梦见你身穿丧服来迎接我。"过了几天之后，桓誓又做了那样的梦，并梦见梅玄龙说二十八日会来拜见。二十七日那天，桓誓忽然也病倒了，派人向梅玄龙要麝香丸。玄龙听说了这件事，便吩咐下人赶紧准备棺材。二十七日，桓誓病故。二十八日，梅玄龙也死了。出自《搜神记》。

张　寻

巴西人张寻梦见院子里长出一棵竹子，那竹子每节都很相似，竹子枝干簇集在一起，像一个门形。张寻去请教竺法度，竺法度回答说："你会突然大富大贵，但却不能长久。"后来果然像他说的那样。出自《述异记》。

徐　祖

嘉兴人徐祖幼年就成了孤儿，被叔叔徐隗收养，待他如亲生儿子一样。一日徐隗病倒了，徐祖跑前跑后十分勤快。当夜，徐祖梦见两个人来对他说："你叔叔应该死了。"徐祖急忙跪下磕头，乞求他们可怜可怜自己。那二人说："看在你如此孝顺的份上，那就让他活下去吧。"徐祖醒来，他叔叔的病已经好了。出自《搜神记》。

桓　邈

桓邈为汝南，郡人赍四乌鸭作礼。大儿梦四乌衣人请命，觉，忽见鸭将杀，遂救之，买肉以代。还梦四人来谢而去。出《幽明录》。

周氏婢

陈留周氏婢入山取樵，倦寝。忽梦一女子，坐中谒之曰："吾目中有刺，愿乞拔之。"及觉，忽见一棺中有髑髅，眼中草生，遂与拔之。后于路傍得双金指环。出《述异记》。

何敬叔

何敬叔少奉法，作一檀像，未有木。先梦一沙门纳衣杖锡来云："县后何家桐甚良。"觉，如梦求之，果得。出《冥祥记》。

桓邈

桓邈在汝南做官，郡中有人送来四只黑色的鸭子作礼物。当夜，他的大儿子梦见四个穿黑衣服的人请求他救命，醒来之后，忽然看见那四只鸭子就要被杀，他急忙救了下来，并买来一些肉顶替。事后，他梦见那四个人前来道谢，然后离去。出自《幽明录》。

周氏婢

陈留周家的婢女上山砍柴，累了便睡着了。忽然，她梦见一个女子坐在面前拜道："我眼睛里有刺，请你帮我拔去吧。"婢女醒来，忽然看见一口棺材，棺内有具骷髅，眼睛中已生出草，她便拔了下来。后来她在路边拾到了一对金戒指。出自《述异记》。

何敬叔

何敬叔年少时就尊奉佛法，想做一个檀木佛像，却没有木头。他梦见一个和尚穿着僧衣拄着禅杖来对他说："县城后面何家的梧桐树就很好。"何敬叔醒来，照梦中的地点去寻找，果然找到了梧桐树。出自《冥祥记》。

卷第二百七十七

梦二

闾　英

后魏闾英为肥城令。梦日堕所居黄山水中，村人以车牛挽致不出，英抱戴而归。后至散骑常侍。出《梦隽》。

宋　琼

后魏宋琼母病，冬月思瓜。琼梦见人与瓜，觉，得之手中。时称孝感。出《梦隽》。

闾 英

后魏时，闾英任肥城县令。有一天，他梦见太阳落进他所居住的黄山的水中，村里人用牛车拉也拉不出来，闾英却又捧又抱地把太阳带回了家。后来，他的官一直做到散骑常侍。出自《梦隽》。

宋 琼

后魏时，宋琼的母亲得了重病，冬天想吃瓜。宋琼晚上做了个梦，梦见有人给他一个瓜，醒来之后，他手中果然有个瓜。当时人们都说这是他孝心所感应的结果。出自《梦隽》。

宋颖妻

后魏宋颖妻邓氏，亡十五年。忽梦亡妻向颖拜曰："今被处分为高崇妻，故来辞。"流涕而去。数日崇卒。出《梦隽》。

卢元明

后魏卢元明，字幼章，为中书侍郎。孝武永熙末，乃居洛东缑山。时元明梦友人王由携酒就之言别，赋诗为赠。及觉，忆其诗十字云："自兹一去后，朝市不复游。"元明叹曰："由性不狎俗，旅寄人间，乃有今梦。诗复如此，必有他故也。"经三日，果闻由为乱兵所害。寻其亡日，乃是发梦之夜焉。出《梦记》。

元　渊

后魏广阳王元渊，梦著衮衣倚槐树，问占者杨元稹。元稹言："当得三公。"退谓人曰："死后得三公耳。'槐'字木傍鬼。"果为朱荣所杀，赠司徒。出《酉阳杂俎》。

许　超

许超梦盗羊入狱，问杨元稹。元稹曰："当得城阳令。"后封城阳侯。出《酉阳杂俎》。

北齐李广

北齐侍御史李广，博览群书，修史。夜梦一人曰："我心神也。君役我太苦，辞去。"俄而广疾卒。出《独异志》。

宋颖妻

后魏时，宋颖的妻子邓氏已经死了十五年。一日，他忽然梦见妻子向自己拜道："我现在已经分配给高崇做妻子了，所以来向你告别。"说完流泪而去。几天后，高崇就死了。出自《梦隽》。

卢元明

后魏有位卢元明，字幼章，任中书侍郎。孝武帝永熙末年，他住在洛阳东面的缑山。一天，卢元明梦见朋友王由带着酒而来，与他告别，还赋诗赠给他。卢元明醒来之后，还能想起他诗中的十个字："自兹一去后，朝市不复游。"卢元明长叹一声道："王由一向清高脱俗，只是暂居人间，所以我才有这个梦。他写出了这样的诗句，必有别的缘故。"过了三天，卢元明果然听说王由已被乱兵杀害了。查一查他死的日子，正好是自己做梦的那天夜晚。出自《梦记》。

元　渊

后魏广阳王元渊，梦见自己穿着绘有卷龙的礼服倚在槐树上，于是去问占卜人杨元稹。杨元稹说："你要当三公了。"背后又对人说："他死后才能当上三公。'槐'字，就是木旁边的鬼。"不久元渊果然被尔朱荣所杀，死后追赠司徒。出自《酉阳杂俎》。

许　超

许超梦见自己因为偷羊而被关进监狱，醒后他问杨元稹这是怎么回事。杨元稹说："你能当城阳县令。"后来，他真的被封为城阳侯。出自《酉阳杂俎》。

北齐李广

北齐侍御史李广，广览群书，担任编纂史籍的工作。夜里他梦见一个人说："我是你的心神。你把我役使得太苦，我不得不走了。"很快李广便因病而死。出自《独异志》。

萧　铿

齐宜都王铿年七岁，出阁，陶弘景为侍读。八九年中，甚相接遇。后铿遇害。时弘景隐山中，梦铿来，惨然言别曰："某今命过，无罪，后三年，当生某家。"弘景访之以幽中事，多秘不出。及觉，即使人至都参访，果与梦符。弘景因此著《梦记》。出《梦记》。

徐孝嗣

徐孝嗣，字始昌。曾在率府，昼卧北壁下，梦两童子，遽云："移公床！"孝嗣惊起，壁有声，行数步而壁倒，压床。出《谈薮》。

梁江淹

宣城太守济阳江淹少时，尝梦人授以五色笔，故文彩俊发。后梦一丈夫，自称郭景纯，谓淹曰："前借卿笔，可以见还。"探怀得五色笔，与之。自尔淹文章踬矣，故时人有才尽之论。出《南史》。

代　宗

李辅国恣横无君，代宗渐恶之。因寝，梦登楼，见高力士领数百铁骑，以戟刺辅国，流血洒地，前后歌呼，自北而去。遣谒者问其故，力士曰："明皇之命也。"帝觉，不辄言。及辅国为盗所杀，帝异之，方以其梦话于左右。出《杜阳杂编》。

萧　锉

南朝齐宜都王萧锉，七岁那年受藩封，陶弘景作侍读。在八九年时间里，二人相处得很好。后来，萧锉被害。当时陶弘景隐居在山里，梦见萧锉来了，神情凄惨地告别说："我如今寿命已经到头了，但我是无辜而死，再过三年，我还能生在某家。"陶弘景问了问他阴间的事情，可他大多保秘不予回答。醒来之后，陶弘景就派人去都城打听，果然跟梦中说的一样。因此，陶弘景写了一本《梦记》。出自《梦记》。

徐孝嗣

徐孝嗣，字始昌。一天白天，他在太子卫率府北墙下躺着睡觉，梦见两个童子，着急地说："快把先生的床挪走！"徐孝嗣惊醒起身，听见墙壁有动静，刚走几步那墙就倒了，压住了他的那张床。出自《谈薮》。

梁江淹

宣城太守济阳人江淹小时候，曾经梦见有人送给他一支五色笔，从此他文采飞扬，才气横溢。后来，他又梦见一个人，自称叫郭景纯，对他说："从前借给你的那支笔，现在该还我了。"江淹从怀中掏出五色笔，还给了他。从那时起江淹的文章越来越滞涩不通，没有了以前的才气，所以当时的人们便有了"江郎才尽"的说法。出自《南史》。

代　宗

李辅国横行无忌，连皇帝也不放在眼里，代宗渐渐讨厌他了。一天代宗睡觉时，梦见自己登上楼去，忽见高力士带领数百骑兵，用戟刺向李辅国，血洒在地上，前后欢呼着向北而去。代宗派人去问这究竟是怎么回事，高力士说："这是明皇的命令啊。"代宗惊醒过来，什么也没有说。等到李辅国被强盗所杀，代宗感到十分惊异，这才把那个梦告诉了身边的人。出自《杜阳杂编》。

徐善

江南伪中书舍人徐善，幼孤，家于豫章。杨吴之克豫章，善之妹为一军校所虏。既定，军校得善，请以礼聘之。善自以旧族，不当与戎士为婚，固不许。乃强纳币焉，悉掷弃之。临以白刃，亦不惧。然竟虏之而去。善即诣杨都，求见吴杨渥而诉之。时渥初嗣藩服，府廷甚严，僭拟王者，布衣游士旬岁不得一见。而善始至白沙，渥夜梦人来言曰："江西有秀才徐善，将来见公，今在白沙逆旅矣。其人良士也，且有情事，公可厚遇之。"旦即遣骑迎之。既至，礼遇甚厚。且问所欲言，善具白其妹事。即命赎归于徐氏。时歙州刺史陶雅闻而异之，因辟为从事。出《稽神录》。

梦休征上

隋文帝

隋文帝未贵时，常舟行江中。夜泊中，梦无左手。及觉，甚恶之。及登岸，诣一草庵。中有一老僧，道极高，具以梦告之。僧起贺曰："无左手者，独拳也，当为天子。"后帝兴建此庵为吉祥寺，居武昌下三十里。出《独异志》。

唐高祖

唐太宗为秦王时，年十八。与晋阳令刘文靖首谋之夜，高祖梦堕床下，见遍身为虫蛆所食，甚恶之。咨询于安乐寺智满禅师。师俗姓贾氏，西河人也，戒行高洁。师曰：

徐 善

江南伪政权的中书舍人徐善，自幼成了孤儿，住在豫章。杨吴军队攻克豫章时，徐善的妹妹被一个军官掳去。战乱过后，那军官找到徐善，请求按照礼节迎娶他妹妹。徐善觉得自己是世族高门，不宜与军人结亲，坚决不答应。那军官强行送去聘礼，全被他扔了。军官又用刀威胁他，可他一点不怕。那军官最后把他妹妹掳走了。徐善于是赶到都城，想找杨渥诉说一番。当时杨渥刚刚继位掌权，宫廷戒备森严，规格制度堪比帝王，普通百姓与求官之人一年也难见他一面。徐善刚走到白沙，这天杨渥晚上梦见有人来对他说："江西有位秀才叫徐善，将会来见你，现在在白沙的旅舍里。这个人是贤士，而且有事陈请，你要好好待他。"天亮后，杨渥就派人去迎接徐善。徐善来到后，受到很高的待遇。杨渥又问他想说什么，徐善便把妹妹被抢的事讲了。杨渥当即命人把徐善的妹妹还给徐家以赔罪。当时歙州刺史陶雅听了十分惊异，便征召徐善去做他的幕僚。出自《稽神录》。

梦休征上

隋文帝

隋文帝未发迹时，曾乘船在江上走。夜里靠岸休息时，他梦见左手没了。醒来后十分不悦。上岸后，他走进一座小庙。庙里有位老和尚，道法极高，隋文帝把梦告诉了他。老和尚起身祝贺道："没有左手就是独拳（权），你能当皇帝。"后来隋文帝把这座小庙改建为吉祥寺，就在武昌下游三十里处。出自《独异志》。

唐高祖

唐太宗做秦王时，只有十八岁。他与晋阳县令刘文靖最先谋划起事的那天晚上，高祖梦见自己掉到床下，浑身爬满了蛆虫，在吃自己，高祖十分厌恶。他向安乐寺智满禅师询问这是吉是凶。智满禅师俗姓贾，是西河人，持戒精严，德行高尚。禅师说：

“此可拜乎！夫床下者，陛下也；群蛆食者，所谓群生共仰一人活耳。”高祖嘉其言。又云：“贫僧颇习《易》，以卦之象，《明夷》之兆。按《易》曰，巽在床下，纷若无咎，而早吉晚凶。斯固体大，不可以小，小则败，大则济。可作大事，以济群生，无往不亨，乃必成乎。”高祖动容曰：“虽蒙善诱，未敢当。”禅师眄秦王曰：“郎君与大人并叶兆梦，是谓‘干父之蛊，考用无咎’。天理人事，昭然可知，不可固拒，天之与也。天与不取，必受其咎，无乃不可乎？”高祖拜而谢曰：“弟子何幸，再烦郑重丁宁之意，敢不敬从？”出《广德神异录》。

戴胄

戴胄素与舒州别驾沈裕善。胄以唐贞观七年死，至八年八月，裕在州，梦其身行于京师义宁坊西南街。每见胄著故弊衣，颜容甚悴，见裕悲喜。问：“公生平修福，今者何为？”答曰：“吾昔误奏杀人；吾死后，他人杀羊祭我。由此二事，辩答辛苦，不可具言。今亦势了矣。”因谓裕曰：“吾平生与君善友，竟不能进君官位，深恨于怀。君今自得五品，文书已过天曹。相助欣庆，故以相报。”言毕而寤，向人说之，冀梦有征。其年冬，裕入京参选，有铜罚，不得官。又向人说所梦无验。九年春，裕将归江南，行至徐州，奉诏书，授裕五品，为婺州治中。出《冥报记》。

"你应该朝天拜谢呀！床下，就是陛下之意；一群蛆虫吃你，就是百姓共同仰仗你一个人才能够生活。"高祖认为禅师解释得很好。智满禅师又说："我对《易经》颇有研究，从卦象上看，这是《明夷》的征兆。按《易经》所说，谦虚恭顺地待在床下，仿佛没有什么凶事，其实是先吉后凶。这是重要的事，不能做小事，做小事必然失败，做大事必然成功。你应该谋干大事，以救济天下百姓，会非常顺利，一定能取得成功。"高祖非常感动地说："虽然承蒙您的好心诱导，但我实不敢当。"禅师又斜眼看着秦王说："公子应该与父亲一起去干梦中预兆的大事，这就是《易经·蛊卦》所说的'儿子帮助父亲完成大业，父亲就不会有什么危险'。天理与人事，都是明白可见的，不可以一味抗拒，这是上天给予的机会。上天要给予你的，你如果拒绝，那是要受到惩罚的，这恐怕不行吧？"高祖听了拜谢道："弟子何其荣幸，多次劳您郑重叮嘱，我怎敢不恭恭敬敬地从命呢？"出自《广德神异录》。

戴胄

戴胄向来跟舒州别驾沈裕交好。戴胄于唐贞观七年死去，第二年八月，沈裕在舒州梦见自己走在京城义宁坊西南的街上。他看见戴胄穿着过去那件破衣服，面容十分憔悴，看见沈裕，戴胄又悲又喜。沈裕问："你平生一向积德行善，如今这是怎么了？"戴胄回答道："我过去由于误奏一本，错杀了好人；我死之后，别人杀羊祭奠我。由于这样两件事情，我辩解答对得好苦，真是一言难尽。今天事情总算了结了。"接着他又对沈裕说："我平生跟你那么好，竟然不能帮助你升官，心中十分遗憾。如今你应当得到五品官，文书已经送到天曹。能帮到你我很欣喜，所以前来相告。"说完话，沈裕便醒过来，把这件事对别人讲了，希望这梦能够应验。当年冬天，沈裕进京听候选官，但因为曾有纳铜赎罪的经历，没有得到什么官职。于是他又对别人说自己做的梦不灵。贞观九年春天，沈裕要回江南去，走到徐州时，皇帝的诏书到了，授沈裕五品官，任婺州治中。出自《冥报记》。

娄师德

娄师德布衣时，常因沉疾，梦一人衣紫，来榻前再拜曰："君之疾且间矣，幸与某偕去。"即引公出。忽觉力甚捷，自谓疾愈。行路数里，见有廨署，左右吏卒，朱门甚高，曰"地府院"。惊曰："何地府院而在人间乎？"紫衣者对曰："冥道固与人接迹，世人又安得而知之？"公入其院，吏卒辟易四退，见一空室，曰"司命署"。问职何如，对曰："主世人禄命之籍也。"公因窃视之，有书数千幅，在几上。傍有绿衣者，称为案掾。公命出己之籍，按取一轴以进。公阅之，书己名，载其禄位年月，周历清贯，出入台辅，寿至八十有五。览之喜，谓案掾曰："某一布衣耳，无饥冻足矣，又安敢有他望乎？"言未毕，忽有一声沿空而下，震彻檐宇。案掾惊曰："天鼓且动，君宜疾归，不可留矣。"闻其声，遂惊悟，始为梦游耳。时天已曙，其所居东邻有佛寺，击晓钟，盖案掾所谓天鼓者也。是日疾亦间焉。后入仕历官，咸如所载者。及为西京帅，一日，见黄衣使者至阁前曰："冥途小吏，奉命请公。"公曰："吾尝见司命之籍，纪吾之位，当至上台，寿凡八十有五，何为遽见命耶？"黄衣人曰："公任某官时，尝误杀无辜人，位与寿为主吏所降，今则穷矣。"言讫，忽亡所见。自是卧疾，三日乃薨也。出《宣室志》。

娄师德

娄师德还是普通百姓的时候，曾在一次大病中，梦见一个紫衣人来到床前，拜了又拜说道："你的病就快好了，请先跟我走一趟吧。"随即把他领出来。忽然，娄师德觉得自己脚力敏捷，以为病已经好了。走了好几里路，看见前面有一座官府，左右站着吏卒，朱漆大门相当高，牌匾上题着"地府院"。娄师德吃了一惊，说："地府院为什么会在人间？"紫衣人回答说："阴间的道路和人间原本就是相连的，可世人又怎么知道呢？"娄师德进了院子，吏卒们急忙闪到一旁，他看见一座空房子，叫"司命署"。他问这里面是管什么的，回答说："是管世人官位寿命籍册的。"娄师德于是偷偷看了一眼，只见里面有几千册书，均放在几案上。旁边有个穿绿衣服的人，这人被称为案掾。娄师德让他拿出自己的籍册，案掾取出一轴递给他。他一看，只见上面写着自己的名字，记载着当官进爵的时间，历任清高显贵之官，出入台阁参掌机要，而且可以活到八十五岁。他看后大喜，对案掾说："我一个小老百姓，饿不着冻不着就足够了，又怎么敢有别的奢望呢？"话没说完，忽然听到一个声音从空中降下，响彻屋宇。案掾一惊说："这是天鼓在响，你得赶紧回去，不可久留。"听见这声音，娄师德便惊醒了，才知道方才是梦游。这时，天已经亮了，他家的东边有一座佛寺，正在击晨钟，这钟声大概就是案掾所说的天鼓了。当天，他的病就好了。后来，他步入仕途，担任各种官职，正像自己籍册上所载的那样。当西京统帅时，一天，他看见一个黄衣使者来到他阁前说："我是阴间的小吏，奉命来请你。"他说："我曾经看见过自己的禄命簿，记载着我的官位，可以当到宰辅要职，寿命是八十五岁，怎么这么急就来催命呢？"黄衣人说："你在当某个官的时候，曾错杀过无辜的人，你的官位与寿命被主管官吏折降，现在已经到头了。"说完，娄师德便什么也看不见了。从此卧病在床，三天后就死了。出自《宣室志》。

顾琮

顾琮为补阙，尝有罪系诏狱，当伏法。琮一夕忧愁，坐而假寐，忽梦见其母下体，琮愈惧，形于颜色。流辈问，琮以梦告之，自谓不祥之甚也。时有善解者贺曰："子其免乎。"问："何以知之？"曰："太夫人下体，是足下生路也。重见生路，何吉如之？吾是以贺也。"明日，门下侍郎薛稷奏刑失入，竟得免。琮后至宰相。出《广异记》。

天后

唐则天后梦一鹦鹉，羽毛甚伟，两翅俱折。以问宰臣，群公默然。内史狄仁杰曰："鹉者，陛下姓也。两翅折者，陛下二子，庐陵、相王也。陛下起此二子，两翅全也。"武承嗣、武三思连项皆赤。后契丹围幽州，檄朝廷曰："还我庐陵、相王来。"则天乃忆狄公之言曰："卿曾为我占梦，今乃应矣。朕欲立太子，何者为得？"杰曰："陛下内有贤子，外有贤侄，取舍详择，断在圣衷。"则天曰："我自有圣子，承嗣、三思是何疥癣？"承嗣等惧，掩耳而走。即降敕追庐陵，立为太子，充元帅。初募兵，无有应者，闻太子行，北邙山头皆兵满，无容人处。贼自退散。出《朝野佥载》。

薛季昶

唐薛季昶为荆州长史。梦猫儿伏卧于堂限上，头向外。以问占者张猷，猷曰："猫儿者，爪牙；伏门限者，阃外之事。

顾琮

顾琮任补阙时，曾因犯罪被关入监狱，当判死刑。一天顾琮忧惧不已，和衣小睡，忽然梦见母亲的阴部，顾琮惊恐万状，脸都变了色。同狱的人问怎么回事，顾琮便把梦告诉了他们，自以为这是大不祥之兆。当时，有位善于解梦的人却向他祝贺道："你的死罪要免了。"顾琮问："何以见得？"那人说："你母亲的阴部，本是你出生之路。你重见生路，还有什么比这更吉利的？我因此向你祝贺。"第二天，门下侍郎薛稷奏请皇帝说，顾琮之罪量刑有误，最终免于一死。顾琮后来还当了宰相。出自《广异记》。

天后

唐朝皇后武则天梦见一只鹦鹉，羽毛十分漂亮，两只翅膀却折断了。醒来，她问宰相这是怎么回事，宰相们沉默不语。内史狄仁杰说："鹉（武），是陛下的姓。两翅膀折断，是说陛下的两个儿子，庐陵王和相王。陛下如果能重新起用这两个儿子，两翅膀就全了。"听罢他的话，武承嗣、武三思羞得连脖子都红了。后来，契丹围困幽州，向朝廷下了一道檄文说："还我庐陵王、相王来。"武则天这才回忆起狄仁杰的话，她说："你曾经为我解梦，今天果然应验了。我想立太子，谁行呢？"狄仁杰说："陛下内有贤子，外有贤侄，选择取舍，全凭陛下决断。"武则天说："我自有儿子，承嗣、三思算什么癖疥呢？"听她这么一说，承嗣等人害怕了，捂着耳朵跑掉了。武则天随即降旨召回庐陵王，立为太子，出任大元帅。开始招兵的时候，没有几个应招的，后来听说了太子亲自出征，北邙山头站满了来应招的新兵，都站不下了。见状，敌人自己就退回去了。出自《朝野佥载》。

薛季昶

唐代薛季昶任荆州长史。一日，他梦见一只猫趴在屋前的门槛上，脑袋向着门外。他去问占卜人张猷，张猷说："猫就是爪牙之士，也就是指武将；趴在门槛上，就是说在想家外的事。

君必知军马之要。”未旬日，除桂州都督、岭南招讨使。出《朝野佥载》。

玄宗

玄宗尝梦落殿，有孝子扶上。他日以问高力士，力士云：“孝子素衣，此是韦见素耳。”帝深然之。数日，自吏部侍郎拜相。出《广异记》。

又

玄宗梦入井，有一兵士，著绯袢，背负而出。明日，使于兵号中寻访，总无此人。又于苑中搜访，见一掌关，着绯袢，便引见。上问：“汝昨夜作何梦？”对曰：“从井中背负日出登天。”上睹其形状，与梦相似，乃问：“汝欲官乎？”答曰：“臣不解作官，臣家贫。”遂敕赐钱五百千。出《定命录》。

魏仍

魏仍与李龟年同选。相与梦。魏梦见侍郎李彭年使人唤，仍于铨门中侧耳听之。龟年梦有人报，侍郎注与君一畿丞。明日共解此梦，以为门中侧耳是闻字，应是闻喜。果唱闻喜尉，李龟年果唱蕲州蕲县丞。仍后贬齐安郡黄岗尉，准敕量移。乞梦，梦拾得一毛蝇子。与李龟年占议，云：“‘毛’字千下有七，应去此一千七百里。”如其言。出《定命录》。

看来，你一定能掌握指挥兵马的大权。”不到十天，薛季昶就被任命为桂州都督、岭南招讨使。出自《朝野佥载》。

玄宗

唐玄宗曾梦见自己从大殿上跌下来，有个为父母守丧的孩子又把他扶上去。过几天他问高力士这是怎么回事，高力士说：“为父母守丧的孩子穿素服，这是指韦见素啊。”玄宗深感有理。几天之后，韦见素就从吏部侍郎成为了宰相。出自《广异记》。

又

玄宗梦见自己掉进井里，有一个士兵，穿着红裤子，将他背了上来。第二天，他派人到营房里寻找，怎么也找不到这个人。又派人到禁苑搜寻，见到了一个把门的，穿着红裤子，便领他来见皇帝。玄宗说：“他昨天晚上做的什么梦？”回答说：“我梦见自己从井里把太阳背出来登上了天。”玄宗看他的容貌，与自己梦见的那个人很像，就问道：“你想不想做官啊？”那人回答说：“我不懂做官的事情，我家很穷。”于是玄宗下令赐给他五百贯钱。出自《定命录》。

魏仍

魏仍与李龟年同去参加选官考核。晚上他们各自做了一个梦。魏仍梦见侍郎李彭年派人唤他过去，他在考场门里侧耳聆听。李龟年梦见有人报告说，侍郎给他登记了一个畿县县丞的职位。第二天他们共同来解昨晚的梦，认为门中侧耳是个“闻”字，应该是闻喜县。果然，唱名时魏仍被任命为闻喜县尉，李龟年被任命为蕲州蕲（与“畿”音近）县县丞。魏仍后来被贬为齐安郡黄岗县尉，不久又被皇帝酌情内调。他希望做个梦来预测一下自己会被调到哪里，结果梦见一把驱蝇的毛蝇子。第二天他和李龟年占卜并议论起来，李说：“‘毛’字千下有七，那地方离这里应有一千七百里。”结果跟他说的一样。出自《定命录》。

陈安平

给事中陈安平子，年满赴选。与乡人李仙药卧，夜梦十一月养蚕。仙药占曰："十一月养蚕，冬丝也。君必送东司。"数日，果送吏部。出《朝野佥载》。

李瞿昙

饶阳李瞿昙，勋官番满选。夜梦一母猪极大。李仙药占曰："母猪，豘主也。君必得屯主。"数日，果如其言。出《朝野佥载》。

赵良器

赵良器尝梦有十余棺，并头而列。良器从东历践其棺，至第十一棺破，陷其脚。后果历任十一政，至中书舍人卒。高适任广陵长史，尝谓人曰："近梦于大厅上，见叠累棺木，从地至屋脊。又见旁有一棺，极为宽大，身入其中，四面不满。不知此梦如何?"其后累历诸任，改为詹事，亦宽慢之官矣。出《定命录》。

奚　陟

奚侍郎陟，少年未从官，梦与朝客二十余人，就一厅中吃茶。时方甚热，陟东行首坐，茶起西，自南而去。二碗行，不可得至，奚公渴甚，不堪其忍。俄有一吏走入，肥大，抱簿书近千余纸，以案致笔砚，请押。陟方热又渴，兼恶其肥，

陈安平

给事中陈安平的儿子，任官年满进京考核，等待再次授官。临行前，他与同乡李仙药睡在一起，晚上梦见自己在十一月养蚕。醒来，仙药为他占了一卦，说："十一月养蚕，是冬丝啊。看来你一定会被送到东司了。"几天之后，他果然被送到了尚书省都堂东面的吏部。出自《朝野佥载》。

李瞿昙

饶阳有位李瞿昙，勋官任期已满参加考核，等待再次授官。晚上，他梦见一头母猪，很大。李仙药占了一卦后说："母猪，就是豘主啊。你一定能够得到屯主的职位。"几天之后，果然如他说的一样。出自《朝野佥载》。

赵良器

赵良器曾经梦见十余口棺材，并排摆着。他从东边依次踩着棺材走，到第十一口时，那棺材破了，他的脚陷了进去。后来，他果然历任十一个职务，最后官至中书舍人时死了。高适任广陵长史，曾对人说："我最近梦见自己在大厅里，看见叠放着一堆棺材，从地上摞到屋顶。又看见旁边还有一口棺材，特别宽大，如果躺进去，周围还能空出些地方。不知道这个梦是何征兆？"他此后一连担任了好多个职务，最后改任太子詹事，也是个清闲自在的官。出自《定命录》。

奚　陟

侍郎奚陟，少年未做官时，曾经梦见和二十余位朝中官员，坐在一个厅中喝茶。当时天很热，奚陟坐在从东面数的头一个座位上，茶从西面开始上，向南而去。倒完两大碗，还没有到奚陟那里，他渴得厉害，都难以忍受了。一会儿，有一个小吏走上来，长得又高又胖，抱着一摞文书，有近千张纸，他把笔砚放在案上端来，请奚陟签字。奚陟又热又渴，又讨厌那小吏长得肥胖，

忿之，乘高推其案曰："且将去！"浓墨满砚，正中文书之上，并吏人之面、手足、衣服，无不沾污。及惊觉，夜索纸笔细录，藏于巾笥。后十五年，为吏部侍郎。时人方渐以茶为上味，日事修洁。陟性素奢，先为茶品一副，余公卿家未之有也。风炉越瓯，碗托角匕，甚佳妙。时已热，餐罢，因请同舍外郎就厅茶会。陟为主人，东面首坐，坐者二十余人。两瓯缓行，盛又至少，揖客自西面始，杂以笑语，其茶益迟。陟先有痟疾，加之热乏，茶不可得，燥闷颇极。逡巡，有一吏肥黑，抱大文簿，兼笔砚，满面沥汗，遣押。陟恶忿不能堪，乃于阶上推曰："且将去！"并案皆倒，正中令史面，及簿书尽污。坐客大笑。陟方悟昔年之梦，语于同省。明日，取所记事验之，更无毫分之差焉。出《逸史》。

张鷟

张鷟曾梦一大鸟，紫色，五彩成文，飞下，至庭前不去。以告祖父，云："此吉祥也！昔蔡衡云：'凤之类有五，其色赤文章凤也，青者鸾也，黄者鹓雏也，白者鸿鹄也，紫者鸑鷟也。'此鸟为凤凰之佐，汝当为帝辅也。"遂以为名字焉。鷟初举进士，至怀州，梦庆云覆其身。其年对策，考功员外骞味道以为天下第一。又初为岐王属，夜梦著绯乘驴。睡中自怪："我衣绿裳，乘马，何为衣绯却乘驴？"其年应举及第，

心中愤怒,便站在高处用手推案说:“快拿开!”满砚的浓墨正溅在文书上面,把小吏的衣服、手脚和脸全弄黑了。于是他惊醒了,当夜他要来笔墨,把梦中的情景详细记录下来,藏在小箱子里。十五年后,奚陟任吏部侍郎。当时人们才渐渐把茶视为上品,一天比一天讲究起来。奚陟平常颇为奢侈,率先置了一套上好的茶具,其他公卿家中都没有。烹茶用的风炉,越州产的茶瓯,放碗的托盘和角制的茶匙,都十分精美漂亮。当时天气已热,吃完午餐,他请同事们到厅中喝茶。奚陟是主人,坐了东面头一个座位,在座的共有二十余人。两瓯茶倒得很慢,装得又很少,还得请客人从西面开始喝,再加上说说笑笑,这茶更显上得慢了。奚陟先前就有消渴病,加上又热又乏,茶又喝不上,十分急躁烦闷。过了一会儿,有一个又黑又胖的小吏走进来,抱着一大摞文书,又端着笔砚,满脸是汗,请奚陟签字。奚陟气愤至极,就站在台阶上推了那小吏一把,并说:“快拿走!”连人带案一起栽倒,墨水正泼了他一脸,文书也全都弄脏了。客人们见状大笑。奚陟这才想起当年那个梦,便告诉了同事。第二天,奚陟取出当年那个梦的记录一对照,没有半点差别。出自《逸史》。

张鷟

张鷟曾经梦见一只大鸟,是紫色的,身上还有五彩花纹,从天空中飞下来,落在他家庭院之前不愿离去。他把这个梦告诉了祖父,祖父说:“这是吉祥的征兆啊!当年蔡衡说:‘凤有五种,其中红色有花纹的是凤,青色的是鸾,黄色的是鹓雏,白色的是鸿鹄,紫色的叫鸑鷟。’这紫色的鸟是凤凰的辅鸟,你将来能够辅佐帝王啊。”于是就给他取了张鷟这个名字。张鷟当初进京参加进士科考试,走到怀州时,梦见祥云盖在他的身上。这一年他应答朝廷的策问,考功员外郎骞味道认为他的对答称得上天下第一。此外,他刚成为岐王僚属的时候,晚上梦见自己穿着红衣服骑在毛驴上。睡梦中他还自己感到奇怪:“我应该穿绿衣裳骑在马上啊,怎么能穿着红衣裳骑在驴上呢?”当年科举又考中了,

授鸿胪丞,未经考而授五品。此其应也。出《朝野佥载》。

裴元质

河东裴元质初举进士。明朝唱策,夜梦一狗从窦出,挽弓射之,其箭遂擎。以为不祥,问曹良史,曰:“吾往唱策之夜,亦为此梦。梦神为吾解之曰:‘狗者第字头也,弓第字身也,箭者第竖也,有擎为第也。’”寻而唱第,果如梦焉。出《朝野佥载》。

潘玠

潘玠自称出身得官,必先有梦。与赵自勤同选,俱送名上堂,而官久不出。后玠云:“已作梦,官欲出矣。梦玠与自勤同谢官,玠在前行,自勤在后。及谢处,玠在东,公在西,相视而笑。”其后三日,果官出。玠为御史,自勤为拾遗。同日谢。初引,玠在前先行,自勤在后。入朝,则玠于东立,自勤于西立,两人遂相视而笑。如其梦焉。出《定命录》。

樊系

员外郎樊系,未应举前一年,尝梦及第。榜出,王正卿为榜头,一榜二十六人。明年方举,登科之后,果是王正卿为首,人数亦同。系又自校书郎调选。吏部侍郎达奚珣深器之,一注金城县尉。系不受。达奚公云:“校书得金城县尉不作,更作何官?”系曰:“不敢嫌畿尉,但此官不是系官。”

被授予鸿胪丞一职，后来没用考核又授他五品官。这便应了他的那个梦。出自《朝野佥载》。

裴元质

河东裴元质初次考进士。第二天早上就要唱名放榜，晚上他梦见一只狗从洞里钻出来，他急忙拉弓射它，那箭却撇到了一旁。他觉得这是不祥之兆，就去问曹良史，曹良史回答说："我当年放榜的前一天晚上，也做过这样的梦。梦见神仙为我解梦说：'狗即犬，"犬"是"第"字的头；"弓"是"第"字的身子；"箭"是"第"字那一竖；有撇才念"第"啊。'"后来放榜，裴元质果然及第，梦应验了。出自《朝野佥载》。

潘 玠

潘玠自己说，每当参加选官考核获得官职前，必先做与之相关的梦。那年，他和赵自勤同去应选，名字都送交上去了，却好长时间没有授官。后来潘玠说："我已经做梦了，结果就要公布了。我梦见与赵自勤一同来答谢主考官，我在前面走，赵自勤在后面跟着。来到堂前，我在东，赵自勤在西，我俩相视而笑。"三天之后，授官结果果然出来了。潘玠为御史，赵自勤为拾遗。他们同一天去向主考官致谢。刚被领进来时，潘玠走在前面，赵自勤跟在后面。来到殿上，潘玠站在东侧，赵自勤站在西侧，二人随即相视一笑。跟潘玠做的梦一样。出自《定命录》。

樊 系

员外郎樊系，在未考科举的前一年，曾经梦见考中了。试榜公布，王正卿为第一名，一榜一共二十六人。第二年考试，考中之后，果然是王正卿第一名，榜上人数也一样。樊系又从校书郎调往别职。吏部侍郎达奚珣很器重他，第一次就为他录下了金城县尉。樊系没有接受。达奚珣说："你不想做金城县尉，还要做什么官？"樊系说："不敢嫌京畿县尉官小，只是这官不是我当的。"

经月余，本铨更无阙与换，抑令入甲，系又不伏。其时崔异于东铨注泾阳尉，缘是忧阙，不授。异，尚书崔翘之子，遂别求换一阙，适遇系此官不定。当日榜引，达奚谓云："不作金城耶？与公改注了。公自云合得何官耶？"系云："梦官合带'阳'字。"达奚叹曰："是命也！"因令唱示，乃泾阳县尉。出《定命录》。

吕谭

吕谭尝昼梦地府所追，随见判官。判官云："此人勋业甚高，当不为用。"谭便仰白："母老子幼，家无所主。"控告甚切。判官令将过王。寻闻左右白王："此人已得一替。"问替为谁，云是蒯適。王曰："蒯適名士，职当其任。"遂放谭。谭时与妻兄顾况同宿，即觉，为况说之。后数十日，而適摄吴县丞，甚无恙。而况数玩谭，以为欢笑。適月余罢职，修第于吴之积善里。忽有走卒冲入，谒云："丁侍御传语，令参三郎。"適云："初不闻有丁侍御，为谁？"卒曰："是仙芝。"適曰："仙芝卒于余杭，何名侍御？"卒曰："地下侍御耳。"適恶之曰："地下侍御，何意传语生人？"卒曰："兼令相追，不独传语。名籍已定，难可改移。"適求其白丁侍御，己未合死，乞为求代。卒去复来，云："侍御不许，催令促装。"因中疾，数日而死。出《广异记》。

过了一个多月，这一组铨选已经没有空缺的官职可以给他调换，于是准备让他到职，他还是不接受。当时崔异被吏部的铨选录为泾阳县尉，但因为这是此前官员丁忧回家留下的空缺，他没有接受。崔异是尚书崔翘的儿子，于是要求换一个别的空缺官职，正好遇上樊系的官职没定。当天发榜，达奚对樊系说："不做金城县尉吧？我给你改录别的官职了。你自己说说你应该得到什么官职吧？"樊系说："我梦见官职应该带个'阳'字。"达奚感叹道："这就是命啊！"于是命人宣布，果然是泾阳县尉。出自《定命录》。

吕谭

吕谭曾在大白天梦见自己被阴曹地府的人追捕，被带去见判官。判官说："这人功劳业绩很高，阴间不能任用他。"吕谭便抬起头述说道："我母亲老了而孩子还小，家中没有主事之人。"他申诉得十分恳切。判官命人带他去见阎王。一会儿，就听手下人对阎王说："此人已经找到了一个替身。"阎王问替身是谁，回答说是蒯適。阎王说："蒯適是位名士，让他担任这个职务很合适。"吕谭随即被放了回来。当时，吕谭与妻子的哥哥顾况住在一起，醒来之后，便将这梦对他讲了。几十天之后，蒯適代理吴县县丞，什么病也没有。顾况便几次逗吕谭来取乐。蒯適干了一个多月后罢了官，于吴县积善里修建府第。忽然有一个差役冲进他家，拜道："丁侍御传令，让我来问候你。"蒯適说："我从没听说过有个丁侍御，他是谁？"差役说："是丁仙芝。"蒯適说："丁仙芝死于余杭，怎么成了侍御？"差役说："他是阴间的侍御。"蒯適厌恶地说："阴间的侍御，为什么要传话给活人？"差役说："他还让我带你去地府，不单是传话。名册已经定下来了，很难更改。"蒯適求他对丁侍御说，自己尚不该死，请求找个替代者。差役去后又回来，说："侍御不允许，催你马上整理行装。"于是，蒯適便得了病，几天之后就死了。出自《广异记》。

卷第二百七十八

梦三

梦休征下

张　镒

张镒，大历中守工部尚书判度支，因奏事称旨，代宗面许宰相，恩泽甚厚。张公日日以冀，而累旬无信。忽夜梦有人自门遽入，抗声曰："任调拜相。"张公惊寤，思中外无其人，寻译不解。有外甥李通礼者，博学善智。张公因召面示之，令研其理。李生沉思良久，因贺曰："舅作相矣！"张公即诘之，通礼答曰："任调反语饶甜，饶甜无逾甘草，甘草独为珍药。珍药反语，即舅名氏也。"公甚悦。俄有走马吏

梦休征下

张 镒

张镒，大历年间任工部尚书，兼管财政，因为奏事很合皇帝的心意，代宗皇帝当面许诺要拜他为宰相，对他的恩惠赏赐很丰厚。张镒天天盼望着下诏书，但几十天过去也没有消息。忽然有一天，他晚上梦见有人推门急忙而入，大声说："任调拜为宰相。"张镒惊醒，想了想朝廷内外都没有任调这个人，百思不得其解。他有个外甥叫李通礼，博学多才，十分聪明。张镒便将他找来，当面对他讲出自己的梦，让他琢磨一下其中奥妙。李通礼沉思了半天，祝贺道："舅舅要当宰相了！"张镒问他为什么，通礼回答说："'任调'二字，先正切再倒切，就是'饶甜'，饶有甜味的东西莫过于甘草，甘草是一种珍贵的药材。'珍药'二字，先正切再倒切，就是舅舅的姓名'张镒'。"张镒十分高兴。一会儿有骑马的官吏

报曰："白麻下。公拜中书侍郎、平章事。"出《集异记》。

楚 寔

著作佐郎楚寔，大历中，疫疠笃重，四十日低迷不知人。后一日，忽梦黄衣女道士至寔所，谓之曰："汝有官禄，初未合死。"因呼范政将药来。忽见小儿，持琉璃瓶，大角碗写药。饮毕便愈。及明，许叔冀令送药来。寔疾久困，初不开目。见小儿及碗药，皆昨夜所见，因呼小儿为范政，问之信然。其疾遂愈。出《广异记》。

杨 炎

故相国杨炎未仕时，尝梦陟高山之巅，下瞰人境，杳不可辨。仰而视之，见瑞日在咫尺，红光赫然，洞照万里。公因举左右手以捧之，炎燠之气，如热心目。久而方寤，视其手，尚沥然而汗。公异之，因语于人。有解者曰："夫日者，人君像也。今梦登山以捧日，将非登相位而辅人君乎？"其后杨公周历清贯，遂登相位，果叶捧日之祥也。出《宣室志》。

窦 参

贞元中，相国窦参为御史中丞。尝一夕梦德宗召对于便殿，问以经国之务。上喜，因以锦半臂赐之。及寤，奇其梦，默而念曰："臂者庇也，大邑所以庇吾身也。今梦半臂者，岂上以我叨居显位，将给半俸，俾我致政乎？"蹙然久之，因以梦话于人。客有解曰："公之梦，祥符也！

来报告说："诏书到了。任命您为中书侍郎、平章事。"出自《集异记》。

楚寔

著作佐郎楚寔，大历年间染上瘟疫病得很厉害，四十多天神志昏迷，不省人事。后来有一天，他忽然梦见一个黄衣女道士来到面前，对他说："你有官禄在身，现在还不该死。"随即唤范政把药端上来。忽然看见一个小孩，拿着琉璃瓶和一个大角碗倒药。楚寔喝完便好了。天亮之后，许叔冀派人送药来。楚寔久被疾病所困，开始连眼睛也睁不开。当他看见许叔冀派来的小孩和他手里的碗和药，都与昨夜梦见的一样，于是他喊小孩为范政，再一问果然不错。他的病就这样好了。出自《广异记》。

杨炎

原来的宰相杨炎未当官时，曾梦见自己登上高山之顶，俯视人间，茫茫一片什么也分不清。他抬头看去，见太阳就在眼前，红光闪烁，普照万里。杨炎于是举起双手把它捧起来，那炎热之气，仿佛炙烤着他的心和眼睛。好长时间他才醒来，看看自己的手，还直冒汗呢。杨炎感到惊异，便告诉了别人。有人解梦说："太阳，是帝王的象征。你如今梦见自己登山捧日，这不是要当宰相辅佐皇帝吗？"后来，杨炎历任清贵显要的职务，最终当上了宰相，果然与登山捧日的征兆相合。出自《宣室志》。

窦参

贞元年间，宰相窦参时为御史中丞。他曾经在一天晚上梦见德宗皇帝召他到便殿去答话，问他治理国家的方略。听了他的回答，皇帝很高兴，于是赐给他锦绣制作的半臂。窦参醒来之后，觉得这个梦很奇怪，默默地念叨着："臂，就是庇护，大的封邑可以庇佑我。如今梦见半臂，难道说皇帝看我身居显位却不称职，将只给一半俸禄，让我交权退休吗？"他忧虑了很久，于是把这个梦告诉了别人。有个客人为他解梦说："你做的梦是个祥兆啊！

且半臂者，盖被股肱之衣也。今公梦天子赐之，岂非上将以股肱之位而委公乎？"明日，果拜中书侍郎、平章事。出《宣室志》。

李逢吉

李逢吉未掌纶诰前，家有老婢好言梦，后多有应。李公久望除官，因访于婢。一日，婢至惨然，公问故，曰："昨夜与郎君作梦不好。"意不欲说，公强之，婢曰："梦有人舁一棺至堂后，云：'且置在此。'不久即移入堂中。此梦恐非佳也。"公闻甚喜。俄尔除中书舍人，后知贡举，未毕而入相。出《因话录》。

王　播

王播少贫贱，居扬州，无人知识。唯一军将常接引供给，无不罄尽。杜仆射亚在淮南，端午日，盛为竞渡之戏，诸州征伎乐，两县争胜负。彩楼看棚，照耀江水，数十年未之有也。凡扬州之客，无贤不肖尽得预焉。唯王公不招，惆怅自责。宗人军将曰："某有棚，子弟悉在，八郎但于棚内看，却胜居盘筵间也。"王公曰："唯。"遂往棚。时夏，初日方照，宗人令送法酒一榼，曰："此甚好，适令求得。"王公方愤懑，自酌将尽。棚中日色转热，酒浓昏惫，遂就枕。才睡，梦身在宴处，居杜之坐。判官在下，多于杜公近半。良久惊觉，亦不敢言于人。后为宰相，将除淮南，兼盐铁使。

半臂，也就是裹住胳膊和大腿的衣服。今天你梦见皇帝赐半臂，这不是说他要将像股肱一样的重要官职委任于你吗?”第二天，窦参果然被授予中书侍郎、平章事。出自《宣室志》。

李逢吉

李逢吉未执掌诏令起草工作之前，家中有个年老的女仆好谈论梦，后来大多很灵验。李逢吉早就盼望做官，就向这个老仆请教。一天，老仆神色悲惨，李逢吉问她怎么了，她说:“我昨晚为公子做了个梦，很不好。”她本不想说，李逢吉逼她讲，她说:“我梦见有人抬一口棺材来到屋后说:‘暂时放在这儿吧。’不久，又挪到屋内。这梦恐怕不是什么好事。”李逢吉听了却大喜。不久，他便出任中书舍人，后来又主管科举考试，科考未完就拜了相。出自《因话录》。

王　播

王播少年时十分贫苦微贱，住在扬州，没有人知道他。只有一个军官常招待接济他，每次都倾尽所有。当时，仆射杜亚在淮南，端午节那天，他主持举行盛大的赛龙舟表演，各州均征召歌舞艺人来表演，县与县之间展开角逐，争夺胜负。彩绸装饰的看棚，照耀着江水，几十年都没这么热闹过。凡是身在扬州，无论什么人，都来观看。只有王播无人理睬，他不由得一阵惆怅，自责不已。同族的那位军官说:“我有个看棚，家里人都在，八郎到棚里去看吧，比在宴席间看要好。”王播说:“好。”便进了看棚。当时正值夏天，太阳刚刚升起来，同族那位军官让人送来一榼酒，说:“这酒很不错，刚叫人弄来的。”王播正心中烦闷，于是自斟自饮，把那一榼酒都快喝光了。太阳升高，看棚里渐渐变热，王播的酒劲也上来了，昏昏欲睡，就躺在了枕头上。刚睡着，他梦见自己身在宴席之上，坐在杜仆射的座位上。判官坐在下面，数目比杜亚的多了近一半。过了很久，王播惊醒了，也不敢告诉别人这个梦。后来他当了宰相，将要到淮南去任职，兼任盐铁使。

敕久未下，王公甚闷，因召旧从事在城者语之曰："某淮南盐铁，此必定矣。当时梦中判官，数多一半，此即并盐铁从事也。"数日果除到。后偶临江宴会，宾介皆在。公忽觉如已至者，思之，乃昔年梦。风景气候，无不皆同。时五月上旬也。出《逸史》。

豆卢署

豆卢署，本名辅贞，少年旅于衢州。刺史郑式瞻厚待之，谓曰："子复姓，不宜二名，吾为子易之。"乃书"署""著""助"三字授之，曰："吾恐子群从中有同者，子自择焉。"其夕，梦老父告之："闻使君与君易名，君当四举成名，'四'者甚佳。"又曰："君后二十年牧兹郡。"又指一方地曰："此处可建亭台。"既寤，因改名署。时已再下第，又二举。后复不第，又二举，乃成名。盖自改名后四举也。后二十年，果为衢州刺史，于所梦之地立征梦亭。出《传载》。

韦词

元和六年，京兆韦词为宛陵廉使房武从事。秋七月，微雨，词于公署，因昼寝。忽梦一人投刺，视之了然，见题其字曰"李故言"。俄于恍惚间，空中有人言："明年及第状头。"是时元和初，有李顾言及第。意甚讶其事，为名中少有此"故"字者，焉得复有李故言哉？秋八月，果有取解举人具名投刺，一如梦中，但"故"为"固"耳，即今西帅李公也。

可诏书好长时间也没有下来，他很烦闷，便召集城中的老部下，对他们说："我要去淮南任职，兼任盐铁使，这件事是一定的。当初我做梦梦见的判官，数目就多出一半，这都是我当盐铁使的下属。"几天之后，果然送来了授官诏书。后来，有一次他在江边大摆宴席，客人们都在。王播忽然觉得这地方好像来过似的，一想，就是当年那个梦。风景天气，没有跟梦中不一样的。当时正是五月上旬。出自《逸史》。

豆卢署

豆卢署，本名辅贞，少年时旅居衢州。衢州刺史郑式瞻很优待他，一日对他说："你是复姓，不宜取两个字的名，我为你改改吧。"便写了"署""著""助"三个字给他，又说："我怕与你们家族中的人取的名字相同，你自己选择吧。"当夜，豆卢署梦见一个老人告诉他说："我听说刺史大人给你改了名字，你要四次应考才能中举，带'四'的字就很好。"又说："你二十年之后便可任此郡郡守。"接着，他又指着一块地说："这地方可以建亭台。"他醒来后，便据此改名豆卢署。当时他已经考了两次都没中，就又考了两次。又不中，又考了两次，才中举。这是改名后第四次参加科举考试了。二十年之后，他果然出任衢州刺史，在他所梦见的那块地上修了一座征梦亭。出自《传载》。

韦　词

元和六年，京兆人韦词在宛陵观察使房武那里作僚属。初秋七月，细雨蒙蒙，韦词在官府中白天就睡着了。忽然梦见一个人送来一张名帖，能清清楚楚地看见上面写着"李故言"三个字。一会儿，韦词在恍恍惚惚中听见空中有人说："明年及第的状元。"元和初年，曾有个叫李顾言的及第。韦词对此十分惊讶，因为在人们取名字时很少有用这个"故"字的，怎么又有一个李故言呢？仲秋八月，果然有位选送进京参加考试的举人送来名帖，正如梦中一样，只是中间"故"字为"固"，他便是现在的西帅李公。

词闳梦中之事不泄，乃曰："足下明年必擢第，仍居众君之首。"是冬，兵部侍郎许孟容知举，果擢为榜首。初，固言尝梦著宋景衣。元和十年已后，景甚著，时望籍甚，有拜大宪之耗。及景自司刑郎中知杂出为泽州刺史，寻又物故。固言心疑其梦。长庆初，穆宗有事于圆丘，时固言居左拾遗。旧例，谏官从驾行礼者，太常各颁礼衣一袭。固言所服，因褰衣观其下，乃见书云：左补阙宋景衣。固言自说于班行。出《续定命录》。

皇甫弘

皇甫弘应进士举，华州取解。酒忤于刺史钱徽，被逐出。至陕州求解讫，将越城关，闻钱自华知举，自知必不中第，遂东归。行数程，因寝，梦其亡妻乳母曰："皇甫郎方应举，今欲何去？"具言主司有隙。乳母曰："皇甫郎须求石婆神。"乃相与去店北，草间行数里，入一小屋中，见破石人。生拜之。乳母曰："小娘子婿皇甫郎欲应举，婆与看得否？"石人点头曰："得。"乳母曰："石婆言得，即必得矣。他日莫忘报赛。"生即拜谢。乳母却送至店门。遂惊觉曰："我梦如此分明，安至无验？"乃却入城应举。钱侍郎意欲挫之，放杂文过，侍郎私心曰："人皆知我怒弘，今若庭辱之，即不可。但不与及第即得。"又令帖经。及榜成将写，钱心恐惧，欲改一人换一人，皆未决。反覆筹度，近至五更不睡，

韦词隐瞒梦中之事不泄露，就说："你明年一定能够及第，还排在众人之首。"这年冬天，兵部侍郎许孟容主持殿试，李固言果然名列榜首。当初，李固言曾梦见自己穿上了宋景的衣裳。元和十年之后，宋景很出名，声望很高，有拜他为御史大夫的消息。然而等宋景从司刑郎中兼掌杂事出任泽州刺史后，很快就死了。李固言对这个梦十分疑虑。长庆初年，穆宗来到圜丘祭天，这时李固言任左拾遗。按老规矩，跟随皇帝出行的谏官在行礼时，太常寺要给每个人发一套礼服。李固言穿的那件衣服，他掀起下摆，只见上面写着：左补阙宋景衣。他便把那个梦跟其他官员们说了。出自《续定命录》。

皇甫弘

皇甫弘参加进士考试，由华州官府发送入京。不料酒后失态，得罪了刺史钱徽，被赶了出来。他来到陕州请求当地官府发送，刚要进城，就听说钱徽调入京城主持殿试，知道自己必定考不上了，随即东归。走了一段路，睡觉时梦见亡妻的乳母说："皇甫郎才去应试，现在又要去哪里？"皇甫弘把和主考官有矛盾的事情都说了。乳母说："皇甫郎应该去求教一下石婆神。"于是就带皇甫弘往旅店北面走，在草丛中走了好几里，走进一间小屋中，看见一个破石头人。皇甫弘向它跪拜。乳母说："我家小娘子的夫婿皇甫郎想去应考，老婆婆你看他能否考得上？"石头人点头说："考得上。"乳母对他说："石婆神说考得上，就一定能考得上。将来别忘报恩还愿。"皇甫弘急忙拜谢。乳母又把他送回旅店。皇甫弘随即惊醒，说："我的梦如此清楚，怎么会不灵验？"就重新入京应考。钱徽想整治他，放他的杂文过了关，心中暗想："人们都知道我生皇甫弘的气，现在如果当众羞辱他是不行的。只要不让他考中就行了。"又让考帖经。等到确定了中举名单，将要书写榜文时，钱徽心里一阵恐惧，打算把皇甫弘的名字划掉，换上另一个人，但都没拿定主意。他反复思量，到五更天还没有睡，

谓子弟曰："汝试取次，把一帙举人文章来。"既开，乃皇甫文卷。钱公曰："此定于天也！"遂不改移。及第东归，至陕州，问店人曰："侧近有石婆神否？"皆笑曰："郎君安得知？本顽石一片，牧牛小儿，戏为敲琢，似人形状，谓之石婆耳，只在店二三里。"生乃具酒脯，与店人共往，皆梦中经历处。奠拜石妇而归。出《逸史》。

杜　牧

杜牧顷于宰执求小仪，不遂；请小秋，又不遂。尝梦人谓曰："辞春不及秋，'昆'脚与'皆'头。"后果得比部员外。出《尚书故实》。

高元裕

襄阳节度使高元裕，大和三年，任司勋员外郎，寓宿南宫。昼梦有人告曰："十年作襄刺史。"既寤，仿佛仪质，盖伟秀士也。私异之，因援毫，以隐语记于厅之东楹掩映之处，曰："大三寤襄刺十年。"洎开成三年，为御史中丞，既渝前梦，遂谓梦固虚耳。是后出入中外，扬历贵位，清望硕德，冠冕时流，海内倾注，伫升鼎铉。视刺襄，乃优贤之举耳。大中二年，由天官尚书授钺汉南，去前梦二十年矣。公谓楹上之字，无复存也，因话其事于都官韦。好奇之士，往诣求焉。自公题记后，廨署补葺亦屡矣，而毫翰焕然独存。非神灵扶持而明征于今日耶！公因屈指，以今之年，加曩之十，乃二十年矣。何阴骘之显晦微婉，

便对孩子说:“你去拿吧,抽一份举人的文章给我。”钱徽打开一看,是皇甫弘的考卷。钱徽说:“这都是天定的啊!”便没有把皇甫弘的名字划掉。皇甫弘及第东归,走到陕州,向店小二打听说:“附近有没有一位石婆神?”店里人都笑了,说:“你怎么知道的呢?那本是一块顽石,放牛郎们出于好玩之心,将它敲琢打磨成人的样子,所以人们称它石婆,只离此店二三里远。”皇甫弘便备了酒肉,随店小二一起前往,一切都和梦中经历的一样。他祭拜石婆之后才回去。出自《逸史》。

杜 牧

杜牧曾到宰相那里请求做礼部主事,未成;又想求个刑部郎,又未成。他曾梦见有人对他说:“辞别春天未到秋天(唐代礼部对应《周礼》六官中的春官,刑部对应秋官),‘昆’字底与‘皆’字头。”后来,他果然做了比部员外郎(属刑部)。出自《尚书故实》。

高元裕

襄阳节度使高元裕,太和二年任司勋员外郎,寄宿在南宫。一天,他白日梦见有人对他说:“十年做襄阳刺史。”醒来后,他好像觉得自己的仪容气质有了很大不同,成了一个英伟的贤士。他暗自惊异,拿起笔,用隐语把这梦记在了厅堂东柱隐蔽的地方,他写道:“太三寤襄刺十年。”到了开成三年,他任御史中丞,和先前梦中的官职不同,于是他认为那梦是不真实的。此后,他从朝廷到地方,历任各种显要官职,德高望重,名冠一时,举国注目,位居宰辅。站在这个位置上,他才觉得出任襄阳刺史是朝廷优待贤士的一种做法。大中二年,他由天官尚书被授予兵权镇守汉南,离前梦已经二十年了。他以为堂柱上的字已不复存在,便将此事告诉了一韦姓都官。一些好奇者纷纷前去观看。自他题字后,这官府已修过数次,但那行字仍清晰尚存。难道不是神灵帮助而验证于今日吗?高元裕于是屈指一算,最近这十年,加上从前十年,共二十年。为何神灵的旨意表现得隐晦委婉,

及期而朗悟之如此哉！出《集异记》。

杨敬之

杨敬之生江西观察使戴。江西应举时，敬之年长，天性尤切。时已秋暮，忽梦新榜四十进士，历历可数。寓目及半，其子在焉。其邻则姓濮阳，而名不可别。既寤，大喜，访于词场，则云有濮阳愿者，为文甚高，且有声誉。时搜访草泽方急，雅在选中。遂寻其居，则曰闽人，未至京国。杨公诫其子，令听之。俟其到京，与之往来，以应斯梦。一日，杨公祖客灞上，客未至间，休于逆旅。有自远来者，试命询之，乃贡士也。侦所自，曰："自闽。"问其姓，曰："濮阳。"审其名，曰："愿。"杨公曰："吁！斯天启也。安有既梦于彼，复遇于此哉！"遂命相见。濮阳逡巡不得让，执所业以进。始阅其人，眉宇清朗；次与之语，词气安详；终阅其文，体理精奥。问其所抵，则曰："今将僦居。"杨公令尽驱所行，置于庠序，命江西与之朝夕同处。是冬，大称濮阳艺学于公卿间，人情翕然，升第必矣。试期有日，而生一夕暴卒。杨公惋痛嗟骇，搜囊甚贫，乡路且远，力为营办，归骨闽间。仍谓其子曰："我梦无征，汝之一名，亦不可保。"明年，其子及第，而同年无濮阳者。夏首，将关送于吏部。

期限一到又一下子如此明朗清晰呢？出自《集异记》。

杨敬之

杨敬之的儿子是江西观察使杨戴。杨戴应举时，杨敬之年龄已经大了，心中十分急切。这时正值晚秋，杨敬之忽然梦见了新榜上公布的四十名进士，历历在目。他刚看了一半，便见到了自己儿子的名字。儿子旁边的那个复姓濮阳，但名字看不清。他醒来之后十分高兴，到科场寻访，人们说有个叫濮阳愿的人，文章写得特别好，且颇有名气。当时朝廷正急于寻找民间的贤才，濮阳愿也在被选之列。于是，杨敬之找到他住的地方，那人说自己是福建人，从未到过京城。杨敬之嘱咐儿子，让他听从自己。等濮阳愿到了京城，要和他往来交朋友，以应梦中之景。一天，杨敬之在灞上为客人送行，客人还没到，他便在旅馆里休息。这时，有个人从远方而来，杨敬之试探着让人询问，才知道他是地方向朝廷举荐的人才。又问他从哪里来，回答说："从福建。"问他姓什么，回答说："我姓濮阳。"又问他叫什么，回答说："濮阳愿。"杨敬之道："唉！这是上天的启示。不然怎么会做了那样的梦，就在这里遇到呢？"随即让儿子来见。濮阳徘徊顾虑又不好推辞，就把自己所作的文章拿给杨敬之品评。杨敬之初见其人，觉得他眉清目秀；再谈话，又知他谈吐稳健；最后看了他的文章，感到其文内容义理十分精妙。杨敬之问他要到什么地方去，他回答说："准备租间房子住。"杨敬之把他的随从都打发走了，将他安置在学校里，让儿子跟他朝夕相处。这年冬天，杨敬之在朝廷官员面前大加称赞濮阳学问高深，众人一致称颂，认为他一定能够及第。不料，就在考试前不久，濮阳却在一天晚上暴病而死。杨敬之悲痛惋惜，嗟叹不已，在整理遗物时，才发现濮阳十分贫苦，而且离家乡又相当远，杨敬之尽力为他操办丧事，将他的遗骨送回了福建。然后，他对儿子说："我的梦不灵，你的这一名，恐怕也保不住了。"第二年，他的儿子考中了进士，但同榜登第者中没有姓濮阳的。初夏，将要把登第者名单送到吏部。

时宰相有言："前辈重族望，轻官职。竹林七贤，曰陈留阮籍、沛国刘伶、河间向秀，得以言高士矣。"是岁慈恩寺题名，咸以族望。题毕，杨闲步塔下，仰视之曰："弘农杨戴，濮阳吴当。"恍然如梦中所睹。出《唐阙史》。

卢贞犹子

太子宾客卢尚书贞犹子为僧。会昌中，沙汰僧徒，斥归家，以荫补光王府参军。一夕，梦为僧时所奉师来慰，问其出处，再三告以佛氏沦破，已无所归。今为一官，徒遣旦夕，期再落顶上发，方毕志愿。且泣且诉之。良久曰："若我志果遂，兴佛法……"语未竟，见八面屯兵，千乘万骑，旌旗日月，衣裳锦绣，仪卫四合，真天子大驾。军中人喧喧，言迎光王。部整行列，以次前去。卢方骇愕不能测，遽惊觉，魂悸流汗，久之方能言，卒不敢泄于人。无几，宣宗自光邸践祚，录王府属吏。卢以例，不拘常调格迁叙。自是稍稍兴起释教寺宇僧尼旧制，一契梦中语。卢校梦中所谓本师，盖参军事府主近师弟子，故以为冥兆。岂神之意，以是微而显乎？出《宣室志》。

国子监明经

柳璟知举年，有国子监明经，失姓名，昼梦倚徙于监门。有一人负衣囊，访明经姓氏。明经语之。其人笑曰：

这时宰相说道："前人都看重家族郡望，轻视官职。如竹林七贤，人们称陈留的阮籍、沛国的刘伶、河间的向秀等，以此来称呼高士。"当年到慈恩寺题名，每个中举者都写上了自己的家族郡望。题完后，杨敬之在塔下散步，抬头看了一眼后说："弘农的杨戴，濮阳的吴当。"恍然间发现与当年梦见的一样。出自《唐阙史》。

卢贞犹子

太子宾客、尚书卢贞的侄子当过和尚。会昌年间，淘汰僧人，斥令他回到家中，借祖上之荫补任光王府参军。一天晚上，他梦见自己当和尚时的师父来抚慰他，师父问他现在何处，他再三诉说，由于佛教日趋没落，自己已无处可去。如今当了一个官，只不过是打发时光，期望再次削发为僧，才能实现自己的志愿。他边哭泣边向师父诉说。半天又说："如果我的志向得以实现，兴盛佛法……"话未说完，忽见四周被士兵们包围了，千军万马，旌旗遮蔽日月，士兵们穿着锦绣服饰，仪仗护卫从四面围拢过来，分明是天子的大驾。士兵中发出一阵阵欢呼，说是迎接光王的。说罢，他们整队排列，依次进入府中。卢贞的侄子惊愕间不知发生了什么，一下子惊醒过来，心有余悸，汗水把衣服都浸湿了，过好长时间才能讲话，但终究不敢把这个梦泄露出去。没过多久，宣宗皇帝从光王府即帝位，大力录用原光王府的官员。卢贞的侄子也在其列，被破格升迁使用。从此之后，佛教又渐渐兴盛起来，寺庙、僧尼也渐渐恢复了旧制，一切都和梦中说的话相契合。卢贞的侄子一想，他梦见的所谓师父，其实就是参军府长官师父身边的弟子，因此他把这个梦看做是冥冥之中的预兆。难道神的旨意，是要用这种隐微的方式来显示吗？出自《宣室志》。

国子监明经

柳璟主持科举考试那年，国子监有位考明经科的学生，已失其姓名，白天梦见自己徘徊在国子监门口。这时，有一个背着衣囊的人问他的姓氏。这个明经生就跟他说了。那人笑着说：

"君来春及第。"明经遂邀入长兴里毕罗店,常所过处。店外有犬竞,惊曰:"差矣!"梦觉,遽呼邻房数人,语其梦。忽见长兴店子入门曰:"郎君与客食毕罗,计二斤,何不计直而去也?"明经大骇,解衣质之,且随验所梦,相其榻器,皆如梦中。乃谓店主曰:"我与客俱梦中至是,客岂食乎?"店主惊曰:"初怪客前毕罗悉完,疑其嫌置蒜也。"来春,明经与邻房三人、梦中所访者悉上第。出《酉阳杂俎》。

薛义

秘省校书河东薛义,其妹夫崔秘者,为桐庐尉。义与叔母韦氏为客,在秘家。久之,遇痁疾,数月绵辍,几死。韦氏深忧,夜梦神人白衣冠袷单衣。韦氏因合掌致敬,求理义病。神人曰:"此久不治,便成勃疟,则不可治矣。"因以二符兼咒授韦氏。咒曰:"'勃疟勃疟,四山之神,使我来缚,六丁使者,五道将军,收汝精气,摄汝神魂。速去速去,免逢此人,急急如律令!'但疾发,即诵之,及持符,其疾便愈。"是时韦氏少女,年七岁,亦患痁疾。旁见一物,状如黑犬而毻毛。神云:"此正病汝者,可急擒杀之,汝疾必愈。不尔,汝家二小婢,亦当患疟。"韦氏梦中杀犬。及觉,传咒于义。义至心持之,疾遂愈。韦氏女子亦愈。皆如其言也。出《广异记》。

"你明年春天就能考上。"明经生于是邀请那人来到长兴里的毕罗店,这地方他经常来。忽然,店外有狗打架,他就惊呼:"不对!"便从梦中醒来,他急忙招呼隔壁的几个人,把梦中的事情讲给他们听。这时,忽见长兴里毕罗店的店小二进门来说:"你与客人到我们那里吃了二斤毕罗,怎么不算账就走呢?"明经生十分惊骇,脱下衣服抵饭钱,并且随同前去验证梦中所见,看到那床铺器物,都和梦中看见的一样。于是他对店主说:"我和客人都是在梦中来你这里的,客人难道也吃了毕罗吗?"店主吃惊地说:"开始,我还奇怪客人面前的毕罗一点没动,以为他嫌放了蒜。"第二年春天,这个明经生、隔壁三个人及梦中所访者,全都及第了。出自《酉阳杂俎》。

薛义

秘书省校书郎河东人薛义,他的妹夫叫崔秘,是桐庐县尉。薛义和叔母韦氏在妹夫家做客。过了一段时间,他患上了疟疾,连续几个月病情沉重,几乎要死了。韦氏深感忧虑,晚上梦见一个神人,穿着白色的夹单衣,戴着白色的帽子。韦氏于是向他合掌致敬,并求他为薛义治病。神人说:"这病长时间治不好,就成了勃疟,那就不能治了。"于是他把两帖符和咒语传授给韦氏。神人念咒道:"'勃疟勃疟,四山之神,使我来缚,六丁使者,五道将军,收汝精气,摄汝神魂。速去速去,免遭此人,急急如律令!'往后,只要他一犯病,你就念此咒语,把符拿在手中,这病便会好的。"当时,韦氏的小女儿才七岁,也患了疟疾。旁边看见一个东西,长得像一只黑狗,浑身爬满毛虫。神人说:"正是它给你们带来的病,你应该立即把它捉住杀掉,这样病一定会好的。不然,你家的两个小婢女,也会染上疟疾。"韦氏在梦中便把那狗杀死了。等她醒来之后,把咒语传授给薛义。薛义专心持念,病很快就好了。韦氏的小女儿也好了。这些都跟梦里说的一样。出自《广异记》。

郑光

淄青郑尚书光，会昌六年春，梦自御牛车，车中载瑞日，光烛天地。自执靷，行通衢中。俄而惊寤，且奇叹。后月余，宣宗即位。以元舅之故，累拜尚书、淄青节度，果契前梦。出《宣室志》。

宋言

宋言，近十举而名未播。大中十一年，将取府解。本名岳（嶽），因昼寝，似有人报云："宋秀才若头上戴山，无因成名。但去之，自当通泰。"觉来便思去之，不可名狱（獄），遂去二犬，乃改为言。及就府试，冯涯侍郎作掾而为试官，以解首送也。时京兆尹张毅夫以冯参军解送举人有私，奏谴澧州司户。再试，退解头为第六十五人。知闻来唁，宋曰："来春之事，甘已参差。"及李潘舍人放榜，言第四人及第。出《云溪友议》。

曹确

曹确判度支，亦有台辅之望。或梦剃发为僧，心甚恶之。有一士，云占梦多验。确召之，具以所梦话之。此人曰："前贺侍郎，旦夕必登庸。出家者号'剃度'也。"无何，杜相出镇江西，而相国大拜。出《北梦琐言》。

郑光

淄青节度使、尚书郑光，会昌六年的春天，梦见自己驾着一辆牛车，车上载着一轮太阳，光照天地。他手执赶车的缰绳，行走在大道上。一会儿他惊醒过来，又是惊奇，又是感叹。一个多月之后，宣宗皇帝即位。因为是皇帝舅舅的缘故，经屡次升迁，宣宗拜郑光为尚书、淄青节度使，果然契合了之前做的梦。出自《宣室志》。

宋言

宋言考了快十次也没有中举。大中十一年，将要到府城参加考试。他本名岳（嶽），一次他在白天睡觉，好像听到有个人对他说："宋秀才如果头上顶着个山，便无法中举了。但只要把这山去掉，就能通达。"醒来之后，他便想把自己名字中的"山"字去掉，不过不能叫狱（獄），便去掉两个"犬"字，改名为言。等到参加府试的时候，侍郎冯涯以掾属身份任主考官，把他作为头名解元送入京城考试。当时，京兆尹张毅夫认为冯涯在选送举人一事上有舞弊行为，便上奏一本，贬冯涯为澧州司户。又考了一次，把宋言从第一名解元退到第六十五名。朋友们听到消息赶来慰问，宋言说："明年春天的考试，名次高低都没有关系。"到第二年春天中书舍人李潘发榜时，宋言以第四名中举。出自《云溪友议》。

曹确

曹确兼管财政，还有出任三公宰辅的希望。一天他梦见自己削发当了和尚，心中非常厌恶。有一书生，都说他解梦十分灵验。曹确就把他请来，把那梦讲给他听。这人说："先给侍郎贺喜，你很快就会得到重用。因为出家称为'剃度'（剃去度支）。"没过多久，杜宰相离开朝廷镇守江西，就拜曹确为宰相了。出自《北梦琐言》。

刘仁恭

梁刘仁恭微时，曾梦佛幡于手指飞出，占者曰："君年四十九，必有旌幢之贵。"后如其说，果为幽帅焉。出《北梦琐言》。

唐僖宗

僖宗自普王即位。幼而多能，素不晓棋。一夕，梦人以《棋经》三卷焚而使吞之。及觉，命待诏观棋，凡所指画，皆出人意。出《补录记传》。

刘　檀

王蜀员外郎刘檀本名审义。忽梦一孝子，引令上檀香树，而谓曰："君速登。"刘乃登。遂向怀内出绯衣，令服之。觉，因改名檀。未及一年，蜀郡牧请一杜评事充倅职，奏授殿中侍御史、内供奉，赐绯。敕下，杜丁忧不行，杜遂举刘于郡侯。郡侯乃奏檀，而所授官与杜先奏拟无别。是时刘方闲居力困，杜因遗刘新绯公服一领，果征梦焉。出《玉溪编事》。

晋少主

开运甲辰岁暮冬，晋帝遣中使至内署，宣问诸学士云："朕昨夜梦一玉盘，中有一玉碗及一玉带，皆有碾文，光荧可爱，是何征也？宜即奏来。"承旨李慎仪与同僚并表奏贺，以为玉者帝王之宝也，带者有誓功之兆，盘盂者乃守器之象，为吉梦。不敢有他占。出《玉堂闲话》。

刘仁恭

后梁刘仁恭还未发迹的时候，曾梦见佛寺用的幡盖从自己手指间飞了出去，算卦的人对他说："你四十九岁那一年，一定能够享有旌旗伞盖的富贵。"后来正像他说的那样，刘仁恭果然出任幽州节度使。出自《北梦琐言》。

唐僖宗

唐僖宗以普王身份登上皇位。他年幼多才，但从来不会下棋。一天晚上，梦见有人把三卷《棋经》烧了让他吞下去。醒来之后，让待诏来看他下棋，他的一招一式，均大出人的意料。出自《补录记传》。

刘　檀

王蜀政权的员外郎刘檀本名刘审义。一日，他忽然梦见一个守丧的儿子领着自己爬上檀香树，并对他说："你快点上。"他就往上爬。那人又从怀中拿出件红衣服，让他穿上。醒来之后，他就改名刘檀了。不到一年，蜀郡郡守请一位姓杜的评事充任副职，奏请皇帝授予他殿中侍御史、内供奉，并赐红色官服。诏书下，杜某因父母之丧不能就职，他就把刘檀推荐给郡守。郡守又为刘檀重新奏请皇帝，官职与之前为杜某奏请的相同。当时，刘檀正闲居家中且生活困顿，杜某送来红色的新官服一件，果然应了那个梦。出自《玉溪编事》。

晋少主

开运甲辰年冬末，后晋皇帝派太监到翰林院，宣旨向各位学士发问道："朕昨夜梦见一只玉盘，上面有一只玉碗和一条玉带，都雕琢着花纹，光闪闪的，十分可爱，这是什么征兆？请马上奏来。"翰林学士承旨李慎仪和众学士联名上表向皇帝祝贺，都认为玉是帝王的宝物，带有记功的征兆，盘盂则是守卫国家重器的象征，这是个吉梦。不敢作其他解释。出自《玉堂闲话》。

辛夤逊

孟蜀翰林学士辛夤逊,顷年在青城山居。其居则古道院,在一峰之顶,内塑像皇姑,则唐玄宗之子也。一夕,梦见皇姑召之,谓曰:"汝可食杏仁,令汝聪利,老而弥壮,心力不倦,亦资于年寿矣。汝有道性,不久住此,须出佐理当代。"夤逊梦中拜请法制,则与申天师《怡神论》中者同。夤逊遂日日食之,令老而轻健,年逾从心,犹多著述。又梦掌中草不绝,后来内制草数年。复掌选,心力不倦。因知申天师《怡神论》中仙方尽可验矣。出《野人闲话》。

何致雍

何致雍者,贾人之子也。幼而爽俊好学,尝从其叔父泊舟皖口。其叔夜梦一人若官吏,乘马从数仆,来往岸侧,遍阅舟船人物之数。复一人自后呼曰:"何仆射在此,勿惊之!"对曰:"诺,不敢惊。"既寤,遍访邻舟之人,皆无姓何者。乃移舟入深浦中。翌日,大风涛,所泊之舟皆没,唯何氏存。叔父乃谓致雍曰:"我家世贫贱,吾复老矣,何仆射必汝也!善自爱。"致雍后从知于湖南,为节度判官。会楚王殷自称尊号,以致雍为户部侍郎、翰林学士。致雍自谓当作相,而居师长之任。后楚王希范嗣立,复去帝号,以致雍为节度判官、检校仆射。竟卒于任。出《稽神录》。

辛夤逊

孟蜀政权的翰林学士辛夤逊，往年住在青城山。他住的地方是一座古旧的道观，在一座山峰的顶上，里面有皇姑的塑像，这皇姑则是唐玄宗的女儿。一天晚上，辛夤逊梦见皇姑召见他，并对他说："你应该吃杏仁，它可以使你聪明，老来更健壮，心力永不疲倦，也有助于延年益寿。你有道性，不能长久住在这里，应该出山辅佐当代天子。"辛夤逊在梦中向她请教有什么修仙养生的方法，皇姑说的和申天师的《怡神论》是相同的。于是辛夤逊便天天吃杏仁，越老越觉得身轻体健，已经七十多岁，还写了许多著作。他又梦见自己手掌上长草，怎么也长不完，后来果然在宫中起草诏书数年。后又掌管官员选拔，依然心力不倦。因此可以知道申天师《怡神论》中的药方，都是很灵验的。出自《野人闲话》。

何致雍

何致雍是商人的儿子。他少年时爽朗英俊勤奋好学，曾经跟着叔父在皖口停船过夜。他的叔父晚上梦见一个人，像个官吏，骑在马上，后头跟着不少随从，在岸边来来往往，一一查阅船上的人物。这时，又有一人从后面喊道："何仆射在这里，不要惊扰他！"回答说："是的，不敢惊扰。"醒来后，他的叔父把周围船上的人都问遍了，也没有一个姓何的。于是，他们就把船驶入水深处。第二天，风浪大作，停泊的船只全都沉没了，只有他们何家的船幸免遇难。叔父就对何致雍说："我家道穷苦，我又老了，何仆射一定是你了！你可要好好珍视自己。"何致雍后来到湖南任职，做了个节度判官。正赶上楚王马殷自称皇帝，他被任命为户部侍郎、翰林学士。他自己则认为可以做宰相，为百官之首。后来楚王马希范继位，又取消皇帝称号，以何致雍为节度判官、检校仆射。他最后死于任上。出自《稽神录》。

郭仁表

伪吴春坊吏郭仁表居冶城北。甲寅岁，因得疾沉痼。忽梦道士衣金花紫帔，从一小童，自门入，坐其堂上。仁表初不甚敬，因问疾何时可愈。道士色厉曰："甚则有之！"既寤，疾甚。数夜，复梦前道士至，因叩头逊谢。久之，道士色解，索纸笔。仁表以为将疏方，即跪奉之。道士书而授之，其辞曰："飘风暴雨可思惟，鹤望巢门敛翅飞。吾道之宗正可依，万物之先数在兹。不能行此欲何为？"梦中不晓其义，将问之，童子摇手曰："不可。"拜谢，道士自西北而去。因尔疾愈。出《稽神录》。

王 玙

伪吴鄂帅王玙少为小将。从军围颍州，夜梦道士告之曰："旦有流星堕地，能避之，当至将相。"明日，众军攻城，城中矢石如雨。玙仗剑，倚栅木而督战。俄有大石，正中其栅木及玙。铠甲之半皆糜碎，而玙无伤。因叹曰："流星正尔耶？"由是自负，卒至大官。出《稽神录》。

谢 谔

进士谢谔，家于南康，舍前有溪，常游戏之所也。谔为儿时，尝梦浴溪中，有人以珠一器遗之曰："郎吞此，则明悟矣。"谔度其大者不可吞，即吞细者六十余颗。及长，善为诗。进士裴说为选其善者六十余篇，行于世。出《稽神录》。

郭仁表

伪吴国的春坊吏郭仁表，家住在冶城城北。甲寅年，他患病久治不愈。一日，忽然梦见有位道士披着一件金花紫帔，后面跟着一位小童，走进门来，坐在堂上。郭仁表开始不是很恭敬，开口就问自己的病何时能好。那道士厉声说："只能越来越重！"醒来后，他的病真的加重了。几天之后，郭仁表又梦见那位道士来了，便急忙叩头谢罪。过了好一会儿，道士的脸色才好转，向他要纸和笔。他以为道士要开药方，当即跪下将纸笔奉上。道士写完送给他，只见纸上写道："飘风暴雨可思惟，鹤望巢门敛翅飞。吾道之宗正可依，万物之先数在兹。不能行此欲何为？"郭仁表梦中不知道这诗的意义，想问问，那童子却摆摆手说："不行。"他只好拜谢，那道士就向西北方向去了。他的病就这样好了。出自《稽神录》。

王　玙

伪吴国鄂州主帅王玙少年时是一名低级军官。他随军围困颍州，晚上梦见一位道士告诉他说："明天早晨有流星坠落于地，你如果能避开，就能够官至将相。"第二天，军队开始攻城，城中的箭和石头像雨点一样落下来。王玙举着剑，倚在木栅栏上督战。突然，有一块大石头正好击中木栅栏和王玙。身上的铠甲都砸碎了一半，而他却没有受伤。于是他感叹不已，说："那流星看来就是它了？"从此，他自以为很了不起，最终当上了大官。出自《稽神录》。

谢　谔

进士谢谔家住在南康，房前有条小溪，他常常在那里玩。谢谔小时候，曾梦见自己在溪水里洗澡，有人把一盒珍珠送给他说："你吞下它，就可以变聪明。"谢谔觉得那大的珍珠吞不下去，就吞下六十多颗小珍珠。等他长大之后，诗写得很好。进士裴说选了他最好的诗六十余篇，传播于世。出自《稽神录》。

崔万安

江南司农少卿崔万安，分务广陵。常病苦脾泄，困甚。其家人祷于后土祠。是夕，万安梦一妇人，珠珥珠履，衣五重，皆编贝珠为之。谓万安曰："此疾可治。今以一方相与，可取青木香肉豆蔻等分，枣肉为丸，米饮下二十丸。"又云："此药太热，疾平即止。"如其言服之，遂愈。出《稽神录》。

江南李令

江南有李令者，累任大邑，假秩至评事。世乱年老，无复宦情，筑室于广陵法云寺之西，为终焉之计。尝梦束草加首，口衔一刀，两手各持一刀，入水而行。意甚异之。俄而孙儒陷广陵，儒部将李琼屯兵于法云寺。恒止李令家，父事令。及儒死，宣城裨将马殷、刘建封辈率众南走。琼因强令俱行。及殷据湖南，琼为桂管观察使，用令为荔浦令，则前梦之验也。出《稽神录》。

毛贞辅

伪吴毛贞辅，累为邑宰。应选之广陵，梦吞日。既寤，腹犹热。以问侍御史杨廷式，杨曰："此梦至大，非君所能当。若以君而言，当得赤乌场官也。"果如其言。出《稽神录》。

崔万安

江南司农少卿崔万安，分管广陵事务。他常被脾泄病所折磨，困苦不堪。家里人到后土祠为他祈祷。当天晚上，崔万安梦见一个女人，戴着珍珠耳环，穿着珍珠鞋，五层衣服都是珍珠贝壳编成的。她对崔万安说："你的病是可以治好的。今天送你一个药方，可以取来等量的青木香和肉豆蔻，用枣肉和成药丸，用米汤送服二十丸。"又说："此药太热，病好了就不要再服。"他按照这女人的话去服此药，病就好了。出自《稽神录》。

江南李令

江南有个叫李令的人，连续在大的地方任职，后来做到代理评事。由于世道乱，年纪大，他再也没有当官的心了，便在广陵法云寺西边修起一座房子，以度晚年。他曾做了一个梦，梦见自己头上插了一把草，口中叼着一把刀，两只手还各拿着一把刀，入水而行。他醒后感到十分奇怪。不久，孙儒攻陷了广陵，他的部将李琼把兵马驻扎在法云寺。李琼经常到李令家来，待李令像父亲一样孝敬。后来孙儒死了，宣城的副将马殷、刘建封等人率兵马南去。李琼就强迫李令一起走。后来马殷占据湖南，李琼任桂管观察使，任命李令为荔浦县令，前梦果然应验了。（头顶草，口叼刀，双手各持一刀，是"荔"字；入水而行是"浦"字。）出自《稽神录》。

毛贞辅

伪吴国有位毛贞辅，连做县令。一年，他到广陵参与选官，晚上梦见自己把太阳吞下去了。醒来后，腹部还热乎乎的。于是他问侍御史杨廷式是何征兆，杨廷式说："这梦事关重大，不是你所能担当得起的。如果就你而言，应该在赤乌场做官。"后来果然像他说的这样。出自《稽神录》。

卷第二百七十九

梦四

梦咎征

萧　吉

大业中，有人尝梦凤鸟集手上，深以为善征，往诣萧吉占之。吉曰："此极不祥之梦。"梦者恨之，而以为妄言。后十余日，梦者母死，遣所亲往问吉所以。吉云："凤鸟非梧桐不栖，非竹实不食。所以止君手上者，手中有桐竹之象。《礼》云：'苴杖，竹也；削杖，桐也。'是以知必有重忧耳。"出《大业拾遗记》。

侯君集

唐贞观中，侯君集与庶人承乾通谋，意不自安。忽

梦咎征

萧　吉

大业年间，有人曾梦见凤凰落在自己手上，深信这是吉兆，便去拜见萧吉请他占卜。萧吉说："这是个极不祥的梦。"那人十分憎恨他，认为他胡说。十几天之后，那人的母亲死了，便派亲近之人来问萧吉是怎么回事。萧吉说："凤凰不是梧桐树不落，不是竹子的果实不吃。它之所以落到你手上，是因为你手上有梧桐、竹实之象。《仪礼》上说：'苴杖，是用竹子做的；削杖，是用梧桐木做的。'（一个是居父丧用的，一个是居母丧用的。）所以我知道你必有大不幸。"出自《大业拾遗记》。

侯君集

唐朝贞观年间，侯君集与太子李承乾谋反，心神不安。忽然

梦二甲士录至一处，见一人高冠奋髯，叱左右取君集威骨来。俄有数人操屠刀，开其脑上及右臂间，各取一骨片，状如鱼尾。因嗥呓而觉，脑臂犹痛。自是心悸力耗，至不能引一钧弓。欲自首，不决而败。出《酉阳杂俎》。

崔　湜

唐右丞卢藏用、中书令崔湜太平党，被流岭南。至荆州，湜夜梦讲坐下听法而照镜，问善占梦张猷。谓卢右丞曰："崔令公大恶。梦坐下听讲，法从上来也；'镜'字金旁竟也。其竟于今日乎！"寻有御史陆遗免赍敕令湜自尽。出《朝野佥载》。

李林甫

李林甫梦一人，细长有髯，逼林甫，推之不去。林甫寤而言曰："此裴宽欲谋替我。"出《谈宾录》。

杜　玄

洛州杜玄有牛一头，玄甚怜之。夜梦见其牛有两尾，以问占者李仙药。曰："'牛'字有两尾，'失'字也。"经数日，果失之。出《朝野佥载》。

召　皎

安禄山以讨君侧为名，归罪杨氏，表陈其恶，乃牒东京送表。议者以其辞不利杨氏，难于传送，又恐他日禄山见晒，乃使大理主簿召皎送表至京。玄宗览之不悦，但传诏

梦见两个甲士把他捉到一个地方，看见一个人头戴高高的帽子，大胡子奋然抖动，呵斥手下人把侯君集的骨头取来。一会儿有好几个人操起屠刀，豁开他的脑袋和右臂，各取一骨片，形状像鱼尾。他说着梦话而惊醒，脑袋和右臂还疼。从此以后他心惊神耗，以至于连三十斤的弓也拉不开。想自首，又犹豫不决，最终阴谋败露。出自《酉阳杂俎》。

崔 湜

唐尚书右丞卢藏用、中书令崔湜因为都是太平公主逆党，被流放岭南。到了荆州，崔湜晚上梦见自己在讲坛之下一边听人讲法一边照镜子，便问善于解梦的张猷。张猷对卢右丞说："崔大人的梦是大凶之兆。梦见在讲坛下听讲，法是从上面来的；'镜'字是金旁加个'竟'字（"竟"有"终了"之意）。看来，他将终了于今日了！"不久，御史陆遗免带着皇帝的敕命赶到，令崔湜自尽。出自《朝野佥载》。

李林甫

李林甫梦见一个人，瘦高个子，有胡子，逼向自己，推也推不走。李林甫醒来之后说："这是裴宽谋划着要替代我。"出自《谈宾录》。

杜 玄

洛州杜玄有一头牛，深得他的爱怜。一天他梦见这头牛长了两条尾巴，便去问算卦的李仙药。李仙药说："'牛'字有两尾，是个'失'字。"几天之后，那头牛果然丢了。出自《朝野佥载》。

召 皎

安禄山以清君侧为名发动叛乱，把罪名都归在杨家人身上，上表列其罪状，然后发文书令东京转呈京师。商议的人认为表中内容不利于杨氏，不好为他转呈，又怕将来安禄山怪罪受诛，便派大理寺主簿召皎送表至京。玄宗看了很不高兴，只是下诏

言皎还。皎出中书，见国忠。问："送胡之表，无乃劳耶？赖其不相罪状，忽有恶言，亦当送之乎？"呵使速去。皎还至戏口驿，意甚忙忙，坐厅上绳床，恍然如梦。忽觉绳床去地数丈，仰视，见一人介胄中立，呵叱左右二十余人，令扑己。虽被拖拽，厅上复有一人，短帽紫衣来云："此非蒋清，无宜杀也。"遂见释放。皎数日还至洛，逆徒寻而亦至。皎与流辈数人守扃待命，悉被收缚。皎长大，有容止，而立居行首，往见贼将田乾贞。乾贞介胄而立，即前床间所梦者也。逆呵呼皎云："何物小人，敢抗王师！"命左右仆杀。手力始至，严庄遽从厅下曰："此非蒋清，无宜加罪。"乾贞方问其姓，云："姓召。"因而见释。次至蒋，遂遇害也。出《广异记》。

李捎云

陇西李捎云，范阳卢若虚女婿也。性诞率轻肆，好纵酒聚饮。其妻一夜梦捕捎云等辈十数人，杂以娼妓，悉被发肉袒，以长索系之，连驱而去，号泣顾其妻别。惊觉，泪沾枕席，因为说之。而捎云亦梦之，正相符会。因大畏恶，遂弃断荤血，持《金刚经》，数请僧斋，三年无他。后以梦滋不验，稍自纵怠。因会中友人，逼以酒炙，捎云素无检，遂纵酒肉如初。明年上巳，与李蒙、裴士南、梁褒等十余人，泛舟曲江中，盛选长安名倡，大纵歌妓。酒正酣，舟覆，尽皆溺死。出《广异记》。

让召皎回去。召皎出了中书省，见到杨国忠。杨国忠问："你为这胡人送表，怕是很辛苦吧？就凭他不察罪状，又突然对人恶言诬蔑，这也该送上来吗？"呵令他赶紧回去。召皎返回时走到戏口驿，心里很乱，坐在厅里的绳床上，恍惚间进入梦境。突然觉得那绳床离地好几丈，抬头看见一个穿着盔甲的人站在大厅中央，呵斥着左右二十多人，命令他们拘捕自己。虽被众人拖拽，但厅上还有一个穿紫衣戴短帽的人过来说："这不是蒋清，不宜杀他。"于是他就被释放了。召皎数天之后回到洛阳，安禄山叛军不久杀来了。召皎与同僚数人守门待命，全被捉住。召皎高大，仪容举止又好，又站在排头，于是让他去见贼将田乾贞。田乾贞身穿盔甲站在那里，召皎见他同自己在绳床前梦见的那个人一样。田乾贞呵斥召皎道："你小子是什么东西，敢与王师对抗！"随即命令左右来杀召皎。他们刚动手，严庄急忙从厅下说道："这不是蒋清，不宜杀他。"田乾贞这才问他姓什么，他回答："姓召。"所以就被释放了。接着就审讯蒋清，并把他杀害了。出自《广异记》。

李捎云

陇西李捎云，是范阳卢若虚的女婿。他行为荒唐放肆，喜好聚众饮酒。他妻子一天夜里梦见李捎云及其一伙十几人，夹杂着娼妓，全都披头散发，袒胸露肉，用长绳子绑在一起，被连推带搡地押走了，李捎云大声哭泣着与妻子告别。妻子惊醒后，泪水浸湿了枕席，于是向丈夫讲了这个梦。李捎云也做了个同样的梦。他们因此十分恐惧厌恶，便断了荤腥，持念《金刚经》，多次请来僧人设斋诵经，三年间专心无二。后来因为那梦一直没有应验，就渐渐放纵懈怠了。一次聚会中，朋友强迫他喝酒吃肉，捎云本就行为不检点，于是又像原来那样放纵地喝酒吃肉。第二年上巳节时，他与李蒙、裴士南、梁褒等十几个人，在曲江中划船，并从长安城里选来许多有名的歌妓，纵情游乐。正喝得高兴的时候，船翻入江中，李捎云等全被淹死了。出自《广异记》。

李叔霁

监察御史李叔霁者，与兄仲云俱进士擢第，有名当代。大历初，叔霁卒。经岁余，其妹夫与仲云同寝，忽梦叔霁，相见依依然。语及仲云，音容惨怆曰："幽明理绝，欢会无由，正当百年之后，方得聚耳。我有一诗，可为诵呈大兄。诗云：'忽作无期别，沉冥恨有余。长安虽不远，无信可传书。'"后数年，仲云亦卒。出《广异记》。

李　愬

凉武公愬，以殊勋之子，将元和之兵，擒蔡破郓，数年攻战，收城下壁，皆以仁恕为先，未尝枉杀一人，诚信遇物，发于深恳。长庆元年秋，自魏博节度使、左仆射、平章事诏征还京师。将入洛，其衙门将石季武先在洛，梦凉公自北登天津桥，季武为导，以宰相行呵叱动地。有道士八人，乘马，持绛节幡幢，从南欲上。导骑呵之，对曰："我迎仙公，安知宰相？"招季武与语，季武骤马而前。持节道士曰："可记我言，闻于相公。"其言曰："鎣嶜排金阙，乘轩上汉槎。浮名何足恋，高举入烟霞。"季武元不识字，记性又少，及随道士言之，再闻已得。道士曰："已记得，可先白相公。"乃惊觉，汗流被体。喜以为相国犹当上仙，况俗官乎！后三日，凉公果自北登天津桥，季武为导，因入憩天宫寺。月余而薨。时人以仁恕端悫之心，固合于道，安知非谪仙数满而去乎？出《续幽怪录》。

李叔霁

监察御史李叔霁和哥哥李仲云都是进士登第，在当时颇有名气。大历初年，李叔霁死了。一年多后，他的妹夫和仲云睡在一起，忽然梦见了叔霁，相见时一副不忍分离的样子。谈到仲云，叔霁神情凄惨忧伤地说："现在我们阴阳相隔，想见面是不可能的，只有等到他死了之后，我们才能聚首。我有一首诗，请你念给大哥。诗是这样的：'忽作无期别，沉冥恨有余。长安虽不远，无信可传书。'"又过了几年，仲云也死了。出自《广异记》。

李　愬

凉武公李愬是功臣之子，他率领着唐宪宗的军队，拿下蔡州攻破郓州，征战数年，无论攻陷城池，还是捣毁营垒，他都以宽容仁义为第一，从来没有错杀一人，待人接物十分讲求信义，且都发自内心。长庆元年秋天，他以魏博节度使、左仆射、平章事之职被召回京城。刚要进洛阳时，他手下一个先前已在洛阳的军官石季武做了个梦，梦见李愬从北面登上天津桥，自己担任仪仗前导，以宰相出行的礼仪喝令着开道而行。忽然有八个道士骑着马，持着绛色的旌节仪仗从南面要上桥。在前面骑马引导的人大声呵斥，道士说："我们是来迎接仙公的，哪里知道什么宰相？"道士招呼石季武，要和他说话，石季武就赶紧打马迎上来。持旌节的道士说："我有几句话，你听后要记住，然后转告宰相。"道士说："笙辔排金阙，乘轩上汉槎。浮名何足恋，高举入烟霞。"石季武本是个不识字、记性又很差的人，但他跟着道士口念一遍，又听了一遍便记住了。道士说："你既然已经记住了，可以先转告宰相。"说到这里，石季武惊醒了，出了一身大汗。他高兴地认为宰相要做上仙了，人间的官位还值得留恋吗？三天之后，李愬果然从北面登上天津桥，石季武为前导，并在天宫寺休息。一个多月后，李愬去世。人们都知道他为人仁慈宽厚、正直诚恳，正与仙道相符，又怎知他不是贬到人间的神仙，在人间期满后回天界去了呢？出自《续幽怪录》。

薛存诚

御史中丞薛存诚，元和末，由台丞入给事中。未期，复亚台长。宪阁清严，俗尘罕到，再入之日，浩然有闲旷之思。及厅吟曰："卷帘疑客到，入户似僧归。"后月，阍吏因昼寝未熟，仿佛间，见僧童数十人，持香花幢盖，作梵唱，次第入台。阍吏呵之曰："此御史台，是何法事，高声入来？"其一僧自称识达，是中丞弟子，来迎本师。"师在台，可入省迎乎？"阍吏曰："此中丞官亚台，本非僧侣，奈何敢入台门？"即欲擒之。识达曰："中丞元是须弥山东峰静居院罗汉大德，缘误与天人言，意涉近俗，谪来俗界五十年。年足合归，故来迎耳，非汝辈所知也。"阍吏将驰报，遂惊觉。后数日，薛公自台中遇疾而薨。潜伺其年，正五十矣。出《续玄怪录》。

李伯怜

威远军小将梅伯成善占梦。有优人李伯怜游泾州乞钱，得米百斛。及归，令弟取之，过期不至。夜梦洗白马，访伯成占之。伯成抒思曰："凡颖人好反语，洗白马，泻白米也。君所忧，或有风水之虞乎！"数日弟至，果言渭河中覆舟，一粒无余。出《酉阳杂俎》。

张瞻

江淮有王生者，榜言解梦。贾客张瞻将归，梦炊于臼中，问王生。生言："君归不见妻矣。臼中炊，因无釜也。"

薛存诚

御史中丞薛存诚，元和末年由中丞转任给事中。不到一年，又回到御史台任中丞。御史台府第整洁肃穆，远离街市，他再次进入御史台时，觉得心旷神怡。他来到厅中吟诗道："卷帘疑客到，入户似僧归。"一个月后，看门小吏白天睡觉还未睡熟，恍然间看见几十个僧童，拿着香花和幡旗，用梵语唱着经文，按顺序走进来。看门小吏呵斥道："这是御史台，你们这是做什么法事，高声念着经就进来？"其中一个和尚自称识达，说是薛存诚的弟子，来迎接师父。他说："我师父在御史台，可以进去迎接他吗？"看门小吏说："这是中丞大人的官署，本不是和尚待的地方，你们怎么能随随便便进来？"当即就要捉拿识达。识达说："中丞原来是须弥山东峰静居院的罗汉高僧，因为他误与天人说，想涉足凡尘，被贬到人间五十年。现在年头已满，该回去了，所以我们来迎接他，这不是你们这些人能知道的。"看门小吏刚要跑去报告，一下子从梦中惊醒。数天之后，薛存诚在官署患病而死。看门小吏偷偷去打听他的年龄，正好五十岁。出自《续玄怪录》。

李伯怜

威远军中有位叫梅伯成的低级军官，善于解梦。有个艺人李伯怜来到泾州卖艺赚钱，挣得一百斛米。回到家后，他让弟弟去取米，可过好长时间也未见弟弟回来。一夜他梦见自己洗白马，便去请梅伯成解梦。梅伯成沉思一会儿说："凡是诙谐的艺人都爱利用反切说隐语。洗白马，就是泻白米。你担心的那件事，也许会遇到与风或水有关的灾祸！"几天后弟弟回来了，果然说船在渭河中翻沉，一粒米也没剩。出自《酉阳杂俎》。

张　瞻

江淮有个王生，贴出告示说自己会解梦。商人张瞻要回家去，做梦梦见自己用石臼做饭，便请教王生有何征兆。王生说："你回去就见不到妻子了。在石臼里做饭，是因为没有釜（妇）。"

贾客至家，妻卒数月矣。出《酉阳杂俎》。

于 堇

有一人梦松生户前，一人梦枣生屋上，以问补阙于堇。堇言："松，丘垄间所植；'枣（棗）'字重'来'，重'来'，呼魄之象。"后二人俱卒。出《酉阳杂俎》。

卢彦绪

许州司仓卢彦绪所居溷，夏雨暴至，水满其中，须臾漏尽。彦绪使人观之，见其下有古圹，中是瓦棺，有妇人，年二十余，洁白凝净，指爪长五六寸，头插金钗十余只。铭志云是秦时人，千载后当为卢彦绪开，运数然也。闭之吉，启之凶。又有宝镜一枚，背是金花，持以照日，花如金轮。彦绪取钗镜等数十物，乃闭之。夕梦妇人云："何以取吾玩具？"有怒色。经一年而彦绪卒。出《广异记》。

柳宗元

柳员外宗元自永州司马征至京，意望录用。一日，诣卜者问命，且告以梦，曰："余柳姓也，昨梦柳树仆地，其不祥乎？"卜者曰："无苦，但忧为远官耳。"征其意，曰："夫生则柳树，死则柳木。木者牧也，君其牧柳州乎！"竟如其言，后卒于柳州焉。出《因话录》。

张瞻赶到家中,妻子已经死了好几个月了。出自《酉阳杂俎》。

于堇

有个人梦见松树长在门前,还有个人梦见枣树长在屋上,二人便向担任补阙的于堇求教。于堇说:"松树一般是种在坟地的;'枣(棗)'字像是两个'来'字重叠,'来','来',是为死人招魄时说的话。"后来二人果然都死了。出自《酉阳杂俎》。

卢彦绪

许州仓库官卢彦绪家中的厕所,夏天暴雨一来,水便把里面灌满,一会儿那水又漏光了。卢彦绪让人来看,见下面有座古墓,中间是口瓦棺,里面躺着一位二十多岁的女人,她白白净净的,指甲有五六寸长,头上插着十余支金钗。墓志铭上说她是秦时的人,这墓千年之后当由卢彦绪掘开,这是由运数决定的。不过,如果发现后就把墓封好,则有大吉;如果一直开着,则有大凶。他又看见一面宝镜,背面雕着金花,举起它照太阳,那花就像金轮一样闪耀。卢彦绪拿出宝镜、金钗等几十件东西后,才将墓重新封好。晚上,他梦见那女人对他说:"你怎么能拿走我的宝物呢?"她脸上有怒色。过了一年,卢彦绪就死了。出自《广异记》。

柳宗元

员外柳宗元从永州司马任上被征召回京城,希望得到朝廷录用。一日,他向算卦的人问命运,并告诉他自己做的一个梦,说:"我姓柳,昨晚梦见柳树倒在地上,这是不祥之兆吗?"算命的人说:"不要担心,只是怕要到远处做官了。"柳宗元又问其中之意,那人回答说:"你生是柳树,死便是柳木。'木'与'牧'同音,看样子你得去柳州做刺史了!"后来正如他所说的那样,柳宗元最后死于柳州。出自《因话录》。

卫中行

卫中行为中书舍人时，有故旧子弟赴选，投卫论嘱，卫欣然许之。驳榜将出，其人忽梦乘驴渡水，蹶坠水中，登岸而靴不沾湿。选人与秘书郎韩臯有旧，访之，韩被酒，半戏曰："公今年选事不谐矣！据梦，卫生相负，足下不沾。"及榜出，果驳放。韩有学术，韩仆射犹子也。出《酉阳杂俎》。

张省躬

枝江县令张汀，子名省躬，汀亡，因住枝江。有张垂者，举秀才下第，客于蜀，与省躬素未相识。大和八年，省躬昼寝，忽梦一人，自言当家，名垂。与之接，欢狎弥日。将去，留赠诗一首曰："戚戚复戚戚，秋堂百年色。而我独茫茫，荒郊遇寒食。"惊觉，遽录其诗，数日而卒。出《酉阳杂俎》。

王恽

进士王恽，才藻雅丽，尤长体物。著《送君南浦赋》，为词人所称。会昌二年，其友人陆休符忽梦被录至一处，有驺卒止之屏外，见若胥靡数十，王恽在其中。陆欲就之，恽面若愧色。陆强牵之语，恽垂泣曰："近受一职司，厌人闻。"指其类："此悉同职也。"休符恍惚而觉。时恽住扬州，其子住太平。休符异所梦，迟明，访其家信，得王至洛书。

卫中行

卫中行任中书舍人时，有老朋友的孩子进京参与选官，投到其门下并拜托于他，他痛痛快快地应承下来。落选官员的名单将要公布时，那个人忽然梦见自己骑驴过河，驴一失蹄把他甩入水中，登岸后靴子却没湿。这人与秘书郎韩臯有交情，登门拜访时，韩臯刚喝了酒，半开玩笑地说："你今年选官的事情不顺利呀！根据你的梦分析，卫中行不会替你说话，你什么也得不到。（"卫生相负"亦指驴驮着应选的人，唐朝驴有"卫"的别称；"足下不沾"亦指落水后脚下没有沾湿。）"等到名单公布时，那人果然落选了。韩臯有学问，是韩仆射的侄子。出自《酉阳杂俎》。

张省躬

枝江县令张汀的儿子叫张省躬，父亲死后，他一直住在枝江。有个叫张垂的人，考秀才未中，客居于蜀地，与省躬素不相识。太和八年，张省躬白天睡觉，忽梦一人，自称与他同姓，名叫张垂。省躬同他相识后，整日欢乐亲昵。临别时，张垂留下一首诗赠给省躬，那诗是："戚戚复戚戚，秋堂百年色。而我独茫茫，荒郊遇寒食。"这时省躬惊醒了，急忙录下那首诗，数日之后他就死了。出自《酉阳杂俎》。

王　恽

进士王恽，文辞典雅清丽，尤其擅长描摹物态。他写的《送君南浦赋》，为词人们所称道。会昌二年，他的朋友陆休符忽然梦见自己被捉到一个地方，有个驾车的仆役让他在影壁外候着，只见几十个服劳役的囚犯，王恽也在其中。陆休符想走近他，王恽面带愧色。陆休符就硬拽着他问话，王恽哭泣着说："最近接受一个差事，不愿让别人知道。"他又指指跟他同样装束的人说："这些人全和我干一样的差事。"陆休符恍惚间醒来。当时王恽住在扬州，他的儿子住在太平县。陆休符对此梦十分惊异，天快亮时，他去王家问有无家书，得到一封王恽到洛阳时寄回的信。

又七日，其讣至。计其卒日，乃陆之梦夕也。出《酉阳杂俎》。

柳凌

司农卿韦正贯应举时，尝至汝州。汝州刺史柳凌留署军事判官。柳尝梦有人呈案，中言欠柴一千七百束，因访韦解之，韦曰："柴，薪木也。公将此不久乎！"月余，柳疾卒。素贫，韦为部署，米麦镪帛，悉前请于官数月矣，唯官中欠柴一千七百束。韦披案，方省柳前梦。出《酉阳杂俎》。

崔暇

中书舍人崔暇弟暇，娶李续女。李为曹州刺史，令兵马使国邵南勾当障车。后邵南因睡，忽梦崔、女在一厅中，女立于床西，崔暇在床东。女执红笺，题诗一首，笑授暇。暇因朗吟之，诗言："莫以贞留妾，从他理管弦。容华难久驻，知得几多年。"梦后才一岁，崔暇妻卒。出《酉阳杂俎》。

苏检

苏检登第，归吴省家，行及同州澄城县，止于县楼上。醉后，梦其妻取笔砚，箧中取红笺，剪数寸而为诗曰："楚水平如镜，周回白鸟飞。金陵几多地，一去不知归。"检亦裁蜀笺而赋诗曰："还吴东去下澄城，楼上清风酒半醒。想得到家春欲暮，海棠千树已凋零。"诗成，俱送于所卧席下。又见其妻笞检所挈小青极甚。及寤，乃于席下得其诗，视箧中红笺，亦有剪处。小青其日暴疾。已而东去，

又过七天,王悍的死讯送到了。算算他死的日子,正是陆休符做梦的那天晚上。出自《酉阳杂俎》。

柳　凌

司农卿韦正贯考科举时,曾来到汝州。汝州刺史柳凌留他担任军事判官。柳凌曾梦见有人呈上案卷,里面说欠柴一千七百束,于是他请韦正贯为自己解梦。韦正贯说:"柴,就是薪木。莫非您快不久于人世了?"一个多月后,柳凌病死。他生前向来贫穷,韦正贯为他安排后事,发现柳凌已向公家借过好几个月的米麦钱帛来维持生活了,死后仍欠公家一千七百束柴。韦正贯翻阅了案卷,才明白先前柳凌的那个梦。出自《酉阳杂俎》。

崔　暇

中书舍人崔暇的弟弟崔蝦,娶李续的女儿为妻。李续任曹州刺史,派兵马使国邵南负责安排亲友阻拦喜车。后来,国邵南睡着了,忽然梦见崔蝦和李续的女儿在一个大厅里,李续的女儿站在床西,崔蝦站在床东。李续的女儿拿一张红纸笺,题诗一首,笑着递给崔蝦。崔蝦于是高声吟诵起来,这首诗是:"莫以贞留妾,从他理管弦。容华难久驻,知得几多年。"梦后才一年,崔蝦的妻子就死了。出自《酉阳杂俎》。

苏　检

苏检科举及第,回吴探亲,走到同州澄城县,住在县里一座楼上。喝醉后,梦见妻子拿来笔砚,从小箱里取出红纸笺,剪下数寸写上诗句:"楚水平如镜,周回白鸟飞。金陵几多地,一去不知归。"苏检也裁下蜀地产的纸笺赋诗道:"还吴东去下澄城,楼上清风酒半醒。想得到家春欲暮,海棠千树已凋零。"写成后,全都放在床席下面。苏检又见妻子用鞭子狠狠抽打他带来的小婢女。醒来后,他竟从床席下找到了那两首诗,看箱子里的红纸笺,也有剪过的痕迹。婢女这一天得了暴病。不久他们一行东去,

及鄂岳已来，舍陆登舟，小青之疾转甚。去家三十余里，乃卒。梦小青云："瘗我北岸新茔之后。"及殡于北岸，乃遇一新茔，依梦中所约瘗之。及归，妻已卒。问其日，乃澄城县所梦之日。谒其茔，乃瘗小青坟之前也。时乃春暮，其茔四面多是海棠花也。出《闻奇录》。

韦 检

韦检举进士不第。常有美姬，一日捧心而卒。检追痛悼，殆不胜情。举酒吟诗，悲怨可掬。因吟曰："宝剑化龙归碧落，嫦娥随月下黄泉。一杯酒向青春晚，寂寞书窗恨独眠。"一日，忽梦姬曰："某限于修短，不尽箕帚，涕泪潸然，常有后期。今和来篇。"口占曰："春雨濛濛不见天，家家门外柳和烟。如今肠断空垂泪，欢笑重追别有年。"检终日悒悒，后更梦姬，曰："即遂相见。"觉来神魂恍惚，乃题曰："白浪漫漫去不回，浮云飞尽日西颓。始皇陵上千年树，银鸭金凫也变灰。"后果即世，皆符兆。出《抒情诗》。

朱少卿

王蜀时，有朱少卿者，不记其名，贫贱客于成都。因寝于旅舍，梦中有人扣扉觅朱少卿，其声甚厉。惊觉访之，寂无影响。复睡，梦中又连呼之。俄见一人，手中执一卷云："少卿果在此？"朱曰："吾姓即同，少卿即不是。"其人遂卷文书两头，只留一行，以手遮上下，果有"朱少卿"三字。续有一人，自外牵马一匹直入，云："少卿领取。"朱视之，

到鄂州、岳州一带后，不走旱路改走水路，婢女的病越来越严重。在他离家还有三十多里路时，婢女死了。苏检梦见婢女说："把我埋葬在北岸的新坟之后。"苏检在北岸准备安葬她时，果然看到一座新坟，便遵照梦中的约定将她埋葬了。苏检赶回家，妻子已死去。问她死的日子，就是他在澄城县做梦那天。苏检去给妻子上坟，竟然在婢女坟的前面。这时正是暮春，坟茔四周盛开着海棠花。出自《闻奇录》。

韦检

韦检考进士未中。他曾有个美妾，一天捂着心口死去了。韦检痛加追悼，几乎无法承受悲痛之情。于是，他举杯吟诗，那悲伤哀怨的神态令人同情。他吟道："宝剑化龙归碧落，嫦娥随月下黄泉。一杯酒向青春晚，寂寞书窗恨独眠。"一天，他忽然梦见那美妾说："由于我命短，不能再侍奉你，想到这些我就潸然泪下，不过我们后会有期。今天来与你和诗一首。"于是口头吟诵道："春雨濛濛不见天，家家门外柳和烟。如今肠断空垂泪，欢笑重追别有年。"醒来后，韦检终日抑郁不乐，后来又梦见美妾对他说："马上即可相见。"醒来后他精神恍惚，又题诗道："白浪漫漫去不回，浮云飞尽日西颓。始皇陵上千年树，银鸭金凫也变灰。"后来他果然去世，一切都契合梦的征兆。出自《抒情诗》。

朱少卿

前蜀时，有位姓朱担任少卿的人，名字记不得了，他十分贫穷，客居在成都。一日他在旅舍睡觉，梦见有人敲门来找朱少卿，声音很响。他惊醒后起身查看，却连个人影也未见到。接着又睡，梦中又有人连声呼唤。不一会儿他看见一个人，手中拿着一卷文书说："少卿果然在这里？"朱说："我的姓倒是没错，名字却不叫少卿。"那人于是卷起文书的两端，只留下一行字，用手遮住上面和下面，果然有"朱少卿"三个字。接着又有一个人，从外面牵着一匹马径直走进来，说道："请少卿领取。"朱抬头看去，

其马无前足，步步侧蹶，匍匐而前，其状异常苦楚。朱大惊而觉，常自恶之。后蜀王开国，有亲知引荐，累至司农少卿。无何，膝上患疮，双足自膝下俱落，痛苦经旬，五月五日殂，乃马梦之征也。出《王氏见闻》。

覃 鹭

孟蜀工部侍郎刘义度判云安日，有押衙覃鹭，梦与友人胡铖同在一官署厅前，见有数人，引入刘公，则五木备体，孑然音旨，说理分解，似有三五人执对。久而方退，于行廊下坐，见进食者，皆是鲜血。覃因问，旁人答曰："公为断刑错误所致，追来亦数日矣。"遂觉。及早，见胡铖话之，铖曰："余昨夜所梦，一与君叶，岂非同梦乎？"因共秘之。刘公其日果吟《感怀诗》十韵。其一首曰："昨日方髦髫，如今满颔髯。紫阁无心恋，青山有意潜。"今其诗皆刊于石上，人皆讶其诗意。不数日而卒。岂非断刑之有错误乎？出《野人闲话》。

孟德崇

蜀宗正少卿孟德崇，燕王贻邺之子也。自恃贵族，脱略傲诞。尝太庙行香，携妓而往。一夕，梦一老人责之，且取案上笔，叱令开手，大书"九十"字而觉。翌日，与宾客话及此事，自言："老人责我，是惜我也。书'九十'字，赐我寿至九十也。"客有封琏戏之曰："'九十'字，乃是行书'卒'字，亚卿其非吉征乎！"不旬日，果卒。出《野人闲话》。

那匹马没有前腿，一挪一挪的，像是要跌倒的样子，它几乎是向前爬行，显出异常痛苦的样子。他见状大惊，随即醒来，为此常常感到十分厌恶。后来蜀王开国，有亲朋好友引荐，他的官一直当到司农少卿。没过多久，他的膝盖上长了疮，双腿从膝盖以下全都烂掉了，苦苦熬了十来天，五月五日死了，那个关于马的梦应验了。出自《王氏见闻》。

覃　鹭

后蜀工部侍郎刘义度兼管云安时，有个叫覃鹭的押衙，梦见与朋友胡铖同在一座官署的厅前，看见有好几个人，把刘义度带进来，他身上戴满了刑具，孤零零一人与他们说理分辩，好像有三五个人跟他对质。覃鹭很久才退下，坐在行廊中，看见有送来食物的人，竟全是鲜血。覃鹭上前询问，旁边的人回答说："刘公因为断案有错误，所以才让他喝鲜血，他被捉来已好几天了。"覃鹭惊醒过来。到第二天早晨，他见到胡铖，说了这件事，胡铖说："我昨晚做的梦，跟你一样，难道是同一个梦吗？"于是二人相约保密。这天，刘义度果然吟诵了《感怀诗》十首。其中一首为："昨日方髽髻，如今满颔髯。紫阁无心恋，青山有意潜。"如今他的诗都刻在石头上，人们都为这诗的意思感到惊讶。不几天刘义度便死了。难道真的是因为他断案有错误吗？出自《野人闲话》。

孟德崇

蜀宗正少卿孟德崇，是燕王孟贻邺之子。他自以为出身贵族，轻慢狂傲而又荒唐。他曾经到太庙进香，把妓女也带了去。一天晚上，他梦见一位老人斥责他，并拿起案上的笔，呵令他张开手掌，在上面写下"九十"两个大字后，便惊醒过来。第二天，他与宾客们谈起这件事，自己说："老人责怪我，其实是心疼我呀。他写下'九十'二字，是让我一直活到九十岁。"客人中有个叫封琏的跟他开玩笑道："'九十'二字，是行书中的'卒'字，少卿这梦恐怕并非吉兆！"不到十天，孟德崇果然死了。出自《野人闲话》。

孙光宪

荆南节度使高保融有疾，幕吏孙光宪梦在渚宫池与同僚偶坐，而保融在西厅独处，唯姬妾侍焉。俄而高公弟保勗见召上桥，授以笔砚，令光宪指扐发军，仍遣厅头二三子障蔽光宪，不欲保融遥见。逡巡，有具櫜鞬将校列行俟命。次见掌节吏严光楚鞹而前趋，手捧两黑物，其一则如黑漆靴而光，其一即寻常靴也。谓光宪曰："某曾失墨两挺，蒙王黜责，今果寻获也。"良久梦觉。翌日，说于同僚。逾月而保融卒。节院将严光楚具帖子取处分倒节，光宪请行军司马王甲判之。墨者阴黑之物，节而且黑，近于凶象，即向之所梦，倒双节之谓也。出《北梦琐言》。

陆　洎

江南陆洎为常州刺史，不克之任，为淮南副使。性和雅重厚，时辈推仰之，副使李承嗣尤与之善。乙丑岁九月，承嗣与诸客访之。洎从容曰："某明年此月，当与诸客别矣。"承嗣问其故，答曰："吾向梦人以一骑召去，止大明寺西，可数里，至一大府，署曰'阳明府'。入门西序，复有东向大门，下马入一室。久之，吏引立阶下。门中有二绿衣吏，捧一案，案上有书。有一紫衣秉笏，取书宣云：'洎三世为人，皆行慈孝，功成业就，宜授此官。可封阳明府侍郎，判九州都监事。来年九月十七日，本府上事。'复以骑送归，

孙光宪

荆南节度使高保融有病，他的下属孙光宪梦见自己在渚宫池与同僚一起坐着，而高保融则独自待在西厅，只有姬妾侍候着。一会儿，高保融的弟弟高保勗应召上桥，授给孙光宪笔砚，让他写派军队出战的命令，并叫来厅上的两三个仆人挡着孙光宪，不想让高保融远远地看见。一会儿，有一些穿着军装背着弓箭的军官列队待命。接着，又看见掌管印信符节的官员严光楚全身戎装跑来，手中捧着两个黑物，其中一个像发光的黑靴子，另一个就是平常的靴子。严光楚对孙光宪说："我曾经丢失过两挺墨，被大王斥责并降职，今天果然找到了。"很久他才从梦中醒来。第二天，孙光宪把这件事说给同僚们听。一个多月后，高保融病死。节度使院打报告要求处分严光楚拿倒符节的罪行，孙光宪请行军司马王甲来判定此事该如何处置。王甲认为，墨是阴黑之物，既黑又有节，近于凶险之象，这就是原来那个梦，也就是倒双节的意思。（一个是节度使高保融，一个是掌节吏严光楚，因此才有"倒双节"之意。）出自《北梦琐言》。

陆　洎

江南陆洎为常州刺史，由于没能赴任，改授淮南副使。陆洎性格温和儒雅，稳重敦厚，当时的人们都很推崇仰慕他，副使李承嗣和他尤其亲密。乙丑年九月，李承嗣与众客人一起来拜访他。陆洎神态从容地说："我明年这个月，就该与各位分别了。"李承嗣问他究竟是怎么回事，陆洎回答道："我曾梦见有人用马把我召去，来到大明寺西边，又走了几里路，来到一座大的府院，门上写着'阳明府'。进门向西走，又有一个朝东的大门，我们下马走进一室。过了很久，有个小吏领我到台阶下站好。门里有两个穿绿衣服的小吏端着一个案子，案上摆着文书。这时有个穿紫袍的人手持笏板，取过文书念道：'陆洎三世为人，皆行慈孝之事，如今功成业就，应授此官。可授予阳明府侍郎，并兼管九州都监事务。明年九月十七日，到本府上任。'又用马把我送回来，

奄然遂寤。灵命已定，不可改矣。”诸客皆嘻然。至明年九月，日使候其起居。及十六日，承嗣复与向候之客诣之，谓曰：“君明日当上事，今何无恙也？”洎曰：“府中已办，明当行也。”承嗣曰：“吾常以长者重君，今无乃近妖乎？”洎曰：“唯君与我有缘，他日必当卜邻。”承嗣默然而去。明日遂卒，葬于茱萸湾。承嗣后为楚州刺史卒，葬于洎墓之北云。出《稽神录》。

周延翰

江南太子校书周延翰，性好道，颇修服饵之事。尝梦神人以一卷书授之，若道家之经，其文皆七字为句。唯记其末句云：“紫髯之畔有丹砂。”延翰寤而自喜，以为必得丹砂之效。从事建业卒，葬于吴大帝陵侧。无妻子，唯一婢名丹砂。出《广异记》。

王　瞻

虔化县令王瞻罢任归建业，泊舟秦淮，病甚。梦朱衣吏执牒至曰：“君命已尽，今奉召。”瞻曰：“命不敢辞，但舟中狭隘，欲宽假之，使得登岸卜居，无所惮也。”吏许诺，“以五日为期，至日平明，且当来也。”既寤，便能下床，自出僦舍，营办凶具，教其子哭踊之节，召六亲为别。至期，登榻安卧，向曙乃卒。出《稽神录》。

这时我忽然醒来。我感觉到命运已定，不能改了。”众客人听了，都一脸苦笑。到了第二年九月，李承嗣每天都派人去问候陆洎。到了十六日，他与那些之前问候陆洎的人一起去拜见他，对他说：“你明天该去上任了，今天怎么还没有一点征兆呢？”陆洎说：“府中已经在操办，明天我就该走了。”李承嗣说：“我常像对待长辈一样敬重你，现在你怎么沾上了妖气呢？”陆洎说：“只有你与我有缘分，将来一定能与我成为邻居。”李承嗣什么也没说便离去了。第二天，陆洎死了，埋葬在茱萸湾。李承嗣后来在楚州刺史任上去世，埋葬在陆洎墓的北边。出自《稽神录》。

周延翰

江南有位太子校书叫周延翰，平时信道，对服食丹药颇有研究。他曾经梦见神仙把一卷书送给他，像是道家的经书，上面每一句都是七个字。他只记住最后一句是：“紫髯之畔有丹砂。”周延翰醒来之后暗自高兴，认为自己服食丹药，必定会有效果。在建业任职时，周延翰死去，埋葬在吴大帝墓旁。他无妻子儿女，只有一个婢女叫丹砂。出自《广异记》。

王　瞻

虔化县令王瞻罢职之后回建业，船停在秦淮河上时，他病得很厉害。他梦见一个红衣吏拿着一纸文书来到身边，说：“你的寿命已经完了，今天我奉命召你回去。”王瞻说：“我不敢违命，只是船中狭窄，我请求宽限几天，让我先上岸去找个住处，这样我就没有什么后顾之忧了。”红衣吏点头答应了，说：“以五天为期限，到第五天天大亮的时候，你必须来。”王瞻醒来，便能起身下床，上岸去租了一间房子，置办丧葬用的器物，并教儿女们哭丧的规矩，又召来亲属们诀别。到了那天，他上床安卧，天刚亮时就死了。出自《稽神录》。

邢陶

江南大理司直邢陶。癸卯岁，梦人告云："君当为泾州刺史，既而为宣州泾县令。"考满，复梦其人告云："宣州诸县官人，来春皆替，而君官诰不到。"邢甚恶之。至明年春，罢归，有荐邢为水部员外郎。牒下而所司失去，复请二十余日，竟未拜而卒。出《稽神录》。

邢 陶

江南有位大理司直叫邢陶。癸卯年时，他梦见有人对他说："你应当任泾州刺史，然后去做宣州泾县令。"任期将满，邢陶又梦见那人告诉他说："宣州各县的官员，来年春天全都会替换下来，可是你的授官文书却下不来。"听罢，邢陶十分反感。到了第二年春天，他卸任回家，有人举荐他为水部员外郎。文书发下来却被有关部门弄丢了，重新奏请又花了二十多天，结果邢陶尚未授官，竟先死去了。出自《稽神录》。

卷第二百八十

梦五

鬼神上

炀　帝

武德四年，东都平后，观文殿宝厨新书八千许卷将载还京师。上官魏梦见炀帝，大叱云："何因辄将我书向京师！"于时太府卿宋遵贵监运，东都调度，乃于陕州下书，著大船中，欲载往京师。于河值风覆没，一卷无遗。上官魏又梦见帝，喜云："我已得书。"帝平存之日，爱惜书史，虽积如山丘，然一字不许外出。及崩亡之后，神道犹怀爱吝。按宝厨新书者，并大业所秘之书也。出《大业拾遗》。

豆卢荣

上元初，豆卢荣为温州别驾卒。荣之妻即金河公主女也。公主尝下嫁碎叶，碎叶内属，其王卒，公主归来。荣

鬼神上

炀帝

武德四年，东都平定后，观文殿宝厨里的八千多卷新书准备运回长安。上官魏梦见隋炀帝大声斥责道："你们为什么要把我的书运向长安！"当时太府卿宋遵贵监督运送这些书，按照东都的调度安排，在陕州把书卸下，装到大船上，欲走水路运向长安。不料在黄河中遇到暴风使船沉没，一卷书也没剩下。上官魏又梦见隋炀帝高兴地说："书又回到我的手里了。"隋炀帝生前，一向爱惜书籍，他的书虽然堆积如山，但一个字也不许流传出去。他虽然死了，但上苍还爱怜于他，才这样做的。观文殿宝厨里的这批新书，全是大业年间秘密珍藏的。出自《大业拾遗》。

豆卢荣

上元初年，豆卢荣在担任温州别驾的时候去世了。豆卢荣的妻子就是金河公主的女儿。金河公主曾经远嫁到碎叶，碎叶归顺朝廷之后，碎叶王死了，金河公主便回到了大唐。豆卢荣

出佐温州，公主随在州数年。宝应初，临海山贼袁晁攻下台州。公主女夜梦一人，被发流血，谓曰："温州将乱，宜速去之。不然，必将受祸。"及觉，说其事。公主云："梦想颠倒，复何足信?"须臾而寝，女又梦见荣，谓曰："适被发者，即是丈人，今为阴将。浙东将败，欲使妻子去耳。宜遵承之，无徒恋财物。"女又白公主说之。时江东米贵，唯温州米贱，公主令人置吴绫数千匹，故恋而不去。他日，女梦其父云："浙东八州，袁晁所陷。汝母不早去，必罹艰辛。"言之且泣。公主乃移居栝州。栝州陷，轻身走出，竟如梦中所言也。出《广异记》。

杨昭成

开元末，洛阳贾氏为广汉什邡令，将其家之任。欲至白土店东七里，其妻段氏，马惊堕坑而死，即殡于山中。经两载，弘农杨昭成为益州仓曹，之广汉。晓发，其妻窦氏忽于马上而睡，向后倾倒。昭成自下驭马，频呼问，犹不觉，将至白土方寤。云："向梦有一妇人，衣绿单裙白布衫，年甫三十，容色艳丽，来控我马，悲啼久之。自称段姓，是什邡贾明府之妻。至此身死，见留山中，孤魂飘泊，不胜羁独。'夫人后若还京，我有兄名某，见任京兆功曹，可相为访，令收己魂，归于故乡'。深以相嘱，言讫乃去。"昭成其夕宿白土，具以梦问店者。店人云："贾明府妻坟，去此

出任温州别驾时，金河公主也跟着女儿来到温州住了多年。宝应初年，临海的山贼袁晁攻下了台州。一天金河公主的女儿夜里梦见一个人，披头散发，浑身是血，对她说道："温州将要遭受战乱，你们应该快点离开。否则，必然会遭殃的。"醒来后，她把这件事讲给母亲听。金河公主说："梦都是反的，有什么可信的呢？"不久再睡觉时，女儿又梦见了豆卢荣，对她说："刚才那个披头散发的人，就是你的父亲，现在是阴间的将军。浙东将要失守，他想让你们快点离去。应照他说的去做，不要只贪恋财物。"女儿醒来之后，又把这件事告诉了金河公主。当时江东粮食很贵，只有温州比较便宜，再加上金河公主让人囤积了几千匹江南绸缎，因此舍不得离去。又有一天，女儿梦见父亲对她说："浙东的八个州，已经被袁晁攻破。你母亲如果再不早点离去，必将遭难。"说着便哭起来。于是公主搬到了栝州。不久栝州也陷落了，母女俩丢下财物只身出走，竟跟梦中说的一样。出自《广异记》。

杨昭成

开元末年，洛阳有个姓贾的人任广汉什邡县令，上任时将家眷也一同带去。走到白土店东七里的地方，他的妻子段氏，由于马受惊把她甩进坑里摔死了，贾县令就将她埋在了山中。两年之后，弘农人杨昭成任益州仓曹，上任途经广汉。早晨出发，他的妻子窦氏忽然在马上睡着了，向后倾倒。杨昭成只得亲自下来赶马，又连声呼喊，妻子却没有反应，快到白土店时才醒过来。她对丈夫说："刚才我梦见一个妇人，穿着绿色的单裙子和白色的布衫，年龄刚三十岁的样子，长得美艳动人，拦住我的马，悲哭不已。她自称姓段，是什邡贾县令的妻子。那年在这里摔死了，被葬在山中，孤魂飘荡，不胜寂寞。她说：'夫人将来如果有机会回到京城，我有个哥哥叫某某，现任京兆功曹，你可以代我去看看他，并请他收回我的魂魄，归葬故乡。'她殷切地嘱托我，说完便离去了。"杨昭成这天晚上住在白土店里，把妻子梦中的事全都跟店里人说了。店里人道："贾县令妻子的坟，离这里

六七里。坠坑而死，殡在山中，已二年矣。”其言始末，与梦相类。昭成深异之，因记其事。后奉入京，寻其段族，具为说之。段氏举家悲泣，遂令人往取神柩，葬之。出《灵异记》。

扶沟令

扶沟令某霁者，失其姓，以大历二年卒。经半岁，其妻梦与霁遇，问其地下罪福。霁曰：“吾生为进士，陷于轻薄，或毁讟词赋，或诋诃人物。今被地下所主，每日送两蛇及三蜈蚣，出入七窍，受诸痛苦，不可堪忍。法当三百六十日受此罪，罪毕，方得托生。近以他事，为阎罗王所剥，旧裈狼藉，为人所笑，可作一裈与我。”妇云：“无物可作。”霁曰：“前者万年尉盖又玄将二绢来，何得云无？”兼求铸像，写《法华经》。妇并许之，然后方去尔。出《广异记》。

王　诸

大历中，邛州刺史崔励亲外甥王诸家寄绵州。往来秦蜀，颇谙京中事。因至京，与仓部令史赵盈相得。每赍左绵等事，盈并为主之。诸欲还，盈固留之。中夜，盈谓诸曰：“某长姊适陈氏，唯有一笄女。前年长姊丧逝，外甥女子，某留抚养。所惜聪惠，不欲托他人。知君子秉心，可保岁寒。非求于伉俪，所贵得侍巾栉。如君他日礼娶，此子但

有六七里路。她是坠坑而死的，就埋在了山中，已经过去两年了。”店里人所说的事情经过，果然与那梦相符。杨昭成十分惊异，便把这事记下了来。后来他奉旨进京，寻找到段氏的家人，把段氏的事说了。段家上下悲伤痛哭，于是派人进山取回灵柩，又重新安葬了。出自《灵异记》。

扶沟令

扶沟县令的名字叫霁，不知他的姓氏，于大历二年去世。半年之后，他的妻子在梦中与他相遇，问他在阴间是受罪还是享福。他说：“我生前是进士，吃亏在轻薄放浪，有时候写诗赋词毁谤泄愤，有时诋毁他人。现在被阴间所管制，每天送来两条蛇还有三只蜈蚣，让它们在我的七窍中钻来钻去，受的各种痛苦，真是不堪忍受。按阴间的法律，我要三百六十天受这种折磨，受完罪，才能托生于来世。最近因为别的事，我又被阎王爷折磨了一顿，那条旧裤子已不像样子，人们都取笑我，可再做一条新的给我。”他妻子说：“没有布料可做呀。”霁说：“之前万年县尉盖又玄刚把二匹绢布送给你，怎么说没有布料呢？”接着，他又求妻子为他铸佛像，抄写《法华经》。妻子一并答应下来，然后他才离去。出自《广异记》。

王　诸

大历年间，邛州刺史崔励的亲外甥王诸一家寄居在绵州。他经常往来于秦蜀两地之间，对京城里的事情颇为了解。一次他来到京城，与仓部令史赵盈交上了朋友。他每次带东西回绵州，都是赵盈帮忙为他操办。后来王诸想回去，赵盈却坚持把他留了下来。半夜，赵盈对王诸说：“我的大姐嫁给陈氏为妻，只有一个女儿，现已成年。前年大姐去世了，我这个外甥女，由我留下抚养。她聪明伶俐，我很喜欢，不想托给他人。我知道你的秉性，可共患难。不是想求你与她结为夫妻，只是觉得能侍奉你就是她的福份了。如果你将来正式结婚娶妻，这孩子只要

安存不失所，即某之望也！成此亲者，结他年之好耳。”诸对曰：“感君厚意，敢不从命！固当期于偕老耳！”诸遂备缣币迎之。

后二年，遂挈陈氏归于左绵。是时励方典邛商，诸往觐焉。励遂责诸浪迹，又恐年长不婚。诸具以情白舅。励曰：“吾小女宽柔，欲与汝重亲，必容汝旧纳者。”陈氏亦曰：“岂敢他心哉，但得衣食粗充，夫人不至怪怒，是某本意。”诸遂就表妹之亲。既成姻，崔氏女便令取陈氏同居，相得，更无分毫失所。励令其子铿与诸江陵卜居，兼将金帛下峡而去。三月诸发。五月，励受替，遂尽室江陵而行。

诸与铿方买一宅，修葺。停午，诸忽梦陈氏被发来，哀告诸曰：“某，他乡一贱人。崔氏夫人，本许终始，奈何三峡舟中沐发，使人聳某，令于崩湍中而卒，永葬鱼鳖腹中！”哀泣沾襟。俄而铿于东厢寐，亦梦陈氏诉冤：“崔夫人不仁，致我性命三峡。”铿与诸偶坐，方讶其事。其夜，二人梦复如前。铿甚惭，谓诸曰：“某娘情性不当如是，何有此冤！且今日江头望信，若闻陈氏不平安，此则必矣！”后数日，果有信，说陈氏溺三峡。及励到诸家，诸泣说前事。崔氏为其兄所责，不能自明，遂断发喑呜而卒。诸亦荡游他处。

能够生活安定而不流离失所，我的愿望也就满足了！如果你能够接受这亲事，我们往后关系就会更密切了。”王诸回答说：“感谢你的美意，我怎敢不接受？我也盼望能与她白头偕老啊！”王诸于是备下布帛彩礼迎娶陈氏。

两年之后，王诸带陈氏回到了绵州。这时，王诸的舅父崔励正在邛州主管商事，王诸前去拜见。崔励就责备他整天流浪游荡，并担心他年龄大了不结婚。王诸便将事情的来龙去脉对舅父讲了。崔励说：“我的小女儿性格温柔宽厚，我想把她嫁给你，来个亲上加亲，她一定能够容得下你之前娶的陈氏女的。”陈氏也说道：“我哪敢有别的什么想法，只要能有个温饱，夫人不责怪不迁怒，我也就满足了。”不久，王诸与表妹崔氏女喜结良缘。成婚后，崔氏便要求与陈氏同居一室，二人关系融洽，没有产生任何不悦的事情。崔励让他儿子崔铿与王诸到江陵找房子，顺便把金帛财物顺着三峡运去。王诸三月出发。五月，崔励职务被人替代，于是带着全家人向江陵而去。

王诸和崔铿刚买了一座宅院，正在修缮。正午时候，王诸忽然梦见陈氏女披散着头发而来，哀切地对他说：“我本是他乡一个卑贱的女人。崔氏夫人本来答应我与她共同侍奉您，万万没有想到，那天行至三峡，我正在船上洗头发，她指使人推了我一把，我便跌入激流中淹死了，永远葬在了鱼鳖的肚子里！”她边哭边说，泪水沾满了衣襟。一会儿崔铿在东厢房睡觉时，也梦见了陈氏诉冤道：“崔夫人不仁，在三峡害了我的性命。”崔铿与王诸闲坐，聊起做过的梦，都感到很惊讶。当夜，他们做的梦还是这样的。崔铿十分羞愧地对王诸说：“她的情性不该是这样的呀，怎么会发生这样的冤情呢？咱们今天暂且去江边等候消息，如果听说陈氏遇险，这事儿就一定是真的了！”几天之后，果然传来消息，说陈氏已经在三峡淹死了。等到崔励赶到王诸家，王诸哭泣着向他诉说了这件事。崔氏被她兄长责骂了一顿，有口难辩，随即剪断头发，整日悲伤呜咽，直至身死。此后，王诸又开始浪迹天涯。

数年间，忽于夏口见水军营之中门东厢，见一女人，姿状即陈氏也。诸流眄久之。其妇又殷勤瞻瞩，问僮仆云："郎君岂不姓王？"僮走告诸。及白姨弟，令询其本末。陈氏曰："实不为崔氏所挤，某失足坠于三峡。经再宿，泊尸于碛，遇鄂州回易小将梁璨。初欲收葬，后因吐无限水，忽然而苏。某感梁之厚恩，遂妻梁璨，今已诞二子矣。"诸由是疑负崔氏之冤，入罗浮山而为头陀僧矣。出《乾䐑子》。

西市人

建中年，京西市人忽梦见为人所录，至府县衙，府甚严。使人立于门屏外，遂去，亦不见召。唯闻门内如断狱之声，自屏隙窥之，见厅上有贵人，紫衣据案，左右绿裳执案簿者三四人。中庭，朱泚械身镣项，素服露首，鞠躬如有分雪哀请之状，言词至切。其官低头视事，了不与言。良久方谓曰："君合当此事，帝命已行，诉当无益。"泚辞不已，及至泫泣。其官怒曰："何不知天命？"令左右开东廊下二院。闻开镣之声，门内有三十余人，皆衣朱紫，行列阶下。贵人指示曰："此等待君富贵，辞之何益？"此人视之，乃李、尚、韦、骆之辈也。诸人复入院门。又叱泚入西廊一院焉。贵人问左右曰："是何时事？"答曰："十月。"又问："何适而可？"曰："奉天。"如此诘问，良久乃已。前追使者复出，谓百姓曰：

几年之后，王诸忽然在夏口水军军营的大门东边，看见一个女人，样貌姿态酷似陈氏。王诸上下打量她许久。那女人也频频注目于他，并问他的仆人："你家公子是不是姓王？"仆人跑去告诉了王诸。又告诉表弟崔铿，崔铿就令仆人去询问究竟。陈氏说："那天真的不是崔氏指使人推我的，而是我失足坠入了三峡水中。过了两夜，我的尸体漂到浅滩上，遇到鄂州一位负责军中贸易的军官梁璨。开始他想将我收葬，后来我吐出了大量的水，忽然苏醒过来了。我为感谢梁璨的厚恩，便嫁给了他，现在已经生下两个孩子了。"王诸因此觉得崔氏受到了冤枉，很对不住她，便到罗浮山当了和尚。出自《乾䐁子》。

西市人

建中年间，长安城西市有个人忽然梦见自己被人捉去，来到府县衙门，门禁颇为森严。让他站在门屏之外，使者就走了，也不见有人来招呼。他只听房子里有审问犯人的声音，就从屏风的缝隙间偷偷望去，只见大厅上有位大官，穿着紫衣坐在桌案后，还有三四个穿绿衣裳、手拿案卷的人站在其两旁。堂下，只见朱泚身上系着锁链，脖子上戴着枷，穿着白衣服，伸出脑袋，连连鞠躬，像是在辩白与哀求的样子，言辞十分恳切。那个大官低头看着案卷，一句话也不和他说。半天他才说："你就应该承担此事，天帝的命令已经发出，哀求也没有用处。"朱泚还是不断辩白，竟哭泣起来。那个大官怒道："你怎么不知天命呢？"他令手下人打开东廊下的两个院门。随即传来开锁之声，门内走出三十多个人，全穿朱紫衣服，在台阶下站成行。大官指着他们对朱泚说："这些人都要靠你获取富贵，推辞又有什么用呢？"西市人举目望去，发现他们是李晟、尚可孤、韦皋、骆元光之辈。这些人又进入院门。接着，又喝令朱泚进入西廊的一个院子。大官向手下人问道："是什么时候的事？"回答说："十月。"又问："到什么地方为好？"回答说："奉天。"就这样一问一答，半天才结束。之前把西市人抓来的那个使者又出来了，对西市人说：

“误追君来，可速归。”寻路而返。梦觉，话于亲密。其后事果验也。出《原化记》。

王方平

太原王方平性至孝。其父有疾危笃，方平侍奉药饵，不解带者逾月。其后侍疾疲极，偶于父床边坐睡。梦二鬼相语，欲入其父腹中。一鬼曰：“若何为入？”一鬼曰：“待食浆水粥，可随粥而入。”既约，方平惊觉。作穿碗，以指承之，置小瓶于其下。候父啜，乃去承指，粥入瓶中，以物盖上。于釜中煮之百沸，开视，乃满瓶是肉。父因疾愈。议者以为纯孝所致也。出《广异记》。

张诜

张诜，以贞元中，以前王屋令调于有司。忽梦一中使来，诜即具簪笏迎之。谓诜曰：“有诏召君，可偕去。”诜惊且喜，以为上将用我，即命驾，与中使俱出。见门外有吏十余，为驱殿者。诜益喜，遂出开远门，西望而去。其道左有吏甚多，再拜于前。近二百里，至一城，舆马人物喧哗，阗咽于路。槐影四矗，烟幕逦迤。城之西北数里，又一城。外有被甲者数百，罗立门之左右，执戈戟，列幡帜，环卫甚严，若王者居。

既至门，中使命诜下马。诜整巾笏，中使引入门。兵士甚多，见宫阙台阁，既峻且丽。又至一门，中使引入百余人，

"我把你错抓了来,你赶快回去吧。"于是他寻路而归。这时他从梦中醒来,说给亲近的人听。后来的事情果然应验了。出自《原化记》。

王方平

太原人王方平极为孝顺。他的父亲患病在床,生命垂危,王方平煎汤熬药,侍奉左右,已经有一个多月衣不解带了。后来他实在太疲劳了,就在父亲床边坐着睡着了。他梦见两个鬼在对话,说想钻进他父亲的肚子里。一个鬼说:"你怎么钻进去?"另一个鬼说:"等他喝稀粥的时候,可以随粥而入。"他们刚刚约定好,王方平便惊醒了。他做了一个底部有孔的碗,用指头堵住,把一个小瓶子放在下面。等父亲要喝粥时,他把手指一撤,粥便注入了瓶中,然后用东西盖上。他把这瓶子扔进锅里煮沸,再打开一看,竟然满瓶是肉。就这样父亲的病好了。人们议论说,这是王方平的一片至孝之心所致。出自《广异记》。

张 诜

贞元年间,张诜以前王屋县令的身份来到有关部门,等待官职调选。忽然梦见一位宫中太监来找他,他急忙戴好官簪捧起笏板迎上前去。那太监对张诜说:"现有诏书召见你,可跟我一起走。"张诜又惊又喜,以为皇帝要重用自己,马上命人准备车马,与太监一起出了门。看见门外站着十余个小吏,是为他开道和殿后的人。张诜见状更加欢喜,于是出了开远门,向西行去。走着走着,只见道旁有很多小吏,在他面前连连下拜。走了近二百里,来到一座大城,车马行人喧哗不已,致使道路堵塞。四周槐影洒落,烟雾飘然不绝。城西北方向数里,又有一座城。外面有穿盔甲的兵士数百,站在门的两侧,持戟操戈,打着旌旗,防卫森严,像皇帝居住的地方。

他们来到门口,太监让张诜下马。张诜整理好衣巾,拿好笏板,太监便将他领进门去。这里兵士很多,只见宫阙台阁,既高大又华丽。又走进一个大门,太监领进来一百多个人,

具笏组，列于庭，仪甚谨肃。又有一殿峙然，琼玉华耀，真天子殿。殿左右有士数十，具甲倚剑。殿上有朱紫中使甚多。一人峨冠，被衮龙衣，凭玉几而坐殿之东宇。又有一冠衣者，貌若妇人，亦据玉几殿之西宇。有宫嫔数十，列于前。中使谓诜曰："上在东宇，可前谒。"即趋至东宇前，再拜。有朱衣中使，立于殿之前轩，宣曰："卿今宜促治吾宫庭事，无使有不如法者。"诜又再拜舞蹈。既而中使又引至西宇下，其仪度如东宇。既拜，中使遂引出门。诜悸且甚，因谓之曰："某久处外藩，未得见天子，向者朝对，无乃不可于礼乎？"中使笑曰："吾君宽，无惧耳。"言毕东望，有兵士数百驰来。中使谓诜曰："此警夜之兵也。子疾去，无犯严禁。"即呼吏命驾。惶惑之际而寤，窃异其梦，不敢语于人。

后数日，诜拜乾陵令。及凡所经历，皆符所梦。又天后祔葬，诜所梦殿东宇下峨冠被衮龙衣者，乃高宗也；殿西宇下冠衣貌如妇人者，乃天后也。后数月，因至长安，与其友数辈会宿，具话其事。有以《列圣真图》示诜者，高宗及天后，果梦中所见也。出《宣室志》。

麻安石

麻安石，唐贞元中至寿春谒太守杨承恩。安石在道门，习学推步，自言大夫四月加官，合得旌节。是年，武成刺史三人，安州伊公慎、宋州刘公逸、寿州杨公淮并加散骑常侍。

每个人都捧着笏板，佩带着官印列于庭上，面容严肃，仪态十分恭谨。又见到一座大殿耸立在前，美玉生辉，光耀无比，这真的是天子的宫殿了。大殿左右有卫士数十位，全都戴着盔甲，佩着长剑。殿上还有好多穿着红衣、紫衣的太监。只见一个人头戴高冠，身穿龙袍，靠着玉几坐在大殿东侧。还有一个戴高冠穿礼服的人，样子像是个女人，靠着玉几坐在大殿的西侧。两人身旁站立着几十个宫女。太监对张诜说："皇帝坐在东侧，你可上前拜见。"张诜急忙小步走上前，连连跪拜。有位穿红衣服的太监站在殿前栏杆处，宣旨道："爱卿应尽快主持我朝宫廷之事，使上上下下都严格守法。"张诜又连连跪拜，行舞蹈礼。一会儿，太监又把他领到大殿西侧，又像刚才在东侧那样行礼一番。拜完，太监带他走出门来。张诜惊惧不已，对太监说："我久居外地，没机会见皇帝，刚才奉旨朝觐，是不是有什么失礼的地方？"太监笑着说："我们皇帝宽厚仁慈，用不着害怕。"说完向东望去，只见有兵士数百急步跑来。太监对张诜说："这些都是夜间负责警戒的士兵。你快回去吧，不要违犯这里的禁规。"随即唤过一名小吏，命其为张诜驾车。张诜正在惶惑之际，从梦中醒来，心中认为这个梦十分奇异，却又不敢告诉别人。

几天后，张诜被任命为乾陵令。此后他经历的一切，都与那个梦契合。后来，武则天皇后与唐高宗合葬，张诜梦中大殿东侧戴高冠穿龙袍的那个人，就是高宗皇帝；大殿西侧戴冠穿礼服的那个女人，就是武则天皇后。数月后，张诜来到长安，与好多朋友住在一起，详细说了这件事。有人拿出《列圣真图》给他看，高宗皇帝及武则天皇后，果然就是梦中见到的人。出自《宣室志》。

麻安石

麻安石于唐代贞元年间去寿春拜见太守杨承恩。麻安石信奉道教，学习占卜算命之术，他说杨承恩四月可以加官，并能享用节度使的旌节仪仗。这年，三位武将出身的刺史，安州刺史伊慎，宋州刺史刘逸，寿州刺史杨准，全都加官散骑常侍。

后安石忽夜梦，寿州子城内路西院中殿内，见戴冠帻神人，乘白马，朱尾鬣，称是宋武帝。呼安石向前曰："杨承恩无节度使，卿不用住。"至明，方问人，此乃宋武帝升坛拜将处，有记见在。安石检解梦书，言见戴冠帻神与人言者，善恶如其言。遂再三恳辞，暂归山。是月，离寿州。后杨公风疾，罢归朝，果验也。出《祥异集验》。

阎陟

阎陟幼时，父任密州长史，陟随父在任。尝昼寝，忽梦见一女子，年十五六，容色妍丽，来与己会。如是者数月，寝辄梦之。后一日，梦女来别，音容凄断，曰："己是前长史女，死殡在城东南角。明公不以幽滞卑微，用荐枕席。我兄明日来迎己丧，终天永别，岂不恨恨？今有钱百千相赠，以伸允眷。"言讫，令婢送钱于寝床下，乃去。陟觉，视床下，果有百千纸钱也。出《广异记》。

刘景复

吴泰伯庙，在东阊门之西。每春秋季，市肆皆率其党，合牢醴，祈福于三让王，多图善马、彩舆、女子以献之。非其月，亦无虚日。乙丑春，有金银行首纠合其徒，以绡画美人，捧胡琴以从，其貌出于旧绘者，名美人为胜儿。盖户牖墙壁会前后所献者，无以匹也。女巫方舞，有进士刘景复，

后来，麻安石晚上忽然做了一个梦，梦见在寿州内城路西一座院子中的大殿上，有一个戴着帽子扎着头巾的神人，骑着白马，那马尾巴和马鬃都是红色的，此人自称宋武帝。他把麻安石唤到面前说："杨承恩当不成节度使，你不用在此久留。"天亮之后，麻安石向人一打听才知道，这里正是宋武帝升坛拜将的地方，现在还有标记。他看解梦的书，说梦见戴帽子和头巾的神仙跟人说话，善恶都会像他说的那样。于是他再三向杨承恩恳请辞行，暂时回到山中。当月，他离开寿州。后来杨承恩中风，只好罢职回朝，麻安石的梦果然应验了。出自《祥异集验》。

阎陟

阎陟小的时候，父亲任密州长史，他跟着父亲住在密州。阎陟曾在一个白天睡着了，忽然梦见一个女子，年纪十五六岁，长得很漂亮，来与自己幽会。就这样过了好几个月，阎陟一睡着就梦见那女子。后来有一天，他梦见那女子来与自己告别，神情凄绝，她说："我是前任长史的女儿，死后埋葬在城东南角。你不嫌我身处幽冥地位卑微，与我同床共枕。我哥哥明天来为我迁坟，你我即将永别，岂不令人抱恨不已？现在我有一百贯钱要赠给你，以表达我对你的眷恋之情。"说罢，她令婢女把钱放到床下就走了。阎陟醒来，一看床下，果然有一百贯纸钱。出自《广异记》。

刘景复

吴泰伯庙，在东阊门的西侧。每到春秋季节，市民百姓就会携家带口，拿着猪羊和酒等祭品，向三让王（泰伯曾经三次推让王位，故称"三让王"）祈求赐福，还有人绘制了许多骏马、彩车和美女敬献给三让王。即使不是祭祀的日子，也不断有人来祭拜。乙丑年春天，有位金店店主带着伙计，在绸子上画上美女，还有捧着胡琴紧随其后的侍女，那美女的容貌胜过以往画中的人，他们称那美女为胜儿。纵观房前屋后所有献来的美女画像，没有能超过他们的。女巫刚开始手舞足蹈，有位叫刘景复的进士，

送客之金陵，置酒于庙之东通波馆，而欠伸思寝，乃就榻。方寝，见紫衣冠者言曰："让王奉屈。"刘生随而至庙，周旋揖让而坐。王语刘生曰："适纳一胡琴妓，艺甚精而色殊丽。吾知子善歌，故奉邀作胡琴一章，以宠其艺。"初生颇不甘，命酌人间酒一杯与歌。逡巡酒至，并献酒物。视之，乃适馆中祖筵者也。生饮数杯，醉而作歌曰："繁弦已停杂吹歇，胜儿调弄逻迯发。四弦拢撚三四声，唤起边风驻寒月。大声漕漕奔淈淈，浪蹙波翻倒溟涬。小弦切切怨飔飔，鬼泣神悲低悉率。侧腕斜挑掣流电，当秋直戛腾秋鹘。汉妃徒得端正名，秦女虚夸有仙骨。我闻天宝年前事，凉州未作西戎窟。麻衣右衽皆汉民，不省胡尘暂蓬勃。太平之末狂胡乱，犬豕崩腾恣唐突。玄宗未到万里桥，东洛西京一时没。一朝汉民没为虏，饮恨吞声空咽嗢。时看汉月望汉天，怨气冲星成彗孛。国门之西八九镇，高城深垒闭闲卒。河湟咫尺不能收，挽粟推车徒矻矻。今朝闻奏凉州曲，使我心魂暗超忽。胜儿若向边塞弹，征人血泪应阑干。"歌既成，刘生乘醉，落笔草扎而献。王寻绎数四，召胜儿以授之。王之侍儿有不乐者，妒色形于坐中，恃酒，以金如意击胜儿首，血淋襟袖。生乃惊起。明日视绘素，果有损痕。歌今传于吴中。出《纂异记》。

为去金陵的客人送行，在庙东边的通波馆里设宴饮酒，席间打了个哈欠昏昏欲睡，于是他躺在了榻上。刚睡着，就梦见一位穿紫衣戴帽冠的人对他说："让王有请。"刘景复随他来到庙里，与众人行礼谦让后入坐。让王对刘景复说："刚才收下一位弹奏胡琴的歌妓，她琴艺精湛，姿色绝美。我知道你善作歌曲，因此想请你作一首胡琴曲，使她的琴艺尽情发挥。"开始，刘景复很不情愿，便说要喝一杯人间的好酒以助文思。一会儿酒上来了，还有下酒菜。刘景复一看，原来是通波馆送别宴上的东西。刘景复一连喝了几杯酒，醉而唱道："繁弦已停杂吹歇，胜儿调弄逻逤发。四弦拢撚三四声，唤起边风驻寒月。大声漕漕奔淈淈，浪蹙波翻倒溟渤。小弦切切怨飔飔，鬼泣神悲低悉窣。侧腕斜挑掣流电，当秋直戛腾秋鹘。汉妃徒得端正名，秦女虚夸有仙骨。我闻天宝年前事，凉州未作西戎窟。麻衣右衽皆汉民，不省胡尘暂蓬勃。太平之末狂胡乱，犬豕崩腾恣唐突。玄宗未到万里桥，东洛西京一时没。一朝汉民没为虏，饮恨吞声空咽嗢。时看汉月望汉天，怨气冲星成彗孛。国门之西八九镇，高城深垒闭闲卒。河湟咫尺不能收，挽粟推车徒矻矻。今朝闻奏凉州曲，使我心魂暗超忽。胜儿若向边塞弹，征人血泪应阑干。"歌作成，刘景复乘着酒兴，落笔写下歌词敬献上去。让王反复推敲，把胜儿召到跟前，交给了她。让王的侍女中有人不高兴了，在坐席上显露出嫉妒的神色，借着酒劲，用金如意打到了胜儿的脑袋，鲜血淋湿了衣襟和袖子。这时刘景复惊醒了。第二天，他进庙去看那幅绸画，果然有损坏的痕迹。他作的那首歌，至今还在吴地流传。出自《纂异记》。

卷第二百八十一

梦六

鬼神下

李进士

有进士姓李，忘记名。尝梦见数人来追去，至一城，入门有厅，室宇宏壮。初不见人，李径升堂，侧坐床角。忽有一人，持杖击己，骂云："何物新鬼，敢坐王床！"李径走出。顷之，门内传声王出，因见紫衣人升坐。所由引领入。王问："其何故盗妹夫钱？"初不之悟。王曰："汝与他卖马，合得二十七千，汝须臾取三十千，此非盗耶？"须臾，见绯衣人至，为李陈谢："此人尚有命，未合即留住，但令送钱还耳。"王限十五日，计会不了，当更追对。李既觉，为梦是诞事，理不足信。后十余日，有磨镜人至其家，自行善占。

鬼神下

李进士

有位进士姓李，没有记下他的名字。他曾梦见被几个人抓去，来到一座城，走进门有座大厅，屋宇恢弘气派。开始没发现有人，他便径直走进去，侧身坐在一张床的角上。忽然有一个人，操起手杖向他打来，骂道："你这新来的鬼算什么东西，敢坐在大王的床上！"李进士急忙走出门来。一会儿，门内传出大王驾临的喊声，只见一个紫衣人威然落座。有官吏把李进士领上堂来。大王问道：你为什么要偷妹夫的钱？"开始他莫名其妙。大王又说："你卖给你妹夫一匹马，应该卖二十七贯钱，你却要他拿出三十贯，这不是和偷一样吗？"一会儿，来了一个穿红衣服的人，为李进士向大王道歉："此人还有活命，还不该留下来，只要让他把钱还给妹夫就行了。"大王限期十五天，到时候仍不还钱，会再抓来审问。李进士醒来后，认为这梦十分荒唐，不值得相信。十几天之后，有个磨镜子的人来到他家，说自己会算卦。

家人使占有验，竞以白李。李亲至其所，问云："何物小人，诳惑诸下！"磨镜者怒云："卖马窃资，王令计会，今限欲满，不还一钱，王即追君。君何敢骂国士也？"李惊怪是梦中事，因拜谢之，问："何由知此？"磨镜云："昨朱衣相救者，是君曾祖。恐君更被追，所以令我相报。"李言妹夫已死，钱无还所。磨镜云："但施贫丐，及散诸寺，云为亡妹夫施，则可矣。"如言散钱，亦不追也。出《广异记》。

侯生

上谷侯生者，家于荆门。以明经入仕，调补宋州虞城县。初娶南阳韩氏女，五年矣。韩氏尝夕梦黄衣者数辈召，出其门，偕东行十余里，至一官署。其宇下列吏卒数十辈，轩宇华壮，人物极众。又引至一院，有一青衣，危冠方屦，壮甚峻峙。左右者数百，几案茵席，罗列前后。韩氏再拜。俄有一妇人年二十许，身长丰丽，衣碧襦绛袖，以金玉钗为首饰，自门而来，称卢氏。谓韩氏曰："妾与子仇敌且久，子知之乎？"韩氏曰："妾一女子，未尝出深闺，安得有仇敌耶？"卢氏色甚怒曰："我前身尝为职官，子诬告我罪而代之，使吾摈斥草野而死，岂非仇敌乎？今我诉于上帝，且欲雪前身冤。帝从吾请，汝之死不朝夕矣！"韩氏益惧，欲以词拒，而卢氏喋喋不已。青衣者谓卢氏曰："汝之冤

李进士的家人让他算了几卦都挺灵验，纷纷把这件事告诉了李进士。李进士亲自来到那位磨镜人的住所，责问道："你小子是什么东西，到这里来欺骗我的家人！"磨镜人生气地说："你卖马骗钱，大王勒令你还钱，如今期限将满，你却不还一文钱，大王马上就要抓你。你怎么还敢辱骂国士？"李进士很奇怪，自己梦中的事他怎么知道，于是向他行礼致歉，并问道："你是怎么知道这件事的？"磨镜人说："之前救你的那个穿红衣服的人，是你的曾祖父。他担心你再被抓去，所以派我前来报信。"李进士说妹夫已经死了，想还钱也没有地方。磨镜人说："你只要施舍给穷人乞丐，再送到寺庙里，说这是为亡妹夫施舍的，就行了。"李进士照他说的那样把那些钱都散出去后，也就没有人再去抓他了。

出自《广异记》。

侯生

上谷人侯生，家住在荆门。他是考中明经科走上仕途的，补任宋州虞城县令。最初，他娶了南阳一个姓韩的女子为妻，已经有五年了。一天夜里，韩氏曾经梦见好几个穿黄衣服的人来招呼她，出了家门，一起向东走了十余里，来到一个官署。屋檐下站着几十名吏卒，屋宇华丽壮观，人非常多。她又被领到一个院子，看见有个穿青色衣服的人，戴着高冠，穿着方头鞋，强壮挺拔。他左右跟着好几百人，身前身后都摆着几案和垫子。韩氏向他拜了又拜。不久又有一个二十岁左右的妇人，身材颀长丰满，艳丽无比，穿着绿色的短衣，袖子是深红色的，头戴金玉钗，自门而出，自称卢氏。她上前对韩氏说："我与你很早就结下仇了，你知道吗？"韩氏说："我一个女子，未曾走出深闺，怎么会有仇人呢？"卢氏十分生气地说道："我前世曾经是做官的，你诬告我有罪而取代了我，使我被遗弃到荒野而死，这还不是仇敌吗？如今我向天帝提出申诉，想为前世平冤昭雪。天帝答应了我的请求，你的死期马上就要到了！"韩氏害怕了，想同她讲理，而卢氏却喋喋不休。那个穿青色衣服的人对卢氏说："你的冤情

诚如是矣，然韩氏固未当死，不可为也。”遂令吏出案牍。吏曰：“韩氏余寿一年。”青衣曰：“可疾遣归，无久留也。”命送至门。行未数里，忽悸而寤，恶之不敢言。自是神色摧沮，若有疾者。侯生讯之，具以梦告。后数月，韩氏又梦卢氏者至其家，谓韩氏曰：“子将死矣。”韩氏惊寤，由是疾益加，岁余遂卒。侯生窃叹异，未尝告于人。后数年，旅游襄汉，途次富水。郡僚兰陵萧某，慕生之善，以女妻之。及萧氏归，常衣绛袖碧襦，以金玉钗为首饰，而又身长丰丽，与韩氏先梦同。生因以韩氏之梦告焉。萧氏闻之甚不乐，曰：“妾外族卢氏。妾自孩提时，为伯舅见念，命为己女，故以卢为小字。则君亡室之梦信矣。”出《宣室记》。

袁继谦

殿中少监袁继谦为兖州推官，东邻即牢城都校吕君之第。吕以其第卑湫，命卒削子城下土以培之。削之既多，遂及城身，稍薄矣。袁忽梦乘马，自子城东门楼上。有人达意，请推官登楼，自称子城使也。与袁揖让，乃谓袁曰：“吕君修私第，而削子城之土，此极不可。推官盍言之乎？”袁曰：“某虽忝宾僚，不相统摄。”又曰：“推官既不言，某自处置。”不一年，吕公被军寨中追之，有过禁系，久而停职。其宅今属袁氏，张沆尝借居之。出《玉堂闲话》。

邵元休

晋右司员外郎邵元休，尝说河阳进奏官潘某为人忠信

确凿无疑，但是韩氏还不该死，不能这么做。”于是他让一个小吏拿出案卷。小吏说：“韩氏寿命还有一年。”穿青衣的人说：“立即打发她回去，不要让她久留此地。”并命人把她送出大门。韩氏走了没几里，忽然惊惧而醒，她对这梦十分厌恶，却不敢讲。从此以后她神色沮丧，像有病的人。侯生问她，她只好将此梦告诉了他。数月后，韩氏又梦见那卢氏来到家中，并对她说：“你要死了。”韩氏惊醒后，病情加重，一年多就死了。侯生暗自叹息惊异，不曾告诉别人。数年之后，他到襄阳一带闲游，中途住在富水。郡官兰陵萧某，仰慕侯生的善良，就把女儿许配给他做妻子。侯生带萧氏回到荆门，萧氏经常穿一件绿色短衣，袖子是深红色的，头戴金玉钗，且身材颀长丰满，十分艳丽，与韩氏之前梦见的那位卢氏相同。侯生就将韩氏的梦讲给她听。萧氏听了很不高兴，说：“我母亲家姓卢。从小舅舅喜欢我，就让我做他的女儿，小名就叫卢。看来您亡妻的梦是真的。”出自《宣室记》。

袁继谦

殿中少监袁继谦任兖州推官，他家东边是牢城都校吕君的府第。吕君以他家房子地势低洼为由，命士兵去挖内城城墙下面的土来垫高。挖的越来越多，危及城身，城墙渐渐变薄了。一日，袁继谦忽然梦见自己骑在马上，从城东的门楼往上登。这时，有人向他致意，并请他登楼，自称是内城之使。他与袁继谦行礼谦让一番后，对袁继谦说：“吕君修私宅，却令士兵挖内城城墙下的土，这是很不应该的。推官怎么不去说说呢？”袁继谦说：“我虽然是个官，但却管不着他。”那人又说：“推官既然不说，我自会处理。”不到一年，那位吕君被军中追究责任，有罪被监禁，后来便被停职。他的那个府第现在归属袁继谦，张沆曾经借住过。出自《玉堂闲话》。

邵元休

晋右司员外郎邵元休，曾说河阳进奏官潘某为人忠诚守信

明达。邵与之善。尝因从容话及幽冥，且惑其真伪。仍相要云："异日，吾两人有先物故者，当告以地下事，使生者无惑焉。"后邵与潘别数岁。忽梦至一处，稍前进，见东序下，帟幕鲜华，乃延客之所。有数客，潘亦与焉。其间一人，若大僚，衣冠雄毅，居客之右。邵即前揖，大僚延邵坐。观见潘亦在下坐，颇有恭谨之色。邵因启大僚："公旧识潘某耶？"大僚唯而已。斯须命茶，应声已在诸客之前，则不见有人送至者。茶器甚伟，邵将啜之，潘即目邵，映身摇手，止邵勿啜。邵达其旨，乃止。大僚复命酒，亦应声而至诸客之前，亦不见执器者。樽斝古样而伟。大僚揖客而饮。邵将饮之，潘复映身摇手而止之，邵亦不敢饮。大僚又食，即有大饼馁下于诸客之前，馨香酷烈。将食，潘又止邵。有顷，潘目邵，令去。邵即告辞。潘白大僚曰："某与邵故人，今欲送出。"大僚颔而许之。二人俱出公署，因言及顷年相邀幽冥之事。邵即问曰："地下如何？"潘曰："幽冥之事，固不可诬。大率如人世，但冥冥漠漠愁人耳。"言竟，邵辞而去。及寤，因访潘之存殁，始知潘已卒矣。出《玉堂闲话》。

周蔼

湘湖有大校周蔼者，居常与同门生姻好最厚。每以时人不能理命，致不肖子争财纷诉，列于讼庭，慨此为鉴。乃

通达事理。邵元休与他关系很好。他们曾在闲聊时谈到阴间之事，都无法确定真假。于是便相约说："以后咱们两个人谁先死了，一定要把地下的事情告诉活着的那个人，使生者不再感到疑惑。"后来，邵元休与潘某分别数年。一天，邵元休忽然梦见自己来到一个地方，朝前没走多远，只见东厢房下，帐幕鲜艳华丽，是招待客人的地方。有好几位客人，潘某也在其中。中间有一个人，像个大官，衣冠威凛，为诸客之尊。邵元休上前揖拜，那大官请他落坐。邵元休看见潘某也坐在下面，一副恭敬拘谨的样子。邵元休禀告那大官说："大人您原来就认识潘某吗？"那大官只是应了一声。一会儿，他命人端茶。话音刚落茶已摆在客人面前，却不见有人端茶来。那茶具十分奇异，邵元休要去喝，潘某急忙给他递眼神，并掩起身子朝他摇手，示意他不要喝。邵元休明白了他的意思，便没有喝。那大官又让拿酒上来，也是话音刚落酒就摆到各位客人面前，却不见有送酒的人。那酒器古式古样，非常奇特。那大官朝各位拱了拱手，便饮下一樽。邵元休又要去喝，潘某再次掩身摇手制止，邵元休便不敢喝。那大官又让端吃的来，诸位客人面前马上又摆上了香味扑鼻的大饼。邵元休又要吃，潘某又制止。一会儿，潘某给邵递眼神，让他走。邵元休于是告辞。潘某对大官说："我和邵元休是老朋友，想送送他。"那大官点头准许。二人一起走出公署，说到当年相约阴间之事。邵元休问潘某："阴间怎么样？"潘某说："阴间确实存在，并非无稽之谈。跟人世间大体相同，只是空寂得令人忧愁而已。"说完，邵元休便辞别而去。醒来后，他去打听潘某的消息，方知他已经死了。出自《玉堂闲话》。

周蔼

湖南一带有个担任大校的人叫周蔼，平时跟他一个同学兼亲戚的人交情最为深厚。他经常看到世人因为生前没有处理好身后之事，才使得死后不肖子孙为了争夺遗产而大起纠纷，甚至闹到公堂之上，他每每慨叹这样的事，想引以为戒。于是

相约曰："吾徒他年，勿遵其辙。倘有不讳，先须区分，俾其不露丑恶，贻责后人也。"他日，同门生奉职襄邸。一夕，周校梦见挥涕告诉曰："姨夫姨夫，某前言已乖，今为异物矣。昨在通衢，急风所中，已至不救。但念家事，今且来归，略要处理。"周校忽然惊觉，通夕不寐。迟明，抵其家说之，家人亦梦。不旬日凶问至矣。自是传灵语，均财产，戒子辞妻，言善意勤，殆一月而去，不复再来。出《北梦琐言》。

郑起

进士郑起谒荆州节度高从诲，馆于空宅。其夕，梦一人告诉曰："孔目官严光楚无礼。"意甚不平。比夕又梦。起异其事，召严而说之。严命巫祝祈谢，靡所不至，莫知其由。明年，郑生随计，严光楚爱其宅有少竹径，多方而致之。才迁居，不日以罪笞而停职，竟不知其故。出《北梦琐言》。

朱拯

伪吴玉山主簿朱拯赴选。至扬州，梦入官署，堂上一紫衣正坐，旁一绿衣。紫衣起揖曰："君当以十千钱见与。"拯拜许诺，遂寤。顷之，补安福令。既至，谒城隍神。庙宇神像，皆如梦中。其神座后屋漏梁坏，拯叹曰："十千岂非此耶？"即以私财葺之，费如数。出《稽神录》。

和他那个同学约定说："我们以后千万不要重蹈覆辙。倘若将要离开人世，先要把财产分好，不要使子孙闹出丑闻，让后人责骂。"后来，他的同学去襄阳官府供职。一天晚上，周蔼梦见同学挥泪对他说："姨夫姨夫，我前些日子说的话不幸言中，我现在已经死了。昨天在大街上，突然得了中风，以至无法救治。但想到家里的事情，今天暂且回来处理一下。"周蔼忽然惊醒，彻夜未眠。第二天一早，他赶到同学家中一说，家人也说做了同样的梦。不到十天，噩耗传来。从那天起，同学的鬼魂传话给家人，合理分配遗产，教导劝诫妻子儿女，言辞和善，态度恳切，将近一个月才离去，以后就不再来了。出自《北梦琐言》。

郑　起

进士郑起去拜见荆州节度使高从诲时，住在一间空宅子里。当晚，梦见一个人对他说："孔目官严光楚太无礼了。"他十分气愤。第二天晚上郑起又做了同样的梦。醒后很奇怪，就把严光楚找来，把梦中的事情告诉了他。严光楚就让巫师祈祷谢罪，方方面面都做了，但就是搞不清原因。第二年，郑起去参加科举，严光楚一直喜欢郑起住的宅院里的竹林小径，想设法弄到了手。可是刚一搬进去，不久就因犯罪遭笞刑而停职，竟也不知是什么原因。出自《北梦琐言》。

朱　拯

伪吴国玉山县主簿朱拯去听候官职选调。走到扬州，他梦见自己来到一座官署，大堂上端坐着一个穿紫衣服的人，旁边那人则穿着绿衣服。那紫衣人站起身，向朱拯拱手道："你应当给我十贯钱。"朱拯揖拜着答应，随即醒来。不久，他补任为安福县令。上任后，他去拜谒城隍庙。那庙宇和神像，全同梦中所见一样。这时，他发现神座后面的屋顶漏了，房梁也坏了，不由叹道："十贯钱也许就是干这个用的吧？"于是他自己掏钱修缮，费用正好是十贯钱。出自《稽神录》。

韦 建

江南戎帅韦建，自统军除武昌节度使。将行，梦一朱衣人，道从数十，来诣韦曰："闻公将镇鄂渚，仆所居在焉，栋宇颓毁，风雨不蔽，非公不能为仆修完也。"韦许诺。及至镇访之，乃宋无忌庙。视其像，即梦中所见。因新其庙。祠祀数有灵验云。出《稽神录》。

郑 就

寿春屠者郑就家至贫。常梦一人，自称廉颇，谓己曰："可于屋东掘地，取吾宝剑，当令汝富。然不得改旧业。"就如其言，果获之。逾年遂富。后泄其事，于是失剑。出《稽神录》。

梦游上

樱桃青衣

天宝初，有范阳卢子在都应举，频年不第，渐窘迫。尝暮乘驴游行，见一精舍中，有僧开讲，听徒甚众。卢子方诣讲筵，倦寝。梦至精舍门，见一青衣，携一篮樱桃在下坐。卢子访其谁家，因与青衣同餐樱桃。青衣云："娘子姓卢，嫁崔家，今孀居在城。"因访近属，即卢子再从姑也。青衣曰："岂有阿姑同在一都，郎君不往起居？"卢子便随之。

韦 建

江南有位军队统帅叫韦建，由统军一职官拜武昌节度使。赴任之前，他梦见一个穿红衣服的人，前导后从的有几十人，来拜访韦建并说道："听说你要去镇守武昌，那可是我住的地方，我的房屋已经毁坏，连风雨都遮不住，只有你才能为我修好了。"韦建应承下来。他到任之后便四处寻访，原来那是宋无忌的庙。看他的像，就是梦中见到的那个人。于是，韦建便将这庙修缮一新。人们来祈福祝祷都特别灵验。出自《稽神录》。

郑 就

寿春有个屠夫叫郑就，家里很穷。他曾经梦见一个人，那人自称廉颇，对自己说道："你可以到房子东边去挖地，把我的宝剑取出来，就会使你富起来。但是，你不能改行干别的。"郑就醒来之后就照梦中所说，去房子东边挖地，果然得到一把宝剑。过了一年之后，他真的就富起来了。后来，他把这件事泄露了出去，宝剑便丢失了。出自《稽神录》。

梦游上

樱桃青衣

天宝初年，范阳有一位卢生在京城参加科举考试，一连几年都没有考中，经济上越来越窘迫。某一天傍晚，他骑着毛驴闲游，看见一间斋舍里，有一位和尚正在讲经，听的人非常多。卢生刚进去听了一会儿，一阵倦意袭来，便睡着了。他梦见自己来到斋舍门口，看见一个婢女，挎着一篮子樱桃坐在屋下。卢生上前询问她家主人是谁，然后便同她一起吃樱桃。婢女对卢生说："我家娘子姓卢，嫁给崔氏为妻，丈夫去世之后便在城里独居。"卢生又问她家亲属的情况，原来卢氏竟是他的堂姑。婢女说："岂有与姑姑同在一城，而不去问候一下的道理呢？"卢生于是随她而行。

过天津桥，入水南一坊，有一宅，门甚高大。卢子立于门下，青衣先入。少顷，有四人出门，与卢子相见，皆姑之子也。一任户部郎中，一前任郑州司马，一任河南功曹，一任太常博士。二人衣绯，二人衣绿，形貌甚美。相见言叙，颇极欢畅。斯须，引入北堂拜姑。姑衣紫衣，年可六十许，言词高朗，威严甚肃。卢子畏惧，莫敢仰视。令坐，悉访内外，备谙氏族。遂访儿婚姻未，卢子曰："未。"姑曰："吾有一外甥女子姓郑，早孤，遗吾妹鞠养。甚有容质，颇有令淑。当为儿平章，计必允遂。"卢子遽即拜谢。

乃遣迎郑氏妹。有顷，一家并到，车马甚盛。遂检历择日，云后日大吉，因与卢子定议。姑云："聘财、函信、礼席，儿并莫忧，吾悉与处置。儿有在城何亲故，并抄名姓，并具家第。"凡三十余家，并在台省及府县官。明日下函，其夕成结，事事华盛，殆非人间。明日拜席，大会都城亲表。拜席毕，遂入一院。院中屏帷床席，皆极珍异。其妻年可十四五，容色美丽，宛若神仙。卢生心不胜喜，遂忘家属。

俄又及秋试之时。姑曰："礼部侍郎与姑有亲，必合极力，更勿忧也。"明春遂擢第。又应宏词，姑曰："吏部侍郎与儿子弟当家连官，情分偏洽，令渠为儿必取高第。"及榜出，又登甲科，授秘书郎。姑云："河南尹是姑堂外甥，令渠奏畿县尉。"数月，敕授王屋尉，迁监察，转殿中，拜吏部员外郎，判南曹。铨毕，除郎中，余如故。知制诰数月，

过了天津桥，来到河南边的一个街巷，有一座宅院，门非常高大。卢生站在门前，婢女先走进去。不一会儿，走出四个人来，与卢生相见，他们全是卢生姑姑的儿子。一个任户部郎中，一个之前任郑州司马，一个任河南功曹，一个任太常博士。他们当中，两位穿着红色衣服，两位穿着绿色衣服，相貌都很英俊。见面之后，他们相互交谈，很是欢畅。一会儿，卢生被领着去北堂拜见姑姑。姑姑穿着紫衣服，年纪六十岁左右，说起话来声音响亮，很有威严。卢生有点畏惧，不敢抬头去看。姑姑让卢生坐下，问这问那，对家族中的事情都了如指掌。接着，她问卢生结婚没有，卢生说："没有。"姑姑说："我有一个外甥女姓郑，很早就成了孤儿，给我妹妹抚养。她长得很漂亮，也很贤淑。我想为你筹划一下，想必你会答应的。"卢生立即向姑姑拜谢。

于是姑姑就让卢生去请这位郑氏妹妹。不久，她一家人全到了，来了不少车马。于是他们查看黄历，选择吉日，说后天大吉，便与卢生商定下来。姑姑说："聘礼、请柬和宴席等，你不要担心，都由我安排。你在城里有什么亲戚朋友，把他们的姓名写下来，写明地址。"一共有三十多家，均在朝中或府县做官。第二天给女家换帖，当天晚上就定了下来，每一步都办得豪华隆重，非人间可比。第二天新人拜席，与京城中的亲属见面。拜完席后，他们进入了洞房。屋子里的屏帷床席，全都很珍贵奇异。卢生的妻子郑氏年纪十四五岁，姿色美丽，如同仙女。卢生喜不自禁，连家里人都忘在了脑后。

不久又到了秋试的日子。姑姑说："礼部侍郎和我有亲戚，必然会尽力相助，你不用担忧。"第二年春天，卢生终于中第。又参加宏词科考试，姑姑说："吏部侍郎与你兄弟在一起做官，关系融洽，有他相助你定会高中。"发榜时，果然又考中甲科，授官秘书郎。姑姑说："河南尹是我堂外甥，让他为你奏请一个京城附近的县尉。"几个月之后，下诏授卢生王屋县尉，又升任监察御史，转任殿中侍御史，拜吏部员外郎，兼管选官。官职选授工作结束后，出任郎中，别的职务依旧。负责起草诏令几个月后，

即真迁礼部侍郎。两载知举，赏鉴平允，朝廷称之。改河南尹，旋属车驾还京，迁兵部侍郎。扈从到京，除京兆尹，改吏部侍郎。三年掌铨，甚有美誉，遂拜黄门侍郎、平章事。恩渥绸缪，赏赐甚厚。作相五年，因直谏忤旨，改左仆射，罢知政事。数月，为东都留守、河南尹兼御史大夫。自婚媾后，至是经二十年，有七男三女，婚宦俱毕，内外诸孙十人。

后因出行，却到昔年逢携樱桃青衣精舍门，复见其中有讲筵，遂下马礼谒。以故相之尊，处端揆居守之重，前后导从，颇极贵盛。高自简贵，辉映左右。升殿礼佛，忽然昏醉，良久不起。耳中闻讲僧唱云："檀越何久不起？"忽然梦觉，乃见著白衫，服饰如故，前后官吏，一人亦无。回遑迷惑，徐徐出门，乃见小竖捉驴执帽在门外立，谓卢曰："人驴并饥，郎君何久不出？"卢访其时，奴曰："日向午矣！"卢子罔然叹曰："人世荣华穷达，富贵贫贱，亦当然也。而今而后，不更求官达矣！"遂寻仙访道，绝迹人世矣。

独孤遐叔

贞元中，进士独孤遐叔家于长安崇贤里，新娶白氏女。家贫下第，将游剑南。与其妻诀曰："迟可周岁归矣。"遐叔至蜀，羁栖不偶，逾二年乃归。至鄠县西，去城尚百里，归心迫速，取是夕及家。趋斜径疾行，人畜既殆，

他正式担任礼部侍郎。两年连续主持科举考试，鉴识人才取舍公平，朝廷上下赞不绝口。不久，他改任河南尹，正赶上皇帝还京，升任兵部侍郎。随从护驾刚到京城，又出任京兆尹，后改任吏部侍郎。在主持官职选授的三年中，他很有声誉，于是担任黄门侍郎、平章事。圣上对他十分恩宠，赏赐丰厚。他做了五年宰相，后来因率直谏言有违圣意，改任左仆射，不再参与政事。几个月后，又改任东都留守、河南尹兼御史大夫。从结婚到此时，已经过去二十年了，他有了七个儿子和三个女儿，也都结了婚做了官，现已有孙子及外孙十个。

一天他离家出行，来到当年与那位带着樱桃的婢女相遇的斋舍门前，又看见了里面的讲席，就下马行礼拜谒。他以其前任宰相的尊威，相国与东都留守的显位，仆从前导后从，颇为隆重。自认为高贵显赫，气度不凡，光彩照人。他登上大殿，礼拜佛祖，忽然觉得一阵昏醉，好久都没站起来。耳中听讲经的和尚问道："施主为何这么久不起来？"他忽然间从梦中醒来，发现自己仍穿着普通百姓的衣服，服饰和原来一样，身前身后的官吏们，一个也不见了。他不由得迷惑惊惶，慢慢走出门来，只见小童牵着毛驴拿着帽子站在门口，对卢生说："人和驴都已经饿了，公子为何这么久不出来？"卢生问现在是什么时候，小童说："已经快到中午了！"卢生茫然地叹了口气，说道："人世间的荣辱兴衰，高低贵贱，也不过如此。从此以后，我也不再追求功名利禄了！"他于是寻仙访道，与尘世绝缘了。

独孤遐叔

贞元年间，进士独孤遐叔家住在长安城崇贤里，刚娶了白氏女为妻。由于家里很穷，参加科举又没能考中，于是他想去剑南一游。他与妻子告别说："最迟一年我就能回来。"遐叔到了蜀地，由于在他乡过得并不顺利，过了两年才归来。他走到鄠县西，离长安城还有一百多里路的时候，归心更加迫切，想在当天晚上赶到家。于是，他沿近路快走，人和驴都累得不行了，

至金光门五六里，天已暝。绝无逆旅，唯路隅有佛堂，遐叔止焉。

时近清明，月色如昼。系驴于庭外，入空堂中，有桃杏十余株。夜深，施衾帱于西窗下，偃卧。方思明晨到家，因吟旧诗曰："近家心转切，不敢问来人。"至夜分不寐。忽闻墙外有十余人相呼声，若里胥田叟将有供待迎接。须臾，有夫役数人，各持畚锸箕帚，于庭中粪除讫，复去。有顷，又持床席牙盘蜡炬之类，及酒具乐器，阗咽而至。遐叔意谓贵族赏会，深虑为其斥逐，乃潜伏屏气，于佛堂梁上伺之。

铺陈既毕，复有公子女郎共十数辈，青衣、黄头亦十数人，步月徐来，言笑宴宴。遂于筵中间坐，献酬纵横，履舄交错。中有一女郎，忧伤摧悴，侧身下坐，风韵若似遐叔之妻。窥之大惊，即下屋栿，稍于暗处，迫而察焉，乃真是妻也。方见一少年，举杯瞩之曰："一人向隅，满坐不乐。小人窃不自量，愿闻金玉之声。"其妻冤抑悲愁，若无所控诉，而强置于坐也。遂举金爵，收泣而歌曰："今夕何夕？存耶没耶？良人去兮天之涯，园树伤心兮三见花。"满座倾听，诸女郎转面挥涕。一人曰："良人非远，何天涯之谓乎！"少年相顾大笑。遐叔惊愤久之，计无所出，乃就阶陛间，扪一大砖，向坐飞击。砖才至地，悄然一无所有。遐叔怅然悲惋，谓其妻死矣，速驾而归。前望其家，步步凄咽。

比平明，至其所居，使苍头先入。家人并无恙，遐叔乃惊愕，疾走入门。青衣报娘子梦魇方寤。遐叔至寝，妻卧

到离金光门还有五六里地的时候，天已经黑下来。此处一家旅店也没有，只在路边有一座佛堂，遐叔便到那儿去歇息。

当时已经快到清明了，月色明亮，如同白昼。他把驴系在院子外，走进这座空佛堂，这里有桃树和杏树十多棵。夜已经深了，他把被子和帐子铺设在西窗下，便躺了下来。想到自己明天早晨就可以回到家中，他不由吟了一首旧诗："近家心转切，不敢问来人。"到半夜时分也没有入睡。忽然听到墙外有十多个人相互招呼的声音，像是村官和老农要迎接招待什么人。一会儿，有好几个干活的人，各拿着簸箕扫帚，把院子打扫完毕，然后离去。一会儿，他们又拿来床席、蜡烛、杯盘、酒具和乐器等，一路喧闹着走来。遐叔还以为这是有钱人搞什么聚会，很担心自己会遭到驱赶，便屏住呼吸藏到佛堂的梁上，偷偷地观察动静。

那些人布置完毕，又有十几个公子小姐和十几个丫环仆人，踏着月色徐徐而来，一路说说笑笑。他们在筵席上就坐后，推杯换盏，纵酒作乐，鞋子都放乱了。当中有个女子，忧伤憔悴，侧着身子坐在角落里，仪态气质酷似遐叔之妻。遐叔一看不由吃了一惊，当即从梁上下来，慢慢来到暗处，走近了观察，果然是他的妻子。这时只见一个少年，举杯走到他妻子面前，说道："你一个人坐在角落，弄得大家都不快乐。小人不自量，想听你唱支歌。"遐叔的妻子似有一肚子的冤屈忧愁无处倾诉，而硬被拉来坐在席间。于是她举起酒杯，收住哭泣唱道："今夕何夕？存耶没耶？良人去兮天之涯，园树伤心兮三见花。"满座人听了她的歌，不少女人都转过脸抽泣起来。有一人说："你的丈夫就在这儿，怎么能说去了天涯呢？"众年轻人相顾大笑。遐叔又惊又气，又无计可施，就在台阶上抓起一块砖头向席间猛地砸去。砖才落地，眼前竟然什么也没有了。遐叔心中惆怅悲伤，认为妻子已死，于是急忙往回赶。他一路望着自己家的方向，每走一步都伤心不已。

天刚亮的时候，遐叔终于来到家门前，他让仆人先进屋看看。原来家里人一切都好，遐叔十分惊愕，冲进门去。丫环报告说娘子梦中受到了惊吓，刚刚醒来。遐叔来到卧室，妻子躺着

犹未兴。良久乃曰："向梦与姑妹之党，相与玩月。出金光门外，向一野寺，忽为凶暴者数十辈，胁与杂坐饮酒。"又说梦中聚会言语，与遐叔所见并同。又云："方饮次，忽见大砖飞坠，因遂惊魇殆绝。才寤而君至。"岂幽愤之所感耶！

出《河东记》。

尚未起来。好长时间她才说道:“方才我梦见和小姑等人去赏月。出金光门外,来到一座野寺,忽然被几十个暴徒胁迫,陪他们坐在一起饮酒作乐。”她又说了在梦中参加宴会时的言谈话语,与遐叔所见所闻完全一样。又说:“正饮酒时,忽见一块大砖头飞来,我吓了一跳,快被吓死了。刚醒过来你就回来了。”难道是郁积的怨愤所感应的吗?出自《河东记》。

卷第二百八十二

梦七

梦游下

元　稹

元相稹为御史，鞫狱梓潼。时白乐天在京，与名辈游慈恩寺，小酌花下，为诗寄元曰："花时同辞破春愁，醉折花枝作酒筹。忽忆故人天际去，计程今日到梁州。"时元果及褒城，亦寄《梦游》诗曰："梦君兄弟曲江头，也向慈恩院里游。驿吏唤人排马去，忽惊身在古梁州。"千里魂交，合若符契也。出《本事诗》。

段成式

段成式常言："闻于医曰：'藏气阴多则梦数；阳壮则少梦，梦亦不复记。夫瞽者无梦，则知梦者习也。'"成式表兄卢有则，梦看击鼓，及觉，小弟戏叩门为衙鼓也。又姊婿裴元裕言："群从中有悦邻女者，梦妓遗二樱桃，食之。及觉，

梦游下

元　稹

宰相元稹做御史的时候，曾到梓潼查案。当时白居易正在京城，与名流们游览慈恩寺，在花前饮酒时，写了诗一首寄语元稹：“花时同辞破春愁，醉折花枝作酒筹。忽忆故人天际去，计程今日到梁州。”这时的元稹果然到达褒城，也写给白居易一首《梦游》诗道：“梦君兄弟曲江头，也向慈恩院里游。驿吏唤人排马去，忽惊身在古梁州。”这对老友相隔千里而精神交接，像符节那样吻合。出自《本事诗》。

段成式

段成式曾经说：“我听医生讲：‘人体内阴气多做梦自然就多；人体内阳气壮做梦就少，即使做了梦也记不住。盲人不会做梦，由此可知梦是人们日常习见所致。’”段成式的表兄卢有则，梦见看到人击鼓，醒来后才知道，原来是小弟弟把门当作衙门的大鼓敲着玩。另外，他姐夫裴元裕说：“我有一个侄子喜欢邻居家的女儿，梦见妓女送给他两颗樱桃，他把樱桃吃了。醒来后，

核坠枕侧。”李铉著《李子正辩》，言至精之梦，则梦中之身可见，如刘幽求见妻梦中身也。则知梦不可以一事推矣。愚者少梦，不独至人，闻之驺皂，百夕无一梦也。出《酉阳杂俎》。

邢凤

元和十年，沈亚之始以记室从事陇西公军泾州，而长安中贤士皆来客之。五月十八日，陇西公与客期宴于东池便馆。既半，陇西公曰：“余少从邢凤游，记得其异，请言之。”客曰：“愿听。”公曰：“凤帅家子，无他能。后寓居长安平康里南，以钱百万，买故豪洞门曲房之第。即其寝而昼偃，梦一美人自西楹来，环步从容，执卷且吟。为古妆，而高鬟长眉，衣方领、绣带，被广袖之襦。凤大悦曰：‘丽者何自而临我哉？’美人曰：‘此妾家也。妾好诗，而常缀此。’凤曰：‘幸少留，得观览。’于是美人授诗，坐西床。凤发卷，视首篇，题之曰《春阳曲》，终四句。其后他篇，皆类此数十句。美人曰：‘君必欲传，无令过一篇。’凤即起，从东庑下几上，取彩笺，传《春阳曲》。其词曰：‘长安少女玩春阳，何处春阳不断肠？舞袖弓弯浑忘却，罗帷空度九秋霜。’凤卒吟，请曰：‘何谓弓弯？’曰：‘妾昔年父母使教妾此舞。’美人乃起，整衣张袖，舞数拍，为弯弓状以示凤。既罢，美人低头良久，即辞去。凤曰：‘愿复少留。’须臾间竟去。凤亦寻觉，昏然忘有所记。及更，于襟袖得其辞，惊视，

竟有樱桃核掉在枕头旁边。”李铉著《李子正辩》一书，说至精至诚之梦，梦中的人物形体是可以看见的，例如刘幽求看见妻子在梦中的样子。由此可知，做梦的事不可以一概而论。愚笨的人很少做梦，不单单是圣人梦少，听仆役之辈说，他们一百天晚上也做不了一个梦。出自《酉阳杂俎》。

邢　凤

元和十年，沈亚之以记室的身份随从陇西公驻守泾州，长安城里的贤士们都来拜访做客。五月十八日，陇西公与客人们如期赴宴于东池便馆。宴会进行了一半，陇西公说：“我小时候，曾跟一个叫邢凤的人结交，现在还记得他的一件奇事，想说一说。”客人们说：“我们很想听听。”陇西公说：“邢凤是元帅家的儿子，没有什么才能。后来寄居在长安城平康里南头，用百万钱，买下一座原来富豪的宅院，有洞门曲室。他来到卧室，白天躺着睡着了，梦见一个美人，从西厢走来，脚步从容，手捧书卷吟诵着。她画着古妆，头上扎着高高的环形发髻，长长的眉毛，穿着方领衣服，系着绣带，披着宽袖小短袄。邢凤非常高兴，说：‘美人从何处来到我这里？’美人说：‘这是我的家。我喜欢诗，所以常常随身带着诗卷。’邢凤说：‘请你小坐，我想欣赏欣赏。’于是，那美人把自己写的诗递给邢凤，坐在西床。邢凤打开诗卷，看首篇，题目叫《春阳曲》，一共四句。以后几篇，都跟这篇类似，有几十句。美人说：‘你如果想把它传播出去，请不要超过一篇。’邢凤于是站起来，从东廊的案上取来彩色纸笺，抄写《春阳曲》。这诗写道：‘长安少女玩春阳，何处春阳不断肠？舞袖弓弯浑忘却，罗帏空度九秋霜。’邢凤吟罢，请教说：‘什么是弓弯？’美人说：‘这是一种舞蹈，小时候父母让人教我的。’她说完站起身，整衣张袖，舞了几拍，做弯弓状让邢凤看。舞罢，美人低头良久，欲告辞离去。邢凤说：‘请再稍坐一会儿。’那美人竟一下子不知去向。邢凤也醒了过来，昏昏沉沉，似乎什么也没记住。更鼓敲响后，他竟从自己的衣袖间找到了那首《春阳曲》，惊讶地看了看，

复省所梦。事在贞元中,后凤为余言如是。”是日,监军使与宾府郡佐,及宴陇西独孤铉、范阳卢简辞、常山张又新、武功苏涤皆叹息曰:“可记。”故亚之退而著录。

明日,客复有至者,渤海高元中、京兆韦谅、晋昌唐炎、广汉李瑀、吴兴姚合,洎亚之复集于明玉泉。因出所著以示之。于是姚合曰:“吾友王生者,元和初,夕梦游吴,侍吴王。久之,闻宫中出辇,吹箫击鼓,言葬西施。王悲悼不止,立诏门客作挽歌词。生应教为词曰:‘西望吴王阙,云书凤字牌。连江起珠帐,择土葬金钗。满地红心草,三层碧玉阶。春风无处所,凄恨不胜怀。’词进,王甚佳之。及寤,能记其事。王生本太原人也。”出《异闻录》。

沈亚之

太和初,沈亚之将之邠,出长安城,客索泉邸舍。春时,昼梦入秦。主内史廖,举亚之。秦公召至殿前,膝前席曰:“寡人欲强国,愿知其方,先生何以教寡人?”亚之以昆、彭、齐桓对,公悦,遂试补中涓,秦官也。使佐西乞术伐河西。晋秦郊也。亚之帅将卒前,攻下五城。还报,公大悦,起劳曰:“大夫良苦,休矣。”

居久之,公幼女弄玉婿萧史先死。公谓亚之曰:“微大夫,晋五城非寡人有,甚德大夫。寡人有爱女,而欲与大夫备洒扫,可乎?”亚之少自立,雅不欲遇幸臣蓄之,固辞,不得请。拜左庶长,尚公主,赐金二百斤。民间犹谓萧家公主。

这才回忆起梦中的一切。事情发生在贞元年间，后来邢凤对我把这件事讲了一遍。”这一天，监军使与府中宾客僚属，以及被宴请的陇西独孤铉、范阳卢简辞、常山张又新、武功苏涤等人都叹息说：“值得记录下来。”所以沈亚之回去便把此事记了下来。

第二天，又有客人来到，他们是渤海高元中、京兆韦谅、晋昌唐炎、广汉李瑀、吴兴姚合，几个人与沈亚之来到明玉泉。沈亚之拿出昨日所记给大家看。姚合说：“我的朋友王生，元和初年的一天晚上做梦游吴地，并侍奉吴王。过了很久，听到宫中车辇出动，吹箫击鼓，说是要葬西施。吴王悲悼不已，随即下诏让门客们作挽歌。王生应诏写道：‘西望吴王阙，云书凤字牌。连江起珠帐，择土葬金钗。满地红心草，三层碧玉阶。春风无处所，凄恨不胜怀。’王生将歌词献上，吴王深为赞赏。醒来后，他尚能记起梦中的事。这个王生本是太原人。”出自《异闻录》。

沈亚之

太和初年，沈亚之要到邠州去，出了长安城，住在索泉旅舍。当时是春天，他大白天睡着了，梦见自己来到了秦国。一位姓廖的内史举荐了沈亚之。秦公将沈亚之召到大殿上，移坐向前并说道：“我想使国家强大起来，想知道有何良策，先生能不能有所指教？”沈亚之以昆吾、彭祖、齐桓公作例子回答他的问题，秦公听了很高兴，补任他为中涓，秦官职名。派他跟随西乞术去讨伐河西。晋国、秦国间郊野之地。沈亚之率领将士冲锋在前，连攻下五座城池。还师报捷，秦公十分高兴，起身慰劳他说：“你辛苦了，真是太好了。”

他在宫中住了好长时间，秦公的小女儿叫弄玉，她的丈夫萧史已经死了。秦公对沈亚之说：“没有你，晋国的五座城池不会为我所有，我很感激你。我有个爱女，想让她侍奉你，如何？”沈亚之从小就自立自强，不愿被当成一个弄臣养起来，坚决推辞，但没有推辞掉。于是，他被任命为左庶长，迎娶公主，赐金二百斤。老百姓们还称弄玉为萧家公主。

其日有黄衣人中贵疾骑马来，延亚之入宫阙，甚严。呼公主出，鬟发，著偏袖衣，装不多饰，其芳殊明媚，笔不可模样。侍女祗承，分立左右者数百人。召见亚之便馆，居亚之于宫，题其门曰“翠微宫”。宫人呼为沈郎院。虽备位下大夫，繇公主故，出入禁卫。公主喜凤箫，每吹箫，必翠微宫高楼上。声调远逸，能悲人，闻者莫不自废。公主七月七日生，亚之当无贶寿。内史廖曾为秦以女乐遗西戎，戎主与之水犀小合。亚之从廖得以献公主。主悦赏爱重，结裙带上。穆公遇亚之礼兼同列，恩赐相望于道。

复一年春，公之始平，公主忽无疾卒。公追伤不已，将葬咸阳原，公命亚之作挽歌。应教而作曰：“泣葬一枝红，生同死不同。金钿坠芳草，香绣满春风。旧日闻箫处，高楼当月中。梨花寒食夜，深闭翠微宫。”进公，公读词善之。时宫中有出声若不忍者，公随泣下。又使亚之作墓志铭，独忆其铭曰：“白杨风哭兮石甃髯莎，杂英满地兮春色烟和。珠愁纷瘦兮不生绮罗，深深埋玉兮其恨如何。”亚之亦送葬咸阳原，宫中十四人殉。

亚之以悼怅过戚，被病。犹在翠微宫，然处殿外特室，不宫中矣。居月余，病良已。公谓亚之曰：“本以小女相托久要，不谓不得周奉君子，而先物故。弊秦区区小国，不足辱大夫。然寡人每见子，即不能不悲悼。大夫盍适大国乎？”亚之对曰：“臣无状，肺腑公室，待罪右庶长。不能从死公主，君免罪戾，使得归骨父母国，臣不忘君恩如日。”

一天，一个宫中太监骑着马疾速跑来，请沈亚之进宫，宫禁很严。公主弄玉被叫出来，头发黑而稠密，她穿着偏袖衣，尽管没有着意妆饰，却显得殊丽妩媚，难以描绘。侍女们恭敬地侍候着，分立两旁的共有数百人之多。秦公在便馆召见了沈亚之，并让他住进宫中，门上的牌匾题名为"翠微宫"。宫人们称这里为沈郎院。虽然他位居下大夫，但由于公主的原因，可以在宫禁中自由出入。公主喜欢凤箫，每次吹箫，必然要坐在翠微宫的高楼上。那箫声悠远动情，使人悲伤，听到的人无不进入忘我境界。公主是七月七日出生的，沈亚之没有合适的礼物为她祝寿。姓廖的内史曾受秦国派遣把一批歌妓赠给西戎，西戎国主回赠了水犀小盒。沈亚之从廖内史处得到了它献给了公主。公主十分欣赏喜爱，便系在了裙带上。秦公对沈亚之的礼遇超过其他官员，赏赐不绝。

第二年春天，秦公去了始平，弄玉公主忽然无病而死。秦公追念悲伤不已，准备把她埋葬在咸阳原上，并让沈亚之写挽歌。他奉命写道："泣葬一枝红，生同死不同。金钿坠芳草，香绣满春风。旧日闻箫处，高楼当月中。梨花寒食夜，深闭翠微宫。"送呈上去，秦公读完觉得很好。这时，见宫中不少人都忍不住哭出声，秦公也随之流下眼泪。他又让沈亚之作墓志铭，只记得上面写道："白杨风哭兮石甃鬅莎，杂英满地兮春色烟和。珠愁纷瘦兮不生绮罗，深深埋玉兮其恨如何。"他也到咸阳原上为弄玉送葬，有十四个宫女殉葬。

沈亚之因为悲伤惆怅过度，病倒了。他虽然还住在翠微宫，却被安置在殿外另一间房子里，不在内宫中了。过了一个多月后，病渐渐好了。秦公对他说道："本来想把小女儿的终生都托付给你，不料她尚未好好侍奉你，却先死去了。我们这个小小的秦国，实在是让你受委屈了。我一看见你，就不由地悲从中来。你何不去投奔大国呢？"沈亚之回答说："臣没有什么才能，作为宗室的近亲，滥充左庶长之职。我没能随公主一起去死，您却免罪于我，使我能归葬于自己的祖国，您的恩德我将永生不忘。"

将去，公追酒高会，声秦声，舞秦舞。舞者击髆附髀呜呜，而音有不快，声甚怨。公执酒亚之前曰：“寿。予顾此声少善，愿沈郎赓扬歌以塞别。”公命趣进笔砚，亚之受命，立为歌辞曰：“击髆舞，恨满烟光无处所。泪如雨，欲拟著辞不成语。金凤衔红旧绣衣，几度宫中同看舞。人间春日正欢乐，日暮东风何处去。”歌卒，授舞者，杂其声而道之，四座皆泣。

既再拜辞去，公复命至翠微宫，与公主侍人别。重入殿内时，见珠翠遗碎青阶下，窗纱檀点依然。宫人泣对亚之，亚之感咽良久，因题宫门诗曰：“君王多感放东归，从此秦宫不复期。春景自伤秦丧主，落花如雨泪燕脂。”竟别去。命车驾送出函谷关。出关已，送吏曰：“公命尽此，且去。”亚之与别，语未卒，忽惊觉，卧邸舍。

明日，亚之为友人崔九万具道之。九万，博陵人，谙古。谓余曰：“《皇览》云，秦穆公葬雍橐泉祈年宫下，非其神灵凭乎？”亚之更求得秦时地志，说如九万言。呜呼！弄玉既仙矣，恶又死乎？出《异闻集》。

张　生

有张生者，家在汴州中牟县东北赤城坂。以饥寒，一旦别妻子游河朔，五年方还。自河朔还汴州，晚出郑州门，到板桥，已昏黑矣。乃下道，取陂中径路而归。忽于草莽中，见灯火荧煌，宾客五六人，方宴饮次，生乃下驴以诣之。相去十余步，见其妻亦在坐中，与宾客语笑方洽。生乃蔽形于白杨树间，以窥之。

临行之前，秦公设酒相送，唱秦腔，跳秦舞。跳舞的人击肩拍腿呜呜地叫，听起来不太愉快，似有一股幽怨之气。秦公举杯来到沈亚之面前说："祝你长寿。我听这声音不怎么好听，希望你能继续高歌一首以赠别。"秦公命人拿来笔砚，沈亚之受命，当即写下一首歌词："击髆舞，恨满烟光无处所。泪如雨，欲拟著辞不成语。金凤衔红旧绣衣，几度宫中同看舞。人间春日正欢乐，日暮东风何处去。"写完，送给跳舞的人，伴随着舞者的声音念着，满座的人都抽泣不已。

沈亚之向秦公拜别，秦公又让他去翠微宫，同公主的侍从们告别。重新走进大殿时，只见公主的珠翠散落在石阶上，窗纱上浅红色的脂粉痕依然如故。宫女们哭泣着面对着亚之，亚之也感动地呜咽良久，于是在宫门上题诗一首："君王多感放东归，从此秦宫不复期。春景自伤秦丧主，落花如雨泪燕脂。"然后告别而去。秦公派人用车把他送出函谷关。出关后，送行的小吏说："秦公让送到这里，该回去了。"沈亚之与他告别，话未说完，忽然惊醒了，原来自己仍躺在索泉旅舍里。

第二天，沈亚之把这件事告诉了朋友崔九万。崔九万是博陵人，对历史颇有了解。他对我说："《皇览》上说，秦穆公死后葬在雍橐泉祈年宫下，这不是他神灵显圣的凭证吗？"沈亚之又找来秦时的地理志书，上面记载的和崔九万说的一样。唉！弄玉既然是神仙，又怎么会死呢？出自《异闻集》。

张　生

有个张生，家住在汴州中牟县东北的赤城坂。因为饥寒交迫，一天他告别妻子去了河北，五年之后才回来。他从河北回汴州，傍晚出了郑州的城门，到板桥的时候，天已黑了下来。于是，他下了大道，沿水塘边的小路而行。忽然看见草丛中灯光闪耀，有五六个人正在饮酒，张生就跳下驴来向那儿走去。离那儿还有十来步，他见自己的妻子也坐在那伙人当中，同他们说说笑笑挺融洽。张生就隐蔽在白杨树间，偷偷观察。

见有长须者持杯："请措大夫人歌。"生之妻，文学之家，幼学诗书，甚有篇咏。欲不为唱，四座勤请。乃歌曰："叹衰草，络纬声切切。良人一去不复还，今夕坐愁鬓如雪。"长须云："劳歌一杯。"饮讫，酒至白面年少，复请歌。张妻曰："一之谓甚，其可再乎？"长须持一筹箸云："请置觥，有拒请歌者，饮一钟。歌旧词中笑语，准此罚。"于是张妻又歌曰："劝君酒，君莫辞。落花徒绕枝，流水无返期。莫恃少年时，少年能几时？"酒至紫衣者，复持杯请歌。张妻不悦，沉吟良久，乃歌曰："怨空闺，秋日亦难暮。夫婿断音书，遥天雁空度。"酒至黑衣胡人，复请歌。张妻连唱三四曲，声气不续。沉吟未唱间，长须抛觥云："不合推辞。"乃酌一钟。张妻涕泣而饮，复唱送胡人酒曰："切切夕风急，露滋庭草湿。良人去不回，焉知掩闺泣。"酒至绿衣少年，持杯曰："夜已久，恐不得从容。即当暌索，无辞一曲，便望歌之。"又唱云："萤火穿白杨，悲风入荒草。疑是梦中游，愁迷故园道。"酒至张妻，长须歌以送之曰："花前始相见，花下又相送。何必言梦中，人生尽如梦。"酒至紫衣胡人，复请歌云："须有艳意。"张妻低头未唱间，长须又抛一觥。于是张生怒，扪足下得一瓦，击之，中长须头。再发一瓦，中妻额。阒然无所见。

张君谓其妻已卒，恸哭连夜而归。及明至门，家人惊喜出迎。君问其妻，婢仆曰："娘子夜来头痛。"张君入室，问其妻病之由。曰："昨夜梦草莽之处，有六七人，遍令饮酒，各请歌，孥凡歌六七曲。有长须者频抛觥，方饮次，

他看见有个长着大胡子的人举起酒杯道："请那穷小子的夫人为我们唱首歌。"张生的妻子出身文学世家，少年学习诗书，写过不少篇章。她不想唱，在座的人便恳请不已。她没办法，便唱道："叹衰草，络纬声切切。良人一去不复还，今夕坐愁鬓如雪。"那个大胡子说："有劳唱歌，饮酒一杯。"喝完之后，那酒杯又传到一个白脸少年手中，他请张生的妻子再唱一首。张妻说："唱一首都有点过分，岂能再唱？"大胡子拿着一双筷子说："请拿个杯来，有不想唱歌的，就喝一钟。唱旧歌如果有笑的，也这样罚。"于是，张妻又唱道："劝君酒，君莫辞。落花徒绕枝，流水无返期。莫恃少年时，少年能几时？"酒杯传到紫衣人手里，他也端杯请张妻唱歌。张妻不高兴了，沉吟了好久，就又唱道："怨空闺，秋日亦难暮。夫婿断音书，遥天雁空度。"酒杯传到黑衣胡人手上，又请张妻唱歌。她连续唱了三四首，有点上气不接下气了。正在她沉吟未唱时，大胡子推过酒杯说："你不应该推辞。"就斟满一钟。张妻哭泣着把酒喝下去，又为那黑衣胡人祝酒唱道："切切夕风急，露滋庭草湿。良人去不回，焉知掩闺泣。"酒杯传到绿衣少年手上，他举杯说："夜已深，恐怕不能再多待了。既然要分别了，不要推辞，希望能再唱一首。"她又唱道："萤火穿白杨，悲风入荒草。疑是梦中游，愁迷故园道。"酒杯传到张妻手上，大胡子唱了一首歌送给她："花前始相见，花下又相送。何必言梦中，人生尽如梦。"酒杯传到紫衣胡人手里，请张妻再唱一首，并说："要有香艳之意。"张妻低头未唱时，大胡子又推过一只酒杯。这时候，张生已怒火中烧，他从脚下摸起一块瓦，向他们砸去，正中大胡子的脑袋。又扔了一块瓦，打中了妻子的额头。这时所有的人却一下子消失得无影无踪。

张生认为妻子已死，痛哭着连夜往家赶。到家天已经亮了，家人惊喜地迎出门来。张生问妻子现在怎样，婢女说："娘子昨晚头痛。"张生进屋，问妻子头痛的原因。妻子说："昨晚梦见到了草丛间，有六七个人，轮番让我喝酒，又各让我唱一首歌，我一共唱了六七首。有个大胡子频频递酒杯给我，正要喝时，

外有发瓦来，第二中筝额。因惊觉，乃头痛。”张君因知昨夜所见，乃妻梦也。出《纂异记》。

刘道济

光化中，有文士刘道济，止于天台山国清寺。尝梦见一女子，引生入窗下，有侧柏树葵花，遂为伉俪。后频于梦中相遇，自不晓其故。无何，于明州奉化县古寺内，见有一窗，侧柏葵花，宛若梦中所游。有一客官人，寄寓于此室，女有美才，贫而未聘，近中心疾，而生所遇，乃女子之魂也。又有彭城刘生，梦入一倡楼，与诸辈狎饮。尔后但梦，便及彼处。自疑非梦，所遇之姬，芳香常袭衣，亦心邪所致。闻于刘山甫也。出《北梦琐言》。

郑昌图

郑昌图登第岁，居长安。夜后纳凉于庭，梦为人殴击，擒出春明门，至合大路处石桥上，乃得解。遗其紫罗履一只，奔及居而寤。甚困，言于弟兄，而床前果失一履。旦令人于石桥上追寻，得之。出《闻奇录》。

韩　确

越州有卢册者，举秀才，家贫，未及入京。在山阴县顾树村知堰，与表兄韩确同居。自幼嗜鲙，尝凭吏求鱼。韩方寐，梦身为鱼，在潭有相忘之乐。见二渔人，乘艇张网，

忽然有瓦块从外边飞来，第二块打中了我的额头。于是我惊醒了，就开始头痛。”张生这才知道自己昨夜看到的情景，原来是妻子的梦。出自《纂异记》。

刘道济

光化年间，有位文士叫刘道济，住在天台山国清寺。他曾经梦见一个女子，领着他来到窗前，这里有一片侧柏和葵花，二人就这样结为夫妻。后来，刘道济常常同她在梦中相遇，自己却不知道其中的原因。没过多久，他在明州奉化县古寺内，看到一扇窗，窗外长着侧柏和葵花，如同梦中去过的地方。有一位客人，寄居在这间屋子里，他的女儿很有才，但因为贫穷尚未定亲，近来患了心病，而刘道济所梦见的那个女子，原来是她的魂。还有一位彭城的刘生，梦见自己进了一个妓院，与妓女们饮酒调笑。后来他一做梦，就到那个地方去。他自己怀疑这不是梦，因为他所遇见的妓女，常有香气留在他的衣服上，这也是由于他心邪所致。这个故事是听刘山甫讲的。出自《北梦琐言》。

郑昌图

郑昌图科举及第那年，住在长安城里。他晚上到庭间纳凉，梦见被人殴打，抓出春明门，到该上大路的一座石桥上，才得以脱身。他还丢了一只紫罗鞋，急忙跑回家，这才从梦中醒来。他很困惑，对兄弟们讲了，而床前果然丢了一只鞋。白天他让人去石桥寻找，找到了那只鞋。出自《闻奇录》。

韩　确

越州有个人叫卢册，中了秀才，他家里很贫穷，没有再到京城去应考。于是他在山阴县顾树村管理河坝，与表哥韩确住在一起。韩确从小时候起就特别喜欢吃鱼，曾经通过一个小吏买鱼。有一天，韩确刚刚睡下，梦见自己变成了鱼，在水潭里快乐地游来游去。这时他看见两个渔民，乘船而来并撒下渔网，

不觉身入网，被取掷桶中，覆之以苇。复睹所凭吏，就潭商价。吏即揭鳃贯绠，楚痛殆不可忍。及至舍，历认妻子奴仆。有顷，置砧斫之，苦若脱肤，首落方觉，神痴良久。卢惊问之，具述所梦。遽呼吏，访所市鱼处，洎渔子形状，与梦不差。韩后入释，住祇园寺，时开成二年也。出《酉阳杂俎》。

韩确不知不觉钻进网中，被取出来扔进桶里，上头盖了芦苇。他又看见那位帮他买鱼的小吏，正站在潭边商量鱼价。那小吏揭开他的鳃，穿过绳子，痛得他难以忍受。小吏把鱼带回韩确家，韩确一一认出了自己的妻儿与仆人。一会儿，他被放到砧板上，用刀砍起来，疼得像是被剥了皮，直到头被砍掉方才醒来，半天回不过神。卢册吃了一惊，问他是怎么回事，他把这个梦对卢册讲了。他立刻喊来那个小吏，打听买鱼的地方，以及打鱼人的相貌，与他梦中所见丝毫不差。后来韩确皈依了佛门，住在祇园寺，当时是开成二年。出自《酉阳杂俎》。

卷第二百八十三

巫附厌咒

巫

师舒礼

巴丘县有巫师舒礼，晋永昌元年病死，土地神将送诣太山。俗常谓巫师为道人。初过冥司福舍前，土地神问门吏："此云何所？"门吏曰："道人舍也。"土地神曰："舒礼即道人。"便以相付。礼入门，见千百间屋，皆悬帘置榻。男女异处，有念诵者，呗唱者，自然饮食，快乐不可言。礼名已送太山，而身不至。忽见一人，八手四眼，提金杵逐礼，礼怖走出。神已在门外，遂执礼送太山。太山府君问礼："卿在世间何所为？"礼曰："事三万六千神，为人解除祠祀。"

巫

师舒礼

巴丘县有个巫师叫舒礼，晋永昌元年病故，土地神把他送往泰山冥界。巴丘的习俗称巫师为道人。起初来到阴曹地府的福舍前，土地神向守门小吏问道："这里是干什么的？"守门小吏回答："道人住的房子。"土地神说："舒礼就是道人。"于是将舒礼交给他。舒礼一进门，看见千百间屋子，都悬挂着帘子摆满了床铺。男女分开，有念诵经文的，有唱赞偈的，无拘无束地吃喝，那快乐简直妙不可言。舒礼的名字已送到泰山府君处，而肉身还没到。忽然看见一个八只手四只眼睛的人，拿着金杵驱赶舒礼，舒礼吓得急忙跑出来。一位神仙已等在门外，就抓住舒礼送往泰山府君处。泰山府君问舒礼："你在人世间是干什么的？"舒礼说："我侍奉三万六千位神仙，为人们祭祀神灵除恶消灾。"

府君曰："汝佞神杀生，其罪应重。"付吏牵去。礼见一物，牛头人身，持铁叉，捉礼投铁床上。身体燋烂，求死不得。经累宿，备极冤楚。府君问主者，知礼寿未尽，命放归。仍诫曰："勿复杀生淫祀。"礼既活，不复作巫师。出《幽明记》。

女巫秦氏

义熙五年，宋武帝北讨鲜卑，大胜，进围广固。军中将佐乃遣使奉牲荐币，谒岱岳庙。有女巫秦氏，奉高人，同县索氏之寡妻也。能降灵宣教，言无虚唱，使使者设祷，因访克捷之期。秦氏乃称神教曰："天授英辅，神魔所拟。有征无战，蕞尔小虏，不足制也。到来年二月五日，当克。"如期而三齐定焉。出《述异记》。

杨　林

宋世，焦湖庙有一柏枕，或云"玉枕"，枕有小坼。时单父县人杨林为贾客，至庙祈求。庙巫谓曰："君欲好婚否？"林曰："幸甚。"巫即遣林近枕边，因入坼中，遂见朱楼琼室。有赵太尉在其中，即嫁女与林。生六子，皆为秘书郎。历数十年，并无思归之志。忽如梦觉，犹在枕傍，林怆然久之。出《幽明录》。

府君说:“你欺神杀生,这罪应当重判。”于是,把他交给一个小吏带走了。舒礼看见一个怪物,牛头人身,拿着一把铁叉,将舒礼一把捉住,扔到一张铁床上。舒礼的身体被烤得焦烂,求死不得。一连过了几夜,他受尽冤屈和折磨。府君又问主事的官员,方知舒礼阳寿未尽,于是命令放他回去。临行之前,府君又告诫他说:“你不要再杀生,不要再胡乱祭祀。”舒礼于是活了过来,从此他再也不做巫师了。出自《幽明记》。

女巫秦氏

义熙五年,宋武帝北伐鲜卑,获得大胜,进而围攻广固。部队里的军官于是派人带上祭品和钱帛,来拜谒岱岳庙。这里有一个女巫秦氏,奉高县人,是本县已亡故的索某的妻子。她能够使神明显灵于世宣传教化,从无虚言,这使得拜谒岱岳庙的兵士们迫不及待地设坛祈祷,向秦氏询问克敌制胜的日期。秦氏自称神告诉她说:“苍天授命于英才来辅佐皇帝,这一切都是神魔所拟定的。此次出兵,虽有征伐,无须战斗,这小小的贼虏,要想制服它是轻而易举的。到明年的二月五日,你们一定能够胜利。”果然,到了她说的那个时候,三齐之地就平定下来了。出自《述异记》。

杨　林

刘宋时期,焦湖庙有一个柏枕,有人叫它“玉枕”,枕上有条小裂缝。当时,单父县商人杨林,来庙里祈祷。庙里的巫师对他说:“你想有个美满的婚姻吗?”杨林说:“有就太好了。”巫师就让他来到柏枕旁,从那裂缝钻进去,就看见了富丽华美的楼阁宫室。有位赵太尉正坐在里面,他便把女儿嫁给了杨林。他们生了六个儿子,都成了秘书郎。过了好几十年,杨林并没有要出去的想法。一天,他忽然如梦方醒,原来自己还在枕边,他想起那梦境,悲伤了好久。出自《幽明录》。

来俊臣

唐载初年中，来俊臣罗织告故庶人贤二子夜遣巫祈祷星月，咒诅不道。栲楚酸痛，奴婢妄证，二子自诬，并鞭杀之。朝野伤痛。浮休子张鷟曰："下里庸人，多信厌祷；小儿妇女，甚重符书。蕴慝崇奸，构虚成实。埳土用血，诚伊戾之故为；掘地埋桐，乃江充之擅造也。"出《朝野佥载》。

唐武后

唐武后将如洛，至阌乡东，骑忽不进。召巫者问之，巫言："晋龙骧将军王濬云：'臣墓在道南，每为采樵者所苦。闻大驾至，故来求哀。'"后敕，去墓百步，禁耕植。今荆棘森然。出《国朝杂记》。

阿　来

唐韦庶人之全盛日，好厌祷，并将昏镜以照人，令其迷乱。与崇仁坊邪俗师婆阿来专行厌魅，平王诛之。后往往于殿上掘得巫蛊，逆韦之辈为之也。出《朝野佥载》。

雍文智

唐韦庶人葬其父韦贞，号酆王。葬毕，葬官人赂见鬼师雍文智，诈宣酆王教曰："当作官人，甚大艰苦，宜与赏，

来俊臣

唐载初年间，来俊臣罗织罪名，诬告生前被贬为平民的太子李贤的两个儿子，说他们派巫师在晚上向星月祈祷，诅咒皇上，大逆不道。于是，他们遭到严刑拷打，疼痛难忍，奴婢又作假证，他二人屈打成招，最后被皮鞭活活抽死了。为此，朝野上下一片悲伤。浮休子张鷟说："穷乡僻壤的俗人们，大多相信用诅咒他人来祈祷；妇女和小孩儿，才把巫术和符书看得那么重要。心底藏着奸邪的恶念，把假的弄成真的。挖坑摆上祭品，这实在是伊戾谋害太子痤的行为；掘地埋下桐木人，这是江充假造巫蛊的勾当。"出自《朝野佥载》。

唐武后

唐代武则天皇后去洛阳，到阌乡县东边，车马忽然不向前走了。武后召来巫师询问是什么原因，巫师说："晋代的龙骧将军王濬说：'我的坟就在道的南侧，常常受砍柴人践踏，苦不堪言。今天听说皇后大驾光临，所以来请求垂怜。"武后下了一道敕令，此墓百步之内，严禁耕田种植。如今，那里已经荆棘密布。出自《国朝杂记》。

阿　来

唐代被废为庶人的韦皇后在权势最胜的时候，喜欢用巫术祈祷，还常用一面昏镜照人，使人神情迷乱。她与崇仁坊邪恶的老巫婆阿来一道，专搞装神弄鬼那一套来祸害他人，平王把她们都除掉了。后来经常在殿前挖出陷害他人的巫蛊，这都是韦氏一伙人干的。出自《朝野佥载》。

雍文智

唐代被废为庶人的韦皇后安葬其父韦贞，并追封他为酆王。葬礼结束后，管丧事的小官向巫师雍文智行贿，假称酆王有教令说："做管丧事的小官，实在是太清苦了，应该给他一些赏钱，

著绿者与绯。"韦庶人悲恸,欲依鬼教与之。未处分间,有告文智诈受贿赂,验遂斩之。出《朝野佥载》。

彭君卿

唐中宗之时,有见鬼师彭君卿,被御史所辱。他日,对百官总集,诈宣孝和敕曰:"御史不存检校,去却巾带。"即去之。曰:"有敕与一顿杖。"大使曰:"御史不奉正敕,不合决杖。"君卿曰:"若不合,有敕且放却。"御史裹头,仍舞蹈拜谢而去。观者骇之。出《朝野佥载》。

何　婆

唐浮休子张鷟为德州平昌令。大旱,郡符下令,以师婆师僧祈之,二十余日无效。浮休子乃推土龙倒,其夜雨足。江淮南好神鬼,多邪俗,病即祀之,无医人。浮休子曾于江南洪州停数日,遂闻土人何婆善琵琶卜,与同行人郭司法质焉。其何婆,士女填门,饷遗满道,颜色充悦,心气殊高。郭再拜下钱,问其品秩。何婆乃调弦柱,和声气曰:"个丈夫富贵,今年得一品,明年得二品,后来得三品,更后年得四品。"郭曰:"何婆错,品少者官高,品多者官小。"何婆曰:"今年减一品,明年减二品,后年减三品,更后年减四品,忽更得五六年,总没品。"郭大骂而起。出《朝野佥载》。

穿绿色官服的人可穿上红色官服。”韦皇后心中悲痛，就打算照巫师说的办，给那位管丧事的小官一些赏钱。正欲办此事时，有人告发说巫师雍文智收受贿赂，官府查实以后就把雍文智杀了。出自《朝野佥载》。

彭君卿

唐中宗时，有一个能与鬼交往的巫师叫彭君卿，他曾经受到过御史的污辱。一天，文武百官聚会上朝时，彭君卿假传中宗皇帝的命令说：“御史监管失职，应该给他摘去头巾和玉带的处分。”于是就照办了。彭君卿又说：“皇帝有令责打御史一顿板子。”执刑的官员说：“御史没有得到皇帝的圣旨，不该受杖刑。”彭君卿说：“如果不该受罚，那就传旨把他放了吧。”御史居然裹上头巾，依旧手舞足蹈地拜谢而去。在场的人都大惊失色。出自《朝野佥载》。

何　婆

唐代浮休子张鷟任德州平昌县令。有一年大旱，郡守下令，让巫婆巫师们向天祈雨，结果二十多天没有见效。张鷟就把求雨用的土龙推倒，当天夜里雨便下足了。江淮以南，人们大多信鬼神，巫术盛行，有病便祭祀，没有医生。张鷟曾在江南的洪州停留数日，听说当地人何婆善于用琵琶占卜，他便与同行的郭司法一起去找何婆验证。那何婆，前来问卜的男男女女挤满了她的家门，送来的东西堆满道路，她脸上充满喜悦之色，心气很高。郭司法向何婆一拜再拜，送上银钱，问自己的官运前途。何婆调好琵琶弦，和声和气地说：“看你颇有富贵相，今年得一品，明年得二品，后年得三品，大后年得四品。”郭司法说：“何婆错了，品少的官职高，品多的官职小。”何婆忙纠正说：“今年减一品，明年减二品，后年减三品，大后年减四品，五六年之后便一品不剩了。”郭司法听了，大骂而起。出自《朝野佥载》。

来婆

唐崇仁坊阿来婆，弹琵琶卜，朱紫填门。浮休子张鷟曾往观之，见一将军，紫袍玉带，甚伟，下一匹细绫，请一局卜。来婆鸣弦柱，烧香，合眼而唱："东告东方朔，西告西方朔，南告南方朔，北告北方朔，上告上方朔，下告下方朔。"将军顶礼既，告请甚多，必望细看，以决疑惑。遂即随意支配。出《朝野佥载》。

曾勤

唐曾勤任魏州馆陶县尉。敕捕妖书人王直。县界藏失。刺史蒋钦绪奏请："一百日捉不获，与中下考。"其时限已过半。有巫云："少府必无事，不用过忧。"后遇按察使边冲寂奏，奉敕却夺刺史、曾勤俸。会十一月二十二日，巡陵恩赦，遂得无事。其时遣人分捕王直不得。又有日者云："至某月某日，必获王直，反缚送来。"果有人于相州界捉得别一王直，以月日反缚送到。推问逗遛，不是畜妖书者，遂却放之。出《定命录》。

阿马婆

唐玄宗东封，次华阴，见岳神数里迎谒。帝问左右，左右莫见，遂召诸巫，问神安在。独老巫阿马婆奏云："在路左，朱鬓紫衣，迎候陛下。"帝顾笑之，仍敕阿马婆，敕神先归。帝至庙，见神櫜鞬，俯伏殿庭东南大柏之下。

来　婆

唐长安城崇仁坊有位阿来婆，善于用弹琵琶来占卜，前去问卜的高官显贵挤满了她家的门。浮休子张鷟曾前去观看，只见一位穿紫袍戴玉带的将军，非常高大，送来一匹细绫，请阿来婆用琵琶占卜。来婆烧上香，弹起弦子，闭上眼唱道："东告东方朔，西告西方朔，南告南方朔，北告北方朔，上告上方朔，下告下方朔。"将军顶礼膜拜完毕，又说出自己的许多心愿，希望她仔细看一看，以解除疑惑。于是阿来婆就开始随意指点他了。出自《朝野佥载》。

曾　勤

唐代曾勤任魏州馆陶县尉。皇帝颁布诏令，要将藏妖书的王直捉拿归案。王直在馆陶县境内躲藏起来，不见踪迹。魏州刺史蒋钦绪奏请皇帝道："一百天之内捉不到王直，就在曾勤的考绩栏上划个中下。"当时，期限已过半。有巫师说："曾县尉必定无事，不用担忧。"后来，按察使边冲寂奏报，奉旨削减刺史和曾勤的俸禄。碰巧十一月二十二日那天，皇帝巡视皇陵，开恩大赦，才算无事。当时，他们派人分头追捕王直仍然一无所获。又有占卜的人说："到某月某日，一定能捉到王直，而且会反捆双手送来。"果然，有人在相州地界抓到了另一个叫王直的人，在巫师说的那天反捆双手送了来。经过一番拘留审查，他不是那个藏妖书的人，于是便将他放了。出自《定命录》。

阿马婆

唐玄宗东行去泰山封禅，走到华阴，看见华山之神从几里外前来迎拜。唐玄宗问手下人，手下人都说没看见，随即召来各位巫师，问神在哪里。惟独老巫阿马婆奏道："神在路的左侧，额上包着红色的布巾，穿着紫色的衣服，正在迎候陛下。"玄宗看看她笑了，因而下敕命给她，让她请神先回去。玄宗皇帝来到庙前，看见华山之神身背装弓箭的筒，俯首跪在大殿东南的大柏树下。

又召阿马婆问之，对如帝所见。帝加礼敬，命阿马婆致意而旋。寻诏先诸岳封为金天王，帝自书制碑文以宠异之。其碑高五十余尺，阔丈余，厚四五尺，天下碑莫大也。其阴刻扈从太子王公已下官名，制作壮丽，镌琢精巧，无比伦。出《开天传信记》。

白行简

唐郎中白行简，太和初，因大醉，梦二人引出春明门，至一新冢间，天将晓而回。至城门，店有鬻饼饦饦者。行简馁甚，方告二使者次，忽见店妇抱婴儿，使者便持一小土块与行简，令击小儿。行简如其言掷之，小儿便惊啼闷绝。店妇曰："孩儿中恶。"令人召得一女巫至。焚香，弹琵琶召请曰："无他故，小魍魉为患耳。都三人，一是生魂，求酒食耳，不为祟。可速作饦饦，取酒。"逡巡陈设。巫者拜谒，二人与行简就坐，食饱而起。小儿复如故。行简既寤，甚恶之，后逾旬而卒。出《灵异记》。

许至雍

许至雍妻某氏，仪容淡雅。早岁亡没，至雍颇感叹。每风景闲夜，笙歌尽席，未尝不叹泣悲嗟。至雍八月十五日夜于庭前抚琴玩月。已久，忽觉帘屏间有人行，吁嗟数声。至雍问曰："谁人至此？必有异也。"良久，闻有人语音，乃是亡妻。云："若欲得相见，遇赵十四，莫惜三贯六百钱。"

玄宗又召来阿马婆询问，阿马婆的回答与皇帝看见的一样。玄宗便对她礼敬起来，并让她向神致意，然后下山而去。不久，玄宗下诏以华山之神为诸岳神之首，封华山之神为金天王，并亲自书写碑文，以示恩宠。这座碑高五十多尺，宽一丈多，厚四五尺，天下的碑再也没有比它大的了。它的背面刻着随从皇帝出巡的太子、王公以下官名，制作壮美，精雕细琢，无与伦比。出自《开天传信记》。

白行简

唐代有位郎中叫白行简，太和初年，一次他喝醉酒之后睡着了，梦见两个人把他领出春明门，来到一座新坟前，天快亮的时候才回来。走到城门口，看见有家店里在卖汤饼。白行简饿得很，刚要告诉那两个人时，忽然看见老板娘抱着一个婴儿，那两个人便把一个小土块给白行简，让他打婴儿。白行简按照他们说的，将小土块掷向婴儿，那孩子惊叫一声便背过气去。老板娘说："这孩子中了邪。"她让人找来一个女巫。那女巫来到之后，焚上香，然后弹琵琶召请神灵，说道："没有别的原因，只是小鬼作怪。共有三个人，其中一个是活人的魂魄，想来要点酒饭而已，不是来作怪害人的。可快做汤饼，取酒来。"一会儿酒饭都摆好了。女巫拜见他们，行简和那二人坐下，酒足饭饱后站起来。小孩病好如初。行简醒来后，甚感厌恶，过十几天后便死了。出自《灵异记》。

许至雍

许至雍的妻子，长得素净文雅。她早年亡故，至雍颇为伤感。每当夜深人静，歌舞散尽时，他都不禁要流泪叹息。八月十五日晚上，至雍在庭前抚琴赏月。过了一会儿，忽然觉得屏帷之间有人走动，还发出几声叹息。至雍问道："什么人来到这里？一定有什么奇怪的事。"好久，才听见有人说话，原来竟是亡妻。亡妻说："如果你想与我相见，遇到赵十四，不要吝惜三贯六百钱。"

至雍惊起问之，乃无所见。自此常记其言，则不知赵十四是何人也。

后数年，至雍闲游苏州。时方春，见少年十余辈，皆妇人装，乘画舡，将谒吴太伯庙。许君因问曰："彼何人也，而衣裾若是？"人曰："此州有男巫赵十四者，言事多中，为土人所敬伏。皆赵生之下辈也。"许生问曰："赵生之术，所长者何也？"曰："能善致人之魂耳。"许生乃知符其妻之说也。

明日早，诣赵十四，具陈恳切之意。赵生曰："某之所致者，生魂耳。今召死魂，又令生人见之，某久不为，不知召得否。知郎君有重念之意，又神理已有所白，某安得不为召之？"乃计其所费之直，果三贯六百耳。遂择良日，于其内，洒扫焚香，施床几于西壁下，于檐外结坛场，致酒脯，呼啸舞拜，弹胡琴。

至夕，令许君处于堂内东隅，赵生乃于檐下垂帘卧，不语。至三更，忽闻庭际有人行声，赵生乃问曰："莫是许秀才夫人否？"闻吁嗟数四，应云："是。"赵生曰："以秀才诚意恳切，故敢相迎，夫人无怪也。请夫人入堂中。"逡巡，似有人揭帘。见许生之妻淡服薄妆，拜赵生，徐入堂内，西向而坐。许生涕泗呜咽："君行若此，无枉横否？"妻曰："此皆命也，安有枉横？"因问儿女家人及亲旧闾里等事，往复数十句。许生又问："人间尚佛经，呼为功德，此诚有否？"妻曰："皆有也。"又问："冥间所重何物？""春秋奠享无不得，然最重者，浆水粥也。"赵生致之。须臾粥至，向口如食，

至雍吃了一惊，起来正想问她，结果连个人影也没见到。从此他便经常想起妻子说的那句话，却不知道赵十四是什么人。

数年之后，至雍到苏州闲游。当时正是春天，他看见十几个少年，全是女人的装束打扮，乘坐装饰华美的游船，将去拜谒吴太伯庙。至雍向别人打听："他们是什么人，为何穿这样的服装？"对方回答说："苏州有位男巫叫赵十四，说的事情大都很准，为当地人所敬仰崇拜。这些人都是赵十四的弟子。"至雍问道："这赵十四的法术，最拿手的是什么？"对方说："他最善于招人的灵魂。"至雍这才知道这正符合妻子说过的话。

第二天早晨，至雍去见赵十四，恳切地向他说明了来意。赵十四说："我平时所招的，是生人之魂。今天要我招死人之魂，又要让生人看见，这种事我好久不干了，不知能不能招来。知道你很重情义，你亡妻的灵魂也已有所表白，我怎能不帮你呢？"说完，他算计了一下所需要的费用，果然是三贯六百钱。于是赵十四选择良辰吉日，在屋子里洒扫焚香，把床铺几案放到西墙下，于屋外设置坛场，摆上酒肉，然后吼叫舞蹈，弹奏胡琴。

到了晚上，赵十四让至雍站在堂内东边的角落里，自己则在屋檐下放下帘子躺下来，一句话也不说。直到三更天，忽然听见院子内有脚步声，赵十四便问："你莫非是许秀才的夫人？"只听见叹了几声气，答应了一声道："是的。"赵十四说："由于许秀才诚意恳切，我才敢前来迎接你，夫人不要责怪。请夫人入堂。"一会儿，像是有人揭开帘子。只见至雍的妻子素服淡妆，拜见赵十四，然后徐步走进堂内，面朝西而坐。至雍泪流满面，呜呜咽咽地说："你这样让我为你招魂，是不是遭受了什么冤屈之祸？"妻子说："这都是命，怎么谈得上冤屈之祸呢？"她又问及儿女家人亲戚邻居的一些事情，两人聊了几十句。至雍又问道："人间崇尚佛经，称之为功德，真有这回事吗？"妻子说："都有。"至雍又问："阴间最看重的是什么东西？"妻子回答说："春秋祭奠的东西没有得不到的，然而最看重的则是浆水粥。"赵十四便设法弄粥。一会儿就有人把粥送来了，许妻把粥碗放在嘴边好像在吃，

收之，复如故。许生又曰："要功德否？"妻云："某平生无恶，岂有罪乎？足下前与为者，亦已尽得。"

良久，赵生曰："夫人可去矣，恐多时即有谴谪。"妻乃出，许生相随泣涕曰："愿惠一物，可以为记。"妻泣曰："幽冥唯有泪可以传于人代。君有衣服，可投一事于地。"许生脱一汗衫，置之于地。其妻取之，于庭树前悬一树枝，以汗衫蔽其面，大哭。良久，挥手却许生，挂汗衫树枝间，若乘空而去。许生取汗衫视之，泪痕皆血也。许生痛悼，数日不食。卢求著幽居苏州，识赵生。赵生名何，苏州人皆传其事。出《灵异记》。

韦　觐

唐太仆卿韦觐欲求夏州节度使。有巫者知其所希，忽诣韦曰："某善祷祝星辰，凡求官职者，必能应之。"韦不知其诳诈，令择日。夜深，于中庭备酒果香灯等。巫者乘醉而至，请韦自书官阶一道，虔启于醮席。既得手书官衔，仰天大叫曰："韦觐有异志，令我祭天！"韦合族拜曰："乞山人无以此言，百口之幸也。"凡所玩用财物，尽与之。时崔侃充京尹，有府囚叛狱，谓巫者是其一辈。里胥诘其衣装忽异。巫情窘，乃云："太仆卿韦觐，曾令我祭天！我欲陈告，而以家财求我。非窃盗也。"既当申奏，宣宗皇帝召觐至殿前，获明冤状。复召宰臣论曰："韦觐城南上族，轩盖承家。

收回碗时，粥却还是和原来一样多。至雍又问道："要不要为你做些功德？"妻子说："我平生没做什么坏事，难道会有罪吗？你之前为我做的功德，也已经全部收到了。"

过了很久，赵十四说："夫人可以回去了，时间长了恐怕要受到责备的。"于是，妻子走出房门，至雍跟在后面哭泣着说："希望你留给我一样东西，可作纪念。"妻子哭泣着说："阴间只有泪水可以送给阳间。你有衣服，可扔一件在地上。"至雍脱下一件汗衫，放在地上。妻子拿过汗衫，悬挂在院子里的树枝上，然后用汗衫蒙住脸大哭起来。过了很久，她挥手让至雍走开，又把汗衫挂在树枝间，然后乘空而去。至雍取过汗衫一看，那上面的泪痕全是血。至雍痛悼亡妻，一连几天都没有吃东西。卢求著在苏州隐居，认识赵十四。赵十四的名字叫赵何，苏州人都传说他的事。出自《灵异记》。

韦觐

唐太仆卿韦觐想当夏州节度使。有个巫师知道他的打算，忽然有一天去拜见他，对他说："我善于向星辰祝告祈福，凡是求官职的，没有不灵验的。"韦觐不知道他的欺诈骗局，便让他选择良辰吉日。这天深夜，韦觐在院子里摆上酒果香烛等物品。巫师乘着酒劲儿来了，让韦觐自己写下一道所求官衔的文书，虔诚地在法坛上打开。巫师抓过韦觐写好的官衔，仰天大叫道："韦觐有篡逆之心，让我祭天！"韦觐带领全家人跪倒于地，拜道："求仙人不要说这种话，便是我们全家一百多口人的大幸。"韦觐把家里的钱财器物，全都送给了巫师。当时，崔侃任京兆尹，有一个官府关押的囚犯从狱中逃出来，说那个巫师是他的同伙。差役找到那个巫师，盘问他最近的服装怎么忽然变样了。巫师理屈，便说："太仆卿韦觐，曾经让我为他祭天。我想告发他，他便用家中的财产求我。这可不是我偷的呀。"审完后京兆尹向朝廷申奏，宣宗皇帝把韦觐召到殿前查问，才弄清其中冤情。然后又召宰相说道："韦觐是城南的贵族，世代相传都是做官的。

昨为求官，遂招诬谤。无令酷吏加之罪愆。”其师巫便付京兆处死，韦贬潘州司马。出《云溪友议》。

高骈

唐高骈尝诲诸子曰：“汝曹善自为谋。吾必不学俗物，死入四板片中，以累于汝矣。”及遭毕师铎之难，与诸甥侄同坎而瘗焉。唯骈以旧毡苞之，果符所言。后吕用之伏诛，有军人发其中堂，得一石函。内有桐人一枚，长三尺许，身披桎，口贯长钉，背上疏骈乡贯、甲子、官品、姓名，为厌胜之事。以是骈每为用之所制，如有助焉。出《妖乱志》。

厌咒

厌盗法

厌盗法：七日以鼠九枚置笼中，埋于地，秤九百斤土覆坎，深各二尺五寸，筑之令坚固。《杂五行书》曰：“亭部地上土涂灶，水火盗贼不经；涂屋四角，鼠不食蚕；涂仓廪，鼠不食稻；以塞埳，百鼠种绝。”出《酉阳杂俎》。

雍益坚

唐雍益坚云：“主夜神咒，持之有功德，夜行及寐，可已恐怖恶梦。”咒曰：“婆珊婆演底。”出《酉阳杂俎》。

之前为了求官，才遭到诽谤陷害。不要让酷吏加罪于他。”那巫师被押赴京兆府处死，韦觐被贬为潘州司马。出自《云溪友议》。

高骈

唐代高骈曾教导自己的孩子们说：“你们要好好为自己作打算。我不想学世俗之人，死后还要躺入那四块板中，再麻烦你们。”后来遭遇毕师铎之难，他便和侄子外甥们一起埋在同一个墓穴里。只有高骈的尸体用旧毡子包裹着，果然与先前的话相符。后来，吕用之伏法，有兵卒在他的屋里挖出一个石匣。里边有一个桐木人，三尺多长，戴着刑具，嘴里钉着长钉子，背上写着高骈的籍贯、生日、官职、姓名等，这是用巫术来诅咒高骈用的。正因为这样，高骈每每被吕用之所控制，好像有什么东西在暗中帮助吕用之似的。出自《妖乱志》。

厌咒

厌盗法

厌盗法：初七这天，把九只老鼠放在笼子里，埋入地下，称九百斤土把坑填上，这坑四面都二尺五寸深，然后夯实筑牢。《杂五行书》上说：“用邮亭处的地表土和成泥涂抹灶台，家里就不会有水火和盗贼；涂抹屋子的四角，老鼠就不会吃蚕；涂抹粮仓，老鼠就不吃稻谷；用它来堵住鼠洞，各种老鼠便会绝种。”出自《酉阳杂俎》。

雍益坚

唐代雍益坚说：“主夜神咒，念它就会有功德。夜晚走路和睡觉时，可以止住恐惧，不做噩梦。”这句咒语是：“婆珊婆演底。”出自《酉阳杂俎》。

宋居士

唐宋居士说："掷骰子，咒云：'伊帝弥帝，弥揭罗帝。'念满十万遍，彩随呼而成。"出《酉阳杂俎》。

宋居士

唐代的宋居士说："掷骰子时，念这样一句咒语：'伊帝弥帝，弥揭罗帝。'念上十万遍，想要几点就能得几点。"出自《酉阳杂俎》。

卷第二百八十四

幻术一

客隐游

魏安釐王观翔鹄而乐之，曰："寡人得如鹄之飞，视天下如芥也。"客有隐游者闻之，作木鹄而献王。王曰："此有形无用者也。夫作无用之器，世之奸民也。"召隐游，欲加刑焉。隐游曰："大王知有用之用，未悟无用之用也。今臣请为大王翔之。"乃取而骑焉，遂翻然飞去，莫知所之也。出《异苑》。

天毒国道人

燕昭王七年，沐骨之国来朝，则申毒国之一名也。有道术人名尸罗，问其年，云百四十岁。荷锡持瓶，云发其国五年，乃至燕都。喜炫惑之术，于其指端出浮图十层，高三尺，乃诸天神仙，巧丽特绝，列幢盖鼓舞，绕塔而行。

客隐游

魏安釐王看着正在飞翔的天鹅十分高兴，说："我如果能像天鹅这样在空中飞翔，就可以视天下如同草芥了。"客人中有位隐游的人听了这句话，回去做了个木天鹅献给安釐王。安釐王说："这东西只有模样而无用处。做这种无用的东西，看来一定是个不务正业的人。"于是他将那隐游的人叫来，想对他动刑。那人说："大王只知道有用的东西的用处，却不知道无用的东西的用处。今天，我请求为大王飞翔一次。"说罢，他抓过木天鹅便骑上去，于是那木天鹅高飞而去，谁也不知道飞到哪里去了。出自《异苑》。

天毒国道人

燕昭王七年，沐胥之国来朝贺，沐胥之国就是申毒国的另一名称。有个懂道术的人叫尸罗，问他的年龄，说有一百四十岁。他拄着锡杖拿着净瓶，说从他们国出发走了五年，才来到燕国都城。尸罗擅长幻术，在他手指尖上能现出十层佛塔，高三尺，天上的各位神仙，美丽非凡，打着旌旗伞盖伴着歌舞，绕塔而行。

人皆长五六分，歌唱之音，如真人矣。尸罗歕水为氛雾，暗数里间。俄而复吹为疾风，氛雾皆止。又吹指上浮图，渐入云里。又于左耳出青龙，右耳出白虎。始出之时，才一二寸，稍至八九尺。俄而风至云起，即以一手挥之，即龙虎皆入耳中。又张口向日，则见人乘羽盖，驾螭鹄，直入于口内。复以手抑胸上，而闻衣袖之中，轰轰雷声。更张口，则向见羽盖、螭鹄相随从口中而出。尸罗常坐日中，渐渐觉其形小，或化为老叟，或变为婴儿，倏忽而死。香气盈室，时有清风来，吹之更生，如向之形。咒术炫惑，神怪无穷。出《王子年拾遗记》。

骞霄国画工

秦始皇元年，骞霄国献刻玉善画工名裔。使含丹青以漱地，即成魑魅及鬼怪群物之象；刻石为百兽之形，毛发宛若真矣。皆铭其臆前，记以年月。工人以绢画地，方寸之内，写四渎五岳列国之图。又为龙凤，骞翥若飞，皆不得作目，作必飞走也。始皇嗟曰："刻画之形，何能飞走？"使以淳漆各点两玉虎一眼睛，旬日则失之，不知何所在。山泽人云："见二白虎，各无一眼，相随而行，毛色形相，异于常见者。"至明年，西方献两白虎，皆无一眼。始皇发槛视之，疑是先所失者，乃刺杀之。检其臆前，果是元年所刻玉虎也。出《王子年拾遗记》。

他们都有五六分长，唱歌的声音，如同真人一样。尸罗又喷出水来化作雾气，使数里之内都昏暗不明。一会儿，他又吹出疾风，雾气全都消散了。接着，他又吹指上的佛塔，佛塔便渐渐钻进云彩里。又从他的左耳钻出一条青龙，右耳钻出一只白虎。刚出来的时候，才一二寸，一会儿就到了八九尺。突然间风起云涌，尸罗只用一只手挥了挥，那青龙和白虎就全都钻进耳朵里。尸罗又张开大口向着太阳，就见有人乘着有鸟羽华盖的车，驾着无角龙和天鹅，径直钻入尸罗的口中。尸罗又把手按在胸上，可以听到他衣袖之中有轰轰雷声。又张大了口，之前的车驾、无角龙和天鹅就又相继从他口中飞出来。尸罗常在正午打坐，只见他渐渐变小，有时变成老头，有时变成婴儿，忽然又死去。香气满室，不时有清风吹来，风一吹尸罗便活过来，模样跟先前一样。他的咒术很迷惑人，神怪变化无穷无尽。出自《王子年拾遗记》。

骞霄国画工

秦始皇元年，骞霄国进献了一名善于雕刻玉石与绘画的人，他的名字叫裔。让他含着绘画颜料喷在地上，当即就可以变出妖魔鬼怪和各种东西的样子；用石头雕刻出各种动物的形状，连毛发都如同真的一样。他还把雕刻的时间刻在动物们的胸前。他把绢布铺在地上，能在一寸见方的范围内，画出四大江河、五大名山以及列国的地图。他刻画出来的龙和凤凰，则飘然若飞，但都不能画眼睛，如果画出眼睛，它们就一定会飞走。秦始皇叹道："这刻画出来的假东西，怎么能够飞走呢？"他让那画工用纯漆给两只玉虎各点上一只眼睛，十天后，这两只玉虎便失踪了，不知道到什么地方去了。山里的百姓们说："看见两只白老虎，各缺一只眼睛，结伴而行，毛色和样貌都和常见的虎不同。"到了第二年，西方献来两只白老虎，都缺一只眼睛。秦始皇命人打开笼子细看，怀疑是先前丢失的那两只玉虎，便将它们杀死了。检查它们的胸前，果然是始皇元年雕刻的那两只玉虎。出自《王子年拾遗记》。

营陵人

汉北海营陵有道人，能令人与已死人相见。其同郡人，妇死已数年，闻而往见之曰：“愿令我一见亡妇，死不恨矣。”道人曰：“卿可往见之，若闻鼓声，即出勿留。”乃语其相见之术。于是与妇言语悲喜，恩情如生。良久，闻鼓声，恨恨不能得住。当出户时，奄闭其衣裾户间，掣绝而去。至后岁余，此人身亡。室家葬之，开冢，见妇棺盖下有衣裾。出《搜神记》。

扶娄国人

南垂有扶娄之国，其人善能机巧变化，易形改服。大则兴云雾，小则入纤毫。缀金玉毛羽为衣服。能吐云喷火，鼓腹则如雷霆之声。或为巨象、狮子、龙、蛇、犬、马之状；或为虎，口中生人；或于掌中备百兽之乐，宛转屈曲于指间。人形或长数分，或复数寸，神怪倏忽，炫丽于时。乐府皆传此伎，至末代犹学焉。得粗得精，代代不绝，乃俗谓之婆侯伎，则“扶娄”之音讹耳。出《拾遗录》。

徐　登

闽中有徐登者，女子化为丈夫。与东阳赵昞并善方术。时遭兵乱，相遇于溪，各矜其所能。登先禁溪水为不流，昞次禁枯柳为生稊。二人相视而笑。登年长，昞师事之。后登身故，昞东入章安。百姓未知昞。乃升茅屋，

营陵人

汉代北海郡营陵县有位道士，能够让人和已死去的人相会。同郡有个人，妻子已经死好几年了，听说后便登门拜访，对道士说："希望能让我见见死去的妻子，这样我死也没什么遗憾了。"道士说："你可以去看她，但是如果听见鼓声，就立即出来不要停留。"然后就把与死人相见的法术告诉他。这个人见到亡妻之后就与她说话，悲喜交加，感情恩爱就像妻子活着的时候一样。过了很久，忽然传来鼓声，他很遗憾自己不能再停留。当他出门时，衣襟被门夹住了，他猛地将其挣断才走了出来。一年多后，这人死了。家人将他埋葬，打开他妻子的坟墓，只见棺材盖下夹着那片扯断的衣襟。出自《搜神记》。

扶娄国人

南方边陲有个扶娄国，那里的人都擅长灵巧变幻之术，能易容貌改服饰。他们大能兴起云雾，小能钻入极其微小的东西中。衣服都用金玉羽毛作装饰。他们能吐云喷火，鼓起肚子就会传出轰轰雷声。有时变成大象、狮子、龙、蛇、犬、马的样子；有时变成老虎，从嘴里钻出人来；有时让各种动物在掌上尽情欢乐，盘旋舞蹈于手指之间。他们的身体有时长几分，有时又长几寸，神怪莫测，炫丽于当时。宫廷乐府里都传授此术，到了后世还在学习。有的学得粗浅，有的学得精深，代代流传不绝，民间称它为婆侯伎，其实是"扶娄"二字的讹音。出自《拾遗录》。

徐　登

闽中有个叫徐登的人，是由女子变成男人的。他与东阳人赵昞都擅长方术。当时正值兵荒马乱，二人在溪水边相遇，都认为自己的本事大。徐登先露出一手，让溪水停住不流，赵昞接着施展本领，让枯死的柳树长出新芽。二人不由相视一笑。徐登年龄大一些，赵昞便拿他当老师对待。后来徐登死了，赵昞便向东到了章安。这里的百姓都不认识他。他便跳上茅屋的屋顶，

据鼎而爨。主人惊怪，晒笑而不应，屋亦不损。又尝临水求渡，船人不许。晒乃张盖坐中，长啸呼风，乱流而济。于是百姓敬服，从者如归。章安令恶而杀之。民立祠于永宁，而蚊蚋不能入。出《水经》。

周眕奴

魏时，寻阳县北山中蛮人有术，能使人化作虎，毛色爪身悉如真虎。乡人周眕有一奴，使入山伐薪。奴有妇及妹，亦与俱行。既至山，奴语二人云："汝且上高树去，我欲有所为。"如其言。既而入草，须臾，一大黄斑虎从草出，奋越哮吼，甚为可畏。二人大怖。良久还草中，少时复还为人，语二人："归家慎勿道。"后遂向等辈说之。周寻得知，乃以醇酒饮之，令熟醉，使人解其衣服，乃身体事事祥视，了无异。唯于髻发中得一纸，画作虎，虎边有符。周密取录之。奴既唤醒，问之。见事已露，遂具说本末，云："先尝于蛮中告籴，有一蛮师云有此符，以三尺布，一斗米，一只鸡，一斗酒，受得此法。"出《冥祥记》。

赵 侯

晋赵侯少好诸术，姿形悴陋，长不满数尺。以盆盛水作禁，鱼龙立见。侯有白米，为鼠所盗。乃披发持刀，画作地狱，四面为门。向东啸，群鼠俱到。咒之曰："凡非啖者

用鼎来烧火煮饭。这家的主人感到很吃惊,赵昞却笑而不答,茅屋也一点没有损坏。他又曾来到河边想渡过去,船家不许。他便张开伞盖坐在当中,一声长啸,呼来一阵风,便乘着纷乱的水波渡到了对岸。于是,百姓们都很敬服,很多人都去投奔他。章安县令对赵昞很厌恶,便将他杀害了。老百姓在永宁为他修了一座祠堂,连蚊子都无法入内。出自《水经》。

周眕奴

魏时,寻阳县北山中的一伙蛮人颇有法术,能把人变成老虎,毛色、爪子、身体都跟真虎一样。当地人周眕有个奴仆,主人派他进山砍柴。这奴仆还有妻子和妹妹,也一同前往。到了山上,这奴仆对妻子和妹妹说:“你们先爬到高高的树上去,我要做点事情。”二人照他说的去做了。然后他钻进了草丛,一会儿,一只大黄斑猛虎从草丛中蹿出来,狂奔吼啸,十分可怕。二人害怕极了。过了一会儿,老虎又回到草丛,一会儿又还原为人,他对二人说:“回家后千万不要说出去。”后来,二人却把此事跟同伴们说了。周眕后来知道了,就用酒把他灌醉,然后让人解开他的衣服,整个身体各处都仔细看过,并未发现什么异常。只是在发髻中找到一张纸,上面画着一只老虎,老虎旁边有咒符。周眕悄悄地把那咒符抄写下来。那奴仆被唤醒后,人们盘问他。他见事情已经暴露,只好道出真相,他说:“我先前曾去找那伙蛮人买粮食,有位蛮师说他有这种咒符,于是我就用三尺布、一斗米、一只鸡、一斗酒作为交换,学成了这种法术。”出自《冥祥记》。

赵　侯

晋代的赵侯年轻时喜好各种法术,他长得丑陋枯干,身高还不到数尺。他用盆盛上水施禁咒术,鱼龙立刻就显现出来。他有不少白米,被老鼠偷吃了。于是他就披头散发地操起刀,在地上画了一座地狱,四面是门。他朝东吼叫一声,一大群老鼠都赶到了。他向这群老鼠念咒语道:“凡是没有偷吃过白米的

过去,盗者令止!”止者十余。剖腹看脏,有米在焉。曾徒跣须屐,因仰头微吟,双屐自至。人有笑其形容者,便阳设以酒杯向日,即掩鼻不脱。仍稽颡谢过,着地不举。永康有骑石山,山上有石人骑石马,侯以印指之,人马一时落首,今犹在山下。出《异苑》。

天竺胡人

晋永嘉中,有天竺胡人来渡江南。有幻术,能断舌吐火,所在人士聚观。将断舌,先吐以示众,然后刀截,血流覆地。乃烧取置器中,传以示人。视之,舌半犹在。既而还取,合续之,有顷如故,不知其实断否也。尝取绢布与人,各执一头,中断之,已而取两段,合视之,绢布还连续,故一体也。又取书纸及绳缕之属,投火中,众共视之,见其烧爇了尽。乃拨灰,举而出之,故向物也。出《法苑珠林》。

鞠道龙

葛洪云:余少所知有鞠道龙,善为幻术,向余说古时事。有东海人黄公,少时能乘龙御虎,佩赤金为刀,以绛缯束发。立兴云雾,坐成山河。及衰老,气力羸惫,饮酒过度,不能行其术。秦末,有白虎见于东海,黄公以赤刀厌之,术既不行,为虎所杀。三辅人俗用以为戏,汉朝亦取以为角抵之戏焉。出《西京杂记》。

过去,偷吃过的给我站住!”共有十几只老鼠站住了。他便将其剖腹查看内脏,果然肚子里还有白米粒。他有一次光着脚正要穿鞋,仰着脑袋小声叨咕了几句,一双鞋便自己飞来。有个人笑话他容貌丑陋,他便假装举起酒杯朝着太阳,忽然间酒杯盖住了那个人的鼻子,弄也弄不掉。那个人于是叩首谢罪,头磕在地上便不起来。永康有座骑石山,山上有个石人骑着一匹石马,赵侯用印章一指,那石人和石马的脑袋便同时落地,现在还在山下面。出自《异苑》。

天竺胡人

晋代永嘉年间,有位天竺国胡人来到江南。他有幻术,能够割断舌头吐出火来,人们都来围观。割断舌头前,他先把舌头吐出来让众人看,然后用刀截断,血流遍地。又把割下的半截舌头烧了放入器皿中,让大家传看。再一看他,还有半截舌头在。然后他把割下的那半截舌头拿过来接上去,一会儿舌头便完好如初,不知道他真的截断与否。他曾经拿出绢布交给别人,让他们各扯一头,他从中间割断,然后拿着两块断绢合掌祈祝,那绢布当即就连为一体了。又拿书纸及绳线之类的东西,扔入火中,大家一起看着它们燃成灰烬。他拨开灰烬,把东西取出来,还是原来那些东西。出自《法苑珠林》。

鞠道龙

葛洪说:我小时候知道有个叫鞠道龙的,擅长幻术,他向我讲古时候的事。说东海人黄公,年少时能骑龙驾虎,身上带着一把赤金刀,用深红色的丝带扎着头发。他站起来能呼云唤雾,坐下去能变山造河。到了老年,他身体衰弱,气力不支,再加上饮酒过度,便不能行幻术了。秦朝末年,东海一带出现了白老虎,黄公拿着赤金刀想去制服它,结果由于不能行幻术,被老虎吃掉了。后来,三辅一带的人把这个故事演变为一种游戏,汉朝时也把它当做角力摔跤的游戏。出自《西京杂记》。

阳羡书生

东晋阳羡许彦于绥安山行，遇一书生，年十七八，卧路侧，云脚痛，求寄彦鹅笼中。彦以为戏言，书生便入笼。笼亦不更广，书生亦不更小，宛然与双鹅并坐，鹅亦不惊。彦负笼而去，都不觉重。

前息树下，书生乃出笼，谓彦曰："欲为君薄设。"彦曰："甚善。"乃于口中吐一铜盘奁子，奁子中具诸馔殽，海陆珍羞方丈。其器皿皆是铜物，气味芳美，世所罕见。酒数行，乃谓彦曰："向将一妇人自随，今欲暂要之。"彦曰："甚善。"又于口中吐一女子，年可十五六，衣服绮丽，容貌绝伦，共坐宴。

俄而书生醉卧。此女谓彦曰："虽与书生结好，而实怀外心，向亦窃将一男子同来。书生既眠，暂唤之，愿君勿言。"彦曰："甚善。"女人于口中吐出一男子，年可二十三四，亦颖悟可爱，仍与彦叙寒温。

书生卧欲觉，女子吐一锦行障，书生仍留女子共卧。男子谓彦曰："此女子虽有情，心亦不尽。向复窃将女人同行，今欲暂见之，愿君勿泄言。"彦曰："善。"男子又于口中吐一女子，年二十许，共宴酌。戏调甚久，闻书生动声，男曰："二人眠已觉。"因取所吐女子，还内口中。

须臾，书生处女子乃出，谓彦曰："书生欲起。"更吞向男子，独对彦坐。书生然后谓彦曰："暂眠遂久，君独坐，当悒悒耶？日已晚，便与君别。"还复吞此女子，诸铜器悉内口中。留大铜盘，可广二尺余，与彦别曰："无以藉君，

阳羡书生

东晋时，阳羡人许彦在绥安山里走，遇见一个书生，十七八岁，躺在路旁，说自己脚痛，并请求许彦打开手提的鹅笼子，他要钻进去。许彦开始以为他开玩笑，可那书生一头就钻了进去。那笼子也不变大，书生也没变小，他却与两只鹅并排坐在一起，鹅也不惊。许彦提起那笼子就走了，也不觉得重。

他来到一棵大树下休息，书生才走出来，对许彦说："我想为你设一小宴。"许彦说："很好。"于是，那书生从嘴里吐出一个装铜盘的盒子，盒子中有各种饭菜，山珍海味摆了一丈见方。那器皿全是铜的，气味芳香，世所罕见。酒喝了数巡，那书生对许彦说："之前有一个女子随我同行，现在我想把她请来。"许彦说："很好。"于是，书生又从嘴里吐出一个女子，年纪大约十五六岁，衣服华丽，容貌绝美，同他们坐在一起饮酒。

一会儿书生便醉倒了。那女子对许彦说："我虽然与书生相好，可实际上却怀有二心，之前也偷偷地和一个男子同来。书生既然睡着了，我想把他唤来，希望你不要说出去。"许彦说："很好。"于是，女子便从口中吐出一个男人来，年纪大约二十三四岁，也十分聪颖可爱，还同许彦寒暄畅叙。

书生要醒了，那女子于是吐出一面锦绣屏风，书生便让女子和他躺到一起。那男人对许彦说："这女子虽然与我有情，但也非一心一意。方才我还偷着和一个女子同来，现在想见见她，希望你不要说出去。"许彦说："好。"于是这男人又从口中吐出一个女子，二十岁左右，与他们共饮。调笑了很久，听见那书生有动静，这男人说："他们已经睡醒了。"便将所吐的女子收回口中。

不一会儿，和书生躺在一起的那个女子出来了，对许彦说："书生快要起来了。"然后她将那男人吞进口中，单独与许彦坐在一起。书生起来之后对许彦说："这一小觉睡得太久了，让你单独坐在这儿，挺郁闷的吧？天已经很晚了，我要跟你告别了。"说罢，便将那女子连同所有铜器皿又全都吞进口中。只留下一个大铜盘，直径有二尺多，与许彦告别道："没有什么可以送给你的，

与君相忆也。”至大元中，彦为兰台令史，以盘饷侍中张散。散看其题，云是汉永平三年所作也。出《续齐谐记》。

侯子光

安定人侯子光，弱冠美姿仪。自称佛太子，从大秦国来，当王小秦国。易姓名为李氏，依鄘爰赤眉家。颇见其妖怪，事微有验。赤眉信之，妻以二女。转相扇惑京兆樊绥、竺龙、谨谌、谢乐等，众聚数千于杜阳山，称大皇帝，改元龙兴，立官属。大将军镇西石广斩平之。子光颈无血，十余日面色如生。出《录异记》。

这铜盘就留给你作为纪念吧。”到太元年间，许彦任兰台令史，将那大铜盘送给侍中张散。张散看上面的字，说是东汉永平三年制作的。出自《续齐谐记》。

侯子光

安定人侯子光，二十来岁，英俊潇洒。他自称佛太子，从大秦国来，应当成为小秦国的国王。他改姓李氏，投奔到鄘地的爰赤眉家。经常展示妖怪法术，料事也略有灵验。爰赤眉很信服他，并将两个女儿嫁给他。于是，他开始煽动蛊惑京兆樊绥、竺龙、谨谌、谢乐等人，在杜阳山聚众数千人，自称大皇帝，改年号为龙兴，任命百官。镇西大将军石广将他们斩杀平定了。杀侯子光的时候，他的脖子竟然没有血，死后十多天面色还像活着时一样。出自《录异记》。

卷第二百八十五

幻术二

宋子贤

隋炀帝大业九年，唐县人宋子贤善为幻术。每夜楼上有光明，能变作佛形，自称弥勒佛出世。又悬镜于堂中，壁上尽为兽形。有人来礼谒者，转其镜，遣观来生像，或作蛇兽形。子贤辄告之罪业，当更礼念，乃转人形示之。远近惑信，聚数千百人，遂潜作乱。事泄，官捕之。夜至，绕其所居，但见火坑，兵不敢进。其将曰："此地素无坑，止妖妄耳。"及进，复无火，遂擒斩之。出《广古今五行记》。

胡　僧

唐贞观中，西域献胡僧，咒术能死人，能生人。太宗令于飞骑中取壮勇者试之，如言而死，如言而生。帝以告

宋子贤

隋炀帝大业九年，唐县人宋子贤善于搞幻术。他住的楼上每夜都有光亮，能把自己变成佛的样子，并自称弥勒佛转世。他还把镜子悬挂在堂中，墙上显出的都是各种野兽的样子。有人前来拜谒，他把那面镜子一翻，便使人看到自己来世的模样，有的竟是毒蛇猛兽。宋子贤就告诉他有什么罪孽，再次礼敬祈祷后，就转出人形给他看。远近之人都被他迷惑住了，他聚众成百上千人，准备作乱。不久事情泄露，官府来逮捕他。晚上，官兵把他的住所包围起来，却只见有个火坑，士兵不敢进去。领队的将军说："这地方平常没有坑，是兴妖作怪罢了。"说罢率众而进，就再也没有火了，于是将他擒住后斩首。出自《广古今五行记》。

胡 僧

唐贞观年间，西域献来一个胡僧，能用咒语致人死命，也能让人复活。太宗下令在飞骑营中选个强壮勇敢的来试验，结果正如所言，让他死他就死，让他活他就活。太宗把此事告诉

太常少卿傅奕，奕曰："此邪法也。臣闻邪不犯正，若使咒臣，必不能行。"帝召僧咒奕，奕对之无所觉。须臾，胡僧忽然自倒，若为所击，便不复苏矣。出《国朝杂记》。

祖珍俭

唐咸亨中，赵州祖珍俭有妖术。悬水瓮于梁上，以刀斫之，绳断而瓮不落。又于空房内密闭门，置一瓮水，横刀其上。人良久入看，见俭支解五段，水瓮皆是血。人去之后，平复如初。冬月极寒，石臼冰冻，咒之拔出。卖卜于信都市，日取百钱，盖君平之法也。后被人纠告，引向市斩之。颜色自若，了无惧，命纸笔作词，精彩不挠。出《朝野佥载》。

叶道士

唐陵空观叶道士，咒刀，尽力斩病人肚，横桃柳于腹上，桃柳断而肉不伤。后将双刀斫一女子，应手两段，血流遍地。家人大哭。道士取续之，喷水而咒。须臾，平复如故。出《朝野佥载》。

河南妖主

唐河南府立德坊及南市西坊，皆有胡妖神庙。每岁，商胡祈福，烹猪杀羊，琵琶鼓笛，酣歌醉舞。酬神之后，募一胡为妖主，看者施钱并与之。其妖主取一横刀，利同霜雪，吹毛不过。以刀刺腹，刃出于背，仍乱扰肠肚流血。

太常少卿傅奕，傅奕道：“这是邪术。我听说邪不犯正，如果让他来用咒语诅咒我，一定不会成功。”太宗让胡僧用咒语诅咒傅奕，傅奕却毫无感觉。一会儿，胡僧忽然自己倒下了，仿佛被什么东西击中，再也没有苏醒。出自《国朝杂记》。

祖珍俭

唐代咸亨年间，赵州的祖珍俭会妖术。他把一个水瓮悬挂在房梁上，然后用刀去砍，绳子砍断了而水瓮却不落下来。他又在空房子里紧闭门户，搬进一瓮水，然后把刀横放在上面。过了好久，人们进去一看，只见祖珍俭已经肢解成五段，水瓮里全是血。人们走后，他又恢复了原来的样子。冬天极冷，石臼冻在了冰上，他一念咒语，就把石臼拔了起来。后来，他到信都街市上算卦挣钱，每天都能挣百余钱，依靠的是严君平那套法术。不久他被人告发，押向闹市斩首示众。他脸不变色，一点也不害怕，让人拿来纸笔作词一首，文笔刚直不屈。出自《朝野佥载》。

叶道士

唐代陵空观有个叶道士，对着刀念咒语，用尽全力砍病人的肚子，将桃柳枝横放在肚子上，桃柳枝断了而病人一点也未受伤。后来，他又拿着双刀砍向一个女子，结果手举刀落，那女子便被砍成两段，血流遍地。女子的家人大哭。叶道士将女子的两段身子连在一起，喷上水之后念起咒语来。一会儿，那女子便恢复得跟原来一样。出自《朝野佥载》。

河南妖主

唐代河南府的立德坊及南市西边的民坊，都有胡妖的神庙。每年，胡商们都来祈祷求福，杀猪宰羊，鼓琴吹笛，载歌载舞，开怀畅饮。酬敬完神之后，征募一个胡人做妖主，观众施舍一些钱给他。这妖主拿出一把佩刀，锋利无比，吹毛立断。他把这刀刺入腹中，刀尖从后背穿出来，再用刀乱搅肠肚，流血不止。

食顷，喷水咒之，平复如故。此盖西域之幻法也。出《朝野佥载》。

梁州妖主

唐梁州妖神祠，至祈祷日，妖主以利铁，从额上钉之，直洞腋下，即出门，身轻若飞，须臾数百里。至西妖神前，舞一曲，即却至旧妖所，乃拔钉，一无所损。卧十余日，平复如初。莫知其所以然也。出《朝野佥载》。

明崇俨

唐明崇俨有术法。大帝试之，为地窖，遣妓奏乐。引俨至，谓曰："此地常闻弦管，是何祥也？卿能止之？"俨曰："诺。"遂书二桃符，于其上钉之，其声寂然。上笑，唤妓人问。云："见二龙头，张口向下，遂怖惧不敢奏乐也。"上大悦。出《朝野佥载》。

刘靖妻

唐蜀县令刘靖妻患。正谏大夫明崇俨诊之曰："须得生龙肝，食之必愈。"靖以为不可得。俨乃书符，乘风放之上天。须臾有龙下，入瓮水中。剔取肝，食之而差。大帝盛夏须雪及枇杷、龙眼子。俨坐顷间，往阴山取雪，至岭取果子，并到。食之无别。时瓜未熟，上思之，俨索百钱将去。须臾，得一大瓜，云："缑氏老人园内得之。"上追老人至，

过了一顿饭的工夫，他将伤口喷上水再念咒语，就恢复原样了。这大概是西域的幻术。出自《朝野佥载》。

梁州妖主

唐代梁州有座妖神祠，每到祈祷的日子，妖主就将锋利的铁钉从额头钉进去，再从腋下穿出来，然后出门，身子轻得如同飞起来一般，一会儿就能走几百里。到西面的妖神前，舞上一曲，然后返回到原来的妖神祠，把钉子拔出来，一点也没有损伤。他卧床十几天后，便恢复了原来的样子。不知道这究竟是怎么回事。出自《朝野佥载》。

明崇俨

唐代明崇俨颇有法术。高宗皇帝想试验一下，便挖了一个地窖，令数名歌妓到地窖里奏乐。然后，将明崇俨召来，对他说道："这地方常听见有人奏乐，这是什么征兆？你能制止吗？"明崇俨道："是。"随即画了两个桃符，钉在那地窖上面，管弦之声戛然而止。皇帝笑了，唤歌妓们来问原因。歌妓回答说："方才看见两个龙头，张着嘴向下，吓得我们就不敢奏乐了。"皇帝听罢非常高兴。出自《朝野佥载》。

刘靖妻

唐代蜀地有个县令叫刘靖，他的妻子病倒了。正谏大夫明崇俨为她诊脉后说："要用生龙肝，吃了病就会好的。"刘靖觉得找不到。明崇俨就画了一道符，乘着风放上天去。一会儿，便有一条龙下来，钻进水瓮之中。将龙肝挖出来，刘靖妻子吃了病便好了。高宗在盛夏想要雪块和枇杷、龙眼。一会儿工夫，明崇俨就从阴山取来雪块，从岭南取来水果，一并送到高宗面前。皇帝吃了，味道没有什么不同。当时瓜尚未熟，皇帝想吃，明崇俨要了一百钱而去。一会儿，果然带回一个大瓜，并说："这是在缑氏县一个老人的瓜园里得到的。"皇帝把这个老人找来，

问之。云:“土埋一瓜,拟进。适看,唯得百钱耳。”俨独卧堂中,夜被刺死,刀子仍在心上。敕求贼甚急,竟无踪绪。或以为俨役鬼劳苦,被鬼杀之。孔子曰:“攻乎异端,斯害也已!”信哉! 出《朝野佥载》。

鼎 师

唐则天朝,有鼎师者,瀛博野人,有奇行。太平公主进,则天试之。以银瓮盛酒三斗,一举而饮尽。又曰:“臣能食酱。”即令以银瓮盛酱一斗。鼎师以匙抄之,须臾即竭。则天欲与官,鼎曰:“情愿出家。”即与剃头。后则天之复辟也,鼎曰:“如来螺髻,菩萨宝首。若能修道,何必剃除?”遂长发,使张潜决一百。不废行动,亦无疮痍,时人莫测。出《朝野佥载》。

李慈德

唐大足年中,有妖妄人李慈德,自云能行符书厌。则天于内安置。布豆成兵马,画地为江河。与给使相知,削竹为枪,缠被为甲,三更于内反。宫人扰乱,相投者十二三。羽林将军杨玄基闻内里声叫,领兵斩关而入,杀慈德阉竖数十人。惜哉!慈德以厌为容,以厌而丧。出《朝野佥载》。

询问是否属实。老人回答说："那瓜是在土里埋着的，本打算进献皇上。正看着它时，发现那儿只有一百钱。"后来，明崇俨独自睡在堂中，半夜被人刺死了，刀子一直插在心口上。皇帝下令紧急捉拿凶手，竟没有一点线索。有人认为明崇俨把小鬼们役使得太辛苦了，被小鬼杀死了。孔子说："专搞邪门歪道，这是有害的呀！"的确是这样啊！出自《朝野佥载》。

鼎师

唐代武则天当政时，瀛州博野县有位鼎师，具有神奇的本事。太平公主推荐他，于是武则天想试试他的本领。用银瓮装了三斗酒，结果他一饮而尽。他又说道："我能吃酱。"武则天又让人用银瓮装来一斗酱。鼎师用勺子舀着吃，一会儿便吃光了。武则天想让他做官，他却说："我情愿出家。"武则天于是命人给他削了发。后来，武则天重新主政，鼎师说："如来佛有螺壳状的发髻，观音菩萨以头发为宝。如果能一心修炼，参禅悟道，何必非要要把头发剃掉呢？"他便留起长发，武则天让张潜责打鼎师一百刑杖。但并不影响他的行动，身上也没有留下疮疤，当时的人们都困惑不解。出自《朝野佥载》。

李慈德

唐代大足年间，有个妖人叫李慈德，自称能画符压邪。武则天把他安置在内宫。他把豆粒撒在地上就能变成兵马，在地上画一画就能出现江河。他和仆役们交好，削竹子为枪，缠着被子当盔甲，三更天在内宫造反。内宫里的人被惊扰，发生骚乱，十有二三都投奔了李慈德。羽林将军杨玄基听见内宫传来哭喊声，带兵闯关而入，杀了李慈德及宦官等数十人。真是可惜啊！李慈德是因压邪的法术而得宠，也是因这法术而丧命。出自《朝野佥载》。

叶法善

唐孝和帝令内道场僧与道士各述所能，久而不决。玄都观叶法善，取胡桃二升，并壳食之并尽。僧仍不伏。法善烧一铁钵赫赤，两手欲合老僧头上。僧唱："贼！"袈裟掩头而走。孝和抚掌大笑。出《朝野佥载》。

罗公远

唐道士罗公远，幼时不慧，遂入梁山数年，忽有异见，言事皆中。敕追入京。先天中，皇太子设斋。远从太子乞金银器物，太子靳固不与。远曰："少时自取。"太子自封署房门。须臾开视，器物一无所见。东房先封闭，往视之，器物并在其中。又借太子所乘马，太子怒，不与。远曰："已取得来，见于后园中放在。"太子急往枥上检看，马在如故。侍御史袁守一将食器数枚，就罗公远看年命，奴擎衣襆在门外。不觉须臾，在公远衣箱中。诸人大惊，莫知其然。出《朝野佥载》。

北山道者

唐张守珪之镇范阳，檀州密云令有女，年十七，姿色绝人。女病逾年，医不愈。密云北山中有道者，衣黄衣，在山数百年，称有道术。令自至山请之。道人既至，与之方，女病立已。令喜，厚其货财。居月余，女夜卧，有人与之寝而私焉。其人每至，女则昏魇。及明人去，女复如常。如是数夕，

叶法善

唐代孝和皇帝让在宫内做道场的和尚与道士各自说说自己的本事，好久也分不出高低。玄都观的叶法善拿来胡桃二升，连壳带仁全部吃光了。和尚们仍然不服气。叶法善又将一个铁钵烧得通红，两手捧着想往一位老和尚头上扣。老和尚大骂："贼子！"用袈裟蒙住脑袋逃走了。孝和皇帝拍掌大笑。出自《朝野佥载》。

罗公远

唐代道士罗公远小时候并不聪明，于是进梁山待了几年，忽然间有了特殊的本领，无论猜什么事都能够猜对。皇帝将他召入京城。先天年间，皇太子设素宴招待他。他向太子讨要金银器物，太子吝惜不给。罗公远说："一会儿我自己去拿。"太子亲自封好库房门。一会儿，再打开一看，那些金银器物全都不见了。东房原本是关好的，进去一看，那些器物全都在这儿。罗公远又向太子借他的马骑，太子火了，不借给他。罗公远说："马已经被我牵来了，现在在后园里。"太子急忙跑到后园马槽边查看，他的马果然好好地待在这里。侍御史袁守一拿来不少装食物的器皿，请罗公远算命，让仆人拿着衣服和包裹等候在门口。不知不觉间，袁守一的衣服和包裹竟然进了罗公远的衣箱里。众人大惊，不知道这是怎么回事。出自《朝野佥载》。

北山道者

唐代张守珪镇守范阳时，檀州密云县令有个女儿，十七岁，长得绝顶美貌。她病倒一年多了，怎么也治不好。密云县北山里有个道士，穿着黄衣服，在山里好几百年了，都说他颇有道术。县令亲自进山去请他。那道士到了县令家，给了县令一个药方，女儿的病随即痊愈。县令大喜，送给他许多财物。过了一个多月，县令的女儿晚上睡觉时，总有人进来同她躺在一起并发生关系。那人每次来的时候，她都像在梦中被什么东西压住似的昏迷不醒。天亮后那人走了，她才恢复如常。就这样一连好几个晚上，

女惧告母。母以告令，乃移床近已，夜而伺之。觉床动，掩焉，擒一人，遽命灯至，乃北山道者。令缚而讯之，道者泣曰："吾命当终，被惑乃尔。吾居北山六百余载，未常到人间，吾今垂千岁矣。昨蒙召殷勤，所以到县。及见公女，意大悦之，自抑不可，于是往来。吾有道术，常昼日能隐其形，所以家人不见。今遇此厄，夫复何言？"令竟杀之。出《纪闻》。

东明观道士

唐开元中，宫禁有美人，忽夜梦被人邀去，纵酒密会，极欢而归，归辄流汗倦怠。后因从容奏于帝，帝曰："此必术士所为也。汝若复往，但随宜以物识之。"其夕熟寐，飘然又往。美人半醉，见石砚在前，乃密印手文于曲房屏风之上。寤而具启。帝乃潜以物色，令于诸宫观中求之。果于东明观得其屏风，手文尚在，所居道士已遁矣。出《开天传信记》。

东岩寺僧

博陵崔简少敏惠，好异术。尝遇道士张元肃晓以道要，使役神物，坐通变化。唐天宝二载如蜀郡，郡有吕谊者，遇简而厚币以遗，意有所为。简问所欲，乃曰："继代有女，未尝见人，闺帷之中，一夕而失。意者明公蕴非常之术，愿知所捕，瞑目无恨矣。"简曰："易耳。"即于别室，

县令的女儿很害怕便告诉了母亲。母亲又告诉了县令，于是县令让人把女儿的床移到离自己近的地方，到了晚上在一旁观察。他发觉那床在动，扑上前去，抓住一个人，令手下拿灯来看，原来竟是那位北山道士。县令命人将他绑住便开始审讯，道士哭着说道："我的生命该完结了，因为受了迷惑才这样做的。我在北山住了六百多年，未曾到过人间，现在眼看就要一千岁了。前些日子见你诚心诚意请我，所以才到县里来。看见你女儿之后，心中十分喜爱，自己控制不住，便常来与她交欢。我有道术，白天能隐蔽形体，所以你的家人们看不见。今天遭此一劫，还有什么话可说？"县令就把他杀了。出自《纪闻》。

东明观道士

唐代开元年间，皇宫里有个美人，忽然夜里做梦被人请到一个地方，纵酒作乐，秘密幽会，极尽欢乐之后才回来，醒来之后大汗淋漓，神情倦怠。后来她找机会将此事奏明皇帝，皇帝说："这一定是术士干的。你如果再被请去，就见机行事，找东西做个标记。"当大晚上美人熟睡后，飘飘然又去了。喝到半醉时，美人看见面前摆着一方石砚，便悄悄在内室的屏风上按下一个指印。醒来后，她对皇帝如实禀告。皇帝便派人暗中寻访，让他们在各个道观中查找。果然在东明观里找到了那个屏风，美人的指印还在，而住在这里的道士却已经逃跑了。出自《开天传信记》。

东岩寺僧

博陵人崔简小时候聪敏过人，喜欢奇异的法术。他曾遇见道士张元肃，传授给他道术，使崔简渐渐学会役使神灵及凭空变化等本事。唐天宝二年崔简来到蜀郡，郡里有个叫吕谊的人，遇到崔简后送给他一大笔钱，有事相求。崔简问他想做什么，吕谊回答说："我有一个女儿，未曾见过外人，一直深居闺中，可是却在一个晚上失踪了。我知道你身怀异术，想求你把她找回来，这样我便死而无憾了。"崔简说："这很容易。"于是到另一间屋内，

夜设几席，焚名香以降神灵。简令吕生伏剑于户，若胡僧来，可执之求女，慎无伤也。简书符呵之，符飞出。食顷间，风声拔树发屋。忽闻一甲卒进曰："神兵备，愿王所用。"简曰："主人某日失女，可捕来。"卒曰："唯东山上人，每日以咒水取人，得非是乎？"简曰："若然，可速捕来。"卒去。须臾还曰："东山上人闻之骇怒，将下金刚伐君，奈何？"简曰："无苦。"又书符飞之。倏忽有神兵万计，皆奇形异状，执剑戟列庭。俄而西北上见一金刚来，长数十丈，张目叱简兵。简兵俯伏不敢动。简剑步于坛前，神兵忽隐，即见金刚走矣。久之无所见。

忽有一物，猪头人形，著豹皮水裈，云："上人愿起居仙官。"简踞坐而命之。紫衣胡僧趋入，简让曰："僧盗主人女，安敢妄有役使！"初僧拒诈，吕生忽于户间跃出，执而尤之。僧迫不隐，即曰："伏矣！贫道行大力法，盖圣者致耳，非僧所求。今即归之，无苦相逼。向非仙官之命，君岂望乎？愿令圣者取来。"

俄顷，见猪头负女至，冥然如睡。简曰："宜取井花水为桃汤，洗之即醒。"遂自陈云："初睡中，梦一物猪头人身摄去，不知行近远，至一小房中，见胡僧相凌。问何处，乃云天上也，便禁闭无得出。是夜，有兵骑造门，猪头又至，云：'崔真人有命。'方得归。然某来时，私于僧房门上涂少

夜里摆上几案和席子，烧香祈祷神灵降临。崔简让吕谊拿着剑站在门口，说如果有胡僧进来，就抓住他向他要女儿，但注意不要伤他。崔简画了一张符，吹了一口气，那符便飞出门外。一顿饭的工夫，只听风声大作，树摇屋动。忽然听见一个穿盔甲的士兵进来报告说："神兵已到，请大王调遣。"崔简说："这家主人有一天把女儿丢了，快去把她找回来。"士兵说："只有东山上人，每天用咒水捉人，难道是他干的吗？"崔简说："如果真是这样，可尽快将他抓来。"士兵转身而去。过了一会儿返回来说："东山上人听到消息后，又惊又怒，要请金刚来讨伐你，怎么办？"崔简说："没关系。"又画了张符吹上天去。顷刻之间，天上下来数以万计的神兵，一个个奇形怪状，拿着剑戟站在院子中。一会儿，西北方的天上下来一个金刚，几十丈高，横眉立目地叱骂崔简的神兵。神兵们全都俯首伏地不敢动。崔简握剑走到法坛前，神兵们忽然间隐去，就见那金刚逃走了。很久也没看见什么。

忽然出现一个怪物，猪头人身，穿着豹皮绸裤，他说："上人愿意前来拜见仙官。"崔简便盘腿大坐地命令他。这时，一个穿着紫衣服的胡僧小步走了讲来，崔简叱责道："你把这家主人的女儿偷了去，怎么还敢胡乱役使鬼神作怪？"开始胡僧不认账，吕谊忽然从门后跃出，抓着他责问。那胡僧见无法隐瞒，就说："我服了！贫道施展大力法，是因为圣者要夺你女儿，不是我想要的。现在就归还你女儿，不要再苦苦相逼了。刚才如果不是仙官崔简的命令，你还能要回女儿吗？我让圣者把你女儿带来。"

一会儿，只见那猪头人身的怪物把吕谊的女儿背了回来，女儿昏然如睡。崔简说："应该取清晨刚打上来的井水，用桃木煮成汤，给她洗一洗就能醒来。"吕谊的女儿醒来之后自己说道："我刚刚睡着的时候，梦见自己被一个猪头人身的怪物掳去，不知道走了多远，来到一个小房子里，被胡僧欺凌。我问这是什么地方，他说这是天上，使把我幽禁起来出去不得。这天晚上，有兵马来到门前，那猪头人身的怪物也来了，他说：'崔真人有令。'这样我才回来。然而我来时，偷偷地在胡僧的房门上涂了少量

脂粉，有三指迹，若以此寻可获。”吕生厚遗简，而阴求僧门所记。余数月，游东岩寺，入曲房，忽见指迹于门右扇，遽追之，僧宿昔已去，莫知所之。寺与吕生居处，可十里有余耳。出《通幽记》。

荆术士

唐大历中，有荆士从南来，止于陟圯寺。好酒，少有醒时。因寺中大斋会，人众数千，术士忽曰：“余有一技，可代抃瓦瓯珠之欢也。”乃合彩色于一器中，驔步抓目，徐祝数十言，方饮水再三，噀壁上，成维摩问疾变相，五色相宣，如新写。逮半日余，色渐薄，至暮都灭。惟金粟纶巾鹙子衣上一花，经两日犹在。出《酉阳杂俎》。

梵僧难陀

唐丞相魏公张延赏在蜀时，有梵僧难陀得如幻三昧，入水火，贯金石，变化无穷。初入蜀，与三尼俱行，或大醉狂歌，戍将将断之。及僧至，且曰：“某寄迹桑门，别有药术。”因指三尼：“此妙于歌管。”戍将反敬之，遂留连，为办酒，夜会客与剧饮。僧假裲裆巾帼，市铅黛，饰其三尼。及坐，含睇调笑，逸态绝世。饮将阑，僧谓尼曰：“可为押衙踏某曲也。”因徐进对舞，曳绪回雪，迅赴摩趺，技又绝伦也。良久，曲终而舞不已。僧喝曰：“妇女风耶？”忽起

脂粉，留下三个指印，如果按此线索查找就能够找到。”吕谊重重地酬谢了崔简，并暗地里寻查那胡僧门上的指印。数月之后，吕谊游东岩寺，入内室，忽然看见那右扇门上有三个指印，他急忙去寻找，可那胡僧之前已经逃跑了，不知道逃向何处。这座寺院与吕谊的家，约有十余里路。出自《通幽记》。

荆术士

唐代大历年间，有个荆州的术士从南方而来，住在陟圮寺。他喜欢喝酒，很少有酒醒的时候。一日，寺中举行大斋会，来了好几千人，术士忽然说道：“我有一门技艺，比掷瓦投珠的游戏还要好看。”于是他将各种颜料调和在一个器皿里，颠着马步抹抹脸，慢慢地祝祷几十句，然后喝下好几口颜料水，喷到墙上，墙上就显现出一幅维摩诘访问人间疾苦的图像，各种颜色互相映衬，如同刚画的一样。过了大半天，那色彩渐渐变淡，傍晚便都消失了。只有金粟如来的头巾，以及舍利弗袈裟上的一朵花，过了两天还依然存在。出自《酉阳杂俎》。

梵僧难陀

唐朝宰相魏公张延赏在蜀地时，有一个叫难陀的印度和尚学得了幻术的要领，入水火，穿金石，变化无穷。他刚来到蜀地，与三位尼姑同行，一路上醉酒狂歌，当地的军将想要阻止他们。等难陀赶到，对军将说：“我出身沙门，另有药术。”然后指指那三个尼姑说：“她们都精通歌舞乐器。”于是，那军将反倒有几分敬意，便将他们留住，置办酒席，晚上招待客人同他们开怀畅饮。难陀和尚借来了女人的衣饰，又买来胭粉，把三个尼姑打扮起来。入座后，他同尼姑们眉来眼去地调笑着，姿态妩媚世上少见。酒宴快结束时，难陀对尼姑们说：“可为押衙踏歌一曲。”于是，她们便缓缓移步，翩翩起舞，长袖飘飘有如雪花回旋，纤腰扭动真是俯仰生姿，舞技堪称天下绝伦。过了很久，乐曲已终但她们仍然舞个不停。难陀喝道：“这些女人疯了吗？”忽然起身

取戍将佩刀，众谓酒狂，惊走。僧乃拔刀斫之，皆踣于地，血及数尺。戍将大惧，呼左右缚僧。僧笑曰："无草草。"徐举尼，三枝筇枝也，血乃酒耳。又尝在饮会，令人断其头，钉耳于柱，无血。身坐席上，酒至，泻入脰疮中，面赤而歌，手复抵节。会罢，自起提首安之，初无痕也。时时预言人凶衰，皆迷语，事过方晓。成都有百姓，供养数日，僧不欲住，闭关留之。僧因走入壁间，百姓遽牵，渐入，惟余袈裟角，顷亦不见。来日壁上有画僧焉，其状形似，日月渐薄。积七日，空有黑迹。至八日，黑迹亦灭，已在彭州矣。后不知所之。出《酉阳杂俎》。

太白老僧

大唐中，有平阳路氏子，性好奇。少从道士游，后庐于太白山。尝一日，有老僧叩门，路君延坐，与语久之。僧曰："檀越好奇者，然未能臻玄奥之枢，徒为居深山中。莫若袭轻裘，驰骏马，游朝市，可不快平生志，宁能与麋鹿为伍乎？"路君谢曰："吾师之言，若真有道者。然而不能示我玄妙之迹，何为张虚词以自炫耶？"僧曰："请弟子观我玄妙之踪。"言讫，即于衣中出一合子，径寸余，其色黑而光。既启之，即以身入，俄而化为一鸟，飞冲天。出《宣室志》。

拿过那位军将的佩刀，众人都以为他喝醉了耍酒疯，便四散而逃。难陀拔刀朝着尼姑就砍，三个尼姑都倒在地上，血溅出好几尺远。那军将十分惊恐，喊手下人把难陀捆起来。难陀笑道："你不要惊慌。"他把那三个尼姑慢慢举起来，原来是三根筇竹枝，她们的血只是酒而已。他还有一次在宴会上，让人砍下自己的脑袋，钉耳朵挂在柱子上，一点血也没有。他的身体仍坐在席间，酒来了就顺着颈部的伤口倒进去，挂着的头醉得红扑扑的，口中还唱着歌，坐着的身体还用手打着节拍。宴散之后，他自己起身提起脑袋安到脖子上，一点痕迹都没有。他时常为他人预测吉凶，全用隐语，事情过后才能明白。成都有个百姓，供养了他好几天，后来他不愿意待了，那家主人关上门挽留他。难陀于是走进墙壁间，主人急忙去拽，他却渐渐钻进墙里，只剩下袈裟的一点衣角，一会儿衣角也不见了。第二天，有和尚的画像出现在墙上，与他本人酷似，随着时间的推移，颜色渐渐变淡。到第七天，只留下黑色的痕迹。到第八天，黑迹也消失了，难陀已到了彭州。后来便不知去向。出自《酉阳杂俎》。

太白老僧

唐朝时，平阳路家有个儿子，生性喜好奇异事物。他小时候跟随道士云游，后来在太白山上住下来。一天，有位老僧来敲门，路君请他进来坐下，二人畅谈了好长时间。老僧说："施主是个很喜好奇异事物的人，但还没能领会玄妙奥秘的关键，白白地住在深山之中。不如穿上皮衣，骑上骏马，行游于都市，岂能不实现平生的志愿，怎么能在此与麋鹿为伍呢？"路君表示感谢说："听了师父您的话，好像真是个得道之人。但是不能把您的玄妙本领展示给我，何必说些大话虚言来自我炫耀呢？"老僧说："请你看我的玄妙本领。"说完，就从衣服里拿出一个小盒，有一寸多大，黑色发光。打开之后，他便钻了进去，一会便化作一只鸟，飞入蓝天。出自《宣室志》。

卷第二百八十六

幻术三

张　和

唐贞元初，蜀郡豪家，富拟卓郑。蜀之名姝，无不毕致。每按图求之，媒盈其门，常恨无可意者。或言："坊正张和，大侠也。幽房闺稚，无不知之，盍以诚投乎？"豪家子乃以金帛夜诣其居告之。张和欣然许之。

异日，与豪家子皆出西郭一舍，入废兰若，有大像巍然。与豪家子升像之座，和引手扪佛乳揭之，乳坏成穴，如碗，即挺身入穴，引豪家子臂，不觉同在穴中。通行数十步，忽睹高门崇墉，状如州县。和扣门五六，有丸髻婉童迎拜曰："主人望翁来久矣。"有顷，主人出，紫衣贝带，侍者十余，见和甚谨。和指豪家子曰："此少君子也，汝可善待。予有切事须返，不坐而去。"言讫，已失和所在。

张 和

唐贞元初年，蜀郡有一位富家子，富足可比卓王孙、程郑。蜀中有名气的美女，无一不被他搜罗到手。他经常按照图画搜罗美女，媒婆们把他家的门槛都踏破了，可遗憾的是没有一个中意的。有人说："坊正张和，是一个大侠。哪家有深居闺中的佳丽，他都一清二楚，你何不诚心诚意地请他帮忙呢？"这位富家子就带着金银财物，晚上来到张和家把自己的意思说了。张和欣然答应下来。

一天，张和与富家子一起出了西城三十里外，走进一座废弃的寺庙，这里有一座大佛像巍然矗立。张和与富家子攀上佛像的底座，张和伸手摸佛像的乳头并用力一揭，弄出一个碗大的洞口，他便身子一挺钻进洞中，然后又拽住富家子的胳膊，不知不觉间二人已同在洞中。走了几十步远，忽然看见高高的城墙和大门，看样子像是州县。张和上前敲了五六下门，一个留着圆髻的漂亮小童出来迎接说："我家主人已经盼你很久了。"一会儿，主人走了出来，身上穿着紫衣，腰系贝壳装饰的腰带，跟着十几个侍从，见到张和十分恭敬。张和指着富家子道："这位少公子，你可要好好款待他。我有急事得马上返回，不能坐了。"话音刚落，张和便没影了。

豪家子心异之，不敢问。主人延于中堂，珠玑缇绣，罗列满目。具陆海珍膳，命酌。进妓交鬟撩鬓，缥然神仙。其舞杯闪毬之令，悉新而多思。有金器，容数升，云擎鲸口，钿以珠粒。豪家子不识，问之。主人笑曰："此次皿也，本拟伯雅。"豪家子竟不解。

至三更，主人忽顾妓曰："无废欢笑，予暂有所适。"揖客而起，骑从如州牧，列炬而出。豪家子因私于墙隅，妓中年差暮者，遽就谓曰："嗟乎！君何以至是？我辈已为所掠，醉其幻术，归路永绝。君若要归，但取我教。"受以七尺白练，戒曰："可执此，候主人归，诈祈事设拜，主人必答拜，因以练蒙其颈。"

将曙，主人还。豪家子如其教，主人投地乞命曰："死妪负心，终败吾事，今不复居此！"乃驰骑他去。所教妓即与豪家子居。

二年忽思归，妓亦不留，大设酒乐饯之。饮阑，妓自持锸，开东墙一穴，亦如佛乳，推豪家子于墙外，乃长安东墙下，遂乞食方达蜀。其家失已多年，意其异物，道其初始信。出《酉阳杂俎》。

胡媚儿

唐贞元中，扬州坊市间，忽有一妓术丐乞者，不知所从来。自称姓胡，名媚儿，所为颇甚怪异。旬日之后，观者稍稍云集。其所丐求，日获千万。一旦，怀中出一

富家子感到诧异，却又不敢问。主人将他请到中堂，珠光宝气，绫罗绸缎，琳琅满目。又摆下各种山珍海味，并让人为他斟酒。随即进来几位鬟髻云鬓的歌妓，一个个飘然似神仙。他们行的舞杯、闪球酒令，不但新奇而且颇有巧思。有一件金器，能容下好几升，云朵的装饰托着一个鲸鱼样的大口，上面镶嵌着珍珠。富家子不知这是何物，便询问了一句。主人笑笑说："这是次一等的器皿，本来准备用伯雅酒杯的。"富家子竟然没听明白其中的意思。

到了三更天，主人忽然对歌妓们说："你们继续陪公子歌舞欢宴，我暂时得出去一下。"他向客人拜别就走了，从骑马的随从看像个州郡长官，举着火把列队而出。富家子到墙角小便，歌妓中有个年龄较大的走上前去，对他说："哎呀！你怎么到这里来了？我们已被掳到此地，被他的幻术所迷惑，归途永断。你如果想要回去，那就听我告诉你一个办法。"于是给了他七尺白绢，叮嘱他说："拿着它，等主人回来，假装有事相求向他跪拜，主人必然会回拜，这时候你用白绢勒住他的脖子就行了。"

天快亮的时候，主人回来了。富家子照那歌妓说的去做，主人跪倒在地上乞求饶命说："这个死老婆子没有良心，到底坏了我的事，我不能再住在此地了！"说完，便跨上马奔驰而去。那位歌妓便与富家子同居了。

两年后他忽然想回家，歌妓也不挽留，大设酒宴为他饯行。酒宴散后，那歌妓亲自拿把铁锹，在东墙掘开一个洞，也像佛像乳头一样，把富家子推到墙外，原来竟是长安城的东墙下。他一路乞讨才回到蜀郡。他的家里因他走失多年，怀疑他是鬼，他把事情的来龙去脉讲了之后家人们才相信。出自《酉阳杂俎》。

胡媚儿

唐贞元年间，扬州街市上，忽然有个卖艺的女乞丐，不知从何处来。她自称姓胡，叫媚儿，表演的技艺十分怪异。十天后，观众逐渐多了。她每天都能讨得上千万钱。一天，她从怀中掏出一个

琉璃瓶子，可受半升，表里烘明，如不隔物。遂置于席上，初谓观者曰："有人施与满此瓶子，则足矣。"瓶口刚如苇管大。有人与之百钱，投之，琤然有声，则见瓶间大如粟粒，众皆异之。复有人与之千钱，投之如前。又有与万钱者，亦如之。俄有好事人，与之十万二十万，皆如之。或有以马驴入之瓶中，见人马皆如蝇大，动行如故。须臾，有度支两税纲，自扬子院部轻货数十车至，驻观之。以其一时入，或终不能致将他物往，且谓官物不足疑者。乃谓媚儿曰："尔能令诸车皆入此中乎？"媚儿曰："许之则可。"纲曰："且试之。"媚儿乃微侧瓶口，大喝，诸车辂辂相继，悉入瓶。瓶中历历如行蚁然。有顷，渐不见，媚儿即跳身入瓶中。纲乃大惊，遽取扑破，求之一无所有。从此失媚儿所在。后月余日，有人于清河北逢媚儿，部领车乘，趋东平而去。是时，李师道为东平帅也。出《河东记》。

中部民

唐元和初，有天水赵云，客游鄜畤。过中部县，县僚有燕。吏擒一人至，其罪不甚重，官僚欲纵之。云醉，固劝加刑，于是杖之。累月，云出塞，行及芦子关，道逢一人，要之言款。日暮，延云下道过其居。去路数里，于是命酒偶酌。既而问曰："君省相识耶？"云曰："未尝此行，实昧平生。"

玻璃瓶子，可容半升，里外透明，装上什么都好像不隔着东西似的。她把瓶子放在席子上，一开始对观众说：“如果有人施舍的钱能够装满这个瓶子，我就知足了。”这个瓶子的嘴刚有芦苇管那么大。有人拿出一百钱，向瓶子里投去，叮当作响，却看见瓶子里的钱只有米粒大小，观众们都很吃惊。又有人给媚儿一千钱，投进瓶中，结果和之前一样。又有给一万钱的，也是那样。一会儿有个好事者，给了她十万、二十万钱，结果全都是那样。还有骑着驴马钻入瓶子里的，只见那人和马全都像苍蝇那么大，照样走动。一会儿，有财政部门负责征收两税的官员，从扬子院载着数十车绢帛路过这里，驻足而视。人们认为这瓶子只能一时装些东西，终究不能再装下别的了，而且觉得官家的东西更用不着怀疑。于是对胡媚儿说：“你能够让这些官家的车辆都进瓶子里去吗？”胡媚儿说：“只要允许就可以。”收税的官员说：“你可以试验一下。”胡媚儿就稍微歪了一下瓶口，大吼一声，那些车辆便一辆接着一辆，都进入瓶中。瓶子里就像爬进一行蚂蚁，清晰可见。一会儿，渐渐地都看不见了，媚儿随即纵身一跃跳入瓶中。收税官员大惊，急忙抓起那瓶子摔碎，结果什么也没有。从此，便不知道胡媚儿到什么地方去了。一个多月之后，有人在清河北面看见胡媚儿，她率领着那些车辆，朝东平而去。当时，李师道正是东平的统帅。出自《河东记》。

中部民

唐元和初年，天水有个叫赵云的人，要到鄜州祭祀白帝的地方去游览。经过中部县时，县官设宴招待他。这时捕吏擒来一个人，罪不太重，官吏们想放了他。赵云喝醉了，一再鼓动他们加重刑罚，于是那人受了杖刑。一个月后，赵云来到塞外，走到芦子关时，在路上遇见一个人，说是想要款待他。当时天色已晚，那人领赵云走下大道，沿小路来到自己家中。走了好几里路，那人于是命人摆酒，二人对坐而饮。不久那人问道：“你想想，还认识我吗？”赵云说：“这地方我从未来过，咱们实在是素昧平生。”

复曰："前某月日，于中部值君，某遭罹横罪，与君素无仇隙，奈何为君所劾，因被重刑？"云遽起谢之。其人曰："吾望子久矣，岂虞于此获雪小耻！"乃令左右拽入一室。室中有大坑，深三丈余，坑中唯贮酒糟十斛。剥去其衣，推云于中。饥食其糟，渴饮其汁，于是昏昏几一月，乃缚出之。使人蹙颏鼻额，援捩支体，其手指肩髀，皆改旧形。提出风中，倏然凝定，至于声韵亦改。遂以贱隶蓄之，为乌延驿中杂役。累岁，会其弟为御史，出按灵州狱，云以前事密疏示之。其弟言于观察使李铭，由是发卒讨寻，尽得奸宄，乃复灭其党。临刑亦无隐匿，云："前后如此变改人者数世矣！"出《独异志》。

板桥三娘子

唐汴州西有板桥店。店娃三娘子者，不知何从来，寡居，年三十余，无男女，亦无亲属。有舍数间，以鬻餐为业。然而家甚富贵，多有驴畜。往来公私车乘，有不逮者，辄贱其估以济之。人皆谓之有道，故远近行旅多归之。

元和中，许州客赵季和，将诣东都，过是宿焉。客有先至者六七人，皆据便榻。季和后至，最得深处一榻，榻邻比主人房壁。既而三娘子供给诸客甚厚，夜深致酒，与诸客会饮极欢。季和素不饮酒，亦预言笑。至二更许，诸客醉倦，各就寝。三娘子归室，闭关息烛。人皆熟睡，

那人又说："前些日子，有一天我在中部县见到了你，被无故加重刑罚，遭到毒打，我与你向来没有什么仇怨，为什么他们被你一鼓动，我就要被处以重刑？"赵云赶忙起身谢罪。那个人说："我等你很久了，没料到在这里得到一雪前耻的机会！"说完就命令手下人把赵云拽进一个屋子。屋内有个大坑，三丈多深，坑内只贮存着十斛酒糟。他令手下人扒下赵云的衣服，把他推入坑中。他饿了就吃那酒糟，渴了就喝里面的酒，就这样昏昏沉沉地过了近一个月，才把他绑了上来。那人派人挤压赵云的五官，扭转其肢体，他的四肢和肩膀，全都变了形。把他拎到外面经风一吹，随即定型，而且连声音语调也变了。于是把他作为贱奴留下来，在乌延驿当杂役。一年后，赶上弟弟以御史身份到灵州监狱巡行，赵云便把这些事写密信告诉了他。他的弟弟对观察使李铭讲了，李铭于是派士兵寻捕，抓住了那个妖人，又剿灭了他的同党。临刑之前，那妖人也不想隐瞒，说道："我这样改变人的形体音容，前后算起来，已经有好几代了！"出自《独异志》。

板桥三娘子

唐代汴州西边有个板桥旅店。店里的女老板叫三娘子，不知道从何处而来。她丧夫独居，三十多岁年纪，连个亲戚也没有。她有不少房屋，以开店卖饭为业。然而家里却很富裕，有许多头驴。往来路过的公私车辆，有力所不及的，她总是以低价提供给他们使用。人们都说她心地善良，因此远远近近的旅客都到她这里食宿。

元和年间，许州有位客人叫赵季和，要去东都，路过此地便住下了。在他之前还有六七个客人，把方便一点的床位全占了。赵季和是后来的，只好睡最里面一张铺，这张铺靠着墙，隔壁便是女老板的房间。当天，三娘子对客人们招待得十分周到，深夜还来送酒，和他们开怀畅饮，十分高兴。赵季和向来不喝酒，但也和他们一起谈笑。到二更天，客人们喝醉后都疲倦了，便各自睡下。三娘子回到自己房里，关门吹了蜡烛。人们都睡熟了，

独季和转展不寐。隔壁闻三娘子悉窣，若动物之声。偶于隙中窥之，即见三娘子向覆器下，取烛挑明之。后于巾厢中取一副耒耜，并一木牛、一木偶人，各大六七寸。置于灶前，含水噀之，二物便行走。小人则牵牛驾耒耜，遂耕床前一席地，来去数出。又于厢中取出一裹荞麦子，受于小人种之。须臾生，花发麦熟。令小人收割持践，可得七八升。又安置小磨子，硙成面讫，却收木人子于厢中，即取面作烧饼数枚。有顷鸡鸣，诸客欲发。三娘子先起点灯，置新作烧饼于食床上，与客点心。季和心动遽辞，开门而去，即潜于户外窥之。乃见诸客围床，食烧饼未尽，忽一时踣地，作驴鸣，须臾皆变驴矣。三娘子尽驱入店后，而尽没其货财。季和亦不告于人，私有慕其术者。

后月余日，季和自东都回，将至板桥店，预作荞麦烧饼，大小如前。既至，复寓宿焉，三娘子欢悦如初。其夕更无他客，主人供待愈厚。夜深，殷勤问所欲。季和曰："明晨发，请随事点心。"三娘子曰："此事无疑，但请稳睡。"半夜后，季和窥见之，一依前所为。天明，三娘子具盘食，果置烧饼数枚于盘中讫，更取他物。季和乘间走下，以先有者易其一枚，彼不知觉也。季和将发，就食，谓三娘子曰："适会某自有烧饼，请撤去主人者，留待他宾。"即取己者食之。方饮次，三娘子送茶出来。季和曰："请主人尝客一片

惟独赵季和翻来覆去睡不着。这时，他听见隔壁三娘子房间窸窣作响，像是搬动什么东西的声音。于是，他便透过缝隙窥视，只见那三娘子从一个倒扣着的容器下面，取出蜡烛点亮了。然后从箱子里拿出一副耕犁，还有一个木头牛，一个木头人，都只有六七寸大小。三娘子把它们放在灶坑前，含口水喷在上面，木头人和木头牛便行走起来。小人牵牛拉犁，开始耕床前的一块地，来来回回好几趟。三娘子又从箱子里拿出一袋荞麦种子，给那小人让他种上。一会儿，那荞麦便发芽了，接着就开花、成熟了。三娘子让小人收割脱皮，大约得到了七八升荞麦。又安上一个小石磨，把荞麦磨成面后，三娘子把木头人收回箱子里，然后用那面做了几张烧饼。一会儿鸡叫了，旅客们要动身了。三娘子先起来点上灯，把新做的烧饼放到桌子上，端给他们当点心。赵季和心中疑惑恐惧没有吃，开门而去，在窗外偷偷地观察动静。只见那几位客人围在桌前，烧饼还没有吃光，忽然同时跌倒在地上，像驴那样叫起来，不一会儿都变成了驴。三娘子把他们全部赶到店后，并把所有的财物据为己有。赵季和没把这件事告诉别人，却暗自钦佩她这套法术。

一个多月之后，赵季和从东都返回，快到板桥店的时候，他事先准备好一些荞麦烧饼，大小同三娘子做的一样。来到店里后，他还要住宿，三娘子见了他像当初一样高兴。这天夜里没有别的客人，三娘子待他更加热情。半夜，三娘子殷勤地询问他还要什么。”赵季和回答：“我明天早晨出发，请随便准备些点心。”三娘子说：“这事你不用操心，尽管安心睡吧。”半夜过后，赵季和又透过缝隙向三娘子房间窥视，一切又同上次一样。天亮了，三娘子端来点心盘子，上面果然摆着几张烧饼，然后她又回去拿别的东西。赵季和趁机走到桌子前，拿出自己准备好的烧饼偷换下来一个，三娘子没有发觉。赵季和快要走的时候，过来吃饭，对三娘子说：“刚巧我自己还有烧饼，请把你端来的这些撤下去，留着招待别的客人吧。”说罢，他便掏出自己带的烧饼吃起来。正吃的时候，三娘子送茶出来。赵季和说：“请你尝一块我带的

烧饼。”乃拣所易者与啖之。才入口,三娘子据地作驴声,即立变为驴,甚壮健。季和即乘之发,兼尽收木人、木牛子等。然不得其术,试之不成。季和乘策所变驴周游他处,未尝阻失,日行百里。

后四年,乘入关,至华岳庙东五六里,路傍忽见一老人,拍手大笑曰:“板桥三娘子,何得作此形骸?”因捉驴谓季和曰:“彼虽有过,然遭君亦甚矣!可怜许,请从此放之。”老人乃从驴口鼻边,以两手擘开,三娘子自皮中跳出,宛复旧身。向老人拜讫,走去,更不知所之。出《河东记》。

关司法

郓州司法关某,有佣妇人姓钮。关给其衣食,以充驱使。年长,谓之钮婆,并有一孙,名万儿,年五六岁,同来。关氏妻亦有小男,名封六,大小相类。关妻男常与钮婆孙同戏,每封六新制衣,必易其故者与万儿。

一旦,钮婆忽怒曰:“皆是小儿,何贵何贱?而彼衣皆新,而我儿得其旧!”甚不平也。关妻问曰:“此吾子,尔孙仆隶耳。吾念其与吾子年齿类,故以衣之,奈何不知分理?自此故衣亦不复得矣!”钮婆笑曰:“二子何异也?”关妻又曰:“仆隶那与好人同?”钮婆曰:“审不同,某请试之。”遂引封六及其孙,悉内于裙下,著地按之。关妻惊起夺之,

烧饼吧。"说完就把刚刚偷换下来的那张烧饼递给三娘子吃。刚咬了一口,三娘子便趴在地上发出驴的叫声,随即变成了一头驴,很健壮。赵季和骑上她就出发了,并将木头人、木头牛也都带了去。然而,他怎么也弄不明白那法术的要领,试了几次都失败了。他赶着这头由人变成的驴周游四方,从来没有迷路受阻,日行百里。

四年之后,他骑驴进入关中,到华山岳庙东边五六里处,忽然在路旁看见一个老人,拍手大笑道:"板桥店三娘子,你怎么变成了这副模样?"说完,他捉住驴对赵季和说:"她虽有罪过,但是被你折腾得也够苦了!稍微可怜一下她,请从现在起放了她吧。"老人说完,把驴的口鼻处用两手一掰,三娘子便从皮肉中跳了出来,恢复了原形。三娘子向老人跪谢完毕,转身而去,谁也不知道她到了什么地方。出自《河东记》。

关司法

郓州有位姓关的司法参军,他家中有个女佣姓钮。关司法供她衣食,让她在家里干活。她的年龄比较大,上下都叫她钮婆,还有一个孙子,叫万儿,年龄五六岁,和钮婆同住。关司法的妻子也生了一个小儿子,叫封六,与万儿年纪相仿。这两个孩子常在一起玩耍嬉戏,每当封六做件新衣服,必定把换下来的旧衣服送给万儿。

一天早晨,钮婆忽然发怒道:"都是小孩儿,为什么还有贵贱之分?你们家的孩子全穿新的,我的孙子总穿旧的!"她心里愤愤不平。关司法的妻子问道:"这是我的儿子,你的孙子只是个奴仆罢了。我念他和我儿子年龄相仿,因此才把衣服送给他穿,你怎么不明事理?从此以后,万儿连旧衣服也得不到了!"钮婆冷笑着对关司法的妻子说:"这两个孩子有什么不同呢?"关司法的妻子说:"奴仆怎么能跟主人相同呢?"钮婆说:"要弄清他们同与不同,请让我先试验一下。"于是她把封六和万儿拉到身边,都用裙子盖住,往地上按去。关司法的妻子惊叫一声上前去夺,

两子悉为钮婆之孙，形状衣服皆一，不可辨。乃曰："此即同矣！"关妻大惧，即与司法同祈请恳至，曰："不意神人在此。"自此一家敬事，不敢以旧礼相待矣。良久，又以二子致裙下按之，即各复本矣。关氏乃移别室居钮婆，厚待之，不复使役。

积年，关氏颇厌怠，私欲害之。令妻以酒醉之，司法伏户下，以䦆击之，正中其脑，有声而倒。视之，乃栗木，长数尺。夫妻大喜，命斧斫而焚之。适尽，钮婆自室中出曰："何郎君戏之酷也？"言笑如前，殊不介意。郓州之人知之，关不得已，将白于观察使。入见次，忽有一关司法，已见使言说，形状无异。关遂归，及到家，堂前已有一关司法先归矣，妻子莫能辨之。又哀祈钮婆，涕泣拜请。良久渐相近，却成一人。自此其家不复有加害之意。至数十年，尚在关氏之家，亦无患耳。出《灵怪集》。

长乐里人

唐宝历中，长乐里门有百姓刺臂，数十人环瞩之。忽有一人，白襕，倾首微笑而去。未十步，百姓子刺血如衄，痛苦次骨。食顷，出血斗余。众人疑向观者所为，令其父从而求之。其人不承，其父拜数十，乃捻辙土若祝："可傅此。"如其言血止。出《酉阳杂俎》。

结果两个孩子都变成了钮婆的孙子，模样和衣服全都一样，怎么也分辨不清。钮婆说："这下就相同了！"关司法的妻子吓坏了，便与丈夫一起向钮婆诚恳地乞求，说："想不到神人就在我们面前。"从这以后，全家好好敬待她，再也不敢像从前那样了。过了很久，她又把两个孩子放在裙下往地上一按，他们便各自恢复了原样。关司法就把另外一间房间让给钮婆居住，待她很优厚，不再当佣人使唤了。

过了几年，关司法感到十分厌烦，想暗害她。他让妻子用酒将其灌醉，自己趴在门的后面，用镐头猛地一击，正中钮婆的脑袋，她应声倒在地上。关司法上前一看，原来是根栗木，有好几尺长。两口子大喜，让手下人用斧子把它砍碎再烧掉。刚烧完，钮婆从屋子里走出来说："你为什么要这样过分地耍戏我呀？"她谈笑如故，一点也不介意的样子。郓州有人知道了这件事，关司法迫不得已，想向观察使说明详情。来到观察使处，他忽然看见已经有一个关司法，来同观察使说过了，他长得跟真关司法一模一样。关司法急忙回去，到家后，堂前已经有一个关司法先他而到，可自己的妻儿竟然没有认出来。夫妻俩又向钮婆乞求哀告，并痛哭流涕地跪下请罪。过了很久，那个假关司法渐渐向真关司法靠近，直至合为一人。从此，关家不再想加害于钮婆了。过了几十年，钮婆还住在关家，也没有什么麻烦。出自《灵怪集》。

长乐里人

唐宝历年间，长乐里门口有个百姓用刀自刺胳臂，几十个人在围观。忽然有一个穿白袍的人，侧着头看了看，微笑而去。没有走上十步，那个刺臂人胳臂上血流如注，一直疼到骨头。一顿饭的工夫，出了一斗多的血。大家都怀疑这是方才那个穿白袍的人干的，便让那个刺臂者的父亲上前求救。穿白袍的人不承认，做父亲的拜了几十拜，穿白袍的人才用手搓了点车道沟里的土，像是在祷告，对他说："可以把这个敷在伤口上。"照他说的去做，血就止住了。出自《酉阳杂俎》。

陈武振

唐振州民陈武振者，家累万金，为海中大豪。犀象玳瑁仓库数百，先是西域贾舶漂溺至者，因而有焉。海中人善咒术，俗谓得牟法。凡贾舶经海路，与海中五郡绝远，不幸风漂失路，入振州境内，振民即登山披发以咒咀。起风扬波，舶不能去，必漂于所咒之地而止。武振由是而富。招讨使韦公干，以兄事武振。武振没入，公干之室亦竭矣。出《投荒杂录》。

海中妇人

海中妇人善厌媚，北人或妻之。虽蓬头伛偻，能令男子酷爱，死且不悔。苟弃去北还，浮海荡不能进，乃自返。出《投荒杂录》。

画　工

唐进士赵颜，于画工处得一软障，图一妇人甚丽。颜谓画工曰："世无其人也，如何令生，某愿纳为妻。"画工曰："余神画也。此亦有名，曰真真。呼其名百日，昼夜不歇，即必应之。应则以百家彩灰酒灌之，必活。"颜如其言，遂呼之百日，昼夜不止。乃应曰："诺。"急以百家彩灰酒灌，遂活。下步言笑，饮食如常。曰："谢君召妾，妾愿事箕帚。"

陈武振

唐代振州百姓陈武振，家财万贯，是海岛上的一位大富豪。犀牛角、象牙以及玳瑁之类的仓库就有几百个，原先是从沉没的西域商船中打捞出来的，于是都归他所有了。海岛上的人都善使咒术，俗称得牟法。凡是走海路的商船，本来离海岛上的五个郡都很遥远，不幸遇到风浪迷失方向，就漂流到振州境内，振州的百姓便登上山去，披头散发地念起咒语。他们能使大海中风浪大作，船怎么也不能离去，必定要漂到咒语指定的地方才能停下来。陈武振由此富起来。招讨使韦公幹，像对待兄长一样对待陈武振。陈武振后来所有财物被没收入官，韦公幹家也就财源枯竭了。出自《投荒杂录》。

海中妇人

海岛上的女人善于用巫术和妖媚来迷惑人，北方一些男人便娶她们做妻子。这些女人虽然蓬头散发又伛偻着身子，却能让男人们十分喜欢，死也不后悔。如果男人扔下妻子回北方老家，坐船过海时船就一直摇晃不能前进，于是只好自己回到妻子身边。出自《投荒杂录》。

画　工

唐代有个叫赵颜的进士，从画工那里得到一个软障子，上面画了一个女子，非常美丽。赵颜对画工说："世间没有这样的人啊，怎样才能让她活过来，我愿意娶她为妻。"画工说："这是我的神来之笔。她也有个名字，唤作真真。只要你能连续一百天昼夜不停地叫她的名字，她就一定会答应的。等她答应之后，你就用一百家的彩灰酒灌她，她一定会活的。"赵颜照他说的去做了，一直昼夜不歇地连呼一百天真真的名字。画上的女子果然答应了一声："是。"赵颜又急忙用一百家的彩灰酒灌她，她真的活了。她从画上走下来，有说有笑，而且吃喝同正常人一样。她说："谢谢你把我唤来，我愿意做你的妻子，好好服侍你。"

终岁，生一儿。儿年两岁，友人曰："此妖也，必与君为患！余有神剑，可斩之。"其夕，乃遗颜剑。剑才及颜室，真真乃泣曰："妾南岳地仙也，无何为人画妾之形，君又呼妾名，既不夺君愿。君今疑妾，妾不可住。"言讫，携其子却上软障，呕出先所饮百家彩灰酒。睹其障，唯添一孩子，皆是画焉。出《闻奇录》。

一年以后，真真生下一个孩子。孩子长到两岁的时候，有个朋友对他说："这是个妖怪，必然会给你带来灾难！我这里有把神剑，你可以用它斩了她。"当天晚上，那位朋友把剑送给赵颜。赵颜刚把剑带进屋子，真真便哭着说："我是南岳的地仙，不久前被人画了像，你又叫我的名字，我不想让你失望才走下来的。你如今开始怀疑我了，我也就不能再与你生活下去了。"说罢，带着孩子飘然进入了软障子里，并吐出先前喝下的百家彩灰酒。赵颜看看那障子，除了真真又多了个孩子，全是画上的人物。出自《闻奇录》。

卷第二百八十七

幻术四

侯　元

侯元者，上党郡铜鞮县山村之樵夫也。家道贫窭，唯以鬻薪为事。唐乾符已亥岁，于县西北山中伐薪。回憩谷口，傍有巨石，巋然若厦屋。元对之太息，恨己之劳也。声未绝，石砉然豁开若洞。中有一叟，羽服乌帽，髯发如霜，曳杖而出。元惊愕，遽起前拜。叟曰："我神君也，汝何多叹？自可于吾法中取富，但随吾来。"叟复入洞中，元从之。行数十步，廓然清朗。田畴砥平，时多异花芳草。数里，过横溪，碧湍流苔，鸳鹚溯洄。其上长梁夭矫，如晴虹焉。过溪北，左右皆乔松修篁，高门渥丹，台榭重复。引元之别院，坐小亭上，檐楹阶砌，皆奇宝焕然。及进食行觞，复目所未睹也。食毕叟退。

侯 元

侯元是上党郡铜鞮县山村里的一个樵夫。他家境十分贫寒，只能靠卖柴过日子。唐乾符己亥年，他在县城西北面的山里砍柴。回到谷口休息的时候，见旁边有一块巨石，巍然屹立，像高楼一样。侯元便对着巨石叹息，抱怨自己的劳苦。话音未落，那巨石轰然打开，闪出一个洞来。洞内有个老头儿，穿着用鸟羽制成的衣服，戴着黑帽子，头发胡子全白了，拄着拐杖走了出来。侯元吃了一惊，急忙起身上前参拜。老头儿说："我是神君，你为什么总是叹息呢？从今往后，你可以从我的法术中求得富贵，只管随我来。"老头儿说完又进入洞中，侯元也跟了进去。走了几十步，前方空旷明亮起来。平展展的田野上，种的多是奇花异草。走了几里地，越过一条小溪，溪流湍急，冲击着碧绿色的苔藓，有一对对鸳鸯和鷁鸟在逆流向上游动。溪上的桥梁屈曲而有气势，宛若晴天后的彩虹。到了溪的北面，只见左右全是高大的松树和修长的竹子，还有润泽光艳的红漆大门，重叠往复的亭台楼阁。神君领侯元来到另一个院子里，坐在小亭子上，飞檐画栋，阶石精巧，都光彩绮丽。等到吃饭喝酒时，那些菜肴也尽是他没有见到过的。吃完饭老头儿便告退了。

少顷，二童揖元诣便室，具汤沐，进新衣一袭。冠带竟，复导至亭上。叟出，命仆设净席于地，令元跪席上。叟授以秘诀数万言，皆变化隐显之术。元素蠢戆，至是一听不忘。叟诫曰：“汝虽有少福，合于至法进身，然面有败气未除，亦宜谨密自固，若图谋不轨，祸必丧生！且归存思。如欲谒吾，但至心扣石，当有应门者。”元因拜谢而出，仍令一童送之。即出洞穴，遂泯然如故，视其樵苏已失。

至家，其父母兄弟惊喜曰：“去一旬，谓已碎于虎狼之吻！”元在洞中，如一日耳。又讶其服装华洁，神气激扬。元知不可隐，乃谓其家人言之。遂入静室中，习熟其术。期月而术成，能变化百物，役召鬼魅，草木土石，皆可为步骑甲兵。于是悉收乡里少年勇悍者为将卒，出入陈旌旗幢盖，鸣鼓吹，仪比列国焉。自称曰“贤圣”，官有三老、左右弼、左右将军等号。每朔望，必盛饰往谒神君。神必戒以无称兵，若固欲举事，宜待天应。

至庚子岁，聚兵数千人。县邑恐其变，乃列上。上党帅高公寻命都将以旅讨之。元驰谒神君请命。神君曰：“既言之矣，但当偃旗卧鼓以应之。彼见兵威若是，必不敢肉薄而攻我。志之，慎勿轻接战。”元虽唯诺，心计以为我奇术制之有余，且小者不能抗，后其大者若之何？复示众

不一会儿，两个童子向侯元作了个揖，请他去另一间屋子里沐浴，换了一身新衣服。帽子腰带穿戴完毕，两个童子又把他带回小亭子。那老头儿走出来，让仆人把一张干净席子铺在地上，令侯元跪到席上去。老头儿教给侯元几万字的秘诀，全是变化隐身之术。侯元向来又蠢又憨，但是这些口诀他一听就记住了。老头儿告诫他道："虽然说你有些福份，可以用法术让自己有些出息，但你脸上的晦气尚未除尽，应该谨慎小心，好自为之，倘若你图谋不轨，必遭杀身之祸！回去之后要用心思考。如果你还想见我，只要诚心诚意地对着这块巨石敲几下，就会有人来开门的。"侯元拜谢老头儿出来，老头儿又派一个小童送他。出洞之后，一切还是原来的样子，再看看他的柴草，已经找不到了。

回到家中，他父母兄弟都惊喜地说："你已经走了十天了，还以为你被虎狼吃掉了呢！"侯元在石洞里，好像才过了一天。对于他整洁华美的服装和激扬的神态，大家也颇为惊讶。侯元知道瞒不住，便把实情对家人说了。然后，他便进入一个安静的房间，练习老头儿传授的法术。一个月之后，他的法术练成了，能够变化百物，役使鬼神，就连草木土石等，也能使之变成千军万马。于是，他把村子里勇猛强悍的小伙子都招为兵将，走动时举着旗帜仪仗，吹吹打打，那阵势赶上列国诸侯了。侯元自称"贤圣"，并设了三老、左右弼、左右将军等官职。每当初一和十五，他都要穿上盛装去拜谒神君。神君每次都告诫他不要举兵，如果一定要举事的话，那也要等到上天回应才行。

到了庚子年，侯元聚集了几千人马。县里担心他要造反，便把这件事向上报告了。上党统帅高公随即命令军将带兵讨伐他。侯元急忙谒见神君请他想想办法。神君说道："我已经说过了，你现在只能用偃旗息鼓的办法来对付他们。他们看见我们兵威如此，必定不敢迫进而攻击我们。记住，你一定要慎重，千万不要轻易应战。"侯元虽然答应着，心里却以为凭自己的这身道术，制服他们是绰绰有余的，况且这么一小股敌人都不敢抵抗，再来大批人马时又该怎么办？这样又会在部下面前显得

以不武也。既归，令其党戒严。

是夜，潞兵去元所据险三十里，见步骑戈甲蔽山泽，甚难之，明方阵以前。元领千余人直突之，先胜后败，酒酣被擒。至上党，絷之府狱，严兵围守。旦视枷穿中，唯灯台耳，失元所在。夜分已达铜鞮，径诣神君谢罪。君怒曰："庸奴终违我教！今日虽幸而免，斧锧亦行将及矣，非吾徒也！"不顾而入。郁悒趋出。后复谒神君，虔心扣石，石不为开矣。而其术渐歇，犹为其党所说。

是秋，率徒掠并州之大谷，而并骑适至，围之数重。术既不神，遂斩之于阵，其党与散归田里焉。出《三水小牍》。

功德山

唐巢寇将乱中原。汴中有妖僧功德山，远近桑门皆归之。至于士庶，无不降附者。能于纸上画神寇，放入人家，令作祸祟，幻惑居人。通宵继昼，不能安寝，或致人疾苦。及命功德山赠金作法，则患立除之。又画纸作甲兵，夜夜与街坊嘶鸣，腾践城郭，天明即无所见。又多画其犬，焚祝之，夜则鸣吠，相咬啮于街衢，居人不得安眠。命而赠之，即悄无影响。人既异其术，趋术者愈众。又滑州亦有一僧，颇善妖术，与功德山无异，公私颇患之。时中书令王铎镇滑台，遂下令曰："南燕地分有灾，宜善禳之。"

不勇武。从神君处回来，他命令其同党戒严备战。

当天晚上，潞州的兵马在距离侯元营寨三十里的地方据险下寨，只见漫山遍野全是骑兵步兵，颇难攻打，便等到天亮之后才列阵前进。侯元率领一千多人向官军突击，先胜后败，最终因酒醉被擒住。他被押到上党，投入监狱，由重兵看守。但天亮一看，戴着枷锁的只是一个灯台，侯元已不知去向了。半夜时分，侯元又回到铜鞮县，径直奔往神君处谢罪。神君大怒道："你这愚蠢的奴才，到底没有听我的话！今天你虽幸免一死，但终究免不了杀身之祸，你不是我的徒弟！"说罢头也不回地走了。侯元郁闷地走出山洞。后来他又去拜见神君，可无论他怎么虔诚地敲巨石，那巨石也不开了。从此，他的道术渐渐失灵了，但还受到同党的拥护。

当年秋天，他率同党到并州的太谷县劫掠，并州官府的骑兵赶到，将他们重重包围。侯元的道术不灵了，被斩于阵前，他的那些同党们作鸟兽散，都回家种田去了。出自《三水小牍》。

功德山

唐代末年，黄巢准备率兵扰乱中原。汴州有个妖僧叫功德山，远远近近的佛教徒都去投奔他。至于普通百姓，也没有不归附他的。他能够在纸上画神神怪怪的强盗，然后把它们放入百姓家，令其作祟惹祸，迷惑百姓。这迷惑人的法术通宵达旦，让人无法安睡，常使人患病遭受痛苦。等到有人用钱请功德山去施法，那么灾祸立刻就会消除。功德山还用纸画披甲的士兵，天天晚上在街道上嚎叫，践踏城墙，可等到天亮之后什么都看不见了。他还画了不少狗，一边焚烧一边祈祷，晚上就会听见狗叫，在大街上互相撕咬，吵得人们不得安睡。当有人赠给他钱财，那些狗便都无声无影了。他的道术使人们感到惊异，越来越多的人去向他求教。另外，滑州也有一个僧人，很擅长妖术，与功德山没什么两样，官家和百姓都深以为害。当时，中书令王铎正镇守滑州，他下令说："南燕地区有天灾，要好好设坛祛除灾祸。"

遂自公衙至于诸军营，开启道场，延僧数千人。僧数不足，遂牒汴州，请功德山一行徒众悉赴之。遂以幡花螺钹迎至卫。赴道场之夕，分选近上名德，入于公衙，其余并令散赴诸营礼忏。洎入营，悉键门而坑之，方袍而死者数千人。衙中只留功德山已下酋长，讯之，并是巢贼之党，将欲自二州相应而起，咸命诛之。出《王氏见闻》。

襄阳老叟

唐并华者，襄阳鼓刀之徒也。尝因游春，醉卧汉水滨。有一老叟叱起，谓曰："观君之貌，不是徒博耳。我有一斧与君，君但持此造作，必巧妙通神。他日慎勿以女子为累。"华因拜受之。华得此斧后，造飞物即飞，造行物即行。至于上栋下宇，危楼高阁，固不烦余刃。后因游安陆间，止一富人王枚家。枚知华机巧，乃请华临水造一独柱亭。工毕，枚尽出家人以观之。枚有一女，已丧夫而还家，容色殊丽，罕有比伦。既见，深慕之，其夜乃逾垣窃入女之室。其女甚惊。华谓女曰："不从，我必杀汝。"女荏苒同心焉。其后每至夜，窃入女室中。他日枚潜知之，即厚以赂遗遣华。华察其意，谓枚曰："我寄君之家，受君之惠已多矣，而复厚赂我，我异日无以为答。我有一巧妙之事，当作一物以奉君。"枚曰："何物也？我无用，必不敢留。"华曰："我能作木鹤，令飞之。或有急，但乘其鹤，即千里之外也。"

于是从衙门到各个军营，都开设道场，邀请僧人数千。僧人数量不够，便向汴州发公文，请功德山及其弟子全部赶来。就这样，功德山一行以幢幡彩花、法螺、铙钹的佛教礼节被迎接到滑州。做道场的那天晚上，选了地位高、有名望的几个人进了衙门，其余的都分散到各个军营念经拜祷。他们一进军营，便锁上大门全被活埋，和尚就死了好几千人。衙门里只留下了功德山及其手下的几个小头目，经过审讯，才知道他们全是黄巢的同党，想在汴、滑二州响应黄巢造反，王铎下令把他们全杀了。出自《王氏见闻》。

襄阳老叟

唐代有个叫并华的人，本是襄阳的一个屠夫。曾在一次春游时，醉倒在汉水边上。有一个老头儿将他喊起来，对他说道："看你这相貌，不是只会玩乐的人。我有一把斧子送给你，只要你用它做出东西来，一定是巧妙通神的。不过你要小心，将来不要受女人的累赘。"并华拜谢后接过斧子。他从得到这把斧子之后，造出天上飞的东西就能飞，造出地上跑的东西便能跑。至于修造房屋，危楼高阁，更是轻而易举了。后来，他到安陆一带闲游，住在富人王枚的家里。王枚知道并华的本事，就请他临水建造一个独柱亭。完工之后，王枚喊出全家所有的人来观看。王枚有一个女儿，已经丧夫，回到了家中，长得十分美丽，很少有人敢与她相比。并华一见面，就深深地喜欢上她了，当天晚上他便翻墙而过，偷偷钻进王枚女儿的房间。那女子大惊。并华对女子说："你若不从，我就杀了你。"女子迟疑了一下，便顺从了他。后来，每天夜晚，并华都偷偷钻进她的房间。有一天，王枚在暗中知道了这件事，就用优厚的财物打发他走。并华明白了其中的意思，对王枚说："我住在你家，受你的恩惠已经够多的了，而你还要送我这么多财物，将来我没什么报答你的呀。我有一套巧妙的技术，就做一样东西送给你吧。"王枚说："什么东西？我用不着的话，必不敢留。"并华说："我能做木鹤，并且能让它飞起来。如果一旦有什么急事，只要骑上它，便可飞到千里之外。"

枚既尝闻，因许之。华即出斧斤，以木造成飞鹤一双，唯未成其目。枚怪问之。华曰："必须君斋戒，始成之能飞。若不斋戒，必不飞尔。"枚遂斋戒。其夜，华盗其女，俱乘鹤而归襄阳。至曙，枚失女，求之不获，因潜行入襄阳，以事告州牧。州牧密令搜求，果擒华。州牧怒，杖杀之，所乘鹤亦不能自飞。出《潇湘记》。

青城道士

伪蜀青城山道士能幻术，往往入锦城，施其法，有所获，即潜挈归洞穴。或闻其行甚秽，官吏中有识者，颇恶之。后于成都诱引富室及勋贵子弟，皆潜而随之。或于幽僻宅院中，洒扫焚香设榻，张陈帷幌。则独于室内作法，或召西王母，或巫山神女，或麻姑、鲍姑神仙。皆应召而至，与之杯馔寝处，生人无异。则令学者隙而窥之。欢笑罢，则自帘帷之前蹑而去。又忽城中化出金楼，众皆睹之，惑众颇甚。其民间少年，膏粱子弟，满城如狂。少主知其妖，密使人擒之，累月不获。后有人报云，已出笮桥门去。因使人逐之，乃以猪狗血赍行。至青城路上三十余里，及之，遂倾血沃之，不能施其术。及下狱讯之，云："年年采民家处子住山中，行黄帝之道。"死于岩穴者不知其数。豪贵之家，颇遭秽淫。所通词款，指贵达之门甚多。少主不欲彰其恶，潜杀之。出《王氏见闻》。

王枚之前就听说过这个，便点头答应了。并华拿出那把神斧，用木头做了一对飞鹤，只是眼睛尚未完成。王枚觉得奇怪，便问并华。并华说："你必须斋戒数日，才能做成并让它们飞。如果不斋戒，决不会飞。"王枚于是斋戒。当天晚上，并华将王枚的女儿偷偷背出来，两个人乘鹤飞回襄阳。到天亮时，王枚才发现女儿不见了，四处去找也没有找到，便偷偷地进了襄阳，把这件事告诉了郡守。郡守密令搜寻，果然将并华擒获。郡守大怒，将并华用杖打死，他所乘的木鹤也不能自己飞起来了。出自《潇湘记》。

青城道士

伪蜀政权青城山有个道士会幻术，常常去成都施展一番，有了收获，便悄悄带回到洞里。听说这道士的行为十分污秽，官吏中有认识他的，对他深恶痛绝。后来，他在成都引诱富豪及高官贵族的子弟，这些人都偷偷跟着他学法术。道士有时让他们在幽静的宅院中洒水扫地焚香设榻，支张帷帐和幌子等。而他自己则单独在室内施法，有时请西王母，有时请巫山神女，有时请麻姑或鲍姑等神仙。这些神仙都能应邀而至，与他同食共饮同床共枕，和一般的凡人没什么区别。道士则让跟自己学法术的人，通过缝隙向室内窥视。欢笑过后，那些神仙便在帘帷之前悄然消逝。忽然，他又在城中变幻出金楼，人们都来围观，被他迷惑的人很多。那些民间少年，富家子弟，更是如醉如狂，满城不得安宁。蜀国少主知道这是青城道士作妖之后，便令人秘密捉拿他，几个月都一无所获。后来有人报告说，他已经出笮桥门逃走了。少主便派人去追，并带着一些猪狗的血。在距青城山还有三十多里的路上，终于把他追上，当即把猪狗血全浇在他身上，他就不能施展法术了。把他关进监狱审讯，他供认说："我每年都要掳一些民间处女带进山里，以行'黄帝之道'。"到那里一勘查，岩洞里遇难的少女不计其数。富贵之家的女孩子，不少都被他奸污了。他所交待的罪状，多与显达富贵人家有关系。少主不想张扬他的恶行，便将他秘密处决了。出自《王氏见闻》。

蜀都妇人

元和子尝因暇日，出蜀都东郭门，见二人踞坐江岸，排治舟舰，方怒篙棹者，且呼且叫。忽有妇人衣布襦拜于前，有所乞焉。其人盛怒，且叱之。久而不去，将加殴击，妇人乃去。傍江岸伫立，四顾久之，以手推腰引步，直视二客船。其船即似有物牵拽，飘然而逝，直抵大岸，应时粉碎，财货悉皆溺于水。二人大骇，疑妇人所为，欲擒之，已亡去矣。出《野人闲话》。

蜀都妇人

元和年间，有个人曾经在闲暇之日，从成都东城门出来，看见两个人蹲坐在江边，修理大船，正向撑篙的人发脾气，又吼又叫。忽然，有个穿着布衣短袄的女人在他们面前下拜，像在乞求什么。那两个人大怒，并且叱责她。那女人好长时间也没有离开，他们便要动手打，女人这才离去。她在江边默然伫立，向四周看了好久，然后用手托腰迈步而行，直视那两个人的船。那船就像被什么东西牵拽着似的，飘然而动，径直撞在对岸，立刻被撞得粉碎，财物全落进了水里。那两个人大惊失色，怀疑是那女人干的，想去捉她，可她早已没影了。出自《野人闲话》。

卷第二百八十八

妖妄一

蔡　诞

蔡诞好道，废家业，昼夜诵《黄庭》《太清》《中经》《观天》《节解》之属，谓道尽于此矣。其家患之，己亦惭悔。忽弃家，言："我仙道成矣。"因走入深山，卖薪以易衣。三年，不堪苦而还家。黑瘦骨立，欺家云："吾但为地仙，位卑，为老君牧数十龙。有一斑龙五色，老君尝与吾。后与仙人博戏，输此龙。为此见谪，送吾付昆仑下芸锄芝草三四顷。皆生细石中，多莽秽，甚苦。当十年乃得原。会偓佺、子乔来案行，吾首诉之，并为吾作力，得免也。"出《抱朴子》。

蔡诞

蔡诞喜好道术，连家业都废弃了，夜以继日地研读《黄庭》《太清》《中经》《观天》《节解》等著作，以为道全都在这里。他的家人很忧虑，他自己也觉得惭愧和懊悔。一天，他忽然离开了家，并说道："我的成仙之道修炼成了。"于是，他走进深山，平时用卖柴的钱买衣服穿。三年后，因为无法忍受劳苦便回到家中。他瘦骨嶙峋，脸色发黑，还欺骗家人说："我只是做了个地仙，地位卑微，为太上老君管理几十条龙。其中有一条五色斑龙，老君曾送给了我。后来我与仙人们赌博玩，又把它输掉了。因此，我便受到了贬谪，被流放到昆仑山下给三四顷地的灵芝锄草。这些灵芝都生长在细碎的石头里，杂草又多，很苦。按规定得十年之后才能回来。一天，正赶上偓佺、子乔等大仙来此巡察，我向他们诉说了自己的情况，他们一起帮我想办法，我才免遭那么大的苦难。"出自《抱朴子》。

须曼卿

蒲坂有须曼卿者曰:“在山中三年精思,有仙人来迎我,乘龙升天。龙行甚疾,头昂尾低,令人在上危怖。及到天上,先过紫府,金床玉几,晃晃昱昱,真贵处也。仙人以流霞一杯饮我,辄不饥渴。忽然思家,天帝前谒拜失仪,见斥来还。令更自修责,乃可更往。昔淮南王刘安,升天见上帝,而箕坐大言,自称寡人,遂见谪,守天厕三年。吾何人哉?”河东因号曼卿为斥仙人。出《抱朴子》。

马太守

兴古太守马氏在官,有亲故人投之,求恤焉。马乃令此人出住外,诈云:“是神人道士,治病无不手下立愈。”又令辩士游行,为之虚声,云:“能令盲者明,躄者即行。”于是四方云集,赴之如市,而钱帛固已山积矣。又敕诸来治病者:“虽不便愈,其当告人已愈也,如此则必愈也;若告人言未愈者,则后终不愈也。道法正尔,不可不承信。”于是后人问前来者,辄告之云已愈,无敢言未愈者也。旬月之间,乃致巨富焉。出《抱朴子》。

邺城人

北齐后主武平中,和士开讽百官奏胡太后临朝。所在皆言有狐魅,截人头发。邺城北两三坊无人居住,空墙。时有某家婢子,年十六七,独行。荷一大黄襆,襆内有锦被。忽逢一妪,年可五十余,面作白妆,漫糊可畏,以皂巾

须曼卿

蒲坂有个叫须曼卿的人说:“我在深山里精心修道三年,后来有个神仙来接我,乘龙升上了天。那龙飞得极快,昂着头低着尾巴,使坐在上面的人十分害怕。到天上后,先进了紫府,那里的金床玉几,闪闪发光,真是个富贵的地方。神仙取一杯流霞给我喝,便再也不觉得饥渴。后来忽然想家了,去拜见天帝时又礼仪不周,便被天帝斥责一顿赶了回来。叫我重新修炼,才可以回去。当年淮南王刘安升天去见上帝,盘腿大坐地说着大话,还自称寡人,随即遭到贬谪,在天宫的厕所看守了三年。与他相比我算什么呀?”因此河东一带称须曼卿为斥仙人。出自《抱朴子》。

马太守

兴古太守马某在任时,有个亲戚来投奔他,乞求体恤帮助。马太守就让他住到外边去,并假称:“此人是神仙道士,治病无不手到病除。”他又找了几个能言善辩的人四处游说,为他虚张声势,说:“他能使瞎子复明,使瘸子立即能走。”于是,四面八方的人们都聚集而来,像赶集似的,因此钱物自然就堆积如山了。他还告诉各位前来的病人说:“你的病虽然没有好,但当着别人的面要说好了,这样你的病一定会好起来;如果你告诉别人说没有好,那最终也不会好的。道法就是这样,你不可不信服。”于是后来的病人问先来的病人怎么样,都说病已经好了,没有敢说没治好的。一个月之间,他就变成了一个大富翁。出自《抱朴子》。

邺城人

北齐后主武平年间,和士开讽劝百官,奏请胡太后临朝听政。当时到处都在说有狐狸精,截取行人的头发。在邺城北面有两三条街巷无人居住,只剩下一座座空房子。当时某家有个婢女,十六七岁,独自在这里行走。她背着一个大黄包袱,包袱里有锦缎做的被子。忽然她与一个老太太相遇,这老太太年纪五十多岁,脸上化着居丧的白妆,模糊一片挺吓人,还用黑布巾

抹头。四顾无人，便走逐婢子，脱却皂巾，头发尽作屈髻十余道，綖束之，手持一剃刀，云："我是狐魅，汝急舍襆反走！"此妪得襆，趋走入东坊。婢子行啼，逢同州人乘马来，借问何为。云："狐夺我被襆，始入东坊。"人驰马往，执得之，盖是人也。数百人看之，莫不竞笑。天下有如此造妖事，经略财货。殴击垂死，行路劝放之。出《广古今五行记》。

纥干狐尾

并州有人姓纥干，好剧。承闻在外有狐魅，遂得一狐尾，缀着衣后。至妻旁，侧坐露之。其妻私心疑是狐魅，遂密持斧，欲斫之。其人叩头云："我不是魅！"妻不信，走遂至邻家，邻家又以刀杖逐之。其人惶惧告言："我戏剧，不意专欲杀我。"此亦妖由人兴矣！出《广古今五行记》。

李　恒

陈留男子李恒家事巫祝。邑中之人，往往吉凶为验。陈留县尉陈增妻张氏，召李恒。恒索于大盆中置水，以白纸一张，沉于水中，使增妻视之。增妻正见纸上有一妇人，被鬼把头髻拽，又一鬼，后把棒驱之。增妻惶惧涕泗，取钱十千，并沿身衣服与恒，令作法禳之。增至，其妻具其事告增。增明召恒，还以大盆盛水，沉一张纸，使恒观之。正见纸上有十鬼拽头，把棒驱之，题名云"此李恒也"。

扎着头发。她瞅瞅四下无人，便向婢女追来，摘掉黑布巾，可以看见她的头发盘了十几道髻，都用线扎着，手中拿着一把剃头刀，对婢女说："我是狐狸精，你赶快放下包袱回去！"这老太太得到包袱后，转身钻进了东边的胡同。婢女边走边哭，正赶上有个同乡人骑马过来，就问她这是怎么回事。她说："狐狸精把我的包袱夺走，钻进了东边的胡同。"那人打马追赶，将她抓住，原来是个人扮的。数百人前来围观，没有不大笑的。想不到天下有这样装妖弄鬼的事情，来谋取他人的财物。那老太太被打个半死，后来经过路人劝说才把她放了。出自《广古今五行记》。

纥干狐尾

并州有个人复姓纥干，喜欢开玩笑。当时外面正闹狐狸精，他得到一条狐狸尾巴，就拴在了衣服后面。来到妻子身旁，他侧身而坐，故意将狐狸尾巴露在外边。妻子见了，心里怀疑他是狐狸精，于是便悄悄操起斧头，想要砍他。他连忙磕头说："我不是狐狸精！"妻子不相信，他就跑到邻居家，邻居们又拿起刀棍追逐不已。他惊慌害怕，哀告道："我这是恶作剧，不料你们竟然一心要杀死我。"看来，这狐妖一说也是由人的作用才兴盛起来的啊！出自《广古今五行记》。

李　恒

陈留县有个男子叫李恒，以行巫术为职业。县城里的人，常常找他验个吉凶祸福。陈留县尉陈增的妻子张氏，将李恒请入府中。李恒向她要一个大盆，装上水，然后把一张白纸沉入水中，喊她过来看。张氏只见纸上有一个女人，被鬼拽着头发，后面还有个鬼拎着棒子驱赶她。张氏吓得哭了起来，掏出十贯钱，又送了套随身的衣服给他，求他做法祈祷。陈增回来后，妻子把这件事告诉了他。第二天，陈增又把李恒唤到府中，还用那大盆装水，将一张纸沉进去，让李恒过来看。只见纸上有十个鬼拽住一个人的脑袋，用棒子驱赶，上面还写着"这个人是李恒"。

惭惶走，遂却还昨得钱十千及衣服物，便潜窜出境。众异而问，增曰："但以白矾画纸上，沉水中，与水同色而白矾干。"验之亦然。出《辨疑志》。

惠范

周有婆罗门僧惠范，奸矫狐魅，挟邪作蛊，趑趄鼠黠，左道弄权。则天以为圣僧，赏赉甚重。太平以为梵王，接纳弥优，生其羽翼，长其光价。孝和临朝，常乘官马，往还宫掖。太上登极，从以给使，出入禁门。每入，即赐绫罗金银器物。气岸甚高，风神傲诞，内府珍宝，积在僧家。矫说妖祥，妄陈祸福。神武斩之，京师称快也。出《朝野佥载》。

史崇玄

唐道士史崇玄，怀州河内县缝靴人也，后度为道士。矫假人也，附太平，为太清观主。金仙、玉真出俗，立为尊师。每入内奏请，赏赐甚厚，无物不赐。授鸿胪卿，衣紫罗裙帔，握象笏，佩鱼符。出入禁闱，公私避路。神武斩之，京师中士女相贺。出《朝野佥载》。

岭南淫祀

岭南风俗，家有人病，先杀鸡鹅等以祀之，将为修福；若不差，即刺杀猪狗以祈之；不差，即次杀太牢以祷之；更不差，即是命也，不复更祈。死则打鼓鸣钟于堂，比至葬讫。

李恒又是羞愧又是害怕地跑掉了，又当即把昨天得到的十贯钱和衣物还了回去，便偷偷地逃出县境。人们惊异不解，前来询问，陈增说："只要用白矾在纸上画好，沉入水中，渐渐纸同水色，白矾就显出来了。"大家一验证，果然如此。出自《辨疑志》。

惠　范

武周时有个婆罗门僧人叫惠范，奸诈谄媚，靠邪术蛊惑人心，像老鼠一样阴险狡猾，又喜欢玩弄权术搞旁门左道。武则天把他当成圣僧，赏赐厚重。太平公主把他当成梵王，对他更加热情接待，使他培植起自己的党羽，身价日增。孝和皇帝主政时，惠范常常骑着官马，往返于宫中嫔妃所居之处。太上皇登基，他又随侍左右，出入宫禁。每次入宫，都能得到金银器物和绫罗绸缎等赏赐。于是，他更加气焰高涨，傲慢无礼，府库中的珍宝，都集中到了他手中。他随意为他人占卜吉凶，乱言祸福。神武皇帝把他杀了，京城上下无不拍手称快。出自《朝野佥载》。

史崇玄

唐代有个道士叫史崇玄，他本是怀州河内县一个缝制靴子的人，后来出家当了道士。他为人矫诈不实，依附于太平公主，成为太清观主。金仙、玉真两位公主出家，立他为尊师。每当他进入皇宫禀奏请安时，都能够得到十分丰厚的赏赐，没有什么东西不能赐给他。他被授予鸿胪卿一职，身穿罗裙紫衣，手持象牙笏板，佩戴着鱼符。每当他出入宫禁，官民都为他让路。神武皇帝将他斩杀，京城里的男男女女都奔走庆贺。出自《朝野佥载》。

岭南淫祀

岭南有个风俗，家里有人生病了，先杀鸡、鹅等进行祭祀，来为病人祈福；如果病情不见好转，就杀狗、猪进行祭祀；还不见好转，就再杀牛、羊、猪进行祭祀；如果仍然不见好转，那就是命了，便不再祭祀。人死后，就在堂前打鼓鸣钟，一直等到埋葬完毕。

初死，但走大叫而哭。出《朝野佥载》。

贺玄景

唐景云中，有长发贺玄景，自称五戒贤者。同为妖者十余人，陆浑山中结草舍，幻惑愚人子女，倾家产事之。绐云："至心求者，必得成佛。"玄景为金薄袈裟，独坐暗室。令愚者窃视，云佛放光，众皆慑伏。缘于悬崖下烧火，遣数人于半崖间，披红碧纱为仙衣，随风习飏。令众观之，诳曰："此仙也。"各令着仙衣，以飞就之，即得成道。克日设斋，饮中置莨菪子，与众餐之。女子好发者截取，为剃头，串仙衣，临崖下视，眼花恍惚。推崖底，一时烧杀，没取资财。事败，官司来检，灰中得焦拳尸骸数百余人。敕决杀玄景，县官左降。出《朝野佥载》。

瀛州妇人

唐景龙中，瀛州进一妇人，身上隐起浮图塔庙诸佛形像。按察使进之，授五品，其女妇留内道场。逆韦死后，不知去处。出《朝野佥载》。

薛怀义

周证圣元年，薛师名怀义，造功德堂一千尺于明堂北。其中大像高九百尺，鼻如千斛船，小指中容数十人并坐，夹纻以漆之。正月十五，起无遮大会于朝堂。掘地五丈深，以乱彩为宫殿台阁，屈竹为胎，张施为桢盖。

刚死的时候，只是一边走一边哭喊而已。出自《朝野佥载》。

贺玄景

唐景云年间，有个留着长发的人叫贺玄景，自称五戒贤者。跟他一起作妖弄怪的还有十多个人，在陆浑山中搭起草房，迷惑那些愚昧之人的子女，让他们倾家荡产地侍奉他。他哄骗人们说："诚心来求我的人，必定成佛。"贺玄景穿上金箔袈裟，独自坐在暗室里。让愚昧的人们窥视，说这是佛在放光，众人都畏惧屈服了。他们在悬崖下面点上火，再派一些人来到悬崖半腰，披上红绿纱衣作为仙衣，随风飘扬。贺玄景让众人来看，骗他们说："这就是神仙。"他让那些人都穿上仙衣，向悬崖飞去，就可以得道成仙了。约定好日子设斋，酒中放进莨菪子，给众人喝。头发长得好的女人都把头发剪了，为她们剃度，让她们披着仙衣，临悬崖往下看，一个个头晕眼花，神志恍惚。这时，贺玄景一伙将她们推到崖底，一时间都烧死了，所有的财物被这伙人窃取。后来事情败露，官府派人来侦查，从灰烬中发现烧焦的尸骸数百具。皇帝下令将贺玄景斩首，县官也被降职。出自《朝野佥载》。

瀛州妇人

唐景龙年间，瀛州进献了一个女人，身上隐隐可以看到佛塔、寺庙及诸佛的形象。按察使把她献给皇上，皇上授他五品官，并将那女人留在宫内做道场。韦皇后被杀死，这女人便不知去向了。出自《朝野佥载》。

薛怀义

武周证圣元年，法师薛怀义在明堂北面建造千尺高的功德堂。里面的大佛像有九百尺高，鼻子像能载千斛粮食的大船，小指中能够并肩坐下几十个人，用夹纻脱空的方法塑成。正月十五日，要在朝堂举行无遮大会。会前，薛怀义派人掘地五丈深，用彩色丝绸装饰成宫殿台阁，弯竹子做成胎架，作为支柱和顶盖。

又为大像金刚，并坑中引上，诈称从地涌出。又刺牛血，画作大像头，头高二百尺，诳言薛师膝上血作之。观者填城溢郭，士女云会。内载钱抛之，更相蹈藉，老少死者非一。至十六日，张像于天津桥南，设斋。二更，功德堂火起，延及明堂，飞焰冲天，洛城光如昼日。其堂作仍未半，已高七十余尺。又延烧金银库，铁汁流液，平地尺余。人不知错入者，便即焦烂。其堂煨烬，尺木无遗。至晓，乃更设会，暴风欻起，裂血像为数百段。浮休子曰："梁武帝舍身同泰寺，百官倾库物以赎之。其夜欻电霹雳，风雨暝晦。寺浮图佛殿，一时荡尽。非理之事，岂如来本意哉？"出《朝野佥载》。

胡僧宝严

唐景云中，西京霖雨六十余日。有一胡僧，名宝严，自云有术法，能止雨，设坛场，读经咒。其时禁屠宰，宝严用羊二十口，马两匹以祭。祈请经五十余日，其雨更盛。于是斩逐胡僧，其雨遂止。出《朝野佥载》。

胡超僧

周圣历年中，洪州有胡超僧，出家学道，隐白鹤山，微有法术，自云数百岁。则天使合长生药，所费巨万，三年乃成。自进药于三阳宫。则天服之，以为神妙，望与彭祖同寿，改元为久视元年。放超还山，赏赐甚厚。服药之后二年而则天崩。出《朝野佥载》。

又造了一个金刚的大佛像，把它从坑中拽上来，骗人说它是从地里冒出来的。接着又用刺出来的牛血，画成大佛的头，头高二百尺，骗人说这是用薛怀义膝上的血画的。观看的人们挤满了城郭，男女云集。宫里的人用车载着铜钱向观众抛洒，观众互相拥挤踩踏，老人和孩子被踩死的不止一个。到十六日，把那大佛像挂在天津桥南，设斋祝祷。二更天，功德堂起火了，蔓延到明堂，火焰冲天，照得整个洛阳城如同白昼。功德堂刚建了没有一半，已经七十多尺高了。火势又蔓延到金银库，那些金银都化成水在流淌，平地都有一尺来深。有的人误入其中，立刻就烧焦了。功德堂化成了灰烬，一块木头也没剩下。天亮之后，重新设斋会，忽然来了一阵狂风，把那用牛血绘制的大佛像撕成了好几百块。浮休子说："梁武帝出家同泰寺，文武百官倾尽府库把他赎了回来。那天夜里电闪雷鸣，风雨交加，天昏地暗。同泰寺的佛塔佛殿，顷刻之间化为乌有。这种不合情理的事，难道说都是如来佛的本意吗？"出自《朝野佥载》。

胡僧宝严

唐景云年间，长安一连下了六十多天雨。有一个叫宝严的胡僧自称有法术，能够使雨止住，于是便设祭坛，读经文念咒语。当时禁止屠宰，宝严却用二十只羊、两匹马来祭祀。他祈祷了五十多天，雨反而下得更大了。于是便将他斩了，雨随之而停。出自《朝野佥载》。

胡超僧

武周圣历年间，洪州有个叫胡超的僧人，他出家学道，隐居在白鹤山，会些法术，自称已活了几百岁。武则天让他做长生不老药，耗资巨万，三年才做成。他亲自到三阳宫将药奉上。武则天将药服下，以为药力非凡，希望能活到彭祖那么大，便改年号为久视元年。她把胡超放回山中，并给予优厚的赏赐。然而，在服药之后两年，武则天便驾崩了。出自《朝野佥载》。

调猫儿鹦鹉

则天时，调猫儿鹦鹉同器食，命御史彭先觉监，遍示百官及天下考使。传看未遍，猫儿饥，遂咬杀鹦鹉以餐之。则天甚愧。武者国姓，殆不祥之征也。出《朝野佥载》。

骆宾王

唐裴炎为中书令，时徐敬业欲反，令骆宾王画计，取裴炎同起事。宾王足踏壁，静思食顷，乃为谣曰："一片火，两片火，绯衣小儿当殿坐。"教炎庄上小儿诵之，并都下童子皆唱。炎乃访学者令解之。召宾王至，数啖以宝物锦绮，皆不言。又赂以音乐妓女骏马，亦不语。乃将古忠臣烈士图共观之。见司马宣王，宾王欻然起曰："此英雄丈夫也！"即说自古大臣执政，多移社稷。炎大喜。宾王曰："但不知谣谶何如耳。"炎以谣言"片片火绯衣"之事白。宾王即下，北面而拜曰："此真人矣！"遂与敬业等合谋。扬州兵起，炎从内应，书与敬业等，书唯有"青鹅"字。人有告者，朝臣莫之能解。则天曰："此'青'字者，十二月；'鹅（鵝）'字者，我自与也。"遂诛炎，敬业等寻败。出《朝野佥载》。

冯七姨

唐逆韦之妹，冯太和之妻，号七姨。信邪见，豹头枕以辟邪，白泽枕以去魅，作伏熊枕以为宜男。太和死，

调猫儿鹦鹉

武则天时，训练猫和鹦鹉同吃一个容器里的食，并命御史彭先觉监督，让文武百官及各地进京的使者都看一看。还没有传看完，猫饿了，便咬死鹦鹉饱餐了一顿。武则天十分难为情。武（鹉）是国姓，这恐怕是不祥之兆。出自《朝野佥载》。

骆宾王

唐代裴炎做中书令，当时徐敬业想谋反，让骆宾王出谋划策，与裴炎共同起事。骆宾王把脚踏在墙上，静静地考虑了一顿饭的工夫，便编了几句童谣说："一片火，两片火，绯衣小儿当殿坐。"然后，他便去教裴炎府上的孩子背诵这童谣，并且让京城里的孩子们也跟着唱。裴炎去拜访有学问的人，请他们把这首童谣解释一下。他把骆宾王请来，屡次送给他珠宝锦缎，可他却一言不发。裴炎又送来歌妓舞女和骏马，可骆宾王仍然不说话。裴炎于是将古代忠臣烈士的图像拿出来，请骆宾王共同欣赏。当看到司马宣王时，骆宾王忽然站起身来说："这才是真正的英雄大丈夫啊！"于是便说自古以来大臣执政，有不少都改朝换代了。裴炎非常高兴。骆宾王问道："只是不知这童谣的意思。"裴炎就把"两片火是'炎'字，绯衣是'裴'字"的解释告诉了骆宾王。骆宾王随即走下来，面朝北拜道："这才真是有大志的人啊！"于是他与徐敬业等人合谋造反。徐敬业在扬州起兵，裴炎做内应，他给徐敬业等人写了一封信，信上只有"青鹅"二字。有人告到朝廷，但朝臣没有一个能解开的。武则天说："这个'青'字，就是十二月；'鹅（鵞）'字，就是我亲自参加（我自与）。"于是就把裴炎杀了，徐敬业等人不久也失败了。出自《朝野佥载》。

冯七姨

唐代韦皇后的妹妹，做了冯太和的妻子，号称七姨。她对歪道邪术十分相信，睡觉时用豹头枕头来辟邪，用白泽枕头来除鬼气，又做伏熊枕头，认为可以使自己生男孩。她丈夫太和死了，

嗣虢王娶之。韦之败也，虢王斫七姨头送朝堂，即知辟邪之枕无效矣。出《朝野佥载》。

姜抚先生

唐姜抚先生，不知何许人也。尝著道士衣冠，自云年已数百岁。持符，兼有长年之药，度世之术，时人谓之姜抚先生。玄宗皇帝高拱穆清，栖神物表，常有升仙之言。姜抚供奉，别承恩泽。于诸州采药及修功德，州县牧宰，趋望风尘。学道者乞容立于门庭，不能得也。有荆岩者，于太学四十年不第，退居嵩少，自称山人。颇通南北史，知近代人物。尝谒抚，抚简踞不为之动。荆岩因进而问曰："先生年几何？"抚曰："公非信士，何暇问年几？"岩曰："先生既不能言甲子，先生何朝人也？"抚曰："梁朝人也。"岩曰："梁朝绝近，先生亦非长年之人。不审先生梁朝出仕，为复隐居？"抚曰："吾为西梁州节度。"岩叱之曰："何得诳妄！上欺天子，下惑世人。梁朝在江南，何处得西梁州？只有四平、四安、四镇、四征将军，何处得节度使？"抚惭恨，数日而卒。出《辩疑志》。

虢王又娶了她。韦皇后的势力覆灭，虢王砍下七姨的脑袋送给朝廷，由此便知道那辟邪的枕头是无效的。出自《朝野佥载》。

姜抚先生

唐代的姜抚先生，不知道是哪里人。常常穿戴道士的衣帽，自称已经好几百岁了。他手里拿着符，还有长生不老之药，度世成仙之术，当时的人们叫他姜抚先生。唐玄宗崇尚道教，垂拱无为，凝神物外，常说想要成仙。姜抚先生到宫中去侍奉皇帝，受到特别的恩宠。他到各州采药及做功德，各州县的官员都前去一睹他的风采。来向他学道的人想要见他一面，在门口站着都没有地方。有个叫荆岩的人，在太学念了四十年，却未能及第，便隐退到嵩山，自称山人。他颇为精通南北朝的历史，对近代人物也了如指掌。曾经有一次，荆岩去拜见姜抚，姜抚傲慢无礼，没有理睬荆岩。荆岩于是进前问道："先生今年多大年纪？"姜抚说："你又不信奉本教，何必来问我的年纪？"荆岩说："先生既然不能说出自己的年纪，那么先生是什么朝代的人？"姜抚说："梁朝的人。"荆岩说："梁朝离现在很近，先生看样子也并不很老。不知先生在梁朝做官，还是隐居？"姜抚说："我原来是西梁州节度使。"荆岩怒斥道："你怎么能骗人呢！你上欺天子，下迷惑世人。梁朝在江南，哪里有西梁州？梁朝只设有四平、四安、四镇、四征将军，什么地方设过节度使？"姜抚又惭愧又悔恨，几天之后就死了。出自《辩疑志》。

卷第二百八十九

妖妄二

李　泌

李泌以虚诞自任。尝对客教家人遣洒扫，今夜洪崖来。有人遗美酒一榼，会有客至，乃曰："麻姑送酒，与君同倾。"倾未毕，阍者云："某侍郎取榼。"泌命倒还，亦无愧色。出《国史补》。

纸衣师

大历中有一僧，称为苦行。不衣缯絮布绝之类，常衣纸衣，时人呼为纸衣禅师。代宗武皇帝召入禁中道场安置，令礼念。每月一度出外，人转崇敬。后盗禁中金佛，事发，召京兆府决杀。出《辩疑志》。

李 泌

李泌以虚妄荒诞自命。一次，他曾经当着客人的面，让家人去打扫房间，说今夜洪崖仙人要来。有人送来一坛美酒，恰巧来了个客人，李泌就对客人说："这是麻姑神仙送来的酒，咱们一同把它喝了吧。"酒还没有倒上，看门的人喊："某侍郎来取坛子了。"李泌赶紧让人把酒再倒回去，脸上也毫无羞愧之色。出自《国史补》。

纸衣师

大历年间有一个和尚，称为苦行僧。他不穿丝绵绸子之类的衣服，常穿着纸做的衣服，当时人们称他为纸衣禅师。代宗召他进宫，安排在道场中，让他礼拜念经。每月可以外出一次，人们对他变得崇敬起来。后来，他因偷了宫中的金佛，事情败露，被京兆府处死。出自《辩疑志》。

明思远

华山道士明思远，勤修道箓三十余年，常教人金水分形之法，并闭气存思，师事甚众。永泰中，华州虎暴，思远告人云："虎不足畏，但闭气存思，令十指头各出一狮子，但使向前，虎即去。"思远兼与人同行，欲暮，于谷口行逢虎。其伴惊惧散去，唯思远端然，闭气存思，俄然为虎所食。其徒明日于谷口相寻，但见松萝及双履耳。出《辩疑志》。

周士龙

周士龙者，婺州东阳人。能辨山冈，卜择坟墓之地，与叔父齐名。每至岁月大通，门庭车马如市，人之夭寿官位，吉凶利害，一切以地断。大历五年，至郯中，郯中兵马使姚希晟新葬母氏于青都村，士龙占其冢："一年合家破。"到明年，希晟犯事至死。郯中之人，无不惊骇，相与谓之神人。又有兵马使娄瓘举大事，遂恳祈士龙卜地，前后饷千余贯。士龙大喜，遂与月余日寻访山原。忽得一处，说其地势回抱，是龙腹，三年内必得节度使。瓘亦以自负。岁中，郯中军变，瓘因此谓地势有凭，便有异图。事发，遂斩于军门，举家无复遗类。出《辩疑志》。

李长源

李长源常服气导引，并学禹步方术之事，凡数十年。自谓得灵精妙，而道已成。远近辈亲敬师事者甚多。

明思远

华山有位道士叫明思远，勤奋地钻研道教符箓三十多年，常常教人金水分形之法，并告诉人家要屏住呼吸靠意念行事，来向他拜师求教的人很多。永泰年间，华州闹起了虎患，明思远告诉人们说："老虎没什么可怕的，只要屏住呼吸靠意念行事，想象十个手指头各出来一只狮子，然后只管让它们冲上前，老虎立刻就会跑掉。"明思远与一伙人同行，天快黑的时候，在谷口遇上了老虎。同伴吓得四处逃散，只有明思远泰然端坐，屏住呼吸靠意念行事，结果顷刻之间就被老虎吃掉了。第二天，他的徒弟们在谷口寻找，只看见松萝和一双鞋子。出自《辩疑志》。

周士龙

周士龙是婺州东阳县人。能够看风水选择坟地，与其叔父齐名。每当遇上好日子，他家总是门庭若市，他算人们寿命的长短、官职的升降，以及其他吉凶祸福，均以坟地风水来断定。大历五年，周士龙来到邺城，邺城兵马使姚希晟刚刚把死去的母亲埋葬在青都村，周士龙去看看坟地，说："一年之内，这个家就得破败。"到了第二年，希晟因犯了事，连命也搭上了。邺城里的人，没有不感到震惊的，大家都称他为神人。又有一个兵马使娄瓘想要谋反，就恳请周士龙为他选一块好的坟地，前前后后给了他一千多贯钱。周士龙大喜，奔波一个多月寻访山陵原野。忽然找到一个好地方，说这里地势回抱，是龙之腹部，三年之内保他当上节度使。娄瓘听罢颇为得意。当年，邺城兵变，娄瓘满以为那坟地的地势就是好的凭证，便企图举兵谋反。结果事情败露，他被斩于军营门口，全家也没有留下一个人。出自《辩疑志》。

李长源

李长源曾经练过呼吸吐纳和导引之术，并学过道士做法的步法以及方术，有几十年了。自认为已领悟了其中精妙的要领，道法也练成了。远近不少人都向他表示尊敬，前来拜他为师。

洪州昼日火发，风猛焰烈，从北来。家人等狼狈，欲拆屋倒篱，以断其势。长源止之，遂上屋禹步禁咒。俄然火来转盛，长源高声诵咒，遂有迸火飞焰，先著长源身，遂堕于屋下。所居之室，烧荡尽，器用服玩，无复孑遗。其余图箓持咒之具，悉为灰烬。出《辩疑志》。

双圣灯

长安城南四十里有灵母谷，呼为炭谷。入谷五里，有惠炬寺。寺西南渡涧，水缘崖侧，一十八里至峰，谓之灵应台。台上置塔，塔中观世音菩萨铁像，像是六军散将安太清置造。众传观世音菩萨曾见身于此台，又说塔铁像常见身光。长安市人流俗之辈，争往礼谒，去者皆背负米曲油酱之属。台下并侧近兰若四十余所，僧及行童，衣服饮食有余。每至大斋日送供，士女仅至千人，少不减数百，同宿于台上，至于礼念，求见光。兼云："常见圣灯出，其灯或在半山，或在平地，高下无定。"大历十四年四月八日夜，大众合声礼念，西南近台，见双圣灯。又有一六军健卒，遂自扑，叫唤观世音菩萨，步步趋圣灯向前，忽然被虎拽去。其见者乃是虎目光也。出《辩疑志》。

路神通

段成式门下驺路神通，每军较力，能戴石簦，靸六百斤石，啮破石粟数十。背劄天王，自言得神力，入场神助之则力生。当至朔望日，具乳糜，焚香袒坐，使妻儿供养其背而拜焉。出《酉阳杂俎》。

一天，洪州白天起了火，风猛火大，自北而来。李长源的家里人十分狼狈，想推倒篱笆拆掉房子，切断火源。李长源制止了他们，随即上了房顶，迈着道士的步法，念起了咒语。突然那火势变得更加凶猛，李长源高声诵念着咒语，马上就有火焰迸射而来，先烧到他身上，他就滚到了房下。他们所住的房子，烧得片瓦不剩，所有的器物、服装等等，一件都没剩下。那些图箓咒符等做法用的东西，也全化成了灰烬。出自《辩疑志》。

双圣灯

长安城南四十里有灵母谷，也称为炭谷。进谷五里处，有座惠炬寺。从寺西南越过一个山涧，涧水绕悬崖而流，再走十八里就到了一座山峰，叫灵应台。台上建了一座塔，塔里有观世音菩萨的铁像，这铁像是禁军将领安太清建造的。人们传说菩萨曾经在这里现过原形，又说铁像身上经常闪出佛光。长安城里的市井百姓，争先恐后前去拜谒，去的人都背着粮油酒酱之类。台下附近有四十多所寺庙，僧人以及杂役，吃穿都不用愁。每到大斋日供奉祭祀时，都有男男女女近千人来到，最少也不少于几百人，他们同住于台上，念佛礼拜，祈求见到佛光。还有人讲："曾经看到圣灯出现，那灯有时在山腰，有时在平地，忽高忽低不定位。"大历十四年四月八日晚上，人们正同声念佛，靠近台顶的西南方出现了一对圣灯。这时，有一个禁军士卒立即冲过去，口中呼唤着观世音菩萨，一步步向圣灯跑去，忽然被老虎拽跑了。原来，他看见的是老虎眼睛的光。出自《辩疑志》。

路神通

段成式家里有个驾车的仆人叫路神通，每次军中比武，他都能把石笠顶起来，脚上托着六百斤的石头，咬碎几十颗小石子。他背上刺着天王像，自称得到了神力，一上场神就来帮助他，自然就有了力气。每到初一、十五，他摆下用奶调的粥，点上香火袒胸而坐，让妻儿供奉参拜他背上的天王像。出自《酉阳杂俎》。

五福楼

元和初，阴阳家言五福太一在蜀，故刘阐造五福楼。符载为文记。出《国史补》。

鱼目为舍利

泽州僧洪密请舍利塔，洪密以禅宗谜语鼓扇愚俗，自云身出舍利。曾至太原，豪民迎请，妇人罗拜。洪密既辞，妇人于其所坐之处拾得百粒。人验之，皆枯鱼之目也。将辞去山中，要十数番粗毡，半日获五百番。其惑人也如此。出《北梦琐言》。

目老叟为小儿

长安完盛之时，有一道术人，称得丹砂之妙，颜如弱冠，自言三百余岁。京都人甚慕之，至于输货求丹，横经请益者，门如市肆。时有朝士数人造其第，饮啜方酣，有阍者报曰："郎君从庄上来，欲参觐。"道士作色叱之。坐客闻之，或曰："贤郎远来，何妨一见。"道士颦蹙移时，乃曰："但令入来。"俄见一老叟，鬓发如银，昏耄伛偻，趋前而拜。拜讫，叱入中门。徐谓坐客曰："小儿愚騃，不肯服食丹砂，以至于是。都未及百岁，枯槁如斯，常已斥于村墅间耳。"坐客愈更神之。后有人私诘道者亲知，乃云："伛偻者即其父也。"好道术者受其诳惑，如欺婴孩矣。出《玉堂闲话》。

五福楼

元和初年，风水先生们说五福太一神来到了蜀地，因此刘闢建造了一座五福楼。符载写了篇文章记录这件事。出自《国史补》。

鱼目为舍利

泽州的僧人洪密请求造舍利塔，他用禅宗的一些隐语煽动蛊惑百姓，宣称自己身上能生出舍利。一次，他来到太原，一个富豪把他请进家中，妻妾们围着他跪拜。洪密起身告辞之后，妻妾在他坐过的地方拾到一百多粒。找人一检验，全是干鱼的眼珠子。他要离开返回山中，要了十几块粗毡子，结果半天就得到了五百块。他就是这样能骗人。出自《北梦琐言》。

目老叟为小儿

长安城最繁荣兴盛的时候，有一个会道术的人，自称得到了仙丹妙法，面容像二十来岁的样子，自己却说三百多岁了。京城里的人们都很羡慕他，那些拿着东西来换仙丹，拿着经书向他请教的人，使他家门庭若市。当时有几个朝廷官员到他家拜访，饮酒正酣，有个看门人来报告说："少爷从庄上来了，想拜见您。"那个道士不悦地呵斥他。听罢，有客人说："令郎远道而来，不妨一见。"道士皱了半天眉，便说："那就让他进来吧。"一会儿，只见进来个老头儿，鬓发皆白，佝偻着身子，老迈不堪，小步走上前向道士跪拜。拜完，道士呵斥他进了中门。然后道士缓缓地对客人们说："小儿愚蠢呆笨，不肯服食仙丹，以至于变成这副样子。他还未满一百岁，便枯瘦衰老成这样，已被我驱逐到山村的庄上去了。"听罢，客人们更加觉得神奇。后来，有人暗地里询问道士的亲戚朋友，结果说："那位佝偻身子的老头儿就是道士的父亲。"喜好道术的人们受到了他的欺骗蛊惑，就像欺骗婴孩儿一样。出自《玉堂闲话》。

于世尊

遂州巡属村民姓于号世尊者，与一女，皆逆知人之吉凶，数州敬奉，舍财山积。錾凿崖壁，列为佛像，所费莫知纪极。节度许公存以其妖妄，召至府衙，俾其射覆。不中，乃械而杀之，一无神变。于其所居，得五色文麻缊，以牛载仅百驮，钱帛即可知也。每夜会，自作阿弥陀佛，宫殿池沼，一如西方。男女俱集，念佛而已。斯亦下愚之流，岂术神耶？将有物凭之耶？出《北梦琐言》。

捉佛光事

高燕公镇蜀日，大慈寺僧申报，堂佛光见。燕公判曰："付马步使捉佛光过。"所司密察之，诱其童子，具云："僧辈以镜承隙日中影，闪于佛上。"由此乖露，擒而罪之。出《北梦琐言》。

大轮咒

释教五部持念中，有大轮咒术，以之救病，亦不甚效。然其摄人精魄，率皆狂走，或登屋梁，或啮瓷碗。闾阎敬奉，殆似神圣。此辈由是广获金帛。陵州贵平县牛鞞村民有周达者，贩鬻此术。一旦沸油煎其阴，以充供养，观者如堵，或惊或笑。初自忘痛，寻以致殂也。中间僧昭浦说，朗州有僧号周大悲者，行此咒术，一旦炼阴而毙。与愚所见，

于世尊

遂州辖下有位村民，姓于号世尊，他和一个女儿，全能预先知道人的吉凶祸福，几个州的人都很信奉他们，施舍的财物堆积如山。他们便开凿悬崖峭壁，想刻上一排佛像，所花的费用不知道有多少。节度使许存认为于世尊二人兴妖作乱，就把他们召进府衙，让他们猜测扣着的盆底有什么东西。结果没有猜中，就把他们抓起来杀了，死时也没有什么神奇的变化。后来在他们的住处，翻到一批五色花纹的麻绳，用牛载了将近一百驮，财物之多就可想而知了。他们每天晚上聚会，自己扮作阿弥陀佛，还有宫殿池沼等，如同西天佛祖圣地。男男女女集中在一起，一心念佛而已。受骗的也都是些愚昧的人，难道他的道术很神妙吗？难道有什么东西可以证明吗？出自《北梦琐言》。

捉佛光事

高燕公镇守蜀地时，大慈寺的僧人来报告说，大殿上有佛光闪现。燕公判定说："令马步使把佛光捉来。"派去的人秘密地进行调查，诱使小僧童露出线索，他们说："和尚们用镜子承接太阳从门缝中射入的光影，再反射到大佛身上。"此事就这样败露了，和尚被抓去判了罪。出自《北梦琐言》。

大轮咒

佛教的五部持念中，有一种大轮咒术，用它来治病救命，也没有太多的效果。但它能摄取人的精神魂魄，使人全都不知不觉地狂奔乱走，或登上屋顶，或啃咬瓷碗。平民百姓却虔心敬奉，好像很神圣。通此咒术的人便广收金帛财物。陵州贵平县牛鞞村有个叫周达的村民，以此术为业。有一天，他用沸油煎自己的阴部，来充当献给佛的供养品，看热闹的人围了个水泄不通，有人惊奇有人嘲笑。周达开始时不知疼痛，但很快就因此而死了。其间有个僧人昭浦说，朗州有位叫周大悲的僧人，行此大轮咒术，一天因煎炼阴部而死。他与我所看见的这位，

何姓氏恰同而其事无殊也？盖小人用道欺天，残形自罚。以其事同，因而录之。出《北梦琐言》。

陈仆射

唐军容使田令孜擅权，有回天之力。尝致书于许昌，为其兄陈敬瑄求兵马使职，节将崔侍中安潜拒而不与。迩后崔公移镇西川，陈敬瑄与杨师立、牛勗、罗元杲以打毬争三川。敬瑄获头筹，制授右蜀节度，以代崔公。中外惊骇。报状云陈仆射之命，莫知谁何。青城县妖人作弥勒会，窥此声势，伪作陈仆射行李，云："山东盗起，车驾必幸蜀，先以陈公走马赴任。"乃树一魁，妖共翼佐之。军府未谕，亦差迎候。至近驿，有指挥索白马四匹，察事者觉其非常，乃羁縻之。未及旋踵，真陈仆射速辔而至。其妖人等悉擒缚而俟命，颍州俾隐而诛之。识者曰："陈太师由阉宦之力，无涓尘之效。盗处方镇，始为妖物所凭，终亦自贻诛灭，非不幸也。"出《北梦琐言》。

解元龟

道士解元龟，本西蜀节将下军校。明宗入纂，言自西来，对于便殿，进诗歌圣德，自称太白山正一道士。上表乞西都留守兼三川制置使，要修西京宫阙。上谓侍臣曰："此老耄自远来朝此，期别有异见，乃为身名，甚堪笑也。"赐号知白先生，赐紫。斯乃狂妄人也。出《北梦琐言》。

为什么姓氏恰恰相同，并且他们所做的事情也没有区别呢？大概是无知小人用道术欺骗上天，摧残形体，自我惩罚。因为这两件事相同，我便把它们记载下来。出自《北梦琐言》。

陈仆射

唐代军容使田令孜专权，权势极大。他曾经往许昌写过一封信，为其兄陈敬瑄谋求兵马使的职务，节度使、侍中崔安潜拒绝了他。后来，崔安潜镇守西川去了，陈敬瑄和杨师立、牛勖、罗元杲以打球来赌博，争夺三川之地。陈敬瑄赌赢了，朝廷授他西川节度使，顶替了崔安潜。朝廷内外震惊不已。文报上说陈仆射的命令，但谁也不知道这个陈仆射是谁。青城县的妖人们举办弥勒斋会，探听到这个消息，便诈称是陈仆射的导从官，并说："山东起了盗寇，皇帝必驾临蜀地，先派陈公走马上任。"他们推举出一个头目，其他妖人们都辅佐他。军府没有得到通知，也只好派人迎候。到附近的驿站，妖人中有个头目向军府索要四匹白马，心细的人感到事态非常，就假装笼络他们。没过多久，真陈仆射骑马赶到。于是，那伙妖人全被擒获看押起来听候处理，颍州命令将这伙妖人秘密处死。有见识的人评论说："陈太师凭借宦官的势力升迁，却无一点微末的功绩。他窃取一方军事长官的职务，当初凭借妖人的迷惑，最后又自己害了自己，不是不幸，实在是自取其祸。"出自《北梦琐言》。

解元龟

道士解元龟，原来是西川节度使手下的军校。明宗入朝继位，解元龟说自己从西方来，被召入便殿问话，赋诗歌颂皇帝的圣明和贤德，自称是太白山正一道士。他上表乞请担任西都留守兼三川制置使，并请求修缮西京的宫殿。皇帝对侍臣说："这老头儿远道而来朝见我，希望他能发表什么高见，可没想到就是为了自身名誉，真是太可笑了。"于是，皇帝赐他为知白先生，赐一身紫衣。这老头儿真是一个狂妄的人。出自《北梦琐言》。

蔡畋

唐高骈镇成都，甚好方术。有处士蔡畋者，以黄白干之。取瓦一口，研丹一粒，涂半入火，烧成半截紫磨金，乃奇事也。蔡生自贫，人皆敬之，以为地仙。燕公求之不得。久而乖露，乃是得药于人，眩惑卖弄，为元戎杀之。出《北梦琐言》。

张守一

张守一者，沧景田里人也。少怠惰，不事生计。自言能易五金，以溺好利者。其后贫弊，不能自存，乃负一柳箧，鬻粉黛以贸衣食，流转江淮间。吕用之以妖妄见遇，遂来广陵，客于萧胜门下。久不得志，将舍胜去。用之闻之，止之曰："男子以心诚期物，何患无知己？倘能与用之同，即富贵之事，当共图之。"由是为用之所荐。高骈见其鄙朴，常以真仙待之。及得志，虽僭侈不及用之，贪冒之心特甚。二都建，为左镆铘军使，累转检校左仆射，其礼敬次于用之。每话道对酌，自旦及暮，不能自舍。诳惑之计，与用之常相表里，以致数年其事不泄。光启二年，伪朝授守一德州刺史。明年，渤海以闽川奏守一，事未受而败。乃从杨行密入城，又请为诸将合太还丹。药未就，会有康知柔者，本郑昌图家吏，昌图判户部，以知柔为发运使。院胥伍讽，尝得罪于知柔，鞭之。杨行密入城，讽遂发知柔赃罪二十余事。至是，讽及知柔俱絷于军侯狱。

蔡畋

唐代高骈镇守成都，特别喜好方术。有个叫蔡畋的隐士，以炼制黄金白银的法术去拜见高骈。他拿来一块瓦，将一颗仙丹研碎，涂上一半再放进火里烧，最后竟然烧成半截紫磨金，真是奇事。蔡畋自己虽然很贫穷，但人们都很敬仰他，把他当成住在人世间的神仙。高骈想将他请到府中却未成。时间一长，蔡畋便败露了，原来他是从别人手中得到一种药，便四处炫耀卖弄，后来被高骈杀了。出自《北梦琐言》。

张守一

张守一是沧州、景州一带的乡下人。从小懒惰散漫，不考虑谋生之道。自称能够变出金银，使一些好利者沉湎于此。后来他十分贫困，不能维持生活，便背着一个柳木小箱，靠贩卖脂粉换取衣食，流落到江淮一带。吕用之以妖妄邪术受到重用，张守一就来到广陵，客居于萧胜门下。在这里，他长时间郁郁不得志，便想离萧胜而去。吕用之听说此事，制止他说："男子汉以诚心诚意待人接物，还担心没有知己吗？你倘若能与我同甘共苦，那么富贵之事，咱们就一块儿争取。"于是，他被吕用之引荐。高骈看他挺质朴，常以仙人对待他。他得志后，虽然不如吕用之那样过分奢侈，但贪财好利之心特别严重。二都建立起来之后，张守一被任命为左镆铘军使，经多次升迁后任检校左仆射，待遇仅次于吕用之。他每次与高骈讲道对饮，总是从白天到晚上，舍不得离开。他诳骗诱惑他人的本领，总能与吕用之互相配合，互为表里，以至于数年都没有败露。光启二年，伪朝廷授予张守一德州刺史职务。第二年，高骈奏请张守一镇守闽川，未受任而事败。于是他跟随杨行密进了城，又请求为诸位将领炼制大还丹。药还没有炼成，有个叫康知柔的人，本是郑昌图的下属，昌图兼管户部时，任命康知柔为发运使。院吏伍讽曾经得罪过康知柔，被他打过鞭子。杨行密入城之后，伍讽便揭发康知柔二十多件贪污受贿的罪行。结果，伍讽和康知柔都被关押在军侯狱中。

知柔素与守一善，曰："愿入财以赎罪。"守一即白于杨公。公以守一、知柔洎讽，事迹皆不可原，遂命就狱杀之。出《妖乱志》。

康知柔平时和张守一关系不错,就说:“愿意用财产抵罪。”张守一便将这话转告了杨行密。杨行密认为张守一、康知柔以及伍讽,他们做的事情都是不可原谅的,就命令将他们在狱中处死。

出自《妖乱志》。

卷第二百九十

妖妄三

吕用之

吕用之，鄱阳安仁里细民也。性桀黠，略知文字。父璜，以货茗为业，来往于淮浙间。时四方无事，广陵为歌钟之地，富商大贾，动逾百数。璜明敏，善酒律，多与群商游。用之年十二三，其父挈行。既慧悟，事诸贾，皆得欢心。时或整履摇箑，匿家与奴仆等居。数岁，璜卒家。乾符初，群盗攻剽州里，遂他适。用之既孤且贫，其舅徐鲁仁赒给之。岁余，通于鲁仁室，为鲁仁所逐。因事九华山道士牛弘徽。弘徽自谓得道者也，用之降志师之，传其驱役考召之术。既弘徽死，用之复客于广陵，遂毂巾布褐，用符药以易衣食。岁余，丞相刘公节制淮左，有蛊道置法者，逮捕甚急。用之惧，遂南渡。

高骈镇京口，召致方伎之士，求轻举不死之道。用之以其术通于客次，逾月不召，诣渤海亲人俞公楚。公楚

吕用之

吕用之，是鄱阳安仁里的一名普通百姓。性格凶悍狡猾，略识些文字。他的父亲叫吕璜，以贩卖茶叶为业，来往于淮浙之间。当时天下太平，广陵一带是歌舞游乐之乡，这里的富翁巨商有一百多家。吕璜聪明机敏，又善于行酒令，经常跟商人们交际游玩。吕用之十二三岁，父亲把他带在身边。他很聪明，有悟性，把那些巨商们侍奉得很开心。有时穿戴整齐摇着扇子，藏在富商家中与奴仆住在一起。几年后，其父吕璜死在家中。乾符初年，强盗们攻掠州里，他就到别的地方去了。当时吕用之孤独无依而且又很贫寒，他的舅父徐鲁仁常常接济他。一年多后，吕用之与鲁仁妻子通奸，被鲁仁赶了出来。因此他便上了九华山侍奉道士牛弘徽。牛弘徽自称是个得道者，吕用之屈就于此并拜他为师，学习驱鬼召神之术。牛弘徽死后，吕用之又客居于广陵，于是戴着有皱纹的纱巾、穿着粗布衣服，靠符咒药物来换衣食度日。一年多后，宰相刘公统辖淮左，有用歪门邪道蛊惑人心而触犯法律的，立即逮捕。他害怕了，随即渡江南下。

高骈镇守京口，网罗招致那些懂医药养生的人，以求飞升成仙、长生不老之道。吕用之凭自己的法术请客舍代为通报，结果一个多月仍未被召见，于是他去拜见高骈的亲戚俞公楚。公楚

奇之，过为儒服，目之曰江西吕巡官，因间荐于渤海。及召试，公楚与左右附会其术，得验。寻署观察推官，仍为制其名，因字之曰“无可”，言无可无不可。自是出入无禁，初专方药香火之事。

明年，渤海移镇，用之固请戎服，遂署右职。用之素负贩，久客广陵，公私利病，无不详熟。鼎灶之暇，妄陈时政得失。渤海益奇之，渐加委仗。先是，渤海旧将有梁缵、陈拱、冯绶、董仅、公楚、归礼，日以疏退，渤海至是孤立矣。用之乃树置私党，伺动息。有不可去者，则厚以金宝悦之。左右群小，皆市井人，见利忘义，上下相蒙，大逞妖妄。仙书神符，无日无之，更迭唱和，罔知愧耻。自是贿赂公行，条章日紊，烦刑重赋，率意而为。道路怨嗟，各怀乱计。

用之惧其窃发之变，因请置巡察使，采听府城密事。渤海遂承制受御史大夫，充诸军都巡察使。于是召募府县先负罪停废胥吏阴狡兔猾者得百许人，厚其官佣，以备指使。各有十余丁，纵横闾巷间，谓之察子。至于士庶之家，呵妻怒子，密言隐语，莫不知之。自是道路以目。有异己者，纵谨静端默，亦不免其祸，破灭者数百家。将校之中，累足屏气焉。出《妖乱志》。

对他感到惊奇，给他换上儒生的服装，把他看作自江西来的吕巡官，并找机会向高骈推荐。高骈将他召来进行试验，俞公楚与手下人串通一气，附和吕用之，使他的法术得到了验证。不久他被授予观察推官，还给他起了个名字叫“无可”，也就是说无可无不可。从此他随便出入，没有人可以禁止，开始他专管仙药香火之事。

第二年，高骈要去镇守别的地方，吕用之再三请求穿上军装，于是被授予武职。他原来一直当小商贩，长期客居广陵，官府及民间的流弊，没有他不了解的。炼丹之余，他胡乱地述说时政得失。高骈却越来越觉得他很神奇，逐渐予以重用。开始，高骈的旧将梁缵、陈拱、冯绶、董仅、公楚、归礼等人，渐渐被疏远贬退，至此高骈已陷入孤立境地。吕用之便乘机网罗私党，观察动静。那些无法除掉的人，他便用大量金银财宝取悦拉拢。他身边的人，全是些见利忘义的市井小民，于是欺上瞒下，大肆兴妖作怪。那些所谓的仙书神符，他们天天带在身上，互相吹捧，不知道惭愧和羞耻。自此公然行贿受贿，使规章制度日渐紊乱，加重了赋税并使刑罚更加烦琐，任意胡为。百姓怨声载道，各自暗藏反叛之心。

吕用之怕突发变故，于是奏请设置巡察使，搜集探听府城中的密事。高骈便听从其建议，任命他为御史大夫，充任各军都巡察使。于是，他便从府县中召募了一百多个曾因犯罪而被罢免的阴险刁猾的小吏，给予优厚的俸禄，以备自己指挥使用。这些人各带十多个人，横行街巷，被称为察子。至于官员和平民百姓打孩子骂老婆时说的一些私房话，也没有他们不知道的。这样一来，道路上的人们都只能以眼神示意，不敢随便讲话。那些反抗的人，纵然谨慎小心静默无言什么话也不说，也免不了遭祸，家破人亡的有数百户之多。将校之中，也都叠足而立不敢出气。

出自《妖乱志》。

诸葛殷

高骈嬖吏诸葛殷，妖人吕用之之党也。初自鄱阳，将诣广陵，用之先谓骈曰："玉皇以令公久为人臣，机务稍旷，获谴于时君。辄遣左右一尊神为令公道中羽翼，不久当降。令公善遇，欲其不去，亦可以人间优职縻之。"明日，殷果来。遂巾褐见骈于碧筠亭，妖形鬼态，辨诈蜂起，谓可以坐召神仙，立变寒暑。骈莫测也，俾神灵遇之，谓之诸葛将军也。每从容酒席间，听其鬼怪之说，则尽日忘倦。自是累迁盐铁剧职，聚财数十万缗。其凶邪阴妖，用之蔑如也。

有大贾周师儒者，其居处花木楼榭之奇，为广陵甲第。殷欲之而师儒拒焉。一日，殷谓骈曰："府城之内，当有妖起。使其得志，非水旱兵戈之匹也。"骈曰："为之奈何？"殷曰："当就其下建斋坛，请灵官镇之。"殷即指师儒之第为处。骈命军候驱出其家。是日雨雪骤降，泥淖方盛。执事者鞭挞迫蹙，师儒携挈老幼，匍匐道路，观者莫不愕然。殷迁其族而家焉。

殷足先患风疽，至是而甚。每一躁痒，命一青衣交手爬搔，血流方止。骈性严洁，甥侄辈皆不得侍坐，唯与殷款曲，未尝不废寝忘食。或促膝密坐，同杯共器。遇其风疽忽发，即恣意搔扪，指爪之间，脓血沾染。骈与之饮啖，曾无难色。左右或以为言，骈曰："神仙多以此试人，汝辈莫介意也。"

诸葛殷

高骈有个宠吏叫诸葛殷，是妖人吕用之的党羽。他当初要从鄱阳去广陵，吕用之事先对高骈说："玉皇大帝认为你当大臣的时间太长，使一些军国大事荒废了，受到了当代君主的责罚。于是派遣身边的一位神仙辅佐你，很快就要降临人世。你要好好对待他，如果不想让他走，你也可以安排一个人间的好职位留住他。"第二天，诸葛殷果然来了。他穿着平民服装在碧筠亭拜见高骈，妖模鬼样，诡诈之言口若悬河，说自己可以很容易地召唤来神仙，能马上使冬夏颠倒。高骈不知底细，把他当成神仙看待，称他为诸葛将军。每次在酒筵间纵情畅饮，高骈听他的鬼怪之说，一天都不会感到疲倦。从此他连续升官至掌管盐铁的要职，聚财几十万缗。他的凶险狡诈，吕用之都赶不上。

有个大富商叫周师儒，他家中的花草树木和楼榭亭台奇美无比，堪称广陵第一。诸葛殷想占为己有却遭周师儒的拒绝。一天，诸葛殷对高骈说："府城之中，有妖怪要作祟。如果让它得逞，那么水灾旱灾、兵戈战火的危害也不能与它相比。"高骈问："这如何是好？"诸葛殷说："应当在那下面建一座斋坛，请神官来镇守。"然后他指出周师儒的家正是设坛的地方。于是，高骈命手下军官将周师儒从家中赶出来。这天，突然降下大雨雪，泥泞不堪。那些奉命而来的人用皮鞭抽打逼迫，周师儒扶老携幼，在大道上连滚带爬，围观者都感到十分惊愕。诸葛殷便将自家迁居于此。

先前，诸葛殷的脚得了湿疹，现在越来越严重。每当躁痒起来，他便让一个婢女用双手挠个不停，直至流出血来为止。高骈性格严肃整洁，外甥侄儿等晚辈来了都不准陪坐，却只对诸葛殷热情招待，甚至都废寝忘食。有时他们促膝亲密而坐，同杯共饮。遇到诸葛殷的湿疹忽然躁痒难忍，便尽情抓挠，弄得指甲里全是脓血。高骈跟他照样又吃又喝，脸上并无为难的神情。手下有人说了这件事，高骈说："神仙往往都是这样考验人，你们不要介意啊。"

骈前有一犬子，每闻殷腥秽之气，则来近之。骈怪其驯狎，殷笑曰："某常在大罗宫玉皇前见之，别来数百年，犹复相识。"其虚诞率多如此。高虞常谓人曰："争知不是吾灭族冤家？"

殷性躁虐，知扬州院来两月，官吏数百人，鞭背殆半。光启二年，伪朝授殷兼御史中丞，加金紫。及城陷，窜至湾头，为逻者所擒。腰下获黄金数斤，通天犀带两条。既缚入城，百姓聚观，交唾其面，焬撮其鬓发，顷刻都尽。狱具，刑于下马桥南，杖至百余，绞而未绝。会师铎母自子城归家，经过法所，遂扶起避之，复苏于桥下。执朴者寻以巨木踣之。驺殿过，决罚如初。始殷之遇也，骄暴之名，寻布于远近。其族人竞以谦损戒殷。殷曰："男子患于不得遂志，既得之，当须富贵自处。人生宁有两遍死者？"至是果再行法。及弃尸道左，为仇人剜其目，断其舌。儿童辈以瓦砾投之，须臾成峰。出《妖乱志》。

又

高骈末年惑于神仙之术。吕用之、张守一、诸葛殷等，皆言能役使鬼神，变化黄金。骈酷信之，遂委以政事。用之等援引朋党，恣为不法。其后亦虑多言者有所漏泄，因谓骈曰："高真上圣，要降非难。所患者，学道之人，真气稍亏，灵咒遂绝。"骈闻之，以为信然，乃谢绝人事，屏弃妾媵。

高骈的身边有一只狗，每当闻到诸葛殷身上腥臭的气味，便跑上前去。高骈责怪它过于驯顺狎昵，诸葛殷笑着说："我曾经在大罗宫玉皇大帝身边见过它，分别几百年了，它还认识我。"他常常是如此荒诞无稽。高虞曾经对人说："怎知道他不是灭我家族的冤家呢？"

诸葛殷性情急躁暴虐，管理扬州院两个月来，几百名官吏当中，有一半人背上挨过他的鞭子。光启二年，伪朝廷任命诸葛殷兼任御史中丞，加金印紫绶。等到扬州城被攻陷后，他逃窜到水湾边，被巡逻的士兵擒获。在他的腰间搜出好几斤黄金，还有两条通天犀带。将他捆入城中后，百姓前来围观，都将唾沫吐到他脸上，用热水烫、用手撕扯他的头发胡子，顷刻便须发全无。他被戴上刑具，在下马桥南行刑，打了一百杖，又用绳子勒但没有勒死。这时正赶上师铎的母亲从内城回家，路过法场，便扶起他躲了起来，他在桥下苏醒过来。执刑的人见到他，便用大木头砸去。骑马的随从领他过堂，判决还和当初一样。诸葛殷刚刚发迹的时候，他的骄横暴虐之名，不久远近之人就全知道了。他同族的人都以谦虚自损告戒他。诸葛殷却说："男子汉怕的是不能实现他的志向，既然实现了，就要尽享荣华富贵。一个人在一生中，难道还有死两遍的吗？"后来他果然两次被行刑。等到被弃尸路旁时，他被仇人剜掉了眼珠，割断了舌头。小孩子们拿起石头瓦块向他投去，很快就堆起了一座小山。出自《妖乱志》。

又

高骈到了晚年，被神仙之术所迷惑。吕用之、张守一、诸葛殷等人，都说自己能够召神唤鬼，变出黄金。高骈对他们深信不疑，就都委以政务。吕用之等勾结朋党，胡作非为。后来，他也担心多嘴的人把他们干的坏事泄露出去，于是就对高骈说："得道仙人与至圣之人，要降临人间并不困难。所令人忧虑的是，学道之人真气稍有亏损，灵咒也会随之失去效力。"高骈听了他的话，信以为真，便谢绝人世间的事情，把爱妾们也抛到一边。

宾客将吏，无复见之。有不得已之故，则遣人先浴斋戒，诣紫极宫道士祓除不祥，谓之解秽，然后见之。拜起才终，已复引出。自此内外拥隔，纪纲日紊。用之等因大行威福，傍若无人。岁月既深，根蒂遂固。用之自谓磻溪真君，张守一是赤松子，诸葛殷称将军。有一萧胜者，谓之秦穆公附马。皆云上帝遣来，为令公道侣。其鄙诞不经，率皆如此。

江阳县前一地祇小庙，用之贫贱时，常与妻止其舍。凡所动静，祷而后行。得志后，谓为冥助，遂修崇之。回廊曲室，妆楼寝殿，百有余间。土木工师，尽江南之选。每军旅大事，则以少牢祀之。

用之、守一皆云神遇。骈凡有密请，即遣二人致意焉。中和元年，用之以神仙好楼居，请于公廨邸北，跨河为迎仙楼。其斤斧之声，昼夜不绝，费数万缗，半岁方就。自成至败，竟不一游。扃鐍俨然，以至灰烬。是冬，又起延和阁于大厅之西，凡七间，高八丈，皆饰以珠玉，绮窗绣户，殆非人工。每旦，焚名香，列异宝，以祈王母之降。及师铎乱，人有登之者，于藻井垂莲之上，见二十八字云："延和高阁上干云，小语犹疑太乙闻。烧尽降真无一事，开门迎得毕将军。"此近诗妖也。

用之公然云："与上仙来往。"每对骈，或叱咄风雨，顾揖空中，谓见群仙来往过于外。骈随而拜之。用之指画纷纭，略无愧色。左右稍有异论，则死不旋踵矣。见者莫测其由，但搏膺不敢出口。用之忽云："后土夫人灵仇，遣使

从此，宾客和他的部下，就再也看不到他了。有迫不得已的原因，便让人先为他沐浴斋戒，再到紫极宫请道士除凶消灾，称之为解秽，然后才能与人相见。可当见他的人下拜后刚刚站起来，便又被人领出门去。从此内外隔绝，纲纪日渐紊乱。吕用之等人于是作威作福，旁若无人。时间一长，他们的根基逐渐稳固。吕用之自称磻溪真君，张守一是赤松子，诸葛殷是将军。有一个叫萧胜的人，说是当年秦穆公的驸马。他们都号称是上帝派下来，为高骈作修行的伴侣的。他们的荒诞不经，大多都是如此。

江阳县外有一座小土地庙，吕用之贫贱之时，曾经与妻子在这里居住。不论做什么事情，都要先祷告一番再行动。得志之后，吕用之说是得到了阴间神灵的帮助，于是重修了这座庙宇。回廊曲室，闺房寝殿，一共有一百多间。土木工匠，全是从整个江南挑选来的。每当遇到军旅大事，则要杀猪宰羊祭祀。

吕用之、张守一都说自己与神相遇过。高骈凡是有秘密请求，便派吕、张二人先去向神灵致意。中和元年，吕用之以神仙喜欢在楼里居住为由，请求在衙门北边，跨河修造一座迎仙楼。斧头声昼夜不停，耗资几万缗钱，半年才修成。从修成到毁坏，竟然没有来过一次。门锁得好好的，最后却化成了灰烬。这年冬天，又在大厅西侧建起一座延和阁，共七间，八丈高，全装饰上珠玉，门窗雕刻之精美，几乎不像人工所做。每天早晨，都要烧名香，摆奇珍异宝，祈求王母娘娘降临。等到毕师铎之乱时，有人登上阁去，在天井的垂莲上看见了二十八个字，写的是："延和高阁上干云，小语犹疑太乙闻。烧尽降真无一事，开门迎得毕将军。"这差不多是一首妖诗。

吕用之公然说："我们与天上的神仙有来往。"每次当着高骈的面，就装作呼风唤雨，向空中作揖，并说看见仙人们来来往往，从外面经过。高骈随着跪地下拜。吕用之比比划划，一点都不害羞。周围的人稍有不同的议论，死期就不远了。见到这种情况的人们不知道这是什么原因，一个个只是捶胸顿足却不敢说话。吕用之忽然说："后土夫人是我的神仙好友，派遣特使

就某借兵马，并李筌所撰《太白阴经》。"骈遽下两县，率百姓苇席数千领，画作甲兵之状，遣用之于庙庭烧之。又以五彩笺写《太白阴经》十道，置于神座之侧。又于夫人帐中塑一绿衣年少，谓之韦郎。庙成，有人于西庑栋上题一长句，诗曰："四海干戈尚未宁，谩劳淮海写仪刑。九天玄女犹无信，后土夫人岂有灵？一带好云侵鬓绿，两行嵬岫拂眉清。韦郎年少耽闲事，案上休夸《太白经》。"好事者竞相传诵。

是岁，诏于广陵立骈生祠，并刻石颂。差州人采碑石于宣城。及至扬子院，用之一夜遣人密以健牯五十牵至州南，凿垣架濠，移入城内。及明，栅缉如故。因令扬子县申府，昨夜碑石不知所在，遂悬购之。至晚云："被神人移置街市。"骈大惊，乃于其傍立一大木柱，上以金书云："不因人力，自然而至。"即令两都出兵仗鼓乐，迎入碧筠亭。至三桥拥闹之处，故埋石以碍之，伪云："人牛拽不动。"骈乃朱篆数字，帖于碑上，须臾去石乃行。观者互相谓曰："碑动也。"识者恶之。明日，扬子有一村妪，诣知府判官陈牒，云："夜来里胥借耕牛牵碑，误损其足。"远近闻之，莫不绝倒。比至失守，师铎之众，竟至坏墉而进。

常与丞相郑公不叶，用之知之，忽曰："适得上仙书，宰执之间，有阴图令公者。使一侠士来，夜当至。"骈惊悸不已，问计于用之。曰："张先生少年时，尝学斯术于深井里聂夫人，近日不知更为之否？若有，但请此人当之，无不齑粉若。"

向我借兵马，还有李筌撰写的《太白阴经》。”高骈立即下令两个县，让百姓编了几千张苇席，并在上面画上兵士的模样，派吕用之到庙前把它们烧掉。又用五彩纸笺写《太白阴经》十道，放到神像身边。接着，又派人在后土夫人帐中塑了一个绿衣少年，称之为韦郎。庙修成了，有人在西屋房梁上题了一首长诗道：“四海干戈尚未宁，谩劳淮海写仪刑。九天玄女犹无信，后土夫人岂有灵？一带好云侵鬓绿，两行嵬峀拂眉清。韦郎年少耽闲事，案上休夸《太白经》。”好事之徒竞相传诵。

这年，皇帝下诏在广陵为高骈建立一座祠堂，并刻石碑颂扬功德。于是，州中人便被派到宣城采集碑石。碑石运到扬子院，吕用之当天晚上就派人偷偷用五十头健牛把它拖到了州城南头，凿穿城墙越过护城河，转移到了城内。等到天亮之后，栅栏又恢复了原样。于是，吕用之让扬子县申报州府，说碑石在一夜之间不知去向，随即悬赏购买。到晚些时候才听说：“那碑石已被神人移到了街市之上。”高骈大吃一惊，就派人在碑石旁竖起一根大木柱，上面用金字写道：“不因人力，自然而至。”当即令两都派出仪仗鼓乐，将碑石迎进碧筠亭。到了三桥最拥挤喧闹之处，由于被故意埋的石头阻碍着，便谎称说：“人和牛都拽不动。”高骈便提笔写了几个红色的篆字，刻到碑石上，一会儿搬去那石头，石碑就被拉动了。围观者都说：“碑石动了。”有见识的人对此十分厌恶。第二天，扬子县有一个农村老太婆，到知府判官那里呈上一份状子，说：“昨夜村官到我家借耕牛拖碑石，误伤了牛腿。”周围的人们听到了，都笑弯了腰。等到城池失守，毕师铎的兵马竟从被凿坏的城墙处蜂拥而入。

高骈曾经与宰相郑公关系不融洽，吕用之知道了这件事，忽然对高骈说道：“我刚才得到天上神仙的书信，说宰相们当中，有人要暗害于您。他派了一个侠士来，今晚就该到了。”高骈又惊又怕，向吕用之询问对策。吕用之说：“张守一先生年轻的时候，曾经跟深井里聂夫人学过一门道术，近日不知是否还用此道术？如果还用，只要请此人出来抵挡，非把对方击成粉末不可。”

骈立召守一语之。对曰："老夫久不为此戏，手足生疏。然为令公，有何不可？"及期衣妇人衣，匿于别室。守一寝于骈卧内。至夜分，掷一铜铁于阶砌之上，铿然有声。遂出皮囊中彘血，洒于庭户檐宇间，如格斗之状。明日，骈泣谢守一曰："蒙先公再生之恩，真枯骨重肉矣！"乃躬辇金玉及通天犀带以酬其劳。

江阳县尉薛，失其名，亦用之党也。忽一日告骈曰："夜来因巡警，至后土庙前，见无限阴兵。其中一人云：'为我告高王，夫人使我将兵数百万于此界游奕，幸王无虑他寇之侵轶也。'言毕而没。"群妖闻之大喜悦，竞以金帛遗之。未久，奏薛六合县令。

用之又以木刻一大人足，长三尺五寸。时久雨初霁，夜印于后土庙殿后柏林中，及江阳县前，其迹如较力之状。明日，用之谓骈曰："夜来有神人斗于夫人庙中。用之夜遣阴兵逐之，已过江矣。"不尔，广陵几为洪涛。骈骇然，遂以黄金二十斤，以饷用之。

后骈有所爱马死，园人惧得罪，求救于用之。用之乃又见骈曰："隋将陈杲仁，用之有事命至淮东。杲仁诉以无马，令公大乌，骈良马名。且望一借。"顷刻，厩吏报云："大乌黑汗发。"骈徐应之曰："吾已借大司徒矣。"俄而告毙。

初，萧胜纳财于用之，求知盐城监。骈以当任者有绩，与夺之间，颇有难色。用之曰："用胜为盐城者，不为胜也。昨得上仙书云：'有一宝剑在盐城井中，须用灵官取之。'

高骈立即召来张守一，把意图跟他说了。张守一回答说："我好长时间没练此道术了，手脚生疏。但是为了您，有什么不可以的呢?"时辰临近，吕用之穿上女人的衣服，藏在另一个房间。张守一睡在高骈的卧室里。到了半夜时分，他把一个金属的东西扔到了石阶上，发出响亮的声音。接着，他从皮袋子中拿出猪血，洒在门窗和房檐之间，像是经过一番格斗的样子。第二天，高骈哭着向张守一道谢说："蒙先生再生之恩，我真是起死回生啊!"就亲自用车拉着黄金珠玉及通天犀带，作为酬谢。

江阳县薛县尉，不知他的名字，也是吕用之的同党。忽然有一天，他告诉高骈说："昨晚我去巡逻，到后土夫人庙前，发现了无数阴兵。其中一个说：'请替我们转告高骈，后土夫人派我率领数百万兵在这个地方巡逻，希望他不要担心其他贼寇入侵。'说完便销声匿迹。"那伙妖人听了十分欢喜，竞相把金银布帛送给这位薛县尉。不久，高骈奏报朝廷任命薛县尉为六合县令。

吕用之又用木头刻了一只巨人脚，三尺五寸长。当时久雨初晴，晚上他在后土夫人庙大殿后面的柏树林中，印上了巨人的脚印，一直印到江阳县前，那脚印呈现两人搏斗之状。第二天，吕用之对高骈说："昨天晚上有神仙来到后土夫人庙中相斗。我派遣阴兵把他们赶跑了，已经过江而去了。"不久，广陵几乎被洪水淹没。高骈十分惊恐，便拿出二十斤黄金赠给吕用之。

后来，高骈有一匹心爱的马死了，喂马的人怕由此获罪，向吕用之求救。吕用之就又去拜见高骈说："隋朝的大将陈杲仁，我命令他到淮东办一件事情。他说没有马，想要你的大乌马，高骈那匹好马的名字。希望能借给他一用。"不一会儿，养马官来报告说："大乌马身上直冒黑汗。"高骈慢慢地回答说："我已经借给大司徒了。"一会儿养马官来报告说，大乌马死了。

起初，萧胜向吕用之行贿，谋求盐城监一职。高骈认为目前的在任者有政绩，考虑定夺之际，颇有为难之色。吕用之说："用萧胜当盐城监，不是为了萧胜自己。昨天我收到天上神仙的书信说：'盐城的井里有一把宝剑，但必须仙官才能把它取出来。'

以胜上仙左右人，欲遣去耳。"骈俯仰许之。胜至监数月，遂匣一铜匕首献于骈。用之稽首曰："此北帝所佩者也。得之则百里之内，五兵不敢犯。"骈甚异之，遂饰以宝玉，常置座隅。

时广陵久雨，用之谓骈曰："此地当有火灾，郭邑之间，悉合灰烬。近日遣金山下毒龙，以少雨濡之。自此虽无大段烧爇，亦未免小小惊动也。"于是用之每夜密遣人纵火，荒祠坏宇，无复存者。

骈当授道家秘法，用之、守一无增焉。因刻一青石，如手扳状，隐起龙蛇，近成文字："玉皇授白云先生高骈。"潜使左右置安道院香几上。骈见之，不胜惊喜。用之曰："玉皇以令公焚修功著，特有是命。计其鸾鹤，不久当降。某等此际谪限已满，便应得陪幢节，同归真境也。他日瑶池席上，亦是人间一故事。"言毕，欢笑不已。遂相与登延和阁，命酒殺，极欢而罢。后于道院庭中刻木为鹤，大如小驷，鞲辔中设机捩，人或逼之，奋然飞动。骈尝羽服跨之，仰视空阔，有飘然之思矣。自是严斋醮，飞炼金丹。费耗资财，动逾万计。日居月诸，竟无其验。出《妖乱志》。

董昌

董昌未僭前，有山阴县老人，伪上言于昌曰："今大王善政及人，愿万岁帝于越，以福兆庶。三十年前，已闻谣言，正合今日，故来献。其言曰：'欲识圣人姓，千里草青青。欲知圣人名，日从曰上生。'"昌得之大喜，

萧胜作为神仙身边的人，应该派他去啊。”高骈马上就应允了。萧胜到盐城上任几个月后，将一把铜匕首装在匣子里敬献给高骈。吕用之跪拜行礼说：“这是北帝所佩带的。得到它的人在百里之内，任何兵器都不敢侵犯他。”高骈十分惊异，就在剑上镶嵌宝玉，常常放在自己坐椅旁边。

当时广陵久雨不停，吕用之对高骈说：“这地方会有一场火灾，城内将化为一片灰烬。这两天我派金山下的毒龙，用小雨润润地。从此虽然不会有大片的火灾，也难免有小小的惊忧。”于是，吕用之每天晚上都悄悄派人放火，荒毁的庙宇便成了牺牲品，一座都没有幸存下来。

高骈应该接受道家的秘法了，然而吕用之、张守一却没有什么高招了。于是，他们把一块大青石头，刻成用手扭过的样子，上面隐隐约约可以看见蜿蜒盘曲的文字：“玉皇大帝授予白云先生高骈。”偷偷派手下人把它放在安道院的香案上。高骈看见了，不胜惊喜。吕用之说：“玉皇大帝念你焚香修德功绩显著，才有了这个命令。估计他派来的鸾凤和仙鹤，不久也该到了。我们几个到这时候，被贬谪到凡间的期限已满，应该陪着你的大驾，同归仙境了。将来有一天咱们在瑶池宴上相逢，这也是人间的一段故事。”说完，欢笑不已。于是他们一起登上延和阁，命人摆上酒菜，尽欢而散。后来在道院庭中用木头刻起仙鹤来，大的如同小马一样，鞍垫和缰绳处安好机关，人走近时，就奋然而飞。高骈曾穿上仙衣跨上去，仰望天空，有飘然欲仙之感。从此更加严格地遵守斋戒，加快炼丹。耗费的金钱，动辄数万。但日积月累，竟然一点也不灵验。出自《妖乱志》。

董昌

董昌在篡位前，山阴县有位老人，装模作样地向他进言说：“如今大王仁政惠及百姓，愿你在越地登基，为民造福。三十年前就已听到民谣，正与现在相符，所以来献给你。民谣说：‘欲识圣人姓，千里草青青。欲知圣人名，日从曰上生。’”董昌听罢大喜，

因谓曰："天命早已归我，我所为大矣！"乃赠老人百缣，仍免其征赋。先遣道士朱思远立坛场，候上帝。忽一夕云，天符降于雨中，有碧纸朱文，其文又不可识。思远言："天命命与董氏。"又有王守真者，俗谓之王百艺，极机巧。初立生祠，雕刻形像，塑绩官属，及设兵卫，状若鬼神，皆百艺所为也。妖伪之际，悉由百艺幻惑所致。昌每言："我得'兔子上金床'谶也。我卯生，来年岁在卯，二月二日亦卯，即卯年卯月卯日，仍当以卯时。万世之业，利在于此。"乾宁二年二月二日，率军俗数万人，僭衮冕仪卫，登子城门楼，赦境内，改伪号罗平国，年号天册，自称圣人。及令官属将校等皆呼"圣人万岁"。俯而言曰。云云。词毕，复欲舞蹈。昌乃连声止之："卿道得许多言语，压得朕头疼也！"缘土人所制天冠稍重，故有此言。时人闻，皆大笑之。出《会稽录》。

便对老人说："天命早已归我，我所做的是大事啊！"就赠给老人一百匹绢，还免掉了他的税赋。董昌先派朱思远道士设立坛场，迎候上帝。忽然一天接到报告说，上天的符命降落到雨中，绿纸上写着红字，那字却不好认。朱思远说："天命归于董氏。"又有一个叫王守真的人，老百姓称他王百艺，非常机智灵巧。董昌一开始为自己建立祠堂，雕刻形像，又塑造百官，及卫士兵卒，状貌如同鬼神一般，这全是王百艺干的。兴妖作乱的时候，也全是王百艺用幻术迷惑所致。董昌常说："我得到了'兔子上金床'的预言。我是卯年生的，来年是卯年，二月二日也是卯月卯日，也就是卯年卯月卯日，还应当在卯时。我千秋万代的宏图大业，只有在此开始才最为有利。"乾宁二年二月二日，董昌率领士兵及百姓好几万人，僭用皇帝的衣冠与仪仗，登上了内城的门楼，在境内实行大赦，建立罗平国，年号天册，自称圣人。又命令所有官员士兵等全都高喊"圣人万岁"。官员士兵们又俯下身子说了一大堆话。说完之后，又要行舞蹈礼。董昌连声制止说："你们讲了这么多话，把我的头都压疼了！"由于当地人造的皇冠太重，他才会这样说。当时人们听了，全都大笑起来。出自《会稽录》。

卷第二百九十一

神一

龙门山

禹凿龙关之山，亦谓之龙门。至一空岩，深数十里，幽暗不可复行。禹负火而进。有兽状如豕，衔夜明之珠，其光如烛。又有青色犬，行吠于前。禹计行十余里，迷于昼夜，既觉渐明，见向来豕犬，变为人形，皆著玄衣。又见一神人面蛇身，禹因与之语。神即示禹八卦之图，列于金板之上。又有八神，侍于此图之侧。禹问曰："华胥生圣子，是汝耶?"答曰："华胥是九江神女，以生余也。"乃探玉简以授禹。简长一尺二寸，以合十二时之数，使度量天地。禹即执持此简，以平定水土。授简披图，蛇身之神，则羲皇之身也。出《拾遗录》。

龙门山

大禹开凿龙关之山，此山也叫龙门。来到一个岩洞，有数十里深，幽暗莫测，难以行进。大禹举着火把向前走。忽然，有一只像猪的野兽，衔着夜明珠，那珠光像蜡烛一样亮。又来了一只青色的狗，叫着跑在他的前面。大禹估计走了十多里，已经分不清白天还是夜里，渐渐觉得眼前明亮了，只见刚才的猪状兽和青色的狗都变成了人的模样，全穿着黑色的衣服。这时，又来了一个神仙，长着人的面孔和蛇的身子，大禹便跟他攀谈。那神仙拿出八卦图给大禹看，然后放在一块金板上面。又来了八方之神，侍立在八封图的两侧。大禹问道："听说华胥氏生了个贤德的儿子，是你吗？"那神仙回答说："华胥氏是九江神女，是她生下了我。"于是他掏出一把玉简送给大禹。那玉简一尺二寸长，正符合每天十二时辰之数，那神仙让大禹用它来度量天地。大禹就带着这玉简，来治理山河水土。送给大禹玉简并让他看八卦图的这位蛇身神仙，就是伏羲氏。出自《拾遗录》。

太公望

文王以太公望为灌坛令，期年，风不鸣条。文王梦见有一妇人甚丽，当道而哭。问其故，妇人言曰："我东海泰山神女，嫁为西海妇。欲东归，灌坛令当吾道。太公有德，吾不敢以暴风疾雨过也。"文王梦觉。明日召太公，三日三夕，果有疾风骤雨去者，皆西来也。文王乃拜太公为大司马。出《博物志》。

四海神

武王伐纣，都洛邑。明年阴寒，雨雪十余日，深丈余。甲子平旦，五丈夫乘马车，从两骑，止王门外。师尚父使人持一器粥出曰："大夫在内，方对天子。未有出时，且进热粥，以知寒。"粥皆毕，师尚父曰："客可见矣。五车两骑，四海之神与河伯、风伯、雨师耳。南海之神曰祝融，东海之神曰勾芒，北海之神曰颛顼，西海之神曰蓐收。河伯、风伯、雨师，请使谒者各以其名召之。"武王乃于殿上，谒者于殿下门内，引祝融进。五神皆惊，相视而叹。祝融等皆拜。武王曰："天阴乃远来，何以教之？"皆曰："天伐殷立周，谨来授命。"顾敕风伯、雨师，各使奉其职也。出《太公金匮》。

延　娟

周昭王二十年，东瓯贡女，一曰延娟，二曰延娱。俱辩丽词巧，能歌笑，步尘无迹，日中无影。及王游江汉，与二女俱溺。故江汉之间，至今思之，乃立祠于江上。后十年，人每见二女拥王泛舟，戏于水际。至暮春上巳之日，禊集祠间。

太公望

周文王任命姜太公为灌坛令，一年来，连把树枝吹得发声的风都没有。一日，文王梦见一个女人容貌艳丽，在路中央哭。问其缘故，那女人说：“我是东海泰山神女，嫁给西海神为妻。我想回东海去，灌坛令挡了我的道。考虑到太公有德，我不敢挟暴风骤雨而过。”文王从梦中醒来。第二天，他召见姜太公，这之后三日三夜，果然有狂风暴雨从这里经过，都是从西边来的。于是，文王就拜姜太公为大司马。出自《博物志》。

四海神

周武王伐纣，建都于洛邑。第二年气候阴冷，一连下了十几天雪，雪积一丈多深。甲子日清晨，五个人乘着马车，后面还跟着两个骑马的，停在武王门口。姜太公让人拿一盆稀粥出来，说：“大夫正在屋里答天子的话。还不知什么时候出来，请先喝点热粥，以避寒冷。”等他们喝完粥，姜太公说：“现在可以会见客人了。那五车两骑，是四海之神和河伯、风伯、雨师。南海之神叫祝融，东海之神叫勾芒，北海之神叫颛顼，西海之神叫蓐收。河伯、风伯、雨师，请让传唤的人直呼其名，予以召见。”武王坐在大殿上，传唤的人在殿下门内，把祝融领了进去。诸神大惊，相视而叹息。祝融等都向武王下拜。武王说：“天气阴冷，你们却远道而来，有何见教？”诸神都说：“上天要伐殷立周，我们是来领受命令的。”武王于是命令风伯和雨师，让他们各守其职。出自《太公金匮》。

延　娟

周昭王二十年，东瓯献来两位女子，一个叫延娟，一个叫延娱。她们都能言善辩，能歌善舞，走路不留脚印，在太阳下也没有影子。后来周昭王南游江汉，不幸与两位女子一起落水而死。因此江汉一带，至今人们还怀念她们，并在江边修建了祠堂。十年之后，人们常常看见这两位女子陪伴着昭王泛舟江上，嬉戏于水边。到了晚春上巳节这天，人们都聚集到祠堂前祭祀。

或以时鲜甘果，采兰杜包裹之，以沉于水中；或结五色彩以包之，或以金铁系其上，乃蛟龙不侵。故祠所号招祇之祠。出《拾遗录》。

齐桓公

齐桓公游于泽，管仲御。公见怪焉。管仲曰："泽有委蛇，其大如毂，其长如辕，紫衣朱冠。见人则捧其首而立，见之者殆霸乎！"公曰："此寡人之所见也。"出《庄子》。

又

桓公北征孤竹，来至卑耳之溪十里，见人长尺，而人形悉具。右祛衣，走马前。以问管仲，管仲曰："臣闻登山之神有余儿者，长尺而人物具焉。霸王之君兴，而登山之神见，走前导也。祛衣，前有水也。右祛，示从右涉也。"至如言。出《管仲子》。

晋文公

晋文公出，有大蛇如拱，当道。文公乃修德，使吏守蛇。守蛇吏梦天使杀蛇，谓曰："蛇何故当圣君道？"觉而视之，蛇则臭矣。出《博物志》。

郑缪公

郑缪公昼日处庙，有神人面鸟身，素服，面状方正，缪公大惧。神曰："无惧，帝厚汝明德，使锡汝寿十年，

有的拿来当季的新鲜水果，采来兰草与杜若将其包好，沉入水中；有的用五彩线捆扎，还有的把金属系在上面，这样蛟龙就不会吃了。因此，这个祠堂被称为招祇之祠。出自《拾遗录》。

齐桓公

齐桓公到草泽间游玩，管仲为他驾车。齐桓公看见一个怪物。管仲说："这草泽中有条大蛇，有车轮子那么粗，有车辕那么长，穿着紫衣服戴着红帽子。见了人，它就把头昂起来直立着，谁如果看见它，差不多就可以成为霸主了！"齐桓公道："你说的这条蛇就是寡人见到的怪物。"出自《庄子》。

又

齐桓公向北征讨孤竹，来到离卑耳溪十里处，看见一个人只有一尺高，而人体各部器官俱全。他右身袒露，走在齐桓公的马前。齐桓公问管仲，管仲说："我听说登山之神有个叫余儿的，只有一尺高，而人的器官齐全。当霸王之君将兴时，登山之神就会出现，走在前面作为向导。他赤裸着身子，说明前面有水。他右侧赤裸，这是暗示我们应从右面渡过河去。"到了卑耳溪，果然都像管仲说的那样。出自《管仲子》。

晋文公

晋文公出巡时，有一条大蛇像拱形隆起，挡住他的路。于是文公回去修道积德，命一个小吏守护这条蛇。守护蛇的小吏睡着了，梦见天使来杀这条蛇，并说道："这条蛇为何要挡圣君的路？"小吏醒来后再一看，那条蛇已经臭了。出自《博物志》。

郑缪公

郑缪公一天白天在庙里，看见有个神仙长着人的面孔，鸟的身子，穿着白衣服，脸型方正，缪公十分害怕。那神人说："你不要害怕，天帝对你的圣明贤德十分厚爱，派我再赐你十年阳寿，

使若国昌。"公问神名,曰:"予为勾芒也。"出《墨子》。

晋平公

晋平公至浍上,见人乘白骖八驷以来。有狸身而狐尾,去其车而随公之车。公问师旷,师旷曰:"狸身而狐尾,其名曰首阳之神。饮酒于霍太山而归,其逢君于浍乎,君其有喜焉!"出《古文琐语》。

齐景公

齐景公伐宋,过泰山,梦见二人怒。公恐,谓泰山之神。晏子以宋祖汤与伊尹,为言其状,汤皙容,多髭须,伊尹黑而短,即所梦也。景公进军不听。军鼓毁,公恐,乃散军不伐宋。出《物异志》。

妒女庙

并州石艾、寿阳二界有妒女泉,有神庙。泉瀵水深沉,洁澈千丈。祭者投钱及羊骨,皎然皆见。俗传妒女者,介子推妹。与兄竞,去泉百里,寒食不许断火,至今犹然。女锦衣红鲜,装束盛服。及有人取山丹百合经过者,必雷风电雹以震之。出《朝野佥载》。

为的是使你的国家昌盛起来。”缪公问他叫什么名字，回答说：“我就是勾芒。”出自《墨子》。

晋平公

晋平公来到浍水边，看见有人乘坐八匹白马拉的车而来。有一个长着狐尾狸身的怪物从那辆车上跳下来，紧紧跟在晋平公车子的后面。平公问师旷，师旷说：“狸身狐尾，它的名字叫首阳之神。它去霍山饮酒回来，恰与您在浍水边相遇，看来大王要有喜事了！”出自《古文琐语》。

齐景公

齐景公讨伐宋国时，路过泰山，梦见两个人大发雷霆。齐景公十分恐惧，以为他们是泰山之神。晏子认为这是宋国的始祖商汤和殷商国政伊尹，他对景公描述这两个人的模样，商汤脸色白皙，多胡须，伊尹是个黑黑的矮个子，这就是景公梦见的人。然而，齐景公却没有在意，继续向宋国挺进。结果，军鼓被毁坏，齐景公吓坏了，于是把士兵遣散了，不再讨伐宋国。出自《物异志》。

妒女庙

并州石艾、寿阳二县的交界处，有一个妒女泉，泉边有座神庙。这泉水是从地下很深的地方喷出来的，而且十分清澈，一泻千丈。来此祭拜的人投进去不少钱和羊骨头，明亮清晰，都能看得见。民间传说的妒女，就是介子推的妹妹。她与哥哥斗气，在离该泉方圆百里内，寒食节也不许断烟火，一直到今天还是这样。妒女身穿锦缎红衣，盛装艳丽。等到有人采山丹、百合等野花从这里经过时，必然遭到风雨雷电及冰雹的袭击。出自《朝野佥载》。

伍子胥

伍子胥累谏吴王，赐属镂剑而死。临终，戒其子曰："悬吾首于南门，以观越兵来。以鳑鱼皮裹吾尸，投于江中，吾当朝暮乘潮，以观吴之败。"自是自海门山，潮头汹高数百尺，越钱塘渔浦，方渐低小。朝暮再来，其声震怒，雷奔电走百余里。时有见子胥乘素车白马在潮头之中，因立庙以祠焉。庐州城内淝河岸上亦有子胥庙。每朝暮潮时，淝河之水亦鼓怒而起，至其庙前。高一二尺，广十余丈，食顷乃定。俗云：与钱塘江水相应焉。原缺出处。黄本作出《钱唐志》。

屈　原

屈原以五月日投汨罗水，而楚人哀之。至此日，以竹筒贮米，投水以祭之。汉建武中，长沙区曲，白日忽见一士人，自云三闾大夫，谓曲曰："闻君当见祭，甚善。但常年所遗，恒为蛟龙所窃。今若有惠，可以楝叶塞其上，以彩丝缠之，此二物蛟龙所惮也。"曲依其言。今世人五月五日作粽，并带楝叶及五色丝，皆汨罗水之遗风。出《续齐谐记》。

李　冰

李冰为蜀郡守，有蛟岁暴，漂垫相望。冰乃入水戮蛟，己为牛形，江神龙跃，冰不胜。及出，选卒之勇者数百，持强弓大箭，约曰："吾前者为牛，今江神必亦为牛矣。我以

伍子胥

伍子胥屡次规劝吴王，结果吴王赐给他属镂剑，让他自杀而死。临终之前，伍子胥告诉他的儿子说："我死之后，把我的脑袋悬挂在南门上，我要亲眼看见越兵的到来。另外，用鮧鱼皮裹住我的尸身，投进江中，我要早晚乘潮而来，亲眼看见吴国的灭亡。"从此自海门山往这里，潮水汹涌异常，高数百尺，一直越过钱塘江入海口的渔场，才渐渐变小。那潮水每天早晚两次，其声音如同人在怒吼，雷鸣电闪般地涌过去，足有一百多里。当时，有人看见伍子胥乘着白车白马站在潮头，所以为他修了一座庙来祭祀他。庐州城的淝河岸边也有一座子胥庙。每天早晚涨潮时，淝河的水也愤怒地鼓涨起来，一直涌到庙前。那浪头一二尺高，十余丈宽，一顿饭的工夫才能够平定下来。老百姓们说：这是与钱塘潮相呼应。原缺出处。黄刻本作出自《钱唐志》。

屈　原

屈原于五月初五投汨罗江而死，楚国人纷纷哀悼他。到了这天，人们用竹筒装米，扔进水里来祭奠他。东汉建武年间，长沙有个人叫区曲，白天忽然看见一个读书人，自称三闾大夫，对区曲说："得知你正要来此祭奠，很好。只是这些年大家送来的东西，常被蛟龙偷吃。今天你如果有什么要送的话，可以裹上楝树叶，再用彩线缠上，这两样东西是蛟龙害怕的。"区曲照他说的去做了。今天，百姓们在五月初五包粽子时，还要包上楝树叶、缠上五彩线，这都是汨罗江遗留下来的风俗。出自《续齐谐记》。

李　冰

李冰在蜀郡做郡守的时候，有一条蛟龙年年兴风作浪，使得遍地洪水成灾。李冰于是下水去杀那蛟龙，他自己化作牛的模样，那江神上下跃动，李冰难以取胜。回到岸上之后，他挑了好几百名勇敢的士兵，拿着强弓大箭，事先和他们约定说："我刚才变成了一头牛，现在那江神必定也会变成一头牛。我把

太白练自束以辨，汝当杀其无记者。”遂呼吼而入。须臾雷风大起，天地一色。稍定，有二牛斗于上。公练甚长白，武士乃齐射其神，遂毙。从此蜀人不复为水所病。至今大浪冲涛，欲及公之祠，皆瀰瀰而去。故春冬设有斗牛之戏，未必不由此也。祠南数千家，边江低圮，虽甚秋潦，亦不移适。有石牛，在庙庭下。唐大和五年，洪水惊溃。冰神为龙，复与龙斗于灌口，犹以白练为志，水遂漂下。左绵梓潼，皆浮川溢峡，伤数十郡，唯西蜀无害。出《成都记》。

土羊神

陇州汧源县，有土羊神庙。昔秦始皇开御道，见二白羊斗，遣使逐之，至此化为土堆。使者惊而回。秦始皇乃幸其所，见二人拜于路隅。始皇问之，答曰：“臣非人，乃土羊之神也。以君至此，故来相谒。”言讫而灭。始皇遂令立庙，至今祭享不绝。出《陇州图经》。

梅　姑

秦时，丹阳县湖侧有梅姑庙。生时有道术，能著履行水上。后负道法，夫怒杀之，投尸于水。乃随波漂流，至今庙处。巫人常会殡敛，不须坟葬，即时有方头漆棺在祠堂下。晦望之日，时见水雾中，暧然有著履形。庙左右不得取鱼射猎，辄有迷径溺没之患。巫云：“姑既伤死，所以恶见残杀。”出《法苑珠林》。

一条大白绢系在身上作为区别，你们去射杀那个无记号的。”于是李冰呼吼着进入水中。顷刻间风雷大作，天地一色。稍稍平静下来后，只见两头牛正在水上拼斗。李冰身上的绢带又长又白，士兵们便一齐射向江神，当即毙命。从此，蜀地百姓再也没有受过水患。直到现在发大洪水时，眼看就要冲到李冰祠堂了，却又向远处滚滚流去。因此春冬两季举行的斗牛表演，未必不是起源于这件事。李冰祠南边有好几千户人家，虽邻近江边，地势低洼，但即使秋季江水泛涨，人们也都不搬迁。那里有石牛，在李冰庙的院子里。唐太和五年，洪水泛滥决堤。李冰的神灵化作一条龙，又同蛟龙在都江堰渠口处搏斗起来，还是以白绢为标志，江水于是急流而下。绵州、梓潼等地大水都溢满了山川峡谷，几十个郡都受了灾，只有西蜀安然无恙。出自《成都记》。

土羊神

陇州汧源县境内，有座土羊神庙。当年秦始皇开通御道，见两只白羊相斗，派使者去驱赶，两只白羊跑到这里时变成了土堆。使者大惊而回。秦始皇亲自来到这个地方，见两个人跪拜于路旁。秦始皇问有什么事，回答说：“我们不是人，而是土羊之神。因为您来到此地，所以来拜见。”说完便没了踪影。秦始皇随即下令修建了这座土羊神庙，至今祭祀不断。出自《陇州图经》。

梅　姑

秦朝时，丹阳县的湖畔有座梅姑庙。这梅姑活着的时候有道术，能穿着鞋子在水面上行走。后来违反了道法，丈夫一气之下把她杀了，并抛尸水中。梅姑的尸体便随波漂流，一直漂到现在建庙之处。巫师们常在这里为安葬死者作祈祷，还未埋葬，祠堂下面就常有方头漆木棺材出现。每月十五以及最后一天，时常看见水雾之中，隐隐约约有人穿鞋的样子。庙的四周禁止渔猎，违犯者则有迷路或淹死的危险。巫师们说：“梅姑是被杀死的，所以她不愿再见到残杀的情景。”出自《法苑珠林》。

秦始皇

秦始皇作石桥，欲过海，观日所出处。传云：时有神能驱石下海。阳城十一山，今尽起立，嶷嶷东倾，如相随行状。又云：石去不速，神人辄鞭之，皆流血，石莫不悉赤，至今犹尔。秦皇于海中作石桥，或云：非人功所建，海神为之竖柱。始皇感其惠，乃通敬于神，求与相见。神云："我形丑，约莫图我形，当与帝会。"始皇乃从石桥入三十里，与神相见。帝左右有巧者，潜以脚画。神怒曰："帝负约，可速去！"始皇即转马。前脚犹立，后脚随崩，仅得登岸。出《三齐要略》。

观亭江神

秦时，中宿县十里外，有观亭江神祠坛。经过有不恪者，必狂走入山，变为虎。中宿县民至洛，及路见一行旅，寄其书曰："吾家在亭庙前，石间悬藤即是也。但扣藤，自有应者。"乃归如言，果有二人从水中出，取书而沦。寻还云："江伯欲见君。"此人不觉随去。便睹屋宇精丽，饮食鲜香，言语接对，无异世间也。出《南越志》。

宛　若

汉武帝起柏梁台以处神君。神君者，长陵女，嫁为人妻。生一男，数岁死。女悼痛之，岁中亦死。死而有灵，其姒

秦始皇

秦始皇造石桥，想要过海去，看一看太阳升起的地方。据传说：当时有个神仙能把石头赶下大海。阳城有十一座山，如今全都巍然挺立，且向东倾斜，仿佛相随而行的样子。又说：石山走得太慢，那神仙就用鞭子抽打，这些石山都流出血来，全变红了，现在还是那个样子。秦始皇在海里造的石桥，有人说：不是人工所能完成的，而是由海神立的桥墩。秦始皇感谢他的恩惠，便祈祷礼敬，请求与神相见。海神说："我的样子十分丑陋，咱们先约定好了，千万别把我画下来，这样我才能与你相会。"秦始皇便从石桥上向海中走了三十里，与神相见。皇帝身边有个能人，暗中用脚把海神的相貌画了下来。海神大怒道："皇帝负约了，赶紧回去吧！"秦始皇只好打转马头。那马前腿刚刚落地，后腿下面的石桥就崩塌了，仅仅使他登到岸上而已。出自《三齐要略》。

观亭江神

秦朝时，在中宿县十里外，有一座观亭江神祠坛。凡是经过这里而不恭谨的人，必定会发狂跑到山中，变成一只老虎。中宿县有个百姓到洛阳，在路上看见了一个出外旅行的人，托他捎一封书信，并说："我家在观亭江神祠前面，那乱石中间悬着枯藤的地方便是了。只要拽一拽藤子，就会有人迎出来。"那人返回时一切都照他说的去做，果然有两个人从水中出来，接过书信后又沉入水底。不一会儿，他们又回来说："江神想见一见你。"这个人不知不觉地就跟了进去。只见眼前的房屋精美华丽，酒菜鲜美可口，待人接物及言谈举止等，与人世间也没有什么不同之处。出自《南越志》。

宛　若

汉武帝修建柏梁台，用来安置神君。神君本来是长陵的一个女子，后来嫁给人家做了妻子。她生了一个男孩儿，没有几岁就死了。她悲痛万分，当年也死了。她死后显灵，她的姐姐

宛若祠之，遂闻言："宛若为主。"民人多往请福，说人家小事，颇有验。平原君亦事之，其后子孙尊显。以为神君力，益尊贵。武帝即位，太后迎于宫中祭之。闻其言，不见其人。至是神君求出，乃营柏梁台舍之。初霍去病微时，数自祷神。神君乃见其形，自修饰，欲与去病交接。去病不肯，责神君曰："吾以神君清洁，故斋戒祈福。今欲为淫，此非神明也。"自绝不复往，神君亦惭。及去病疾笃，上令祷神君。神君曰："霍将军精气少，命不长。吾尝欲以太一精补之，可得延年。霍将军不晓此意，乃见断绝。今不可救也。"去病竟卒。卫太子未败一年，神君乃去。东方朔娶宛若为小妻，生子三人。与朔俱死。出《汉武故事》。

竹王

汉武帝时，有竹王兴于豚水。有一女子浣于滨，有三节大竹，流入女子足间，推之不去。闻有声，持破之，得一男儿。及长，遂雄夷濮，氏竹为姓。所捐破竹，于野成林，王祠竹林是也。王尝从人止大石上，命作羹。从者曰："无水。"王以剑击石出水，今竹王水是也。后唐蒙开牂牁，斩竹王首。夷獠咸怨，以竹王非血气所生，求为立祠。帝封三子为侯。及死，配父庙，今竹王三郎祠其神也。出《水经》。

宛若祭祀她，于是就听见她说：“宛若当神主。”老百姓不断前来祈祷求福，说些别人家里的小事，还挺灵验。平原君也来供奉，以后她的子孙果然得到高官显位。他们认为这是神君在相助，对她更加尊崇。汉武帝即位时，太后把神君迎进宫中供奉起来。只能听见她在说话，却看不见神君本人。至此神君主动提出离宫，才营建柏梁台供她居住。当初，霍去病还未发迹时，常常到这里祈祷。有一次，神君现出原形，着意打扮了一番，想与霍去病发生关系。霍去病不肯，并斥责神君道：“我认为你是圣洁的，才斋戒并向你祈福。你今天却想与我淫乱，这样就不是真正的神明。”从此霍去病不再来，神君也感到十分惭愧。等到霍去病患了重病之后，皇帝让人向神君祈祷。神君说：“霍将军的精气不足，命不长了。我曾经想用太一精给他补充一下，可以延长寿命的。然而，霍将军不懂我的意思，而且再也没有去过我那里。现在他已经没有救了。”霍去病最终死去了。卫太子还未败亡的前一年，神君走了。东方朔纳宛若为妾，生了三个孩子，后来宛若也和东方朔一同死去。出自《汉武故事》。

竹王

汉武帝时，有一位竹王兴起于豚水。那年，有一个女子在豚水边洗衣服，只见漂来三节大竹子，流到她的两脚之间，推都推不走。只听见竹子里有响动，她便将其破开，里边是一个小男孩儿。他长大后，便称雄于夷濮一带，以竹作姓。原来那三节被丢弃的破竹子，如今已在荒野里长成一片竹林，竹王祠旁边的那片竹林便是。竹王曾经带着随从来到一块大石头上，让随从做羹来吃。随从说：“没有水。”竹王用剑刺穿石头，水便流了出来，就是今天的竹王水。后来唐蒙开拓牂牁，砍下了竹王的头。当地夷人都很怨恨，认为竹王并非人的血气所生，请求为他修建祠庙。汉武帝封他的三个儿子为侯。儿子死后，与父亲同庙而祭，如今竹王三郎祠里供奉的就是他们的神灵。出自《水经》。

刘 向

刘向于成帝之末，校书天禄阁，专精覃思。夜有老人著黑衣，植青藜之杖，扣阁而进。见向暗中独坐诵书，老人乃吹杖端，赫然火出，因以照向，具说开辟以前。向因受《五行洪范》之文，辞说繁广，向乃裂裳绅以记其言。至曙而去。向请问姓名，云："我太一之精，天帝闻金卯之子有博学者，下而教焉。"乃出怀中竹牒，有天文地图之书，"余略授子焉"。向子歆，从向授其术，向亦不悟此人也。出《王子年拾遗记》。

何比干

汝南何比干，通律法。元朔中，公孙弘辟为廷尉右平，狱无冤民，号曰何公。征和初，去官在家。天大阴雨，昼寝，梦有客车骑。觉而一老妪年八十余，头尽白，求寄避雨。雨方甚，而妪衣履不濡。比干异之，延入座。须臾雨止，妪辞去，出送至门。跪谓比干曰："君先出自后稷，尧至晋有阴德，及公之身，当继公一人。今天赐策，以广公子孙。佩印绶者，当随简。"长九寸，凡百九十板。以授比干曰："子孙佩印绶者，当随此算。"妪东行，忽不见。比干年五十八，有六男；后三岁，复生三男。徙平陵，八男去，一子留，常祭妪如东行。及终，遗令东首。自比干已下，

刘　向

汉成帝末年，刘向在天禄阁校阅书籍，专心致志，用力极勤。一天夜里有一个老人穿着一身黑衣服，拄着一根青藜杖，扣门而入。看见正坐在暗处读书的刘向，老人吹了吹拐杖的顶端，冒出一道火光，举着拐杖为他照亮，并向他详细述说开天辟地之前的事。刘向因此学得《五行洪范》的内容，因文长辞繁，刘向就撕下衣裳、解开衣带记录他说的话。天亮之后，老人才走。刘向问他姓名，他回答说："我是太一之精，天帝听说刘氏之子中有个十分博学的，因此下来教他。"然后老人从怀中掏出竹简，上有天文地图之书，并说："我大略地把这些内容传授给你吧。"刘向之子刘歆，跟着刘向学习整理典籍的方法，可刘向却没有弄清楚这位老人是什么人。出自《王子年拾遗记》。

何比干

汝南人何比干，精通律令法典。元朔年间，公孙弘征召他为廷尉右平，监狱中没有关押一个受冤的百姓，人们称他为何公。征和初年，他辞官回家。一天正下大雨，他白天睡着了，梦见有位客人乘马车而来。醒来之后，来了一位八十多岁的老太婆，头发全白了，请求在此避雨。当时雨下得正急，而她的衣服和鞋子却没有湿。何比干十分惊异，请她进屋坐下。一会儿雨停了，老太婆告辞离去，他送到门口。老太婆跪到地上对他说："你的祖先是后稷，从尧帝到晋国已积下了阴德，现在到了你这代，应当有一个继承人。如今上天赐简策给你，以增加你子孙中做官的人。将来他们当中佩带官员印章的，应当和简的数量一样多。"那竹简九寸长，一共一百九十块。老太婆把它送给何比干，说："你子孙中佩带印章的，应当和这简一样多。"老太婆说完向东走，忽然就不见了。何比干这年五十八，有六个儿子；三年后，他又生了三个儿子。他们迁居平陵时，去了八个儿子，还有一个儿子留了下来，他常常在这里向着东方祭奠那位老太婆。何比干临终之前，留下遗嘱，把他的头朝东方安葬。自从何比干以后，

与张氏俱授灵瑞，累世为名族。三辅旧语曰："何氏策，张氏钧也。"出《三辅决录》。

他的后代同张氏一族都受到灵瑞的庇护，世世代代为名门望族。三辅地区有句老话说："何氏的竹简，张氏的陶钧（钧转陶以成器，比喻造就人才。）。"出自《三辅决录》。

卷第二百九十二

神二

栾　侯

汉中有鬼神栾侯，常在承尘上，喜食鲊菜，能知吉凶。甘露中，大蝗起，所经处，禾稼辄尽。太守遣使告栾侯，祀以鲊菜。侯谓吏曰："蝗虫小事，辄当除之。"言讫，翕然飞出。吏仿佛其状类鸠，声如水鸟。吏还，具白太守。即果有众鸟亿万，来食蝗虫，须臾皆尽。出《列异传》。

阳　起

河南阳起，字圣卿。少时疾疟，于社中得书一卷——《谴劾百鬼法》。为日南太守。母至厕上，见鬼，头长数尺。以告圣卿，圣卿曰："此肃霜之神。"劾之来出，变形如奴。送书京，朝发暮返。作使当千人之力。有与忿恚者，

栾侯

汉中有个叫栾侯的鬼神，常常住在天井上，喜欢吃腌制的食物，能卜吉凶。甘露年间，闹起了蝗灾，蝗虫经过之处，庄稼全被吃光了。太守派人将这件事告诉栾侯，并供奉上腌菜。栾侯对来人说："蝗虫小事而已，这就把它们除掉。"说罢，他忽然飞了出去。来的小吏看他的样子仿佛一只鸠鸟，还发出水鸟的叫声。小吏回去后，将此事禀报了太守。于是果然有成万上亿只鸟来吃蝗虫，一会儿就把它们全除尽了。出自《列异传》。

阳起

河南人阳起，字圣卿。小时候患疟疾，在神社中得到了一部书——《遣劾百鬼法》。后来他做了日南太守。一日，他的母亲在厕所里看见一个鬼，头发有好几尺长。母亲把这件事告诉了阳起，阳起说："这是肃霜之神。"于是就用劾鬼之法将他召来，这位肃霜之神就变成了一个奴仆。他去京城送信，早晨出发傍晚就回来了。干活时可以顶千人之力。有一个怨恨阳起的人，

圣卿遣神夜往，趣其床头，持两手，张目正赤，吐舌柱地，其人怖几死。出《幽明录》。

欧明

庐陵邑子欧明者，从贾客道经彭泽湖。每过，辄以船中所有，多少投湖中。见大道之上，有数吏皆著黑衣，乘车马，云是清洪君使，要明过。明知是神，然不敢不往。吏车载明，须臾见有府舍，门下吏卒。吏曰："清洪君感君有礼，故要君。以重送君，皆勿取，独求如愿耳。"既至，果以缯帛赠之。明不受，但求如愿。神大怪明知之，意甚惜之，不得已，呼如愿，使随明去。如愿者，清洪婢，常使取物。明将如愿归，所须辄得之，数年成富人。意渐骄盈，不复爱如愿。正月岁朝，鸡初一鸣，呼如愿。如愿不即起，明大怒，欲捶之。如愿乃走于粪上，有昨日故岁扫除聚薪，足以偃人。如愿乃于此逃，得去。明谓逃在积薪粪中，乃以杖捶粪使出。又无出者，乃知不能得。因曰："汝但使我富，不复捶汝。"今世人岁朝鸡鸣时，辄往捶粪，云："使人富。"出《博异录》。

李高

王莽时，汉中太守五更往祭神庙，遗其书刀，遣小吏李高还取之。见刀在庙床上，有一人，著大冠绛袍，谓高曰："勿道我，吾当祐汝！"后仕至郡守。年六十余，忽道见庙神，

阳起便派肃霜之神深夜赶到那人床前，张开两手，眼睛瞪得通红，大舌头吐到地上，差一点儿把那人吓死。出自《幽明录》。

欧明

庐陵城有个少年叫欧明，跟随商人们从彭泽湖经过。每次路过这里，不论船上有什么，都要多少往湖里投一些。一次，欧明看见大道上有几个黑衣吏乘车马而来，并说是清洪君的使者，要欧明跟他们走。欧明知道他们是神，但又不敢不去。黑衣吏们用车载着欧明，一会儿就来到了一座府院，门口站着吏卒。小吏说："清洪君被你的彬彬有礼所感动，因此把你请来。如果他给你贵重的礼物，你什么都不要拿，只求得到如愿。"欧明进屋之后，清洪君果然送给他绫罗绸缎。欧明不要，只要如愿。清洪君对他知道如愿颇觉奇怪，很舍不得，不得已，只好唤如愿出来，让她跟欧明走。如愿是清洪君的一个婢女，经常为他取东西。欧明带着如愿回去后，他需要什么就能得到什么，几年后就成了富人。于是，他渐渐骄奢自满起来，不再爱如愿了。正月初一，鸡刚叫过一遍，欧明喊如愿。如愿没有马上起来，欧明大怒，想用棍子打她。如愿就跑到粪堆旁，那里有昨天除夕扫除时堆积的柴草，足以把人遮盖住。如愿就从这里逃跑了，得以脱身。欧明认为她钻进了粪堆中，于是就用木棍猛劲捶打，让她出来。可是不见人影，才知道找不到了。欧明于是说道："你使我富起来就行了，我不再打你了。"如今，人们都要在大年初一鸡叫时去捶打粪堆，并且说："使人富起来。"出自《博异录》。

李高

王莽当朝的时候，汉中太守五更天去神庙祭拜，将一把写字时修改用的刀忘在庙中，便派小吏李高回去取。李高回到庙中，看见那把刀放在床上，有一个穿深红色袍子、戴大帽子的人，对李高说："不要说见过我，我会保佑你的！"后来李高步入仕途，一直做到郡守。他六十多岁时，忽然把在庙中遇神的事讲了出来，

言毕而此刀刺高心下，须臾而死。莽闻，甚恶之。出《广古今五行记》。

黄　原

汉时，泰山黄原，平旦开门，忽有一青犬，在门外伏，守备如家养。原绁犬，随邻里猎。日垂夕，见一鹿，便放犬。犬行甚迟，原绝力逐，终不及。行数里，至一穴，入百余步，忽有平衢，槐柳列植，垣墙回匝。原随犬入门，列房可有数十间，皆女子，姿容妍媚，衣裳鲜丽，或抚琴瑟，或执博棋。至北阁，有三间屋，二人侍值，若有所伺。见原，相视而笑云："此青犬所引致妙音婿也。"一人留，一人入阁。须臾有四婢出，称："太真夫人白黄郎，有一女，年已弱笄，冥数应为君妇。"既暮，引原入内。有南向堂，堂前有池，池中有台，台四角有径尺穴，穴中有光，照映帷席。妙音容色婉妙，侍婢亦美。交礼既毕，晏寝如旧。经数日，原欲暂还报家。妙音曰："人神道异，本非久势。"至明日，解佩分袂，临阶涕泗，后会无期，深加爱敬。"若能相思，至三月旦，可修斋戒。"四婢送出门，半日至家。情念恍惚，每至其期，常见空中有軿车，仿佛若飞。出《法苑珠林》。

话音刚落，那把刀子就刺进了他的心口，顷刻便死了。王莽听说了这件事，十分厌恶。出自《广古今五行记》。

黄　原

汉朝的时候，泰山人黄原，一天清晨打开房门，忽然看见一只青色的狗在门口趴着，就像自家养的狗一样看家护院。黄原就用绳子牵着它，跟随邻里去打猎。太阳快落山的时候，遇见一只鹿，黄原便放狗去追。狗虽然跑得很慢，但黄原拼命追逐，却还是没有追上。走了好几里，来到一个山洞，黄原入洞走了一百多步，忽然有一条平坦的大路，两旁栽着槐树和柳树，前面又有曲折回环的院墙。黄原随那条狗进了门，只见两旁有几十间房子，房子里全是女子，容貌娇艳妩媚，衣着鲜艳华丽，有的在弹琴，有的在下棋。到了北边的一座阁楼，这里有三间屋，两个女子侍立在一旁，仿佛在等候什么人。看见黄原来了，她们相视一笑，说："这黑狗所引来的就是妙音的夫婿了。"然后一个留在原地，一个进入阁内。一会儿，四个婢女走了出来，说："太真夫人告知黄公子，她有个女儿，已经成年，按冥数她应当成为你的妻子。"天黑之后，她们领黄原入内。这里有一个方向朝南的厅堂，堂前有水池子，水池子里有个平台，平台四角各有直径一尺的孔穴，穴中有光，照映着帷帐和床席。那妙音姑娘容色美艳，楚楚动人，侍婢们长得也很漂亮。拜过天地之后，他们便入了洞房。过了几天，黄原想暂时离开这里，回家报告一声。妙音说："人和神毕竟不同道，你我这夫妻本来就不是长久的。"到了第二天，两人互赠玉佩作为离别纪念，下台阶时都泪流满面，想到这一朝分手，后会无期，两人都更加深爱对方。妙音说道："你如果还能够想起我，那么就请你在每年三月初一斋戒一日。"四个婢女将他送出门来，他半天便回到家中。从此，黄原神情恍惚，每到三月初一那一天，他常会看见空中有一辆带帷帘的车子，好像飞一般地朝他驶来。出自《法苑珠林》。

贾逵

贾逵在豫郡亡，家迎丧去。去后，恒见形于项城。吏民以其恋慕彼境，因以立庙。庙前有柏树，有人窃来斫伐，始投斧刃，仍著于树中，所著处寻而更生。项城左右人莫不振怖。出《贾逵碑》。

李宪

龙舒陵亭有一大树，高数十丈，黄鸟十数巢其上。时久旱，长老共相谓曰："彼树常有黄气，或有神灵，可以祈雨。"因以酒脯往。亭中有寡妇李宪者，夜起室中，忽见一绣衣妇人曰："我树神也，以汝性洁，佐汝为生。朝来父老皆欲祈雨，吾已求之于帝。"至明日日中，果大雨，遂为立祠。宪曰："诸卿在此，吾居近水，当致少鲤鱼。"言讫，有鲤数十头，飞集堂下。坐者莫不惊悚。如此岁余，神曰："将有大兵，今辞汝去。"留一玉环，曰："持此可以避难。"后袁术、刘表相攻，龙舒之民皆流去，唯宪里不被兵。出《搜神记》。

张璞

张璞，字公直，不知何许人也。为吴郡太守，征还，道由庐山。子女观于祠室，婢使指像人以戏曰："以此配汝。"其夜璞妻梦庐君致聘曰："鄙男不萧，感垂采择，用致微意。"妻觉怪之，婢言其情。于是妻惧，催璞速发。中流，

贾逵

贾逵在豫州的郡城里死了，家里人前去迎丧。迎走之后，人们还经常在项城看到贾逵的身影。官吏和百姓们都认为他仍留恋这个地方，便为他建起一座庙。庙前有柏树，有人偷偷前来砍伐，可是当他刚砍下去，那斧头便长在树上拔不出来，所砍之处一会儿就长好了。项城附近的人们无不震惊。出自《贾逵碑》。

李宪

龙舒县的陵亭有一株大树，几十丈高，有十多只黄鸟在上面筑巢。当时久旱不雨，几位老人商议后说："那棵树常有黄气出现，或许会有神灵，可以向它祈雨。"于是，人们拿着酒肉等供品前往。亭子里有个寡妇叫李宪，这天她半夜起来，忽然在房间里看见一个穿着绣花衣服的妇人对她说："我是树神，由于你洁身自好，所以我想帮助你生活下去。早晨来的父老乡亲都是来祈雨的，为此我已经向天帝请求过了。"到了第二天中午，果然下了一场大雨，人们于是为树神建了个祠堂。李宪说："各位都在这里，我住在水边上，要送给各位一些鲤鱼。"她的话音刚落，就有几十条鲤鱼，飞落到堂前。在座的人们无不惊慌害怕。就这样过了一年多，一日，树神来跟李宪告别说："不久这里将有一场战争，我今天是来向你辞行的。"然后留下一只玉环，说："拿着它就可以避过此难。"后来袁术和刘表互相攻打，龙舒县的老百姓都逃走了，只有李宪住的乡里未遭兵乱。出自《搜神记》。

张璞

张璞字公直，不知是哪里人。他做吴郡太守时，奉命回京城，途经庐山。孩子们进祠堂里参观，婢女指着神像开玩笑说："让他做你的丈夫。"当天夜里，张璞的妻子梦见庐山神君送来聘礼说："感激您选择我这个不成器的儿子为婿，送上礼物聊表心意。"张璞的妻子醒来后觉得奇怪，婢女向她道出了实情。于是她感到有些害怕，催促丈夫赶紧离开这里。他们的船行到江中央，

舟不为行，阖船震恐，乃皆投物于水，船犹不行。或曰："投女则船为进。"皆曰："神意已可知也。以一女而灭一门，奈何？"璞曰："吾不忍见之。"乃上飞庐卧，使妻沉女于水。妻因以璞亡兄孤女代之。置席水中，女坐其上，船乃得去。即璞见女之在也，怒曰："吾何面目于当世也！"乃复投己女。及得度，遥见二女在下。有吏立于岸侧，曰："吾庐君主簿也。庐君谢君，知鬼神非匹，又敬君之义，故悉还二女。"问女，言："但见好屋吏卒，不觉在水中也。"出《搜神记》。

洛子渊

后魏孝昌时，有虎贲洛子渊者，自云洛阳人。孝昌中，戍于彭城。其同营人樊元宝，得假还京师，子渊附书一封，云："宅在灵台南，近洛水乡。但至彼，家人自出相看。"元宝如其言，至灵台南，见无人家。徙倚欲去，忽见一老翁，问云："从何而来？彷徨于此？"元宝具向道之。老翁云："是吾儿也。"取书，引元宝入。遂见馆阁崇宽，屋宇佳丽。既坐，命婢取酒。须臾，见婢抱一死小儿而过，元宝甚怪之。俄而酒至，酒色甚红，香美异常。兼设珍羞，海陆备有。饮讫告退。老翁送元宝出云："后会难期，以为凄恨。"

却不动了，全船的人无不惊恐，于是纷纷把东西投入江中，然而船还是不动地方。有人对张璞说："你把女儿扔入江中，这船才能走。"大家都说："神的意思已经很清楚了。为了一个女儿而想害死全家，为什么呢？"张璞说："我不忍心看女儿投水。"说完便爬进船顶舱里躺下，让妻子把女儿沉入水中。妻子不舍得，便用张璞死去哥哥的女儿代替。她把一张席子放到水中，然后把那孩子放到上面，这样船才向前行进了。张璞看见自己的女儿还在，怒气冲冲地对妻子说："你这样做还让我有什么脸面活在这世上！"说罢，便将自己的女儿又扔入江中。等船渡到对岸，人们远远看见那两个被扔进水中的女孩子正在下游岸边。有一个小吏站在岸边说："我是庐山神君的主簿。庐山神君非常感谢你，但他知道鬼神是不能与人相配的，又十分敬重你的大义，因此派我把这两个女孩子全还给你。"张璞和妻子问那两个女孩子，她们说："刚才只看见不少漂亮房屋和众多吏卒，没有感觉到是在水里面。"出自《搜神记》。

洛子渊

北魏孝昌年间，虎贲军中有个洛子渊，自称是洛阳人。孝昌年间，他戍守彭城。他同营里有个人叫樊元宝，请假返回京城，洛子渊求他捎一封信回去，并告诉他说："我的家在灵台南边，离洛水乡不远。只要到了那个地方，家里人自然会出来迎接你。"樊元宝按照他说的，来到灵台南边，可一户人家也没有。他徘徊了一会儿正想离去，忽然看见一个老翁，向他问道："你是从什么地方来的？为什么在这里流连？"樊元宝向他说明缘由。老翁道："他是我的儿子。"老翁接过书信，请樊元宝进入家门。樊元宝随即看到屋宇楼阁，高大宽敞，十分漂亮。落座之后，老翁让婢女拿酒来。不一会儿，只见那婢女抱个死小孩儿走过来，樊元宝颇觉奇怪。一会儿，酒送上来了，颜色非常红，味道异常香美。又端上来美味佳肴，山珍海味应有尽有。吃饱喝足，樊元宝起身告辞。老翁送他到门外，并说："你我再见面就难了，很是遗憾。"

别甚殷勤。老翁还入,元宝不复见其门巷,但见高崖对水,渌波东倾。一童子可年十四五,新溺死,鼻中血出,方知所饮酒是其血也。及还彭城,子渊已失矣。元宝与子渊同戍三年,不知是洛水之神。出《洛阳伽蓝记》。

陈虞

陈虞,字君度。妇庐江杜氏,常事鬼子母,罗女乐以娱神。后一夕复会,弦管无声,歌音凄忾。杜氏常梦鬼子母,遑遽涕泗云:"凶人将来。"婢先与外人通,以梯布垣,登之入。神被服将剥夺毕,加取影像焚铿而去也。出《异苑》。

黄翻

汉灵帝光和元年,辽西太守黄翻上书:"海边有流尸,露冠绛衣,体貌完全。翻感梦云:'我伯夷之弟,孤竹君子也。海水坏吾棺椁,求见掩藏。'民嗤视之,皆无病而死。"出《博物志》。

阳雍

魏阳雍,河南洛阳人。兄弟六人,以佣卖为业。公少修孝敬,达于遐迩。父母殁,葬礼毕,长慕追思,不胜心目。乃卖田宅,北徙绝水浆处,大道峻坂下为居。晨夜辇水,将给行旅,兼补履屩,不受其直。如是累年不懈。天神化为书生,问曰:"何故不种菜以给?"答曰:"无种。"

道别时情真意切。老翁刚回去，樊元宝却再也看不见那街巷和大门，只看见高崖下面的河水，清波滚滚向东流去。这时他看见一个十四五岁的男孩儿，刚刚淹死，鼻子里流出血来，才知道刚才喝下的酒，正是这孩子的血。等他回到彭城，那洛子渊已不知去向。樊元宝跟他一起戍守三年，却不知道他就是洛水之神。出自《洛阳伽蓝记》。

陈虞

陈虞字君度。他的妻子是庐江人杜氏，常常侍奉鬼子母神，安排一些歌妓舞女供其娱乐。后来一天夜里又要演奏歌舞，可乐器却发不声来，歌声也变得凄凉而悲愤。杜氏曾梦见鬼子母神惶惶不安、泪流满面地说："凶恶的人要来了。"有个婢女先与外人勾结，把梯子搭在墙上，那人登着梯子进来了。把神的衣服剥掉，又将神像焚毁后才离去。出自《异苑》。

黄翻

汉灵帝光和元年，辽西太守黄翻上书说："海边发现一具被冲上来的尸体，戴着缀玉的帽子，穿着深红色衣服，体貌完整无损。一日，他托梦给我说：'我是伯夷的弟弟，也是孤竹君的儿子。海水冲坏了我的棺材，请求你把我掩埋了。'凡是看到这具尸体而讥笑的人，全都无病而死了。"出自《博物志》。

阳雍

魏时的阳雍，是河南洛阳人。他们兄弟六个，均以受人雇用、出卖劳动力为生。阳雍从小就孝敬父母，远近闻名。父母去世，阳雍将他们埋葬后，一直思念不已，心中不胜悲痛。于是他把房子和地全卖了，迁往北边缺水的地方，在一个大道旁的陡坡下面住下来。他日夜用车拉水，送给过往行人，还给他们修补鞋子，一律免费。就这样坚持了数年，从未松懈。天神变成一个书生，问道："你为什么不种菜自己吃呢？"阳雍说："没有种子。"

乃与之数升。公大喜，种之，其本化为白璧，余为钱。书生复曰："何不求妇？"答曰："年老，无肯者。"书生曰："求名家女，必得之。"有徐氏，右北平著姓。女有名行，多求不许。乃试求之，徐氏笑之，以为狂僻，然闻其好善，戏答媒曰："得白璧一双，钱百万者，与婚。"公即具送。徐氏大愕，遂以妻之。生十男，皆令德俊异，位至卿相。今右北平诸阳，其后也。出《孝德传》。

钱　祐

会稽余姚人钱祐，夜出屋后，为虎所取，十八日乃自还。说虎初取时，至一官府，见一人凭几坐，形貌壮伟，侍从四十人。谓曰："吾欲使汝知数术之法。"留十五日，昼夜语诸要术。祐受法毕，使人送出，得还家。大知卜占，无幽不验，经年乃死。出《异苑》。

徐　郎

京口有徐郎者，家甚缁缕，常于江边拾流柴。忽见江中连船，盖川而来，径回入浦，对徐而泊，遣使往云："天女今当为徐郎妻。"徐入屋角，隐藏不出。母兄妹劝励强出。未至舫，先令于别室为徐郎浴。水芬香，非世常有。

天神就给了他几升菜种。阳雍十分高兴，便种进了地里，长出来的根茎变成了白玉璧，其余的部分都变成了钱。天神又说："你为何不娶个妻子呢？"阳雍回答说："我的年纪大了，没有人肯嫁给我的。"天神说："你向名门之女求婚，一定能成功。"有一家姓徐的，是右北平有名望的家族。他们有个女儿，名声品行都很好，有好多来求婚的人，但她均未相中。阳雍试着向她求婚，徐氏女淡淡一笑，认为阳雍太轻狂，后来得知他多行善事，便对媒婆开玩笑道："如果他能送来一对白玉璧，一百万钱，我就嫁给他。"阳雍就把这些东西都送上门去。徐氏女大惊，只好嫁给阳雍做了妻子。他们一共生了十个儿子，全都人品高尚，才华出众，后来都官至公卿。如今，右北平众多姓阳的人家，都是他的后代。出自《孝德传》。

钱祐

会稽余姚人钱祐，半夜到房后去，被一只老虎叼走了，十八天之后，他又自己回到了家中。他说老虎把他叼走后，来到一座官府，看见有个人坐在几案后面，仪表堂堂，高大伟岸，有侍从四十人。他对自己说："我想让你懂得占卜之法。"于是，留他住了十五天，天天夜以继日地向他传授占卜要领。钱祐学成之后，那人派人将他送出大门，才得以还家。从此，他对占卜算命那一套十分精通，没有不灵验的，后来又活了好多年才死。出自《异苑》。

徐郎

京口有位徐郎，家中十分贫困，常到江边捡大水冲下来的柴禾。一次他忽然看见江上来了一串大船，把江面都覆盖住了，船径直驶到岸边，面对徐郎停下来，派人来到他身边说："天女现在要做你的妻子。"徐郎躲到墙角，隐藏起来不再露面。母亲、兄长、妹妹又是劝说又是鼓励，硬要他出去。未等上船，先有人奉命在别的屋里为他沐浴。沐浴的水芬香无比，非人世间所有。

赠以缯绛之衣。徐唯恐惧，累膝床端，夜无酬接之礼。女怒遣之使出。以所赠衣物乞之而退。家大小怨惜煎骂。遂懊叹卒。出《幽明录》。

丁氏妇

淮南全椒县有丁新妇者，本丹阳丁氏女。年十六，适全椒谢家。其姑严酷，使役有程，不如限者，仍便笞捶，不可堪。九月七日自经死。遂有灵响，闻于民间。发言于巫祝曰："念人家妇女，作息不倦，使避九月七日勿用作。"见形，著缥衣，戴青盖，从一婢，至牛渚津求渡。有两男子共乘船捕鱼，仍呼求载。两男子笑，共调弄之，言："听我为妇，即当相渡也。"丁妪曰："谓汝是佳人，而无所知。汝是人，当使汝入泥死；是鬼，使汝入水。"便却入草中。须臾，有一老翁，乘船载苇，妪从索渡。翁曰："船上无装，岂可露渡？恐不中载耳。"妪言："无苦。"翁因出苇半许，安处著船中，径渡之，至南岸。临去语翁曰："吾是鬼神，非人也，自能得过。然宜使民间粗相闻知。翁之厚意，出苇相渡，深有惭感，当有以相谢者。翁速还去，必有所见，亦当有所得也。"翁曰："愧燥湿不至，何敢蒙谢？"翁还西岸，见两少男子覆水中。进前数里，有鱼千数，跳跃水边。风吹置岸上，翁遂弃苇载鱼以归。于是丁妪遂还丹阳。江南人

然后，又送给他一套深红色的绸缎衣服。徐郎恐惧不已，两腿相叠坐在床边，整夜都没有理睬天女。第二天，天女愤怒地把他赶了出来。徐郎乞求把之前赠送的那套衣物送给自己，便匆匆告退。一家老小对他又是埋怨又是责骂。徐郎懊丧哀叹，不久便死了。出自《幽明录》。

丁氏妇

淮南全椒县有个姓丁的新娘子，本是丹阳丁家的女儿。年方十六岁，嫁给全椒的谢家。婆婆颇为严厉，每天让她干多少活都有规定，如果没按时完成，便棍棒抽打，让她不堪忍受。九月七日这天她上吊自尽了。于是就有了灵应在百姓间流传。她通过巫师说："感念那些做媳妇的，辛苦劳作不知疲倦，从今以后可在九月七日这天停工歇息。"后来，丁氏女显了形，她穿着青白色的衣服，头戴青帽，后面跟着一个婢女，来到牛渚津想要渡江。这时，有两个男子坐在一只船上撒网捕鱼，丁氏女向他们呼喊求助，想要登船。两个男子相视一笑，调戏她说："只要你顺从听话，做我们的老婆，我们就把你送过江去。"丁氏女说："以为你们是好人，却一点事都不懂。你们如果是人，就让你们入泥而死；如果是鬼，就让你们掉进水里。"说完便躲入草丛中。一会儿，有一个老头儿载着芦苇乘船而来，丁氏女请他帮忙渡江。老头儿说："船上没有篷盖，怎么能让你们露天过江呢？恐怕不好载你们。"丁氏女说："没关系。"老头儿就拿下一半芦苇，把她们安置在船上，径直渡江，到了南岸。临别时她对老头儿说："我是鬼神，不是人，自己是能过江的。但也该让老百姓大概知道我。承蒙老人家厚意，卸掉苇子让我上船，使我深为惭愧和感动，我会想办法报答的。老人家快撑船回去，一定会有所见，也一定会有所得的。"老头儿说："唯恐照顾不周，怎敢接受你的感谢？"他撑船回到西岸，看见那两个男子掉在水里。又向前走了几里，只见有数千条鱼在江边跳跃。被风一吹，全都落到了岸上，老头儿随即扔掉芦苇，载着满船的鱼回家了。于是，丁氏女又回到丹阳。江南人

皆呼为丁姑。九月七日不用作事，咸以为息日也。今所在祠之。出《搜神记》。

阿紫

世有紫姑神。古来相传是人妾，为大妇所嫉，每以秽事相次役。正月十五日，感激而死。故世人以其日作其形，夜于厕间或猪栏边迎之，祝曰："子胥不在，是其婿名也。曹姑亦归去，即其大妇也。小姑可出戏。"捉者觉重，便是神来。奠设酒果，亦觉貌辉辉有色，即跳躞不住。占众事，卜行年蚕桑。又善射钩，好则大儛，恶便仰眠。平昌孟氏恒不信，躬试往捉。便自跃穿屋，永失所在。出《异苑》。

都喊她丁姑。九月七日不用干活，都把这一天当作休息日。至今当地还在祭祀她。出自《搜神记》。

阿紫

世上有位紫姑神。自古以来，人们都传说她本是人家的小妾，遭到了正妻的嫉恨，总是让她干那些最脏的活。正月十五日这天，她由于过度激愤而死。所以，人们都在这一天做出她的像，夜里拿着它到厕所或猪圈边迎候，并且还要祝祷说："子胥不在，是她丈夫的名字。曹姑也回去了，是她丈夫的正妻。你可以出来玩了。"提着她的像的人感到有些沉重，便是神来了。于是，人们摆上酒肉瓜果祭祀，同时也觉得那像光辉有色，当即手舞足蹈。她能占卜各种事情，占卜当年桑蚕收成的好坏。她又善于猜测隐微难知的事情，如果是好事就狂舞起来，如果是坏事就躺下睡觉。平昌有个孟氏总是不相信有神，亲自前往想要捉住她。结果她纵身一跃穿墙而去，就再也不见踪影了。出自《异苑》。

卷第二百九十三

神三

度朔君

袁绍在冀州，有神出河东，号度朔君，百姓为立庙。庙有主簿，大福。陈留蔡庸为清河太守，过谒庙。有子名道，亡已三十年。度朔君为庸设酒曰："贵子昔来，欲相见。"须臾子来。度朔君自云父祖昔作兖州。有人士苏氏，母病往祷。主簿云："君逢天士留待。"闻西北有鼓声而君至。须臾，一客来，着皂单衣，头上五色毛，长数寸。去，复一人着白布单衣，高冠，冠似鱼头，谓君曰："吾昔临庐山，食白李，忆之未久，已三千岁。日月易得，使人怅然。"君谓士曰："先来南海君也。"士是书生，君明通五经，善《礼记》，与士论礼，士不如也。士乞救母病，君曰："卿所居东有故桥，人坏之。此桥乡人所行，卿母犯之。能复桥，便差。"

度朔君

袁绍在冀州时，河东出了一个神人，叫度朔君，百姓为他建了一座庙。庙里有位主簿，香火很旺。陈留蔡庸当时是清河太守，来庙中拜谒。他有个儿子叫蔡道，已经死去三十年了。度朔君摆酒招待蔡庸，说："你的儿子之前来了，想与你相见。"一会儿，蔡庸的儿子来了。度朔君自称父辈当年在兖州做官。有个姓苏的读书人，因为母亲病重前去祈祷。主簿说："度朔君正在和天士见面，请等一下。"这时，只听西北方一阵鼓响，度朔君来了。一会儿进来一位客人，穿着黑单衣，头上长着好几寸长的五色毛。他走后，又来了个穿白布单衣的客人，戴着高高的帽子，那帽子像鱼头，对度朔君说："我当年去庐山吃白李子，想起来好像没过多久，但实际上已经三千年了。时光容易逝去，使人感到惆怅。"走后，度朔君对他说："刚才来的是南海神君。"这位姓苏的是个书生，度朔君精通五经，尤善《礼记》，与苏生论起礼来，苏生还不如他。苏生乞求他为自己的母亲治病，度朔君说："你住的房子东边有座老桥，被人破坏了。这桥乡里人常走，你母亲被它伤害。如果能够把桥修好，她的病就会好。"

曹公讨袁谭，使人从庙换千匹绢，君不与。曹公遣张郃毁庙。未至百里，君遣兵数万，方道而来。郃未达二里，云雾绕郃军，不知庙处。君语主簿："曹公气盛，宜避之。"后苏并邻家有神下，识君声，云："昔移入胡，阔绝三年。"乃遣人与曹公相闻："欲修故庙，地衰不中居，欲寄住。"公曰："甚善。"治城北楼以居之。数日，曹公猎，得物，大如麑，大足，色白如雪，毛软滑可爱。公以摩面，莫能名也。夜闻楼上哭云："小儿出行不还。"太祖拊掌曰："此物合衰也。"晨将数百犬绕楼下。犬得气，冲突内外。见有物大如驴，自投楼下，犬杀之，庙神乃绝。出《搜神记》。

蒋子文

蒋子文，广陵人也。嗜酒好色，挑挞无度，常自谓青骨，死当为神。汉末，为秣陵尉，逐贼至钟山下，贼击伤额，因解绶缚之，有顷遂死。及吴先主之初，其故吏见文于道。乘白马，执白羽，侍从如平生。见者惊走，文追之，谓曰："我当为此土地神，以福尔下民。尔可宣告百姓，为我立祠。不尔，将有大咎。"是岁夏，大疫，百姓辄相恐动，颇有窃祠之者矣。文又下巫祝："吾将大启祐孙氏，宜为吾立祠。不尔，将使虫入人耳为灾。"俄而有小虫如鹿虻，入耳皆死，医不能治。百姓愈恐，孙主未之信也。又下巫祝：

曹操讨伐袁谭时，派人到庙里换一千匹绢，度朔君没有答应。于是，曹操就派张郃来捣毁庙宇。离庙一百里，度朔君就调集数万兵马，顺大道并排而来。张郃的部队离庙还有二里，他的兵马就被云雾缠绕起来，不知道庙在什么地方。度朔君对主簿说："曹操气势太盛，最好能够避开。"后来，苏生家和邻居家都有神仙下凡，能分辨出是度朔君的声音，说："先前我移居胡地，分别已经三年。"于是他派人与曹操商议说："想修复旧庙，但因那地方衰败，不适合居住，想先寄居到别处。"曹操说："很好。"于是收拾城北一座楼给他居住。几天之后，曹操猎获一只怪物，像幼鹿那么大，长着四只大脚，浑身像雪一样白，皮毛软滑可爱。曹操用它来擦脸，没人能叫出它的名字。晚上听到楼上有哭声，说："小儿出去就没有回来。"曹操拍掌说："这东西真要衰败了。"第二天早晨，他们用几百条狗把这座楼包围起来。狗一闻到气味，就楼里楼外地奔突冲撞。这时，只见一只像驴一样大的东西，自己从楼上跳下来，狗上前就把它咬死了，从此庙神就灭绝了。出自《搜神记》。

蒋子文

蒋子文是广陵人。他贪酒好色，轻薄放纵，常自称有仙骨，死后能成神仙。汉末，他担任秣陵县尉，一次追捕盗贼到钟山脚下，被贼击伤额头，他解下自己的绶带包扎，但很快就死了。到东吴先主即位初年，蒋子文原来手下的小吏在路上见到了他。他骑着白马，拿着白羽扇，身后还跟着生前的侍从。那小吏吓得拔腿就跑，蒋子文追上去，对他说："我要做这里的土地神，以福佑百姓。你可以向百姓宣告此事，为我立庙。不然，将有大祸。"这年夏天，瘟疫猖獗，百姓们都惊恐震动，不少人私下为他立庙供奉。蒋子文又降旨给巫师说："我将要大大地保佑孙氏，应为我立庙。不然，我便让小虫子钻进人的耳朵，让他们遭殃。"不久就有像鹿虻一样的小虫飞来，钻进谁的耳朵谁就死，医生也治不了。百姓更加恐惧，吴主却不相信。蒋子文又降旨给巫师说：

“若不祀我，将又以大火为灾。”是岁，火灾大发，一日数十处。火及公宫，孙主患之。议者以为鬼有所归，乃不为厉，宜有以抚之。于是使使者封子文为中都侯，次弟子绪为长水校尉，皆加印授，为庙堂，转号钟山为蒋山，今建康东北蒋山是也。自是灾厉止息，百姓遂大事之。

陈郡谢玉为琅邪内史，在京城。其年虎暴，杀人甚众。有一人，以小船载年少妇，以大刀插着船，挟暮来至。逻将出语云：“此间顷来甚多草秽，君载细小，作此轻行，太为不易，可止逻宿也。”相问讯既毕，逻将适还去，其妇上岸，便为虎取去。其夫拔刀大唤，欲逐之。先奉事蒋侯，乃唤求助。如此当行十里，忽觉如有一黑衣人为之导，其人随之。当复二十里，见大树，既至一穴。虎子闻行声，谓其母至，皆走出。其人即其所杀之，便挟刀隐树住。良久，虎方至，便下妇着地，到牵入穴，其人以刀当腰斫断之。虎既死，其妇故活，向晓能语。问之，云：“虎初取，便负着背上，临至而后下之。四体无他，止为草木伤耳。”扶归还船。明夜，梦一人语之云：“蒋侯使助，汝知否？”至家杀猪祠焉。

会稽鄮县东野，有女子姓吴，字望子，年十六，姿容可爱。其乡里有鼓舞解神者，要之便往。缘塘行半路，忽见一贵人，端正非常。贵人乘船，手力十余整顿。令人问望子：“欲何之？”具以事对。贵人云：“我今正往彼，

“如果再不祭祀我，我将使这里发生大火灾。”这年，火灾频发，一天就有几十处。大火烧到皇宫了，吴主十分担心。议论的人认为如果让鬼有个归宿，就不会再这样肆虐胡为，应该想办法安抚它。于是便派使者封蒋子文为中都侯，封他的二弟蒋子绪为长水校尉，都赐予官印，又建起一座祠堂，改称钟山为蒋山，现在建康东北的蒋山便是。从此，灾患平息下去，老百姓们就开始大规模地祭祀蒋侯。

陈郡的谢玉任琅邪内史，住在京城里。那年闹虎患，伤害了许多人。有一个人，用小船载着一个少妇，并把大刀插在船头，傍晚来在此间。巡察将领出来告诉他说：“这地方近来常有老虎，你带着家眷，就这样轻率而行，太危险了，先到我们的驻地住一夜吧。”相互询问了一番，那将领刚回去，那少妇走上岸，便被老虎叼走了。她的丈夫拔出刀来大喊大叫，想去追赶。先前他供奉过蒋侯，于是向蒋侯请求救助。像这样大约走出十里地，忽然好像有一个黑衣人在前面领路，他便随后而行。又走了大约二十里地，看见一棵大树，到了一个洞穴。洞穴里的虎崽子听见响动，还以为是母亲回来了，全钻了出来。那人就在洞口处将它们一一杀死，然后便拿着刀隐藏于树后。很久，母虎才叼着那位少妇回来，它将少妇放到地上，倒退着往洞穴里拉，那人举刀上前将母虎拦腰砍断。老虎死了，那少妇还活着，天快亮的时候，她能够讲话了。丈夫问她，她说：“老虎刚把我叼走的时候，就把我背在它的身上，到这里之后才把我放下来。四肢没有什么大的损伤，只是被草木刮出点小伤。”丈夫扶她回到船上。第二天夜里，那人梦见有个人对他说：“蒋侯派人帮助了你，你知道吗？”夫妻二人回到家中，杀了一口猪祭祀蒋侯。

会稽郡鄮县东郊，有个女子姓吴，字望子，十六岁，长得美丽可爱。乡间有要去击鼓跳舞祭神的人，邀请她，她就去了。沿着池塘走到半路，她忽然看见一个贵人，非常端庄，仪表堂堂。这贵人乘着船，有十几个人划船，都穿戴得很整齐。他让人问望子：“要到哪里去？”望子如实相告。贵人说：“我今天正想去那里，

便可入船共去。"望子辞不敢。忽然不见。望子既拜神坐，见向船中贵人，俨然端坐，即蒋侯像也。问望子来何迟，因掷两橘与之。数数形见，遂隆情好。心有所欲，辄空中下之。尝思啖鲙，一双鲜鲤，随心而至。望子芳香，流闻数里。颇有神验，一邑共事奉。经三年，望子忽生外意，神便绝往来。

咸、宁中，太常卿韩伯子某，会稽内史王蕴子某，光禄大夫刘耽子某，同游蒋山庙。庙有数妇人像，甚端正。某等醉，各指像以戏相配匹。即以其夕，三人同梦，蒋侯遣传教相闻曰："家子女并丑陋，而猥垂荣顾，辄刻某日，悉相奉迎。"某等以其梦指适异常，试往相问，而果各得此梦，符协如一。于是大惧，备三牲，诣庙谢罪乞哀。又俱梦蒋侯亲来降己曰："君等既已顾之，实贪会对，克期垂及，岂容方更中悔！"经少时，并亡。

刘赤父者，梦蒋侯召为主簿。期日促，乃往庙陈请："母老子弱，情事过切，乞蒙放恕。会稽魏过，多材艺，善事神。请举过自代。"因叩头流血。庙祝曰："特愿相屈，魏过何人，而有斯举！"赤父固请，终不许。寻而赤父死焉。

孙恩作逆时，吴兴分乱，一男子匆急突入蒋庙。始入门，木像弯弓射之，即卒。行人及守庙者无不皆见也。

咱们一起坐船走吧。"望子推辞不敢上船。那船忽然不见了踪影。等望子到了庙里向神像跪拜时,看见刚才乘船的那位贵人,庄重地坐在那里,正是蒋侯的神像。蒋侯问望子为什么来迟了,便把两个橘子扔给她。因蒋侯多次显形相见,望子便生出了喜爱之情。望子心中想要什么,东西就会从天而降。一次望子想吃鱼,一对鲜活的大鲤鱼就随心而至。望子的这段风流韵事,在周围数里的范围内流传。她经常很灵验,全县都来供奉她。过了三年,望子忽然生了外心,蒋侯便和她断绝了往来。

咸安、宁康年间,太常卿韩伯的儿子,会稽内史王蕴的儿子,光禄大夫刘耽的儿子,三人同游蒋山神庙。庙中有好几个妇人的神像,非常端庄秀美。他们三个人喝醉了,就各指着其中一个神像开玩笑说要与之成婚。当天晚上,三个人做了同样一个梦,蒋侯派人来传话说:"我的这几个女儿长得都很丑,承蒙你们的眷顾,那就约定个日子,一起恭迎你们。"三个人都觉得此梦十分怪异反常,相互一探问,果然都做了这样的梦,而且完全相同。于是,他们十分恐惧,备下牛羊猪三牲,到庙里谢罪乞求原谅。他们又都梦见蒋侯亲自降临到自己面前说:"你们既然已经对她们产生了眷念之情,实际上就是想与她们婚配,如今约定的日期将要到了,怎么能容许中途反悔呢?"过了不长时间,这三个人都死了。

有个叫刘赤父的人,梦见自己被蒋侯任命为主簿。上任的日子日趋迫近,他到庙里陈述请求说:"家中母老子弱,这件事又十分紧迫,乞求宽恕。会稽人魏过,多才多艺,善于祭祀神灵。我想举荐魏过代替自己做主簿。"他把头都磕出血来了。庙里管香火的人说:"只希望你能屈就主簿一职,魏过是个什么人,你竟然这样举荐他?"刘赤父再三请求,终究没有被批准。很快刘赤父就死了。

孙恩作乱时,吴兴兵荒马乱,一个男子匆忙中忽然闯入蒋侯庙里。刚一进门,那神像就弯弓向他射了一箭,他当场就死了。路上的行人和守庙的人全看见了。

中书郎王长豫，有美名。父丞相导，至所珍爱。遇病转笃，导忧念特至，正在北床上坐，不食已积日。忽见一人，行状甚壮，着铠持刀。王问："君是何人？"答曰："仆是蒋侯也。公儿不佳，欲为请命，故来耳，勿复忧。"王欣喜动容。即求食，食遂至数斗，内外咸未达所以。食毕，忽复惨然，谓王曰："中书命尽，非可救者。"言终不见也。出《搜神记》《幽明录》《志怪》等书。

葛祚

葛祚，吴时衡阳太守。郡境有大槎横水，能为妖怪，百姓为立庙。行旅祷祀，槎乃沉没，不者槎浮，则船为之破坏。祚将去官，乃大具斤斧，将去民累。明日当至，其夜，闻江中汹汹有人声。往视，槎移去，沿流下数里，驻湾中。自此行者无复沉覆之患。衡阳人为祚立碑曰："正德祈禳，神木为移也。"出《幽明录》。

虞道施

虞道施乘车出行，忽有一人着乌衣径来上车，云："令寄载十许里耳。"道施试视此人，头上有光，口皆赤，面悉是毛，异之。始时既不敢遣，行十里中，如言而去。临别，语道施曰："我是驱除大将军，感汝相容。"赠银铎一双而灭。出《异苑》。

中书郎王长豫，名声很好。他的父亲是丞相王导，对他十分疼爱。王长豫患病转重，王导十分忧愁，只是坐在北床上，好几天没有吃东西了。忽然看见一个人，体貌雄壮，身穿铠甲手持刀。王导问："你是什么人?"回答说："我是蒋侯。你的儿子病重，我想为他请求保全生命，所以就来了，你不要再担心了。"王导欣喜感动。蒋侯于是要吃饭，一下子就吃下了好几斗，相府内外全都不知道怎么回事。吃饱后，蒋侯忽然又神情惨然地对王导说："中书郎的命已经到了尽头，没有办法可救了。"他说完就不见了。出自《搜神记》《幽明录》《志怪》等书。

葛祚

葛祚，是吴国的衡阳太守。衡阳郡境内有一个大木筏子横在水上，能兴妖作怪，老百姓为它修了一座庙。过往行人向它祭祀祈祷，那木筏子才沉了下去，否则就浮在水面上，过往的船只便会遭到它的破坏。葛祚将要离职而去，想大动刀斧，为民解除这一忧患。动手前夜，听见江里人声喧闹。葛祚去看，只见那木筏子自己移动，顺流行了好几里地，停在一处水湾里。从此，过往船只再也不用担心翻船沉没了。衡阳的老百姓为葛祚立碑，上面写着："依靠正德祈祷除灾，神木便为之移动。"出自《幽明录》。

虞道施

虞道施乘着马车出门远行，忽然有一个穿黑衣服的人径直走上车来，说："请你拉我走十几里吧。"虞道施试探着看看这个人，只见他头上闪着光，嘴全是红的，满脸是毛，虞道施心中十分诧异。开始时就不敢打发他走，车行了十多里路后，那人如他说的那样下车离去。临别，他对虞道施说："我是驱除大将军，感谢你让我坐你的车。"说完，送给虞道施一对银铃铛便没了踪影。出自《异苑》。

顾 邵

顾邵为豫章，崇学校，禁淫祀，风化大行，历毁诸庙。至庐山庙，一郡悉谏，不从。夜忽闻有排大门声，怪之，忽有一人，开阁径前，状若方相，自说是庐君。邵独对之，要进上床。鬼即人坐。邵善《左传》，鬼遂与邵谈《春秋》，弥夜不能相屈。邵叹其积辩，谓曰："传载晋景公所梦大厉者，古今同有是物也？"鬼笑曰："今大则有之，厉则不然。"灯火尽，邵不命取，乃随烧《左传》以续之。鬼频请退，邵辄留之。鬼本欲凌邵，邵神气湛然，不可得乘。鬼反和逊，求复庙，言旨恳至。邵笑而不答，鬼发怒而退。顾谓邵曰："今夕不能仇君，三年之内，君必衰矣。当因此时相报。"邵曰："何事匆匆？且复留谈论。"鬼乃隐而不见。视门阁，悉闭如故。如期，邵果笃疾，恒梦见此鬼来击之，并劝邵复庙。邵曰："邪岂胜正？"终不听。后遂卒。出《志怪》。

陈氏女

乌伤陈氏有女，著屐上大枫树颠，了无危惧。顾曰："我应为神，今便长去。唯左苍右黄，当暂归耳。"家人悉出见之。拳手辞诀，于是飘耸轻越，极睇乃没。人不了苍黄之意，每春辄以苍狗，秋黄犬，设祀树下也。出《异苑》。

王 表

临海罗阳县有神，自称王表。语言饮食，与人无异，

顾　邵

顾邵任豫章太守的时候，兴办学校，禁止胡乱祭祀，形成良好的风气，并拆毁了许多庙宇。当拆到庐山庙时，全郡上上下下都劝阻他，他没有听。夜里他忽然听见有敲大门的声音，正觉奇怪，忽然有一个人，推开门径直向他走来，那人长得像驱鬼的神灵一般，自称是庐山神君。顾邵独自面对着他，就请他坐到床上。这鬼便像人一样坐了下来。顾邵通晓《左传》，那鬼便跟他谈起《春秋》，谈了一夜，谁也不服谁。顾邵惊叹他能言善辩，对他说道："《左传》记载晋景公所梦见的大恶鬼，从古到今都有这个东西吗？"那鬼笑着说："如今大是有的，恶鬼则不然。"这时，灯火燃尽了，顾邵也不再让人去取，便随手把《左传》烧着用来照亮。鬼连连请求告退，顾邵却挽留他。那鬼本想凌辱顾邵，没想到顾邵神情镇定，无机可乘。这样一来，那鬼反倒变得和气恭逊起来，请求顾邵把庙宇重新修复，言辞十分恳切。顾邵笑而不答，鬼发怒而去。回头对顾邵说："今天晚上没能向你报仇，三年之内，你必定会衰败。到那时我再来报仇。"顾邵说："什么事使你如此匆忙？再坐下谈一会儿吧。"那鬼却消失不见了。顾邵看看大门，紧闭如故。三年后，顾邵果然患了重病，总是梦见那鬼来打他，并劝他修复庙宇。顾邵说："邪怎能压正？"始终不听。后来便死了。出自《志怪》。

陈氏女

乌伤县陈家有个女儿，穿着鞋爬到大枫树的树梢上，一点也不害怕。她环顾四周道："我应当成为神仙，今天就要永远离开这里了。只有当左苍右黄时，我才可以暂时回来。"家里人全跑出来看她。她抱拳拱手与大家诀别，然后耸身一跳飘然而起，人们极目望去，直至没影为止。家里人不知道她说的苍和黄到底是什么意思，就每年春天用苍狗、秋天用黄狗在树下祭祀她。出自《异苑》。

王　表

临海郡罗阳县有个神，自称王表。说话吃饭和人没什么两样，

然不见其形。又一婢,名纺绩。是月,遣中书郎李崇赍辅国将军、罗阳王印绶迎表。表随崇俱出,所历山川,辄遣婢与其神相闻。表至,权于苍龙门外为立第舍。表说水旱小事,往往有验。出《吴志》。

石人神

石人神,在丰城县南。其石状似人形,先在罗山下水中,流潦不没。后有人于水边浣衣,挂著左臂。天忽大雨,雷电霹雳,石人臂折,走入山畔。时人异之,共立为祠,每有灵验,号曰石人神。出《豫章古今记》。

圣　姑

吴兴郡界首,有洞庭山,山中圣姑祠庙在焉。《吴志》曰:姑姓李氏,有道术,能履水行,其夫怒而杀之。自死至今,向七百岁,而颜貌如生,俨然侧卧。远近祈祷者,心至则能到庙;心若不至,风回其船,无得达者。今每月一日沐浴,为除爪甲;每日妆饰之。其形质柔弱,只如寝者,盖得道欤?出《纪闻》。

陈　敏

陈敏,孙皓之世为江夏太守。自建业述职,闻宫亭庙神灵,枉帆过之,乞在任安稳,当上银杖一枝。限既满,作杖,插竹为干,以银度之。寻征为散骑常侍,还到江口,

但是却看不见他的形体。他还有一个婢女,名叫纺绩。这个月,皇帝派中书郎李崇带着辅国将军、罗阳王的印绶去迎接王表。王表跟着李崇一起出门上路,凡是经过名山大川,他就派遣婢女与那里的神通报一声。王表到了之后,暂且在苍龙门外为他建造了一座府第。王表预言一些旱涝之类的小事情,往往很灵验。出自《吴志》。

石人神

石人神,在丰城县南边。这块石头酷似人形,先前在罗山脚下的河中,洪水也不能将其淹没。后来,有人在河边洗衣服,把衣服挂在了它的左臂上。这时,天空忽然下起大雨,电闪雷鸣,石人的左臂被折断,便自己走到山边。当时,人们都感到惊异,共同为它修起一座祠堂,往往很灵验,于是大家便叫它石人神。出自《豫章古今记》。

圣　姑

吴兴郡的边界上,有座洞庭山,山中有座圣姑祠庙。据《吴志》记载:圣姑原本姓李,有道术,能在水面上行走,她的丈夫一次发怒将她杀死了。从她死后到现在,已经七百年了,而容貌还像活人一样,很庄重地侧身躺着。远远近近来祈祷的人,心诚者就可以到达庙前;心不诚者,大风便会使他的船头调转,怎么也到不了庙前。现在,每月要有一天给圣姑沐浴,给她剪指甲;每天还要为她化妆打扮一番。她形体柔弱,就像个正在睡觉的人,大概是成仙得道了吧?出自《纪闻》。

陈　敏

陈敏,孙皓在位时任江夏太守。他去建业述职回来,听说宫亭庙有神灵,便专程乘船去了一趟,祈求任职期间平安无事,如果灵验就送上一支银杖。任职期限已满,他用竹杆做了支手杖,然后镀上一层银。不久,他被任命为散骑常侍,又来到江口,

后宫亭送杖讫，即进路。日晚，降神巫宣教曰："陈敏许我银杖，今以度银杖见与，使投水中，当送以还之。欺蔑之罪，不可容也。"乃置杖浮水上，从流而北，其疾如飞，径到敏船前，徘徊不去。敏惧，取之，遣小吏到庙逊谢。小吏既发，惊风卒至，涌浪滔天，敏舟倾。唯小吏四人独在。出《神鬼传》。

费长房

费长房能使鬼神。后东海君见葛陂君，淫其夫人。于是长房敕系三年，而东海大旱。长房至东海，见其请雨，乃敕葛陂君出之，即大雨也。出《列异传》。

胡母班

胡母班曾至太山之侧，忽于树间逢一绛衣驺，呼班云："太山府君召。"母班惊愕，逡巡未答。复有一驺出呼之，遂随行数十步。驺请母班暂瞑。少顷，便见宫室，威仪甚严。母班乃入阁拜谒。主为设食，语母班曰："欲见君无他，欲附书与女婿耳。"母班问："女郎何在？"曰："女为河伯妇。"母班曰："辄当奉书，不知何缘得达？"答曰："今适河中流，便扣舟呼'青衣'，当自有取书者。"母班乃辞出。昔驺复令闭目。有顷，忽如故道。

遂西行，如神言而呼"青衣"。须臾，果有一女仆出，取书而没。少顷复出云："河伯欲暂见君。"婢亦请瞑目，

去宫亭庙送完手杖，便上路出发。这天晚上，庙神降旨，叫巫师宣告说："陈敏当年许愿说给我一支银手杖，今天却拿来一支镀银的竹杖送我，把它投入水中，再复还给他。他对我的欺骗和蔑视之罪，是不能容忍的。"于是就把那支镀银的竹手杖扔到水面上，它便随水向北漂去，像飞一样径直来到陈敏船前，徘徊不去。陈敏害怕了，急忙取过手杖，派小吏到宫亭庙谢罪道歉。小吏们刚一出发，狂风大作，波浪滔天，陈敏的船翻入水中。只有到庙里谢罪道歉的四名小吏幸免于难。出自《神鬼传》。

费长房

费长房能够役使鬼神。后来，东海神君去见葛陂神君，奸污了他夫人。于是，费长房下令将东海神君拘囚三年，这样一来，东海一带遭受了特大旱灾。费长房来到东海，见百姓求雨，就命葛陂神君把他放出来，随即就下了一场大雨。出自《列异传》。

胡母班

胡母班曾经到泰山边上，忽然在林木间遇见一位穿深红色衣服的骑士，招呼他说："泰山神君要见你。"胡母班十分惊讶，迟疑不决，未作回答。又有一个骑士出来喊他，他只好跟着行进了几十步。那骑士请胡母班先闭上眼睛。一会儿，便看见了宫殿，十分威严壮丽。胡母班就进殿拜见泰山神君。神君请他吃饭，并对他说："我想见你没有别的目的，只是求你捎封信给我的女婿。"胡母班问："你的女儿在什么地方？"回答说："我的女儿现在是河神的妻子。"胡母班说："我马上就去送这封信，但不知道怎样才能送到？"神君说："现在你到河的中间，就敲船喊'青衣'，便自会有人把书信取走。"胡母班于是告辞出来。当初那位骑士又让他闭上眼睛。一会儿，他又回到来时的路上。

向西行去，胡母班照神君说的那样喊"青衣"。一会儿，果然有个女仆从水里出来，接过书信便又回到水中。不一会儿，那女仆又钻出水面说："河神想见你一面。"她也让胡母班闭上眼睛，

遂拜谒河伯。河伯乃大设酒食，词旨殷勤。临别，谓母班曰："感君远为致书，无物相奉。"于是命左右："取吾青丝履来。"以贻母班。母班出，瞑然忽得还舟。遂于长安经年而还。

至太山侧，不敢潜过，遂扣树，自称姓名："从长安还，欲启消息。"须臾，昔驺出，引母班如向法而进。因致书焉。府君请曰："当别遣报。"母班语讫，如厕，忽见其父著械徒作，此辈数百人。母班进拜流涕，问："大人何因及此？"父云："吾死不幸，见谴三年，今已二年矣。困苦不可处。知汝今为明府所识，可为吾陈之，乞免此役，便欲得社公耳。"母班乃依教，叩头陈乞。府君曰："死生异路，不可相近，身无所惜。"母班苦请，方许之。于是辞出。

还家岁余，儿子死亡略尽。母班惶惧，复诣太山，扣树求见。昔驺遂迎之而见。母班乃自说："昔辞旷拙，及还家，儿死亡至尽。今恐祸故未已，辄来启白，幸蒙哀救。"府君拊掌大笑曰："昔语君'生死异路，不可相近'故也。"即敕外召母班父。须臾至庭中，问之："昔求还里社，当为门户作福，而孙息死亡至尽，何也？"答云："久别乡里，自忻得还；又遇酒食充足，实念诸孙，召而食之耳。"于是代之。父涕泣而出。母班遂还，后有儿皆无恙。出《搜神记》。

胡母班于是拜见了河神。河神大摆酒宴招待他，说话十分热情周到。临别，河神对胡母班说："感谢你远道而来为我送信，我也没有什么东西好送的。"于是命令手下人说："把我的青丝鞋取来。"赠给了胡母班。胡母班出来的时候，眼睛一闭便回到了船上。此后，他到长安住了一年才返回。

经过泰山边上的时候，他未敢悄然而过，于是敲击树干，自报姓名后说："我刚从长安回来，想向神君回禀一下音信。"一会儿，当初那个骑士走出来，还像上次那样把他带进去。胡母班于是向神君报告了送信的经过。神君告诉他说："我将对你另有报答。"胡母班向神君述说完经过后，去厕所的时候，忽然看自己的父亲戴着镣铐在服刑做苦役，像他这样的人有好几百。胡母班上前跪拜，流着眼泪问道："您为什么落到这步田地？"父亲说："我死后便遭遇不幸，被罚三年，如今已经满两年了。整日苦不堪言，无法忍受。知道你与神君相识，可以为我陈述一下，乞求免除我的苦役，并且我想去做土地神。"胡母班便照父亲说的那样，向神君叩头，陈述乞求。神君说："生死不同道，不能相互接近，我不能可怜他。"胡母班苦苦哀求，神君才答应下来。于是告辞出来。

回家一年多，儿子差不多死光了。胡母班十分惶恐，再次奔向泰山，敲树求见。当年那位骑士迎接他去拜见神君。他自述道："当年我言辞粗疏失当，回到家中后，儿子一个个全死光了。现在我担心这祸事还没有完结，所以来此禀报，希望能得到您的哀怜救助。"神君拍掌大笑道："这就是当初我对你说'生死不同道，不能相互接近'的原因。"于是向外传令召见胡母班的父亲。一会儿，他的父亲来到庭中，神君问他："当初你请求回去当土地神，应当为家里人造福，而现在你的孙儿们全死了，这是为什么？"胡父回答说："久别乡里，回到家中自然十分欣喜；又赶上酒饭丰盛，实在想念孙儿们，便叫他们一块儿来吃。"因此，泰山府君就让人代替了他父亲的职位。老人哭泣着走了出去。胡母班回到家中，从此以后他生下的儿子都平安无事。出自《搜神记》。

张诚之

吴县张诚之，夜见一妇人立于宅东南角，举手招诚。诚就之，妇人曰："此地是君家蚕室，我即是地之神。明年正月半宜作白粥，泛膏于上，以祭我。当令君蚕桑百倍。"言绝失之。诚如言，为作膏粥，自此年年大得蚕。世人正月半作膏粥，由此故也。出《续齐谐记》。

张诚之

吴县人张诚之，夜里看见一个女人站在房子东南角上，举手招呼他。他便走过去，那女人说："这里是你家养蚕的屋子，我就是地神。明年正月十五，最好做些白米粥，让油脂浮在上面，用它来祭祀我。这样我就能让你家的蚕桑增产一百倍。"说完，那女人就不见了。张诚之像她说的那样，做了一碗上面浮着油脂的白米粥祭祀她，从此年年养蚕都获得大丰收。如今人们正月十五做上浮油脂的粥，就是由这而来的。出自《续齐谐记》。

卷第二百九十四

神四

王　祐

散骑侍郎王祐，疾困，与母辞诀。既而闻有通宾者曰："某郡某里某人，尝为别驾。"祐亦雅闻其姓字。有顷，奄然来至，曰："与卿士类，有自然之分，又州里，情便款然。今年国家有大事，出三将军，分布征发。吾等十余人，为赵公明府参佐。至此仓卒，见卿有高门大屋，故来投。与卿相得，大不可言。"祐知其鬼神，曰："不幸笃疾，死在旦夕，遭卿以性命相托。"答曰："人生有死，此必然之事。死者不系生时贵贱。吾今见领兵千人，须卿，得度簿相付。如此地难得，不宜辞之。"祐曰："老母年高，兄弟无有，一旦死亡，前无供养。"遂歔欷不能自胜。其人怆然曰："卿位为常伯，而家无余财。

王　祐

散骑侍郎王祐，病得很厉害，与母亲诀别。不久听到有通客的人说："某郡某里某人，曾经任过别驾。"王祐也听说过此人的姓名。一会儿，客人突然来到，说："我与你都是读书人，有天然的缘分，又是同州里人，感情上十分亲近。今年国家会有大事，把三位将军派出来，到各地征调兵将。我们这十来个人，都是赵公明府里的参佐，匆忙来到此地，见你有高门大屋，所以就来投奔了。我与你十分投机，此缘分大不可言。"王祐知道他是鬼神，便说："我不幸病情转重，死在旦夕，今天有幸遇到你，便想以性命相托。"客人回答说："人生固有一死，这是必然的事情。死去的人与生前的贵贱毫无关系。我现在率兵千人，正需要你，把簿箓之类的事交给你。这件事情是非常难得的，你不应该推辞。"王祐说："老母亲年纪太大了，又没有兄弟，我一旦死了，老母亲没人侍养了。"说着就唏嘘流涕，不能自已。那人也悲伤说道："你官为皇帝的近臣常伯，而家无余财。

向闻与尊夫人辞诀，言辞哀苦，然则卿国士也，如何可令死。吾当相为。"因起去："明日更来。"

其明日又来。祐曰："卿许活吾，当卒恩不?"答曰："大老子业已许卿，当复相欺耶!"见其从者数百人，皆长二尺许，乌衣军服，赤油为志。祐家击鼓祷祀。诸鬼闻鼓声，皆应节起舞，振袖飒飒有声。祐将为设酒食，辞曰："不须。"因复起去，谓祐曰："病在人体中如火，当以水解之。"因取一杯水，发被灌之。又曰："为卿留赤笔十余枝，在荐下，可与人使著，出入辟恶灾。"因道曰："王甲李乙，吾皆与之。"遂执祐手与辞。

时祐得安眠，夜中忽觉，忽呼左右，令开被："神以水灌我，将大沾濡。"开被而信有水，在上被之下，下被之上，不浸，如露之在荷。量之得三升七合。于是疾三分愈二，数日大除。凡其所道当取者，皆死亡，唯王文英半年后乃亡。所道与赤笔人，皆经疾病及兵乱，皆亦无恙。初有妖书云："上帝以三将军赵公明、锺士季，各督数万鬼下取人。莫知所在。"祐病差，见此书，与所道赵公明合焉。出《搜神记》。

温峤

古今相传，夜以火照水底，悉见鬼神。温峤平苏峻之难，及于湓口，乃试照焉。果见官寺赫奕，人徒甚盛；又见群小儿，两两为偶，乘轺车，驾以黄羊，睢盱可恶。温即梦见神怒曰："当令君知之。"乃得病也。出《志怪》。

刚才听你与老母亲诀别，言辞哀苦，但你的确称得上国士之才，怎么能让你死呢？我应当帮助你。”于是他起身离开说：“第二天再来。”

他第二天又来了。王祐说：“你答应救活我，最后会不会施恩？”回答说：“我已经答应了你，还能骗你吗？”只见他的随从好几百人，全都二尺多高，穿黑色的军装，身上涂着红油为标志。王祐家里人击鼓祈祷祭祀，众鬼听见鼓响，都踏着鼓点跳起舞来，袖子甩得飒飒作响。王祐要为他们摆设酒席，那人告辞说：“不用。”便站起身准备离开，对王祐说：“病在人体中如同一团火，应当用水去化解它。”便拿来一杯水，掀开被子就灌。又说：“我给你留下十余支红笔，放在垫席下面，可以送人让他们插在头上，出入可驱除恶灾。”随后说道：“王甲、李乙，我都给过了。”便握着王祐的手同他告别。

当时王祐正安然入睡，夜里忽然醒来，急忙喊手下人，让他们打开被子：“神人用水灌我，就要全都浸湿了。”打开被子果然真的有水。那水在上下两层被子中间，不往被子里面浸渗，如露珠在荷叶上。量量这些水共有三升七合。于是王祐的病就好了三分之二，几天之后便彻底痊愈。凡是那个人说要选取的人，全都死了，只有王文英半年后才死。凡是他说要送给红笔的人，都遇上了疾病和兵乱，也都安然安恙。当初有妖书说：“上帝派三位将军赵公明、锺士季等，各率领数万鬼兵下来捉人。没有人知道他们在哪里。”王祐病好之后，看见了这本妖书，与那人所说的赵公明完全符合。出自《搜神记》。

温　峤

古今相传，夜里用火照水底，便能看见鬼神。温峤平定了苏峻的叛乱，来到江西湓口，就试着照了一把。果然看见了官府寺庙显耀盛大，人山人海；又看见一群小孩，两人一伙，乘坐轻便小车，让黄羊拉着，睁大眼睛向上看，十分可恶的样子。温峤当夜就梦见神人发怒道：“应该让你知道厉害。”温峤便得病了。出自《志怪》。

戴文谌

沛国戴文谌居阳城山，有神降，妻焉。谌疑是妖魅，神已知之，便去。遂见作一五色鸟，白鸠数十枚从，有云覆之，不遂见。出《搜神记》。

黄石公

益州之西，云南之东，有神祠。克山石为室，下有人奉祠之。自称黄公。因言此神，张良所受黄石公之灵也。清净不烹杀。诸祈祷者，持一百钱，一双笔，一丸墨，石室中前请乞。先闻石室中有声，须臾，问来人何欲。既言，便具语吉凶，不见其形。至今如此。出《搜神记》。

袁　双

丹阳县有袁双庙，真第四子也。真为桓宣武诛，便失所在。灵在太元中，形见于丹阳，求立庙。未既就功，大有虎灾。被害之家，辄梦双至，催功甚急。百姓立祠堂，于是猛暴用息。今道俗常以二月晦，鼓舞祈祠。尔日，常风雨忽至。元嘉五年，设奠讫，村人丘都于庙后见一物，人面鼍身，葛巾，七孔端正，而有酒气。未知为双之神，为是物凭也。出《异苑》。

商　康

乌程下山，本名土山。有项籍庙，自号下王，因改为名。山足有一石柜，高数尺。陈郡殷康，尝往开之，风雨晦暝，乃止。出《异苑》。

戴文谌

沛国人戴文谌住在阳城山，有神女降临此地，嫁给他做妻子。戴文谌怀疑她是妖怪，神女知道他的心思之后，便离开了。只见她变成一只五色鸟，有几十只白鸠相随。有云霞将它们盖住，再也看不见了。出自《搜神记》。

黄石公

在益州之西，云南之东，有座神庙。开凿山石成为庙室，山下有人供奉祭祀，神自称黄公。因此人们就说这神是张良所受指点的黄石公神灵。神庙清净不杀生。来祈祷的人，拿一百文钱，一双笔，一块墨，到石室中，向前乞请。先听见石室里有声音，一会儿，便问来人有什么要求。来人说出之后，神就会告诉你吉凶，不显现他的身形。到今天还是这样。出自《搜神记》。

袁　双

丹阳县境内有座袁双庙。袁双是袁真的四儿子。袁真被桓宣武杀死之后，袁双便不知去向。他的神灵在晋太元年间，在丹阳县显现身形，请求百姓为自己修一座庙。未等到修成，这里便闹起虎灾。被害者的家属，就梦见袁双来到身边，催促他们赶快把庙修建起来。百姓们把祠堂建起之后，虎灾于是就根除了。现在道家习俗在二月最后一天，擂鼓起舞，到祠庙祈祷。这一天，常常有风雨忽然降临。元嘉五年，祭祀完毕，村里人丘都在庙后看见一个怪物，长着人的面孔扬子鳄的身体，扎着葛布巾，五官端正，而有酒气。他不知道这是袁双的神灵，附在这个动物身上。出自《异苑》。

商　康

乌程下山，原名叫土山。山上有座项羽庙，庙神自号称下王，所以这座山改名为下山。山脚下有一口石柜，好几尺高。陈郡有个人叫商康，曾经前往要打开石柜，顿时风雨交加，天昏地暗，只好停止。出自《异苑》。

贾充

贾充伐吴时，尝屯项城，军中忽失充所在。充帐下都督周勒，时昼寝，梦见百余人，录充，引入一径。勒惊觉，闻失充，乃出寻索之。忽睹所梦之道，遂往求之。果见充行至一府舍，侍卫甚盛。府公南面坐，声色甚厉，谓充曰："将乱吾家事，必尔与荀勖。既惑吾子，又乱吾孙。间使任恺黜尔而不去，又使庾纯詈汝而不改。今吴寇当平，汝方表斩张华，汝之暗戆，皆此类也。若不悛慎，当旦夕加罪。"充因叩头流血。公曰："汝所以延日月而名器如此者，是卫府之勋耳。终当使孙嗣死于钟簴之间，大子毙于金酒之中，小子困于枯木之下。荀勖亦略同。然其先德小浓，故在汝后。数年之外，国嗣亦替。"言毕命去。充忽然还营，颜色憔悴，性理昏丧，经日乃复。其后孙谧死于钟下，贾后服鸩酒而死，贾午考竟用大杖。皆如所言。出《晋书》。

王文度

晋王文度镇广陵，忽见二驺，持鹄头板来召之。王大惊，问驺："我作何官？"驺云："尊作平北将军徐兖二州刺史。"王曰："吾已作此官，何故复召耶？"鬼云："此人间耳，今所作是天上官也。"王大惧之，寻见迎官玄衣人及鹄衣小吏甚多。王寻病薨。出《法苑珠林》。

贾 充

西晋大臣贾充讨伐孙吴时，曾经屯兵于项城，军营中忽然就不见了贾充的影子。贾充帐下有个都督叫周勤，当时正在白天睡觉，梦见一百多人，在追捕贾充，抓住之后把他押入一条小路。周勤惊醒了，听说贾充失踪了，便出去寻找线索。忽然他看到梦见的那条小道，就沿路去找，果然看见贾充走进一座府第，那里侍卫很多。府中长官面向南坐着，声色俱厉，对贾充说："将来祸乱我们家大事的，必定是你与荀勖。既迷惑了我的儿子，又迷乱了我的孙子。这期间我派任恺罢免你，你也不离开；又派庾纯谴责你，你也不改。现在孙吴之寇应已平定，你又上表斩张华。你的愚昧和鲁莽的伎俩，都是这一类的行径。如果再不思悔改而谨慎起来，早晚会给你加以罪罚。"贾充便连连叩头流血。那长官又说："你之所以能活到今天并有了如此的地位和名气，这都是因为你保卫官府有功。不过最后，你过继的外孙要死于钟簴之间，大孩子死于毒酒，小孩子被困于枯木之下。荀勖也与你大致相同。但他以前的德行比你好一些，所以死在你的后面。数年之后，就要改朝换代了。"说完他就令贾充离开。贾充忽然回到军营，脸色憔悴，神志恍惚不清，过了好几天才恢复过来。后来，贾充的外孙（过继给贾充为嗣）死于钟下，贾充的女儿贾后服鸩酒而亡，小儿子贾午被审问时，最后是用大棒杖毙的。都跟那人说的一样。出自《晋书》。

王文度

晋王文度镇守广陵时，忽然看见两个侍从，拿着鹄头板来召见他。王文度非常惊讶，问那两个小吏："我将要做什么官？"回答说："你将要做平北将军及徐州和兖州的刺史。"王文度说："我已经当上了这样的官，为什么还要召见呢？"那鬼吏说："这是人间，现在让你做的是天上的官。"王文度听后惊恐万分，不久梦见不少穿黑衣的官员和穿白衣的小吏来迎接他。不久，他便病死了。出自《法苑珠林》。

徐长

吴兴徐长夙与鲍靓有神明之交，欲授以秘术。先请徐宜有约，誓以不仕，于是授录。以常见八大神在侧，能知来见往。才识日异，州乡翕然美谈。欲用为州主簿，徐心悦之。八神一朝不见七人，余一人倨傲不如常。徐问其故，答云："君违誓，不复相为。使身一人留卫录耳。"徐乃还录，遂退。出《世说》。

陈绪

新城县民陈绪家，晋永和中，旦闻扣门，自通云："陈都尉。"便有车马声，不见形。径进，呼主人共语曰："我应来此，当权住君家，相为致福。"令绪施设床帐于斋中。或人诣之，斋持酒礼求愿，所言皆验。每进酒食，令人跪拜，授闹里，不得开视。复有一身，疑是狐狸之类，因跪，急把取。此物却还床后，大怒曰："何敢嫌试都尉？"此人心痛欲死，主人为扣头谢，良久意解。自后众不敢犯，而绪举家无恙，每事益利，此外无多损益也。出《幽明录》。

白道猷

章安县西有赤城山，周三十里，一峰特高，可三百余丈。晋泰元中，有外国道人白道猷，居于此山。山神屡遣狼怪形异声往恐怖之，道猷自若。山神乃自诣之云："法师威德严重，今推此山相与，弟子更卜所托？"道猷曰：

徐　长

吴兴徐长平素就跟鲍靓有神明之交，鲍靓想传授他神秘法术。他先和徐长约定，要他发誓今后不再做官，然后才把记载法术的籍录传授给他。徐长经常看见八大神仙在自己身边，能查知过去和未来。他的法术日新月异，越来越高，当地人传为美谈。官府要任用他为州主簿，徐长听到这消息很高兴。八位神仙一天之内走了七个，剩下的一位傲慢无礼不如往常。徐长问他原因，这神仙回答说："你违背了誓约，不能再帮助你了，派我一个人留下来是保护这套籍录的呵。"徐长便把籍录还回去，这个大神也走了。出自《世说》。

陈　绪

新城县民陈绪家里，在晋代永和年间，天刚亮听见有人敲门，自己通报："我是陈都尉。"接着就听见车马声，却看不见人影。那人径直走进屋里，把主人喊出来与他说道："我应该到这里来，暂且住在你们家，为你们祈福！"他让陈绪在斋房里架设床帐。有人来拜见他，拿着酒礼求愿，他所说的都很灵验。每当他饮酒吃饭，都让人跪拜，把酒饭送进帷帐里，不准打开看。一天，送饭人又看到一个身影，怀疑是狐狸之类，趁着跪下，急忙去抓取。那个东西退回到床后，大怒道："你还敢怀疑试探都尉？"送饭人心痛欲死。陈绪急忙为他磕头谢罪，好久他才消了怒气。从此之后，众人谁也不敢冒犯他，而陈绪全家平安无事，什么事都很顺利，此外也没有什么好处和损失。出自《幽明录》。

白道猷

章安县西有座赤城山，方圆三十里，其中一峰特别高大，大约有三百多丈。晋代太元年间，有个外国道人白道猷，住在这座山上。山神屡次派遣狼变成十分可怕的样子，怪声怪气嗥叫着吓唬他，白道猷泰然自若。山神便又亲自上山拜见他，说道："大法师德重威严，现在我把这座山送给你了，另外找个托身之地。"道猷说：

"君是何神？居此几时？今若必去，当去何所？"答云："弟子夏王之子，居此千余年。寒石山是家舅所住，某且往寄憩，将来欲还会稽山庙。"临去，遗信赠三奁香。又躬来别，执手恨然，鸣鞭响角，凌空而逝。出《述异记》。

高雅之

晋太元中，高衡为魏郡太守，戍石头。其孙雅之，在厩中，云："有神来降，自称白头公，拄杖光耀照屋。与雅之轻举宵行，暮至京口，晨已来还。"后雅之父子为桓玄所灭。出《幽明录》。

罗根生

豫章有庐松村。郡人罗根生，来此村侧垦荒，种瓜果。园中有一神坛，瓜始引蔓，忽见坛上有一新板，墨书云："此是神地，可速出去。"根生祝曰："审是神教，愿更朱书赐报。"明早往看，向板犹存，字悉以朱代墨。根生谢而去也。出《述异记》。

沈　纵

余姚人沈纵，家素贫。与父同入山，还未至家，见一人，左右导从四五百许，前车辐马鞭，夹道卤簿，如二千石。遥见纵父子，便唤住，就纵手中燃火。纵因问是何贵人，答曰："是斗山王，在余杭南。"纵知是神，叩头云："愿见祐助。"后入山，得一玉枕，从此如意。出《幽明录》。

“你是什么神？在这住了多长时间？现在如果一定要离开，你将去往何处？”山神回答道：“我是夏王的儿子，住在这里一千多年了。寒石山是我舅舅住的地方，我暂且去那寄居一段时间，将来想回到会稽山神庙去。”临走，留下一封信，又赠给白道猷三匣香。然后向白道猷躬身告别，握手时感到十分遗憾，吹响号角，敲击刀鞘，腾空而去。出自《述异记》。

高雅之

晋代太元年间，高衡为魏郡太守，戍守石头城。他的孙子高雅之，在马棚中说：“有位神人降临，自称白头公，他拄的那根拐杖闪闪发光，把屋子都照亮了。他和我悄悄夜行，天黑时到了京口，第二天早晨已经返回来了。”后来，高雅之父子被桓玄所灭。出自《幽明录》。

罗根生

豫章有个庐松村。郡里有个叫罗根生的人，来到村边开荒，种瓜果。园中有一个神坛，当瓜开始爬蔓，忽然看见坛上出现一块新木板，上面用黑墨水写道：“这是神地，请速速离开。”罗根生祝祷说：“如果确实是神的旨意，希望再用红字赐教。”第二天早晨，罗根生去园中观看，先前那块木板还在，上面的字全用朱红代替了墨黑。罗根生拜谢后离开了。出自《述异记》。

沈　纵

余姚县人沈纵，家中一向贫穷。他跟父亲一起进山，回来时还没有到家，看见一个人，左右随从四五百人，前面有车辆马队，夹道站着仪仗队，如同二千石俸禄的高官。远远看见沈纵父子，那人便将他们喊住，靠近沈纵并在他手里点上火。沈纵便问他是何方贵人。回答说：“我是斗山王，住在余杭县南边。”沈纵知道他是神仙，就叩头说：“希望能够得到您的祐护和帮助。”后来，沈纵进山，得到一方玉枕，从此他们家万事如意。出自《幽明录》。

戴氏女

豫章有戴氏女，久疾不瘥。见一小石，形像偶人。女谓曰："尔有人形，岂神？能差我宿疾者，吾将重汝。"其夜梦有人告之："吾将祐汝。"自后疾渐差。遂为立祠山下。戴氏为巫，故名戴侯祠。出《搜神记》。

孙　盛

衡山白槎庙，古老相传，昔有神槎，皎然白色，祷之灵无不应。晋孙盛临郡，不信鬼神，乃伐之，斧下流血。其夜波流神槎向上，但闻鼓角之声，不知所止。开皇九年废，今尚有白槎村在。出《湘中记》。

湛　满

须江县江郎山，昔有江家在山下居，兄弟三人，神化于此，故有三石峰之异。有湛满者，亦居山下。其子仕洛，永嘉之乱，不得归。满乃使祝宗言于三石之灵，能致其子，靡爱斯牲。旬日中，湛子出洛水边，见三少年，使闭目伏车栏中间，去如疾风。俄顷，从空中堕，恍然不知所之。良久，乃觉是家园中。出《十道记》。

竺昙遂

晋太元中，谢家沙门竺昙遂，年二十余，白皙端正，流落沙门。尝行经青溪庙前过，因入庙中看。暮归，梦一妇人

戴氏女

豫章郡有个姓戴的女子，久病不愈。她看见一块小石头，形状像木偶人。她便对石头说："你长得像人形，难道是神仙吗？如果你能把我的老病治好，我将重重感谢你。"当天夜里，她梦见有人告诉她说："我今后会保佑你的。"从此以后她的病情渐渐好转。戴家就在山下建起一座祠堂，戴氏就在那做巫师，这座祠堂因此叫"戴侯祠"。出自《搜神记》。

孙　盛

衡山有座白槎庙，很久以前人们就传说，从前有个神奇的木筏子，颜色洁白，向它祈祷没有不灵验的。晋代孙盛来此任郡守，他不信鬼神，便让人砍毁它，那斧子砍下去，木筏子竟然流出血来。当天夜里，水流奇迹般地将木筏子送往上游，只听鼓号之声，不知停在了什么地方。隋代开皇九年，这座庙便毁废了，如今还有个白槎村存在。出自《湘中记》。

湛　满

须江县境内有座江郎山，从前有一户江姓人家在山下居住，他们兄弟三人，都在这里成神，因此化为奇异的三石峰。有位叫湛满的人，也住在这座山下。他的儿子在洛阳做官，赶上永嘉之乱，有家不能回。湛满就请巫师向三石峰的神灵祈祷，说能让他的儿子回来，一定不会吝惜供奉祭祀的牲畜。十天之内，湛满的儿子出现在洛水边，看见三位少年，让他闭上眼睛伏在车栏中间，那车便像疾风一般跑起来。过了一会儿，车子突然从空中掉了下来，他茫然不知到了何处。过了好久，他才明白这是自己家的园子。出自《十道记》。

竺昙遂

晋太元年间，谢家和尚竺昙遂，二十多岁，白皙端正，流落当了和尚。曾从青溪庙前路过，便进庙看了看。晚上回来，梦见一妇人

来，语云："君当来作我庙中神，不复久。"昙遂问："妇人是谁？"妇人云："我是青溪姑。"如此一月许，便卒。临死，谓同学年少曰："我无福，亦无大罪，死乃当作青溪庙神。诸君行便，可见看之。"既死后，诸年少道人诣其庙。既至，便灵语相劳问，音声如其生时。临去云："久不闻呗声，甚思之。"其伴慧觐，便为作呗讫。犹唱赞，语云："歧路之诀，尚有凄怆。况此之乖，形神分散。窈冥之叹，情何可言。"既而歔欷不自胜，诸道人等皆为流涕。出《续搜神记》。

武　曾

侯官县常有阁下神。岁终，诸吏杀牛祀之。沛郡武曾作令，断之。经一年，曾迁作建威参军。当去，神夜来问曾："何以不还食？"声色极恶，甚相谴责。诸吏便于道中买牛，共谢之，此神乃去。出《幽明录》。

晋孝武帝

晋孝武帝，殿北窗下见一人，著白帢，黄练单衣，自称华林园水池中神，名曰淋涔君。帝取所佩刀掷之，空过无碍。神忿曰："当令君知之。"少时而暴崩。出《幽明录》。

蔺启之

蔺启之家在南乡，有樗蒲娄庙。启之有女名僧因，忽蹶而寤，云："樗蒲君遣婢迎僧坐斗帐中。"仍陈盛筵。以金银为俎案，五色玉为杯碗。与僧共食，一宿而醒也。出《述异记》。

来了，对他说："你当来做我庙中之神，这一天不会太久了。"竺昙遂问："妇人是谁？"妇人回答说："我是青溪姑。"就这样过了一个月，竺昙遂便死了。临终前，他对年轻的僧人们说："我这辈子没有福，也没有大的罪过，死后能做青溪庙之神。你们从那里路过方便的话，可以进去看看我。"竺昙遂死后，那些年轻道人到青溪庙拜见他。到达后，便与之对话互致问候。竺昙遂的声音跟生前一样。临别时，竺昙遂说："很久没有听到诵经的声音，很想念啊！"他原来的同伴慧觐，便为他念诵了梵文经咒。接着，他也唱了赞偈，又说："歧路之别，仍有悽怆之情。何况命运如此乖张，肉体和灵魂分离。叹阴间孤苦，情何以堪。"说罢，他感慨不能自已，和尚们都为他流下了眼泪。出自《续搜神记》。

武曾

侯官县曾经有位阁下神。每年年底，各位官吏都要杀牛来祭祀他。沛郡武曾做县令后，便将祭品断了。过了一年，武曾升任建威参军。临行前夜，那神人夜里来问武曾："你为什么不祭祀我？"声色俱厉，对他痛加谴责。官吏们便在路上买牛祭祀，一起向阁下神谢罪，那神人才走了。出自《幽明录》。

晋孝武帝

东晋孝武帝，在宫殿北窗下看见一个人，头戴白帽，腰系黄带，身穿单衣，自称是华林园水池中的神仙，名叫淋涔君。孝武帝拿起佩刀向他砍去，一点儿也没有伤到他。神人气愤地说："我应当让你知道我的厉害。"不久，孝武帝就暴死了。出自《幽明录》。

蔺启之

蔺启之家住在南乡，那里有座樗蒲娄庙。启之有个女儿名叫僧因，忽然跌倒昏迷，说："樗蒲君派我迎接和尚，坐在斗帐之中。"蔺启之便摆上酒席筵菜，用金银做肉案子，五色玉做杯碗。与和尚共同吃了顿饭，又过了一宿才醒来。出自《述异记》。

王　猛

王猛者，北海人。少贫贱，曾至洛阳货畚。有一人，于市贵买其畚，而云无直，家近在此，可随我取。猛随去，行不觉远，忽至深山中。此人语猛，且住树下，当先启道君来。须臾，猛进，见一公据胡床，头鬓悉白，侍从十许人。有一人引猛云："大司马公可进。"因拜，老公曰："王公何缘拜？"即十倍售畚价，遣人送猛出。既顾视，乃嵩山也。出《中兴书》。

封驱之

始兴林水源里有石室，室前磐石上，行罗十瓮，中悉是饼银。采伐遇之，不得取，取之迷闷。晋大元初，民封驱之家仆密窃三饼归，发看，有大蛇螫之而死。《湘州记》曰："其夜，驱之梦神语曰：'君奴不谨，盗银三饼。即日显戮，以银相偿。'觉视，则奴死银在矣。"出《水经》。

王　猛

王猛，是北海郡人。年少贫贱，曾经到洛阳卖过畚箕。有一个人，在市场上花高价买他的畚箕，却又说没有带钱，家就住在附近，让王猛随他去取。王猛随他而去，走路没觉得多远，忽然到了深山里。这人告诉王猛，暂且站在树下，他得先去禀告道君有人要来。不一会儿，王猛便随他进了树洞，看见一个人坐在交椅上，鬓发皆白，有十多个侍从。有一个人引王猛来到老者跟前，说："大司马公请进。"王猛便向老者跪拜，老者说："王公为什么要拜我呢？"当即送王猛十倍于原价的畚箕钱，并派人把他送出树洞。王猛回头再看，这里原来是嵩山。出自《中兴书》。

封驱之

始兴林水源里有一个石室，室前大石头上，摆着一排十个陶瓮，里面全装着银饼。打柴的人经过这里，也不能拿走，拿了就会迷路。东晋太元初年，居民封驱之的仆人，偷偷拿了三块银饼子回来，到家揭开一看，有一条大蛇出来把他咬死。《湘州记》说："那天晚上，封驱之梦见神人对他说：'你的奴才不老实，偷走三块银饼子，当天就被处死了，就用那银饼子送你作为补偿吧。'封驱之醒来一看，那奴才果然死了，而银饼子还在。"出自《水经》。

卷第二百九十五

神五

王僧虔

晋王僧虔秉政，使从事宗宝，统作长沙城。忽见一传教官语曰："君何敢坏吾宫室？司命官相诛。"寻时宗宝乃坠马。其夜，僧虔梦见一贵人来通，宾从鲜盛，语僧虔曰："吾是长沙王吴君。此所居之处，公何意苦我？若为我速料理，当位至三公。"僧虔于是立庙，自后祈祷无不应。出《湘中记》。

陈　悝

隆安中，丹徒民陈悝于江边作鱼簄，潮去，于簄中得一女，长六尺，有容色，无衣裳，水去不能动，卧沙中。与语不应。有一人就奸之。悝夜梦云："我江神也。昨失路，落君簄中，小人辱我。今当白尊神，杀之。"悝不敢归，得潮来，自逐水而去。

王僧虔

晋代王僧虔主持政事，派从事宗宝，指挥修筑长沙城。忽然看见一个传教官说："你怎么敢破坏我的宫室呢？我要叫司命官把你杀了。"不一会儿，宗宝从马上摔了下来。当天夜里，王僧虔梦见一位贵人来登门拜访，随从很多，衣冠鲜亮盛美，对王僧虔说："我是长沙王吴君。这里是我住的地方，你何必要为难我？你如果能为我赶快下令停止修城，我保你位至三公。"王僧虔于是为他修了一座庙。此后凡有祈祷，没有不应验的。出自《湘中记》。

陈　悝

东晋隆安年间，丹徒县百姓陈悝在江边用鱼篓子捕鱼，退潮之后，在鱼篓里得到一个女子，高六尺，颇有姿色，没有穿衣服，水退之后不能动弹，躺在沙滩上。和她说话也不应答。有一个人上前把她奸污了。陈悝夜里梦见那女子说："我是江神。昨天迷了路，落入你的鱼篓里，小人侮辱了我。今天我要报告尊神，杀了他！"陈悝不敢回家，等到涨潮的时候，他便随水而去。

奸者寻亦病死矣。出《洽闻记》。

宫亭庙

南康宫亭庙，殊有神验。晋孝武世，有一沙门至庙。神像见之，泪出交流。因摽姓字，则是昔友也。自说："我罪深，能见济脱不？"沙门即为斋戒诵经，语曰："我欲见卿真形。"神云："禀形甚丑，不可出也。"沙门苦请，遂化为蛇，身长数丈，垂头梁上，一心听经，目中血出。至七日七夜，蛇死，庙亦歇绝。出《幽明录》。

安世高

安侯世高者，安息国王子。与大长者共出家，学道舍卫城。值主不称，大长者子辄恚，世高恒呵戒之。周旋二十八年，云："当至广州。"值乱，有一人逢高，唾手拔刀曰："真得汝矣。"高大笑曰："我宿命负对，故远来相偿。"遂杀之。有一少年云："此远国异人，而能作吾国言，受害无难色，将是神人乎？"众皆骇笑。世高神识还生安息国，复为王作子，名高。安侯年二十，复辞王学道。十数年，语同学云："当诣会稽毕对。"过庐山，访知识，遂过广州。见少年尚在，径投其家，与说昔事，大欣喜。便随至会稽。过嵇山庙，呼神共语。庙神蟒形，身长数丈，泪出。世高向之语，蟒便去。世高亦还船。有一少年上船，长跪前受咒愿，因遂不见。世高曰："向少年即庙神，得离恶形矣。"

不久，奸污女子的人也病死了。出自《洽闻记》。

宫亭庙

南康郡有座宫亭庙，特别有灵验。东晋孝武帝年间，有一和尚来到庙前。神像看见他，不由流出泪水。再看神像上标写的姓名，原来是他从前的朋友。神像自己说："我罪孽深重，能早日解脱吗？"和尚当即为他斋戒诵经，并说："我想看看你的真面目。"神像说："我长得很丑，不可现出原形。"和尚再三请求，神像便变成一条蛇，身长好几丈，把头垂在房梁上，聚精会神地听僧人诵经，眼睛里冒出血来。到七天七夜时，蛇死了，这座宫亭庙也关了门。出自《幽明录》。

安世高

有位王侯叫安世高，是安息国王子，和大兄长一同出家，在舍卫城学道。遇上国王无道，兄长之子就大发脾气，安世高总是劝诫他。相处了二十八年，后来世高说："我应该到广州去。"正值战乱，有一个人遇到安世高，随手拔刀说："果然找到你了！"安世高大笑道："我命中注定有所负欠，未予偿还，因此远道而来偿还。"那人便将安世高杀了。有一个少年说："这位从遥远国度来的异人，却能够说我们国家的话，而且被害时毫无畏惧之色，难道是神人吗？"众人都惊异地笑起来。安世高的神魂又回到安息国，又托生为王子，名高。他二十岁的时候，又告别父王去学道。十几年过去了，他对同学者说："我应当去会稽山了结因果报应。"于是经过庐山，访寻有造诣的人，随后来在广州。安世高得知当年那个说他是神人的少年还在，便径直来到他家，跟他说起从前的往事，二人都很高兴，便随安世高到会稽山，经过嵇山庙前，喊庙神一起说话。那庙神现出蟒的形状，身长好几丈，眼里在流泪。世高对它说了几句话，那蟒蛇便走了，世高也回到船上。这时，有个少年上船，长跪在安世高面前接受他的祝祷，然后便不见了踪影。安世高说："刚才那个少年就是庙神，他已经修炼得能够脱离原来丑恶的形体了！"

云庙神即是宿长者子。后庙祝闻有臭气，见大蟒死，庙从此神歇。前至会稽，入市门，值有相打者，误中世高头，即卒。广州客遂瘗之于佛舍。出《幽明录》。

曲阿神

曲阿当大埭下有庙。晋孝武世，有一逸劫，官司十人追之。劫径至庙，跪请求救，许上一猪。因不觉忽在床下。追者至，觅不见。群吏悉见入门，又无出处。因请曰："若得劫者，当上大牛。"少时劫形见，吏即缚将去。劫因云："神灵已见过度，云何有牛猪之异？而乖前福。"言未绝口，觉神像面色有异。既出门，有大虎张口而来，径夺取劫，衔以去。出《神鬼传》。

谢奂

青溪小姑庙，云是蒋侯第三妹。庙中有大榖扶疏，鸟常产育其上。太元中，谢庆弹杀数头，即觉体中栗然。至夜，梦一女子，衣裳楚楚，怒云："此鸟是我所养，何故见侵？"经日谢卒。庆名奂，灵运父也。出《异苑》。

李滔

吴郡桐庐有徐君庙，吴时所立。左右有为劫盗非法者，便如拘缚，终致讨执。东阳长山吏李滔，以义熙中，遭事在都。妇自出料理。过庙请乞恩，拔银钗为愿。

又说庙神就是以前兄长的儿子。后来，到庙里祈祷的人闻到有一股腥臭气，才看见那条大蟒死了，庙也从此关门。安世高往前到了会稽，进了城门，正赶上有人在打架，不慎误伤了世高的脑袋，他当场毙命。广州客——那位少年便把他埋葬在寺庙。出自《幽明录》。

曲阿神

曲阿县大堤下有一座庙。东晋孝武帝当朝时，有一个逃犯，官府派出十个人追捕他。那劫匪径直跑进庙里，跪下求救，许愿说过些日子送来一头猪。于是，不知不觉忽然就到了神案下。追捕他的人赶到了，找不到他。捕吏们都看见他进了这个门，又没有别的出口，便也向庙神祈祷说："如果能让我们抓到劫匪，过几天会供上一头大牛。"过了一会儿，那劫匪露出马脚，捕吏们立即绑住他就要走。劫匪于是说："神灵这样做太过分了，牛和猪对于你有什么不同？为什么违背先前的许诺？"话未说完，只见那神像的脸色有了变化。出门之后，有只大老虎张着大嘴扑将过来，径直夺下劫匪，衔着他跑掉了。出自《神鬼传》。

谢　奂

青溪境内有座小姑庙，传说庙神是蒋侯的第三个妹妹。庙里有株枝叶繁茂的大构树，鸟儿们经常在上面生儿育女。东晋太元年间，谢庆用弹弓杀死几只鸟儿后，就觉得身体颤栗不已。到了晚上，他梦见一个女人，衣裳整洁鲜亮，怒气冲冲地说："这些鸟儿是我养的，为什么被伤害了？"过了一天，谢庆就死了。谢庆名为奂，他就是谢灵运的父亲。出自《异苑》。

李　滔

吴郡桐庐县有座徐君庙，东吴时所建。附近有抢劫盗窃等犯法的人，便像被绳子绑住一样，结果必被抓获。东阳长山吏李滔，于东晋义熙年间，在京都摊上了事。他的妻子出门求人料理此事。她从徐君庙经过，便进去祈祷请庙神施恩，并拔下头上的银钗许愿。

未至富阳，有鱼跳落妇前。剖腹，还得所愿钗。夫事寻散。出《异苑》。

树伯道

余杭县有仇王庙，由来多神异。隆安初，县人树伯道为吏，得假将归。于汝南湾觅载，见一朱舸，中有贵人，因求寄。须臾如睡，犹闻有声，若剧甚雨。俄而至家，以问船工，亦云仇王也。伯道拜谢而还。出《异苑》。

侯　褚

郏县西乡有杨郎庙。县有一人先事之，后就祭酒侯褚，求入大道。遇谯郡楼无陇诣褚，共至祠舍，烧神坐器服。无陇乞将一扇。经岁，无陇闻有乘马人呼楼无陇数四声，云："汝故不还杨明府扇耶？"言毕，回骑如去。陇遂得瘘病而死。出《异苑》。

卢　循

义熙四年，卢循在广州，阴规逆谋，潜遣人到南康庙祈请，既奠牲奏鼓。使者独见一人，武冠朱衣，中筵而坐曰："卢征虏若起事至此，当以水相送。"六年春，循遂率众直造长沙，遣徐道覆逾岭。至南康，装艋十二，艟楼十丈余。舟装始办，大雨一日一夜，水起四丈，道覆凌波而下，与循会巴陵。至都而循战败。不意神速其诛，洪潦之降，使之自送也。出《述异记》。

没等她走到富阳，有条鱼跳落到她的面前。把鱼剖腹，又得到她许愿时的那支银钗。不久，她丈夫的事也解决了。出自《异苑》。

树伯道

余杭县有座仇王庙，从建庙以来发生不少神异之事。东晋隆安初年，县人树伯道为官，一天，他告假要回家。在汝南湾找船待渡时，看见来了只红船，里面有位贵人，便向他求载。不一会儿他如同睡着了一般，还听到一种声音，像下大雨似的。一会儿他便回到家了，向船夫询问，也说那官员便是仇王。树伯道望着远去的红船拜谢一番，才进到屋里。出自《异苑》。

侯　褚

郯县西乡有一座杨郎庙，县里有一个人先在庙里修道，后来又去投奔祭酒侯褚，希望能修得大道。遇到谯郡楼无陇也去拜见侯褚，二人便一同来到庙里，身穿道服，烧香祷告。无陇向庙里要了一把扇子。过了一年，无陇听见一个骑马的人连喊他四声“楼无陇”，并说：“你为什么不还我们杨明府的扇子呢？”说完，掉转马头离开了。不久，楼无陇患瘘病而死。出自《异苑》。

卢　循

义熙四年，卢循在广州阴谋造反，暗中派人到南康庙祈祷，并奏起鼓乐奉上祭品。使者只见一人，戴武将帽子穿红色衣服，在中间席位上坐着说：“征虏大将军卢循如果因为想造反起事来到此处，我应以水路相送。”义熙六年春天，卢循率兵马直奔长沙，派徐道覆越过山岭，到了南康，造了十二艘大船，每船都有十多丈高。船装刚置办完，下了一天一夜的大雨，水涨四丈多高，徐道覆率船队顺流而下，与卢循在巴陵会师。到达京都建康后，卢循战败。想不到神这么快就把他杀了。洪水突然降临，使他自己断送了自己。出自《述异记》。

陈　臣

临川陈臣家大富。永初元年，臣在斋中坐，其宅内有一町筋竹，白日忽见一人长丈许，面如方相，从竹中出，径语陈臣："我在家多年，汝不知，今去，当令汝知之。"去一月许日，家大失火，奴婢顿死，一年中便大贫。出《搜神记》。

张　舒

长山张舒，以元嘉九年二月二十四日奄见一人，著朱衣平上帻，手捉青柄马鞭，云："汝可教，便随我去。"见素丝绳系长梯来下。舒上梯，仍造大城，绮堂洞室，地如黄金。有一人长大，不巾帻，独坐绛纱帐中，语舒曰："主者误取汝，赐汝秘术卜占，勿贪钱贿。"舒亦不觉受之。出《异苑》。

萧惠明

宋萧惠明为吴兴太守，郡界有卞山，山下有项羽庙。相承云："羽多居郡厅事，前后太守不敢上厅。"惠明谓纲纪曰："孔季恭曾为此郡，未闻有灾。"遂命盛设筵榻。未几，惠明忽见一人，长丈余，张弓挟矢向之，既而不见。因发背，旬日殒。出《异苑》。

柳　积

柳积，字德封。勤苦为学，夜燃木叶以代灯。中夕，闻窗外有呼声。积出见之，有五六人，各负一囊，倾于屋下，

陈　臣

临川陈臣家十分富有。宋武帝永初元年，陈臣在斋中坐着，院子里有一片筋竹林。大白天忽然看见一个一丈多高的人，四方大脸，从竹林中走出来，直接对陈臣说："我在你家里很多年了，可你还不知道。现在我要走了，应该让你知道知道。"那人离开了一个多月，陈臣家里起了大火，奴婢们很快都死了。一年之内，他一下子就变成穷光蛋。出自《搜神记》。

张　舒

长山县张舒，在宋文帝元嘉九年二月二十四日，忽然看见一个人，穿着大红衣服用头巾包住头发，手拿一根青柄马鞭，对张舒说："你是个可教之人，就随我来吧！"这时，只见一架用白丝绳系制的长梯从空中降下。张舒登上了梯子，来到一座大城，殿堂绮丽，洞室幽深，地面如铺着黄金一样闪闪发光。有一人身材高大，不戴头巾，独自坐在深红色纱帐中，对张舒说："主事的人误选了你。我教给你一套占卜秘术，不要贪财受贿。"张舒也就在不知不觉中学会了。出自《异苑》。

萧惠明

南朝刘宋时萧惠明任吴兴郡太守，郡内有座卞山，山下有座项羽庙。相传："项羽常住在郡府厅堂里，前后太守不敢上大厅。"萧惠明向管家仆说："孔季恭曾经当过这个郡的太守，没听说他遇到什么灾。"便命人陈设盛筵和坐榻。没过一会儿，惠明忽然看见一个人，一丈多高，拉弓搭箭射向自己，接着就不见了。不久萧惠明的背部长出个痈疽，十天后就死了。出自《异苑》。

柳　积

柳积，字德封。学习勤奋刻苦，晚上读书时烧树叶来代替灯照明。一天半夜，听见窗外有呼喊声。柳积出门一看，只见有五六个人，各背着一个口袋，把里面的东西倒在了屋檐下，

如榆荚。语曰:“与君为书粮,勿忧业不成。”明旦视之,皆汉古钱,计得百二十千,乃终其业。宋明帝时,官至太子舍人。出《独异志》。

赵文昭

宋文帝元嘉三年八月,吴郡赵文昭,字子业,为东宫侍讲。宅在清溪桥北,与吏部尚书王叔卿隔墙南北。尝秋夜,对月临溪,唱《乌栖》之词,音旨闲怨。忽有一女子,衣青罗之衣,绝美,云:“王尚书小娘子,欲来访君。”文昭问其所以,答曰:“小娘子闻君歌咏,有怨旷之心,著清凉之恨,故来愿荐枕席。”言讫而至,姿容绝世。文昭迷误恍惚,尽忘他志,乃揖而归。从容密室,命酒陈筵,递相歌送,然后就寝。至晓请去,女解金缨留别,文昭答琉璃盏。后数夜,文昭思之不已。偶游清溪神庙,忽见所与琉璃盏在神女之后,及顾其神与画侍女,并是同宿者。出《八朝穷怪录》。

河　伯

余杭县南有上湖,湖中央作塘。有一人乘马看戏,将三四人至岑村饮酒,小醉,暮还。时炎热,因下马入水中,枕石眠。马断走归,从人悉追马,至暮不返。眠觉,日已向晡,不见人马。见一妇来,年可十六七,云:“女郎再拜。日既向暮,此间大可畏。君作何计?”问:“女郎姓何?那得忽相闻?”复有一年少,年十三四,甚了了,乘新车,车后

像榆钱儿。那些人对柳积说："这是送给你读书用的钱粮，不必担心学业不成。"第二天早晨一看，全是汉代的古钱币，合计共一百二十千，柳积有了这些钱才完成学业。宋明帝时，他的职位升到太子舍人。出自《独异志》。

赵文昭

宋文帝元嘉三年八月，吴郡赵文昭，字子业，为太子当侍讲。他的宅院在清溪桥北，与吏部尚书王叔卿家仅隔一道墙，成南北邻居。曾在一个深秋之夜，赵文昭临溪赏月，唱《乌栖曲》之词，声音寂寞幽怨。忽然有一个女子，穿着青罗衣，十分美丽，对赵文昭说："王尚书的小娘子，想来拜访你。"赵文昭问其缘故，她回答说："小娘子听你歌咏，有着怨旷孤苦之心，显出清净寂寞之遗憾，因此想来陪伴你。"她刚说完，那位小娘子就到了，姿容盖世无双。赵文昭被迷得神情恍惚，把别的一切全忘了，向小娘子拱手行礼把她带回家，在密室中，摆上酒席，饮酒对唱，然后便同床共枕。到天亮之后，小娘子与他辞别，并解下自己的金缨带留作纪念，赵文昭回赠她一只琉璃杯。后来过了几夜，赵文昭对她思念不已。一天，他偶然游清溪神庙，忽然看见他赠予的那只琉璃杯在神女像的身后放着。又观察那神像与画上的侍女，原来神像正是那天与他共宿的女子。出自《八朝穷怪录》。

河　伯

余杭县南面有个上湖，湖中央筑起堤坝。有一个人骑马看戏，带着三四个人到岑村喝酒，微醉，傍晚才回家。当时天气炎热，他便下马跳入水中，枕着石头在水里睡着了。马挣断绳子跑回家去，随从都追马去了，直到天黑也没见主人返回。这人睡醒后，已经快到傍晚了，不见了随从和马，只见一个女子走来，年纪大约十六七岁，说："小女子拜见您！天色已经很晚了，这地方十分可怕。你打算怎么办呢？"这人问："女郎姓什么？怎么忽然知道这里可怕？"又有一个少年，十三四岁，很聪明的样子，乘坐新车，车后

二十人至，呼上车。云："大人暂欲相见。"因回车而去。道中络绎把火，见城郭邑居。

既入城，进厅事，有信幡，题云"河伯"。俄见一人，年三十许，颜色如画，侍卫繁多。相对欣然，敕行酒炙，云："仆有小女，颇聪明，欲以给君箕帚。"此人知神，不敢拒逆。便敕备办，令就郎中婚。承白已办。进丝布单衣及袷、绢裙、纱衫裈、履屐，皆精好。又给十小吏，青衣数十人。妇年可十八九，姿容婉媚。便成礼。三日，经大会客，拜阁。四日云："礼既有限，当发遣去。"妇以金瓯、麝香囊与婿别，涕泣而分。又与钱十万、药方三卷，云："可以施功布德。"复云："十年当相迎。"此人归家，遂不肯别婚。辞亲，出家作道人。所得三卷方：一卷脉经，一卷汤方，一卷丸方。周行救疗，皆致神验。后母老兄丧，因还婚宦。出《幽明录》。

邵敬伯

平原县西十里，旧有社林。南燕太上时，有邵敬伯者，家于长白山。有人寄敬伯一函书，言："我吴江使也，令吾通问于齐伯。吾今须过长白，幸君为通之。"仍教敬伯，但至社林中，取树叶投之于水，当有人出。敬伯从之，果见人引入。伯惧水，其人令敬伯闭目，似入水中，豁然宫殿宏丽。见一翁，年可八九十，坐水精床，发函开书曰："裕兴超灭。"侍卫者皆圆眼，具甲胄。敬伯辞出，以刀子赠敬伯曰：

跟着的二十人也赶到了，喊这人上车，说："我家大人暂且想见你一面。"他只好上车随之而去。途中火把络绎不绝，看见了城市和房屋。

他们入城之后，进了厅堂，厅前信幡上，写着"河伯"二字。一会儿，见到一个人，年纪大约三十多岁，容貌俊美，侍卫众多。二人相见，都很高兴，主人吩咐端酒肉上来招待客人，对他说："我有个女儿，很聪明，想许配你做妻子。"这个人知道他是神仙，不敢拒绝。河伯便令手下人准备操办婚礼，在府中结婚。这时，手下人把一切都已办妥，各种绸缎衣服、鞋袜被褥，都是绝好的精品。又送上十个小吏，几十个仆人。新娘年龄大概十八九岁，姿容美丽妩媚。于是，便举行婚礼，大宴宾客三天，新郎婚后礼拜于女家。婚后第四天，河伯说："婚期有限，应当送他回去了。"新娘把金银器皿和一个麝香囊送给丈夫作纪念，流泪惜别。最后，又给了他十万钱和三卷药方，说："今后你要行善积德。"又说："十年之后再迎接你。"这人回家之后，便不愿意再结婚，告别亲人，出家做了道人。他所得到的三卷方子是：一卷脉经，一卷汤方，一卷丸方。他四处周游，救命治病，都十分神奇灵验。后来母亲年迈，兄长又死了，他才回家结婚步入仕途。出自《幽明录》。

邵敬伯

平原县西十里，原来有一片祭土地神的地方。晋代南燕太上年间，有一个叫邵敬伯的人，家住长白山。有人寄给敬伯一封信，说："我是吴江使者，奉命要和齐伯互通音讯。我现在需要经过长白山，希望你帮我疏通一下。"然后告诉敬伯，只要到祭土地神的地方，摘下几片树叶投入水中，就会有人出来。敬伯便照他说的去做了，果然有人出来要领他进去。邵敬伯怕水，那人就让他闭上眼睛，随即好像进了水中，当他睁开眼睛时，面前是一座宏伟壮丽的宫殿。只见一位老翁，年纪大约八九十岁，坐在水精床上，打开书信，说："裕兴超灭。"侍卫们全瞪着圆圆的眼睛，穿着厚厚的甲胄。邵敬伯告辞出来，那老翁拿出一把刀子赠给他，说：

"好去，但持此刀，当无水厄矣。"敬伯出，还至社林中，而衣裘初无沾湿。果其年宋武帝灭燕。敬伯三年居两河间，夜中忽大水，举村俱没，唯敬伯坐一塌床，至晓著岸。敬伯下看之，床乃是一大鼋也。敬伯死，刀子亦失。世传社林下有河伯冢。出《酉阳杂俎》。

吴兴人

晋隆安中，吴兴有人，年可二十，自号圣公，姓谢，死已百年。忽诣陈氏宅，言是己旧宅："可见还，不尔烧汝。"一夕大火，烧尽，因有鸟毛插地，绕宅周匝数重，百姓乃起庙。出《酉阳杂俎》。

刘子卿

宋刘子卿，徐州人也，居庐山虎溪。少好学，笃志无倦。常慕幽闲，以为养性。恒爱花种树，其江南花木，溪庭无不植者。文帝元嘉三年春，临玩之际，忽见双蝶，五彩分明，来游花上，其大如燕，一日中，或三四往复。子卿亦讶其大。

九旬有三日，月朗风清。歌吟之际，忽闻扣扃，有女子语笑之音。子卿异之，谓左右曰："我居此溪五岁，人尚无能知，何有女子而诣我乎？此必有异。"乃出户，见二女，各十六七，衣服霞焕，容止甚都。谓子卿曰："君常怪花间之物，感君之爱，故来相诣，未度君子心若何。"子卿延之坐，谓二女曰："居止僻陋，无酒叙情，有惭于此。"一女曰："此来之意，

“好好去吧，只要拿上这把刀，就不会受到水的危害了。”邵敬伯从水中走出来，回到社林中，而衣服一点也没有湿！果然就在这年，宋武帝刘裕就把南燕的慕容超灭掉了。邵敬伯在两条河中间的地带居住了三年。一天夜里忽然发了大水，整个村子都淹没了，只有邵敬伯坐在一床榻上得以脱险，到天明时靠到岸上。敬伯下来一看，才发现那坐榻乃是一只大老鳖！敬伯死后，那把刀子也丢失了。世代相传，那片社林下面就是河伯的家。出自《酉阳杂俎》。

吴兴人

晋代隆安年间，吴兴县有个人，年纪大约二十岁，自称圣公，姓谢，已经死了一百年。忽然来到陈家的宅院，说是他自己的老房子：“应该还给我，不然就用火烧你们。”一天晚间起了大火，把房子烧个一干二净，便有不少鸟毛插在地上，绕宅院的废墟围了好几重。老百姓们就在这里修起一座庙。出自《酉阳杂俎》。

刘子卿

南朝宋刘子卿，徐州人，住在庐山虎溪。年轻时好学，笃志不倦。常羡慕清幽闲适的生活，认为那样可以陶冶性情。他一直喜爱养花种树，凡是江南一带的花木，虎溪庭院里无不栽种。文帝元嘉三年春，他正在游玩，忽然看见一双蝴蝶，五色分明，来到花间飞舞，像燕子那么大。一天之内，它们往来三四次。刘子卿也十分惊讶蝴蝶这么大。

九十三天后的一个晚上，月朗风清，他正在吟歌赋诗，忽然听见敲门声，有女子说笑的声音。刘子卿十分惊异，对手下仆人说：“我住在这溪院五年，人们都不知道我，为什么会有女子来找我呢？这里一定有异常。”于是就走出门去，看见两个女子，都十六七岁，衣服艳丽，容貌举止都很美。她们对刘子卿说道：“你常奇怪花间的那双蝴蝶，感谢你的怜爱之情，所以来拜访，却不知你意下如何？”刘子卿请她们坐下，对她们说：“这地方偏僻简陋，又无酒以抒怀，真是惭愧呀！”一个女子说：“我们来的意图，

岂求酒耶？况山月已斜，夜将垂晓，君子岂有意乎？”子卿曰：“鄙夫唯有茅斋，愿申缱绻。”二女东向坐者笑谓西坐者曰：“今宵让姊，余夜可知。”因起，送子卿之室。入谓子卿曰：“郎闭户双栖，同衾并枕。来夜之欢，愿同今夕。”及晓，女乃请去。子卿曰：“幸遂缱绻，复更来乎？一夕之欢，反生深恨。”女抚子卿背曰：“且女妹之期，后即次我。”将出户，女曰：“心存意在，特望不忧。”出户不知踪迹。

是夕二女又至，宴如前。姊谓妹曰：“我且去矣。昨夜之欢，今留与汝。汝勿贪多误，少惑刘郎。”言讫大笑，乘风而去。于是同寝。卿问女曰：“我知卿二人，非人间之有，愿知之。”女曰：“但得佳妻，何劳执问？”乃抚子卿曰：“郎但申情爱，莫问闲事。”临晓将去，谓卿曰：“我姊实非人间之人，亦非山精物魅。若说于郎，郎必异传，故不欲取笑于人代。今者与郎契合，亦是因缘。慎迹藏心，无使人晓，即姐妹每旬更至，以慰郎心。”乃去。常十日一至，如是数年会寝。后子卿遇乱归乡，二女遂绝。

庐山有康王庙，去所居二十里余。子卿一日访之，见庙中泥塑二女神，并壁画二侍者，容貌依稀，有如前遇，疑此是之。出《八朝穷怪录》。

难道是为了喝酒吗？况且山月已斜，天很快就要亮了，你到底有没有意呢？”刘子卿说：“我只有这茅屋，也想缠绵一番。”向东坐的女子对向西坐的女子笑了笑，说：“今天晚上让给姐姐，之后就该我了。”说罢起身，把刘子卿送到室内，说：“你们闭门共寝，同床共枕，明天晚上的欢乐，希望能同今晚一样。”天亮的时候，女子要走。刘子卿说：“有幸相会，你还能再来吗？一夜之欢，反而生出更深的遗憾。”女子抚摸着刘子卿的后背说：“今晚的时间属于我妹妹，在她之后就该我了。”临出门，女子又说：“只要心意在就好，希望你不必为此忧伤。”她出门之后便不见了踪影。

当天晚上，那两个女子又来了，饮宴如前。姐姐对妹妹说：“我暂且离开。昨天晚上的欢悦，今天就留给你了。你不要过于贪恋男欢女乐的欲望，不要把刘郎给迷惑住哟！”说罢大笑，乘风而去。于是，刘郎又与另一女子同寝。刘子卿问女子说：“我知道你们二人不是凡间之女，我想知道怎么回事。”女子说：“只要得到佳妻就行了，何必执意相问呢？”便抚摸刘子卿说：“郎君只要真情实爱，不要多问闲事。”天明之前要走时，对刘子卿说：“我们姐妹实在不是凡间之人，也不是山妖物怪。如果对你说了，你必然会当成怪异之事传出去，所以我们不想被人类取笑。现在与郎君结合，也是缘分。望你把这事深藏于心，不要让别人知道。我们姐妹二人每十天来一次，以慰藉郎君的心。”就离开了。以后经常十天一来，就这样过了好几年。后来刘子卿遇战乱回到故乡，那两个女子也从此绝了踪迹。

庐山上有座康王庙，距离刘子卿原来住的地方二十多里。一天，刘子卿前去拜访，见到庙里有两座泥塑的女神像，墙壁上还画了两位女侍者。那两位女神的容貌依稀觉得在哪里见过，仿佛前几年遇见的那对女子。他怀疑这对女神就是那姐妹二人。出自《八朝穷怪录》。

卷第二百九十六

神六

太室神

后魏太武时，嵩阳太室中有宝神像，长数尺。孝文太和中，有人避疟于此庙，见太武来造神。因言："今日朝天帝，帝许移都洛阳，当得四百年。"神言："昨已得天符矣。"太武出，神谓左右曰："虏性苛贪，天符但言四十，而因之四百。"明年，孝文迁都洛阳，唯得四十年矣。出《广古今五行记》。

黄　苗

宋元嘉中，南康平固人黄苗，为州吏，受假违期。方上行，经宫亭湖，入庙下愿："希免罚坐，又欲还家，若所愿并遂，当上猪酒。"苗至州，皆得如志，乃还。资装既薄，遂不过庙。行至都界，与同侣并船泊宿。中夜，船忽从水自下，其疾如风介。夜四更，苗至官亭，始醒悟。见船上有三人，

太室神

后魏太武年间，嵩阳太室山庙中有座宝神像，高数尺。孝文帝太和年间，有人逃避疟疾传染躲进此庙，看见太武帝来拜访庙神。庙神便说："今日朝觐天帝，天帝允许迁都到洛阳，可以延续四百年统治。"庙神又说："昨天已经得到天符了。"太武帝出去之后，庙神对左右说："这北方民族的首领，生性苛刻而贪婪，天符只说四十年，而我顺着他说了个四百年。"第二年，孝文帝迁都到洛阳，只坐了四十年江山。出自《广古今五行记》。

黄　苗

南朝宋元嘉年间，南康平固人黄苗，在州里当官，办公事延误了时间。正匆匆赶路的时候，经过宫亭湖，便进庙许愿："希望能够免于处罚，又想能够回家。如果这些愿望能够实现，一定带着酒和猪来祭祀。"黄苗到州府后，这些愿望都实现了，便返回故里。由于他带的东西很少，经过庙门口时没再进庙。走到两州交界处，与同伴把船并连停泊江上。半夜，船忽然自动顺流而下，快如疾风。四更天，黄苗随船漂到宫亭湖时，才醒悟过来。这时，只见船上有三个人，

并乌衣持绳,收缚苗。夜上庙阶下,见神年可四十,黄面,披锦袍。梁下悬一珠,大如弹丸,光辉照屋。一人户外白:“平固黄苗,上愿猪酒,遁回家。教录今到。”命谪三年,取三十人。遣吏送苗穷山林中,镲腰系树,日以生肉食之。苗忽忽忧思,但觉寒热身疮,举体生斑毛。经一旬,毛蔽身,爪牙生,性欲搏噬。吏解镲放之,随其行止。三年,凡得二十九人。次应取新淦一女,而此女士族,初不出外,后值与娣妹从后门出,诣亲家,女最在后,因取之。为此女难得,涉五年,人数乃充。吏送至庙,神教放遣,乃以盐饭饮之,体毛稍落,须发悉出,爪牙堕,生新者。经十五日,还如人形,意虑复常。送出大路。县令呼苗具疏事,覆前后所取人,遍问其家,并符合焉。髀为戟所伤,创瘢尚在。苗还家八年,得时疾死。出《述异记》。

龚双

襄阳汉水西村有庙名土地主,府君极有灵验。齐永元末,龚双任冯翊郡守。不信鬼神,过见此庙,因领人烧之。忽旋风绞火,有二物挺出,变成双青鸟,入龚双两目。两目应时疼痛,举体壮热。至明便卒。出《汉沔记》。

都穿着黑衣服拿着绳子，将黄苗绑住，天没亮把他押到庙门口的石阶下。黄苗看见庙神年龄大约四十岁，黄色面孔，披着锦袍。屋梁下面悬挂着一颗珠子，弹丸般大小，其光芒照得满室生辉。一个人在门外说："平固县黄苗，上次许愿说要献酒和猪，结果偷跑回家。派人又把他抓了回来。"庙神决定把他流放三年，捉三十个人回来。派小吏把黄苗送进深山老林，用铁链子锁住腰并系在树上，天天把生肉给他吃。黄苗心神恍惚，忧虑不已，只觉得一阵冷一阵热，浑身长疮，整个身体都生出斑毛来。过了十天，那毛便遮蔽全身，兽的爪牙也长了出来，性情也变得好斗嗜杀。看管他的小吏打开锁放他走，随他自由行动。三年，黄苗一共抓了二十九个人。接着，他应该去找新淦县的一个女子。这女子出身士族之家，开始根本就不出门，后来有一次同姐妹们从后门出来，去串亲戚，女子走在最后，黄苗就把她抓住。因为这女子很难抓到，前后过了五年，人数才够。小吏把黄苗送到庙前，庙神让把他放了，并用饭和盐水喂他。于是，他身上的斑毛渐渐脱落，胡须和头发全长了出来，兽的爪牙也蜕掉了，生出来都是新的。十五天后，他又恢复了人形，神志也恢复了正常。他被送上大路，县令叫黄苗把事实经过写出来，提到前后所抓的人，查问他们的家人，全都符合事实。之前他的大腿被戟刺伤，伤疤还在。黄苗回家八年后，患流行病而死。出自《述异记》。

龚双

襄阳郡汉水西村有座庙叫"土地主"，庙神极有灵验。南朝齐永元末年，龚双任冯翊郡守。他不信鬼神，路过这座庙前，便带人把它烧了。忽然刮起旋风卷起冲天大火，只见有两个怪物从大火中跳了出来，化作一对青鸟，钻进了龚双的眼睛。顿时，他感到双目疼痛难忍，全身奇热无比。到了天亮他便死了。出自《汉沔记》。

萧总

萧总，字彦先，南齐太祖族兄瓌之子。总少为太祖以文学见重。时太祖已为宋丞相，谓总曰："汝聪明智敏，为官不必资。待我功成，必荐汝为太子詹事。"又曰："我以嫌疑之故，未即遂心。"总曰："若谶言之，何啻此官！"太祖曰："此言狂悖，慎钤其口。吾专疚于心，未忘汝也。"总率性本异，不与下于己者交，自建业归江陵。

宋后废帝元徽后，四方多乱，因游明月峡，爱其风景，遂盘桓累岁。常于峡下枕石漱流，时春向晚，忽闻林下有人呼"萧卿"者数声，惊顾，去坐石四十余步，有一女，把花招总。总匆异之，又常知此有神女，从之。视其容貌，当可笄年，所衣之服，非世所有，所佩之香，非世所闻。谓总曰："萧郎遇此，未曾见邀，今幸良晨，有同宿契。"总恍然行十余里，乃见溪上有宫阙台殿甚严。宫门左右，有侍女二十人，皆十四五，并神仙之质。其寝卧服玩之物，俱非世有，心亦喜幸。一夕绸缪，以至天晓。忽闻山鸟晨叫，岩泉韵清，出户临轩，将窥旧路，见烟云正重，残月在西。神女执总手谓曰："人间之人，神中之女，此夕欢会，万年一时也。"总曰："神中之女，岂人间常所望也。"女曰："妾实此山之神，上帝三百年一易，不似人间之官，来岁方终。一易之后，遂生他处。今与郎契合，亦有因由，不可陈也。"言讫

萧 总

萧总，字彦先，是南朝齐太祖族兄萧道瓌的儿子。萧总年少时便以文学辞章被太祖看重。当时太祖已经是南朝刘宋的丞相了，对萧总说：“你聪明灵敏，做官不必论资排辈，等我大功告成的时候，一定举荐你为太子詹事。”又说：“我因为嫌疑之故，事情未必遂心如意。”萧总说：“如果天意预言能应验，何止担任此官！”太祖说：“这话说得太狂妄悖谬了！你要谨慎小心，把嘴闭上。我内心忧苦不安，不会忘记你的事情。”萧总禀性孤傲，特立独行，从不与低于自己的人交往。他从建业回到江陵。

宋后废帝元徽末年，四处战乱纷起，萧总到明月峡游览，喜爱那里的风景，因此一逗留便是几年。他常常在峡下枕着石头任凭水流冲刷着身体，当时已是晚春，忽然听见林子里有人连喊数声“萧卿”，他不由惊起四顾，只见离他坐的石头四十余步处，有一个女子，摇动着手里的花束招呼萧总。萧总感到慌乱惊奇，又常听说此地有神女，于是走了过去。看她的容貌，应该是十七八岁，所穿的衣服，不是人世间所能有的；所佩带的香囊散发出的香气，也是人世间闻不到的。她对萧总说：“在此与萧郎相遇，未曾受你邀请，现在应该为这个美好的早晨而庆幸，我们有同宿的缘分。”萧总恍恍惚惚走了十余里，就看见溪水岩上有一座辉煌庄严的宫殿。宫门左右，有侍女二十人，都十四五岁，都有神仙气质。那女子卧室里的衣物古玩等，也都是人世间没有的，萧总心中十分高兴。一夜缠绵，直到天亮。忽然听见山雀在晨叫，山泉清亮，欢快流淌。萧总走出门来凭栏远望，想看看来时的路，只见那里烟云正浓，残月尚悬在西天。神女握着萧总的手对他说：“一个是人间男子，一个是神仙女子，我们这一夜欢会，一万年才能有一次。”萧总说：“神仙中的女子，哪里是世人能够看到的？”神女说：“我确实是此山之神。天帝让我们三百年换一次，不像人间的官，明年就到期了。一换下来之后，就托生别处。今天我与你相会，也是有因缘的，但内情不能说出来。”说完

乃别。神女手执一玉指环，谓曰："此妾常服玩，未曾离手，今永别，宁不相遗？愿郎穿指，慎勿忘心。"总曰："幸见顾录，感恨徒深，执此怀中，终身是宝。"天渐明，总乃拜辞，掩涕而别。携手出户，已见路分明。总下山数步，回顾宿处，宛是巫山神女之祠也。

他日，持玉环至建邺，因话于张景山。景山惊曰："吾常游巫峡，见神女指上有此玉环，世人相传，云是晋简文帝李后曾梦游巫峡，见神女，神女乞后玉环，觉后乃告帝，帝遣使赐神女。吾亲见在神女指上。今卿得之，是与世人异矣！"总齐太祖建元末，方征召，未行，帝崩。世祖即位，累为中书舍人。初，总为治书御史，江陵舟中遇，而忽思神女事，悄然不乐，乃赋诗曰："昔年岩下客，宛似成今古。徒思明月人，愿湿巫山雨。"出《八朝穷怪录》。

萧岳

齐明帝建武中，有书生萧岳，自毗陵至延陵季子庙前，泊舟望月。忽有一女子，年十六七，从三四侍女，貌皆绝世，以橘掷岳怀中。岳心异之，乃问其姓名。云："葛氏。"岳因请舟中，命酒与歌宴。及晓请去，岳甚怅然。岳登舟望之，见庙前有五六女相迎笑，一时入庙。岳异之，及明，乃整衣冠，至延陵庙中。见东壁上书第三座之女，细观之而笑，果昨夜宿之女也。及左右侍女，亦所从也。画壁题云：

便与萧总告别。神女拿出一枚玉戒指，对萧总说："这东西我一直戴着赏玩，不曾离手，今天你我永别，怎能不送给你留念呢？希望你把它戴在手指上，千万不要忘了我们的情义。"萧总说："有幸得到你的眷顾，我十分感激又遗憾。我会把它放在怀中，终身当作宝贝。"天渐渐亮了，萧总拜辞神女，挥泪而别。二人手挽手走出门来，只见云雾散尽，归路分明。萧总顺着山路走了几步，回望住过的地方，仿佛是巫山神女的庙祠。

后来有一天，他拿着玉戒指来到建邺，把这件事告诉了张景山。张景山吃了一惊说："我常游巫峡，看见神女峰上的神女手指上就戴着这枚戒指！人们相传，说当年晋简文帝时，李皇后有一次做梦去巫峡游玩，遇见了神女，那神女向皇后要她手上的玉戒指。醒来之后，李皇后把这件事告诉了简文帝，简文帝就派人把那戒指赐给了神女。我亲眼看见那枚戒指在神女手上戴着呢！现在你得到了它，这说明你与一般世人不同。"萧总在齐太祖建元末年，正要应召进京，没等动身，太祖萧道成便驾崩了。世祖萧赜即位，萧总连着当了几年中书舍人。起初，萧总为治书御史，坐船经过江陵，忽然想起当年神女之事，闷闷不乐，便赋诗一首道："昔年岩下客，宛似成今古。徒思明月人，愿湿巫山雨。"出自《八朝穷怪录》。

萧岳

南朝齐明帝建武年间，有个叫萧岳的书生，从毗陵来到延陵季子庙前，泊船赏月。忽然来了一个女子，年龄大约十六七岁，跟着三四个侍女，都美貌绝伦。那女子把一个橘子扔进萧岳怀中。萧岳颇感惊异，便问那女子姓名，回答说："葛氏。"萧岳便请她上船，与她饮酒唱歌。天快亮时，她告别离去，萧岳十分惆怅。萧岳站在船头望去，只见庙前有五六个女子对她微笑相迎，一同进入庙中。萧岳感到惊异，等天亮之后，他便整理衣帽，来到延陵季子庙中。看见东面墙壁上画的第三个女子有些面熟，仔细一看不由笑了，果然是昨夜与他同宿的那位女子。再看她身旁的侍女，也都是昨天见过的随从。壁画上面题着：

“东海姑之神。”出《八朝穷怪录》。

尔朱兆

后魏孝庄帝既诛尔朱荣，荣子兆自汾州率骑攻洛。师自河梁西涉，掩袭京邑。先是，河边有一人梦神谓曰：“尔朱家欲渡河，用尔作波津令，当为缩水脉。”及兆至，见一人，自言知水深浅处，以草表插导，忽失所在。兆众遂涉焉，寻而陷京，弑庄帝。出《北史》。

蒋帝神

梁旱甚，诏于蒋帝神求雨。十旬不降，帝怒，载荻焚庙，并其神影。尔日开朗，将欲起火。当神上，忽有云如伞盖，须臾骤雨。台中宫殿，皆自震动。帝惧，驰诏追停，少时还静。自此帝诚信遂深。自践祚比未曾到庙，于是备法驾，将朝臣修谒。时魏将杨大眼来寇钟离，蒋帝神报敕，必许扶助。既而无雨，水暴涨六七尺，遂大克魏军，神之力也。凯旋之后，庙中人马脚皆有泥湿，当时并目睹焉。出《南史》。

临汝侯猷

宗室临汝侯猷为吴兴太守，性倜傥，与楚庙神交，饮至一斛。每酬祀，尽欢极醉，而神影亦有酒容，所祷必应。后为益州刺史。时江陵人齐狗儿反，众十余万，攻州城。猷兵粮已尽，人有二心，乃遥祷请救。是日，州界田父，

"东海姑之神。"出自《八朝穷怪录》。

尔朱兆

后魏孝庄帝杀死尔朱荣后，尔朱荣的儿子尔朱兆便从汾州率领骑兵进攻洛阳。兵马从河梁西涉水，偷袭京城。在这之前，河边有一个人梦见神对他说："尔朱家要渡河，用你作波津令，你应当管束住那水脉。"等尔朱兆赶到河边时，见到一个人，自称知道何处水深何处水浅，并用草棍插上作为标记为他导向，然后那人忽然不见了。尔朱兆的大队人马就顺着标记渡过河去，不久攻陷了洛阳城，杀死了孝庄皇帝。出自《北史》。

蒋帝神

南朝梁时天大旱，皇帝下诏向蒋帝神求雨。一百天过去了，雨仍未降下来，皇帝大怒，拉去柴草想把庙和神像全烧了。那天天气晴朗，刚要点火，神庙的正上方，忽然有一块伞盖般的云彩飘了过来，顷刻之间大雨倾盆。台中宫殿，全都自己摇动起来。皇帝害怕了，急忙又下诏停止焚烧庙宇，一会儿一切都恢复了安静。从此，皇帝对蒋帝神深信不疑。他从即位以来未曾到过庙上，于是备好法驾，带领文武百官前去拜谒。当时北魏将军杨大眼，率兵攻伐钟离郡。蒋帝神通报皇帝，答应一定要帮助抵挡。当时没有下雨，河水暴涨了六七尺，于是大败魏军，这都是神的力量。凯旋之后，庙中那些泥塑的人马脚下都沾着湿泥，当时人们都亲眼看见了。出自《南史》。

临汝侯猷

梁宗室临汝侯萧猷为吴兴太守，风流倜傥，与楚庙神有神交，饮酒能饮到一斛。每次祭祀酬酒，他都要喝得尽兴醉倒，而神像的脸上也有醉意，祈祷的必定应验。后来他为益州刺史。当时江陵人齐狗儿造反，带领十余万人，攻打州城。萧猷军粮已尽，军心浮动，他就在远处向楚庙神祈祷求助。这天，州界处有位田父，

逢一骑络铁，从东方来，问去城几里。曰："百四十里。"日已晡，骑语父曰："后人来，可令疾马，欲及日破贼。"俄有数百骑如风，一骑仍请饮。田父问为谁，曰："吴兴楚王，来救临汝侯。"当此时，庙中请祈无验。十余日，乃见侍卫土偶皆泥湿如汗者。是日，猷大破狗儿焉。及猷卒，谥曰"灵"，与神交故也。出《南史》。

阴子春

梁阴子春为东莞太守。时青州刺史王神念，毁临海神庙坐。栋上有一蛇，役夫不擒，入于海水。尔夜，子春梦见一人诣其府，云："有人见苦，破坏所居，今既无托，欲憩此境。"子春心密记之。经日，方知神念毁庙。因办牲醪，立宇祠之。数日，梦一朱衣人谢曰："得君厚惠，当以一州相报。"经月余，魏君欲袭朐山，子春预知，设伏摧破。武帝以为南青州刺史。出《南史》。

苏岭庙

襄阳苏岭山庙，门有二石鹿夹之，故谓之鹿门山。习氏记云："习郁常为侍中，从光武幸黎丘。郁与光武俱梦见苏岭山神，因使立祠。"郭重产记云："双石鹿自立如斗，采伐人常过其下。或有时不见鹿，因是知有灵瑞。梁天监初，有蜯湖村人，于此泽间猎。见二鹿极大，有异于恒鹿，乃走马逐之。

遇见一位戴着盔甲的骑兵，从东方奔来，问他离州城还有几里地。田父说："一百四十里。"太阳已经落山了，那骑马的人对田父说："后面的人赶上来，告诉他们打马快行，我准备在今天大破贼寇。"一会儿，有几百骑兵如疾风般奔来，一个骑马的人请田父喝酒。田父问他是谁，他说："吴兴楚王，来救临汝侯。"在这期间，去庙中祈祷都不灵验。十余天过去了，人们才看见楚庙里那些侍卫土偶身上都泥乎乎的很潮湿，仿佛流了汗。那天，萧猷果然大破齐狗儿。等到萧猷死后，他得到的谥号是"灵"，因为他与神有交情的缘故。出自《南史》。

阴子春

梁朝阴子春为东莞太守。当时青州刺史王神念，毁坏了临海神庙的神座。庙的大梁上有一条蛇，役夫们不敢去捉，看着它游进大海。这天夜里，阴子春梦见有个人来到府上，说："有人害我，破坏了我的住处，现在已经无处安身，想在你管辖境内落个脚。"阴子春把这个梦悄悄记在心中。过了几天，才知道王神念毁庙一事。于是，他令人办好牺牲和酒等祭祀品，修建庙宇祭祀。几天之后，他梦见一个穿红衣服的人来感谢说："得到你这么厚重的恩惠，应该用一个州来报答！"一个多月之后，北魏皇帝想袭击朐山，阴子春事先得到了情报，设下埋伏，摧毁了敌人的进攻。梁武帝便任命他为南青州刺史。出自《南史》。

苏岭庙

襄阳苏岭有一座山庙，门前有两只石鹿相对而立，因此人们叫它鹿门山。《习氏记》说："习郁曾经做过侍中，跟随光武帝刘秀驾幸黎丘。习郁和光武帝都梦见了苏岭山神，于是便派人修建祠庙。"郭重产记载说："这对石鹿站在那里如同要搏斗，打柴的人常常从庙前走过。有时候竟然看不见鹿了，由此才知道有上天显示的祥瑞。梁武帝天监初年，有个蜂湖村人，在这山间湖畔打猎。看见两只鹿特别大，有别于平常的鹿，就驱马追赶它们。

鹿即透涧，直向苏岭。人逐鹿至神所，遂失所在，唯见庙前二石鹿。猎者疑是向者鹿所化，遂回。其夜梦见一人，著单巾帻，黄布裤褶，语云：'使君遣我牧马，汝何驱迫？赖得无他，若见损伤，岂得全济？'"出《襄阳记》。

卢元明

北齐卢元明，聘于梁。其妻乘车，送至河滨。忽闻水有香气异常，顾见水神涌出波中，牛乃惊奔，曳车入河。其妻溺死，兄子十住尚幼，与同载，投下获免。出《北史》。

董　慎

隋大业元年，兖州佐史董慎，性公直，明法理，自都督已下，用法有不直，必犯颜而谏之。虽加谴责，亦不知惧，必俟刑正而后退。常因授衣归家，出州门，逢一黄衣使者曰："太山君呼君为录事。"因出怀中牒示慎。牒曰："董慎名称茂实，案牍精练。将平疑狱，须俟良能，权差知右曹录事。"印甚分明。后署曰"倨"。慎谓事者曰："府君呼我，岂有不行，然不识府君名谓何？"使者曰："录事勿言，到任即知矣。"自持大布囊，内慎其中，负之出兖州郭，因致囊于路左，汲水调泥，封慎两目。慎都不知经过远近，忽闻大唱曰："范慎追董慎到。"使者曰："诺。"趋入。府君曰："所追录事，今复何在？"使者曰："冥司幽秘，恐或漏泄，向请左曹匿影布囊盛之。"府君大笑曰："已死范慎追董慎，

那两只鹿就穿过山涧，直奔苏岭。那人追鹿追到神庙，就不见了鹿的踪影，只见庙前有两只石鹿。这猎人猜测是刚才那两只鹿所变，便回家了。当晚他梦见一个人，身穿单衣，头戴布巾，身穿黄布裤子，对他说：‘使君派我放马，你为什么追赶我？幸亏没有损伤，若有所损伤，怎么能够让你周全呢？’”出自《襄阳记》。

卢元明

北齐卢元明，受聘于南朝梁。他的妻子乘着牛车，送他到河边。忽然闻到水中有一股异常香气，回头一看，只见河神从波涛中涌了出来，拉车的牛便惊恐万状地狂奔起来，拽着车子跃入河中。他的妻子淹死了，他哥哥的儿子十住年龄还小，与他妻子同坐一车，从车上掉下来，幸免一死。出自《北史》。

董　慎

隋朝大业元年，兖州佐史董慎，秉性公正率直，精通法理。自都督以下的官员，凡有执法不公正的，他一定要犯颜直谏。有时虽然会受到谴责，他也无所畏惧，一定要等到刑罚公正合理之后方才告退。他曾因授衣假回家，走出州府的大门，遇见一位黄衣使者，对他说：“太山神君召你为录事。”于是从怀中掏出一纸文书让董慎过目。文书上写道：“董慎名声盛美，文书写得十分精练。将要平冤狱解疑案，必须依靠他的良知和才能，暂且任他为右曹录事。”文书上的字迹印章都十分清晰，最后署名为“倨”。董慎对使者说：“府君召我，怎么能不去呢？但是我不知道府君叫什么名字？”使者说：“录事不要问，到任之后就知道了。”说完，他拿出一个大布袋，把董慎装了进去，背着他就出了兖州城门，接着把布袋放在路边，取水和泥，封住董慎的两只眼睛。董慎不知道究竟走出多远，忽然听见一声高呼道：“范慎征召董慎到！”使者说：“是。”便快步走了进去。府君说：“你所征召的录事，现在在哪里？”使者说：“阴间幽深神秘，我怕泄露出去，刚才用左曹录事的匿影布袋把他盛着带来了。”府君大笑说：“已死范慎征召董慎，

取左曹囊盛右曹录事,可谓能防慎也。”便令写出,抉去目泥,赐青缣衫、鱼须笏、豹皮靴,文甚斑驳。邀登副阶,命左右取榻令坐,曰:“籍君公正,故有是请。今有闽州司马令狐寔等六人,置无间狱。承天曹符,以寔是太元夫人三等亲,准令递减三等。昨罪人程翥一百二十人,引例喧讼,不可止遏。已具名申天曹,天曹以为罚疑唯轻,亦令量减二等。予恐后人引例多矣,君谓宜如何?”慎曰:“夫水照妍媸而人不怨者,以至清无情。况于天地刑法,岂宜恩贷奸慝?然慎一胥吏耳,素无文字,虽知不可,终语无条贯。当州府秀才张审通,辞彩隽拔,足得备君管记。”府君令帖召之。

俄顷至,审通曰:“此易耳,当为判以状申。”府君曰:“君善为我辞。”即补左曹录事,仍赐衣服如董慎。各给一玄狐,每出即乘之。审通判曰:“天本无私,法宜画一。苟从恩贷,是资奸行。令狐寔前命减刑,已同私请;程翥后申簿诉,且异罪疑。傥开递减之科,实失公家之论。请依前付无间录狱。”仍录状申天曹,即有黄衫人持状而往。

少顷,复持天符曰:“所申文状,多起异端。奉主之宜,但合遵守。《周礼》八议,一曰‘议亲’。又《元化匮》中《释冲符》亦曰‘无不亲’。是则典章昭然,有何不可!

拿左曹录事的布袋子装右曹录事，可以说是防范谨慎了！”便让人把董慎放出来，擦掉董慎眼睛上的泥巴，赐给他青缣绸衫、鱼须笏板、豹皮靴子，上面有斑驳的花纹。府君请他登上殿阶，让身边的人搬来坐榻让他坐下，对他说：“由于你办事公正，所以才把你请来。现在有闽州司马令狐寔等六人，被关押在无间狱中。奉承天曹的旨决，因令狐寔是太元夫人三等亲戚的缘故，准许在量刑时罪减三等。昨天犯人程翥等一百二十人，援引法令条例喧闹公堂，无法制止。他们已经联名向天曹申诉，天曹认为对处罚有疑问的罪犯应从轻判处，也令对程翥等人减轻刑罚二等。我担心以后的罪犯都引用此例，你认为应该怎么办呢？”董慎说：“水可以照映出人们的美好和丑恶，可人对它无怨言，是因为水太清了，最清就无私情可言了。况且天地间的刑法大事，怎么能随意施恩宽宥那些有罪的人呢？但我董慎只是一个办理文书的小吏，向来没有文章修养，虽然知道不可以这么做，但我最终无法有条理地说清楚。我所在的州府里有位叫张审通的秀才，文辞隽永超群，写文书是绰绰有余的。”府君让人执帖召他来。

张审通很快就到了，说：“这太容易了！我为您重新写文书申述。”府君说：“请先生替我好好写判词！”当即补任他为左曹录事，所赐衣服同董慎一样。各给他们一只黑狐狸，每次外出都骑着。审通判道：“上天本来是无私的，法律最好应该统一。假如宽宥罪犯，这是在助长恶人的罪行。上次命令给令狐寔减刑，已经等同于私下求情；程翥后来联名申诉，实在与有犯罪嫌疑不同。倘若开了递减罪行的先例，实际上是丧失了法律的公正严明。请依照原判还把他关进无间狱中吧。”仍旧写下文书申报天曹，当即有个穿黄衫的使者拿着状子去了。

一会儿，那使者又拿着天符回来了，天符上写道：“所申请的文书，多有不正确处。奉事天主适宜做的，是应该遵守其旨意。《周礼》八仪，其中之一就是‘议亲’。又《元化匮》中《释冲符》上也说‘无不亲’。这些典章中写得清清楚楚，减罪有什么不可以的呢？

岂可使太元功德，不能庇三等之亲！仍敢愆违，须有惩罚。府君可罚不衣紫六十甲子，余依前处分。”府君大怒审通曰：“君为判辞，使我受谴。”即命左右取方寸肉，塞其一耳，遂无所闻。审通诉曰：“乞更为判申，不允，即甘当再罚。”府君曰：“君为我去罪，即更与君一耳。”审通又判曰：“天大地大，本乃无亲。若使有亲，何由得一！苟欲因情变法，实将生伪丧真。太古以前，人犹至朴；中古之降，方闻各亲。岂可使太古育物之心，生仲尼观蜡之叹？‘无不亲’，是非公也，何必引之？请宽逆耳之辜，敢荐沃心之药。庶其阅实，用得平均。令狐寔等，乞请依正法，仍录状申天曹。”黄衣人又持往。

须臾，又有天符来曰：“再省所申，甚为允当。府君可加六天副正使。令狐寔、程翥等并正法置处。”府君即谓审通曰：“非君不可正此狱。”因命左右割下耳中肉，令一小儿擘之为耳，安于审通额上。曰：“塞君一耳，与君三耳，何如？”又谓慎曰：“甚赖君荐贤，以成我美。然不可久留君，当加一周年相报耳。君兼本寿，得二十一年矣。”即送归家。

使者复以泥封二人，布囊各送至宅。欻如写出，而顾问妻子，妻子云：“君亡精魂，已十余日矣。”慎自此果二十一年而卒。审通数日额觉痒，遂踊出一耳，通前三耳，而踊

难道可以让太元的功德，不能庇佑她的三等亲人吗！如果还敢拖延违抗，应该对当事人进行惩罚。可罚府君不穿紫衣三千六百年，其余的按以前的判决处置。”府君大怒，对张审通说：“你写的判词，使我受到了如此责罚！”立即让手下人取来小块肉，塞住他的一只耳朵，那只耳朵便什么也听不到了。张审通申诉道：“那就奏请再写判词申诉吧！如果还不允许，只好甘心情愿地再受惩罚。”府君说：“你能为我减去罪行，我便再给你一只耳朵。”张审通又重判说：“天地之所以广大，是因为没有什么亲疏，如果使它有了亲疏，怎么能够统一呢？如果为了私情而改变法律，将滋生奸伪而丧失公正。远古以前，人们还很淳朴；中古之后，才听到有亲疏差别之说。我们怎么能够使太古哺育万物的博爱之心丧失，生出孔子观蜡之叹呢？‘无不亲’，这句话是不公平的，何必要引经据典呢？请宽恕我忠言逆耳之罪，冒昧向您举荐公正处置之药方。希望您检查核实，执行法律公平合理。令狐寔等人，还是请求依法惩治吧！仍写文书再次申报天曹。”黄衣使者又拿着文书前往。

很快，使者又拿着天符返回，说：“再次审查申报来的文书。十分公正恰当。府君可升任六天副正使。令狐寔、程翥等人，一起正法，请全权处置。”府君当即对张审通说：“没有你是不可能纠正此案的。”于是让手下把审通耳朵里的肉挖出来，让一个小孩儿把肉做成耳朵状，贴到张审通的额头上。府君说道：“塞住你一只耳朵，给了你三只耳朵，怎么样？”又对董慎说：“全靠你举荐贤能，才成全了我的美事。但是不能让你在此久留，应当增加一年阳寿来报答。加上您本来该享的寿命，您还能活二十一年。”随即送他回家。

使者再次用泥巴封住二人的眼睛，用布口袋装上，把他们分别送回家中。董慎感到自己迅速从布袋中倒出，便回头问妻子发生了什么事，妻子说：“你失去魂魄，已经十多天了！”董慎从这天算起，果然又活了二十一年而死。张审通到家后几天，便觉得前额发痒，随即冒出一只耳朵。审通共有三个耳朵，而后冒

出者尤聪。时人笑曰："天有九头鸟，地有三耳秀才。"亦呼为鸡冠秀才者。慎初思府君称邻，后方知倨乃邻字也。出《玄怪录》。

李靖

卫公李靖，始困于贫贱，因过华山庙，诉于神，且请告以官位所至。辞色抗厉，观者异之。伫立良久，乃出庙门百许步，闻后大声曰："李仆射好去。"顾之不见人。后竟至端揆。出《国史记》。

出的这只格外灵敏。当时人们都开玩笑说："天有九头鸟，地有三耳秀才。"也有人称他为鸡冠秀才。董慎想起当初府君自称为邻，后来才知道"倨"就是"邻"字。出自《玄怪录》。

李靖

卫公李靖，当初为贫贱所困，便在途经华山庙时，向庙神诉说了一番，并且请庙神告诉他将来能做什么官。他言辞严厉，声色刚直，围观的人们惊诧不已。李靖站立了好长时间，刚走出庙门一百多步，听到后面有人大声说："李仆射请走好！"他回头看却没有看见说话的人。后来，他竟然当上了总持朝政的宰相。出自《国史记》。